Merci à mes parents, Ronald et Mary Ann,
d'avoir été une source d'inspiration,
de m'avoir apporté leur soutien inconditionnel
et de m'avoir montré, leur vie durant,
comment s'aimer…
Aujourd'hui, c'est dans le repos éternel
qu

BASSIN DU NIL

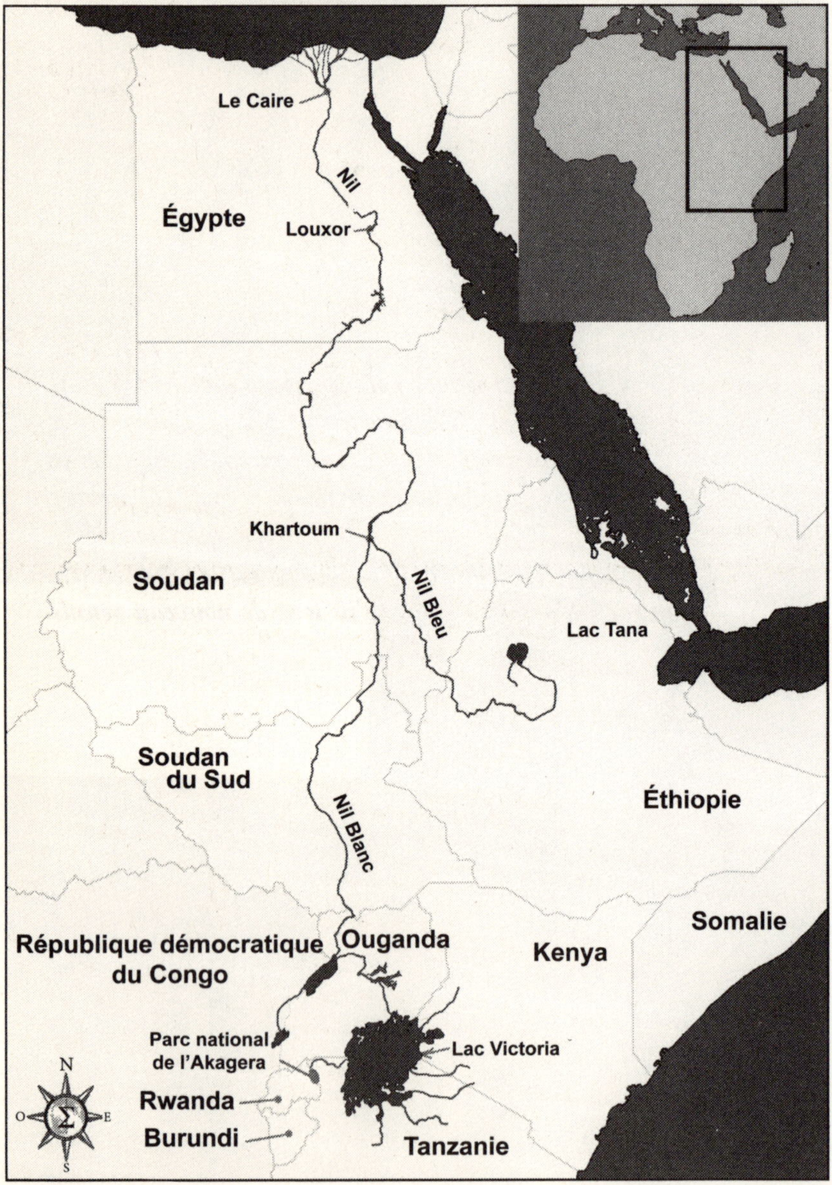

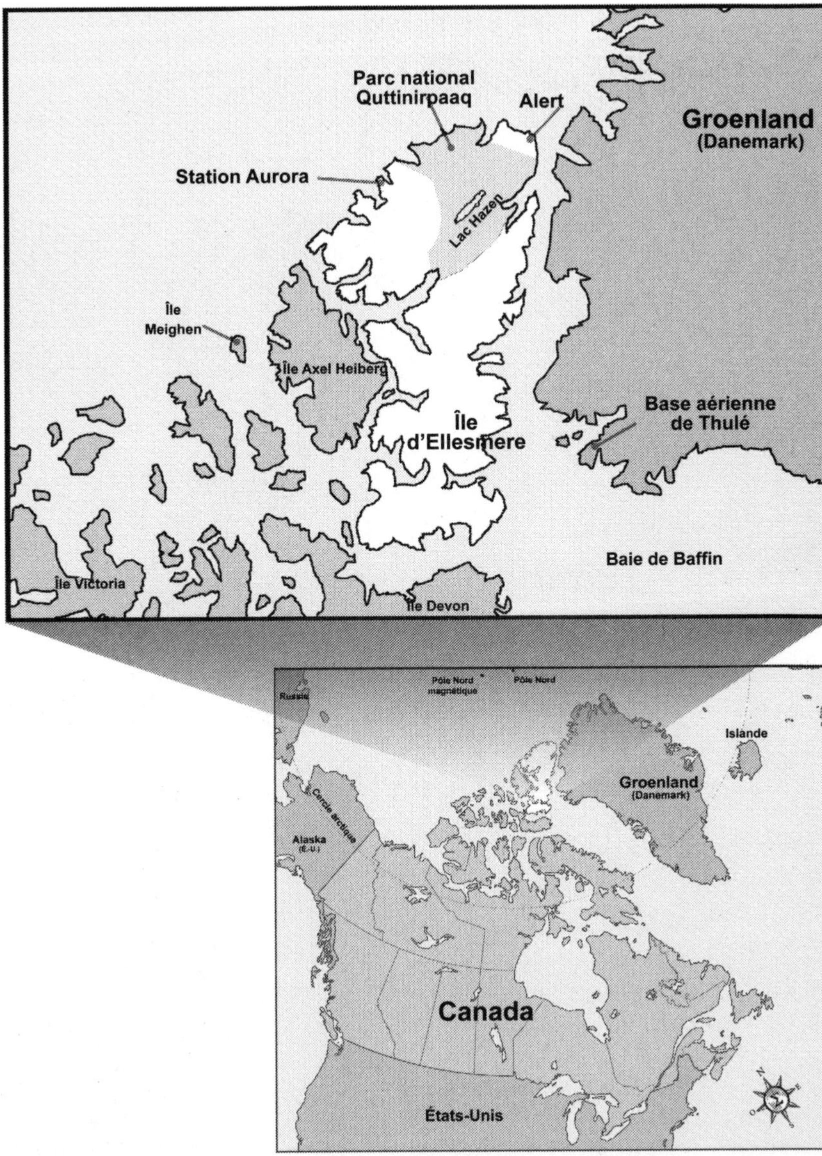

Parc national
Quttinirpaaq
Alert
Groenland
(Danemark)
Station Aurora
Lac Hazen
Île
Meighen
Île Axel Heiberg
Île
d'Ellesmere
Base aérienne
de Thulé
Baie de Baffin
Île Victoria
Île Devon
Pôle Nord magnétique
Pôle Nord
Russie
Islande
Groenland
(Danemark)
Cercle arctique
Alaska
(É.-U.)
Canada
États-Unis

NOTES HISTORIQUES

Moïse dit au peuple : « Souvenez-vous de ce jour, où vous êtes sortis d'Égypte, de la maison de servitude ; car c'est par Sa main puissante que l'Éternel vous en a fait sortir. »

EXODE, XIII, 3

Peu d'histoires de la Bible sont aussi poignantes et ont été aussi souvent racontées – en littérature comme à l'écran – que les aventures de Moïse. Depuis son sauvetage décisif, lorsque, encore bébé, il dériva dans un panier en osier pour être recueilli par la fille de Pharaon, jusqu'à son ultime confrontation avec le fils de ce dernier, Moïse est devenu une figure de légende. Soucieux d'affranchir les Juifs du joug de l'esclavage, il a fait s'abattre dix plaies effroyables sur l'Égypte, puis il a écarté les eaux de la mer Rouge et conduit son peuple à travers le désert pendant quarante ans pour, enfin, délivrer les Dix Commandements en tant que référence d'un nouveau système législatif.

Toutefois, le moindre de ces événements a-t-il vraiment eu lieu ? La grande majorité des historiens – et même de nombreux chefs religieux – considèrent l'histoire de l'Exode comme un mythe, une leçon morale plus qu'une réalité historique. Ainsi, des archéologues sceptiques pointent du doigt le manque de témoignages égyptiens documentés sur une éventuelle série de calamités ou encore sur un départ massif d'esclaves, en particulier dans le laps de temps indiqué par la Bible.

Des découvertes récentes le long du Nil laissent néanmoins penser que ces farouches détracteurs pourraient avoir tort. Existe-t-il des preuves tangibles de l'histoire de Moïse, d'un grand exode, d'un ensemble de miracles et de malédictions ? Les dix plaies d'Égypte ont-elles concrètement existé ? Les réponses surprenantes que vous trouverez au fil de ces pages sont fondées sur des éléments aussi solides que le nom *Israël* retrouvé gravé sur le tombeau du fils de Ramsès II.

Et, si l'Égypte a bel et bien été frappée par de tels fléaux, pourraient-ils se reproduire un jour à l'échelle planétaire ?

La réponse est, à mon grand effroi, *oui*.

NOTES SCIENTIFIQUES

Le climat est ce à quoi on s'attend, la météo est ce que nous obtenons.

Citation attribuée à Mark Twain

Ces derniers temps, la situation est en train de chauffer – non seulement au niveau des températures mondiales, mais en ce qui concerne l'ensemble du débat sur le changement climatique. Depuis quelques années, la question est passée de « Le réchauffement climatique est-il réel ? » à « Quelles en sont les causes et comment y remédier ? » Bon nombre d'anciens incrédules reconnaissent qu'avec la fonte générale des glaciers, la banquise du Groenland qui se réduit à vitesse grand V et le réchauffement inexorable des océans, notre planète subit aujourd'hui un vrai bouleversement. Même la météo connaît des épisodes de plus en plus extrêmes, entre sécheresses durables et inondations dévastatrices. Ainsi, en février 2016, l'Alaska a connu son deuxième hiver le plus doux jamais enregistré, avec des températures supérieures d'environ cinq degrés Celsius aux moyennes de saison. En mai de la même année, des mesures satellites de la calotte glaciaire arctique ont aussi révélé qu'elle avait atteint son plus bas niveau historique.

La question la plus inquiétante – à l'œuvre dans mon roman – reste néanmoins la suivante : à quoi devons-nous nous attendre maintenant ? La réponse est des plus surprenantes. On en parle peu, mais elle s'appuie sur une réalité scientifique, des preuves concrètes… et, le plus choquant, c'est que c'est déjà arrivé par le passé. Alors, qu'on soit sceptique ou convaincu, un homme averti en vaut deux. Il est temps d'apprendre la stupéfiante vérité sur l'avenir de notre planète.

L'Éternel s'adressa à Moïse : « Dis à Aaron : "Prends ta verge et étends ta main sur les eaux des Égyptiens, sur leurs rivières, sur leurs ruisseaux, sur leurs étangs et sur tous leurs amas d'eaux. Elles deviendront du sang ; et il y aura du sang dans tout le pays d'Égypte, dans les vases de bois et dans les vases de pierre". »

EXODE, VII, 19

Le Nie-les-faits n'est pas un fleuve d'Égypte[1].

MARK TWAIN

1. Jeu de mots entre « Denial » (le déni) et « the Nile » (le Nil). *(Les notes sont de la traductrice.)*

Printemps, 1324 avant J.-C.
Désert de Nubie, sud de l'Égypte

Agenouillée, nue, la grande prêtresse savait que l'heure avait sonné. Les présages s'étaient renforcés, de plus en plus inquiétants, jusqu'à devenir des certitudes. À l'ouest, une tempête de sable s'élevait vers le soleil, transformant le ciel azur en une obscurité poussiéreuse, zébrée d'éclairs crépitants.

L'ennemi était presque là.

En prévision de la catastrophe, Saba s'était entièrement rasé le corps, y compris les sourcils au-dessus de ses yeux peints. Elle s'était baignée tour à tour dans les deux affluents qui, jaillissant du désert par le nord, rejoignaient ensuite le delta sacré et formaient un fleuve puissant que les rois anciens de *heqa khaseshet* appelaient *Nahal*. Elle se représenta son cours sinueux, tandis qu'il longeait Louxor, Thèbes et Memphis sur la route de l'immense mer bleue qui s'étalait par-delà l'embouchure fertile du fleuve.

Bien qu'elle n'ait jamais posé le regard sur cette région-là, elle avait entendu les histoires qui circulaient à son sujet.

De notre vieux pays, un ensemble de champs verdoyants, de palmiers, et une vie rythmée par les crues régulières du Nahal…

Voilà l'endroit que le peuple de Saba avait quitté plus d'un siècle auparavant, fuyant le temps des calamités, de la famine et de la mort, pourchassé par un pharaon à présent décédé depuis longtemps. La majorité des autres clans du delta avaient cherché refuge dans les déserts à l'est et conquis des territoires où ils avaient fondé leur propre royaume.

Sa tribu à elle avait élu domicile plus au sud, près du village de Djeba, en Haute Égypte, dans le nome de *Wejtes-Hor*, ou « Trône d'Horus ».

Aux heures les plus sombres, son peuple s'était déraciné pour remonter le fleuve jusqu'en plein désert de Nubie où, enfin, il avait été hors d'atteinte des Égyptiens. De quoi se composait-il ? D'érudits et de scribes, de prêtres et de prêtresses, grands gardiens de la connaissance suprême. Désireux de protéger leur savoir, ils s'étaient retirés dans les montagnes de Nubie. En cette époque tourmentée qui avait suivi le déferlement des calamités, l'Égypte avait été assaillie par de féroces étrangers venus d'Orient qui, avec leurs chars plus rapides et leur arsenal en bronze plus solide, avaient assujetti les cités affaiblies du pays sans décocher une flèche ou presque.

Par chance, l'adversité touchait à sa fin.

L'Égypte, qui retrouvait peu à peu de sa superbe, chassait l'envahisseur, érigeait des monuments en l'honneur de ses multiples victoires et prenait maintenant la bonne direction.

— *Hemet netjer*…, chuchota-t-on derrière Saba.

Tabor, son jeune assistant nubien, avait peut-être deviné son désarroi. À moins qu'il ne veuille juste lui rappeler son rôle de *hemet netjer*… la servante de Dieu.

— Il faut y aller maintenant.

Elle comprit et se leva.

Tabor observait la tempête de sable d'un air inquiet, mais, au nord, un panache de fumée indiquait aussi qu'une ville avait été détruite le long de la cinquième cataracte du Nahal, dernière prise en date des Égyptiens. Il y avait donc fort à craindre que les troupes atteignent bientôt le puissant delta.

Auparavant, Saba et les membres de sa congrégation devaient cacher le joyau incomparable qu'ils protégeaient depuis plus d'un siècle : une grâce divine, un remède dissimulé au cœur d'une malédiction.

Tout en surveillant l'armée égyptienne qui, au cours de sa lente remontée du fleuve, incendiait les villes les unes après les autres, son ordre et elle se préparaient depuis plus de mille jours, notamment par des actes de purification, à devenir les vaisseaux immortels de la faveur divine.

Saba, qui avait accompagné de nombreux frères et sœurs dans cette voie-là, était la dernière à accomplir le voyage. Comme ses prédécesseurs, cela faisait un an qu'elle avait renoncé au blé, au millet et qu'elle ne se nourrissait plus que de noix, de baies, d'écorce et d'un thé préparé à base d'une résine importée de contrées lointaines. Au fil des saisons, son corps s'était décharné. Sa poitrine et ses fesses étaient devenues cireuses, flasques. À trente ans à peine, elle avait besoin des bras et du dos puissants de Tabor pour la soutenir dans ses moindres gestes, y compris le simple enfilage de sa robe en lin.

Au moment où ils quittèrent le delta, la tempête continuait d'avancer inexorablement vers eux, avec ses éclairs générés par les énormes nuages de poussière. Saba sentit alors le désert envahi par une énergie folle qui imprégnait l'atmosphère et lui donnait, à elle, la chair de poule. Par la grâce de Dieu, ces mêmes tourbillons de sable aideraient à recouvrir leur ouvrage, à l'ensevelir sous des dunes balayées par le vent.

Sauf qu'il fallait d'abord rejoindre les collines, là-bas au loin.

Saba se concentra sur le simple fait de mettre un pied devant l'autre, mais elle redoutait d'avoir trop tardé près du fleuve. Le temps que Tabor et elle atteignent le ravin encaissé, les vents déchaînés les avaient rattrapés et ils leur hurlaient aux oreilles, criblant de sable brûlant chaque centimètre carré de leur peau.

— Hâtez-vous, maîtresse ! insista Tabor qui, désormais, la portait presque.

Dans les bras de son fidèle auxiliaire, elle sentit ses orteils tracer au sol d'indéchiffrables glyphes d'imploration.

Je n'ai pas le droit à l'échec...

Enfin, ils franchirent le seuil et dévalèrent un long corridor abrupt qui menait à une incroyable merveille sculptée dans le grès. Le chemin était éclairé par des flambeaux, qui projetaient des ombres frémissantes autour d'eux et dévoilaient peu à peu le mystère façonné par les artisans et les érudits qui travaillaient là-bas de concert depuis plus de soixante-dix ans.

Tabor aida sa maîtresse à traverser l'arche constituée de grandes dents en pierre, puis ils foulèrent l'imposante langue sculptée, ornée de gravures exquises. Au fond de la salle, deux galeries s'offraient à eux : l'une qui plongeait à même la roche, vers l'estomac tout en bas, et l'autre, cernée de petites crêtes, qui donnait sur la vaste cage thoracique.

Ce fut le second itinéraire qu'ils empruntèrent à la hâte.

Toujours soutenue par Tabor, Saba se figura l'immense complexe souterrain qu'on y avait minutieusement creusé de manière à représenter la mécanique interne d'un anonyme au repos, un personnage dont le corps était enfoui sous les collines. Alors que l'œuvre n'avait pas d'apparence vue de l'extérieur – car le monde était sa peau –, les moindres détails de l'anatomie interne avaient été soigneusement façonnés dans le grès, depuis le foie et les reins jusqu'à la vessie et au cerveau.

À l'abri des regards, l'ordre de Saba avait créé son propre Dieu en pierre, assez colossal pour s'y installer et l'utiliser comme réceptacle du bien précieux qu'ils avaient à protéger.

Comme je dois le faire maintenant, de sorte que mon corps à moi devienne un temple dédié à la grande bénédiction de Dieu.

Tabor l'entraîna là où le couloir se scindait à nouveau en deux tunnels, reproduisant ainsi la division des voies respiratoires qu'elle retrouvait au sein de sa poitrine. Il opta pour la route de gauche, où le plafond voûté les obligea à courber légèrement la nuque.

Par chance, ils débouchèrent vite sur un vaste espace illuminé, soutenu par des côtes en pierre qui s'articulaient en U autour d'une solide colonne vertébrale située au plafond. Au centre de la salle trônait un cœur de roche, quatre fois plus grand que Saba, reproduit avec un sens aigu de la symétrie, où de superbes vaisseaux sanguins se déployaient de part et d'autre.

Une poignée de domestiques nubiens l'attendait, à genoux.

Elle admira les colonnades de côtes incurvées. Des briques y avaient récemment été insérées afin de sceller les nombreuses alcôves secrètes qui accueillaient les sépultures de ses frères et sœurs de l'ordre. Elle imagina ses prédécesseurs assis ou avachis sur leur siège, leur corps achevant lentement de se transformer pour devenir le réceptacle de la bénédiction.

Je suis la dernière… la servante élue de Dieu.

Elle se détourna des murs et pivota face au cœur. Une porte donnait accès à l'un des ventricules, haut lieu chargé d'honneur.

Saba se libéra de l'étreinte de Tabor et accomplit seule les derniers pas. Une fois sur le seuil, elle baissa la tête et entra. Du plat de la main, elle tâta la pierre très froide, puis se redressa. À l'intérieur l'attendait un trône d'argent, lui aussi glacé. Sur le côté : un bol rempli de lapis-lazuli sculptés et d'eau presque à ras bord. Une fois assise, elle souleva la précieuse coupe, qu'elle posa sur ses cuisses amaigries.

Tabor se pencha vers l'entrée. Il était muet de douleur, mais son visage, ravagé par le chagrin, l'espoir et la peur, en disait long. Saba sentit sa poitrine se gonfler des mêmes émotions mêlées, assorties d'un certain doute. Elle hocha toutefois le menton vers lui.

— Finissons-en.

La peine l'emporta chez le jeune homme, mais il acquiesça à son tour et tira sa révérence.

Les autres domestiques commencèrent à condamner l'accès avec des briques d'adobe. Plongée dans l'obscurité,

Saba discerna néanmoins, grâce à l'ultime lueur d'un flambeau dehors, le bol sur ses genoux. D'après l'éclat grenat du liquide, elle tenait entre ses mains un échantillon d'eau du Nahal, à l'époque où le fleuve, frappé par un terrible fléau, s'était changé en sang. Recueilli il y a fort longtemps, il avait été conservé par les membres de son ordre… ainsi que la bénédiction déposée en son cœur maudit.

À l'insertion de la dernière brique, Saba ravala sa salive, la gorge sèche. Elle écouta les serviteurs enduire les briques de boue fraîche. Elle entendit aussi le frottement caractéristique du petit bois qu'on entassait autour du cœur de pierre.

Consciente du sort qui l'attendait, elle ferma les yeux et imagina les torches en passe d'allumer le bûcher.

Bientôt, elle en eut la confirmation, quand le sol se mit à chauffer sous ses pieds. L'atmosphère, déjà étouffante, devint torride. Toute trace d'humidité disparut, happée dans les circonvolutions des vaisseaux sculptés. Au bout de quelques instants, Saba eut l'impression de respirer du sable bouillant. Elle haleta quand la plante de ses pieds commença à brûler. Même le trône en argent devint aussi chaud que la crête roussie d'une dune sous le soleil d'été.

Pourtant, elle garda son calme. Les gens restés dehors avaient dû quitter les souterrains et reboucher la route derrière eux. La tempête couvrirait leur départ et ils disparaîtraient à jamais, laissant le désert effacer toute preuve d'existence du site.

Alors que la jeune femme attendait la fin, des larmes coulèrent de ses yeux, mais, à peine arrivées sur ses joues, elles avaient déjà séché. Entre ses lèvres parcheminées, elle sanglota, accablée par la souffrance et le destin funeste qui la guettait. Soudain, une lueur douce émana du bol posé sur ses genoux et agita l'eau cramoisie d'un infime miroitement.

S'agissait-il d'un mirage causé par la douleur ? En tout cas, Saba y puisa un réconfort qui lui donna la force d'accomplir l'ultime acte de son sacrifice. Elle porta la coupe à ses lèvres et but à pleines gorgées. L'eau, source de vie, coula le long de sa gorge déshydratée et remplit son estomac noué.

Le temps que la prêtresse repose le bol, la chaleur était devenue intolérable. Pourtant, malgré la douleur, Saba sourit, consciente de ce qu'elle avait accueilli au fond d'elle.

Je suis votre vaisseau, Seigneur… maintenant et à jamais.

2 mars 1895 21 h 34, heure de l'Est
New York

Ah, j'aime mieux ça…

Son objectif en vue, Samuel Clemens, plus connu sous le pseudonyme de Mark Twain, entraîna son comparse récalcitrant dans Gramercy Park. En face, des réverbères éclairaient les colonnes, le portique et les ferronneries du *Players Club*, établissement très sélect dont les deux hommes étaient membres.

Attiré par la promesse de rires, de traits d'esprit et de bonne compagnie, Twain pressa la cadence. La fumée de son cigare s'échappait au gré de la fraîcheur nocturne.

— Que dis-tu, Nikola ? lança-t-il par-dessus son épaule à son camarade. Selon ma montre de gousset et mon estomac, le *Players* doit être en train de servir le dîner. Sinon, j'accompagnerais bien ce cigare d'un bon cognac.

De presque vingt ans son cadet, Nikola Tesla portait un costume strict, légèrement lustré aux coudes. Sans cesse, il lissait ses cheveux bruns et jetait des coups d'œil à la ronde. Lorsqu'il était nerveux, comme ce jour-là, son accent serbe devenait aussi prononcé que sa moustache.

— Samuel, mon ami, il est tard et j'ai encore beaucoup à faire au laboratoire. J'apprécie les billets de théâtre, mais je préfère décliner l'invitation.

— Ridicule. L'excès de travail rend les gens ennuyeux.

— Alors, tu dois être quelqu'un de particulièrement excitant… vu ton existence de grand oisif devant l'Éternel.

Twain se retourna d'un air faussement outré.

— Sache que je me suis attelé à un nouveau roman.

— Laisse-moi deviner, ironisa Nikola. Huckleberry Finn et Tom Sawyer s'attirent encore des ennuis.

— Si seulement elles voulaient bien, ces deux fripouilles ! gloussa Twain sous l'œil intrigué d'un passant. Je pourrais alors rembourser mes créanciers.

Il ne le criait pas sur les toits, mais, l'année précédente, il avait déposé le bilan et transféré l'ensemble de ses droits d'auteur à son épouse, Olivia. En vue d'éponger ses dettes, il passerait d'ailleurs les douze mois prochains à donner des conférences aux quatre coins de la planète.

Toujours est-il que son allusion à l'argent refroidit aussitôt l'ambiance. Twain s'en voulut d'avoir abordé le sujet, car Nikola aussi tirait le diable par la queue, alors que c'était une encyclopédie vivante, un véritable génie, à la fois inventeur, ingénieur électricien et physicien. Le romancier avait souvent passé l'après-midi dans son laboratoire de la Cinquième Avenue et les deux hommes étaient devenus de grands amis.

— Peut-être un verre, concéda Nikola du bout des lèvres.

Ils traversèrent la rue en direction des réverbères grésillants, mais ils n'avaient pas atteint l'entrée de l'établissement qu'une silhouette surgit des ténèbres et se planta devant eux.

— Dieu merci ! Le portier m'a indiqué que vous passeriez sans doute ici ce soir.

Pris de court, Twain finit par reconnaître son interlocuteur. À la fois surpris et ravi, il le gratifia d'une bonne tape sur l'épaule.

— Salut, Stanley ! Que fabriques-tu ici ? Je te croyais en Angleterre.

— Je suis rentré hier.

— Merveilleux ! Allons trinquer à ton retour sur nos côtes en buvant un verre ou deux. Peut-être trois.

Au moment où Twain voulut entraîner ses amis à l'intérieur, Stanley l'arrêta sur le seuil.

— Si j'ai bien compris, tu as du crédit auprès de Thomas Edison.

— Euh oui, j'imagine, bredouilla l'écrivain, conscient de l'inimitié tenace entre Edison et son acolyte du soir, Nikola Tesla.

— Je dois lui parler d'urgence. J'ai quelque chose à lui montrer, une mission dont la Couronne m'a chargé.

— Vraiment ? Plutôt alléchant comme accroche !

— Peut-être pourrais-je vous aider, proposa Nikola.

Puisque les deux hommes ne s'étaient jamais rencontrés, Twain se chargea des présentations, quitte à jouer les entremetteurs potentiels dans cette curieuse affaire.

— Nikola, voici Henry Morton Stanley – bientôt appelé à devenir *sir* Henry si l'on en croit la rumeur –, célèbre non seulement pour ses explorations, mais aussi pour sa rencontre avec David Livingstone, un de ses confrères perdu au fin fond de l'Afrique.

— Ah ! répondit Nikola, je m'en souviens maintenant. En particulier de la manière dont vous l'avez salué. « Docteur Livingstone, je présume ? »

— Je n'ai jamais prononcé ces mots exacts, déplora l'intéressé.

Twain sourit et s'adressa à son autre ami :

— Et je te présente Nikola Tesla, aussi génial qu'Edison, si ce n'est davantage.

Stanley écarquilla les yeux.

— Bien sûr ! J'aurais dû vous reconnaître.

Les joues pâles de Nikola rosirent.

— Donc, reprit Twain, quelle sinistre mission la Couronne britannique t'a-t-elle confiée ?

D'une paume moite, Stanley caressa son crâne dégarni.

— Comme tu le sais, Livingstone s'est égaré en Afrique alors qu'il cherchait la source véritable du Nil. Un lieu sur lequel je m'étais moi aussi penché autrefois.

— Oui, toi et une tripotée de tes compatriotes. À vos yeux, cela a l'air aussi important que la quête du Graal.

Stanley se renfrogna, sans pour autant contester ses dires. Twain supposa que ce vif intérêt des Britanniques tenait moins à la curiosité géographique qu'aux ambitions coloniales de leur pays en Afrique. Cependant, une fois n'est pas coutume, il tint sa langue, de crainte d'effaroucher son ami avant même que le mystère du soir ne lui ait été révélé.

— En quoi la source du Nil concerne-t-elle la Couronne britannique ? insista-t-il.

Stanley l'attira vers lui et sortit un petit objet de sa poche : une fiole remplie d'un liquide sombre.

— Elle n'a été découverte que récemment, dans le patrimoine testimonial de David Livingstone. Un guerrier nubien, dont il avait guéri le fils malade, lui avait offert ce talisman ancien, modeste flacon scellé à la cire et gravé de hiéroglyphes. La fiole contient un échantillon de l'eau trouvée à l'intérieur du talisman et qui, d'après l'indigène, proviendrait du Nil même.

— Bah ! Pourquoi en faire tant de cas ?

Stanley brandit le flacon à la lumière d'un réverbère. Sous la flamme vacillante, le liquide était d'un splendide rouge foncé.

— Selon les écrits de Livingstone, l'eau, plusieurs fois millénaire, viendrait du Nil à l'époque où il s'est changé en sang.

— Changé en sang ? répéta Nikola. Comme dans l'Ancien Testament ?

Amusé, Twain soupçonna Stanley de vouloir le piéger. Ce dernier connaissait son mépris pour la religion institutionnelle, qui suscitait toujours entre eux des débats enflammés.

— Tu prétends donc me montrer une relique du célèbre fléau biblique de Moïse, la *première* des dix calamités qu'il a fait s'abattre sur les Égyptiens ?

Stanley resta de marbre.

— Je sais que cela paraît invraisemblable.

— Il n'est pas possible que…

— Vingt-deux hommes sont morts à la Royal Society[1]. Décimés quand le talisman nubien a été ouvert et que son contenu a été testé en laboratoire.

S'ensuivit un silence abasourdi.

— Comment ont-ils péri ? reprit Nikola. Empoisonnés ?

Stanley, l'homme qui avait affronté toutes sortes de bêtes féroces, de fièvres terribles et de sauvages cannibales, était devenu livide, manifestement terrorisé.

— Il ne s'agissait pas d'un poison.

— Alors, c'était quoi ? s'enquit Twain.

Plus sérieux que jamais, le Britannique répondit :

— Une malédiction, tout droit venue du passé. (Il referma le poing autour de la fiole.) Vous avez devant vous un vestige de l'antique fureur de Dieu contre les Égyptiens… et ce ne sera que le début si nous n'intervenons pas très vite.

— Que proposes-tu ? lança Twain.

Stanley pivota vers Nikola.

— Vous devez venir en Angleterre.

— Pour quoi faire ?

— Empêcher le prochain fléau.

1. Équivalent de l'Académie des Sciences en France.

PREMIÈRE PARTIE

MOMIFICATION

Σ

CHAPITRE 1

De nos jours
28 mai, 11 h 32, heure d'Europe de l'Est
Le Caire, Égypte

Vu la nervosité du coroner[1], Derek Rankin comprit que quelque chose clochait.

— Montrez-nous le corps.

Le Dr Badaoui indiqua alors l'ascenseur de la morgue.

— Si vous voulez bien me suivre.

Tandis que l'homme s'éloignait, Derek se demanda comment ses deux camarades allaient gérer les ultimes étapes de leur voyage macabre. L'aînée, Safia al-Maaz, mesurait une tête de plus que sa cadette, Jane McCabe. Le matin même, le trio était arrivé de Londres par avion privé. Dès leur atterrissage au Caire, ils avaient été amenés à la morgue, ensemble quelconque de bâtiments bleus, située à un jet de pierre du Nil.

Sur les pas du coroner, Safia entoura d'un bras protecteur, quasi maternel, la jeune Jane, à peine âgée de vingt et un ans.

Derek croisa son regard et lui demanda en silence : « Pourra-t-elle supporter ? »

1. Dans les pays anglo-saxons, officier de police judiciaire chargé d'enquêter sur les décès par mort violente ou par accident.

Safia prit une profonde inspiration et confirma d'un signe de tête. Sa patronne était conservatrice en chef au British Museum. Il avait rejoint l'équipe quatre ans auparavant, embauché au bas de l'échelle comme simple gardien assistant. Sa spécialité ? La biologie et, en particulier, les investigations historiques sur la santé humaine. En étudiant des restes de dents, de squelette et de tissus, il tentait d'élaborer un modèle plus complet de la condition physique des peuples anciens, voire, pour certains individus, de déterminer les causes de leur décès. Grâce à sa précédente bourse de recherche à l'University College de Londres, il s'était penché sur diverses épidémies, dont la peste noire en Europe et la grande famine en Irlande.

Son projet actuel au sein du musée l'avait conduit à analyser des momies découvertes près de la sixième cataracte du Nil, sur le chantier d'un nouveau barrage au Soudan. La région, très aride, avait rarement été étudiée. Cependant, depuis le début des travaux, la Société d'Études archéologiques du Soudan avait demandé au British Museum de l'aider à préserver ces précieux trésors historiques avant qu'ils ne soient perdus. Rien qu'au cours des derniers mois, ils avaient ainsi sauvé une foule d'œuvres rupestres, notamment quand il avait fallu déterrer et transporter les trois cent quatre-vingt-dix blocs d'une petite pyramide nubienne.

C'était ce même projet qui les avait entraînés au Caire, un projet jugé maudit quand le responsable des chercheurs s'était volatilisé deux ans plus tôt avec son équipe d'experts. Après des mois de recherches, leur disparition avait été jugée d'ordre criminel, sans doute liée à l'instabilité causée par les révoltes du Printemps arabe et l'agitation politique qui en avait découlé. Bien que la moitié des victimes aient été d'origine soudanaise, il était toujours imprudent, pour des étrangers, de traverser des zones aussi reculées, contrôlées par des bandes de voyous ou de rebelles. On avait même évoqué un acte terroriste, mais personne n'avait envoyé de revendication ni de demande de rançon.

L'ensemble du musée avait été durement ébranlé par l'affaire. Responsable des fouilles, le professeur Harold McCabe – pourtant guère populaire en raison de son intransigeance – y était très respecté. D'ailleurs, c'était l'intérêt de l'éminent enseignant pour la mission qui avait poussé Derek à rejoindre l'effort de préservation. McCabe avait été son professeur et son mentor durant ses premières années à l'University College. Il l'avait même aidé à décrocher sa bourse.

Son décès avait donc profondément affecté Derek… mais pas autant que la benjamine du groupe ce jour-là.

Il observa Jane McCabe au moment où elle pénétra dans l'ascenseur, les bras croisés, le regard perdu à des milliers de kilomètres. C'était la fille d'Harold. De fines gouttelettes de sueur perlaient à son front et à sa lèvre supérieure. La chaleur était écrasante, le système d'air conditionné peu efficace, néanmoins il y avait fort à parier que, si Jane transpirait, c'était surtout à cause de la situation stressante qui l'attendait.

Safia lui effleura le bras.

— Tu peux nous attendre à l'étage, Jane. Je connaissais suffisamment bien ton père pour me charger de l'identification.

Sur la même longueur d'onde, Derek tendit la main pour bloquer les portes de l'ascenseur.

Le regard de la jeune femme se stabilisa et durcit.

— Il faut que j'y aille. Après avoir attendu deux ans des réponses au sujet de mon père, de mon frère, je ne vais pas…

À son plus grand agacement, sa voix se brisa. Son frère aîné, Rory, avait disparu au cours de la même expédition. Leur mère étant décédée six ans plus tôt après un long combat contre son cancer des ovaires, Jane se retrouvait donc seule au monde.

D'un geste, elle abaissa le bras de Derek et les portes de la cabine se refermèrent.

Devant tant de détermination, Safia lâcha un soupir résigné.

Derek ne s'attendait pas à une autre réaction de la part de Jane, car c'était la copie conforme de son père : butée, obstinée et brillante elle-même. Il l'avait rencontrée à la même époque que son mentor quand, à seize ans, elle suivait déjà un cursus intensif au sein de la même université. Titulaire, à dix-neuf, d'une thèse en anthropologie, elle avait depuis intégré un programme postdoctoral, bien décidée à suivre les traces de son père.

Hélas, cela n'avait réussi qu'à la mener à la morgue.

Le temps de la descente, Derek observa les deux femmes. Malgré leur passion commune pour les antiquités, elles étaient aux antipodes. Le teint café au lait de Safia et ses longs cheveux bruns, à moitié dissimulés sous un foulard lâche, rappelaient ses origines moyen-orientales. Elle portait un simple pantalon de toile noir et une blouse bleu ciel à manches longues. Son comportement aussi était empreint de douceur, mais sa présence était magnétique, avec ses éclatantes prunelles émeraude qui, au besoin, pouvaient vous stopper net.

De son côté, Jane ressemblait beaucoup à son père, de souche écossaise. Ses cheveux, roux flamboyant, étaient coupés à la garçonne et, manque de chance, elle possédait une personnalité tout aussi explosive. Derek avait entendu dire qu'au moindre désaccord, elle n'hésitait pas à intimider ses camarades, voire ses professeurs. C'était bien la fille de son père, mais, en un sens, ils étaient aussi très différents. Le cuir d'Harold avait été tanné, parcheminé par des décennies de fouilles en plein désert, alors que Jane avait la peau douce et pâle des rats de bibliothèque. À peine avait-elle le nez et les joues semés de quelques taches de rousseur qui lui donnaient un air enfantin et que certains prenaient, à tort, pour de la naïveté.

Derek, lui, n'était pas dupe.

Arrivé au sous-sol, l'ascenseur pila brusquement. Dès que les portes se rouvrirent, la cabine fut envahie par une odeur âcre d'eau de Javel mêlée à des relents de pourriture. Le Dr Badaoui entraîna ses visiteurs dans un couloir aux murs de béton blanchis à la chaux et au linoléum usé. Son petit corps noyé dans une blouse blanche, le coroner marchait d'un air pressé. À l'évidence, c'était une corvée dont il voulait se débarrasser au plus vite. On sentait bien aussi que quelque chose lui mettait les nerfs à vif.

Au fond du couloir, ils franchirent un épais rideau en plastique qui les séparait d'une petite salle. Y trônait une table en inox, où un corps reposait sous un drap immaculé.

Malgré son insistance pour venir, Jane vacilla. Safia resta auprès d'elle, sur le seuil, tandis que Derek suivait le coroner. Derrière lui, il l'entendit murmurer qu'elle allait bien.

Badaoui les observa toutes les deux et, sous le coup du stress, il heurta une règle métallique pendue à la table.

— Je vous suggère de regarder en premier, chuchota-t-il à Derek. Il n'est peut-être pas très convenable que des femmes assistent à cette scène.

Face à sa remarque d'une misogynie à peine voilée, Jane réagit aussitôt :

— Non. Il faut que je sache s'il s'agit de mon père.

Derek, lui, lut sur son visage qu'elle voulait obtenir des réponses, un moyen d'expliquer deux ans d'incertitude et de faux espoirs, mais, surtout, qu'elle avait besoin de laisser partir le fantôme d'Harold.

— Finissons-en ! lança Safia.

Badaoui inclina légèrement la nuque et ôta la moitié supérieure du drap, dévoilant le torse dénudé du cadavre.

Derek recula d'un pas, le souffle coupé. Sa première réaction ? Le déni. Ce ne pouvait pas être Harold McCabe.

Le corps semblait avoir été exhumé après des siècles passés enfoui sous le sable. La peau s'était ratatinée autour des arêtes du visage et des côtes. Plus étrange encore, elle avait pris une teinte brun foncé, presque lustrée, comme badigeonnée d'un vernis. Une fois remis de ses émotions, Derek remarqua enfin le roux grisonnant qui recouvrait le cuir chevelu, les joues, le menton, et il comprit qu'il s'était trompé.

Jane aussi le reconnut.

— Papa…

Ravagée par un mélange d'angoisse et de désespoir, elle détourna la tête et se blottit contre Safia. À peine moins affligée, cette dernière, qui connaissait Harold depuis longtemps, plissa le front d'un air troublé.

Derek crut deviner le motif de sa consternation et l'énonça à haute voix auprès du coroner :

— Je croyais que le professeur McCabe était encore vivant il y a dix jours.

— En effet, confirma Badaoui. Une famille de nomades l'a retrouvé errant en plein désert, à un kilomètre de Rufa'a. (Il adressa un regard compatissant à Jane.) Ils l'ont ramené au village en charrette, mais il est décédé avant d'avoir pu être secouru.

— Cette chronologie n'a aucun sens, objecta Safia. Le corps que vous nous présentez ici paraît beaucoup plus vieux.

Derek, qui avait eu la même réaction viscérale, approuva d'un signe de tête, mais un autre mystère l'intriguait.

— Vous dites que la dépouille est arrivée il y a deux jours par camion et qu'elle était juste enveloppée dans du plastique, sans avoir subi le moindre embaumement. S'agissait-il d'un véhicule frigorifique ?

— Non. En revanche, elle a été placée en chambre froide dès son arrivée à la morgue.

Derek jeta un coup d'œil à Safia.

— Le décès remonte à dix jours, avec un corps conservé sous une chaleur torride. Or, je ne constate presque aucun signe de décomposition *post mortem*. Ni boursouflures significatives ni craquelures de la peau. Il semble quasi intact.

Le seul préjudice était une incision en Y pratiquée sur le torse au moment de l'autopsie. Derek avait lu le rapport du coroner dans l'avion. Aucune cause précise de la mort n'avait beau avoir été établie, l'exposition à la chaleur et la déshydratation étaient des coupables idéaux. Le diagnostic ne permettait cependant guère de déterminer ce qui était vraiment arrivé à McCabe.

Où avait-il disparu tout ce temps-là ?

Safia approfondit la question :

— Avez-vous recueilli d'autres renseignements sur cette famille de nomades ? Le professeur McCabe a-t-il expliqué ce qu'il fabriquait avant d'être retrouvé au milieu du désert ? La moindre information au sujet de son fils ou de ses collègues ?

Badaoui fixa le bout de ses souliers.

— Rien de sensé. Il était faible, en plein délire, et le groupe qui l'accompagnait ne parlait qu'un dialecte du Soudan.

— Mon père parlait couramment plusieurs sortes d'arabe.

— Jane a raison, confirma Safia. S'il y a quelque chose qu'il a pu communiquer avant de mourir…

Badaoui soupira.

— Je ne l'ai pas consigné dans mon rapport, mais, selon un nomade, le professeur McCabe a prétendu avoir été avalé par un géant.

— Avalé par un géant ? s'étonna Safia.

— Bah ! Comme je vous le disais, il était très déshydraté, sans doute victime d'hallucinations.

— Rien d'autre ?

— Un seul mot, qu'il n'arrêtait pas de marmonner pendant qu'on l'emmenait à Rufa'a.

— Lequel ?

Badaoui contempla la jeune voisine de Safia.

— *Jane.*

La fille d'Harold se raidit, à la fois meurtrie et perdue.

Pendant que Safia lui apportait son soutien, Derek alla examiner le corps avec précaution. Il pinça la peau afin d'en tester l'élasticité. Elle lui sembla étrangement épaisse, presque durcie. Il saisit ensuite une main décharnée et vérifia les ongles, qui avaient pris une drôle de teinte jaune.

— Docteur Badaoui, votre compte rendu indique que vous avez retrouvé des petits cailloux dans son estomac, tous de même taille et de même forme.

— Oui. À peu près comme des œufs de caille.

— Vous avez aussi extrait ce que vous pensez être des fragments d'écorce.

— En effet. J'imagine qu'il a été contraint d'avaler tout ce qu'il pouvait glaner dans le désert, histoire, peut-être, d'apaiser les terribles affres de la faim.

— À moins que leur présence n'ait une autre explication.

— Laquelle ? reprit Safia, toujours aux petits soins pour Jane.

— De nouveaux tests devront confirmer mes soupçons. Biopsies de la peau et, bien sûr, analyse toxicologique du contenu gastrique. (Il établit mentalement sa liste de requêtes.) Mais, surtout, je veux qu'on lui fasse passer un scanner cérébral.

— À quoi pensez-vous ? demanda Safia.

— Étant donné l'état du corps – son apparent vieillissement prématuré, l'état de conservation étonnant de ses restes –, je pense que le professeur McCabe a été momifié.

Badaoui tressaillit, mi-chagriné, mi-ulcéré.

— Je peux vous certifier que personne ne s'en est pris à cet homme après son décès. Ils n'auraient pas osé.

— Vous m'avez mal compris, docteur. Je ne crois pas qu'il ait été momifié *après* sa mort. (Coup d'œil à Safia.) Mais *avant.*

* * *

16 h 32

Cinq heures plus tard, Derek était accroupi devant une série d'écrans informatiques. Au-dessus de sa tête, des baies vitrées surplombaient une salle d'IRM, avec sa longue table et son immense tube magnétique blanc.

En raison de la lenteur bureaucratique, ils ne pouvaient pas rapatrier le professeur McCabe à Londres avant le lendemain, donc Derek avait décidé de recueillir un maximum d'informations avant que le corps ne se décompose davantage. Il avait déjà effectué des biopsies de peau, prélevé des échantillons de cheveux et demandé au coroner de placer dans une boîte scellée l'étrange contenu gastrique : les drôles de cailloux en forme d'œufs de caille et ce qui ressemblait à de l'écorce non digérée. Badaoui lui avait aussi permis d'avoir accès aux équipements IRM d'un hôpital voisin.

Derek étudia les résultats du second scanner. À l'écran, une image parasagittale montrait une coupe transversale latérale de la tête du professeur. La forme de la boîte crânienne, l'arête du nez et les orbites oculaires étaient parfaitement figurées par les puissantes forces magnétiques et les ondes radio de l'appareil. À l'intérieur, en revanche, le cerveau n'était plus qu'une masse grise informe, loin de ce à quoi il s'attendait.

— C'est encore moins net qu'au premier passage dans la machine, déplora Safia derrière son épaule.

En effet, le scanner initial laissait voir certains éléments, telles que les circonvolutions en creux (*sulci*) ou en bosses (*gyri*) à la surface du cerveau. Frustré, Derek avait réclamé une seconde IRM avant que le corps ne reparte à la morgue. Hélas, les résultats étaient encore moins probants.

Le Britannique se raidit.

— J'ignore si l'appareil est mal calibré ou si le processus de décomposition *post mortem* a déjà bousillé l'architecture cérébrale de McCabe.

— Que pensez-vous d'un troisième scanner ?

Les yeux rivés au tube vide, il secoua la tête. La dépouille de l'universitaire avait déjà réintégré sa chambre froide.

— Notre meilleur espoir est de conserver un maximum d'éléments avant qu'ils ne se délitent encore plus. J'ai demandé au coroner de recueillir le liquide céphalorachidien et de prélever le cerveau, de sorte qu'il soit mis à l'abri dans le formol et qu'à notre retour à Londres, nous puissions l'étudier correctement.

— Jane est au courant ? s'inquiéta Safia.

— Elle m'a donné sa permission avant de rentrer à l'hôtel.

Éprouvée par l'identification de son père et par la somme de papiers officiels qu'elle avait dû remplir, la jeune femme était soudain devenue pâle, les traits tirés. Derek lui avait néanmoins établi la liste de ses desiderata avant que le corps ne soit rapatrié en Angleterre pour y être inhumé. Elle avait accepté, car – autant que lui, sinon plus – elle souhaitait des réponses. En revanche, elle n'avait aucune envie d'y assister en direct : même pour sa détermination à toute épreuve, il y avait des limites.

Safia soupira.

— J'ai l'impression que nous sommes arrivés au bout.

Le jeune homme étira son dos endolori et hocha la tête.

— Je repars vérifier que tout est en ordre à la morgue. Peut-être pourriez-vous rendre visite à Jane et voir comment…

Il fut interrompu par une sonnerie de téléphone. L'unique technicien de la pièce décrocha, prononça quelques mots, puis se tourna vers Derek.

— C'est le coroner. Il demande à vous parler.

Intrigué, l'archéologue prit le combiné.

— Docteur Rankin à l'appareil.

— Venez vite ! s'exclama Badaoui dans tous ses états. Vous devez le voir de vos propres yeux.

Derek tenta bien de poser quelques questions, mais son interlocuteur refusa de livrer le moindre détail par téléphone et le pressa de le rejoindre à la morgue. Le Britannique finit par raccrocher et expliqua la situation à Safia.

— Je vous accompagne, annonça-t-elle.

Ils quittèrent l'hôpital. Après plusieurs heures passées entre quatre murs, le soleil était aveuglant, la chaleur quasi infernale. Chaque respiration mettait les poumons de Derek en feu.

Tandis qu'ils arpentaient les rues bondées, Safia, qui, elle, semblait à peine dérangée par la température caniculaire, marchait d'un bon pas.

— Derek, tout à l'heure, vous avez évoqué la possibilité que quelque chose ait été fait à Harold, un processus susceptible d'expliquer l'état incongru de son corps. C'est quoi cette histoire de momification avant la mort ?

Derek aurait préféré éviter la conversation et il s'en voulut de ne pas avoir su tenir sa langue. Ses mots avaient franchement accru l'anxiété de Jane et il n'aurait pas dû en parler avant d'avoir réuni des preuves concrètes.

Il se sentit rougir, et pas à cause de la chaleur.

— Ce n'est qu'une hypothèse, plutôt farfelue d'ailleurs. J'ai commis l'imprudence d'énoncer prématurément mes soupçons à haute voix.

— Expliquez-moi quand même.

— Je faisais référence à l'automomification, quand quelqu'un prépare son corps de manière à préserver les chairs après sa mort. Cela se pratique surtout chez les moines en Asie. En particulier au Japon et en Chine. Toutefois, le rituel fait aussi partie de certains cultes en Inde et dans quelques sectes ascétiques du Moyen-Orient.

— Pourquoi s'infliger pareil supplice ? C'est une forme de suicide, non ?

— Au contraire. La plupart des candidats y voient un acte spirituel, un chemin vers l'immortalité. Les restes préservés des personnes qui ont suivi ce genre de transition sont vénérés par les membres de la communauté. Les corps embaumés sont considérés comme des récipients miraculeux capables de conférer des pouvoirs spéciaux à leurs fidèles.

Safia laissa échapper un ricanement de dédain.

— Oh ! Ce n'est pas réservé aux religions lointaines, précisa-t-il. Même les catholiques croient que l'incorruptibilité du corps d'un défunt est une preuve de sa sainteté.

— Admettons. Auquel cas, comment se momifie-t-on soi-même ?

— La méthode varie selon les civilisations, mais on note plusieurs points communs. D'abord, il s'agit d'un processus très long, étalé sur plusieurs années. On commence par modifier son alimentation : on bannit tous types de graines et on se contente de noix, d'aiguilles de pin, de baies et d'écorce résineuse. En fait, les adeptes ancestraux de cet art au Japon – appelés *Sokushinbutsu*, ou bouddhas vivants – ont baptisé leur pratique *mokujikuo*, le « régime arbre ».

— Quand le coroner a parlé d'écorces dans l'estomac d'Harold, le détail vous a donc mis la puce à l'oreille ?

— Oui, ça et les cailloux. Les examens aux rayons X des momies *sokushinbutsu* montrent aussi la présence de petits galets dans leurs intestins.

— En quoi ces curieuses pratiques préservent-elles un corps après le décès ?

— Certaines herbes, toxines et résines, une fois qu'elles ont imprégné les tissus corporels par leur consommation régulière, auraient des vertus antimicrobiennes, inhibant la prolifération des bactéries *post mortem* et agissant, en fin de compte, comme une solution d'embaumement naturelle.

Safia eut l'air écœurée.

— La dernière étape consiste, en général, à s'enfermer dans une chambre funéraire munie d'une aération minuscule. Au Japon, les moines concernés y déclamaient des psaumes à longueur de journée et faisaient tinter une clochette jusqu'à leur mort. Restés dehors, leurs frères scellaient le tombeau, puis ils patientaient trois ans et l'ouvraient pour savoir si le moine avait réussi.

— Ils vérifiaient que le corps n'était pas décomposé ?

— Oui. Ensuite, ils le brûlaient avec de l'encens pour assurer une conservation optimale.

— Vous pensez qu'Harold s'est infligé une telle épreuve ?

— Ou qu'il y a été contraint par ses ravisseurs. Quoi qu'il en soit, le rituel n'est pas allé à son terme. Je dirais que McCabe avait commencé il y a à peine deux ou trois mois.

— Si vous avez raison, en apporter la preuve pourrait nous renseigner sur l'identité des bandits qui ont enlevé les chercheurs.

— Et faire naître l'espoir que d'autres soient encore en vie. Peut-être sont-ils retenus prisonniers quelque part, forcés à suivre le même processus de momification lente. J'ai une pensée particulière pour Rory, le frère de Jane. Si nous les retrouvions assez vite, ils pourraient être soignés à temps et guérir totalement.

Les lèvres de Safia se crispèrent, puis elle demanda :

— Vous estimez-vous capable de déterminer le type d'écorce ? Ou l'arbre d'où elle est tirée ? L'information nous aiderait à délimiter leur zone de détention.

— Je n'y avais pas songé, mais, oui, c'est possible.

Le temps de la discussion, ils étaient arrivés devant la morgue et gravirent le perron. À l'intérieur, la température leur sembla chuter de plusieurs dizaines de degrés. Une femme menue, en blouse stérile verte, s'élança à leur rencontre.

— Le Dr Badaoui m'a demandé de vous conduire directement à lui.

Avant qu'elle ne détourne la tête, Derek lut une grande crainte dans ses yeux, et ce n'était pas sans doute pas pour la simple raison que son patron l'intimidait. Il s'empressa de lui emboîter le pas en se demandant quel était le problème.

Ils descendirent un escalier qui menait à une autre aile de la morgue et rejoignirent une salle d'observation en surplomb d'un laboratoire de pathologie. Derrière la vitre, une table en inox, éclairée par une grosse lampe halogène, trônait en contrebas. La morgue et l'hôpital voisin dépendaient tous deux de la faculté de médecine de l'université du Caire. À l'évidence, la pièce, munie de bancs, permettait aux étudiants d'assister aux autopsies.

Ce jour-là, le public se composait uniquement de Derek et de Safia escortés de leur chaperon. Dans le laboratoire, plusieurs experts médicaux s'affairaient autour de la table, le visage protégé par un masque en papier. Badaoui remarqua leur arrivée. Il leva le bras et porta un micro sans fil à ses lèvres. Les mots sortirent par un petit haut-parleur fixé au-dessus de la fenêtre.

— J'ignore de quoi il retourne, mais, avant de poursuivre le prélèvement conservatoire du cerveau, je voulais vous montrer ce que nous avons trouvé. J'ai aussi pris la liberté de filmer la scène.

— Qu'avez-vous découvert ? cria Derek.

Leur chaperon indiqua un interphone près de la fenêtre. Le Britannique s'en approcha et répéta alors sa question.

D'un geste, Badaoui invita son équipe à s'écarter. Le corps de l'archéologue sexagénaire était étendu, nu, sous la lumière éblouissante des halogènes. Seules ses parties intimes étaient pudiquement couvertes d'un morceau de tissu. Un autre champ stérile cachait le haut de son crâne. La table était orientée de sorte que la tête du cadavre pointait vers la baie vitrée.

— Nous avons déjà recueilli les échantillons de liquide céphalorachidien que vous aviez demandés, déclara le coroner. Et nous venions d'entamer la phase d'extraction du cerveau.

Badaoui ôta le champ. Ses collègues avaient découpé le cuir chevelu et ouvert la boîte crânienne à la scie chirurgicale. Il dégagea un morceau de la nuque, là où il avait délicatement replacé le volet après avoir eu un premier accès au cerveau.

D'un coup d'œil, Derek vérifia que Safia supportait la scène. Elle se tenait un peu trop raide, les mains plaquées sur le ventre, mais elle ne broncha pas.

Le coroner posa le morceau de crâne et recula d'un pas. Désormais au grand jour, les lobes rosâtres du cerveau luisaient sous les lampes, enveloppés dans les replis du tissu méningé.

Derek n'en revenait pas que l'origine du génie de son mentor soit exposée là, à la vue de tous. Il se rappela leurs longues conversations tardives sur les sujets les plus divers, depuis les derniers articles scientifiques parus jusqu'au nom des équipes susceptibles de remporter la prochaine Coupe du monde de football. Son ami avait un rire de gros ours blessé et le tempérament explosif qui allait de pair. C'était aussi un homme particulièrement gentil qui vouait à son épouse, comme à ses deux enfants, un amour immense et inébranlable.

Tout est fini maintenant…

La voix de Badaoui qui sortit du haut-parleur nasillard ramena Derek à la réalité, mais les premiers mots lui échappèrent.

— … voir ça. C'est par le plus grand des hasards que nous avons pu constater le phénomène.

Constater quoi ?

Le coroner interpella un membre de son équipe, qui tamisa l'éclairage halogène, puis éteignit les plafonniers. Derek mit alors plusieurs secondes à croire ce qu'il avait sous les yeux.

Safia haleta, signe qu'elle aussi l'avait remarqué.

Le cerveau et le tissu méningé du professeur McCabe luisaient d'un éclat rosé, comme aux premières heures de l'aube.

— La couleur était plus vive tout à l'heure, précisa Badaoui. L'effet s'estompe déjà.

— Quelle en est la cause ? s'étonna Safia, énonçant à haute voix la question qui taraudait Derek.

Perplexe, le Britannique se rappela lui avoir expliqué, quelques minutes plus tôt, qu'un objectif de l'automomification était de créer un réceptacle incorruptible, un calice immortel capable de préserver les miracles.

Suis-je en train d'en être le témoin ?

Safia pivota vers lui.

— On arrête les expérimentations. Ce corps doit être remis dans sa housse mortuaire et placé sous scellés. Je veux que tout soit prêt pour son rapatriement immédiat à Londres.

Déstabilisé par le ton brusquement impérieux de sa supérieure, Derek cligna plusieurs fois des paupières.

— Impossible de transférer la dépouille du professeur McCabe avant demain !

— Je vais tirer quelques ficelles, répondit-elle, sûre d'elle.

— N'empêche, ce qui se passe ici dépasse tout ce que j'ai jamais vu. Il me faudrait un coup de main.

— Je connais quelqu'un.

— Qui ?

— Un vieil ami qui me doit un service.

CHAPITRE 2

30 mai, 11 h 45, heure de l'Est
Washington, D.C.

Assis à son bureau, Painter Crowe contemplait un mirage jailli du passé.

L'image de Safia al-Maaz emplissait l'écran de son ordinateur. Leur dernier contact remontait à une dizaine d'années, sous le soleil implacable du désert du Rub' al-Khālī, immense « Quart Vide » de la péninsule arabique. Le patron de Sigma se sentit remué par de vieux sentiments, surtout quand Safia lui souriait. Les yeux de la jeune femme, eux, pétillaient d'amusement, car elle aussi était ravie de le revoir.

Painter l'avait rencontrée lors d'une mission, à l'époque où la Sigma Force, nouvellement créée, était dirigée par son ancien mentor, Sean McKnight. Le groupe clandestin – placé sous l'égide du DARPA, agence de recherche et de développement du ministère de la Défense – était constitué d'anciens soldats des Forces spéciales reconvertis dans différentes disciplines scientifiques afin d'intervenir sur le terrain pour le compte du DARPA.

Dix ans plus tard, Painter avait pris la tête de Sigma… mais ce n'était pas la seule chose qui avait changé.

Safia replaça une boucle brune derrière son oreille.

— Ça, c'est nouveau, souffla-t-elle en laissant ses doigts s'attarder au niveau de sa tempe.

Il effleura la même mèche qui, chez lui, avait blanchi à la suite d'un grave traumatisme. Au cœur de sa tignasse noire, elle détonnait, comme si l'homme s'était planté une plume immaculée derrière l'oreille. L'avantage, c'était qu'elle lui permettait de souligner ses racines d'Indien pequot.

— Bah ! J'imagine que j'ai aussi pris quelques rides.

Avant qu'il ne baisse la main, elle remarqua autre chose.

— C'est une alliance que je vois là ?

Souriant, il fit coulisser l'anneau d'or autour de son doigt.

— Que dire ? Une fille a enfin accepté de m'épouser.

— Elle a de la chance de t'avoir.

— Non, c'est moi le veinard. Au fait, comment va Omaha ?

À l'évocation de son mari, le Dr Omaha Dunn, archéologue américain qui avait su conquérir son cœur, la brillante jeune femme leva les yeux au ciel d'un air exaspéré.

— *Pfff !* Il est parti avec son frère Danny sur des fouilles en Inde. Déjà un mois qu'il m'a laissée en plan ! J'essaie sans cesse de le joindre, mais, comme d'habitude, il a choisi de s'enterrer dans une région où les communications sont, au mieux, capricieuses.

— Donc tu m'as appelé, conclut Painter sur un ton faussement meurtri. Avec toi, je suis toujours un second choix.

— Pas cette fois, non, le détrompa-t-elle, plus sérieuse, la mine soudain assombrie par l'inquiétude.

Après leur échange de civilités, Safia abordait enfin la raison de son appel urgent.

— J'ai besoin de ton aide.

— À ton service. Quel est le problème ?

Elle baissa les yeux, peut-être le temps de trouver par où commencer.

— Es-tu au courant que le British Museum supervise un projet de sauvegarde dans le nord du Soudan ?

Il se frotta le menton. *Ça me dit quelque chose, mais pourquoi ?* D'un seul coup, la mémoire lui revint.

— Il n'y a pas eu un souci récemment ?

— En effet. Une équipe d'experts a disparu en plein désert.

Maintenant qu'elle en parlait, il se rappela avoir reçu un compte rendu de renseignement sur le sujet.

— Si mes souvenirs sont bons, il a été estimé, d'un commun accord, que le groupe avait croisé la route de rebelles et que les choses avaient mal tourné.

Safia se rembrunit.

— C'était ce que nous pensions. Et puis, il y a dix jours, le responsable de l'expédition – le professeur Harold McCabe – a resurgi du désert, très mal en point. Il est décédé avant qu'on ait pu le conduire à l'hôpital. Les experts locaux ont mis plus d'une semaine à l'identifier grâce à ses empreintes digitales. En fait, je reviens d'un voyage de deux jours en Égypte. C'était un ami cher et je voulais être là lors du rapatriement de sa dépouille.

— Toutes mes condoléances.

Elle baissa la tête.

— J'ai aussi effectué ce déplacement dans l'espoir de recueillir des indices sur le sort des autres explorateurs, y compris le fils d'Harold, lui aussi membre de l'équipe.

— As-tu trouvé quelque chose ?

— Rien, hélas. Le mystère s'est même épaissi. Le corps de mon ami a été découvert dans un état inexplicable. Selon un expert du musée qui m'accompagnait, Harold a peut-être été soumis à un rituel d'automomification censé préserver ses chairs après sa mort.

L'effroyable hypothèse eut beau susciter chez Painter une foule d'interrogations, il laissa Safia continuer :

— Nous avons prélevé des échantillons de tissu, que nous faisons actuellement analyser afin de confirmer ce qui est arrivé. Nous espérons identifier certaines plantes et herbes médicinales qui, utilisées dans le cadre du rituel, nous aideraient à déterminer d'où Harold venait et où il était passé depuis sa disparition.

Malin, apprécia le chef Crowe.

— Nous butons toutefois sur un détail *post mortem* : une étrange altération des tissus du cerveau et du système nerveux central.

— Étrange à quel point ?

— Je préfère que tu le découvres de tes propres yeux. (Elle pianota sur son clavier.) Je t'envoie une vidéo tournée il y a quarante-huit heures par un employé de la morgue du Caire.

Painter ouvrit le fichier dès sa réception. Le film montrait du remue-ménage autour d'une table en inox. Il n'y avait pas de son, mais, à en croire le tableau silencieux, quelque chose avait bouleversé l'assistance. Une silhouette, sans doute le coroner, fit signe à tout le monde de reculer afin que le vidéaste approche. L'image tressauta, puis se stabilisa devant un corps couvert d'un drap et allongé sur la table. À l'intérieur de la boîte crânienne trépanée, on apercevait le cerveau. Soudain, la salle fut plongée dans l'obscurité et la raison de l'agitation générale sauta aux yeux.

— J'ai la berlue ou quoi ? On dirait que l'intérieur du crâne brille !

— En effet, confirma Safia. J'en ai moi-même été témoin, même si, le temps que j'arrive sur place, l'effet s'atténuait déjà.

À la fin de la vidéo, Painter revint vers son amie.

— En connais-tu la cause ?

— Pas encore. Les tissus et les fluides sont en cours d'analyse. Néanmoins, nous pensons à un agent chimique ou biologique, une substance à laquelle Harold aurait été exposé de manière accidentelle ou délibérée. En tout cas, il est aujourd'hui crucial d'en découvrir l'origine.

— Pourquoi ?

— Pour deux raisons. Ce matin, j'ai appelé le Dr Badaoui, car je voulais lui mettre la pression au sujet de certains rapports qu'il avait omis de nous transmettre. J'ai appris que l'ensemble de son équipe et lui étaient tombés malades. Fièvre de cheval, vomissements, fasciculations musculaires.

— Tout cela en à peine deux jours ?

— Le premier symptôme – une forte fièvre – s'est déclaré huit heures après qu'ils ont ouvert le crâne d'Harold. Depuis, des proches des témoins de l'autopsie commencent à présenter les mêmes signes cliniques. Une mise en quarantaine a été décidée, mais, pour le moment, nous ignorons combien de personnes ont été exposées.

Painter connaissait Le Caire. Il savait combien il serait difficile de boucler une ville aussi peuplée et trépidante, surtout si l'affolement s'emparait des habitants.

Soudain, une angoisse plus immédiate l'étreignit.

— Comment te sens-tu, Safia ?

— Je vais bien. Je n'étais pas à la morgue au moment de l'autopsie, puis, quand j'ai découvert dans quel drôle d'état était le corps d'Harold, j'ai fait mettre sa dépouille et tous ses échantillons de tissus sous pli hermétique.

— Et quand le corps est arrivé à Londres ?

La jeune femme se rembrunit.

— Nous avons pris des précautions, mais je crains qu'il n'y ait eu quelques défaillances avant que nous ne prenions conscience de l'ampleur du danger. Les services douaniers d'Heathrow nous ont informés que les scellés du cercueil avaient été abîmés pendant le transport, soit au Caire, soit au cours du trajet.

Painter eut la boule au ventre. Les aéroports d'Heathrow et du Caire étaient d'énormes pôles de circulation internationaux. Si une contamination s'était produite dans l'un ou l'autre de ces lieux extrêmement fréquentés, on pouvait se retrouver avec une pandémie planétaire sur les bras.

À en juger par son regard luisant d'angoisse, Safia aussi avait pris conscience du risque.

— Deux techniciens chargés de convoyer le corps d'Harold à l'abri, dans nos laboratoires, ont déjà développé les premiers symptômes. Ils ont été placés en quarantaine, ainsi que l'ensemble des personnes avec lesquelles ils ont été en contact. De plus, les agences de santé publique, ici et en Égypte, interrogent tous les bagagistes et le personnel d'aéroport en quête du moindre signe de maladie. J'attends toujours des nouvelles, mais, étant donné les niveaux de bureaucratie impliqués, j'ai bien peur d'être la dernière au courant.

— Je vais me renseigner sur l'évolution de l'enquête.

En son for intérieur, Painter dressait déjà sa check-list. Récemment, il avait lu un rapport d'évaluation des risques du M.I.T.[1] sur le rôle des aéroports dans la propagation des maladies. On y rappelait, par exemple, comment l'épidémie de grippe H1N1 avait fait trois cent mille victimes à travers le monde en 2009.

— Je… J'aurais dû être plus minutieuse, souffla Safia.

Painter tenta de soulager la culpabilité de son amie.

— Compte tenu des circonstances, tu as agi au mieux. D'ailleurs, si tu n'avais pas eu la présence d'esprit de tout sceller aussi vite, beaucoup d'autres gens auraient été exposés.

Elle secoua faiblement la tête d'un air désabusé.

— J'ai agi sur une simple intuition, un pressentiment… mais, dès que j'ai vu ce qui se passait, je me suis doutée de la *raison* pour laquelle Harold avait peut-être été soumis au rituel d'automomification.

1. *Massachusetts Institute of Technology*. Institut de recherche américain et université spécialisés dans les domaines de la science et de la technologie.

D'expérience, Painter savait qu'on pouvait se fier à la sagacité de Safia. Ses capacités intuitives s'étaient déjà révélées d'une précision troublante.

— Pourquoi ?

— À mon avis, il s'agissait de protéger ce qu'il avait dans la tête. L'embaumement devait transformer son corps en une espèce de vaisseau réservé à cet agent mystérieux. Il devait préserver ses chairs, surtout après son décès, et en faire le réceptacle incorruptible de l'entité dissimulée à l'intérieur.

Un réceptacle qui avait été ouvert par inadvertance.

Tout à coup, Painter se rappela une phrase de Safia quelques minutes plus tôt.

— Tu as dit qu'il y avait *deux* raisons à ton inquiétude. Quelle est l'autre ?

— Je crois que le phénomène s'est déjà produit auparavant.

* * *

17 h 02, heure du Royaume-Uni
Londres

Safia attendit que Painter ait digéré l'information avant d'enchaîner :

— Après avoir appris la réapparition d'Harold, j'ai ressorti toutes ses études et ses archives, y compris certains de ses carnets de bord manuscrits, conservés ici au musée. J'espérais y découvrir un indice probant, un détail qui nous aurait jadis échappé et qui expliquerait sa disparition, puis son retour inopiné.

— As-tu relevé quelque chose ?

— Peut-être. Un élément qui ne m'a interpellée que rétrospectivement.

— Lequel ?

— Tout d'abord, sache qu'Harold était un personnage hors norme, à la fois au musée et dans l'ensemble de la sphère universitaire. Cet archéologue adorait s'attaquer aux dogmes établis, surtout en matière d'égyptologie. Il suscitait autant le mépris que l'admiration, à la fois parce qu'il avançait des hypothèses extravagantes et parce qu'il défendait farouchement ses positions. Il écoutait toujours les thèses adverses, mais, si un collège lui semblait trop étroit d'esprit, il n'hésitait pas à le renvoyer dans les cordes.

Au souvenir de débats enflammés, elle esquissa un sourire. Peu d'hommes étaient de la trempe d'Harold – sauf, peut-être, son fils Rory, qui adorait lui tenir tête. Les deux hommes étaient souvent en désaccord, capables d'argumenter jusqu'au bout de la nuit sur un point de détail historique ou scientifique. Même quand il ressortait écarlate d'une de leurs empoignades féroces, Harold ne pouvait cacher sa fierté vis-à-vis de son fils. Elle étincelait dans ses yeux !

Le sourire de Safia se ternit de tristesse.

Les perdre tous les deux…

Elle ravala son chagrin, remplacé par une détermination d'acier. S'il existait une chance infime que Rory soit encore vivant, elle devait à Harold de retrouver sa progéniture. Elle le devait aussi à Jane qui, depuis deux ans, avait catégoriquement refusé d'admettre le décès de son père et de son frère. Selon Safia, si la jeune fille étudiait avec tant d'ardeur, c'était qu'elle se préparait à partir à leur recherche, à découvrir la vérité.

— Quel rapport entre le passé d'excentrique du professeur McCabe et notre affaire ? reprit Painter, la tirant de sa réflexion.

— Un domaine de l'égyptologie intéressait spécialement Harold. Sa principale pierre d'achoppement avec de nombreux collègues. L'histoire biblique de l'Exode.

— L'Exode ? Là où il est question de Moïse et du départ d'Égypte des Juifs ?

Elle hocha la tête.

— Pour la majorité des archéologues, ce n'est qu'une légende, une allégorie, et non un événement historique.

— Et pas pour le professeur McCabe ?

— Non. Il estimait que cet épisode pouvait être véridique, peut-être exagéré et mythifié au fil des millénaires, mais néanmoins réel.

Sur le bureau de Safia, de nombreux journaux de bord d'Harold étaient remplis des spéculations, théories et éléments de preuve, parfois sibyllins, de son ancien collègue.

— À mon avis, s'il a dirigé cette expédition au Soudan, c'était, entre autres, en vue de démontrer ses théories.

— Pourquoi aller fouiller là-bas ?

— Ça, c'était Harold. Alors que la plupart des archéologues bibliques écument les régions à *l'est* de l'Égypte, vers la péninsule du Sinaï, il était persuadé de dénicher des preuves au *sud*. Selon lui, un petit groupe d'esclaves juifs s'était peut-être enfui par là, le long du Nil.

— Que recherchait-il en particulier ?

— Un quelconque signe d'épidémie, surtout sur les momies exhumées de cette zone reculée du bassin du Nil. À cet effet, il avait expressément recruté le Dr Derek Rankin, bioarchéologue spécialisé dans l'étude des maladies anciennes.

Painter se cala au fond de son siège.

— Et voilà que, deux ans plus tard, McCabe resurgit du désert dans un sale état, à la fois atteint de maladie et victime d'un étrange rituel d'automomification. Qu'est-ce que cela t'inspire ?

— Pas grand-chose.

— Tu disais pourtant que la pathologie décelée au Caire avait été repérée *avant*, il y a longtemps. Faisais-tu allusion aux fléaux de l'Égypte antique ?

— Non.

Elle ouvrit un carnet du professeur à un chapitre marqué d'un Post-it.

— Avant de partir en expédition, Harold avait cherché, au niveau de la région, des éléments susceptibles d'indiquer la présence d'une maladie ou d'une contagion. Il a découvert quelque chose ici, dans les archives du musée, qui remonte à l'époque des célèbres explorateurs Stanley et Livingstone. Les deux hommes étaient, chacun de leur côté, partis en quête de la source du Nil en s'enfonçant dans les terres soudanaises et au-delà.

— Si je me rappelle bien mes cours d'histoire, Livingstone a disparu au cœur de la jungle et a été déclaré mort.

— Jusqu'à ce que, six ans plus tard, Stanley le retrouve, appauvri et malade, dans un hameau africain au bord du lac Tanganyika.

— Quel rapport avec l'expédition du professeur McCabe ?

— Harold faisait une fixette sur eux, moins à cause de leur célèbre rencontre en Afrique que pour ce qu'il est advenu ensuite des deux explorateurs.

— Quel a été leur destin ?

— Livingstone est resté en Afrique jusqu'à sa mort en 1873. Harold était surtout fasciné par le fait que ses amis indigènes avaient momifié son corps avant de le restituer aux autorités britanniques.

— Il a été momifié ?

D'un coup de menton, elle confirma l'étrange coïncidence.

— Sa dépouille repose depuis à l'abbaye de Westminster.

— Et Stanley ?

— Il a fini par rentrer au pays, où il a épousé une Galloise et officié au Parlement. C'est cette partie-là de son existence qui passionnait le plus Harold.

— Pourquoi ?

— Tu dois comprendre que la popularité de Stanley est à jamais liée à celle de Livingstone. On lui demandait donc souvent son avis au sujet de l'héritage de son comparse. Après le décès de l'explorateur en Afrique, la majeure partie des objets glanés au cours de ses voyages a atterri ici, au British Museum. Néanmoins, certaines reliques à la signification très personnelle sont restées dans la famille Livingstone. Il a fallu attendre la liquidation de la succession, à la fin du XIXe siècle, pour que le musée acquière ces derniers trésors. C'est le document d'enregistrement d'*un* de ces objets qui a attiré l'attention d'Harold.

— Lequel ?

— Un talisman offert par un habitant du pays, car il avait sauvé la vie de son enfant. La fiole, scellée, était gravée de hiéroglyphes égyptiens et, selon la version de l'indigène, elle contenait de l'eau du Nil, recueillie à l'époque où le fleuve s'était changé en sang.

— Changé en sang ? répéta Painter, sceptique. Tu parles du temps de Moïse ?

Safia comprit sa réticence. Elle avait eu la même réaction.

— Ce n'est peut-être qu'un gros canular. Livingstone était un missionnaire réputé, qui prêchait en Afrique dès qu'il en avait l'occasion. Il est donc possible que l'indigène ait inventé une anecdote biblique qui plaise à son ami chrétien. Enfin, quoi qu'il en soit, en raison de l'authenticité des hiéroglyphes, Harold était convaincu que le talisman était d'origine égyptienne.

— Et toi ? Qu'est-ce qui t'a frappée dans cette histoire ? En quoi une amulette serait-elle liée à notre affaire ?

— À part un croquis tiré des papiers personnels de Livingstone, on n'a retrouvé qu'une seule autre évocation du talisman. Du moins, une qu'Harold a pu mettre au jour. Il s'agit d'une référence à une malédiction qui y serait associée.

— Une malédiction ?

— Après son acquisition, l'objet a été ouvert et étudié ici, au musée. Dans les jours qui ont suivi, tous les témoins sont tombés malades et décédés de… (Elle lut ce qu'Harold avait consigné au sujet du drame.)… « d'une forte fièvre accompagnée de violentes crises de convulsions ».

— Les mêmes symptômes que ces pauvres gens du Caire, comprit Painter. Qu'est-il arrivé à l'époque ?

— Harold a tenté d'en savoir plus, mais, malgré vingt-deux victimes, il n'a trouvé aucun élément corroborant les faits.

— Même pour des archives du XIXe siècle, c'est suspect. On dirait presque que quelqu'un a tenté d'expurger toute trace de la catastrophe.

— Harold le pensait aussi. Il a toutefois appris que Stanley avait été convoqué devant la Royal Society et interrogé sur la question.

— Pourquoi ?

— Apparemment, Livingstone et lui étaient restés en contact jusqu'au décès de l'explorateur en Afrique.

Le front de Painter se plissa.

— Où Livingstone a aussi été embaumé.

— À moins que la chronologie des événements entourant sa mort ne soit fausse.

— Comment cela ?

— Et si Livingstone avait suivi le rituel de momification *avant* sa mort, comme Harold ? Les archives nous indiquent juste qu'à son rapatriement en Angleterre, le corps était déjà momifié. À l'époque, tout le monde a supposé que le traitement avait été effectué *post mortem*.

— L'idée est fascinante, mais, admettons que tu aies raison, où ce fil d'enquête nous mène-t-il ?

— J'espère qu'il nous conduira à l'endroit où Harold et les autres se sont volatilisés. Il est possible que mon ami ait découvert un élément déterminant – soit ici au musée, soit sur le terrain – qui l'ait conduit à l'origine de la maladie. Ce qui s'est passé ensuite, je l'ignore. Toutefois, en remontant à la source, nous arriverons peut-être jusqu'au reste du groupe disparu.

— D'autant que, si l'épidémie s'aggrave, l'identification de la source pourrait se révéler d'une importance vitale. (Painter la dévisagea avec insistance.) En quoi puis-je t'aider ?

— Oh ! Je prendrai tout. (La mine grave, elle essaya de faire passer dans ses mots l'angoisse qui lui nouait l'estomac.) Tu peux parler de pressentiment si tu veux, mais j'ai l'impression que nous n'avons fait qu'effleurer le sommet d'un iceberg sanglant.

— Je crois que tu as raison.

— Je crains aussi que nous ne manquions de temps. Il y a presque deux semaines qu'Harold est ressorti du désert.

Le chef Crowe hocha la tête d'un air entendu.

— En d'autres termes, sa piste refroidit de jour en jour.

— J'ai demandé à Jane – la fille d'Harold – de chercher de nouveaux éléments dans les documents personnels de son père. En parallèle, des experts médicaux de la santé publique tentent de déterminer l'origine de la maladie.

— D'accord. Moi, je peux t'envoyer une équipe à Londres. Nous aurons aussi besoin d'agents de terrain au Soudan afin de déterminer d'où Harold a débarqué.

Safia voyait presque les rouages du cerveau de Painter tourner devant elle. Avant qu'ils n'aient pu établir d'autres plans d'action, la porte de son bureau s'ouvrit.

Je croyais avoir fermé à clé…

Elle fit pivoter sa chaise vers la porte. À la vue de Carol Wentzel, jeune conservatrice et postdoctorante, elle se détendit.

— Que puis-je…

Un inconnu bouscula la jeune fille et s'engouffra dans la pièce. Il brandit un fusil, qu'il pointa sur Safia.

Elle leva un bras. Trop tard.

Le canon tira deux coups aveuglants. Une douleur atroce lui envahit la poitrine. Le souffle coupé, Safia se retourna vers l'ordinateur, vers le visage affolé de Painter. Elle tendit la main vers lui, comme s'il pouvait l'aider d'une manière ou d'une autre.

Une détonation assourdissante retentit derrière elle. La balle bourdonna à son oreille et fit exploser l'écran sous sa paume. Aussitôt, l'image s'éteignit… et, quelques instants plus tard, le reste du monde disparut à son tour.

CHAPITRE 3

30 mai, 18 h 24
Ashwell, Hertfordshire, Royaume-Uni

Jane McCabe se battait contre les fantômes qui hantaient son grenier. Elle se sentait comme une intruse au sein de sa propre maison de famille. Où qu'elle se tourne dans l'espace exigu et rempli de toiles d'araignées, elle se heurtait aux souvenirs de ses proches défunts. La vieille armoire vermoulue du fond abritait encore quelques vêtements de sa mère. Oublié dans un coin, il y avait aussi l'ancien matériel de sport de Rory : batte de base-ball poussiéreuse, ballon de football à moitié dégonflé et même un maillot de rugby élimé de l'école primaire.

Pourtant, un spectre dominait, une ombre à laquelle aucun d'eux n'avait pu échapper dans la vie et même, désormais, dans la mort : celle de son père, qui occupait toute la place. Le grenier croulait non seulement sous de gros tas de livres et de carnets de bord, mais aussi sous des monceaux de cartons de travail, dont certains remontaient à ses années d'étudiant.

À la demande du Dr al-Maaz, Jane avait déjà examiné les boîtes les moins sales, celles qui se rapportaient à deux ou trois ans avant la disparition du professeur en plein désert.

Elle avait descendu les caisses à Derek Rankin qui, à la cuisine, disséquait leur contenu en quête d'un indice quelconque sur le sort des deux explorateurs de la famille.

La tâche semblait futile, mais c'était mieux que de rester assise seule, à tenter d'accepter la mort irrévocable de son père ainsi que l'étrange état de sa dépouille.

Autant rester dans l'action.

Jane étira son dos endolori et contempla, par la lucarne, le village d'Ashwell, mélange parfait de petites maisons médiévales et de chaumières à colombages. De là-haut, on distinguait la tour carrée de l'église paroissiale, qui datait du XIVe siècle. De lointains accords de musique s'en échappaient. Depuis dix jours, le festival annuel de musique d'Ashwell battait son plein et, le soir même, Saint Mary's accueillerait un dernier grand spectacle intitulé *Les Vêpres chorales.*

Jane admira l'antique clocher crénelé, surmonté d'une flèche en plomb dardée vers le ciel. Un jour, quand elle avait neuf ans, son père lui avait montré les graffitis médiévaux dont les murs intérieurs de l'église étaient ornés. Des gribouillis en latin et en vieil anglais décrivaient l'épouvantable peste noire qui avait frappé la bourgade vers 1350. À l'époque, la fillette avait décalqué plusieurs inscriptions au fusain. Ce faisant, elle s'était sentie étrangement proche des scribes disparus depuis des siècles. À de nombreux égards, c'étaient ces petits moments-là qui avaient dû l'inciter à suivre les traces de son père et à entamer une carrière d'archéologue.

Délaissant le joyeux tumulte du festival, elle contempla de nouveau le grenier envahi par l'ombre d'Harold McCabe et se remémora une inscription de l'église, qu'elle avait jadis recopiée. Le graffiti n'avait rien à voir avec la peste noire, mais, à cet instant précis, il lui parut particulièrement adéquat.

— *Superbia precidit fallum*, récita-t-elle au souvenir du latin gravé sur le pilier.

L'orgueil précède la chute.

Malgré tout l'amour qu'elle portait à son père, Jane était aussi consciente de ses défauts. Il pouvait se montrer buté, obstiné dans ses convictions et, franchement, il n'échappait pas au péché d'orgueil. C'était autant son arrogance que sa soif de connaissance qui l'avait conduit dans le désert. Sa position anticonformiste au sujet de l'Exode biblique l'avait exposé aux quolibets et aux reproches de ses collègues. Résultat : alors qu'il se montrait confiant et sûr de lui en public, elle savait à quel point il était rongé par le mépris. Il avait la ferme intention de prouver que sa théorie était la bonne – pour le bien de l'histoire, mais aussi pour sa fierté personnelle.

Et regarde où cela t'a mené… avec Rory.

Elle serra le poing, signe que la colère avait pris momentanément le pas sur son chagrin. En filigrane se dessinait néanmoins quelque chose de plus profond, qui la dévorait de l'intérieur depuis deux ans. La culpabilité. C'était une des raisons pour lesquelles elle remettait rarement les pieds au domicile familial, le laissant vide, les meubles recouverts de bâches de protection. Bien qu'il faille moins d'une heure pour relier Ashwell à Londres en train, elle louait un studio en centre-ville. Elle se disait qu'il était plus pratique d'habiter à proximité de l'université, mais, au fond, elle n'était pas dupe : c'était pour éviter de souffrir. Seul un impératif pouvait la faire revenir à Ashwell, comme, ce jour-là, la demande du Dr al-Maaz.

Un cri émana de la cuisine.

— Je crois que j'ai trouvé un truc !

Soulagée d'échapper à ses fantômes, Jane traversa la pénombre du grenier pour rejoindre le carré lumineux de la trappe qui la ramènerait au cœur du pavillon. Elle descendit l'échelle de meunier, puis se dépêcha de longer les chambres à l'étage pour atteindre l'escalier du rez-de-chaussée.

En traversant la salle qui menait à la modeste cuisine, elle s'aperçut que Derek avait ouvert les rideaux. Après de longues heures passées dans l'obscurité, le soleil l'éblouit. Elle s'arrêta un instant, le temps de s'habituer à une lumière vive qui, compte tenu des circonstances, lui semblait un peu trop joyeuse.

Devant elle, Derek était entouré de cartons du grenier. Sur la table : des piles de livres et de journaux de bord, ainsi qu'une foule de documents éparpillés. Il avait ôté sa veste et remonté ses manches de chemise.

L'homme avait six ans de plus qu'elle. Son père, qui avait pris Derek sous son aile, avait été son mentor durant son cursus universitaire et, à force de ruse, il l'avait convaincu de l'intérêt d'explorer le désert. Comme tant d'autres, Derek n'avait pas échappé au pouvoir magnétique du professeur McCabe. Il avait d'ailleurs fini par passer bon nombre de ses journées dans le bureau familial et restait souvent la nuit à camper sur le canapé.

À l'époque, Jane ne s'était pas formalisée de sa présence, surtout quand sa mère était tombée malade. Derek avait toujours été un interlocuteur agréable, une oreille attentive quand elle n'avait personne d'autre à qui parler. Rory, en revanche, avait toujours eu une dent contre lui, car, soucieux d'attirer l'attention de son père et, plus important, de recevoir ses accolades, il le considérait manifestement comme un rival.

Derek était penché sur un gros livre relié de cuir qui, d'après sa couverture craquelée, était beaucoup plus ancien que tout ce que le professeur McCabe avait pu écrire. En s'approchant, Jane remarqua l'ombre brune de vingt-quatre heures sur son menton et ses joues. Ni l'un ni l'autre n'avaient beaucoup dormi depuis leur retour d'Égypte.

— Qu'as-tu trouvé ? demanda-t-elle.

Il se retourna avec un sourire qui éclaira son visage hâlé et souligna ses rides creusées par le soleil.

— Je pense que ton père a chipé ce bouquin dans une bibliothèque de Glasgow.

— Glasgow ?

Perplexe, elle se rappela qu'il s'était déplacé plusieurs fois en Écosse avant de se concentrer sur le Soudan.

— Viens voir, insista Derek.

Elle lorgna par-dessus son épaule au moment où il ouvrait le document à une page repérée par un bout de papier. Penchée vers lui, elle respira son eau de Cologne, à moins qu'il ne s'agisse de son shampoing. En tout cas, son doux parfum l'aida à se vider les narines des relents moisis du grenier.

— Selon l'étiquette catalogue, le livre vient, en effet, des Archives Livingstone de l'université de Glasgow, où sont conservés la plupart des documents liés à l'explorateur, indiqua Derek. Ce tome en particulier contient des duplicatas de sa correspondance, depuis ses premières années d'exploration le long du Zambèze, dans le sud de l'Afrique, jusqu'à la fin, quand il cherchait la source du Nil. Le chapitre sélectionné par ton père regroupe des lettres écrites par Livingstone à Henry Morton Stanley, l'homme qui a connu la gloire en le retrouvant au fin fond de la jungle.

Intriguée, Jane prit une chaise.

— Que racontent les lettres ? Et pourquoi mon père s'y intéressait-il autant ?

— Ces échanges entre deux vieux copains sont, en général, d'un intérêt négligeable. Néanmoins, en épluchant bien les endroits signalés, on trouve aussi des pages de croquis biologiques et anatomiques réalisés par Livingstone. Ton père avait marqué cette page en particulier et ce qui a retenu mon attention, c'est la taxonomie de la bestiole. Viens jeter un œil.

Jane se pencha jusqu'à lui effleurer l'épaule et découvrit les esquisses au crayon d'une espèce de coléoptère.

Le trait, d'une précision impressionnante, figurait l'insecte à la fois les ailes déployées et repliées. Le nez froncé, la jeune femme lut son nom scientifique à haute voix :

— *Ateuchus sacer*. Je ne pige pas. Pourquoi ce coléoptère est-il si important ?

— Parce que cette bébête a été baptisée par Charles Darwin en personne. Il l'avait aussi surnommée « le scarabée sacré des Égyptiens ».

— Ah, c'est un scarabée !

— Appelé aujourd'hui *Scarabaeus sacer*, précisa Derek.

Jane commença à entrevoir la raison de l'intérêt paternel. Dans l'Égypte antique, le petit scarabée coprophage était vénéré, car il avait l'habitude de façonner des boules d'excréments. Cette pratique-là n'était pas sans rappeler les actions du dieu Khépri – version matinale de Rê – qui avait la mission quotidienne de faire rouler le soleil à travers le ciel. Le scarabée était d'ailleurs un symbole omniprésent dans l'art et la littérature du pays.

— Si mon père cherchait à connaître l'histoire derrière le talisman offert à Livingstone, il est logique qu'il se soit attaché à tout ce qui concernait l'Égypte dans les notes et les cahiers de l'explorateur. (Jane se cala au fond de sa chaise.) En revanche, pourquoi aurait-il dérobé un livre à Glasgow ? Il n'était pas du genre à tromper la confiance de ses pairs.

— Aucune idée. Il y a d'autres pages signalées. *A priori*, il se concentrait sur les lettres accompagnées de croquis.

Derek referma le livre et sortit un carnet de bord.

— Le plus étrange, c'est que quelques mois avant son départ au Soudan, ce talisman est devenu une véritable obsession. Or, Harold ne m'en a jamais touché un mot. Il m'a juste chargé de chercher un schéma récurrent de maladie chez les momies qui avaient été sauvées sur le site du chantier.

— Et tu as trouvé quelque chose ?

— Rien. (Soupir.) J'ai le sentiment de l'avoir laissé tomber.

Elle lui effleura le bras.

— Ce n'est pas ta faute. Papa voulait toujours… non, il *avait besoin* de preuves étayant sa théorie de l'Exode. Il refusait d'être entravé par quoi que ce soit.

Toujours mécontent de lui, Derek ouvrit le journal.

— Harold a pris beaucoup de notes au sujet du talisman. La direction du musée l'a fait incinérer après une multitude de décès inexplicables. Néanmoins, il en a retrouvé une esquisse au fusain, ainsi qu'une copie des hiéroglyphes inscrits sur l'envers. Tout est consigné dans son journal.

Jane reconnut l'écriture soignée de son père. En haut de la page, il avait scotché une photocopie du croquis original.

— On dirait un *aryballe*, ou vase à huile, commenta-t-elle. Un modèle à double tête. D'un côté, un lion et, de l'autre, le visage d'une femme. Bizarre…

— La description fait état d'un objet en faïence égyptienne recouvert d'une glaçure turquoise.

— Hum… Logique. Surtout s'il devait renfermer de l'eau. La faïence égyptienne était un type ancien de poterie, constituée d'une pâte siliceuse, de quartz et d'argile. Une fois passée au four, elle devenait plus proche du verre que de la véritable terre cuite.

— Quelle taille ?

— Selon les indications, le récipient mesurait environ quinze centimètres de haut et pouvait contenir près d'un demi-litre de liquide. Pour accéder à l'intérieur, le musée a dû desceller le bouchon en pierre, qu'on avait collé à l'aide d'une épaisse cire résineuse.

— Rendant ainsi l'*aryballe* étanche.

Le jeune homme confirma d'un signe de tête.

— Regarde au bas de la page. Ton père a recopié les hiéroglyphes inscrits sous le récipient.

D'emblée, sans avoir besoin de consulter aucun manuel, elle traduisit le cartouche à haute voix :

— *Iteru.*

— « Fleuve » en égyptien.

— Qui était aussi le nom donné au Nil. J'imagine que cela vient étayer l'histoire de l'indigène ayant offert l'*aryballe* à Livingstone.

— Comme quoi l'eau provenait du Nil.

— Au moment où il s'est changé en sang, rappela Jane. La première des dix plaies qui ont ravagé le pays à l'époque de Moïse.

— À ce propos, regarde.

Sur la page suivante, le professeur McCabe avait établi la liste des dix calamités.

1) L'eau en sang
2) Une pluie de grenouilles
3) Une attaque de vermine
4) Des nuées de moustiques
5) Le bétail décimé par la maladie
6) Une épidémie d'ulcères
7) Une tempête de grêle et de feu
8) Une invasion de sauterelles
9) Trois jours de ténèbres
10) La mort des premiers-nés

La liste suivait l'ordre chronologique, mais, pour une étrange raison, le père de Jane avait entouré le septième fléau : *Une tempête de grêle et de feu.*

Derek remarqua sa grande perplexité.

— Qu'en penses-tu ?

— Aucune idée.

Soudain, la sonnerie du téléphone les fit sursauter.

Jane se leva d'un air agacé, persuadée que le Dr al-Maaz venait les relancer pour obtenir des réponses. Jusqu'à présent, hélas, tout ce qu'ils avaient découvert n'avait servi qu'à accroître le mystère. Elle décrocha le vieux combiné.

— Jane McCabe ? lança une voix impérieuse.

— Oui ? Qui est à l'appareil ?

— Je m'appelle Painter Crowe. (Son interlocuteur, à l'accent américain, semblait très pressé.) Je suis un ami de Safia al-Maaz. On l'a attaquée au musée il y a un peu plus d'une heure.

— Quoi ? Comment ?

Jane tâcha d'assimiler l'information.

— Les autres sont morts. Si c'est lié à votre père, vous êtes la prochaine sur la liste. Il faut vous mettre à l'abri.

— Mais qu'est-ce que… ?

— Fichez vite le camp. Trouvez un commissariat.

— Il n'y en a pas au village.

Les postes de police les plus proches se trouvaient à Letchworth ou Royston, et elle ne possédait pas de voiture.

— Alors, rendez-vous dans un lieu public, ordonna l'homme au bout du fil. Entourez-vous de gens, là où vous aurez le moins de risques d'être agressée. Je vous ai déjà envoyé du renfort.

Derek lança depuis la table :

— Quel est le problème ?

Jane le fixa, les yeux ronds, l'esprit en ébullition, puis elle répondit à son interlocuteur :

— Je… Il y a un pub au coin de la rue. Le *Bushel and Strike*.

À dix-neuf heures passées, l'endroit devait être bondé.

— Alors, filez là-bas ! Maintenant !

Et il raccrocha.

Jane tâcha de ravaler son affolement.

Si ce type a raison au sujet de mon père…

— Derek, prends ce journal de bord, ton bouquin de Glasgow et tout ce qui te semble important.

— Que se passe-t-il ?

Elle courut l'aider à fourrer le résultat de leurs recherches dans sa besace en cuir.

— Nous avons de gros ennuis.

* * *

19 h 17

Sur le seuil de la maison, Derek tenta de comprendre ce qui leur arrivait. L'histoire paraissait franchement incroyable.

Il patienta, le temps que Jane, encore sur le perron, fouille du regard le jardin envahi de mauvaises herbes, puis la rue étroite, derrière le muret en brique. Le soleil, pas encore couché, mais très bas à l'horizon, plongeait la chaussée dans une épaisse pénombre.

— Que se passe-t-il ? Qui pourrait bien t'en vouloir ?

N'ayant repéré aucun signe de danger, Jane se dirigea vers le portail métallique qui les séparait de Gardiners Lane.

— Je ne sais pas. Peut-être personne. Peut-être les mêmes truands qui ont attaqué le Dr al-Maaz et les autres au musée.

Tout en remontant son sac en bandoulière, Derek la suivit sur le trottoir. L'inquiétude pour ses amis et collègues du musée renforçait sa détermination à garder Jane saine et sauve.

— Peux-tu faire confiance au gars qui t'a appelée ?

La jeune femme réfléchit un instant.

— Je… je crois, oui. Il m'a conseillé de nous entourer de monde. Cela ne ressemble pas à quelqu'un qui voudrait nous tendre un guet-apens.

Exact.

— En tout cas, Derek, il me faut une bonne pinte. Peut-être deux. Histoire de me calmer les nerfs.

Elle esquissa un petit sourire, auquel il répondit.

— Puisque c'est à but thérapeutique, j'offre la première tournée, annonça-t-il. Après tout, je suis docteur.

Elle lui jeta un regard de travers.

— En archéologie.

— En *bio*archéologie. C'est presque aussi bien qu'un docteur en médecine.

Elle leva les yeux au ciel et lui fit signe d'avancer.

— Alors, va me faire ta prescription, cher docteur.

Quelques dizaines de mètres plus loin, ils empruntèrent une ruelle qui rejoignait la cour arrière du pub. Le *Bushel and Strike* se dressait face à l'imposante église Saint Mary's entourée de verdure. Au-dessus de l'établissement, on voyait la moitié supérieure du clocher s'élever vers le ciel et sa grosse flèche de plomb luire aux ultimes rayons du soleil.

De plus près, le crépuscule semblait s'être déjà abattu sur la terrasse. La plupart des tables étaient occupées par des clients dont on ne discernait plus que la silhouette. Par les portes béantes s'échappait le brouhaha des personnes restées à l'intérieur.

L'ambiance familière, ponctuée d'éclats de rire, aida Derek à apaiser sa crainte d'une menace sans visage. Il ne comptait plus les soirées passées au *Bushel and Strike* avec Harold. Parfois, ils faisaient même la fermeture avant de rentrer, titubants, au domicile des McCabe.

Là-bas, il se sentait comme à la maison.

Il entendit aussi chanter une femme, dont la voix résonnait depuis le cimetière de l'église, lui rappelant que c'était la dernière nuit du Festival de musique d'Ashwell.

Pas étonnant que l'établissement soit aussi comble !

À la vue des circonstances, ce n'est peut-être pas un mal.

Attirés par l'atmosphère festive, Jane et lui s'empressèrent d'entrer par l'arrière du bâtiment. Aucun mystérieux assaillant ne vint les importuner et, bientôt, ils furent accoudés au comptoir avec leur pinte de Guinness. Quelques habitants reconnurent Jane et lui présentèrent leurs condoléances. L'incroyable mystère qui entourait la réapparition et le décès de son père avait fait la une de la presse et il continuait certainement d'alimenter une bonne partie des conversations du village.

Jane sirota sa bière, les épaules voûtées, manifestement gênée d'attirer l'attention et de se faire rappeler en permanence son deuil cruel. Sans être impolie, elle afficha donc un sourire de façade et se contenta d'acquiescer avec raideur dès qu'on évoquait une anecdote sur son père. Derek finit par faire discrètement écran de son corps, histoire de lui laisser un peu d'intimité.

Il gardait aussi un œil sur la porte. Chaque nouveau client était passé au crible, même si le festival avait attiré un nombre considérable de touristes. Au bout de trois quarts d'heure, il se demanda si l'auteur du coup de téléphone ne s'était pas trompé ou, du moins, s'il ne s'était pas montré un peu trop zélé. *A priori*, il n'y avait ni menace ni aucun signe d'un quelconque ennemi.

Soudain, quelqu'un surgit, affolé.

— Au feu ! mugit-il, l'index pointé dehors.

Quelques instants plus tard, les clients de la terrasse arrière donnèrent aussi l'alerte et, d'un coup, l'établissement bondé se vida dans Mill Street. Jane et Derek suivirent le mouvement. Sous la pression d'une foule surexcitée, ils furent vite séparés.

— Jane ! hurla le jeune archéologue.

À la nuit tombée, la température avait chuté de plusieurs degrés. Malgré l'obscurité, il chercha autour de lui. Au bas de la rue, des flammes impressionnantes éclairaient un gros nuage de fumée noire.

Non, j'hallucine…

Il finit par repérer Jane quelques mètres devant. Elle lui tournait le dos. Il joua des coudes pour se frayer un chemin jusqu'à elle et lui attrapa le bras. Le regard horriblement vide, elle avait aussi reconnu le lieu probable de l'incendie.

— C'est notre maison, marmonna-t-elle.

Il l'étreignit de plus belle.

— Ils y ont mis le feu.

Derek scruta la foule d'un air suspicieux. L'éclat des flammes projetait une lumière infernale sur la rue et la foule agglutinée. Les sirènes de pompiers résonnaient à travers le village, ce qui ajoutait encore au sentiment d'urgence et d'effroi.

— Il faut dégager d'ici ! ordonna-t-il en tirant Jane en arrière.

L'objectif de l'incendiaire était sans doute de détruire les recherches du professeur McCabe. La sacoche pesa soudain sur son épaule. Son contenu avait pris encore plus d'importance, mais, pour l'instant, c'était le cadet de ses soucis. Si leur adversaire cherchait à anéantir tout ce qui se rattachait à la vie et au travail d'Harold, une cible figurait forcément en haut de la liste.

Sa fille.

Derek obligea Jane à se détourner des flammes.

— Nous devons…

Quelqu'un l'empoigna par l'épaule et le poussa sur le côté. Pris de court, le Britannique trébucha quelques pas en arrière. Une silhouette imposante toisait Jane. Avec son visage de brute et son physique de colosse, l'homme semblait tout droit sorti d'un cauchemar.

Pourtant, Derek refusa de capituler. Il bondit à la gorge de l'assaillant, prêt à défendre Jane… et se prit un gros coup de poing dans la figure. Sa tête fut projetée en arrière, une douleur vive s'accompagna d'un craquement d'os et il fut aveuglé par des lumières éblouissantes.

Il retomba lourdement sur le trottoir.

Dans un brouillard, il vit qu'on entraînait Jane loin de lui.

Non…

CHAPITRE 4

30 mai, 15 h 54
Washington, D.C.

Kathryn Bryant n'avait jamais vu son patron aussi affligé. Au siège souterrain de Sigma, le bureau vitré de la jeune femme surplombait le centre de communications, que le chef Crowe arpentait de long en large. Disposés en U, les postes informatiques et autres écrans de contrôle semblaient le fixer d'un air sévère, comme s'ils lui reprochaient son impuissance.

— À force, il va faire un trou dans le sol, constata le mari de Kat. Je te conseille de mettre un Valium dans son prochain café.

— Je sais que tu plaisantes, Monk, mais je vais peut-être devoir en arriver là.

Elle caressa sa cicatrice au menton. C'était un tic nerveux, signe qu'elle n'aimait pas se contenter de passer des coups de téléphone et de centraliser les informations recueillies par une batterie d'agents secrets aux quatre coins de la planète. Néanmoins, en tant que bras droit de Painter Crowe, elle connaissait sa place. Elle avait été débauchée du renseignement naval pour rejoindre la Sigma Force et peu de personnes au monde possédaient son niveau d'expertise.

— Des nouvelles du Caire ? reprit Monk.

— Rien que du déprimant.

Elle lorgna vers son époux. Monk Kokkalis avait beau mesurer quelques centimètres de moins qu'elle, il affichait un vrai physique de bouledogue. Cerise sur le gâteau, il se rasait le crâne et n'avait jamais pris la peine de se faire redresser le nez, tordu par une vieille fracture. Quatre heures plus tôt, au moment où l'histoire avait éclaté, il s'entraînait au gymnase, si bien qu'il était toujours en baskets, pantalon de survêtement et T-shirt à motif camouflage flanqué de l'emblème des Bérets verts – deux flèches croisées et un sabre. À le voir, on ne doutait guère de sa carrière dans les Forces spéciales. En revanche, beaucoup sous-estimaient, derrière son allure de boxeur, son incroyable vivacité d'esprit.

À l'instar du DARPA, Sigma avait mis à profit les compétences de Monk en médecine et en biotechnologie, même si, à leurs yeux, il tenait davantage du cobaye à domicile. Amputé d'une main lors d'une précédente mission, il avait testé une série de prothèses, toutes plus perfectionnées les unes que les autres à mesure que les techniques s'affinaient. Sa main actuelle était reliée à un implant neuronal qui lui permettait de contrôler ses doigts avec une extrême précision.

Il tripota sa manchette, preuve qu'il devait encore s'habituer aux dernières améliorations en date.

— Qu'entends-tu par « déprimant » ?

— En ce moment, au Caire, c'est le chaos total.

— Et la quarantaine ?

Kat renifla bruyamment.

— Même avant l'incident, les infrastructures médicales du Caire étaient, au mieux, mal en point. Les services d'urgence ne se portent guère mieux. Si jamais la situation empirait, ce serait comme essayer d'éteindre un feu de broussailles avec un pistolet à eau.

— Et les cas recensés au Royaume-Uni ?

— Jusqu'à maintenant…

À l'écran apparut, assorti d'une icône rouge, un fichier interdépartemental transmis par le CDC[1]. Elle s'empressa de le parcourir et se raidit.

— Mauvaise nouvelle ? souffla Monk.

— Oui. Plusieurs employés des aéroports du Caire et de Londres ont développé une forte fièvre. Y compris un steward de British Airways.

— On dirait que le diable cherche à sortir de sa boîte.

— C'est un rapport préliminaire. Il est encore trop tôt pour dire s'il s'agit de la maladie qui a frappé le personnel de la morgue en Égypte. Néanmoins, on ne peut pas rester les bras croisés. Il va falloir que je coordonne et que je mobilise une foule d'agences sanitaires, autant aux États-Unis qu'à l'étranger.

Elle secoua la tête. En matière d'organisation, il était très facile de s'enliser dans la bureaucratie et la paperasserie internationales. Alors qu'inconsciemment, elle avait recommencé à se caresser le menton, elle obligea sa main baladeuse à se poser de nouveau sur le clavier.

Derrière la fenêtre, Painter faisait toujours les cent pas. Kat savait qu'il aurait préféré être à Londres plutôt que coincé là, dans les entrailles de Sigma. Leur quartier général était enfoui sous la Smithsonian Institution, dans un dédale de bunkers désaffectés de la Seconde Guerre mondiale. Le site permettait d'avoir accès à la fois aux sphères du pouvoir et aux éminents laboratoires scientifiques du pays, mais, pour l'instant, Painter s'en moquait éperdument. Il aurait voulu être dehors, sur le terrain, à mener la traque contre les ordures qui avaient attaqué le British Museum.

1. *Center for Disease Control and Prevention* (Centre pour le contrôle et la prévention des maladies). Principale agence gouvernementale américaine de protection de la santé et de sécurité publique.

Grâce à la lecture d'un vieux rapport de mission, Kat savait que Safia al-Maaz comptait beaucoup aux yeux de son patron. Comme s'il avait deviné ses pensées, Painter s'approcha d'un poste informatique et relança le film de leur téléconférence.

Kat avait déjà visionné la bande quatre fois. On y voyait le Dr al-Maaz agressée par un homme masqué qui débarquait à son bureau. L'inconnu lui tirait dessus avec une arme identifiée comme un fusil hypodermique Palmer à système Cap-Chur. Deux fléchettes empennées atteignaient l'archéologue à la poitrine. Il détruisait ensuite l'écran d'un coup de pistolet traditionnel, le même qui lui avait servi à tuer deux employés du musée, dont une jeune conservatrice, brièvement aperçue à l'image.

Le temps que les secours arrivent, Safia avait disparu.

Au centre de communications, Painter avait stoppé la vidéo sur l'ultime image de son amie, la paume levée vers l'écran.

— S'ils avaient voulu la tuer, ce serait déjà fait, marmonna Monk. Ils cherchent clairement à obtenir quelque chose d'elle.

— Oui, mais après ? lâcha Kat.

Son mari esquissa une grimace.

— Espérons que nous la retrouverons avant.

Elle vérifia l'heure.

— Gray est en retard, non ? Votre avion privé pour Londres est censé décoller dans trente-cinq minutes.

— Bah ! Il est à l'hôpital avec son père et son frère. Il m'a dit qu'il me rejoindrait à l'aérodrome.

— Comment va son père ?

Monk passa la paume de sa prothèse sur son crâne rasé.

— Pas génial, mais le vrai souci, c'est son frère.

* * *

16 h 14

Si ce n'est pas une chose, c'en est une autre…

Le commandant Grayson Pierce était assis au chevet de son père. Après avoir passé une série de tests médicaux à l'hôpital Holy Cross, le vieil homme, déjà éprouvé par le trajet en ambulance, se retrouvait en établissement de soins qualifiés.

Tandis qu'il regardait l'infirmière le border, Gray chercha en lui le sévère Texan, ouvrier de plate-forme pétrolière, qui avait mené leur famille à la baguette. Son père avait été quelqu'un de dur et de farouchement indépendant, même après l'accident qui lui avait coûté sa jambe. Depuis presque toujours, les deux hommes étaient en conflit, trop fiers, trop butés l'un et l'autre pour céder. Leur relation tumultueuse avait incité Gray à quitter le foyer familial, d'abord en s'engageant dans l'armée, puis chez les rangers et, enfin, chez Sigma.

Assis désormais là, il observa le visage ridé du patriarche, son teint cireux, ses yeux enfoncés. Au moment où l'infirmière lui retapait son oreiller, le sexagénaire renâcla. D'ordinaire, il aurait débité un chapelet de jurons et critiqué vertement une attention aussi maternelle. Jackson Pierce n'était pas du genre à se laisser dorloter. Au lieu de quoi, la poitrine de son père s'affaissa avec un soupir défait : il était trop épuisé pour protester.

Gray prit la parole à sa place et congédia l'infirmière.

— Ça suffit. Mon père déteste être traité comme un bébé.

La jeune femme recula d'un pas.

— Je dois quand même nettoyer sa voie centrale.

— Pouvez-vous nous accorder une minute ou deux ?

Il consulta sa montre.

C'est à peu près tout le temps qui nous reste.

Le stress de passer à l'action commençait à ronger Gray. Il fallait qu'il se rende à l'aérodrome. Il jeta un regard vers la porte.

Où est Kenny ?

Il imagina que son frère s'était arrêté sur la route qui les ramenait de Holy Cross. Sans doute voulait-il savourer ses derniers instants de liberté. Une fois Gray parti, Kenny devrait assumer la « charge paternelle », comme ils avaient fini par l'appeler, une responsabilité qui, au fil du temps, leur paraissait de plus en plus lourde.

Impatient, Gray contempla la nouvelle chambre. Bien qu'individuelle, elle était d'un confort très spartiate avec, pour simple mobilier, une penderie, un rideau séparateur sur rails et une table de chevet à roulettes. Voilà où son père vivrait les six prochaines semaines.

Après une lourde chute le mois précédent, Jackson Pierce avait salement entaillé son moignon de genou. Une visite aux urgences et une courte opération chirurgicale avaient, semblait-il, permis de rétablir la situation, mais il avait ensuite fait un peu de température. Diagnostic : surinfection osseuse et légère septicémie, ce qui était une complication assez classique chez les patients âgés. Une autre opération et un séjour à l'hôpital plus tard, son père avait été transféré dans ce nouvel établissement, où il suivrait six semaines de traitement antibiotique intraveineux.

C'est peut-être la meilleure solution, estima Gray, non sans culpabilité. *Au moins ici, en mon absence, il sera surveillé vingt-quatre heures sur vingt-quatre.*

Même au mieux de sa forme, Kenny n'était pas le plus sérieux des gardes-malades.

Un râle émana du lit.

— Je suis prêt à partir.

Gray pivota vers le vieil homme.

— Tu dois rester ici, papa. Ordre du médecin.

Depuis quelque temps, Pierce senior n'avait plus une notion très précise du présent. Ce qui avait débuté par des oublis à répétition – il perdait ses clés, répétait la même question, se trompait d'itinéraire – avait débouché sur un diagnostic de maladie d'Alzheimer, coup de massue supplémentaire pour un homme aussi attaché à son indépendance. L'année précédente, Gray s'était risqué à lui administrer un médicament expérimental qui, dérobé lors d'une mission, paraissait très prometteur dans le traitement des neuropathies dégénératives et miracle ! il avait fonctionné. Une série de PET-Scans avait montré qu'aucune nouvelle plaque amyloïde ne s'était formée dans le cerveau et, sur le plan clinique, le déclin de son père semblait s'être arrêté.

Hélas, la thérapie n'avait pas réparé les dégâts déjà causés, ce qui en faisait une épée à double tranchant. D'un côté, son père avait conservé une certaine forme de conscience et de cohérence d'esprit. De l'autre, il ne redeviendrait jamais l'homme d'avant la maladie et se retrouvait coincé quelque part au milieu, perdu dans un brouillard permanent.

Jackson reprit avec plus de véhémence :

— Je veux voir ta mère.

Gray prit une profonde inspiration. Sa mère était décédée depuis quelques années déjà. Il lui avait raconté le drame à maintes reprises et, manifestement, son père avait plus ou moins assimilé la nouvelle, car il exprimait souvent son chagrin ou partageait des anecdotes amusantes sur son épouse. Gray adorait ces moments-là. En revanche, quand son père était fatigué ou stressé – comme ce jour-là –, il perdait la notion du temps.

Gray posa la main sur son épaule. Fallait-il le laisser se bercer d'illusions ou lui expliquer à nouveau la cruelle vérité ? Silencieux, il plongea son regard dans les prunelles bleu glacier de Jackson, les mêmes que les siennes, et tout au fond, il vit resurgir un éclair de lucidité.

— Papa… ?

— Je suis prêt à partir, fiston, répéta-t-il distinctement. Harriet… me… me manque tant. Je veux la revoir.

Gray se figea, stupéfait. Son père s'était toujours révolté contre le monde, contre le moindre affront supposé et même contre sa tête de mule de fils. Comment croire qu'une résignation aussi totale émanait de l'homme dur qui l'avait élevé ?

Avant qu'il n'ait pu réagir, Kenny arriva en trombe. Impossible de ne pas voir la ressemblance familiale ! Les deux frères mesuraient la même taille, avec une épaisse tignasse brune et un teint rougeaud de Gallois. Seule différence : Gray était resté mince, alors que Kenny affichait une bonne bedaine de buveur de bière, résultat de longues années de travail sédentaire dans une société de logiciels et aussi de trop nombreuses fêtes arrosées.

Il brandit un sac en plastique de supermarché.

— Je lui ai acheté quelques revues. *Sports Illustrated*[1]. *Golf Digest*[2]. J'ai aussi pris des en-cas. Chips et barres chocolatées.

Il tira une chaise près du lit et s'y affala, comme s'il venait de boucler un marathon. Son haleine empestait le whisky. Manifestement, à l'épicerie, son choix ne s'était pas porté que sur des produits de première nécessité.

Kenny pointa l'index vers la porte.

— Tu peux y aller, frangin. Je prends le relais. Je veillerai à ce qu'on s'occupe correctement de papa. (Son ton se fit un peu accusateur.) Il faut bien que quelqu'un s'en charge, non ?

Gray serra les dents. Son frère savait qu'il travaillait pour le gouvernement, mais il n'était pas habilité à connaître son engagement auprès de Sigma ni l'ampleur de ses missions clandestines. À vrai dire, Kenny n'avait jamais été particulièrement curieux de ce que faisait son aîné.

Au moment où Gray prenait congé, son père le toisa d'un air sévère et secoua légèrement la tête. Le message

1. Un des plus importants magazines sportifs hebdomadaires américains.

2. Revue sportive mensuelle américaine spécialisée dans le golf.

était clair. Il ne fallait pas relater l'échange qu'ils venaient d'avoir. À l'évidence, cet aveu poignant n'était destiné qu'à ses oreilles à lui.

Très bien… C'est quoi un secret de plus ?

Gray lui donna une dernière accolade. La situation n'était guère commode, à la fois à cause de la position semi-inclinée du lit et parce qu'en général, ils évitaient les démonstrations publiques d'affection.

Son père dégagea pourtant son bras et lui tapota le dos.

— Fiche-leur une bonne raclée.

— Toujours.

À cause de leurs déboires passés, Jackson avait appris la véritable nature du travail de son fils.

— Je te revois à mon retour.

Gray se redressa et pivota sur ses talons. Au fond de lui, la perspective de sa future mission eut l'effet d'un raz de marée. Ses années de service chez les rangers lui avaient appris à démarrer au quart de tour, qu'il faille jaillir de son lit au sifflement d'un tir de mortier ou plonger à couvert pour éviter les snipers.

Dans l'armée, quand il fallait se bouger, on se bougeait.

Et, là, c'était le moment.

Il se dirigea vers la porte. Soudain, son père l'arrêta d'une voix étonnamment puissante qui lui rappela l'intraitable chef de famille qu'il avait été.

— Promets-moi.

Gray se retourna, intrigué.

— Te promettre quoi ?

Son père cligna des paupières, le regard vacillant. Il s'était hissé sur un coude, effort anodin qui déclencha pourtant des tremblements. Alors, il se laissa retomber sur le lit, de nouveau confus.

— Papa ?

D'une main faible, le vieillard lui fit signe de partir.

Kenny renchérit d'un air agacé :

— Putain, si tu dois y aller, *vas-y* ! Laisse papa se reposer. Ne fais pas traîner les choses.

Le poing serré, Gray aurait aimé se défouler. Au lieu de quoi, il prit congé. Sur le perron de la clinique, il inspira plusieurs fois à fond, puis rejoignit sa Yamaha VMAX. Une fois son mètre quatre-vingt-cinq à califourchon sur la moto, il enfila son casque et fit ronfler le moteur.

Le rugissement rauque fut un écho à sa propre frustration. Le corps parcouru par les trépidations de l'engin, il démarra et, après un virage serré à la sortie du parking, il mit les gaz.

Les derniers mots de son père continuèrent néanmoins de le poursuivre.

Promets-moi.

Il ignorait leur signification et se mit à culpabiliser, à la fois parce qu'il partait et parce que au fond, il était soulagé de partir. Après de longs mois passés à gérer les hauts et les bas de la santé paternelle, à combattre des démons invisibles, Gray avait besoin d'affronter un ennemi concret, qu'il empoignerait à bras-le-corps.

Focalisé sur son objectif, il contacta le siège de Sigma.

— Je suis en chemin pour l'aérodrome. Arrivée prévue dans quinze minutes.

La voix de Kat résonna à l'intérieur de son casque :

— Monk t'y attendra. Il te transmettra un compte rendu complet de mission à potasser en vol.

Gray avait déjà appris les grandes lignes de la bouche même de son patron. Painter avait des intérêts personnels dans l'affaire et il lui avait demandé de partir en éclaireur à Londres.

— Quelle est la situation là-bas ?

— Le musée a été bouclé, indiqua Kat. Malheureusement, les caméras de surveillance de l'aile réservée aux employés n'ont pas filmé les intrus. À l'heure qu'il est, la police quadrille le secteur en quête de témoins.

— Et l'autre cible potentielle ?

— Jane McCabe ? Aucune nouvelle.

Conscient que la situation allait s'aggraver d'heure en heure, Gray accéléra encore. Hélas, leur avion n'arriverait pas avant l'aube à Northolt, aérodrome de la Royal Air Force situé en périphérie ouest de la capitale britannique.

En raison du délai, Painter Crowe avait mobilisé deux agents Sigma plus proches du lieu de mission : l'un assistait à une conférence à Leipzig, en Allemagne ; l'autre enquêtait à Marrakech sur le marché noir des antiquités dérobées au Moyen-Orient.

Les deux paraissaient mal assortis, mais, par la force des choses, on voyait souvent naître de drôles de couples.

La bretelle d'accès à l'aérodrome apparut. Gray s'y précipita en pensant à ses collègues déjà sur le terrain.

Dieu vienne en aide à quiconque croiserait leur chemin !

Enfin, si ces deux zouaves ne s'entretuent pas avant.

CHAPITRE 5

30 mai, 21 h 22
Ashwell, Hertfordshire, Royaume-Uni

Non, il ne peut pas être aussi stupide…

Seichan attrapa le poignet de Joe Kowalski et enfonça son doigt dans le centre nerveux situé à la base du pouce. Le colosse poussa un cri, mais il finit par lâcher le bras de Jane McCabe.

La jeune femme recula d'un pas chancelant. Avant qu'elle ne puisse s'enfuir, Seichan lui barra la route.

— Désolée, mademoiselle McCabe, s'excusa-t-elle, les mains en l'air. Nous ne voulions pas vous effrayer.

Jane resta interloquée face à ses deux assaillants. Autour d'eux, la foule compacte ne semblait s'être rendu compte de rien, hypnotisée par l'incendie qui illuminait la nuit.

Par-dessus le vacarme des sirènes, Seichan expliqua :

— Painter Crowe nous envoie vous mettre à l'abri.

Jane frictionna son avant-bras endolori. Vu sa mine épouvantée, elle n'était pas convaincue par le discours rassurant de son interlocutrice. Elle toisa Kowalski. L'homme ressemblait à un rugbyman sous stéroïdes. Même son long cache-poussière en cuir noir ne pouvait cacher sa montagne de muscles. De plus, son visage était un rude mélange de cicatrices, de sourcils broussailleux et de lèvres épaisses, le tout centré autour d'un nez écrasé et soutenu par une grosse mâchoire carrée.

Sur le coup, Kowalski afficha un air contrit.

— Pardon. (Il agita sa patte d'ours.) Je vous ai aperçue dans la rue. J'ai cru qu'un type essayait de vous attaquer.

Jane regarda par-dessus son épaule.

— Derek...

Comme s'il répondait à l'appel de son nom, un grand jeune homme dégingandé fendit la foule. Deux filets de sang coulaient de son nez cassé. Ses yeux enflaient déjà. Il se précipita sur Jane, prêt à la défendre.

Seichan l'autorisa à rejoindre son amie. Elle avait reconnu le Dr Derek Rankin d'après la photo figurant sur son ordre de mission, détail qui avait visiblement échappé à Kowalski, plus prompt à l'action qu'à la réflexion.

Derek le fusilla du regard. Alors qu'il se préparait à en découdre de nouveau, il jeta un regard de biais à Jane.

— Ça va ? se renseigna-t-il d'une voix rendue nasillarde par sa fracture.

Elle acquiesça en silence.

— Il y a eu un malentendu, déclara Seichan.

Alors seulement, l'archéologue remarqua sa présence... et il dut s'y prendre à deux fois. La jeune femme avait l'habitude qu'on réagisse ainsi. Elle savait que ses traits eurasiens – longs cheveux noirs, teint d'albâtre, pommettes hautes et prunelles émeraude – étaient d'une beauté fracassante, assez exotique pour séduire ses cibles de l'époque où elle était tueuse à gages pour le compte de la Guilde, organisation terroriste démantelée par Sigma. Elle était svelte et musclée, simplement vêtue d'un jean noir, de bottes en cuir et d'une veste ample en jean par-dessus son chemisier grenat.

Le regard de Derek oscilla entre Kowalski et elle.

— Qui… qui êtes-vous ?

Toujours en retrait, Jane répondit :

— Ils ont été envoyés par l'homme qui m'a téléphoné.

— En dépit des apparences, nous sommes venus à votre secours, confirma Seichan.

Pour preuve, elle tendit à Jane une photo que Painter Crowe lui avait envoyée. La jeune femme la prit et s'approcha d'un lampadaire. Derek lorgna par-dessus son épaule. Plus jeunes, le patron de Sigma et Safia al-Maaz y posaient, souriants. En arrière-plan : le désert omanais, où un vaste lac scintillait au clair de lune.

— C'est notre patron. Il a aidé le Dr al-Maaz il y a quelques années.

— J'ai vu le portrait de ce type au bureau de Safia, indiqua Derek. Un jour, elle m'a raconté comment ils s'étaient rencontrés… mais, bon, je la soupçonne d'avoir beaucoup brodé sur la vérité.

Dans son regard, le doute se dissipa peu à peu.

— Donc on peut leur faire confiance ? s'enquit Jane.

Il pivota légèrement vers les flammes et les tourbillons de fumée.

— Je crois que nous n'avons guère le choix. (Il s'effleura l'arête du nez et fixa Kowalski d'un air contrarié.) Enfin, sachez que, la prochaine fois, un simple bonjour suffira.

Jane croisa les bras, les traits durcis par la colère. Elle semblait beaucoup moins encline à pardonner et à oublier.

— Je ne suis pas prête à…

Soudain, Seichan la poussa sur le côté. Un coup de feu retentissant couvrit la cacophonie des sirènes de pompiers. Toujours sur le qui-vive (un instinct de survie qu'elle avait développé pendant ses dures années dans les rues de Bangkok et de Phnom Penh), elle avait vu une ombre lever le bras vers eux. Face au danger, elle avait réagi par réflexe, avant même de discerner l'éclat métallique d'une arme.

Jane trébucha, mais Seichan l'empoigna par la taille et l'aida à conserver l'équilibre.

— Gardez la tête baissée, chuchota-t-elle, tandis qu'encore en pivot, elle sortait un Sig Sauer du holster caché sous sa veste.

Elle braqua son pistolet vers leur agresseur, mais l'émoi de la foule, affolée par la détonation, permit au tireur de disparaître.

À quelques mètres, Kowalski avait jeté Derek à terre et faisait bouclier de son corps pour le protéger. Il avait sorti sa propre arme de poing de sous son pardessus. Derrière son allure de revolver à canon court, il s'agissait, en réalité, d'un Piezer, récemment mis au point par la HSARPA[1]. Au lieu de tirer des balles classiques de calibre douze remplies de chevrotine, il était bourré de cristaux piézo-électriques, que l'arme, alimentée par batterie, maintenait chargés. Au moment où on pressait la détente, les cartouches éclataient, libérant une pluie de cristaux électrifiés qui affichaient chacun le voltage d'un Taser. L'arme non létale avait une portée de cinquante mètres, idéale au milieu d'une foule.

Alors que la modération n'était pas son fort, Kowalski se retint pourtant de tirer.

Il ne sert à rien d'alarmer davantage les gens. Du moins, pas encore.

Seichan incita Jane à s'éloigner de la dernière position de l'assassin, puis elle entraîna Derek et Kowalski dans son sillage. Elle restait à l'affût du moindre sniper caché parmi les badauds. Hélas, leur fuite les entraînait loin de leur véhicule. Quelques minutes auparavant, Kowalski et elle avaient

1. *Homeland Security's Advanced Research Project Agency*, ou Agence de projets de recherche avancée pour la sécurité intérieure. Sa mission est d'accélérer le développement, le prototypage et le déploiement de toute technologie pouvant contribuer à la sécurité de l'Amérique, mais aussi de « promouvoir des changements révolutionnaires » dans ces technologies.

rejoint Ashwell au moment où des flammes embrasaient le ciel. Elle avait donc dû se garer et remonter le flot des villageois jusqu'au *Bushel and Strike*.

— Où allons-nous ? se renseigna Derek.

— Nous planquer. (Elle fouilla les environs du regard.) Ici, nous sommes trop à découvert.

Jane indiqua, derrière un muret, un groupe de gens en aube blanche rassemblés devant les portes ouvertes d'une vieille église.

— Ce soir ont lieu *Les Vêpres chorales*.

Devant la mine perplexe de Seichan, Derek expliqua :

— L'endroit sera donc bondé.

Parfait.

Elle les y entraîna, son arme cachée sous sa veste.

— Y a-t-il une issue par-derrière ? lança-t-elle, espérant échapper ainsi à leurs mystérieux poursuivants.

— Nous pourrons sortir par la porte nord, balbutia Jane, hors d'haleine. Elle mène au cimetière attenant.

— Un cimetière en pleine nuit, grommela Kowalski. Au moins, ces enfoirés auront moins de boulot pour enterrer nos cadavres.

Imperturbable, Seichan traversa le parvis de l'église.

— Qu'y a-t-il après le cimetière ? demanda-t-elle à Jane.

— Principalement des espaces verts, aménagés autour d'une série de sources qui alimentent une rivière, la Cam. En revanche, une fois passé ces terres marécageuses, à environ quatre cents mètres, on trouve Station Road. Nous pourrons y héler un taxi. La gare ferroviaire n'est qu'à quelques minutes de trajet.

Seichan approuva en silence.

Pas mauvais, son plan.

Derek vérifia sa montre.

— Le prochain train pour King's Cross, à Londres, part dans moins d'une heure.

Encore mieux.

Seichan pressa le pas.

— Alors, essayons de ne pas le rater.

Devant eux, les membres de la chorale jacassaient fort, à mi-chemin entre l'inquiétude et l'excitation. Ils étaient éclairés par la lumière qui émanait des portes béantes de l'église et inondait le perron sud. De l'intérieur, on entendait aussi les notes puissantes des grandes orgues, signe que les musiciens peaufinaient les derniers préparatifs de la soirée. Tout le monde devait se demander si le spectacle aurait lieu ou pas, car une chose était sûre : n'importe quelle chorale aurait du mal à rivaliser avec les sirènes tonitruantes des camions de pompiers.

Seichan exhorta ses camarades à fendre l'assistance, puis à franchir les portes bardées de fer de l'église. Prudente, elle scruta la disposition intérieure. À gauche se dressait une voûte cintrée qui menait à la tour. À droite, la nef s'étendait jusqu'à un vaste autel, dominé par une statue du Christ sur la croix et auréolé de cierges. D'autres personnes se massaient par là, en particulier autour des stalles du chœur et au pied des grandes orgues.

En l'absence de menace immédiate, Seichan se concentra sur leur objectif. Au fond de l'église, d'autres portes médiévales s'ouvraient en grand sur la nuit.

Sans doute la sortie nord.

Jane confirma, l'index pointé devant elle.

— Par ici.

Au moment où Seichan s'élançait, un brouhaha l'incita à se retourner. Dehors, la foule poussait des cris de rage, vite étouffés par le ronflement rauque d'un moteur. Alors que le groupe se scindait de part et d'autre de l'entrée, une ombre noire leur fonça dessus en rugissant. C'était une moto, chevauchée par deux hommes casqués. Le passager à l'arrière avait son pistolet braqué par-dessus l'épaule voûtée du pilote.

Le temps que le deux-roues traverse le parvis, Seichan refit volte-face et montra la tour ou, plus précisément, le début d'un escalier en colimaçon.

— Kowalski, emmenez les autres là-haut !

Il acquiesça d'un coup de menton et détala, ne s'arrêtant que le temps de demander :

— Qu'est-ce que vous… ?

Sa collègue fila dans la direction opposée et bondit, la tête la première, vers le banc le plus proche. Une légère rotation lui permit d'atterrir sur l'épaule et elle se releva sans encombre. À l'abri du robuste siège en bois, elle braqua son Sig Sauer vers la porte au moment où la moto s'engouffrait dans l'église. Le vrombissement du moteur envahit la nef, produisant un concert démoniaque de couple et de pot d'échappement. Un brusque coup de frein du pilote, et les pneus fumèrent sur les dalles.

Le passager indiqua l'entrée de la tour.

Kowalski a dû être repéré.

Le tireur sauta de la moto, bien décidé à pourchasser sa proie à pied. Seichan visa la base de son casque et pressa la détente. Le bruit du recul de l'arme retentit par-dessus le vacarme du moteur. Le dos du tireur se cambra et du sang jaillit de sa gorge. Il s'écrasa violemment au sol, perdant son casque au passage.

Avant qu'elle n'ait pu mettre le pilote en joue, ce dernier se retourna sur son siège. Il sortit un fusil d'assaut du holster fixé à son genou et mitrailla à tout-va vers Seichan. La jeune femme eut à peine le temps de baisser la tête. Son vieux banc fut criblé de balles, qui firent même voler des éclats de bois. À l'abri, Seichan vit le pilote sauter de sa moto et l'utiliser comme bouclier pour rebrousser chemin vers l'entrée voûtée de la tour.

Elle lui tira plusieurs fois dans les jambes. Hélas, il réussit à lui échapper. Tout en pestant à mi-voix, elle reconnut le talent de son adversaire.

Ce mec gère bien la pression… trop bien pour un amateur.

Par crainte du pire, elle émergea de sa cachette, son Sig Sauer toujours braqué vers l'entrée de la tour, et elle traversa l'église à l'affût du moindre mouvement suspect.

Elle n'était pas arrivée à destination que le tapage reprit.

Une plainte cacophonique de moteurs, de plus en plus forte.

Seichan pivota vers l'origine du bruit. Au pied du perron, un bataillon de formes sombres fonçait droit vers elle.

La cavalerie débarque… mais pas celle qu'il faudrait.

Au bord de l'overdose, Seichan se retourna vers la tour. L'assassin avait disparu, sans doute lancé à la poursuite de sa proie et résolu à l'éliminer. De ce côté-là, il n'y avait plus rien à faire. S'ils voulaient une chance de s'échapper, elle devait tenir bon.

Tout en se préparant à l'assaut imminent, elle formula une prière silencieuse.

Kowalski, ne tentez rien de stupide.

* * *

21 h 44

Afin de contenir son affolement face au vacarme des tirs, Jane laissa courir sa main le long du mur de l'escalier. La solidité de l'édifice l'aida à se calmer. Le clocher avait été bâti à partir d'une roche calcaire locale. Des siècles d'intempéries avaient quelque peu usé la façade, mais il s'obstinait à résister fièrement. Elle y puisa la force de continuer.

Sous ses doigts, elle sentait aussi le relief des inscriptions médiévales, souvenir d'un peuple inflexible qui avait habité là, de villageois déterminés face aux calamités, aux guerres et à la famine.

Je dois me montrer aussi solide qu'eux.

Un autre graffiti lui rappela son père qui, plusieurs fois durant son enfance, l'avait emmenée visiter les lieux. Elle refusait de laisser une poignée de bandits le rayer de la surface de la Terre, que ce soit par les flammes ou par le meurtre. Elle se battrait jusqu'à son dernier souffle.

Pour le salut de son père et aussi pour Rory.

S'il existe une chance infime qu'il soit encore en vie, je n'aurai de cesse de le retrouver.

Elle accéléra le pas.

Derek gravissait l'escalier devant elle, tandis que le dénommé Kowalski fermait la marche.

— On va où comme ça ? maugréa le colosse américain.

— Au beffroi, répondit Jane. Là où sont abritées les cloches de la tour.

Elle leva les yeux. Le carillon, qui depuis plus d'un siècle retentissait tous les quarts d'heure, était un repère immuable de la vie du village. Récemment, hélas, des plaintes du voisinage avaient contraint l'église à se taire la nuit, ce que Jane trouvait très triste, comme si l'histoire elle-même avait été muselée.

Un nouveau bruit – beaucoup plus moderne – émana du rez-de-chaussée. En entendant des rugissements de moteurs monter jusqu'à eux, elle eut l'impression qu'une armée de démons les pourchassait dans l'escalier. L'Américain inclina la tête. Manifestement inquiet pour sa partenaire, il eut un bref instant d'hésitation.

— Qu'est-ce qu'on fait ? demanda Derek.

Kowalski agita son arme et grogna :

— Continuez de grimper jusqu'au sommet. On va se planquer là-haut. Ce devrait être un endroit sûr en attendant que…

Un coup de feu couvrit le fracas lointain des moteurs.

Kowalski tressaillit et se baissa. En ricochant sur le mur voisin, la balle l'avait arrosé d'éclats de roche.

— Courez ! mugit-il.

Jane se retourna et détala avec Derek.

Une puissante déflagration la fit sursauter. Kowalski avait tiré un coup de Piezer derrière lui, à l'aveuglette. Aussitôt, les mystérieuses munitions que contenait son petit pistolet éclaboussèrent les parois d'éblouissantes étincelles bleues.

Sous le choc, Jane rata une marche.

Derek la rattrapa par le bras.

— Je te tiens.

— C'était quoi ce… ?

— Aucune idée. Je m'en fiche. Allez, grouille.

Il continua de lui serrer le bras à mesure qu'ils grimpaient. À en juger par sa mine inquiète, une seule chose lui importait : il ne craignait pas pour sa propre vie – juste pour celle de son amie.

Refusant de le décevoir, elle galopa de plus belle.

En bas, le concert de hurlements des moteurs se tut subitement. La cage d'escalier ne résonna plus que des halètements anxieux du trio.

Déstabilisée par le silence persistant, Jane baissa les yeux et se demanda ce qui se passait.

Un calme aussi inattendu était-il une bonne ou une mauvaise nouvelle ?

* * *

21 h 50

Penchée sur le guidon de la moto volée, Seichan traversait à vive allure une pelouse plongée dans l'obscurité. À l'image de ses poursuivants, elle aussi avait éteint son phare.

Quelques minutes plus tôt, au moment où les engins adverses avaient foncé vers le parvis sud, elle avait arraché son casque au tireur qu'elle avait abattu, puis elle se l'était enfoncé sur la tête et avait enfourché le deux-roues abandonné. Le moteur encore chaud, elle avait bruyamment remis les gaz, roulé en direction de la sortie nord et, par un savant dérapage contrôlé, elle s'était faufilée à l'ombre du seuil. Au même instant, la première des trois motos s'engouffrait dans l'église.

Depuis son poste d'observation, à moitié cachée par l'embrasure de la porte, Seichan avait agité la main en braillant sur un ton bourru. Il fallait espérer que l'épaisseur du casque étouffe sa voix et que l'adversaire parle sa langue. En tout cas, sa première victime, étendue au sol, avait des traits caucasiens.

— Par là ! Ils sont partis par là !

Après quoi, elle avait de nouveau rejoint la nuit, entraînant ingénieusement les autres sur ses traces.

Tandis qu'elle traversait l'obscur jardin, elle vérifia dans son rétroviseur que ses poursuivants avaient mordu à l'hameçon.

Ouf ! Trois motos, tous feux éteints, roulaient sur l'herbe.

Derrière, l'incendie embrasait le ciel. Jusqu'à présent, les flammes avaient détourné l'attention générale du remue-ménage et des tirs à l'intérieur de l'église.

Tant mieux...

Elle n'avait pas besoin de civils dans les pattes. Concentrée sur son objectif, elle fouilla du regard la butte verdoyante qu'elle était en train de gravir. Passé le sommet, la pelouse donnait sur une clairière bordée d'arbres qui formait une ligne sombre à deux cents mètres de là. Malheureusement, le paysage devant elle était couvert de pierres dressées et de petites cryptes.

C'était le cimetière décrit par Jane.

Sans ralentir, elle se dirigea vers le vieux jardin du souvenir. Il serait difficile à traverser de nuit, mais elle n'avait pas le choix. Au moment d'y entrer, elle tâcha d'éviter les obstacles, mais les stèles funéraires formaient progressivement un ensemble de plus en plus dense. Elle continua néanmoins et accéléra même un peu.

De brefs coups d'œil dans son rétroviseur lui indiquèrent que les autres, toujours persuadés qu'elle traquait leur proie, dévalaient la pente derrière elle. Elle attendit qu'ils aient pénétré dans le cimetière, puis elle pila et donna un violent coup de guidon afin de se retrouver face à l'ennemi.

Du pouce, elle alluma le phare de la moto. Un éclair aveuglant fendit les ténèbres. Elle doubla la mise en basculant en pleins phares. Ses poursuivants – éblouis et pris de court – ne purent éviter les blocs de marbre.

Une moto percuta une crypte de plein fouet, catapultant son pilote contre un mur. Le corps s'avachit au sol, la nuque de travers.

Une autre contourna de justesse une pierre tombale, mais l'individu perdit le contrôle, coucha son engin sur le flanc et dérapa sur l'herbe. Seichan suivit sa trajectoire à la pointe de son Sig Sauer et fit feu au moment où il s'arrêtait, hébété. La visière du casque explosa, et l'homme s'écroula à terre.

Le troisième motard fut plus malin. Après s'être écarté du faisceau aveuglant de lumière, il prit la route au plus large et slaloma habilement dans le dédale de monuments funéraires.

Seichan tira, sauf que la course débridée de son adversaire l'empêchait de viser. Il parvint à s'enfuir. Un juron aux lèvres, elle fit volte-face et se lança à ses trousses. Elle craignait que l'ennemi ne rebrousse chemin dès qu'il ne serait plus ébloui. Il fallait qu'elle profite de son avantage jusqu'au bout.

Le motard ressortit du cimetière. À présent que sa route n'était plus hérissée d'obstacles, il s'enhardit au point de pivoter légèrement sur son siège. Pour Seichan, ce fut l'unique avertissement. Il brandit un pistolet et vida son chargeur sur elle.

La jeune femme s'aplatit derrière son pare-brise. Les balles crépitèrent partout au sol. L'une d'elles ricocha même sur le garde-boue avant. Seichan se mit à zigzaguer afin d'offrir la cible la plus mouvante possible. Hélas, un tir chanceux éteignit son phare et la nuit s'abattit de nouveau autour d'elle.

Irritée, elle ralentit à contrecœur – mais pas assez vite.

Une supernova éclata devant elle. Le monde s'évanouit, balayé par un océan de lumière. Elle comprit parfaitement ce qui s'était passé. L'ennemi lui avait joué le même mauvais tour qu'elle : après avoir fait demi-tour au guidon de sa moto, il lui avait braqué ses pleins phares à la figure.

De peur qu'il n'en profite pour recharger son arme, Seichan se rua à l'assaut de la lumière aveuglante. Elle sortit son pistolet et tira. Sa balle fit mouche et les ténèbres s'abattirent de nouveau alentour. Hélas, la moto adverse, désormais sans pilote et sur la roue arrière, s'était arrêtée contre un arbre, à quelques mètres à peine d'elle.

Consciente de ne pouvoir éviter la collision, Seichan fit glisser son engin, les roues devant, et elle bondit à l'ultime seconde, quand les motos se percutèrent. Elle se servit ensuite de son élan pour se relever et plonger à l'abri de la forêt voisine.

Elle s'adossa au tronc d'un frêne majestueux. La traque s'était achevée dans la clairière qu'elle avait aperçue depuis la colline, au-dessus du cimetière.

Mais où l'ennemi avait-il disparu ?

Elle guetta le moindre signe : un bruissement de feuilles, le craquement d'une branche. Quelque part au fond des bois, on entendait le gargouillis chantant de l'eau. Elle se souvint que, selon Jane, toute cette verdure entourait une série de sources naturelles qui alimentaient la Cam.

De là-bas, un grand *splash !* résonna, puis un autre.

L'ennemi devait tenter de s'enfuir.

Seichan se dirigea vers l'origine du bruit. Elle ne pouvait pas laisser le survivant appeler des renforts ou revenir au point de départ pour tendre une nouvelle embuscade. Elle resta néanmoins sur ses gardes, de crainte que le bruit n'ait été un leurre, un stratagème destiné à la faire tomber dans un piège. Tout en respirant par le nez, elle avança à pas de loup.

À mesure que ses prunelles s'adaptaient à l'obscurité plus dense sous les branches, elle distingua un chemin de gravier qui devait conduire aux sources et qu'elle suivit à quelques mètres de distance. Devant elle, un scintillement s'insinua entre les arbres. Au bout de quelques secondes, la surface noire d'un vaste plan d'eau apparut, reflétant la lune et les étoiles. L'étang mesurait à peu près la taille d'un demi-terrain de football. Plusieurs bancs avaient été installés le long de ses rives boisées.

Du mouvement sur la berge opposée attira l'attention de Seichan.

Une ombre courait au ras de l'eau, sans même un clapotis.

Comment… ?

En fait, à bien y regarder, une série de grosses pierres de gué cubiques constituaient une solution originale pour les touristes désireux de traverser.

Un casque flottait non loin de là. Sans doute gêné par la visibilité restreinte qu'il offrait, l'ennemi avait dû s'en débarrasser.

Seichan brandit son pistolet. Trop tard ! La silhouette avait rejoint l'autre rive. Avant de s'évanouir dans les bois, l'adversaire se retourna et la lune qui miroitait sur l'étang éclaira ses traits.

Surprise ! C'était une jeune femme, dont les cheveux coupés au carré étaient d'un blanc immaculé. Même de loin, Seichan remarqua qu'elle avait la moitié du visage noirci de tatouages. Après quoi, l'inconnue fit volte-face et disparut dans la nuit.

Seichan se serait bien risquée à emprunter le passage à gué pour continuer la traque, mais, au milieu de l'eau, elle aurait constitué une cible trop facile pour un sniper tapi en forêt. Elle songea à contourner par la terre ferme. Hélas, le temps qu'elle arrive, il n'y aurait plus personne.

Elle hésita quand même.

Soudain, un nouveau bruit se fit entendre.

Un carillon de cloches résonnait depuis l'église, rauque et désordonné. Sans aucune mélodie distincte, ce n'était rien d'autre qu'une espèce d'alarme discordante.

Le regard rivé à l'origine du tapage, elle devina aussitôt qui en était l'auteur probable.

Kowalski…

* * *

22 h 04

— Magnez-vous ! hurla le colosse américain.

Accroupi en haut de l'escalier, Kowalski tirait des gerbes d'étincelles bleues avec son drôle de pistolet.

Au moment de recharger, il adressa un regard sombre à Derek et leva deux doigts.

Il ne lui restait plus que deux cartouches.

Conscient que leur temps était compté, l'archéologue s'arc-bouta de plus belle et fit rouler la cloche en bronze. L'angoisse qui lui nouait la gorge l'empêchait de bien respirer, à moins que ce ne soit le fait de pousser un fardeau de deux cents kilos.

Quelques minutes plus tôt, après avoir gravi les nombreux étages de la tour, ils avaient enfin atteint le dernier niveau. Au-dessus de leurs têtes, un imposant beffroi en bois accueillait six cloches, dont la plus ancienne remontait au XVIIe siècle. Les carillons étaient de tailles différentes, chacun muni d'une corde qui disparaissait dans un trou du plancher.

Alors que Kowalski affrontait le tireur tapi en bas, les deux amis avaient suivi sa consigne de détacher une cloche.

Ses explications étaient restées très sommaires.

J'ai un plan.

Derek s'était donc emparé d'une échelle, pendant que Jane dénichait une caisse à outils dans un coin. Les yeux piquants de sueur, le nez en sang, le jeune homme avait déboulonné l'une des plus petites cloches, qui s'était écrasée par terre avec fracas.

C'était elle qu'ils tâchaient désormais de faire rouler jusqu'à l'Américain.

Un énième coup de fusil retentit dans l'escalier. Kowalski riposta par une explosion éblouissante de cristaux.

Plus qu'une seule munition.

Le colosse courut les rejoindre. Ensemble, ils amenèrent la cloche jusqu'au seuil et la posèrent sur la première marche.

Le plan était désormais évident.

— Il est temps de se barrer, grommela Kowalski.

Et, d'un même élan, ils poussèrent la cloche, qui bascula et rebondit au fil des marches en tapant bruyamment contre les murs. Le tintamarre était presque assourdissant.

Kowalski pointa le doigt dessus.

— Allez, *go* !

Et il détala le premier. Jane lui emboîta le pas. Le temps d'attraper sa sacoche à terre, et Derek s'élança derrière eux, conscient de l'urgence de la situation. Dans sa course folle, la cloche chasserait sans doute l'ennemi hors de la tour, mais le salopard pouvait très bien les attendre, embusqué en bas.

Kowalski avait manifestement d'autres plans.

Ils dévalèrent les volées de marches en colimaçon derrière la cacophonie tonitruante. Soudain, au détour d'un virage, Derek aperçut la cloche et une ombre noire qui tentait de lui échapper. Kowalski tira son ultime cartouche. Une gerbe de cristaux scintillants jaillit par-dessus la cloche et ricocha sur le mur incurvé. Certains touchèrent néanmoins la cible au dos, lui arrachant un hurlement de douleur.

Un peu plus bas, ils retrouvèrent le tireur, hébété et fragilisé, le pas flageolant. Ce dernier parvint à redresser la tête – juste à temps pour voir deux cents kilos de bronze martelé rebondir sur le mur et l'écraser contre les marches.

Imperturbable, la cloche continua sa descente infernale.

Derek saisit Jane par la taille.

— Ne regarde pas.

Le corps désarticulé baignait dans une mare de sang.

Kowalski récupéra le fusil adverse et l'agita devant lui.

— Continuez de descendre !

Derek lut l'inquiétude sur son visage : il redoutait ce qui risquait de les attendre en bas. Ils suivirent la cloche jusqu'au bout. Arrivée au rez-de-chaussée, elle fonça à travers la nef et percuta les bancs de plein fouet. Sous l'impact, la première rangée explosa. La deuxième, en revanche, stoppa la fuite effrénée du mastodonte.

Le groupe resta caché à l'intérieur de la tour. Du bras, Kowalski retint Derek et Jane, le temps de scruter les lieux à l'affût du danger. Au fond de la nef, plusieurs choristes terrifiés s'étaient réfugiés derrière les grandes orgues.

Au son des sirènes qui mugissaient dehors, une épaisse fumée s'engouffrait par l'accès sud. L'incendie devait être en train de se propager. Dans un village constitué de chaumières à ossature en bois, les braises charriées par le vent menaçaient l'ensemble de la population.

Soudain, un sifflement strident attira leur attention de l'autre côté. Une silhouette émergea de l'ombre du perron nord.

C'était la collègue de Kowalski.

— Si vous avez fini avec votre raffut d'enfer, tirons-nous vite de cette fichue ville !

Jane resurgit au grand jour.

— C'est le truc le plus futé que j'ai entendu de la soirée.

CHAPITRE 6

31 mai, 7 h 22
Mill Hill, Royaume-Uni

C'est sûr que quelqu'un est en train de faire le ménage.

Derrière un cordon de police, Gray observait d'un air contrarié les ruines encore chaudes du laboratoire. Le Francis Crick Institute – qui dépendait du British National Institute of Medical Research[1] – était implanté à Mill Hill, dans la banlieue de Londres. Au centre du complexe tentaculaire s'élevait un gratte-ciel en briques doté de quatre grandes ailes. De la fumée s'échappait des fenêtres au nord-ouest, où un bataillon de camions de pompiers déversait des tonnes d'eau sur la bâtisse.

Painter avait prévenu Gray et Monk de cette attaque à la bombe au moment où leur avion atterrissait sur le sol britannique. Ils avaient reçu l'ordre de se rendre directement à Mill Hill afin d'y rencontrer quelqu'un qui, selon le patron, pourrait fournir des renseignements de premier ordre.

Leur attente durait depuis plus d'une demi-heure, ce qui ne faisait qu'exacerber la frustration de Gray. Il voulait rester dans l'action, se lancer aux trousses des responsables de cet

1. Institut national britannique pour la recherche médicale.

attentat-là… et aussi de l'attaque d'Ashwell. Painter lui avait appris que Jane McCabe venait d'échapper à une tentative d'enlèvement. Seichan et Kowalski avaient réussi à la mettre à l'abri avec un de ses collègues. Leur groupe était actuellement réfugié dans un hôtel lambda du centre de Londres et Gray avait hâte de les rejoindre.

Monk écarta sa prothèse de main de son oreillette radio.

— Alors, les dernières nouvelles en provenance du QG de Sigma ? se renseigna son ami.

— Pas terribles. Kat confirme ce que nous craignions. Le corps, les échantillons… tout a été réduit en cendres.

Gray secoua la tête. La dépouille du professeur McCabe avait été placée en quarantaine dans un laboratoire de biosécurité de l'institut. Le personnel avait été chargé d'isoler et d'identifier l'agent contaminant détecté dans les restes momifiés de l'explorateur.

— Pourquoi se donner autant de mal à brûler le corps d'un type ? s'étonna Monk. Les autres ont déjà été infectés par la mystérieuse maladie dont il était porteur.

Et, selon Kat, beaucoup en étaient morts.

Gray observa la fumée qui encombrait le ciel matinal.

— Je doute que les pyromanes se soient souciés de l'élément pathogène. Leur objectif était plutôt de couper les ponts.

— Comment cela ?

— En plus de comprendre la maladie, la stratégie était d'analyser le contenu de l'estomac du défunt (par exemple, les curieux morceaux d'écorce), puis d'exploiter les indices afin de localiser l'endroit où il aurait pu être retenu tout ce temps… et où le reste de son équipe se trouve peut-être encore.

Y compris le fils du professeur.

— *Pfff !* soupira Monk. Donc, retour à la case départ.

— Et pas qu'ici. Nous n'avons pas avancé d'un pouce sur l'identité du ravisseur de Safia al-Maaz.

Selon les premiers résultats de l'enquête, les attaquants du British Museum n'avaient laissé aucune trace. De même, les corps du groupe d'assaut à Ashwell avaient été fouillés par les autorités. Aucun papier d'identité n'avait été retrouvé. Leurs photos et leurs empreintes digitales circulaient déjà et une chasse à l'homme avait débuté contre le seul agresseur qui avait réussi à s'enfuir à pied.

Gray ne nourrissait, hélas, pas beaucoup d'espoirs. Le mystérieux commanditaire de la charge possédait des ressources considérables et une connaissance très approfondie de leurs cibles. Les raids avaient été menés avec une précision chirurgicale, toujours dans le but d'effacer tout élément susceptible d'élucider les énigmes autour du professeur McCabe.

Mais pourquoi ? Et pourquoi kidnapper le Dr al-Maaz ? S'agissait-il juste de l'interroger ? De lui soutirer ce qu'elle savait sur l'histoire ?

Gray sentait qu'une donnée capitale lui échappait. Elle était là, un peu floue, en périphérie de sa conscience, et elle ne demandait qu'à s'affiner. Une des raisons pour lesquelles Sigma l'avait embauché était sa capacité à assembler les pièces d'un puzzle, à découvrir des schémas logiques là où personne n'en voyait. Néanmoins, son talent, même hors norme, avait ses limites.

Comme ce jour-là.

Dépité, Gray savait qu'il lui faudrait davantage de matière avant d'espérer résoudre la curieuse énigme.

Sa sauveuse potentielle arrivait justement de l'institut à grands pas. Kat lui avait envoyé une photo de son contact : le Dr Ileara Kano. Spécialiste du renseignement chez Sigma, le bras droit de Painter s'était tissé un solide réseau d'informateurs à travers le monde. Gray avait bien tenté de savoir comment les deux femmes s'étaient connues, mais son amie avait répondu, laconique : « Elle t'expliquera. »

Le Dr Kano avait une trentaine d'années, comme Gray. Elle portait un jean et une veste blanche à moitié zippée qui laissait apparaître un imposant collier en perles de corail. Ses cheveux bruns étaient coupés court et ses traits étaient fins, presque majestueux. Selon sa biographie, elle avait émigré du Nigeria avec ses parents à douze ans et poursuivi ses études jusqu'à décrocher un doctorat en épidémiologie, discipline axée sur le schéma de propagation des maladies. Actuellement, elle travaillait au service de l'IAS[1], unité spécialisée dans l'identification et le conseil au sein du musée d'Histoire naturelle.

Bien qu'elle soit sans doute restée debout une bonne partie de la nuit, elle n'affichait aucun signe de fatigue. Ses yeux noirs brillaient, même si ses paupières plissèrent un peu lorsqu'elle aperçut les deux Américains.

— Vous devez être le commandant Pierce, déclara-t-elle avant de pivoter vers Monk d'un air affable. Et voici le fameux Dr Kokkalis. Kat m'a tant parlé de vous !

— Ah oui ? (Il tendit la main.) À mon retour, je vais devoir expliquer le concept de *confidentialité* à mon épouse.

Tout sourires, elle lui serra la main.

— Ne vous tracassez pas. Elle n'a dit que du bien. (Elle haussa légèrement les épaules.) Enfin, presque.

— C'est le *presque* qui m'inquiète.

Gray décida d'entrer dans le vif du sujet.

— Selon Kat, vous auriez des renseignements à donner.

Soupir aux lèvres, Ileara observa d'un air soucieux le laboratoire dévasté.

— « Renseignements », le mot est peut-être un peu fort. J'ai quelques réponses, mais qui, souvent, hélas, ne font que soulever d'autres interrogations.

1. *Identification and Advisory Service*. Équipe d'experts qui aident le public à identifier les spécimens inhabituels qu'ils ont pu trouver.

— Pour l'heure, toutes les réponses m'intéressent.

Monk émit un grognement d'assentiment.

Ileara les invita à la suivre.

— Ma voiture est stationnée au coin de la rue.

Gray se calqua sur ses grandes enjambées.

— Où allons-nous ?

— Kat ne vous a rien dit ? Je dois parler d'urgence à Jane McCabe.

— Pourquoi ?

— Elle aurait sauvé quelques vieux dossiers de son père, en particulier des pages selon lesquelles ce ne serait pas la première fois qu'une telle maladie touche le sol britannique.

Gray aussi avait été informé de l'épidémie au British Museum plus d'un siècle auparavant et, même s'il avait hâte de rejoindre les autres, ses années d'expérience sur le terrain lui avaient enseigné la prudence. Kat avait beau lui faire confiance, le Dr Kano n'était encore qu'une inconnue pour lui. Il avait besoin d'éclaircissements. Arrivé devant la voiture, il posa la main sur la portière et empêcha sa propriétaire de l'ouvrir.

— Pourquoi l'histoire de cette maladie est-elle si cruciale ?

Ileara le dévisagea d'un air exaspéré, comme si la réponse allait de soi.

— Je ne sais pas si vous êtes au courant. Je ne l'ai moi-même appris qu'il y a une heure. Des dizaines de nouveaux cas ont été signalés au Caire et dans des villes égyptiennes voisines. Ici, à Londres, nous tâchons d'éviter le même scénario catastrophe, mais il est peut-être déjà trop tard. Et voilà qu'on entend parler, çà et là, de nouveaux patients infectés : des gens qui ont transité par l'aéroport de Heathrow ou celui du Caire sont en proie aux mêmes pics de fièvre, aux mêmes hallucinations troublantes.

— Des hallucinations ? l'interrompit Monk.

— Oui. C'est un nouveau symptôme clinique repéré chez des malades à l'agonie. Nous pensons qu'elles sont déclenchées par un stade avancé de méningite.

Monk s'approcha. En bon médecin qu'il était, l'information l'intriguait et il souhaitait approfondir la question.

Gray préféra couper court :

— C'est bien beau, mais, je le répète, *en quoi* une épidémie du XIXe siècle pèse-t-elle sur notre affaire ?

Ileara compta sur ses doigts.

— Des cas ont été recensés à Berlin, Dubaï, Cracovie. Il y a trois victimes à New York et même une à Washington.

Gray jeta un regard inquiet à Monk.

— Enfin, la situation est surtout critique au Caire, où l'affolement s'empare peu à peu de la population, ce qui complique d'autant plus les efforts d'endiguement du problème.

Elle écarta la main de Gray de sa portière.

— Pourquoi est-ce que je m'intéresse à une vieille épidémie ? Parce que mes confrères du XIXe siècle ont réussi à l'enrayer. Alors, si les dossiers du professeur McCabe recèlent le moindre indice sur la *manière* dont ils ont procédé, nous devons le découvrir au plus vite, avant que la crise ne dégénère.

— Elle a raison, approuva Monk.

— Mais pourquoi vous ? insista le commandant, intraitable. Pourquoi vous pencher vous-même sur la question ?

Désabusée, Ileara indiqua la colonne de fumée dans le ciel.

— Parce que les experts du Medical Research Council[1] qui supervisent l'étude de cet agent pathogène marchent à côté de leurs pompes. Ils ne jurent que par la science moderne, la microscopie électronique, l'analyse d'ADN ou encore la cartographie génomique. Ils ne font pas confiance

1. Conseil de recherche pour les sciences médicales.

au travail des scientifiques d'il y a un siècle, ce qui est une aberration complète.

— Moi-même, j'ai rencontré beaucoup de ces spécimens, confirma Monk. Et pas qu'en sciences. Le vieil adage – *Ceux qui ne peuvent pas se souvenir de leur passé sont condamnés à le répéter* – tombe trop souvent dans l'oreille d'un sourd.

— Exact. C'est une des raisons pour lesquelles je suis entrée à l'IAS.

— Son but ? demanda Gray.

— C'est un service rattaché au musée d'Histoire naturelle. Nous sommes chargés d'étudier les phénomènes inexpliqués, notamment les mystères scientifiques qui défient toutes les études conventionnelles. Notre département épluche les archives des musées, tout en recourant à des méthodologies modernes pour analyser ces cas énigmatiques.

— Laissez-moi deviner, ironisa Monk. Vous avez un agent du nom de Mulder ou de Scully qui travaille pour vous.

Ileara sourit et ouvrit sa portière.

— Croyez-moi, la vérité est ici… si vous n'avez pas trop peur de regarder.

Tandis qu'elle prenait le volant, Gray leva les yeux au ciel.

— Ça ne m'étonne pas que Kat l'apprécie, lâcha Monk, amusé. Elle est aussi cinglée que nous.

* * *

8 h 39

D'une main, Derek se frotta les yeux et, de l'autre, il étouffa un bâillement. Devant lui étaient étalés tous les livres, journaux de bord et autres documents qu'il avait réussi à emporter avant de quitter la maison des McCabe en catastrophe.

Il y a forcément un truc important là-dedans.

Tel était le mantra qui l'avait poussé à passer une nuit blanche. De toute façon, il n'aurait pas pu fermer l'œil. Après leur fuite d'Ashwell, il était arrivé à Londres encore sur les nerfs, le corps chargé d'adrénaline. De plus, malgré une bonne poignée d'antalgiques, son nez, soigné en vitesse et bardé d'un simple sparadrap, lui faisait toujours un mal de chien.

Il regarda à côté de lui. Jane s'était assoupie sur le canapé de l'hôtel. Seichan sommeillait dans un fauteuil, le menton posé sur la poitrine, un pistolet sur les genoux. Derek était certain qu'elle bondirait au moindre danger. Quant au géant Kowalski, il avait pris son tour de garde à la fenêtre. Après leur trajet de nuit en train, ils s'étaient enregistrés à la réception sous une fausse identité, car ils ne voulaient courir aucun risque.

Derek reprit ses recherches. Il avait, ouvert devant lui, le dossier relié de cuir qui contenait les vieilles lettres de Livingstone. Il se surprit à contempler une autre page pointée par le professeur McCabe. Le courrier, adressé à Stanley, était un exposé foisonnant sur la flore et la faune des marécages entourant le lac Bangweulu, où Livingstone avait continué sa quête de la source du Nil. L'explorateur y avait ajouté le croquis naturaliste d'une sorte de chenille et de papillon.

Danaus chrysippus

Sans être entomologiste, Derek reconnut le nom de l'insecte : *Danaus chrysippus*. Il s'agissait du petit monarque, espèce indigène du bassin du Nil. Grâce à ses compétences en archéologie, il connaissait ce spécimen assez imposant, car il s'agissait d'un des premiers papillons représentés dans l'art antique. On en avait trouvé peints sur une fresque égyptienne à Louxor, quelque trois mille cinq cents ans auparavant.

Derek frotta de nouveau ses yeux fatigués.

Qu'est-ce que cela signifiait ?

Il feuilleta une dernière fois l'ouvrage, incapable de deviner pourquoi le professeur McCabe s'était intéressé à un recueil de vieilles lettres. Il revint à la première image qu'il avait montrée à Jane, un dessin de scarabée égyptien.

Il essaya de se concentrer, mais sa vue était brouillée par l'épuisement.

À deux doigts de jeter l'éponge, il poussa un gros soupir.

Autant chercher une aiguille dans une…

Soudain, il l'aperçut. Ce qui, toute la nuit, avait échappé à son attention déterminée venait de se révéler à lui sous l'effet de la fatigue. Abasourdi, il repoussa bruyamment sa chaise.

Le grincement réveilla Jane, qui redressa la tête.

— Que se passe-t-il ?

Derek n'était pas prêt à en parler.

Pas avant d'en avoir le cœur net.

Afin de vérifier son intuition, il photographia la page sur son iPad et utilisa le Wi-Fi de l'hôtel pour interroger Google.

S'il vous plaît, faites que j'aie raison.

Jane avait dû le sentir sur une piste.

— Qu'est-ce que tu fabriques, Derek ?

— Je crois… (Il leva le nez vers elle.) Je crois savoir où ton père est allé.

Une voix bourrue se fit entendre derrière lui.

— On a de la compagnie, annonça Kowalski en s'écartant de la fenêtre. Il est temps de mettre les voiles.

* * *

8 h 51

Le cœur battant, Seichan se leva d'un bond en maudissant sa négligence. Elle passa en revue les différentes manières dont ils avaient pu être suivis, mais rien n'avait de sens. Elle se remémora l'assassin de la veille, son visage blême éclairé par la lune qui se reflétait dans l'étang d'Ashwell, et elle se dit qu'elle n'aurait pas dû sous-estimer l'adversaire.

En la voyant crispée sur son Sig Sauer, Kowalski grogna :

— Relax ! Ce ne sont que Gray et Monk. (Il jeta un nouveau coup d'œil à la fenêtre.) Ils ont amené quelqu'un.

Ulcérée qu'il l'ait affolée ainsi sans raison, Seichan eut des envies de meurtre. Une profonde inspiration l'aida à se calmer et, devant la mine effrayée des deux civils, l'agent rangea son arme.

— Vous n'avez rien à craindre. Ce sont les collègues qui, comme je vous le disais, devaient nous rejoindre.

Derek s'humecta les lèvres et acquiesça en silence. Jane, elle, s'était à moitié cachée derrière son ami.

— Rassemblez vos affaires, enchaîna Seichan, le doigt pointé vers la table. Kowalski a raison. Il faut être prêts à partir.

Derek ne bougea pas d'un pouce.

— Mais je pense…

— Pensez en faisant fonctionner vos bras. Plus longtemps nous resterons quelque part, plus nous risquerons d'être repérés.

À court terme, l'objectif était de les emmener, Jane et lui, à l'abri dans une maison près de la côte, où le chef Crowe avait pris ses dispositions. Tout était prévu, ce qui ne faisait qu'accroître le stress de Seichan. À nouveau, le visage tatoué de la meurtrière s'imposa à elle. Heureusement, Gray arrivait et il l'aiderait à prendre du recul.

Il est impossible que…

Depuis que la jeune femme était restée figée sur la berge de l'étang, une vive inquiétude la tenaillait. À maintes reprises, elle s'était repassé le film de la scène. Sur le coup, son instinct l'avait incitée à poursuivre la traque, mais, trop à découvert, elle se serait mise inutilement en danger. Elle avait quand même envisagé de se lancer – jusqu'à ce que les cloches de l'église la ramènent à son devoir et lui rappellent qu'elle n'était plus un assassin à la solde de la Guilde. Elle avait d'autres responsabilités, d'autres existences à protéger. Toujours est-il qu'au fond de son cœur, elle avait eu envie de continuer la chasse, quitte à y jouer sa propre vie.

Tandis que Derek et Jane ramassaient en hâte les documents entassés sur la table, elle sentit presque leur peur lui chatouiller les narines. Un certain mépris l'envahit. C'était un réflexe, comme l'aiguille d'un phonographe qui s'enfoncerait dans un vieux microsillon. Sa réaction ne fit qu'accentuer sa colère, contre elle-même, contre eux.

Qu'est-ce que je fiche ici ?

On frappa à la porte. Déjà sur le seuil, Kowalski avait anticipé le coup et il ouvrit. Les nouveaux arrivants s'engouffrèrent dans la chambre.

D'emblée, l'attention de Gray se posa sur Seichan. Alors que son sourire permettait tout juste à la jeune femme d'apaiser sa tempête intérieure, le commandant sonda minutieusement la pièce. Il était talonné par Monk et une grande Noire qui, la tête baissée, semblaient en grande discussion.

Seichan entraîna Gray à l'écart. Elle avait besoin de lui confier ce dont elle avait été témoin, surtout avant qu'ils ne partent rejoindre la maison sécurisée.

Elle fut interrompue par la voix d'un Monk abasourdi, toujours concentré sur l'inconnue à ses côtés.

— Et, selon vous, c'est ce qui a tué le professeur McCabe ?

La femme répondit :

— Soit cela, soit le rituel de momification. Hélas, nous n'avons pas eu le temps de terminer les analyses avant que son corps soit réduit en cendres.

Jane bouscula Derek et se planta devant eux, livide.

— De quoi parlez-vous ?

Enfin, Monk prit conscience qu'il n'était pas seul. Il se mit à bégayer, penaud d'avoir évoqué aussi lestement le décès du père de la jeune femme.

— Je… je suis désolé, mademoiselle.

— Quelqu'un a fait sauter le laboratoire de quarantaine où la dépouille du professeur avait été entreposée, expliqua Gray.

Jane trébucha d'un pas en arrière. Aussitôt, Derek posa un bras secourable sur son épaule et l'empêcha de flancher.

— Mais pourquoi ?

Son ami répondit :

— Sans doute pour la même raison qui les a poussés à détruire ta maison familiale. Quelqu'un tente d'effacer les traces.

Gray acquiesça et voulut apporter des précisions, mais Jane lui coupa la parole, les yeux rivés sur Monk et sur l'inconnue.

— Vous avez aussi évoqué ce qui aurait tué mon père.

Monk adressa un regard appuyé à sa voisine.

— Elle a le droit de savoir.

— Alors, il vaut mieux que je lui montre.

Elle empoigna la besace qu'elle portait en bandoulière et sortit un ordinateur portable, qu'elle posa sur la table.

— Sachez néanmoins qu'il ne s'agit encore que de résultats préliminaires.

Tandis que les autres se massaient autour de l'écran, Seichan entraîna Gray à l'écart.

— Il faut que je te dise quelque chose à propos d'hier soir. Un truc dont je n'ai délibérément pas parlé au chef Crowe.

— Quoi donc ? frémit le commandant.

Elle évita son regard, non seulement parce qu'elle redoutait sa réaction en apprenant qu'elle avait dissimulé des informations, mais aussi anxieuse à l'idée qu'il devine le désir enfoui en son cœur. La femme qui s'était enfuie allégrement de l'autre côté de l'étang s'était retournée un instant, comme pour mettre Seichan au défi de la suivre. Cette dernière n'avait alors lu aucune peur sur son visage, pas même de la colère. Il n'y avait chez son adversaire qu'une liberté éclatante, doublée d'une farouche désinvolture qui avait titillé l'inconscient de Seichan, réveillant en elle des sentiments qu'elle tâchait d'enfouir au mieux.

Elle n'avait guère oublié ce que c'était d'être une fille comme elle, à vivre sur le fil du rasoir, par-delà le bien et le mal, à n'exister que pour soi-même.

— Quel est le problème ? insista Gray.

La tête toujours tournée, Seichan résista quand, les doigts repliés, il lui effleura la joue. Ils avaient été séparés pendant plus d'un mois et son contact, son odeur, son souffle dans le cou lui manquaient. Elle savait qu'il l'aimait, et son amour avait été une bouée à laquelle elle s'était raccrochée afin d'affronter la tourmente des dernières années. La situation était-elle toutefois juste pour Gray ? Dans l'espoir d'y répondre, elle avait accepté sa mission à Marrakech, histoire de souffler un peu.

Manque de chance, elle n'avait rien trouvé d'autre qu'un morceau de son passé, pendu devant elle.

— La fille qui s'est enfuie hier soir. Celle aux tatouages…

— Oui. Alors ?

— Je l'ai reconnue.

Seichan pivota vers Gray et lui assena l'indéniable vérité.

— Du moins, devrais-je dire que j'ai entendu *parler* d'elle. De sa réputation.

— Qu'est-ce que tu racontes ?

Son regard resta fixe.

— C'est une tueuse à gages de la Guilde.

CHAPITRE 7

31 mai, 9 h 14
Londres, Royaume-Uni

C'est impossible…

Estomaqué par la révélation de Seichan, Gray aurait bien remis ses propos en cause, mais les prunelles émeraude de la jeune femme étincelaient de certitude.

— Ce n'est pas logique… Nous avons détruit la Guilde.

Seichan pivota vers la fenêtre et rétorqua sur un ton amer :

— Moi, je suis toujours là. Je faisais partie de la même bande de meurtriers.

Gray lui caressa l'épaule.

— C'est du passé.

— Parfois, on n'échappe pas à son passé.

Elle retourna se blottir dans ses bras en frissonnant.

— Nous avons peut-être décapité le serpent, mais qui dit qu'une autre tête n'a pas repoussé ?

— Nous n'avions pas fait de quartier.

— Alors, il se peut qu'une entité *nouvelle* ait pris le relais et occupe le pouvoir laissé vacant.

Elle l'observa d'un air méfiant, presque cachottier.

— Quoi qu'il en soit, la Guilde employait d'autres gens de mon espèce, des personnes formées, sans ménagement, à travailler à sa solde et qui, après, se sont évanouies dans la nature.

— Où elles ont peut-être trouvé d'autres maîtres à servir, concéda Gray.

— Comme moi.

Elle s'écarta de lui et le fixa avec intensité.

— Seichan…

— On ne peut jamais sortir complètement du côté obscur de la force. D'ailleurs, tu es bien au courant que je continue de figurer sur de nombreuses listes de terroristes. Le Mossad maintient même un ordre de tirer à vue à mon encontre.

— Sauf que Sigma te protégera. Tu le sais.

— Mouais… Tant que je vous suis utile.

— Tu te trompes.

Elle continua de soutenir son regard.

— Tu crois vraiment ce que tu racontes ?

Gray réfléchit. Le premier cercle de Sigma, au sein duquel figurait son patron, ne la trahirait jamais. En revanche, personne d'autre ne connaissait le passé trouble de Seichan, notamment les membres du DARPA, chargé de superviser les agissements de Sigma. Qu'arriverait-il si, d'un coup, on l'obligeait à passer de l'ombre à la lumière ?

Soudain, le Dr Kano se redressa devant son ordinateur.

— Voici l'adversaire que nous combattons. Et pourquoi il est si important de le neutraliser.

D'une main posée sur son bras, Gray promit en silence à Seichan de continuer leur discussion.

Bien qu'encore ébranlée, elle rejoignit ses camarades.

— Qu'est-ce qu'on regarde ? demanda Derek, penché sur la fenêtre qu'Ileara venait d'ouvrir à l'écran.

— Il s'agit du rendu volumétrique en 3D de l'image d'une cellule nerveuse prise au microscope électronique. Les racines fluorescentes sont les terminaisons d'un neurone extrait du cerveau du professeur McCabe. À côté, les

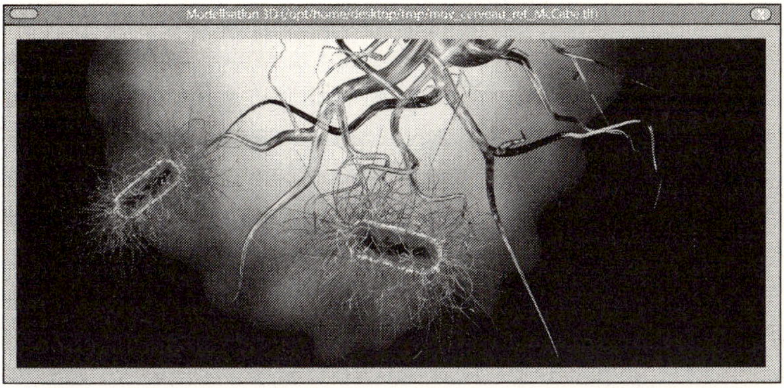

espèces de bâtonnets chevelus figurent l'agent pathogène non classifié découvert dans les tissus nerveux enflammés.

— La contagion n'est donc pas virale, raisonna Monk, surpris. Elle est d'origine bactérienne.

Ileara secoua la tête.

— Je crains que vous n'ayez tort sur toute la ligne.

— Comment est-ce possible ?

— Ce microbe unicellulaire n'est pas une bactérie. Il ne possède ni noyau ni autres organites. Sur le plan biochimique, il est aussi très différent des bactéries ordinaires, voire de la grande majorité des formes de vie.

— Alors, de quoi s'agit-il ? souffla Jane, quelque peu écœurée par leur conversation sur le sort funeste de son père.

— C'est un membre non classifié du domaine des archées.

— Ah…, acquiesça Monk d'un air entendu.

Vu la mine confuse des autres, il était le seul à comprendre.

Heureusement, Ileara expliqua :

— La vie se répartit en trois branches primaires ou *domaines*. Il y a les bactéries, qu'on connaît bien. Ensuite, on trouve les eucaryotes, qui regroupent presque tout le reste. Algues, champignons, plantes et même nous. Ce n'est qu'en 1977 que les archées ont été définies comme uniques en leur genre, avec un parcours évolutif très distinct du protoplasme, siège des processus fondamentaux de la vie. Elles font partie des organismes les plus anciens et, certainement, les plus étranges.

— Comment cela ? se renseigna Gray.

— Leur reproduction est asexuée, par division binaire, mais elles sont aussi très douées pour intégrer d'autres formes de vie à leur constitution biochimique et génétique, y compris des virus. Certains biologistes évolutionnistes estiment que les deux se sont développés en parallèle, *via* une relation codépendante de deux milliards d'années. En fait, notre spécimen à l'écran est bourré de particules virales, dont l'immense majorité reste à identifier.

Gray imagina la fameuse cellule poilue grouillant de virus. *Non, mais c'est quoi ce putain d'adversaire ?*

Ileara enchaîna :

— Leur curieuse constitution génétique a ainsi permis aux microbes archéens de survivre en milieu très hostile. Par exemple, la chaleur torride d'un geyser ou la toundra gelée. Ils prolifèrent aussi dans les environnements hautement acides ou alcalins.

Gray comprit qu'elle abordait un point important.

— Et cette espèce-ci ?

Le Dr Kano planta ses poings sur ses hanches, le regard rivé avec détermination à l'écran, comme si elle affrontait un ennemi particulièrement coriace.

— Pour être aussi résistantes, les archées ont recours à un large éventail de sources d'énergie. Glucides, ammoniaque, ions métalliques, voire sulfure d'hydrogène. Certaines peuvent fixer le carbone, d'autres utilisent l'énergie solaire.

— À l'image des végétaux ? intervint Derek. Par le biais de la photosynthèse ?

— Non, elles empruntent une autre voie chimique, propre à leur espèce. Néanmoins, comme je vous le disais, ce sont des as de l'innovation. Surtout cette saleté de bestiole.

— Comment survit-elle ? demanda Gray.

Ileara balaya l'assistance du regard.

— L'un d'entre vous a-t-il déjà entendu parler de *Geobacter* ou de *Shewanella* ?

Monk, qui avait toujours un temps d'avance sur ses camarades, se manifesta, les yeux ronds.

— Vous n'êtes pas en train d'insinuer…

— Si.

Toujours en faction devant la fenêtre, Kowalski maugréa :

— Allez, accouchez !

Gray, lui aussi impatient, chercha des réponses auprès de Monk, qui s'exécuta :

— Les deux bactéries dont elle parle consomment de l'électricité.

— Oui, et pas que ces deux-là, confirma Ileara. On recense *dix* autres espèces bactériennes, toutes différentes, à travers le globe et il en reste sans doute une infinité à découvrir. Néanmoins, c'est la première variété d'archée à adopter la même démarche.

Seichan se renfrogna.

— Vous prétendez que ces machins *mangent* réellement de l'électricité ?

— Le processus n'est pas si éloigné de ce que font nos propres cellules, expliqua Monk. À la base, nous débarrassons les molécules de sucre de leurs électrons et nous les stockons sous forme d'ATP, qui alimente en énergie nos fonctions métaboliques. Les bactéries électriques, elles, se dispensent d'intermédiaire et se servent en électrons directement dans l'environnement.

— Où au juste ? insista Derek.

— À la surface des minéraux ou encore dans la tension électrochimique qui parcourt les fonds marins. Aujourd'hui, on découvre de nouvelles espèces en plantant de simples électrodes dans la boue et en regardant qui vient se nourrir.

Gray examina l'image à l'écran.

— Ce spécimen agit donc de la même manière ?

— J'ignore comment il produit son électricité, avoua-t-elle, mais si nous savions d'où il vient, j'aurais peut-être une réponse.

Gray vit Jane et Derek échanger un regard.

Que se passe-t-il ici ?

— En revanche, continua Ileara, je suis certaine qu'il n'a pas choisi le cerveau du professeur McCabe par hasard. Dès qu'il infecte un individu et envahit son système sanguin, ce microbe doit élire domicile dans une partie du corps riche en carburant.

Gray se figura la grande vigueur des neurones et comprit.

La spécialiste poursuivit :

— Ces projections chevelues se fixent sur les cellules nerveuses et se muent en vampires suceurs d'énergie. Aussitôt, le corps réagit comme face à n'importe quelle attaque extérieure : par une inflammation.

— Qui engendre une méningite, conclut Monk. Et les hallucinations dont vous avez fait état.

Ileara approuva d'un air sombre.

— En effet, sauf qu'au lieu d'une méningite *bactérienne* – déjà compliquée à soigner –, nous avons affaire à une méningite *archéenne*, affection dont nous n'avions encore jamais entendu parler. Et ce n'est peut-être pas le pire.

— Comment cela ? reprit Gray.

— Aussitôt qu'il a trouvé un environnement favorable, le microbe se multiplie à la vitesse de l'éclair. Voilà pourquoi, selon nous, les symptômes cliniques se développent aussi rapidement. Et, à chaque multiplication, les cellules qui se divisent déversent l'ensemble des virus, très différents, qu'elles renferment. Aujourd'hui, c'est à peine si nous pouvons estimer quelles seront les conséquences d'une pareille épidémie.

— Pour espérer trouver un remède, réfléchit Monk, il nous faudra combattre sur de multiples fronts. Nous devrons identifier non seulement un antibiotique susceptible d'éliminer cette bestiole poilue, mais aussi un arsenal complet de médicaments antiviraux.

— Exact. À l'heure actuelle, nous n'avons toujours pas évalué le taux de mortalité. Nous ne comprenons pas non plus comment le fléau se propage, même s'il y a fort à parier que la contamination se fasse par voie aérienne. Selon les modélisations, il devrait aussi infecter les espèces non humaines.

— Logique. Tout ce qui possède un système nerveux électrique court un risque potentiel. Chiens, chats, souris. Putain, peut-être même les insectes ! Ça va être un vrai carnage.

— À quel point ? demanda Gray.

Ileara tenta de répondre :

— Le CDC a élaboré un Indice de gravité de la pandémie qui permet d'évaluer, sur une échelle de un à cinq, la puissance létale des différents pathogènes.

— Comme avec les ouragans.

— Oui. Ici, nous serions confrontés à une super-tempête de catégorie 5. Voilà pourquoi, mademoiselle McCabe, il est crucial de découvrir ce que votre père a appris sur l'épidémie du XIXe siècle, à l'époque où la relique du Dr Livingstone a été ouverte au British Museum.

D'un regard, Jane sembla sommer Derek d'intervenir.

— Vous savez quelque chose ? le pressa Gray.

— Rien sur un éventuel remède, balbutia l'archéologue. En revanche, je pense avoir deviné où le professeur McCabe était parti lorsqu'il a disparu.

— Quoi ? Comment ? s'écria l'Américain, sidéré.

Derek se pencha sur le monceau de documents éparpillés.

— Je vais vous montrer.

* * *

9 h 55

J'espère ne pas me tromper… pour le bien de Jane.

Au moment de sortir le livre que McCabe avait dérobé à la bibliothèque de Glasgow, Derek vit l'espoir briller dans les prunelles de son amie. Il savait qu'elle pensait à son frère, Rory, et à l'éventualité qu'il puisse être encore vivant. Derek ignorait si les théories dont il avait discuté avec elle quelques heures plus tôt étaient pertinentes ou si elles n'allaient les mener qu'à une énième déception. En tout cas, il n'était pas question de se taire plus longtemps, pas si les révélations du Dr Kano sur le curieux agent pathogène étaient exactes.

Il mit l'ouvrage sur la table et garda la main posée dessus.

— Le professeur McCabe était obsédé par sa quête de preuves susceptibles d'étayer l'histoire de l'Exode. Voilà sans doute comment il est tombé sur un document où Livingstone racontait avoir reçu un cadeau de la part d'un indigène.

Derek ouvrit le carnet de bord de son mentor sur un croquis de l'*aryballe*, vase à huile orné, d'un côté, d'une tête de lion et, de l'autre, d'un profil féminin. Il leur montra aussi l'endroit où le nom égyptien du Nil y avait été gravé en hiéroglyphes.

Ileara étudia l'image.

— Voilà donc l'objet qui a été ouvert et qui a causé la mort de toutes les personnes présentes au musée ?

— Oui. Du moins si l'on en croit la légende. Gardez aussi à l'esprit que, selon le même texte, l'*aryballe* contenait un échantillon d'eau du Nil, recueilli du temps où elle s'était changée en sang.

— Vérité ou pas, c'est le genre d'histoire qui aurait intrigué mon père, intervint Jane.

— Assez pour remonter jusqu'à une correspondance entre Livingstone et son sauveur, Henry Morton Stanley. (Derek brandit la liasse de vieux courriers.) Le professeur McCabe semblait surtout s'intéresser à une poignée de lettres où figuraient certaines esquisses biologiques de Livingstone.

Il ouvrit à la page consacrée au scarabée.

— Au début, j'ai cru qu'il avait sélectionné cette lettre en raison de son lien avec l'Égypte antique, mais, ensuite, interpellé par un détail étrange du dessin, je l'ai photographié afin de pouvoir le manipuler.

Il sortit son iPad et leur présenta son cliché.

— J'avais à peine commencé à travailler dessus quand vous avez tous débarqué.

Devant un public attentif, il prit son stylet et fit pivoter le scarabée, qui se retrouva à la verticale, en équilibre sur une aile.

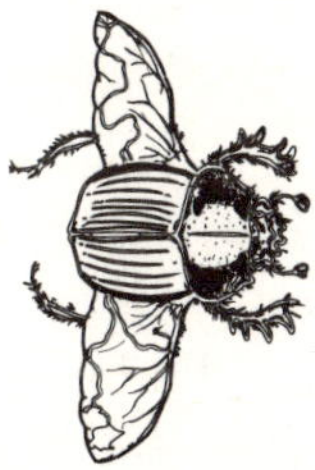

— Et donc ? demanda Monk, le nez froncé.

— Sans que je sois expert en morphologie des insectes, les nervures des ailes m'ont paru bizarres. Regardez un peu.

Grâce à une application de retouche d'images, il effaça une bonne partie des ailes pour ne laisser que les drôles de veines.

Gray se redressa.

— Mon Dieu…

Le jeune archéologue s'étonna que son voisin ait *a priori* déjà deviné où il voulait en venir.

Sur un ton empli de fierté qui le mit en émoi, Jane incita son ami à continuer :

— Vas-y. Montre-leur le reste.

Il gomma le corps du coléoptère, puis, d'un trait, relia les deux morceaux de nervures l'un à l'autre.

— On dirait le cours d'une rivière, commenta Ileara.

— Pas n'importe laquelle. Regardez le delta au sommet et les lacs – un petit, un grand – à l'extrémité des deux affluents.

— C'est une représentation du Nil, conclut le commandant Pierce, admiratif.

Afin de confirmer son hypothèse, Derek afficha une carte satellite de la région, où il avait surligné la ligne de partage des eaux. Il plaça les images côte à côte.

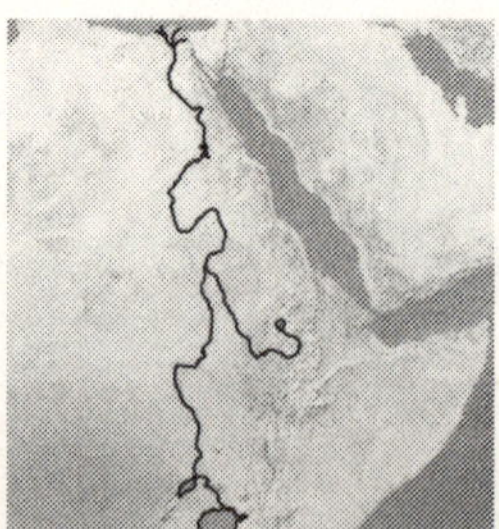

— Vous voyez, les tracés coïncident presque au millimètre.

Gray émit toutefois une réserve judicieuse :

— De son temps, Livingstone aurait-il été capable d'établir un plan aussi précis du Nil ?

— Absolument, déclara Jane. Il avait déjà cartographié de vastes zones en Afrique, dont une bonne partie du Zambèze. La Royal Geographical Society[1] lui a d'ailleurs décerné une médaille d'or pour son travail.

— C'est donc possible, renchérit Derek. En fait, la majeure partie du cours du Nil était connue avant sa mort.

— Pourquoi le dissimuler ainsi ? s'étonna Monk. Pourquoi insérer le fleuve dans les ailes d'un scarabée ?

Ileara apporta un élément de réponse :

— Ce subterfuge était utilisé, à la même époque, par les espions britanniques. Prenez Robert Baden-Powell. Cet officier du renseignement se faisait passer pour un entomologiste qui, dans ses croquis d'insectes, de feuilles ou d'autres éléments naturels, glissait, au nez et à la barbe de l'ennemi, des informations sur les installations militaires et les forces armées.

Gray parut perplexe.

— Pourquoi ce nom m'est-il familier ?

Ileara sourit.

— Peut-être parce que c'est aussi le fondateur du mouvement scout.

— En parlant d'être toujours prêt, ricana Monk, le doigt pointé sur l'iPad, on ne sait toujours pas pourquoi Livingstone a planqué une carte du Nil dans l'aile d'un scarabée.

Derek soupira.

— Je crois qu'il essayait de transmettre un secret d'une importance clé à son ami Stanley, de lui montrer où le trouver.

— Comment ? lança Seichan.

1. Littéralement : Société géographique royale.

L'archéologue revint à la première image.

— Regardez la manière dont Livingstone a divisé le cours d'eau en *deux*, avec l'insecte coincé au milieu. Le scarabée lui-même revêtait une grande signification pour Stanley.

— Parce qu'il s'agissait d'un spécimen égyptien, comprit Gray.

— Absolument. Les deux hommes s'intéressaient beaucoup à l'Égypte antique. À mon avis, Livingstone a utilisé le corps du scarabée comme une espèce de grande croix, marquant l'endroit du Nil où un précieux trésor attendait d'être mis au jour, quelque chose en lien avec cette civilisation prestigieuse.

— S'il a abouti à la même conclusion, mon père a pu être tenté de monter une expédition pour le retrouver, compléta Jane.

Derek traça une croix là où Livingstone avait divisé le fleuve. Elle se trouvait près de l'endroit où le Nil naissait de ses deux affluents principaux : le Nil Bleu et le Nil Blanc.

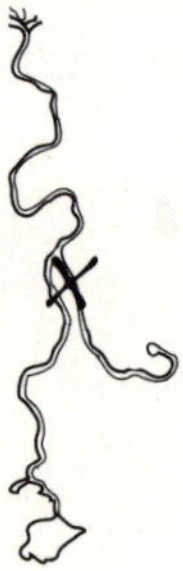

— Ce n'est pas loin de l'actuel chantier de construction d'un nouveau barrage hydroélectrique au Soudan. J'imagine bien notre cher McCabe prétendre mener des travaux préliminaires de génie civil pour couvrir ses investigations.

— Vu l'état de son corps, déduisit Gray, il a manifestement trouvé quelque chose.

— Ou quelque chose l'a trouvé, ajouta Monk.

Ileara s'était approchée afin d'étudier le journal du professeur, en particulier son dessin de l'*aryballe* bicéphale.

— Quoi qu'il en soit, il a resurgi contaminé par la même cochonnerie que renfermait le vase de Livingstone. On ignore si d'autres membres de l'expédition ont survécu, mais, à supposer que vos indices nous permettent d'identifier l'origine géographique de la maladie, cette avancée pourrait nous éclairer sur sa nature intrinsèque… et un éventuel traitement.

— Allons y jeter un œil, décida Gray.

Tout le monde approuva à voix basse. Ou presque.

— Vous êtes bien gentils, lâcha Seichan, mais il reste un mystère que nous ne sommes pas près d'élucider.

Gray se rembrunit aussitôt.

— Ce qu'est devenue Safia al-Maaz ?

Derek culpabilisa à l'idée que, tout excité par sa découverte, il ait oublié l'enlèvement de son amie.

Jane croisa les bras avec inquiétude.

— Que pouvons-nous faire ?

— Pour l'instant, rien, répondit Gray. Les investigations menées au musée n'ont révélé aucune piste probante. En attendant du nouveau, nous irons où nous pourrons.

Derek se tourna vers la fenêtre. Il redoutait d'abandonner ainsi Safia, mais le commandant avait raison. Résigné, il ne put que formuler une prière silencieuse.

S'il vous plaît, faites qu'elle aille bien.

CHAPITRE 8

31 mai, 10 h 04, heure de l'Est
Archipel Arctique

Safia posa la main sur la fenêtre et sentit un froid intense s'infiltrer à travers le triple vitrage. Malgré l'absence de barreaux, la pièce où on l'avait installée avait tout d'une cellule de prison. Dehors, un paysage gelé s'étendait jusqu'à l'horizon, avec son ciel chargé de nuages bas. Un peu plus près, une bande de granit noir émaillée de glaciers semblait badigeonnée de neige immaculée, tandis qu'au loin, des falaises tombaient à pic vers une mer encombrée de morceaux de banquise.

Où suis-je ?

La question la hantait depuis qu'elle s'était réveillée à bord d'un hélicoptère, ligotée à un brancard. Elle n'avait alors que de vagues souvenirs de ce qui s'était passé, des images furtives, à mesure qu'elle perdait et reprenait conscience. Quelqu'un l'avait attaquée au bureau, droguée et enlevée. Pendant qu'elle était évanouie, ses ravisseurs l'avaient déshabillée, puis affublée d'une combinaison de travail grise. Les genoux recroquevillés contre elle, elle eut le sentiment d'avoir été violée. Elle contempla de nouveau sa cellule en parpaing, où il y avait à peine la place de poser un lit, des toilettes et un lavabo.

Par chance, ses ravisseurs lui avaient laissé sa montre, cadeau de son époux pour leur troisième anniversaire de mariage. Sans s'en rendre compte, elle s'y cramponna comme à une partie d'elle-même. Vu la position des aiguilles, il s'était écoulé moins de vingt-quatre heures depuis son enlèvement.

Au cours des quatre dernières heures, elle avait peu à peu recouvré ses esprits, même si elle avait encore les tempes lourdes et la bouche affreusement sèche. Grâce à la caméra fixée au plafond, ils savaient sans doute qu'elle s'était réveillée. Pourtant, personne n'était venu. On ne lui avait même pas adressé la parole.

Que me veulent-ils ?

La porte en acier blindé était munie, tout en bas, d'une trappe par laquelle elle imaginait qu'on lui balancerait un plateau-repas… même si elle attendait toujours. Il y avait aussi, à hauteur du regard, un judas minuscule, actuellement fermé.

Elle se focalisa de nouveau sur la fenêtre tapissée de givre. Seul le panorama pouvait lui offrir de maigres indices sur le lieu de sa détention. Elle étudia la toundra gelée, la mer hérissée de petits icebergs.

Quelque part en Arctique, imagina-t-elle.

Elle n'avait aucune idée du fuseau horaire, mais, depuis quatre heures, elle avait suivi la course du soleil. Il avait à peine bougé au-dessus de l'horizon, comme s'il avait passé la journée accroché là-bas. Auquel cas, Safia se trouvait au nord du cercle arctique, sur les terres du soleil de minuit.

Le poing serré devant la gorge, elle observa aussi l'étrange forêt d'acier qui s'étendait sur des centaines d'hectares de toundra. Chaque arbre était, en réalité, une antenne de vingt-cinq mètres, dont les branches en X s'enchevêtraient au sommet. Des câbles, qui couraient le long du sol en granit, les reliaient tous dans une espèce de gigantesque ensemble connecté.

Safia comprit qu'il devait s'agir d'un réseau d'antennes.

Mais à quel dessein ?

Au centre de l'installation, un vaste cratère artificiel possédait une bouche d'au moins quatre cents mètres de diamètre. L'ouvrage, d'apparence surannée, semblait bien antérieur à l'installation des antennes. On aurait dit un ancien puits de mine.

L'Arctique constituait une importante ressource géologique de pétrole, de minéraux rares et de métaux précieux. À présent que les hivers plus doux et la fonte progressive du permafrost rendaient les contrées reculées du nord plus accessibles, les activités de forage étaient en plein essor. La région faisait ainsi l'objet d'une vraie ruée vers l'or, ce qui engendrait des tensions internationales.

Malgré les preuves d'existence d'anciennes exploitations minières, Safia savait que le site avait pris une tout autre voie.

Mais laquelle ? Et pourquoi m'a-t-on amenée ici ?

Un bourdonnement l'incita à se retourner.

Au-dessus de sa tête, la caméra braqua son objectif sur elle.

Safia ravala sa peur et défia son adversaire du regard.

On dirait que je vais bientôt obtenir des réponses.

* * *

10 h 22

— Il sera difficile de la convaincre de coopérer, annonça Simon Hartnell.

Debout, les mains croisées dans le dos, il frotta les poignets de son costume Armani en laine de soie peignée. C'était un tic nerveux, dès lors qu'un défi se présentait à lui. La même posture lui avait permis de vaincre avec arrogance de nombreux conseils d'administration. Là, face à l'écran vidéo, il jaugea la prisonnière et prit bonne note de son entêtement.

Une voix mâtinée d'accent russe lança derrière lui :

— Peut-être devrions-nous utiliser le même moyen de pression qu'avec le professeur McCabe.

Simon pivota vers son responsable de la sécurité. Anton Mikhailov possédait une silhouette à la fois athlétique et incroyablement svelte, accentuée par son bas de survêtement noir moulant et sa veste assortie. Ses cheveux blond-blanc coupés court étaient aplatis au gel et sa raie formait un V précis entre ses sourcils. Après plusieurs mois passés en Arctique, sa peau était devenue très pâle, quasi translucide, mais, bon, même un séjour prolongé sous le soleil des tropiques n'aurait pas arrangé son teint. Comme sa sœur aînée, Valya, Anton était albinos. Les deux jeunes gens faisaient toutefois mentir le cliché habituel des yeux rouges, car leurs iris à eux étaient d'un splendide bleu lagon.

Seule bizarrerie chez Anton : un tatouage noir lui emplissait la moitié gauche du visage. Il représentait un demi-soleil, dont les rayons légèrement tordus s'étalaient sur sa joue et montaient au-dessus de l'œil. Sa sœur, Valya, arborait l'autre moitié sur la joue droite.

Simon avait tenté de découvrir la signification du double symbole, mais ni l'un ni l'autre n'avaient fourni d'explication satisfaisante, à peine une allusion voilée à leur ancienne profession. Simon avait recruté les deux mercenaires devenus orphelins, non pas qu'ils aient commis la moindre faute, mais parce que l'organisation qui les employait jusque-là avait implosé.

Le frère et la sœur étaient impitoyables, rusés et, le plus important, fidèles. Il n'en attendait pas moins d'eux, notamment en raison du salaire confortable qu'il leur versait. Enfin, l'argent n'était pas un souci, puisque sa fortune oscillait entre quatre et cinq milliards de dollars, en fonction de la valorisation quotidienne des actions de Clyffe Energy. Il avait créé sa société après avoir abandonné les études, tant il avait hâte d'assouvir sa réelle passion – dont le but n'était plus désormais qu'à un jet de pierre.

Je suis si proche…

Le mois suivant, il fêterait ses cinquante ans et il avait la ferme intention de marquer le coup, même si cela impliquait d'ébranler les fondations du monde. À ses détracteurs, à ceux qui ne voyaient qu'une lubie de milliardaire excentrique, obsédé par son orgueil personnel, il voulait prouver qu'ils avaient tort.

Une rage familière l'envahit.

C'étaient les mêmes idiots qui s'étaient moqués de Richard Branson, quand il s'était lancé dans l'exploration spatiale privée, ou qui toisaient de haut Youri Milner, milliardaire russe soucieux de répondre à la question fondamentale : *Existe-t-il une autre forme de vie dans l'Univers ?*

Par le passé, de tels visionnaires avaient déjà bouleversé le cours de l'humanité. Au début du XXe siècle, alors que le gouvernement américain était dans l'impasse, incapable de gérer l'envolée des menaces internationales, c'étaient de riches entrepreneurs – de grands barons de l'industrie, comme Howard Hughes, Henry Ford et John Rockefeller – qui avaient ravi le contrôle de la situation à l'arrogante classe politique et relevé les défis, inaugurant l'avènement d'une nouvelle ère technologique.

Hélas, la planète avait de nouveau déraillé, avec des gouvernements toujours plus abêtis. Les hommes politiques étaient retombés dans leurs travers, persuadés de toujours faire mieux que les autres, mais incapables d'affronter une foule de dangers inédits. Il était grand temps qu'un groupe de penseurs avant-gardistes s'impose avec ses sciences révolutionnaires.

Les Norvégiens avaient inventé une expression pour désigner ce genre de projets-là : ils parlaient de *stormannsgalskap*, ou « folie des grands hommes ». Bien que le terme ait une portée quelque peu désobligeante, Simon y voyait une marque d'honneur. Ainsi que l'histoire l'avait démontré, la *stormannsgalskap* avait souvent été le véritable moteur du changement. À présent plus que jamais, le monde avait besoin d'innovations aussi audacieuses. Il lui fallait de grands hommes prêts à défier les gouvernements, à faire le nécessaire, à opérer les choix les plus compliqués et les plus téméraires.

J'ai bien l'intention d'en être.

Sauf qu'il restait un obstacle.

Il contempla la vidéo à l'écran, l'éclat de détermination dans le regard de la Britannique, et prit une décision.

— Même si votre sœur n'a pas réussi à s'emparer de Jane McCabe au Royaume-Uni, elle nous a envoyé ce cadeau. Il n'est pas question de le gâcher.

— Je comprends.

Simon se planta devant Anton.

— Maintenant, à elle de comprendre. Faites en sorte que le Dr al-Maaz saisisse l'enjeu… et le prix à payer si elle refuse.

* * *

10 h 38

En entendant grincer le verrou de la porte, Safia craignit le pire, mais elle ne se serait jamais attendue à voir une silhouette svelte poussée à l'intérieur de sa cellule. Vêtu, comme elle, d'un banal uniforme gris, le jeune homme trébucha sur le seuil.

La stupeur de le reconnaître l'incita à avancer d'un pas.

— Rory ?

C'était le fils d'Harold McCabe. Depuis leur dernière rencontre, il avait pâli, avec des pommettes plus saillantes et des yeux enfoncés. Ses cheveux auburn, d'ordinaire bien coiffés, avaient poussé jusqu'à la nuque et leurs boucles hirsutes lui donnaient l'air d'un petit garçon.

Quant à ses prunelles vertes, elles luisaient d'effroi.

— Docteur al-Maaz, je suis tellement désolé.

Il se retourna vers l'homme qui l'avait jeté à l'intérieur.

L'inconnu, resté à la porte, bloquait toute tentative de fuite. Il avait la main posée sur son pistolet à la ceinture, mais le plus effrayant, c'était son regard empreint d'une détermination farouche. Pour ne rien arranger, un sombre tatouage lui mangeait la moitié du visage.

C'était quelqu'un qui avait déjà tué.

Safia ne lui prêta pourtant aucune attention et s'approcha de Rory, qu'elle empoigna par les épaules.

— Ça va ? Que se passe-t-il ?

Il tremblait comme une feuille.

— Par où commencer ? J'ai tant de choses à vous raconter.

— Vos bavardages attendront ! aboya le cerbère. Dehors ! Tous les deux. Et que ça saute !

Rory s'empressa d'obéir, tête basse. On aurait dit un chien battu. Safia lui emboîta le pas. Le garde tatoué ferma la marche, les doigts crispés sur la crosse de son arme. La jeune femme, qui avait remarqué son accent russe, repensa au paysage gelé.

Nous serions quelque part en Russie ? Peut-être dans un goulag de Sibérie ?

Elle chercha une réponse auprès de Rory.

— Sais-tu où nous sommes ?

— Au Canada, répondit-il à la grande surprise de son interlocutrice. Au nord de l'archipel Arctique. Un endroit appelé l'île d'Ellesmere.

Perplexe, Safia tâcha de reprendre ses marques.

Pourquoi le Canada ?

— C'est ma faute si on vous a amenée ici, marmonna Rory. Tout est ma faute.

— Comment cela ?

Il lorgna par-dessus son épaule, puis bredouilla d'une voix encore plus ténue :

— Ils me gardaient ici pour obliger mon père à coopérer. S'il ne les aidait pas dans leur expédition au Soudan…

Rory leva la main gauche. Il lui manquait l'auriculaire.

Seigneur…

— Mon père n'a pas eu le choix. Moi aussi, j'ai été forcé de collaborer, sinon ils lui auraient infligé la même punition. Ils ont même menacé Jane.

— Tout va bien, souffla Safia dans l'espoir d'apaiser la culpabilité du jeune homme.

— Ensuite, mon père s'est évadé. J'ignore encore pourquoi il a pris un tel risque au bout de si longtemps.

Elle s'était posé la même question.

— Peut-être a-t-il appris quelque chose qu'il ne voulait pas révéler à vos ravisseurs.

Rory grimaça.

— C'est aussi ce qu'ils croyaient. Du moins, ils en envisageaient la possibilité. Après avoir appris son décès, ils m'ont mis une pression folle. Il leur fallait quelqu'un pour remplacer mon père. Ils m'ont contraint à livrer des noms, à dresser l'inventaire des experts susceptibles de continuer ses recherches.

— Et tu m'as citée, moi.

— En raison de votre excellente connaissance de ses travaux, vous figuriez en tête de liste. (Il s'excusa du regard.) La seule autre personne à mieux le comprendre était Jane, mais j'ai souligné lourdement son manque d'expérience. J'ai… j'ai essayé de la protéger.

Comme tout bon frère l'aurait fait.

Hélas, cela revenait à jeter Safia dans la gueule du loup.

— Après vous avoir kidnappée, ils ont décidé de détruire toutes les preuves des recherches – passées et actuelles – de mon père, puis ils ont transféré le sujet de son étude ici, à l'abri.

— En provenance du Soudan ? (Elle imagina Harold émergeant du désert d'un pas chancelant.) C'est là-bas qu'ils le retenaient prisonnier ?

— Je crois, oui. En même temps qu'une autre équipe.

— Sur quoi travaillaient-ils…

— Assez jacassé ! grommela le garde sur un ton qui n'admettait pas la discussion.

Ils étaient arrivés au fond d'un long couloir blanc aveugle, devant une porte à deux battants.

L'homme tatoué déverrouilla l'accès à l'aide de son badge électronique et fit signe à Rory de passer le premier. Intimidé, ce dernier ouvrit la porte, qui siffla sous l'effet de la dépressurisation.

Rory les entraîna dans un vestibule muni de bancs et de casiers. Derrière la paroi vitrée, on distinguait un immense laboratoire dernier cri. Pour entrer, il fallait traverser une série de sas, où des combinaisons jaunes de biosécurité pendaient, tels des ballons de baudruche dégonflés. Les murs de la grande salle étaient bordés de meubles en inox, de groupes frigorifiques et de congélateurs.

Les instruments y étaient plus étranges les uns que les autres, pourtant Safia savait pourquoi on l'avait conduite là-bas.

Au centre du laboratoire, une caisse, scellée à l'avant par une vitre, abritait une espèce de trône noir terni, orné de motifs clairement égyptiens. Au dos, la traverse supérieure soutenait deux faîteaux sculptés : l'un montrait un profil de lion, l'autre une femme, peut-être une reine d'Égypte.

Ce fut néanmoins la silhouette assise *sur* le trône qui retint l'attention de Safia. Les restes desséchés d'une femme. Son corps momifié semblait soudé au siège. La peau toute fripée de ses extrémités avait l'air carbonisée, mais, avec son menton posé sur sa poitrine enfoncée, l'inconnue paraissait étrangement sereine.

— Qui est-ce ? se renseigna Safia.

— Quelqu'un à qui nous devons soutirer des réponses, lâcha Rory avec amertume.

Elle fronça les sourcils.

— C'est quoi cette histoire ?

L'explication vint d'un homme surgi de nulle part derrière eux. Il s'avança aux côtés du garde tatoué. Plus âgé, les cheveux poivre et sel, vêtu d'un costume impeccable, il lui parut vaguement familier, mais elle était trop bouleversée pour mettre un nom sur un visage.

— Docteur al-Maaz, nous avons besoin de votre aide pour résoudre le mystère.

— Et si je refuse ?

Le rictus de son interlocuteur révéla une denture parfaite.

— Je promets qu'il ne vous sera fait aucun mal… À vous.

Son regard se posa sur Rory, qui recula d'un pas.

Malgré la colère qui bouillait en elle, elle resta impassible.

— Dites-moi ce que vous fabriquez ici.

— N'ayez crainte, répondit-il avec un large sourire. Nous tentons juste de sauver le monde.

DEUXIÈME PARTIE

L'ŒUF DE COLOMB

Σ

CHAPITRE 9

2 juin, 13 h 15
Le Caire, Égypte

— J'ai une bonne et une mauvaise nouvelle, dit Monk.

Gray leva le nez de son inventaire. Des sacs à dos, ainsi que des armes et des munitions jonchaient une longue table installée à l'abri d'une tente. Dehors, une bande de tarmac s'étendait jusqu'à l'avion de transport militaire américain C-130 qui les attendait.

Son équipe allait embarquer pour deux heures de vol entre Le Caire et Khartoum. Située quelque mille cinq cents kilomètres au sud, la capitale du Soudan était nichée à la jonction du Nil Bleu et du Nil Blanc, affluents principaux du puissant fleuve Nil.

De là, ils exploreraient les environs, façon Petit Poucet, en espérant retrouver les miettes de pain qui les conduiraient à l'endroit où Harold McCabe avait été détenu. Gray l'imagina fouler le désert, agonisant, à moitié momifié, son crâne brûlant de fièvre et rongé par une terrible maladie.

Qu'était-il arrivé au vieux professeur ?

Pour tenter d'y répondre, Jane et Derek, terrés dans un hôtel en bordure de l'aérodrome, passaient au peigne fin ses carnets de bord en quête d'indices historiques. Le commandant Pierce les avait laissés travailler, mais sous la surveillance étroite de Seichan et de Kowalski.

Gray se protégea les yeux de l'éclat aveuglant du soleil. À midi, on frôlait les 40°C et des mirages de chaleur flottaient au niveau du tarmac.

Monk s'engouffra sous la tente, suivi du Dr Ileara Kano.

— Alors, la bonne nouvelle ou la mauvaise ? réfléchit Gray. Je me demande laquelle je veux entendre en premier.

D'un revers de main, Monk essuya son front moite, puis il secoua la tête d'un air las, comme si lui aussi ignorait par où commencer.

Une fois à l'ombre, Ileara haleta de soulagement.

— Je comprends que mes parents aient quitté le Nigeria ! Rappelez-moi de ne plus jamais me plaindre de la pluie et du brouillard londoniens.

Les deux experts avaient passé la majeure partie de la nuit et de la matinée au NAMRU-3[1], laboratoire de l'Unité navale de recherche médicale des États-Unis situé au Caire. Créé en 1942 afin d'enrayer une épidémie de typhus durant la Seconde Guerre mondiale, il avait pris de l'ampleur, au point de devenir un des plus éminents laboratoires médicaux américains hors du territoire national. Son but ? Étudier et combattre les maladies émergentes.

Le NAMRU-3 servait donc de point zéro pour surveiller et analyser cette nouvelle pandémie à domicile. Les scientifiques et médecins militaires de l'unité travaillaient en collaboration avec le ministère égyptien de la Santé, l'OMS et le CDC américain dans le but de coordonner l'effort mondial qui permettrait, peut-être, d'endiguer la progression du fléau et de trouver un remède.

Monk et Ileara avaient assisté à des réunions scientifiques, puis discuté avec des chercheurs de première ligne

1. Acronyme de « NAval Medical Research Unit ».

qui enquêtaient sur ce méchant organisme électrivore. À en juger par leurs yeux rougis et gonflés, ils n'avaient guère dormi.

— Commençons par la bonne nouvelle, décida Gray.

Il avait eu son compte de déboires. Et la situation n'était pas près de s'arranger, y compris sur le plan personnel. Son frère avait laissé un message téléphonique lui demandant de rappeler dès la première heure le lendemain matin, ce qui, avec un décalage de six heures entre Washington et Le Caire, ne pourrait pas se faire avant une bonne heure. Conscient qu'un appel aussi inopiné devait concerner la santé de son père, Gray avait senti l'inquiétude s'abattre sur ses épaules comme une chape de plomb.

Enfin, une catastrophe à la fois…

— La bonne nouvelle, annonça Monk, c'est que certains patients montrent des signes de guérison. En d'autres termes, la pathologie n'est pas mortelle à cent pour cent.

— Pour le moment, en revanche, nous ignorons *pourquoi* certains s'en sortent et d'autres pas, tempéra Ileara.

— C'est quand même une bonne nouvelle, admit Gray.

— Moi, je dirais « à peu près » bonne, reprit Monk avant d'échanger un regard inquiet avec sa consœur. Il y a beau avoir des survivants, on estime le taux de mortalité entre quarante-cinq et cinquante pour cent. Nous avons de la chance que le chiffre ne soit pas plus élevé, mais il est rare qu'une maladie infectieuse tue l'ensemble des personnes contaminées. Même le virus Ebola n'est pas systématiquement fatal. D'ailleurs, son taux de décès est comparable : environ cinquante pour cent.

Gray afficha une mine contrariée.

— Il est encore trop tôt pour énoncer des conclusions aussi fermes, relativisa Ileara. Le premier cas signalé ne remonte qu'à cinq jours. Beaucoup de questions demeurent en suspens.

— D'accord. Alors si, ça, c'est la nouvelle à peu près bonne, quelle est la mauvaise ?

Monk se tourna vers sa collègue, qui répondit :

— La maladie se propage par voie aérienne. Il suffit de renifler le microbe, qui se fixe alors sur les nerfs à l'intérieur des narines et migre vers le cerveau, où il provoque une encéphalite. Plus effrayant encore, il s'écoule parfois à peine *deux* heures entre l'exposition à l'agent pathogène et son installation dans le cerveau, où tout traitement devient très compliqué.

— Comme le virus du rhume, ce salopard se répand très facilement, ajouta Monk. Voilà pourquoi il faut s'attendre à une épidémie dévastatrice.

Gray n'était pas surpris. Il se rappela leur trajet de la veille, entre l'aéroport et l'hôtel. D'ordinaire, Le Caire était une ville très animée ; or, là, les rues étaient presque désertes. Les rares passants qu'il avait aperçus portaient un masque ou une écharpe censés leur protéger le nez et la bouche. Ils marchaient d'un pas pressé, les épaules voûtées, en s'évitant soigneusement les uns les autres. Aux dernières informations, la population stockait déjà des produits de première nécessité. Des échauffourées avaient éclaté. Beaucoup de personnes avaient été tuées – soit par crainte de la maladie, soit lors d'une altercation liée aux pillages.

Apparemment, la *panique* se révélait aussi mortelle et contagieuse que la maladie elle-même.

D'ailleurs, Gray entendait encore des coups de feu épars résonner au loin.

— Tout cela ne fait que soulever un nouveau mystère.

— Lequel, docteur Kano ?

— Il est curieux que les personnes ayant assisté à l'autopsie du professeur McCabe aient été les *premières* victimes.

Gray se remémora la vidéo choquante de l'examen.

— Qu'est-ce qui vous étonne ? Les employés de la morgue ont dû être exposés dès qu'on a ouvert le crâne du Britannique.

— Exact. En fait, je me demande si la stimulation électromagnétique de l'IRM pratiquée juste avant n'a pas aggravé la situation en excitant les microbes au sein du cerveau. D'où, sans doute, l'effet luminescent qu'on remarque à l'écran. On sait que ces organismes se nourrissent d'électrons, mais aussi que, le cas échéant, ils peuvent les partager s'ils en ont trop ingurgité. Par conséquent, il vaudrait mieux les considérer comme *respirant* de l'électricité plutôt que la *mangeant*.

— Elle a raison, approuva Monk. J'ai lu quelques articles. Aujourd'hui, les scientifiques leur cherchent un usage pratique. Un laboratoire danois, qui a élevé des cuves entières de bactéries électriques, a montré qu'elles pouvaient former des chapelets et transporter des électrons sur une certaine distance, à la manière d'un câble électrique vivant.

— Et la biologie des archées est extraordinaire ! renchérit Ileara. Ce sont des vrais métamorphes. Certaines sont capables de fusionner en supercellules. D'autres s'associent pour former des filaments qui ressemblent à des cheveux.

Gray se rappela les cellules poilues qu'elle leur avait montrées et les imagina s'associer, l'une après l'autre.

— À mon avis, continua-t-elle, ce microbe est capable du même exploit. Voilà qui expliquerait pourquoi on nous rapporte autant de cas d'hallucinations saisissantes. En créant de nouveaux branchements cérébraux, les filaments vivants causeraient directement les visions. Peut-être même à dessein.

— Qu'entendez-vous par là ? demanda Gray.

— Je me demande si ces délires ne sont pas censés susciter une *peur*, laquelle exciterait le cerveau du malade et produirait ainsi une meilleure source d'énergie à destination des microbes.

— Comme quand on gave une oie pour fabriquer du foie gras, précisa Monk.

Gray trouva l'idée écœurante.

— Enfin, tout n'est encore que supposition, admit Ileara.

— Et peut-être un peu hors sujet, ajouta Gray, plus pragmatique. Docteur Kano, vous ne nous avez pas expliqué *pourquoi* vous trouviez bizarre que les employés de la morgue aient été les premiers infectés.

Ileara afficha une moue embarrassée.

— Désolée, vous avez raison. En fait, c'est bizarre parce qu'ils n'auraient pas dû être les « premiers ». Vous vous souvenez des nomades qui ont retrouvé le professeur McCabe en plein désert ? Ils l'ont transporté dans leur charrette pendant des heures et ont veillé sur lui jusqu'à son décès. Pourtant, ils sont restés en pleine forme. Aucun d'eux n'est tombé malade.

— Ce qui n'a pas de sens, enchaîna Monk. D'autant plus qu'on sait maintenant à quel point l'affection est contagieuse.

— Pourraient-ils être immunisés ?

— Nous ne pouvons que l'espérer, reprit Ileara. La famille, placée en quarantaine, a été soumise à une batterie de tests. Hélas, jusqu'à présent, les médecins n'ont aucune explication à fournir.

Gray vit ses yeux briller.

— Vous, en revanche, vous avez une idée.

Elle acquiesça en silence.

Aussitôt, il se creusa les méninges.

Qu'est-ce qui pourrait bien justifier…

Soudain, il comprit.

— Vous pensez que c'est lié à l'état déconcertant du corps de McCabe.

Vu l'air médusé d'Ileara, il avait mis dans le mille.

— Tout va bien, ma chère, gloussa Monk. Au bout d'un moment, on finit par s'habituer à l'incroyable logique intuitive de Gray. Au début, ça tape sur le système, mais, ensuite, on apprend à composer avec. En revanche, ne lui proposez jamais une partie de poker. Croyez-moi, c'est une très mauvaise idée.

Pierce apprécia le soutien de son ami, mais resta concentré. L'unique détail saugrenu de l'histoire était que la dépouille s'était momifiée. On avait alors supposé que, sous la torture, l'explorateur avait été contraint par ses ravisseurs d'observer le douloureux rituel et qu'il s'était enfui avant la fin.

Mais peut-être avions-nous tout faux ?

— Vous estimez que l'embaumement aurait pu être *auto*-infligé. Que le professeur s'y serait prêté dans un but précis.

— Possible. Surtout depuis deux jours que je discute avec sa fille. Certes, McCabe défendait ses théories *mordicus*, mais il avait aussi l'air gentil. *Pourquoi* aurait-il resurgi du désert, porteur d'une maladie ultracontagieuse ? Je crois qu'il aurait préféré se sacrifier avant.

— À moins qu'il n'ait cru le faire en toute sécurité.

Ileara approuva :

— Peut-être que cette curieuse méthode de conservation a empoisonné le corps au point d'éradiquer l'organisme des tissus périphériques, l'obligeant à se concentrer au seul endroit où il pourrait survivre.

— Son cerveau.

— Où il s'est retrouvé coincé.

Aux yeux de Gray, la menace se présentait sous les traits d'un serpent enroulé à l'intérieur du crâne du professeur.

Les paupières plissées, Ileara scruta le tarmac brûlant.

— Peut-être McCabe a-t-il traversé le désert dans l'espoir de vivre assez longtemps pour raconter son histoire et nous avertir d'un danger, d'un plan machiavélique que ses ravisseurs avaient en tête.

Gray réfléchit, le cœur battant. La région entière était un foyer intense d'activité terroriste. Il se rappela aussi l'histoire de Seichan sur la meurtrière qui les avait attaqués à Ashwell.

La femme tatouée était un ancien membre de la Guilde, organisation connue pour détourner les découvertes scientifiques à ses propres fins. Si quelqu'un projetait de mener un attentat bioterroriste, cette archée-là était une arme idéale, prête à l'emploi.

Il n'avait fallu qu'*un seul* patient zéro – le professeur McCabe – pour causer des morts en cascade et semer la panique.

Alors, si l'ennemi lâchait toute une armée contaminée ?

Monk le ramena à la réalité.

— Bon, Gray, nous t'avons donné la bonne et la mauvaise nouvelle. Maintenant, tu veux savoir le plus terrifiant ?

— Parce qu'il y a encore pire ?

— Oh, oui ! Nous n'avons évoqué que la *première* calamité. D'autres sont en vue.

Aussitôt, Ileara se dirigea vers la sortie.

— Ça, Jane McCabe doit l'entendre.

* * *

13 h 48

Tout va aller vraiment de mal en pis…

Blottie au bout du canapé de sa chambre d'hôtel, les genoux repliés contre la poitrine, Jane regardait le journal télévisé. Son déjeuner gisait, oublié, sur une table voisine. La tasse de café entre ses mains lui procurait une chaleur indispensable pour se prémunir de la certitude glacée des événements à venir.

Depuis une heure, elle zappait entre la BBC et les chaînes locales. Elle parlait assez bien l'arabe égyptien pour suivre les différents présentateurs cairotes, qui ressassaient en boucle le chaos grandissant et l'anarchie qui avait envahi les rues. Enfin, inutile d'écouter les informations pour s'en rendre compte. Dehors, les sirènes mugissaient en continu et, d'un coup d'œil par la fenêtre, on voyait que le bleu intense du ciel était terni par d'innombrables colonnes de fumée noire.

La ville était au bord de l'implosion.

Et tout cela à cause de mon père.

Un lourd sentiment de culpabilité lui pesait sur les épaules. Il fallait que, d'une façon ou d'une autre, elle redresse la situation. Harold McCabe avait toujours voulu marquer le monde de son empreinte, lui laisser en héritage une œuvre que ses enfants pourraient faire prospérer. Voilà pourquoi il tenait tant à prouver que les événements relatés dans l'Exode étaient plus qu'une allégorie. Il souhaitait que son nom soit connu aux quatre coins de la planète.

Eh bien, tu as réussi dans les grandes largeurs.

Beaucoup de chaînes télévisées parlaient de son père, souvent avec une photo de lui souriant, le teint hâlé et le visage buriné par le soleil. On diffusait aussi parfois de vieux extraits de vidéos tournées à l'époque où les explorateurs s'étaient volatilisés. En visionnant les images, en entendant de nouveau sa voix, Jane eut le cœur serré, mais elle ne pouvait pas détourner le regard. Un portrait de groupe montra l'ensemble des disparus, dont Rory, qui affichait une mine farouche et déterminée.

Le cliché lui rappela qu'il n'y avait pas que l'héritage de son père en jeu.

Pour la millième fois, elle espéra que son frère était encore vivant.

Un rire rauque attira son attention vers la fenêtre. Kowalski observait la rue en contrebas, le cou tordu à cause du téléphone portable coincé contre son oreille.

— Maria, je suis peut-être sur le même continent, mais je n'ai pas le temps de rendre visite à Baako. Je suis sûr que notre grand gamin se porte bien. Il se fait sans doute un tas de nouveaux amis dans la jungle.

Ravie de penser à autre chose, Jane écouta discrètement. Au fil de leurs précédentes conversations, elle avait appris à mieux connaître le colosse. Il avait une petite amie qui, en Allemagne, travaillait avec sa sœur dans une espèce de laboratoire. Il leur rendait visite au moment où il avait été appelé à Londres.

Sa collègue, Seichan, montait la garde dans le couloir.

Une masse vint s'écrouler sur le canapé. Jane se retourna et vit Derek se frotter les yeux. Il posa les pieds sur la table basse. Sa chaussette gauche était trouée au niveau du gros orteil. Jane trouva le détail infiniment charmant, car il prouvait que Derek ne se souciait pas des menus tracas du quotidien, comme la nécessité d'acheter de nouvelles chaussettes.

Il surprit son regard, replia les orteils de manière à mieux cacher le trou, puis lui sourit.

— Rappelle-toi que nous avons dû boucler nos valises en un temps record.

Un petit rire échappa à Jane par surprise.

Le sourire de Derek s'élargit.

— Moi, au moins, je porte des chaussettes.

Elle ramena ses pieds nus sous ses cuisses.

— Vous n'avez pas honte, mademoiselle McCabe ? gronda-t-il sur un ton faussement réprobateur.

Soudain, une voix aiguë jaillit du téléviseur. Un homme vêtu d'une djellaba vociférait en arabe, l'index tendu vers le présentateur. C'était un imam local, manifestement furibond.

— Qu'est-ce qu'il raconte ? demanda Kowalski.

Jane traduisit :

— Il insiste sur le fait que les gens ne devraient pas écouter le ministère de la Santé, qui conseille d'éviter les lieux publics. À la place, il les exhorte à occuper les mosquées. Il leur dit même d'amener les malades afin qu'on prie pour eux au lieu d'aller consulter un médecin. C'est de la folie !

Des milliers de personnes supplémentaires risquent d'être contaminées.

— Il croit à une punition divine, commenta Derek. Ce n'est qu'en implorant le pardon que les patients pourront être sauvés.

Jane tendit l'oreille.

— Il prétend maintenant avoir prié avec un malade qui, atteint de glossolalie, affirmait voir des nuées de sauterelles, des gens à l'agonie près de rivières de sang et des éclairs qui fendaient le ciel.

— Quelqu'un ne devrait pas tarder à relier l'épidémie aux fléaux bibliques, conclut son ami, dépité.

Jane entendit prononcer le nom de son père.

— Chut !

Aussitôt, elle sentit son sang se figer.

Derek la rejoignit et l'enserra d'un bras protecteur.

— Éteins-moi ça. Ce type est bon à enfermer.

— Qu'est-ce qu'il a dit ? insista Kowalski.

Derek prit la télécommande et coupa le son.

Jane se laissa retomber sur le canapé.

— Selon lui, mon père était le vaisseau de la colère de Dieu. Il s'est enfoncé dans le désert, en quête d'une preuve de l'Exode, et il en est ressorti porteur des mêmes fléaux qu'à l'époque, histoire de punir le monde de son infamie.

Derek se planta devant elle.

— Jane, ce moulin à paroles est un crétin, un alarmiste, un sale opportuniste. Il a choisi cet angle d'attaque en raison des positions affichées de ton père. Tu n'es pas sans savoir que ses théories faisaient l'actualité au moment où on a perdu la trace de son équipe. À l'époque, les mêmes religieux frappadingues ont soutenu qu'ils avaient disparu, car Harold avait osé rechercher la vérité de l'Exode en passant par la science, et non par la foi. Aujourd'hui, ils nous la font à l'envers, histoire d'adapter l'affaire à leurs propres discours.

Tous sursautèrent quand la porte de la chambre voisine s'ouvrit brusquement.

Seichan surgit, la main plaquée sur son oreillette.

— Gray arrive !

— On part déjà ? s'étonna Kowalski.

— Pas encore. Monk et le Dr Kano l'accompagnent. Ils veulent d'abord nous dire un truc.

— Quoi donc ? demanda Derek.

— Quelque chose au sujet d'une nouvelle série de fléaux.

Jane leva les yeux du téléviseur muet. Debout, le visage cramoisi, l'imam hurlait sur le journaliste, alors que la photo du professeur McCabe était toujours à l'arrière-plan. Elle avait envie de croire Derek et son rejet catégorique des propos du chef religieux, néanmoins une angoisse profonde l'empêchait d'adhérer totalement.

Elle fixa l'homme qui fanfaronnait à l'écran.

Et s'il avait raison ?

CHAPITRE 10

2 juin, 14 h 07
Le Caire, Égypte

Dès qu'il entra dans la chambre, Gray sentit l'atmosphère tendue. Jane McCabe se tenait debout, les bras serrés contre sa poitrine. Près d'elle, Derek avait l'air soucieux. Quant à Kowalski et Seichan, ils se faisaient des messes basses, les yeux rivés à un téléviseur dont on avait coupé le son.

En apercevant Monk et Ileara, Jane décroisa les bras et avança d'un pas.

— C'est quoi, cette histoire de nouveau fléau ?

Gray se retourna vers les deux scientifiques.

— Mettez-les au courant et prévenez-moi quand vous aurez terminé.

En quête d'intimité, il se dirigea vers la pièce voisine et sortit son téléphone satellite. Il devait être un peu plus de huit heures du matin à Washington, le moment de rappeler son frère.

Il ferma la porte à moitié et composa le numéro. Plusieurs sonneries retentirent avant qu'une voix éraillée ne réponde :

— Qu… qui est à l'appareil ?

— Kenny, c'est Gray.

— Ah, salut. Hum ! Quelle heure est-il ?

— On s'en fiche, rétorqua-t-il, agacé. Tu m'as demandé de te rappeler. Quel est le problème ? Papa va bien ?

— Ouais... non. Oh, putain, j'en sais rien.

Les doigts du commandant se crispèrent sur le téléphone.

— Dis-moi juste ce qui se passe, Kenny.

— J'étais à la maison de repos hier. Papa a été placé en chambre d'isolement. Il faut enfiler des gants, un masque et une combinaison avant d'entrer. Une vraie plaie !

Gray leva les yeux au ciel. *Oh, tu vas me faire chialer.*

— Il a contracté une nouvelle infection. Staphylocoque résistant ou un truc du genre.

Inquiet, l'aîné des Pierce s'assit sur le lit.

— Un staphylocoque ? Tu parles de SARM ?

— Hein ?

— *Staphylococcus aureus* résistant à la méticilline.

— C'est ça. Par crainte d'une septicémie, les toubibs lui ont prescrit une flopée de nouveaux antibiotiques. Résultat : papa devra rester plus longtemps.

Génial... Franchement génial.

— Comment se porte-t-il ?

— Quand je lui rends visite, il est parfois réveillé, parfois inconscient. Quelque chose à voir avec sa pression artérielle. Ils surveillent aussi un risque d'escarre.

Gray s'en voulut d'être absent. Il imagina la silhouette frêle de son père, branché à une foule de machines et de perfusions. Comment ne pas songer à l'angoisse du vieux Texan, perdu dans le brouillard, incapable de cerner ce qui lui arrivait ?

Les derniers mots de Jackson Pierce le hantaient.

Promets-moi.

Gray se doutait bien qu'il ne l'exhortait pas à revenir avant son dernier souffle. La phrase précédente résonna dans sa tête.

Je suis prêt à partir.

Le regard implorant, il avait paru appeler son fils à l'aide, lui demander de prendre la décision difficile le moment venu.

Mais en suis-je capable ?

— Voilà les news. Je t'avertirai s'il y a du changement.

— Merci… merci d'être là-bas, Kenny.

S'ensuivit un long silence. Quand son frère reprit la parole, sa voix était plus douce, débarrassée de son amertume habituelle.

— OK. Je garde le fort jusqu'à ton retour.

Et il raccrocha. Gray resta assis quelques instants, à écouter le murmure de ses camarades dans la pièce d'à côté, puis, un soupir aux lèvres, il se leva à grand-peine. Une ombre se tenait sur le seuil, comme si elle hésitait à faire intrusion.

— Tout va bien ? demanda Seichan.

— Pas trop, mais je ne peux pas y faire grand-chose.

Du moins, pas encore.

Promets-moi.

Elle alla l'enlacer et, en signe de compassion, pressa la joue contre son torse. Il resserra son étreinte, conscient qu'elle était en train d'affronter, elle, les fantômes de son passé. Ce court répit leur permit toutefois de partager un moment de tendresse.

Soudain, un cri jaillit du salon.

— Gray ! mugit Monk. La suite devrait t'intéresser !

Seichan s'écarta, le regard pétillant d'amusement.

— Ou alors on se fait la belle. Direct. Pendant que je passais l'hôtel au peigne fin, j'ai repéré un escalier de secours.

Malgré le ton badin, il lut en elle quelque chose de plus profond, un sérieux qui sous-tendait sa proposition. Il se surprit à y réfléchir. Qu'est-ce que cela ferait de dire adieu à tout et d'être réellement libre, de prendre l'escalier de secours dont elle parlait et de filer sans se retourner ?

Avant qu'il n'ait pu l'envisager plus longtemps, Seichan coupa vite court à leur étreinte, comme si elle craignait de lui dévoiler l'intensité de son propre désir.

— Le devoir nous appelle, souffla-t-elle en se dirigeant vers la porte.

Gray lui emboîta le pas, entraîné par ses responsabilités à la fois au Caire et à Washington.

Promets-moi.

* * *

14 h 22

Conscient du vif désespoir qui menaçait de la submerger, Derek resta auprès de Jane.

Depuis qu'ils écoutaient Monk et Ileara les informer de l'évolution de la pandémie, il y avait quand même eu, malgré la noirceur du tableau, un rayon de soleil au sujet d'Harold.

— Selon vous, il serait donc possible qu'il ait tenté de nous protéger en s'automomifiant ? balbutia Jane, à mi-chemin entre espoir et soulagement.

— Oui, confirma le Dr Kano. Hélas, maintenant que son corps a été détruit, notre hypothèse est invérifiable.

— D'ailleurs, c'est peut-être une des raisons pour lesquelles le laboratoire londonien a été visé par un attentat, ajouta l'agent Kokkalis. Les terroristes voulaient effacer les preuves.

Jane ravala sa salive.

— Vous avez aussi parlé *d'autres* fléaux à l'horizon.

— Exact. Quand il n'y en a plus, il y en a encore. (Monk invita Gray et Seichan à les rejoindre.) Vous arrivez juste à temps.

Pierce hocha la tête vers Ileara.

— Dites-nous où vous vouliez en venir.

L'experte grimaça. Par où commencer ?

— Avez-vous déjà entendu parler de *forçage génétique* ?

Face aux regards vides de son auditoire, elle enchaîna :

— De Zika peut-être ?

— Le virus qui a balayé l'Amérique du Sud et qui menace aujourd'hui les États-Unis ? indiqua Gray, perplexe.

— Absolument.

Même Derek connaissait la maladie, responsable de tragiques anomalies congénitales, comme la microcéphalie. Il se rappelait avoir vu de pauvres nouveau-nés en photo.

— Certains pays, dont les États-Unis, veulent combattre l'essor de cette maladie par la technique dite de forçage génétique, plus précisément en ciblant les moustiques porteurs du virus.

— Comment ? demanda Jane. Qu'est-ce que la technique de forçage génétique ?

— C'est le fait d'ajouter ou de transformer des gènes, de sorte que l'altération devienne héréditaire sur l'ensemble d'une population. En Floride, des chercheurs proposent de relâcher, dans la nature, des essaims génétiquement modifiés d'*Aedes aegypti* – les moustiques vecteurs de Zika. Quand ces mutants copuleront avec des moustiques ordinaires, les nouvelles femelles naîtront stériles, tandis que les mâles fertiles continueront de transmettre le gène pernicieux aux générations futures. On estime qu'*Aedes aegypti* pourrait être éradiqué de Floride en l'espace d'un an, éliminant, par la même occasion, la menace Zika.

— Je ne comprends pas, intervint Derek. Suggérez-vous d'utiliser le forçage génétique pour enrayer la nouvelle pandémie ?

— Au contraire, réfuta Ileara. Selon moi, ce à quoi nous faisons face aujourd'hui serait plutôt une version *naturelle* du forçage génétique. Auquel cas, nous serions, *nous*, la cible de l'extinction à la place du moustique… Laissez-moi vous montrer.

Le temps d'allumer son ordinateur, elle continua :

— Vous le savez maintenant, les microbes archéens évoluent en parallèle des virus et ce spécimen-là grouille de diverses particules virales, qu'il libère quand il infecte un patient.

— Pensez au cheval de Troie, ajouta Monk. Une fois à l'intérieur de la citadelle, il déverse tout ce qu'il contient.

— Par chance, la plupart des virus sont inoffensifs, sauf un, qui appartient à la même famille de flavivirus que Zika. Il est prouvé qu'il s'agit d'une vraie cochonnerie.

— Comment se manifeste-t-il ? la questionna Gray.

— Il attaque les cellules au moment où elles subissent la *méiose*. En général, notre corps guérit et grandit grâce à la *mitose*, lorsqu'une cellule se divise pour produire deux cellules filles identiques. La méiose, située dans les ovaires et les testicules, sert à fabriquer les gamètes – spermatozoïdes et ovules – qui ne contiennent que la moitié du code génétique de la cellule mère.

— Quel genre de dégâts le virus cause-t-il ? frémit Derek.

— Très spécifique, il n'altère qu'un seul chromosome. Comme chez la majeure partie des mammifères, les êtres humains possèdent une paire de gènes qui détermine le sexe. XX pour les femelles et XY pour les mâles.

Ileara indiqua son ordinateur.

— Voici leur rendu volumétrique chez un individu bien portant. Le chromosome X est ici beaucoup plus grand et plus robuste que son modeste *alter ego* Y.

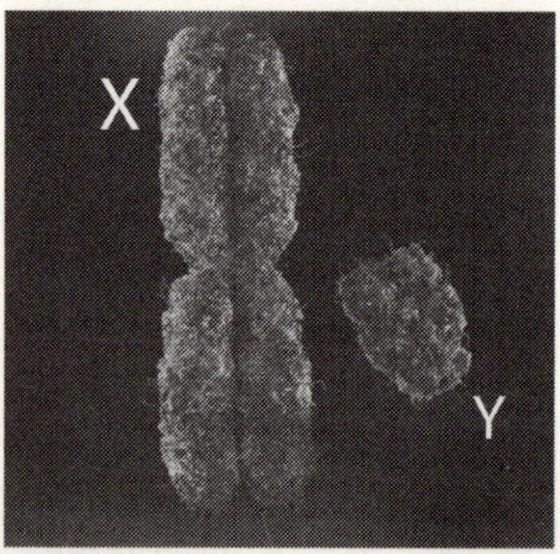

Elle tapota l'image à l'écran.

— Notre virus ne s'en prend qu'au chromosome Y. Pourquoi ? Mystère. Peut-être parce que la cible est plus vulnérable. Ou alors par simple hasard. En tout cas, sur l'illustration suivante, vous allez voir l'ampleur des dommages.

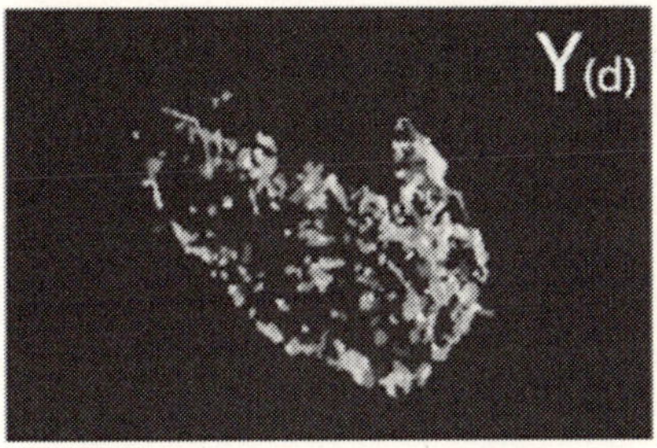

Une bonne partie du chromosome avait disparu.

— On dirait un gant de cuisine, remarqua Kowalski.

— Un peu, oui, concéda l'experte.

Satisfait de sa contribution, le colosse émit un grognement.

— Des généticiens ont analysé la zone lésée, enchaîna Ileara. D'après eux, les mâles qui survivront à la maladie auront des spermatozoïdes porteurs d'un chromosome Y défectueux, ce qui aura un impact direct sur leur descendance. Les bébés filles iront bien, car elles seront aussi porteuses du complément XX sain. En revanche, les garçons, s'ils ne sont pas mort-nés, viendront au monde avec un chromosome Y en sale état et décéderont probablement au bout de quelques mois.

Derek prit conscience de la menace.

— En d'autres termes, même si nous réchappons de cette pandémie archéenne, notre espèce pourrait rester condamnée.

Jane recula d'un pas, livide.

— C'est le dixième fléau, marmonna-t-elle.

Derek fronça les sourcils.

— Qu'est-ce que tu… ?

Elle se dirigea vers une table jonchée de livres, s'empara de la bible de son père et l'ouvrit à une page marquée d'un onglet, où elle lut un extrait de l'Exode :

— « Et tous les premiers-nés mourront dans le pays d'Égypte, depuis le premier-né de Pharaon assis sur son trône, jusqu'au premier-né de la servante qui est derrière la meule, et jusqu'à tous les premiers-nés des animaux. »

Elle baissa l'ouvrage.

— Même « les premiers-nés des animaux », répéta-t-elle. Docteur Kano, selon vous, il est très probable que ce microbe contamine aussi la plupart des *animaux*.

— Oui. Tout ce qui possède un système nerveux électrique.

— Ce virus serait donc l'explication scientifique au dixième fléau. Une calamité qui frappe à la fois les gens et les bêtes. Dans l'Égypte antique, la modification du Nil a dû prendre des mois à s'éliminer de la ligne de partage des eaux et il y a fort à parier que cette affection génétique secondaire ait duré encore plus longtemps. Je n'ai aucun mal à imaginer comment tous ces décès d'héritiers mâles – à la fois humains et animaux – ont pu être transfigurés de manière à conduire au mythe des fléaux, son ultime malédiction.

Ileara hocha la tête, comme si c'était le raisonnement qu'elle attendait de la part de Jane.

— Le professeur McCabe avait sa propre théorie sur les autres catastrophes, renchérit Derek. J'ai passé de nombreuses soirées à le cuisiner sur la vérité à l'œuvre derrière les dix fléaux bibliques. Eh bien, ses explications ne détonnent pas avec le sujet actuel de notre conversation.

— Quel était son postulat ? lança Gray.

Jane devança son ami :

— Tout aurait commencé quand une modification de l'environnement a fait virer le Nil au rouge. Il existe sans doute une foule de récits selon lesquels des plans d'eau ont changé subitement de couleur… en raison de la prolifération d'une algue, d'une surpopulation bactérienne, voire d'une contamination aux métaux lourds.

— Une des métamorphoses les plus spectaculaires se produit ponctuellement au Moyen-Orient, confirma Ileara. Chaque été, en Iran, le lac d'Ourmia vire au rouge sang à cause d'une profusion de *Halobacteriaceae*. (Elle haussa le sourcil d'un air théâtral.) Qui se trouve être un microbe archéen.

— Comme l'agent pathogène auquel nous sommes confrontés, compléta Gray d'un air soucieux. Il existe donc un précédent dans la région.

— Et pas qu'ici. Il arrive qu'un autre microbe archéen donne au Grand Lac Salé de l'Utah une teinte rose vif.

— En quoi cela nous mène-t-il aux neuf autres fléaux ?

— Si le Nil – élément vital de la région – devient toxique, reprit Derek, les catastrophes afférentes s'expliqueraient sans qu'on ait besoin d'invoquer une quelconque intervention divine.

Il ouvrit le journal de bord à l'endroit où Harold avait consigné les dix plaies d'Égypte. Tout en laissant courir son index le long de la liste, il partagea les réflexions du professeur.

1) L'eau en sang
2) Une pluie de grenouilles
3) Une attaque de vermine
4) Des nuées de moustiques
5) Le bétail décimé par la maladie
6) Une épidémie d'ulcères
7) Une tempête de grêle et de feu
8) Une invasion de sauterelles
9) Trois jours de ténèbres
10) La mort des premiers-nés

— Les trois plaies suivantes – grenouilles, vermine et moustiques – pourraient être liées au changement de couleur du fleuve. Les batraciens auraient fui en masse les eaux contaminées du Nil, où ils auraient ensuite péri. La chute brutale de leur population aurait conduit les proies des grenouilles – moustiques, mouches et vermine – à exploser en nombre.

— N'oubliez pas, ajouta Jane, que les insectes hématophages sont des vecteurs majeurs de maladies, décimant ainsi les troupeaux de bétail de la région. Par ailleurs, leur morsure peut être à l'origine de graves ulcères.

— D'où les fléaux cinq et six, déduisit Gray.

Derek tapota les trois entrées suivantes de la liste.

— La grêle, les sauterelles et les ténèbres ont une autre explication, sans rapport avec la contamination du Nil : le volcan Théra, là-haut dans les îles grecques. Il y a environ trois mille cinq cents ans, il est entré en éruption avec une puissance explosive phénoménale et les milliards de tonnes de cendre libérés auraient balayé l'Égypte. Des archéologues ont découvert des pierres ponces – issues du refroidissement de la lave – au milieu de ruines égyptiennes.

— Or, le pays ne possède pas de volcan, rappela Jane.

— Le panache de fumée soulevé par l'éruption a dû avoir de graves répercussions atmosphériques, surtout s'il a coïncidé avec la saison des pluies. Les météorologues ont démontré que l'intrusion de cendre brûlante dans des cumulonimbus déclenchait de terribles orages de grêle et de puissants éclairs.

— J'imagine que ces mêmes nuages de cendre ont pu obscurcir le ciel, ajouta Gray. Et l'invasion de sauterelles, alors ?

— Les sauterelles enterrent leurs œufs en milieu humide, déclara Jane. Avec la fonte de toute cette grêle et les modifications de conditions atmosphériques liées à l'éruption de

Théra, on a pu assister à une prolifération exponentielle de l'espèce.

— Ce qui nous amène au dixième fléau, conclut Derek. Harold l'imputait au fait que les fils aînés étaient souvent les rois du foyer, auxquels on offrait la meilleure nourriture. Par conséquent, si les sauterelles ont dévoré la majeure partie du grain et que le reste a pourri, ils ont été les premiers à tomber malades et sont morts d'une intoxication fongique.

Jane pivota vers Ileara.

— Enfin, là, même mon père n'était pas totalement convaincu. Beaucoup d'autres personnes ont mangé des céréales contaminées et sont décédées. De plus, cela n'explique en rien pourquoi les premiers-nés du bétail périssaient aussi.

Derek fixa l'écran de l'ordinateur.

— Maintenant, nous avons peut-être un chemin plus clair, qui nous permet de relier le premier fléau au dernier.

Jusque-là silencieuse, Seichan lança :

— Pourquoi le numéro sept est-il entouré sur la liste ? Harold avait mis en exergue la tempête de grêle et de feu.

Derek jeta un coup d'œil à Jane, qui ne put que secouer la tête d'un air impuissant.

— Aucune idée, admit-il.

Gray souleva une autre question :

— S'il s'avère que ce microbe est bien responsable de la plupart des dix plaies d'Égypte, comment a-t-il été neutralisé ?

Jane tâcha de répondre :

— À l'époque, le monde était différent, plus enclavé. La maladie a pu ravager une région précise, puis s'éteindre à nouveau.

— À moins qu'il n'y ait une autre raison, objecta Ileara, la mine sombre. Quelque chose d'enfoui dans le désert et sur lequel votre père serait tombé par hasard.

Gray l'observa d'un air sceptique.

— Vous pensez vraiment qu'un peuple ancestral a pu élaborer un remède à une maladie qui nargue aujourd'hui les meilleurs experts médicaux ?

— C'est déjà arrivé. Prenez le SARM, par exemple.

L'Américain se raidit, plus intéressé que jamais.

— Qu'avez-vous à nous dire sur le SARM ?

— Cette superbactérie est le cauchemar des hôpitaux. Or, un chercheur de l'université de Nottingham a testé une recette de collyre tirée d'un manuscrit médical du IXe siècle intitulé *Bald's Leechbook*. Il s'agit d'un simple onguent à base d'ail, d'oignon, de poireau, de vin et de bile de vache.

— De la bile de vache ? marmonna Kowalski. Si c'est ça le médicament, je préfère encore être malade.

Gray ne releva pas et invita Ileara à continuer.

— Quel a été le résultat ?

— Des microbiologistes ont appliqué le mélange sur des cultures de SARM et constaté qu'il pouvait tuer jusqu'à quatre-vingt-dix pour cent des bactéries.

— Donc la recette a fonctionné.

— Oui. Alors, pourquoi ne pas imaginer que les Égyptiens seraient tombés sur un remède miracle du même genre ? Même si nos chances sont maigres, il ne faut pas passer à côté.

Gray consulta sa montre.

— Il vaudrait mieux y aller. Notre avion est censé décoller dans un quart d'heure. Pas question de le rater.

Tout le monde partit rassembler ses affaires.

Pendant que Derek remplissait son sac, Monk entraîna son collègue et ami à l'écart.

— Tout à l'heure, avant de vous retrouver à l'aéroport, j'ai parlé à Painter. Il nous demande à Ileara et moi de rester au Caire afin de coordonner les actions au sein du NAMRU-3.

— Laisse-moi deviner. Il veut que vous soyez les yeux et les oreilles de Sigma sur ce site considéré comme le point zéro de la pandémie.

— Il s'inquiète aussi de l'agitation politique. Les groupes religieux sont en panique. Certains crient à l'apocalypse. Dans une zone déjà considérée comme une poudrière, toute cette rhétorique enflammée n'arrange rien.

— Eh bien, prends un casque et une lance à incendie.

L'agent Kokkalis lui donna une tape sur l'épaule.

— Je suis toujours mieux loti que toi. Au moins, j'aurai l'air conditionné !

L'arrivée de Seichan coupa court à leur conversation.

— Monk, quand vous avez parlé au chef Crowe, a-t-il fait allusion à une éventuelle identification de la fille qui nous a attaqués à l'église d'Ashwell ?

Derek tendit l'oreille. Lui aussi s'inquiétait de savoir une meurtrière dans la nature.

Monk secoua la tête.

— Painter travaille toujours dessus avec Kat et, croyez-moi, il est très motivé. Cette femme tatouée pourrait être la seule piste susceptible de nous conduire à Safia al-Maaz.

Seichan afficha un regard noir.

— Alors, il a intérêt à la trouver avant moi.

CHAPITRE 11

2 juin, 15 h 22
Le Caire, Égypte

Valya Mikhailov baissa ses jumelles vers l'appui de fenêtre de la chambre qu'elle louait. Elle continua de regarder le C-130 Hercules fendre l'azur et virer de bord, tel un gros oiseau, en direction du sud. Un peu plus tôt, elle avait espionné ses cibles au moment où elles s'engouffraient par la porte arrière de l'appareil. Objectif ? S'assurer que Jane McCabe suivait bien le groupe.

Satisfaite, elle annonça dans son oreillette Bluetooth :

— Ils sont en route pour Khartoum.

Anton, son frère cadet, lui répondit à voix basse :

— Tout se passe comme prévu. Notre meilleure chance de récupérer la fille du professeur sans éveiller les soupçons est d'agir en plein désert. Je demande à une équipe d'extraction de t'attendre sur le lieu du rendez-vous.

— Compris.

Fin de la communication.

Valya suivait sa proie depuis deux jours. En matière de traque, peu de gens étaient aussi doués qu'elle, mais il fallait remercier ses dizaines d'années d'entraînement au sein de la Guilde. Son dos zébré de cicatrices témoignait d'ailleurs des nombreuses punitions qu'elle avait reçues dès lors que ses anciens maîtres la repéraient quelque part. Afin d'éviter tout châtiment supplémentaire, elle avait appris à devenir le fantôme que son teint pâle et son allure laissaient présager.

Ses compétences associées aux ressources de ses nouveaux employeurs, elle n'avait eu aucun mal à suivre ses cibles de la gare ferroviaire d'Ashwell jusqu'à leur hôtel du Caire. À chaque étape, elle avait cherché un moyen de séparer Jane McCabe de ses anges gardiens. Néanmoins, sa formation lui avait enseigné la patience, car, à l'époque, toute action précipitée ne lui valait qu'une bonne cicatrice de plus.

Ici, Valya avait une autre raison de redoubler de prudence.

Moya sestra…

Elle avait étudié le profil de la femme qui l'avait prise au dépourvu à Ashwell et qui s'était si bien débarrassée de ses acolytes. Elle l'avait aperçue à l'autre bout de l'étang, derrière l'église, mais c'était au cours de la filature qu'elle avait vraiment reconnu son adversaire. Moins à son apparence physique qu'à son comportement et à son savoir-faire. À trois reprises, elle était passée à un cheveu de repérer Valya.

Exploit impossible, à moins d'avoir un passé commun.

Peu à peu, une certitude glacée s'était insinuée en elle.

Valya savait à qui elle avait affaire : une sœur des ténèbres, une ombre d'elle-même.

Elle avait entendu parler d'une femme qui avait trahi la Guilde, quelqu'un d'origine eurasienne, une des meurtrières les plus brillantes de l'organisation. Résultat d'une telle perfidie : son frère et elle s'étaient retrouvés sans rien, presque ruinés, à faire des pieds et des mains pour échapper à ceux qui voulaient rayer la Guilde de la surface de la Terre.

Par chance, je sais me cacher.

Anton et elle avaient échappé à la purge. Ils s'étaient ensuite trouvé un nouvel employeur, mais les choses ne seraient plus jamais pareilles. Elle devait à cette maudite traîtresse d'avoir beaucoup souffert et presque tout perdu. Une colère noire bouillonna en elle – en même temps qu'une certaine dose d'excitation.

Valya rêvait d'un véritable défi.

Elle l'avait trouvé.

Elle s'approcha de la table, où trônaient ses couteaux fraîchement affilés comme des lames de rasoir. La dague la plus ancienne, sa préférée, était un héritage de sa grand-mère, qui habitait un village rural de Sibérie avant d'être recrutée pour combattre les Allemands pendant la Seconde Guerre mondiale. Cette dernière avait fait partie d'une unité exclusivement féminine : le 588e Régiment de Bombardiers de nuit. Ses membres pilotaient de vieux biplans, les « Koukourouzniks » Polikarpov Po-2, beaucoup trop lents pour voler de jour. Elles décollaient, par conséquent, juste après le coucher du soleil et survolaient en silence les batteries d'artillerie antiaérienne nazies afin de bombarder des campements ennemis qui ne se doutaient de rien. Leur efficacité redoutable leur avait valu le surnom de *Nochnye Vedmy*, les Sorcières de la Nuit.

Valya sourit, consciente de la raison pour laquelle son aïeule avait été autant attirée par le fameux bataillon. Elle prit la vieille lame entre ses mains et caressa le manche noir. Sa grand-mère l'avait sculpté sous la pleine lune, à partir d'un épicéa de Sibérie. C'était un *athamé*, couteau utilisé lors des cérémonies magiques. Sa grand-mère, qui était une *babka* respectée, une guérisseuse de village, avait fini par transmettre ses talents et son matériel à sa fille, mère de Valya et d'Anton.

Fâcheuse décision.

Les campagnes avaient la réputation d'être bornées et superstitieuses. Il avait suffi de quelques mauvaises saisons sous un climat déjà rude pour que la population cherche un coupable. Une veuve avec ses drôles d'enfants pâlichons était vite devenue sa cible privilégiée. Ils avaient donc été contraints de déménager à Moscou où, par manque d'argent, leur mère avait basculé dans la prostitution. Dieu merci, elle était décédée l'année qui avait suivi, assassinée par un client. Valya était tombée sur la scène de crime et, folle de rage, elle avait poignardé l'homme avec la dague de sa grand-mère, transformant un outil de guérison en arme mortelle.

Anton et elle, alors âgés d'à peine onze et douze ans, avaient ensuite dû se débrouiller seuls dehors, ce qui les avait rendus violents, sauvages, jusqu'à ce que la Guilde les récupère et transforme leur colère en savoir-faire.

Valya contempla le miroir au-dessus du bureau. Le tatouage de son soleil noir continuait de luire malgré une couche épaisse de fond de teint. Son frère et elle s'étaient ainsi abîmé le visage afin de matérialiser leur promesse d'être toujours là l'un pour l'autre.

Sauf que rien n'est éternel, songea-t-elle avec amertume.

Anton avait trouvé quelqu'un d'autre.

L'*athamé* entre les doigts, elle détacha son regard du reflet dans le miroir. La pointe du couteau servait habituellement à graver de puissants symboles sur les bougies et les totems magiques. Valya l'avait détourné à des fins plus sombres, marquant le front de ses victimes d'un œil maléfique, justement inspiré de ces terres-là, version stylisée de l'Œil d'Horus.

Elle se représenta la femme qui avait détruit la Guilde, celle qui les avait jetés, son frère et elle, à la rue, et elle enfonça la pointe de sa dague dans le plateau du bureau. Lentement, elle grava une nouvelle promesse au cœur du bois, bien décidée à infliger le même stigmate à la traîtresse.

Après quoi, elle contempla son œuvre.

Contrairement au serment que mon frère m'a fait, moi, je tiendrai ma promesse.

CHAPITRE 12

2 juin, 11 h 44
Washington, D.C.

— Gray et compagnie ont atterri sans encombre à Khartoum, annonça Kat en entrant chez le directeur, où le bureau était jonché de gobelets Starbucks.

Trop pour une seule matinée.

Penché sur un gros dossier, les manches retroussées, Painter lui demanda d'un geste quelques secondes de patience. Derrière lui, les trois écrans géants diffusaient des images différentes. Le premier retransmettait une émission de la BBC sans le son. Un autre affichait, sur une carte dynamique, des informations en provenance du CDC. Plus intrigant, le troisième faisait penser à la bande-vidéo d'une webcam installée dans une pièce dépouillée. L'incongruité de la scène attira l'attention de Kat. À l'image, une chaise avait été tirée loin du bureau. Dans un coin, une bibliothèque accueillait des ouvrages à la fois en anglais et en arabe.

Soudain, une silhouette familière se laissa tomber sur le siège. Médusée, Kat eut le souffle coupé. C'était son mari !

Monk s'approcha de la webcam et sourit.

— Coucou, chérie, je suis rentré.

Elle contourna le bureau de Painter pour se coller devant l'écran et le microphone.

— Où es-tu ?

— Les types du NAMRU-3 ont eu la gentillesse de nous prêter un bureau. Il est au sous-sol, mais le côté pratique, c'est qu'il est situé près de la bibliothèque médicale de l'université.

Monk inclina sa chaise en arrière et émit un sifflement.

— Qu'est-ce que tu… ? s'étonna son épouse.

Un autre visage apparut.

— Salut, Kat !

C'était le Dr Ileara Kano. Vêtue d'une tunique médicale, ses cheveux bruns humblement dissimulés sous un foulard, elle avait une pile de carnets de bord sous le bras.

— Quel plaisir de te voir, Ileara ! J'espère que mon mari ne te cause pas trop de problèmes.

— Pas du tout… Enfin, il pourrait arrêter d'engloutir tous les nounours. Ici, avec la pénurie alimentaire, c'est devenu un produit de luxe.

Monk n'afficha aucun signe de remords.

— Que dire ? Je suis un grand enfant.

— Il adore les douceurs, l'excusa Kat avec tendresse.

— Voilà pourquoi je t'ai épousée, toi la femme la plus douce du monde.

Oh, pitié…

— Ne te gêne pas pour le frapper, ironisa Kat.

— Peut-être plus tard, répondit Ileara. Surtout si je retrouve ce bocal à bonbons vide à mon retour de la bibliothèque.

Elle la salua de la main et prit congé.

Kat avait tant de choses à partager avec Monk, au sujet de leurs filles, de son absence qui lui pesait beaucoup. Il n'était parti que depuis quelques jours, mais force était d'admettre qu'il occupait une place immense dans sa vie et qu'elle avait de lui un besoin viscéral, ne fût-ce que pour rester assis tranquillement auprès d'elle le soir, une fois les jumelles couchées.

— Toi aussi, tu me manques, sourit-il avec sincérité.

Elle eut envie de l'enlacer et, sans s'en rendre compte, elle avança d'un pas. Hélas, elle n'était pas seule.

Painter se leva et s'étira en grimaçant de douleur. Elle savait qu'il avait passé la nuit chez Sigma. Puisque Lisa, son épouse, rendait visite à son frère en Californie, il avait estimé n'avoir aucune raison d'abandonner son poste en temps de crise.

Kat soupçonnait néanmoins que sa décision n'ait rien à voir avec son foyer vide : l'affaire lui tenait vraiment à cœur. Safia al-Maaz demeurait introuvable et il n'aurait de cesse de la savoir en sécurité.

Painter s'approcha en étouffant un bâillement.

— Monk me rapportait les derniers événements au Caire. Ensuite, il a dû…

— … aller faire un tour sur le trône, répondit l'intéressé. Même au cœur d'une pandémie, quand la nature nous appelle, il faut répondre.

— Eh bien, elle a choisi le bon moment. En son absence, j'ai reçu le compte rendu d'un bureau d'Interpol à Moscou. Je ne suis pas certain de la pertinence du renseignement, mais j'aimerais que vous étudiiez la question.

— Bien sûr, accepta Kat.

— On dirait que vous avez du pain sur la planche, constata Monk. Moi, j'ai une réunion médicale dans dix minutes avec la Direction de la recherche scientifique. Je vous tiens au courant.

Un clin d'œil, et l'agent Kokkalis se déconnecta, non sans avoir pris auparavant une poignée de nounours gélifiés.

La mine désabusée, Kat pivota vers Painter.

— Qu'avez-vous appris de Moscou ?

C'était sans doute lié à la meurtrière tatouée que Seichan avait affrontée, une femme qui avait peut-être les mêmes liens qu'elle avec la Guilde, mais il ne fallait pas s'emballer. Depuis quarante-huit heures, toutes les tentatives pour l'identifier avaient tourné court. Seichan ne connaissait leur adversaire que de réputation. Comme elle, elle avait été une chasseuse redoutable à la solde de la Guilde. Kat se rappela la manière dont elle avait décrit ses compétences.

Dès qu'elle a flairé votre piste, vous êtes déjà mort.

Selon Seichan, l'unique raison pour laquelle son groupe avait réchappé de l'attaque d'Ashwell, c'était que la meurtrière avait été surprise par l'intervention de Sigma.

Elle ne commettra plus la même erreur, avait-elle promis.

Painter sortit un document du dossier qu'il était en train de lire et le tendit à Kat.

— Vous aviez peut-être raison au sujet de la signification de ce symbole.

Elle reconnut l'illustration. Après l'attentat, Seichan leur avait transmis un croquis du tatouage. On aurait dit un demi-soleil. C'était le seul indice concret susceptible de les aider à identifier la meurtrière au teint pâle. Kat avait entré l'information dans plusieurs bases de données policières et criminelles. Sans résultat.

Au bout de vingt-quatre heures, toujours bloquée, elle s'était demandé si le symbole n'était pas la moitié d'un tout. Elle avait donc posé les deux parties en miroir afin de former un astre complet, lequel était imprimé sur la page devant elle.

Tordus aux extrémités, les rayons du soleil formaient une espèce de roue. Très vite, Kat avait reconnu un *kolovrat*, emblème solaire païen de la mythologie slave. Autrefois lié à la sorcellerie, il avait été adopté par des partis nationalistes, dont les néonazis.

L'indication leur avait permis de se concentrer sur l'Europe de l'Est. Grâce à son réseau étendu d'informateurs, Kat avait contacté les bureaux de renseignement des treize pays concernés et leur avait demandé d'éplucher les registres de police locaux de villes plus modestes, des dossiers qui n'avaient peut-être pas alimenté la base de données principale d'Interpol à Lyon. Consciencieuse, elle avait aussi sollicité des agents à Moscou, car de nombreuses nations slaves avaient jadis fait partie de l'ancien bloc soviétique.

C'était vingt-quatre heures plus tôt.

— Vous avez des résultats ? Quelqu'un a-t-il trouvé le dossier d'une femme avec la moitié de ce symbole sur la figure ?

— Non, admit Painter, douchant aussitôt ses espoirs.

— Alors qu'est-ce... ?

— Moscou nous a ressorti la fiche d'un jeune *homme*, un garçon d'à peine seize ans, qui a l'autre moitié du tatouage sur le visage. Il y a une dizaine d'années, il a été condamné pour de menus larcins et des attentats aux mœurs à Doubrovitsy, bourgade située non loin de Moscou. Il a fini par s'évader avant son incarcération.

Kat soupira, de crainte d'aboutir à une nouvelle impasse.

— Tant pis. J'avais prévu que nous risquions de faire plusieurs fois chou blanc, surtout que le symbole du *kolovrat* est devenu un must chez les néonazis. Une simple recherche sur Internet vous montrera des centaines de suprémacistes blancs, en général des hommes, arborant le même tatouage.

— Oui, mais quelqu'un qui n'en porte que *la moitié* ?

Elle dut concéder que c'était curieux.

— Et là ? renchérit Painter.

Il ouvrit son dossier et sortit la photo d'identité judiciaire. Le bas de la page était griffonné de quelques lignes en cyrillique établissant la liste des méfaits du garçon. Il tapota sur le portrait.

— Cela vous paraît familier ?

Kat scruta le visage jeune et lisse. La peau était d'une blancheur particulière, les cheveux immaculés. Avec ses lèvres fines et son nez pointu, il était assez mignon. Hélas, l'horrible tatouage qui lui mangeait le côté gauche venait tout gâcher.

Painter posa l'index sur un mot encadré en cyrillique.

альбинос

— C'est écrit ici. Il est albinos.

Les yeux ronds, Kat se souvint que Seichan avait parlé d'une femme à l'allure spectrale.

— D'accord, cela *vaut* peut-être bien le coup de creuser. Comment s'appelle-t-il ?

— Anton Mikhailov.

— Je vais voir ce que je peux apprendre sur lui.

Au moment de récupérer le dossier, elle vit le regard de Painter luire d'inquiétude.

Inutile qu'il le lui répète à haute voix.

Le temps pressait pour Safia al-Maaz.

* * *

12 h 10
Île d'Ellesmere

Tout est ma faute…

Rongée par la culpabilité, Safia avait un mal fou à regarder Rory McCabe en face. À même pas un mètre, le fils d'Harold, en caleçon, tentait d'enfiler sa combinaison jaune de biosécurité. Elle continua de détourner la tête, non pas par pudeur devant son corps à moitié dénudé, mais par honte personnelle. Rory avait l'œil droit violacé et enflé au point de ne presque plus pouvoir l'ouvrir.

La veille, Safia avait traîné des pieds. Alors qu'on lui avait établi un programme strict de travail, elle avait joué la carte de l'opposition passive : feignant l'épuisement, elle avait passé la journée au ralenti, le nez plongé dans les dizaines de vieux carnets du professeur McCabe. Sauf qu'au lieu de lire, elle avait étudié les lieux et réfléchi à un plan d'évasion. Sa conclusion était sans appel.

Il n'existe aucun moyen de sortir d'ici.

La base d'Ellesmere était entourée de milliers d'hectares de toundra, bordés au nord-ouest par une mer encombrée de blocs de glace. La nuit, incapable de dormir, Safia avait entendu les morceaux de banquise déchiquetés s'entrechoquer dans un concert permanent de craquements et de gémissements. Sans doute ne se taisaient-ils qu'au plus sombre de l'hiver, quand l'océan Arctique gelait et que le soleil disparaissait plusieurs mois d'affilée.

De toute façon, même si elle avait tenté de traverser le paysage gelé, d'autres dangers la guettaient. De sa fenêtre, elle avait vu des masses gris-blanc se déplacer lentement sur le granit noir. Les côtes de l'île étaient hantées par des ours polaires, qui chassaient le phoque – ou n'importe quoi d'autre pour se nourrir. Ce matin-là, avant d'être appelée à son poste de travail, elle avait aperçu une poignée d'ouvriers qui, au niveau du réseau d'antennes, vérifiaient les câbles et prenaient des notes. À titre préventif, ils portaient tous un fusil en bandoulière.

Safia n'avait toujours pas saisi l'utilité de la vaste forêt d'acier, qui s'étendait sur plusieurs hectares, ou encore celle de l'énorme puits creusé au centre. De la fenêtre de la bibliothèque, elle avait vu quelque chose dépasser du cratère. Elle n'avait alors discerné que le sommet d'une sorte de grosse boule argentée d'au moins vingt mètres d'envergure.

Elle avait voulu se renseigner auprès de Rory, mais il avait baissé la tête de plus belle et lorgné leur cerbère au teint pâle, Anton. *A priori*, elle ne possédait pas un grade hiérarchique assez élevé pour accéder à l'information. La réticence du jeune archéologue ne l'avait pas étonnée, tant il semblait évident que la charge de travail là-bas était très cloisonnée. Tout était soumis au principe de connaissance sélective. Ainsi, les quelques techniciens qu'elle avait croisés dans les couloirs restaient entre eux, vêtus d'un uniforme de la même couleur qui devait correspondre à leur type de fonctions.

Elle contempla la combinaison grise pliée devant elle, sur le banc, et assortie à celle de Rory. Vu la manière dont les employés les évitaient soigneusement, même du regard, elle devina la signification de cette couleur précise.

Prisonnier.

À moins que le terme approprié ne soit plutôt « travail forcé », avec l'accent mis sur « forcé ».

Au moment de mettre la capuche, Rory tressaillit : le plastique avait effleuré son œil tuméfié. La nuit dernière, Anton l'avait pris en traître pour le passer à tabac. Le Britannique s'était retrouvé sur le dos, stupéfait, le souffle coupé. Pendant ce temps-là, Anton n'avait pas quitté Safia du regard. Ses paroles, mâtinées de puissantes intonations russes, avaient été cassantes.

Demain, vous travaillerez mieux.

Manifestement, l'éthique professionnelle du Dr al-Maaz laissait à désirer.

Ce matin-là, la jeune femme avait appliqué les consignes de ses ravisseurs à la lettre, ce qui revenait surtout à étudier les directives de travail en laboratoire de biosécurité. On lui avait demandé de les apprendre par cœur, puis Anton l'avait interrogée. Cette fois-là, l'homme avait hoché la tête d'un air satisfait.

Au moment de s'habiller, Safia se remémora les principales instructions.

— Chaque membre du personnel doit porter une combinaison ventilée à pression positive.

— Les échantillons biologiques doivent être doublement scellés et passer par une cuve d'immersion désinfectante ou une chambre de fumigation.

— Décontaminez l'ensemble des surfaces de travail.

— Avant toute sortie, les surcombinaisons doivent être nettoyées sous une douche chimique.

Il y avait encore des dizaines d'autres informations et procédures, et elle savait qu'à la moindre violation du règlement, Rory serait directement puni.

Si cette erreur ne me tue pas la première…

Au moment de rabattre son capuchon et de fermer hermétiquement la combinaison, elle ne put réprimer un frisson d'angoisse, à la limite de la crise de claustrophobie. Sans perdre une seconde, elle tordit le tuyau d'oxygène afin de l'insérer correctement. Le sifflement de l'air froid qui fit gonfler sa tenue l'aida à ne pas céder à la panique. Elle avala quelques gorgées d'un air au goût métallique.

Rory vint se planter devant elle, tel un astronaute attaché à sa longe.

— Tout va bien ? demanda-t-il grâce au système radio à commande vocale.

Elle acquiesça, peut-être un peu trop vigoureusement.

— Vous êtes sûre ?

— Oui, articula-t-elle d'une voix suraiguë avant de reprendre un peu d'assurance. Je vais bien, Rory. Finissons-en.

Elle ne voulait pas donner l'impression de se dérober à ses responsabilités. Dans le sas extérieur, les mains derrière le dos, Anton surveillait leur conversation *via* son oreillette.

— Allons-y, pressa-t-elle.

Rory l'invita à franchir la porte suivante. Ils traversèrent la zone de douche chimique pour rejoindre la salle principale. À en juger par l'état des postes de travail, d'autres personnes avaient déjà entamé leur journée. On avait dû leur demander de s'éclipser afin que Rory et elle s'entretiennent en privé avec leur sujet.

Le grand caisson scellé les attendait, ainsi que son contenu.

Malgré sa terreur, Safia était aussi fascinée par la momie assise sur son trône en argent noirci. La sérénité de sa posture, tête baissée, aida l'archéologue à se calmer. De près, des détails plus ténus apparurent. Le cuir chevelu était lisse et chauve, mais ce n'était pas le processus de décomposition qui avait dépossédé la princesse égyptienne de ses boucles brunes.

Elle avait été rasée.

En fait, elle n'avait plus un poil sur le corps. Même ses sourcils avaient disparu.

La curiosité incita Safia à avancer.

— Il doit s'agir d'une mort ritualisée, murmura-t-elle.

Aussitôt, la radio capta ce qu'elle disait et le transmit.

— Mon père pensait la même chose, confirma Rory. Selon lui, elle aurait été emmurée vivante. Pire encore, son tombeau était entouré de vieilles cendres, signe qu'elle aurait été brûlée vive après avoir été emprisonnée.

— Je ne crois pas qu'elle ait été emprisonnée. À mon avis, elle y est entrée de son plein gré. Regarde la manière dont elle est paisiblement assise. Elle n'est ni entravée ni ligotée. La douleur a dû être atroce. (L'experte examina les extrémités calcinées, là où la peau de la momie avait été en contact avec le siège d'argent.) Pourtant, elle n'a pas quitté son trône.

Safia tendit la main vers les loquets du caisson de transport.

— Laissez-moi faire, intervint Rory.

Elle recula d'un pas, non sans une pointe d'impatience. La veille, elle avait été chargée d'étudier les travaux du professeur McCabe. Du moins, le peu qui subsistait. Sans avoir tous les détails, elle avait appris qu'avant de s'évader, Harold avait tenté de détruire le résultat de ses recherches. Il n'avait réussi qu'en partie. Des bribes de ses travaux avaient pu être sauvées, fragments d'une étude beaucoup plus exhaustive. À Safia – avec l'aide de Rory – de reconstituer le puzzle.

En même temps, on continuait de leur cacher des choses.

Ainsi, elle ignorait toujours *d'où* venait cette femme-là et *pourquoi* elle était aussi importante.

Enfin, Rory abaissa le dernier loquet et fit pivoter la porte.

Avide de réponses, Safia avança jusqu'à se retrouver pied à pied avec la princesse. D'emblée, elle nota des éléments qui, au loin, lui avaient échappé. Les faîteaux sculptés sur la traverse supérieure arrière étaient des merveilles de l'art égyptien, depuis la babine retroussée du lion – immortalisé en plein rugissement – jusqu'à la courbe timide de la joue de la reine, de l'autre côté.

Son regard s'attarda néanmoins sur le vrai miracle devant elle. L'œuvre, spectaculaire, s'était affadie au fil des siècles, mais comment passer à côté de son incroyable beauté ?

Pas étonnant qu'on l'ait entièrement rasée.

Sa peau était couverte de hiéroglyphes tatoués, cartouche après cartouche, depuis le sommet de son crâne jusqu'à la pointe de ses pieds nus.

Seigneur…

Pressée de lire, Safia eut le souffle court. La femme en face d'elle était morte afin de préserver son histoire pour l'éternité.

Elle contempla de nouveau son allure sereine et chuchota :

— Dis-moi tout.

* * *

14 h 13
Washington, D.C.

— J'ai un nouveau résultat ! lança Jason.

Kat leva la tête. La fenêtre de son bureau donnait sur le centre de communications de Sigma. Un seul écran luisait dans la pénombre de la pièce, éclairant le visage de son analyste en chef, Jason Carter. Comme elle, c'était un ancien de la Navy, sauf qu'il avait dix ans de moins. Kat l'avait embauché après qu'il eut piraté les serveurs du ministère de la Défense avec un simple BlackBerry et un iPad trafiqué. Malgré ses cheveux filasse et son allure juvénile, Jason était une pointure, surtout en analyse des données.

Elle le rejoignit dans la salle voisine.

— Montre-moi.

En deux heures, ils avaient établi trois correspondances au sujet de leur cible, Anton Mikhailov, mais aucune n'avait abouti.

Penché sur son terminal, Jason pianotait à toute vitesse.

— Cette piste-là est prometteuse.

— À moi d'en juger, rétorqua sa supérieure sur un ton plus sévère que prévu. (Elle posa la main sur son épaule.) Désolée.

— Pas de souci. Je comprends que vous soyez en stress. Je suis tombé sur le grand patron dans le couloir. Il est… disons, sur les dents.

— Il est inquiet. Comme nous tous.

— Voilà qui pourra peut-être vous aider.

Jason afficha une photo d'identité, qu'il plaça à côté du portrait *vieilli* d'Anton Mikhailov. Ce dernier avait été élaboré par leurs soins en modifiant la vieille fiche anthropométrique *via* un logiciel spécialisé. Kat avait ensuite entré le cliché retouché dans une base de données internationale de reconnaissance faciale. Par précaution, elle avait envoyé deux versions : l'une avec l'imposant tatouage et l'autre sans. Elle ne pouvait pas écarter la possibilité que leur cible ait fait recouvrir ou effacer une marque aussi distinctive afin de mieux passer inaperçu.

Heureusement qu'elle avait fourni les deux versions, car l'homme sur la photo d'identité n'arborait aucun tatouage.

Les visages semblaient néanmoins très proches. Kat lut le nom sur le passeport.

— Anthony Vasiliev.

— Anthony… Anton, réfléchit Jason. Il ne peut pas s'agir d'une coïncidence. J'ai donc eu envie de creuser un peu et j'ai demandé une vérification de ses antécédents. Regardez ce que j'ai trouvé.

Il afficha une photo tirée d'un badge professionnel.

Kat déchiffra le nom de l'entreprise.

— Clyffe Energy.

— Le fameux Anthony est responsable de la sécurité à la station Aurora, base de recherche située en Arctique.

En Arctique…

Kat craignit de s'être fourvoyée. Les similitudes au niveau des traits physiques et du nom n'étaient peut-être qu'un hasard. Clyffe Energy était un conglomérat multinational qui avait déposé des centaines de brevets sur des plates-formes d'énergie durable. Elle avait un pied dans une multitude de domaines d'activité. Son P.-D.G. – Simon Hartnell – était un petit génie, milliardaire du secteur technologique, qui ne cessait de repousser les limites des énergies solaire, éolienne et géothermique. Par ailleurs, alors que d'autres magnats de l'industrie s'achetaient une équipe de basket-ball ou menaient la vie de château, Simon Hartnell était un philanthrope, qui offrait des millions de dollars aux œuvres caritatives, notamment en Afrique.

— S'il s'agit bien d'Anton Mikhailov, déclara Kat, sa nouvelle identité doit être en béton pour avoir dupé les contrôles d'antécédents menés par l'entreprise. Clyffe Energy gère de nombreux contrats gouvernementaux, y compris avec le DARPA. Ce n'est peut-être pas notre homme.

En guise de réponse, Jason fit apparaître ce qui ressemblait au dossier médical de Vasiliev.

— Comment as-tu eu accès… ? Laisse tomber. Je ne veux pas savoir. Pourquoi me montres-tu ce truc ?

Il indiqua une ligne en particulier.

— Il est traité à la nitisinone.

— Qui sert à quoi ?

Il afficha une page Internet des NIH[1] et lut :

— Cette molécule soigne « l'albinisme oculo-cutané type 1B, anomalie génétique dans la production de tyrosine, qui est l'acide aminé responsable de la pigmentation de la peau et des yeux ». En clair, Anthony Vasiliev est albinos.

Kat se redressa.

— C'est forcément notre homme, conclut son jeune protégé. Et je ne vous ai pas encore tout dit.

— Tu as d'autres preuves ?

— Mieux que ça.

Il pianota de nouveau sur son clavier, puis il se cala au fond de son siège et s'étira en faisant craquer ses articulations.

— Il a une sœur.

À l'écran luisait un autre badge de Clyffe Energy. Sur la photo, une fille à l'allure sévère avait le même teint pâle et les mêmes cheveux blancs. Là non plus, aucun tatouage apparent, mais son soleil noir pouvait très bien avoir été camouflé sous une bonne couche de maquillage.

1. NIH : *National Institutes of Health*, ou Instituts nationaux de la santé. Avec ses vingt-sept instituts et centres de recherche aux États-Unis, c'est le plus grand pôle de recherche biomédicale du monde.

— Elle s'appelle Velma Vasiliev, annonça Jason, mais je doute que son nom soit plus authentique que celui de son frère.

Kat, en émoi, contempla la jeune femme.

— Envoie la photo sur le téléphone de Seichan. Vois si elle peut l'identifier avec certitude, puis diffuse un message d'alerte auprès de tous les services de contrôle des passeports de l'Union européenne et d'Afrique. Je veux savoir si Velma Vasiliev s'est rendue récemment au Royaume-Uni et, le cas échéant, où elle pourrait se trouver à l'heure actuelle.

Jason hocha la tête et se remit au travail.

Même si Seichan ne pouvait pas confirmer qu'il s'agissait de la même femme, l'équipe de Gray devait être avertie de son existence.

Soucieuse d'informer Painter au plus vite de leur avancée majeure, Kat donna une dernière consigne à Jason :

— En mon absence, tâche de récolter un maximum de renseignements sur la station arctique où son frère travaille.

— Message reçu.

Kat prit congé et, boostée par une poussée d'adrénaline, elle se rendit d'un pas décidé chez son patron. La porte était entrouverte, mais, comme elle l'entendit s'adresser à quelqu'un, elle frappa poliment.

— Chef ?

Assis sur un coin de son bureau, face à un téléviseur mural, Painter lui fit signe d'avancer.

— Venez, Kat.

Une autre voix l'incita aussi :

— Super ! Maintenant, on peut faire la fête.

Elle entra et retrouva la tête de son mari à l'écran. À peine sorti de sa réunion avec la Direction de la recherche scientifique du NAMRU-3, Monk faisait le bilan avec son patron.

Son large sourire contribua grandement à apaiser l'anxiété de la jeune épouse.

— Salut, beauté.

— Salut, toi.

— Qu'est-ce qui ne va pas, chérie ?

Comme d'habitude, il avait deviné sa nervosité.

— Je crois que nous avons identifié la femme qui a attaqué Seichan et les autres à Ashwell. Peut-être est-elle même impliquée dans l'enlèvement de Safia al-Maaz.

Painter se retourna illico vers elle.

— Racontez-moi.

Kat expliqua leur raisonnement analytique, à peine interrompue par une rare question ou deux de Painter ou de Monk. Lorsqu'elle eut terminé, le doute dans le regard du patron s'était changé en certitude.

— Bien joué !

Elle refusa de s'attribuer tous les lauriers.

— C'est Jason Carter qui a accompli le plus gros du travail.

Satisfait, Painter se frotta la lèvre inférieure d'un air pensif.

— Peu importe, reprit Monk. C'est un coup de maître.

Le directeur de Sigma contourna son bureau.

— Je connais la station Aurora, en Arctique. Du moins, j'en ai entendu parler.

— Comment cela ? demanda Kat.

— Le site est en partie financé par le DARPA.

— Sérieux ? grogna Monk. Pourquoi ?

— La mauvaise presse, répondit-il de manière énigmatique, avant de s'asseoir lourdement et de pianoter sur son ordinateur. En 2014, l'U.S. Air Force a fermé ses installations du HAARP en Alaska. HAARP pour *High Frequency Active Auroral Research Program*, ou « Programme de recherche sur les hautes fréquences des aurores boréales ». Financé par le DARPA, il était censé étudier l'ionosphère terrestre, cette couche de plasma qui, enveloppant notre planète à des centaines de kilomètres d'altitude, est vitale pour les communications satellites et radio. Une partie des tests consistait à envoyer dans le ciel des signaux haute fréquence à partir d'antennes radio basées au sol. Les experts du HAARP pouvaient ainsi étudier la façon d'améliorer les communications avec nos sous-marins et procéder à un nombre incalculable d'autres essais. Un projet – l'Expérience de rebond lunaire – a, par exemple, réussi à faire ricocher un rayon sur la Lune.

— Pourquoi ? lâcha Monk. Ils voulaient la faire exploser ?

Kat sourit. Painter, lui, prit la question au sérieux.

— Non. D'ailleurs, c'est même le grief le moins tordu formulé contre le site. Dès que l'opinion publique a appris qu'une base subarctique isolée envoyait des rayons invisibles vers le ciel, toutes sortes d'accusations ont fleuri. C'était une arme spatiale, un outil de contrôle de l'esprit, une machine à contrôler la météo. Même le séisme de 2011 au Japon a été imputé au HAARP.

— Beaucoup de mauvaise presse, en effet, confirma Kat.

— Dont le HAARP n'avait jamais pu se débarrasser.

— Quel rapport avec la station Aurora ? reprit Monk.

— Aurora est, en quelque sorte, la réincarnation survitaminée du HAARP. Son réseau d'antennes est dix fois plus vaste, sa technologie plus qu'avant-gardiste et, puisqu'il n'est pas géré par l'armée, mais par un fonds privé, l'endroit attire moins l'attention, surtout en raison de l'isolement extrême des installations. Voilà pourquoi le DARPA finance discrètement l'entreprise, afin que les expériences menées par le HAARP se poursuivent à l'écart des yeux du monde.

Kat comprit l'intérêt de Painter. Avant d'être nommé directeur, il était, chez Sigma, le spécialiste des hautes technologies, voire de tout ce qui possédait un bouton MARCHE/ARRÊT. Non seulement il possédait un doctorat en génie électrique, mais il avait aussi déposé plusieurs brevets.

Painter transféra une image sur l'écran mural derrière lui. C'était le célèbre logo de l'entreprise qui dirigeait la station Aurora : un œuf en équilibre précaire, dont la coquille est bardée d'inscriptions scientifiques.

Clyffe
Energy

— L'image vous dit à peu près tout ce qu'il faut savoir sur la société et son P.-D.G., Simon Hartnell. D'ailleurs, c'est son engagement qui a contribué à préserver le site des curieux.

— Pourquoi ? s'étonna Monk.

— Grâce à ses activités caritatives, il s'est forgé une image publique en or. De plus, tout le monde utilise ses technologies, depuis les chargeurs rapides sans fil jusqu'aux puissantes batteries. Vu son incroyable bonté d'âme, personne ne l'accusera d'élaborer un outil de contrôle de l'esprit.

L'agent Kokkalis resta perplexe.

— Pourquoi l'œuf nous révèle-t-il tout ce que nous avons besoin de savoir au sujet de cet homme ?

Painter lorgna l'emblème de Clyffe Energy par-dessus son épaule.

— Il est censé représenter l'Œuf de Colomb.

— De quoi s'agit-il ?

— Selon la légende, Christophe Colomb aurait un jour affirmé pouvoir faire tenir un œuf en équilibre sur la pointe et il a mis ses détracteurs au défi de l'imiter. Face à leurs échecs successifs, il a pris l'œuf, dont il a aplati légèrement une extrémité sur la table. Bien sûr, son geste lui a permis de rester droit.

— En d'autres termes, il a triché, résuma Monk.

Kat lui fit les gros yeux.

— C'est une parabole sur *l'ingéniosité*, la nécessité de sortir des sentiers battus quand on veut trouver la solution à un problème *a priori* insoluble.

— Ce qui correspond à peu près à la philosophie du patron, ajouta Painter. Le logo a aussi un autre degré de lecture : Hartnell s'est érigé en héritier intellectuel de l'inventeur Nikola Tesla, auquel il voue pratiquement un culte.

Monk agita la main vers le dessin.

— Quel rapport entre cette obsession-là et l'œuf ?

— À l'Exposition universelle de 1893, Tesla a voulu reproduire de manière scientifique l'exploit de Christophe Colomb. Il a placé un œuf en cuivre dans un champ magnétique tournant. Par effet gyroscopique le long de l'axe central, l'œuf a tourné sur lui-même. Il tenait donc seul en équilibre, permettant à Tesla de relever le défi séculaire de Colomb.

— Sans tricher, conclut Monk, impressionné.

— Colomb n'a pas… (Kat jeta l'éponge et fit signe à Painter.) Qu'est-ce qui motive la présence de Clyffe Energy sur un immense site perdu en Arctique ?

— Une foule de nouveaux projets. Par exemple, la cartographie des errances du pôle Nord magnétique. Ou encore des tests sur les nuages de plasma en haute atmosphère. Enfin, il est surtout question d'étudier les changements climatiques. Le site se sert de signaux à ondes mégamétriques et myriamétriques – des transmissions d'habitude utilisées pour communiquer avec les sous-marins – afin de surveiller l'épaisseur de la banquise.

Kat frémit d'inquiétude.

— C'est en train de devenir une sacrée industrie là-haut !

— Sans parler du tumulte politique qui va de pair. Avec la fonte de la calotte glaciaire, la richesse du sous-sol a engendré une terrible foire d'empoigne. Le Canada, la Russie et le Danemark en revendiquent tous la propriété. D'ici peu, j'en suis sûr, quelqu'un poussera le bouchon trop loin.

Des bruits de pas résonnèrent derrière eux, puis on frappa à la porte avec impatience et Jason Carter surgit.

— Il faut que vous voyiez cela.

* * *

14 h 39

Painter s'écarta de manière à laisser un Jason bien agité s'installer devant l'ordinateur.

— Kat m'a demandé de me renseigner sur cette base en Arctique, expliqua le jeune analyste. La région entière fait l'objet d'un contrôle étroit. Satellites militaires, stations météorologiques de la NOAA[1]. Le projet canadien baptisé « Surveillance du Nord » envoie des drones dans les airs, sur la glace et sous l'eau afin de vérifier la circulation locale et, ainsi, protéger les intérêts du pays. Un ours polaire ne peut même plus péter sans déclencher un capteur sismique.

— Jason…, gronda Kat.

— Je sais, je sais. Donnez-moi une seconde.

Painter échangea un regard avec son adjointe qui, en silence, reconnut à quel point les commentaires de Jason s'accordaient avec leur discussion précédente.

— Je me suis dit… pourquoi ne pas tirer profit d'une vigilance aussi extrême ? J'ai donc lancé une recherche autour

1. *National Oceanic and Atmospheric Administration*. Agence américaine responsable de l'étude des océans et de l'atmosphère.

de la station Aurora, en particulier sur les vingt-quatre heures qui ont suivi l'enlèvement du Dr al-Maaz.

Painter serra le poing.

— Et voici ce que j'ai trouvé *via* un satellite de l'Institut polaire norvégien.

Jason transféra une bande-vidéo sur le troisième écran. À l'image : un plan aérien neigeux sur un hélicoptère. Les rotors tournaient et des silhouettes s'affairaient autour de l'appareil. Soudain, un brancard fermé fut extrait de la soute et transporté jusqu'à un ensemble de bâtiments en préfabriqué.

— Impossible de voir qui voyageait sur la civière, mais une évacuation sanitaire dans un coin si paumé, ça m'a paru bizarre.

Le chef Crowe se remémora les fléchettes hypodermiques qui avaient atteint Safia, la stupeur sur son visage, sa main qui s'était levée vers lui en implorant son aide.

— À votre avis ? souffla Jason.

D'un seul coup, la rage qui couvait en Painter depuis des jours explosa. Sa vision se rétrécit, sa gorge se serra. Il ne pouvait plus parler et se contenta de fixer la bande-vidéo qui, en boucle, montrait la civière poussée à l'intérieur du bâtiment.

— Patron ? insista Kat.

— Je pars là-bas, annonça-t-il sur un ton laconique, les mâchoires serrées.

— Oui, quelqu'un doit y aller. Cependant, nous avons d'autres agents qui…

— J'y vais.

Painter tourna le dos à l'écran et se planta devant son équipe, le visage fermé.

— Le DARPA a des intérêts directs dans la station Aurora. Il est grand temps d'y mener une inspection.

Kat l'observa d'un air pensif.

— Nous pourrions demander au général Metcalf, du DARPA, de nous fabriquer une bonne couverture.

— Pour que le plan fonctionne, il nous faudrait néanmoins quelqu'un doté d'un sacré bagage technique.

— Comme toi.

Kat se retourna vers Monk qui, lui aussi, s'inquiétait de l'implication personnelle du patron. D'un signe de tête, il encouragea son épouse, qui se posta de nouveau face à Painter.

— Alors, je vous accompagne.

— Il vaudrait mieux que je…

Au tour de Kat de l'interrompre :

— Si vous y allez, moi aussi. Carter saura très bien garder la maison. Et, au besoin, Monk l'aidera à distance.

— Aucun problème, chef, confirma l'intéressé.

Painter admit que la collaboration de Kat était nécessaire s'il voulait espérer sauver Safia. Il dirigeait peut-être Sigma, mais, à de nombreux égards, c'était son adjointe qui tirait les ficelles.

Réaliste, il acquiesça.

— Alors, prenez votre anorak.

CHAPITRE 13

2 juin, 19 h 18, heure d'Afrique de l'Est
Khartoum, Soudan

Dans la lumière du couchant, Gray se tenait, sur sa bande de verdure, aux sources de la civilisation.

À gauche, le Nil Blanc coulait de mauvaise grâce, avec les remous mêlés d'argile crayeuse qui lui avaient donné son surnom. À droite, le Nil Bleu suivait son cours sombre, plus modeste.

Mais le plus fascinant, c'était ce qu'il y avait *en face*.

Les deux affluents unissaient leurs eaux, créant ainsi l'élément vital de la région : le Nil, qui serpentait vers le nord, en direction de l'Égypte.

La dimension immémoriale du site était d'autant plus accentuée par l'appel lancinant à la prière du soir, qui résonnait d'un bout à l'autre de la capitale. Au-dessus de leurs têtes, un croissant de lune se mirait dans les eaux ténébreuses, telles les cornes argentées d'un taureau.

Seichan vint enlacer Gray, qui se rappela alors qu'au Caire, elle lui avait proposé de tout envoyer promener et de partir. En cet instant-là d'éternité, l'envie de la suivre se fit encore plus forte.

La jeune femme soupira, comme si elle partageait sa rêverie, mais qu'elle avait conscience que ce n'était pas possible. Du moins, pas encore.

Soudain, elle le ramena au présent.

— Kowalski a appelé. Il est sur le chemin du retour avec notre moyen de transport et devrait arriver d'ici à une dizaine de minutes.

Painter et Kat leur avaient déniché un véhicule adapté aux conditions extrêmes du désert. Kowalski était parti le chercher, en même temps que des vivres, de l'eau et des réserves de carburant. Où qu'ils se rendent désormais, ils seraient livrés à eux-mêmes.

Avec un peu de chance.

Seichan avait montré à Gray la photo envoyée par Kat : celle d'une femme renfrognée aux cheveux blancs et au regard vide. À Ashwell, elle avait juste entrevu le visage de la meurtrière, donc elle n'était pas sûre à cent pour cent qu'il s'agissait de la même personne.

À la suite de leur rencontre, Seichan était toutefois restée sur ses gardes, l'œil vif, et, pour effaroucher une guerrière de sa trempe, il fallait vraiment un adversaire de taille.

Un rire éclatant, venu du ciel, résonna derrière lui.

En action à quelques mètres de là, la grande roue d'un modeste parc d'attractions tirait son nom – *al-Mogran* – de son emplacement, car il signifiait « confluence ».

Gray leva les yeux vers Derek et Jane, qui tournaient encore et encore, tête contre tête, radieux. Ce n'était pas la manière la plus sage de passer le temps, mais, au regard de la dure épreuve qui les attendait, il valait peut-être mieux.

Deux heures plus tôt, l'équipe avait atterri à Khartoum sous une chaleur intolérable, et le moment du départ avait été fixé après le coucher du soleil, dès que la température aurait chuté. La première partie du voyage consistait en un trajet d'une centaine de kilomètres jusqu'à Rufa'a, au sud, où vivait la famille qui avait retrouvé le professeur McCabe. Ses membres, qui avaient été en contact avec le malade, étaient en quarantaine, mais un de leurs cousins, qui habitait le village, avait accepté de servir de guide.

Tandis que Seichan scrutait la semi-obscurité du parc à l'affût du danger, la grande roue finit par laisser descendre ses passagers.

Derek et Jane paraissaient plus détendus, presque rajeunis. D'une main secourable, le Britannique aida son amie à sortir. Ses doigts s'attardèrent un peu plus longtemps que nécessaire.

— Génial ! On voyait à des kilomètres à la ronde.

Derek confirma d'un hochement de tête :

— J'avais espéré repérer le chantier du nouveau barrage, à l'origine de tous nos soucis, mais il est beaucoup trop loin, quelque cent cinquante kilomètres au nord-est.

Gray savait que c'était là-bas, au niveau de la sixième cataracte du Nil, que McCabe avait entamé sa funeste expédition deux ans auparavant. Le groupe avait disparu dans une zone inhospitalière associant roches déchiquetées, tempêtes de sable et dunes immenses, un paysage désolé qui s'étendait sur des milliers de kilomètres carrés.

Et voilà qu'à notre tour, nous nous apprêtons à y entrer.

Gray sonna la fin de la récréation.

— Kowalski ne devrait pas tarder. Il faut y aller.

Lorsqu'elle retraversa le parc d'attractions, Jane lorgna par-dessus son épaule, à la jonction des deux cours d'eau.

— J'ai lu des quantités de choses sur cette région, mais la voir en vrai…

Ses yeux s'écarquillèrent d'émerveillement.

Gray se rappela qu'elle avait à peine vingt et un ans et, même si elle paraissait très intelligente, ses connaissances lui venaient sans doute davantage des cours théoriques, de sa fréquentation des bibliothèques, que de son expérience sur le terrain. Malgré l'enchaînement des événements, elle tenait remarquablement bien le choc.

Le commandant calqua son pas sur le sien.

— Jane, puisque nous allons marcher sur les traces de votre père en plein désert, j'aimerais savoir ce qu'il essayait de prouver. Tout à l'heure, vous nous avez confié que la plupart des archéologues critiquaient ses théories sur l'Exode.

— Non seulement les archéologues, mais aussi les rabbins.

Jane baissa les yeux, mal à l'aise, mais elle continua :

— Beaucoup estiment que les aventures de Moïse sont allégoriques, et non historiques. Ils arguent du fait que le vrai Ramsès II est mentionné dans l'Exode, mais que, dans la mesure où il n'existe *aucune* preuve archéologique de calamité ou de révolte d'esclaves durant son règne, l'histoire de Moïse n'est qu'un simple conte de fées.

— Face à un avis aussi tranché, comment a-t-il réagi ?

— Accompagné de plusieurs collègues, il a relevé certaines incohérences dans l'Exode au sujet du nom *Ramesses* et il s'est demandé si Ramsès II était bien le pharaon que Moïse avait maudit avec ses dix plaies d'Égypte. L'affaire est assez complexe.

— En quoi est-ce important ?

— Cela donne aux archéologues la liberté d'aller chercher *ailleurs* des preuves de l'Exode. De ne pas rester bloqués sur le règne de Ramsès II.

— Grâce à cette nouvelle marge de manœuvre, votre père et ses partisans ont-ils trouvé quelque chose ?

— Ils ont *tout* trouvé, répondit-elle, le regard rivé à l'horizon de dunes. Il suffit de remonter quatre siècles avant Ramsès II pour mettre au jour toutes les preuves archéologiques manquantes de l'Exode. (Elle compta sur ses doigts.) Une ville d'esclaves sémites. Des signes de grave épidémie. L'évacuation des lieux en catastrophe. Une crypte ressemble même étrangement à la tombe de Joseph décrite dans la Bible. Tout concorde.

— Et c'est ce que votre père tentait de vérifier ?

— On parle de Nouvelle Chronologie. Il croyait qu'en apportant la preuve qu'une cascade de drames avait frappé le pays à l'époque, il validerait l'authenticité de sa théorie.

D'où son obsession pour les fléaux bibliques !

Jane soupira. Elle ne voulait plus en parler, et ce n'était pas plus mal, car ils avaient quitté le parc et rejoint la rue adjacente.

Kowalski les avait *a priori* devancés, car un gros camion essoufflé tournait bruyamment au ralenti. Ce Mercedes Unimog vert bouteille était un vrai monstre sur quatre roues motrices. Entièrement remis en état, il possédait une vaste cabine de conduite double et un plateau arrière, le tout posé sur des pneus énormes aux sculptures agressives. Le véhicule était conçu à destination des terrains les plus hostiles et, même s'il venait à s'enliser, son gros treuil à l'avant le tirerait du pétrin.

Assis au volant, le coude en appui sur la vitre baissée, Kowalski laissa échapper une bouffée de fumée de cigare.

— Ça, c'est du camion ! grogna-t-il en frappant sa portière du plat de la main.

Gray comprit son enthousiasme, car les deux faisaient franchement la paire – aussi lents, aussi bruyants et parfois aussi grossiers l'un que l'autre.

Tout en incitant le groupe à monter à bord, Seichan continua de surveiller les rues.

— Ça va ? demanda Gray.

— Pour l'instant.

Eh bien, il faudra que cela aille.

* * *

20 h 08

À l'arrière du camion, Derek travaillait sur son iPad.

Après quarante-cinq minutes de trajet vers le sud sur une route à deux voies qui épousait les courbes du Nil Bleu, il avait fini par se désintéresser du paysage. Les lumières vives de Khartoum désormais loin derrière, on se serait cru à bord d'une machine à remonter le temps. Autour d'eux, rien ou presque n'avait changé depuis des siècles : sombres champs labourés traversés par des canaux d'irrigation aux reflets argentés, alignements de palmiers, silhouettes lourdes des buffles d'Inde assoupis et, parfois, une masure en briques d'adobe.

Le Nil Bleu n'était qu'un modeste écho du fleuve puissant qui, au nord, traversait l'Égypte et assurait la fertilité du pays. Là, la rivière était moins généreuse et, par nécessité de rester à portée du maigre cours d'eau, les champs et les plantations étaient beaucoup moins étendus.

Au loin, sous le clair de lune argenté, les collines restaient vides, stériles, tels de vieux mendiants bossus et assoiffés. Derrière, un immense désert écrasé de soleil attendait le groupe.

Pour le traverser, il leur fallait un plan et c'était ce qui occupait Derek à présent. Une fois à Rufa'a, l'équipe prévoyait de franchir la vaste étendue de sable afin de rejoindre l'endroit où on avait retrouvé le professeur. Ensuite, le programme devenait plus flou, mais l'archéologue, lui, avait une idée.

Jane s'étira à ses côtés. Avec le ronflement du moteur, les vibrations des suspensions et la fatigue intense des derniers jours, elle s'était à moitié endormie.

— Que fais-tu ? demanda-t-elle en étouffant un bâillement.

L'écran de l'iPad baignait son visage d'une lumière douce. Alors qu'elle regardait sur quoi il travaillait, Derek resta hypnotisé par la courbure délicate de ses cils.

— Hum ! J'essayais de nous tracer un itinéraire potentiel. À moins que je ne me berce moi-même d'illusions.

Elle s'appuya contre son épaule.

— Montre-moi.

Derek s'étonna de la force avec laquelle il voulait lui confier le fruit de ses recherches. D'autant qu'il était toujours utile d'énoncer un raisonnement à haute voix.

— Harold est parti de la sixième cataracte du Nil et il n'a réapparu que deux ans après, plusieurs centaines de kilomètres au sud, non loin de Rufa'a. Nul ne sait *où* il a passé ses longs mois d'absence ni par quel chemin ses camarades et lui ont traversé le désert. Aujourd'hui, pourtant, grâce à l'indice dissimulé dans un croquis de scarabée égyptien réalisé par Livingstone, nous pourrions bien découvrir où ton père a été entraîné.

Il inclina l'iPad vers Jane.

— J'ai pris une carte satellite de la région et, en travers des deux affluents du Nil, j'ai tracé une ligne correspondant à l'endroit où Livingstone a divisé le fleuve entre les ailes du coléoptère.

Il montra le résultat.

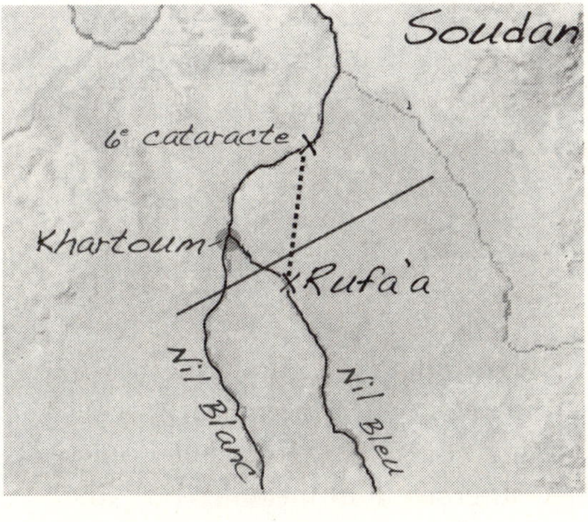

— J'ai ensuite relié en pointillé la sixième cataracte, d'où ton père est parti, et le village de Rufa'a, où il a atterri. (Il tapota la croix formée par l'intersection des deux traits.) À mon avis, c'est là qu'il faut commencer à chercher.

— Beau travail, apprécia Jane en posant une main sur le genou de son voisin.

— Il a raison, approuva Gray à l'autre bout de la banquette.

Derek sentit ses joues s'empourprer. Il ignorait que l'agent Sigma l'écoutait d'une oreille indiscrète.

— Merci, commandant.

— Je peux voir ?

Il lui tendit sa tablette, et Gray se pencha pour la montrer à Seichan et Kowalski, tous deux assis à l'avant.

Les louanges de Seichan furent moins enthousiastes.

— C'est déjà mieux que de rouler au hasard dans le désert, je suppose.

Derrière son volant, Kowalski pointa l'index.

— J'aperçois des lumières au loin.

Gray vérifia la carte sur son téléphone satellite.

— Sans doute Rufa'a.

Soudain nerveuse, Jane ôta sa main du genou de Derek. Le jeune homme devina la cause de son inquiétude : Harold McCabe avait trouvé la mort en essayant d'arriver là-bas.

— Tout ira bien, chuchota-t-il.

Il espérait dire vrai.

* * *

20 h 28

Le village était plus grand que Jane ne l'aurait cru. Elle s'était imaginé une poignée de huttes cernées par des murs en tiges de millet. En réalité, Rufa'a était une ville de bonne taille, nichée au creux d'un méandre du Nil.

— On pourrait facilement se perdre ici, commenta Derek.

Elle acquiesça en silence.

La vaste bourgade n'était qu'un labyrinthe de bâtiments carrés à toit plat, séparés par d'étroites ruelles en terre battue ou répartis autour de petites cours fermées. Tout semblait construit en briques d'adobe, ce qui produisait, à l'œil, une uniformité des plus troublantes. Seul élément qui se détachait du paysage : la mosquée, dont le minaret blanc étincelait, tel un phare dans la nuit.

Jane savait que le peuple rufaa, auquel la ville devait son nom, était d'origine arabe et qu'il pratiquait une forme sunnite d'islam. Beaucoup de familles avaient leurs racines là-bas, mais elles continuaient de mener une existence nomade. C'était certainement vrai pour le groupe qui avait trouvé son père. Il appartenait à l'ethnie des Jaaliyin, qui sillonnaient le désert depuis des millénaires et se targuaient d'être les descendants d'Abbas, oncle du prophète Mahomet.

Quand le camion ralentit pour traverser au pas les faubourgs du village, des enfants les dévisagèrent avec curiosité, tandis que des chèvres fuyaient le vacarme en bêlant d'agacement. Finalement, une silhouette élancée leur fit signe de s'arrêter.

— C'est le gars que nous sommes censés rencontrer ? se renseigna Kowalski.

— Apparemment, répondit Gray. L'ordre avait été donné de guetter notre arrivée.

Dès que l'Unimog s'immobilisa, un adolescent au teint chocolat de seize ou dix-sept ans se précipita vers la fenêtre baissée du conducteur. Il portait un maillot de football violet à carreaux, un short beige et des sandales.

— Je m'appelle Ahmad. Bienvenue.

Kowalski jeta un regard en coin à Gray, qui sembla reconnaître le nom.

— Je vous emmène chez moi. Nous manger.

Il fit mine de mettre de la nourriture dans sa bouche.

— Après, nous partir. D'accord ?

Kowalski haussa les épaules.

— Je ne suis pas contre un petit en-cas.

Ahmad indiqua une bande de terre.

— Mettez le camion là. Pas loin pour partir.

Devant leur mine soucieuse, il précisa :

— Endroit sûr. Pas vous inquiéter.

Seichan fronça quand même les sourcils.

— Je ferais mieux de rester là.

Gray acquiesça et dit à Kowalski de se garer. Une fois le moteur éteint au prix d'un ultime toussotement, il descendit du véhicule et mit son oreillette.

— Seichan, contacte-nous par radio au moindre problème.

Anxieuse, Jane sortit de l'autre côté avec Derek. Elle ne quittait pas leur guide du regard.

— Tu crois qu'on peut lui faire confiance ?

— Étant donné qu'il doit nous emmener au fin fond du désert soudanais, je te conseille de commencer maintenant.

Quand tout le monde fut prêt, Ahmad prit la direction du cœur du village, non sans avoir d'abord émis un sifflement bref. Aussitôt, un chien mince aux côtes saillantes surgit de nulle part. Il avait l'air jeune, avec son poil raide noir et feu, ses prunelles sombres et ses larges oreilles arrondies.

— Bonne fille, annonça fièrement Ahmad.

Jane tendit la main pour que l'animal la renifle.

— Comment s'appelle-t-elle ?

Devant son intérêt, le sourire du garçon s'élargit.

— Anjing.

Jane parut troublée.

— Qu'est-ce que ça veut dire ? demanda Kowalski.

Elle maîtrisait assez le soudanais pour répondre.

— « Chien ».

— Bah ! J'imagine que ça fonctionne.

En chemin, Derek se pencha vers elle.

— Je pense que son *cher toutou* est un lycaon. Du moins, un croisé.

Voilà qui imposait le respect. Jane avait entendu parler de ces fameux chasseurs en meute. Elle se rappela lui avoir tendu sa main quelques instants auparavant.

Dieu merci, je l'ai toujours.

Devant eux, Ahmad, des fourmis dans les jambes, peinait à contenir son excitation. Très fier de jouer les guides touristiques, c'était un véritable moulin à paroles.

Il indiqua un petit édifice vert coiffé d'une coupole.

— Là-bas, tombeau de Cheik Tana. Très important. Et, ici, au coin… un jour, un homme a mangé une chèvre en entier. (Il leur lança un regard par-dessus son épaule.) C'est vrai.

Kowalski fut le seul à paraître impressionné.

Ils finirent par atteindre l'entrée voûtée d'une cour intérieure. Le temps que tout le monde se faufile dessous, une bonne odeur de pain chaud attisa, chez Jane, une faim dont elle n'avait pas eu conscience. Le grésillement d'un barbecue l'incita aussi à avancer. Un groupe d'hommes et de femmes en djellaba les accueillit comme de vieux amis. Quelques enfants pieds nus gravitèrent autour d'eux ou restèrent timidement sur le seuil.

Ahmad s'approcha d'un âne au bout de sa longe, lui donna une brève accolade et présenta son nouvel ami :

— Kalde.

Kowalski lorgna de nouveau vers Jane, qui traduisit :

— « Âne ».

— Je ne pige pas. Ce gamin n'a aucune imagination ou il essaie de nous apprendre sa langue ?

Les présentations continuèrent. Quand arriva le tour de Jane, les villageois se rembrunirent, signe qu'ils avaient compris de qui elle était la fille. Ils s'avancèrent un par un, tête baissée, et lui exprimèrent leurs condoléances. Touchée par leur sincérité, elle eut les larmes aux yeux et dut se détourner quelques instants.

Elle se blottit contre Derek, resté auprès d'elle.

— Pardon. Je ne sais pas pourquoi je suis si bouleversée.

Il passa le bras autour de ses épaules.

— C'est la faute au chagrin. Il te cueille toujours au moment où tu t'y attends le moins.

Elle inspira plusieurs fois à fond, histoire de se calmer.

— Je vais bien. Ne soyons pas impolis.

Rapidement, une table dressée en plein air se remplit d'un vrai banquet de cuisine soudanaise : ragoûts piquants aux effluves appétissants d'épices et de viande, bouillie épaisse de sorgho, assiettes de dattes, montagne de salade de carotte au yaourt et piles de galettes de pain pour se servir.

Le temps du festin, Gray discuta avec un homme qui parlait couramment anglais et obtint un maximum de renseignements sur leur future destination.

Jane se retint d'espionner la conversation. Elle préférait apprécier le repas, remercier les femmes qui l'avaient préparé ou encore partager un morceau de foie de mouton grillé avec Anjing, qui semblait avoir sa place à table au même titre que les autres convives. L'estomac vite plein, elle se pencha en arrière. Les lumières qui vacillaient le long des murs crénelés étaient largement éclipsées par l'éclat des constellations d'étoiles.

Pendant ce court moment, Jane se sentit calme, apaisée.

Même si, au fond d'elle, elle savait que le temps de la félicité ne pourrait pas durer.

* * *

21 h 22

Ce n'est pas trop tôt…

Allongée à plat ventre sur le toit d'une maison désaffectée, Seichan patientait à environ une rue du parking désert où ils avaient garé l'Unimog. Dix minutes après le départ des autres, elle était descendue du camion et, la main en cornet, elle avait feint de recevoir un appel radio. Au bout de quelques secondes, elle avait poursuivi la mascarade en répondant : « Compris. Tout est calme ici. J'arrive. »

Elle avait alors pris son sac et suivi le même chemin que ses camarades sur plusieurs pâtés de maisons, comme si elle allait les rejoindre. Une fois certaine de ne pas être suivie, elle avait fait demi-tour et était montée sur le toit d'un bâtiment qui offrait une vue imprenable sur le camion esseulé.

Il n'y avait plus qu'à attendre qu'on morde à l'hameçon.

L'imposant Mercedes appâterait peut-être un voyou du coin, mais l'objectif de Seichan n'était pas d'appréhender un simple voleur. Ahmad leur avait assuré que personne ne toucherait au véhicule et, d'expérience, elle savait que ce genre d'endroit-là était régi par un code strict. On pouvait dépouiller des inconnus, mais, si un invité se trouvait sous la protection d'une famille du village, il était défendu d'y toucher.

En quarante minutes, personne ne s'était donc approché.

Jusqu'à maintenant.

À droite, une silhouette apparut vêtue d'une *jalabiya*, robe blanche sans col et à manches longues qui descendait jusqu'aux chevilles, et d'un turban assorti. De nombreux hommes du village portaient la même tenue, dont la couleur claire et la coupe ample permettaient de rester au frais. Sa présence n'était, par conséquent, pas une surprise. Il s'approcha tranquillement de l'Unimog, comme attiré par la simple curiosité de découvrir le monstre du désert.

Un détail éveilla néanmoins les soupçons de Seichan. L'inconnu jeta un coup d'œil à droite, à gauche, puis il se concentra sur le camion. Il tenait aussi quelque chose dans sa main, caché sous les plis d'une manche.

Seichan attendit qu'il soit bien à découvert, sans échappatoire possible dans le dédale des rues de Rufa'a. Elle descendit alors du toit en silence et se laissa tomber sur un monticule de terre, hors de vue du parking vide. L'échine courbée, elle contourna la maison et s'approcha de l'homme par-derrière.

Son Sig Sauer au poing, elle était prête, au besoin, à en faire usage. De plus près, elle se rendit compte qu'il n'était pas armé, mais impossible de distinguer ce qu'il transportait. Les nerfs à vif, elle songea un quart de seconde à lui tirer dans le dos.

Mais si je me trompe ?

Ce n'était pas en assassinant un innocent de sang-froid qu'elle s'assurerait la coopération des nomades. Elle esquissa donc encore un pas vers lui. Puis un autre. Elle avait beau retenir son souffle, avancer sans déplacer un seul grain de sable, quelque chose alerta sa cible.

L'homme pivota sur lui-même, le regard étincelant, son visage sombre empreint d'une expression dure et glacée.

D'emblée, elle comprit qu'il ne s'agissait pas d'un voleur ordinaire. Elle pressa la détente, mais son adversaire plongea, roula sur l'épaule et, une fois relevé, il déguerpit sans attendre.

Elle se lança à ses trousses, arme au poing. Elle se retint de tirer à nouveau quand il longea une maison, dont les fenêtres luisaient de vie. Pas question de blesser un civil à l'intérieur !

L'homme profita de ses scrupules pour disparaître à la faveur d'une ruelle qui s'enfonçait au centre du village. Le temps qu'elle arrive devant, il s'était envolé. Elle n'était pas assez stupide pour risquer de le suivre dans l'obscurité de cet incroyable labyrinthe, où il n'aurait aucun mal à la prendre en embuscade.

À la place, elle effleura son laryngophone et contacta Gray. Une seule option s'offrait à eux.

— Il est temps de partir, annonça-t-elle.

Le commandant ne réclama pas d'explications. Rien qu'au ton de sa voix, il en savait assez.

Trois minutes plus tard, il resurgit, talonné par les autres. Armé lui aussi d'un Sig Sauer, il protégeait Derek et Jane. Son fusil de chasse à l'épaule, Kowalski assurait les arrières.

Gray croisa le regard de Seichan. Du menton, elle indiqua que la voie était libre et les incita à rejoindre le camion.

Les questions de Pierce n'arrivèrent qu'ensuite.

— Que s'est-il passé ?

Elle lui raconta tout.

— Ce n'était peut-être qu'un simple voleur, lâcha-t-il.

Elle se remémora son regard, sa manière de se mouvoir.

— Non, Gray.

Il la crut sur parole.

Soudain, quelqu'un jaillit du village. Seichan brandit son pistolet, mais c'était juste Ahmad.

— Attendez ! Je viens avec vous !

Alors que Gray s'apprêtait à refuser par crainte de mettre l'adolescent en danger, Seichan rappela le plan de départ.

— Il nous faut toujours un guide qui connaisse le désert.

— Je connais très bien, confirma l'intéressé.

Soupir aux lèvres, Gray sentit son dos se raidir, comme s'il portait déjà le poids de la vie d'un enfant sur ses épaules.

— D'accord, tout le monde en voiture. On y va.

Ahmad sourit, puis se retourna et siffla.

Sa chienne le rejoignit au triple galop.

Gray accepta leur invité de dernière minute en tournant les talons pour se diriger vers le camion.

Kowalski n'était pas aussi réticent.

— Au moins, le môme n'emmène pas son âne.

* * *

21 h 41

Le vrombissement d'un moteur de camion arriva jusqu'à la tanière de Valya. Ses cibles prenaient la clé des champs. Leur départ tonitruant, qui résonna à travers tout le village, s'accordait bien avec son état d'esprit.

Saleté de bonne femme !

Réfugiée à l'intérieur d'une maison, Valya se débarrassa de la *jalabiya* qu'elle avait empruntée et ôta le turban qui dissimulait sa chevelure immaculée. Une fois nue, elle inspira à fond. Elle portait toujours l'épaisse couche de fond de teint marron foncé qui colorait sa peau et son tatouage. Elle en aurait de nouveau besoin lorsqu'elle se déguiserait en vieille femme. Une partie de sa formation avait consisté à savoir se fondre dans un décor… et elle était devenue une championne en la matière. Elle considérait son corps d'albâtre comme une toile vierge sur laquelle on pouvait peindre n'importe quel visage.

Deux heures plus tôt, Valya était arrivée directement de Khartoum, où elle avait guetté l'arrivée de sa proie.

L'équipe envoyée par Anton avait déjà pris ses quartiers dans le désert, en vue de préparer le véritable piège. Valya, elle, avait espéré améliorer leurs chances de réussite. L'adversaire circulant à bord d'un vieux camion, sorti d'usine bien avant la création des boîtiers GPS, il n'existait aucun moyen de le suivre à distance, surtout au milieu des dunes. La solution était enfantine : dissimuler un émetteur-récepteur à l'intérieur du passage de roue. Or, la Russe avait échoué, poussée à la fuite par l'autre femme.

Seul maigre avantage de la soirée : elle avait appris son nom.

Seichan.

Valya s'en contenta. L'ennemie avait perdu un peu de son mystère, de sa légende. Elle devenait quelqu'un de tuable.

Elle se jura néanmoins de ne plus la sous-estimer.

Elle s'approcha des deux cadavres qui, dans un coin de la pièce, gisaient au sol, la gorge tranchée. Une flaque de sang commençait à imbiber la terre desséchée.

Il s'agissait du couple de personnes âgées propriétaires de la maison. Entièrement dissimulée par une burqa, elle avait frappé à leur porte sous les traits d'une mendiante. Une fois à l'intérieur, elle s'était déshabillée, révélant la pâleur de sa carnation, puis elle avait profité de leur stupeur horrifiée pour les éliminer en silence. En Afrique, les albinos étaient considérés comme des êtres magiques, dont les os portaient chance. Aux quatre coins du continent, ces superstitions-là engendraient des massacres d'enfants, dont les corps étaient revendus en morceaux sur le marché noir.

Elle contempla ses deux victimes.

Après tout, nous ne sommes peut-être pas si chanceux.

Comme elle n'était pas pressée, elle sortit de son fourreau *l'athamé* à manche noir. Elle s'agenouilla près de la vieille dame et, à l'aide du poignard rituel de sa grand-mère, elle lui grava sa marque personnelle sur le front. Lentement, l'Œil d'Horus s'ouvrit sur la chair glacée et la fixa d'un air quasi approbateur.

Apaisée, elle esquissa un sourire. Bientôt, une autre porterait son estampille, quelqu'un qui en valait vraiment la peine. Elle souffla son nom à voix haute.

— Seichan…

CHAPITRE 14

2 juin, 21 h 22, heure de l'Est
Au-dessus de la baie de Baffin

Au moment où le Gulfstream virait de bord, Painter observa leur destination. L'île d'Ellesmere se trouvait juste en face, auréolée d'un voile de brume gelée. La côte n'y était qu'un ensemble chaotique de criques découpées, de petites anses, d'amas rocheux et de plages en copeaux de schiste argileux. Çà et là, des plaques de glace échouées s'entassaient, telles des cartes à jouer éparses.

— Pas très hospitalier, marmonna Kat.

— Pourtant, l'homme trouve toujours un moyen, répondit Painter. Il y a quelque quatre mille ans, l'île s'est peuplée de chasseurs indigènes. Plus tard, des Vikings ont débarqué, suivis par les Européens au XVIIe siècle.

— Et, aujourd'hui, nous deux, conclut son adjointe, histoire de détendre l'atmosphère.

L'estomac toujours noué d'angoisse, Painter acquiesça en silence. À Washington, il n'avait pas traîné pour coordonner leur mission avec le général Metcalf, son supérieur hiérarchique du DARPA. Ce dernier avait émis des doutes sur la nécessité de mener une expédition à mille cinq cents kilomètres au-dessus du cercle arctique, mais le chef Crowe s'était montré intraitable. Kat et lui avaient donc mis le cap plein nord, les moteurs du Gulfstream G150 poussés à fond. Ils s'étaient ravitaillés en carburant à la base aérienne de Thulé qui, sur la côte ouest du Groenland, était la plus septentrionale des installations militaires américaines.

Si Painter s'était encore interrogé sur l'importance de la région, Thulé lui avait apporté une réponse immédiate. Gérée par deux escadrons aériens différents, la base accueillait un système de détection et d'alerte avancée des missiles balistiques stratégiques, ainsi qu'un réseau mondial de contrôle satellite. C'était aussi le centre opérationnel régional d'une dizaine d'infrastructures militaires et scientifiques dispersées à travers le Groenland et les îles voisines, notamment la station Aurora d'Ellesmere.

Et on ne parlait que des États-Unis.

Le Canada possédait d'autres sites, dont un à Ellesmere baptisé Alert, avant-poste saisonnier que soldats et chercheurs se partageaient à huit cents kilomètres du pôle Nord.

Painter tenta de le localiser, mais, là-bas, les distances étaient d'une amplitude trompeuse. Leur pilote naviguait entre le parc national Quttinirpaaq, à l'extrémité nord de l'île, et la vaste étendue de glaciers au sud. Sous la carlingue, les monts Challenger pointaient pêle-mêle leurs sommets enneigés.

— Nous devons approcher du but, estima Kat.

La station Aurora avait été érigée sur la côte nord-ouest d'Ellesmere, au bord de l'océan Arctique. Selon les informations de Painter, le site avait été choisi pour une multitude de raisons, mais, surtout, parce qu'il était au plus proche du pôle Nord magnétique, que plusieurs équipes de chercheurs étudiaient de près. Alors que le pôle Nord géographique était à peu près défini, le pôle magnétique avait, lui, dérivé durant des siècles, glissant lentement le long des côtes jusqu'à s'enfoncer dans l'océan.

Le pilote répondit par radio :

— Encore une trentaine de kilomètres. Je prévois d'atterrir d'ici à dix minutes. Vu la météo en face, estimons-nous heureux d'avoir mis aussi peu de temps.

Painter observa le ciel. Au-dessus d'eux, il n'y avait que quelques nuages. Au nord-ouest, en revanche, se dressait un mur de ténèbres. Une tempête avait été annoncée et les prévisions météorologiques empiraient d'heure en heure. Des trombes d'eau allaient s'abattre sur la région pendant des jours, voire des semaines. C'était un des motifs pour lesquels il avait tant insisté auprès du général Metcalf. S'ils laissaient passer le créneau, les chances de secourir Safia s'amenuiseraient irrémédiablement au fil des jours.

Il n'en était pas question.

Restait néanmoins un souci, que Kat énonça à haute voix :

— Dès que la tempête aura éclaté, nous serons coincés ici jusqu'à ce qu'elle se calme.

Avis de grand vent oblige, l'avion les débarquerait, en effet, sur la station, puis il s'empresserait de repartir à Thulé, où il attendrait sagement la fin des intempéries. Le colonel Wycroft, qui dirigeait la base aérienne, avait reçu l'ordre confidentiel de se tenir prêt à une évacuation d'urgence si leur mission était une réussite. Toutefois, même lui les avait avertis que la tempête risquait fort de compromettre l'opération.

Painter était néanmoins plus déterminé que jamais.

— Nous n'avons pas d'autre choix que d'avancer.

Kat aurait bien protesté, mais elle se ravisa et préféra se concentrer de nouveau sur le paysage. Son patron savait qu'il poussait le bouchon très loin. De son côté, elle tâchait de tenir la barre et d'avoir une approche plus mesurée de la situation. Jusqu'à présent, ils n'avaient eu aucun réel désaccord. Au fond de lui, il était conscient qu'elle souhaitait prendre la meilleure option possible, à la fois pour leur propre sécurité et pour celle de Safia.

Le regard rivé au hublot, Kat laissa échapper un petit halètement.

— Les photos ne sont pas à la hauteur de la réalité.

Painter se pencha de nouveau vers le sol au moment où ils rejoignaient la piste d'atterrissage. Une poignée de Cessna – les avions de brousse typiques de l'Arctique – étaient stationnés à proximité, solidement arrimés en prévision de la tempête. Un autre avion manœuvrait pour pénétrer dans un hangar métallique.

Néanmoins, ce n'était pas ce qui avait sidéré Kat.

Derrière un bloc de bâtiments scientifiques trapus s'élevait la véritable merveille technologique de la station Aurora : l'Instrument de recherche scientifique, ou IRI, qui occupait plus de cent vingt hectares de toundra. Bien que la centrale électrique qui produisait son faisceau ait été enterrée, il montrait au monde un visage hérissé de deux mille antennes d'acier, toutes reliées entre elles. Chacune était aussi haute qu'un immeuble de dix étages, avec des traverses qui ressemblaient à des bras.

— On dirait presque la Voie lactée, déclara Kat.

Painter comprit l'idée. Alors que les cent quatre-vingts antennes du HAARP avaient été strictement alignées les unes par rapport aux autres, ce réseau-là s'inspirait d'une spirale fractale, à l'allure très fluide. C'était un ouvrage d'art technologique, aussi beau que pratique.

Au cœur de la constellation métallique se trouvait un puits profond, une ancienne mine, comme il y en avait eu des dizaines aux quatre coins de l'archipel Arctique. La région entière était truffée de cavités artificielles, desquelles on extrayait du cuivre, de l'or, du plomb, du zinc et même des diamants. Les ressources minérales de ces sols gelés étaient immenses et, le plus souvent, encore intactes. La situation évoluait néanmoins rapidement, avec la fonte des glaciers qui ouvrait de plus en plus de territoires.

— C'est quoi ce machin qui sort du trou ? demanda Kat.

Les paupières plissées, Painter scruta l'étrange pinacle en échafaudage d'acier. L'édifice, dirigé vers le ciel, soutenait un énorme globe. La sphère brillante était logée au sein d'un nid d'anneaux en cuivre concentriques, lui-même entouré de gros câbles tressés et relié à des aimants trapézoïdaux, chacun de la taille d'une Coccinelle Volkswagen.

— Voyez-y une preuve de l'obsession de Simon Hartnell. Sa tentative pour reproduire et améliorer l'œuvre d'un homme qu'il vénérait : Nikola Tesla.

— De quoi s'agit-il ?

— C'est sa version personnelle de la tour de Wardenclyffe, un des projets les plus ambitieux de Tesla.

Leurs architectures respectives présentaient, en effet, des similitudes, ne serait-ce que superficielles. Sur son iPad, Painter afficha une image à titre de comparaison.

— À Long Island, Tesla a acheté quatre-vingts hectares, sur lesquels il a fait bâtir une centrale électrique qui alimentait une tour en bois de dix-huit étages surmontée d'une coupole géante. Il nourrissait le rêve de construire le premier système mondial de transmission sans fil et prévoyait d'installer une bonne trentaine de ses tours sur l'ensemble du globe. Plus tard, il a même cru pouvoir puiser dans ce qu'il appelait la *fréquence de résonance de la Terre* afin que son réseau crée aussi une structure planétaire d'*énergie* sans fil.

— Ambitieux, le garçon !

— Et peut-être en avance sur son temps. Faute de financement, le projet est tombé à l'eau. Le site a été abandonné, puis démoli quelques années plus tard. (Painter regarda en contrebas.) Malgré l'échec, ses idées audacieuses en ont inspiré d'autres. Ainsi, Simon Hartnell a choisi le nom de son entreprise – Clyffe Energy – en hommage à la tour de Wardenclyffe et aux espoirs fous qu'elle représentait.

— Et cet édifice-là ? À quoi Hartnell le destine-t-il ?

— Bonne question, admit le chef Crowe, perplexe.

Pressé de partir, il n'avait passé que brièvement en revue les différents projets de la station. Si ses souvenirs étaient bons, la tour servait d'amplificateur au réseau d'antennes. Le style et la forme n'étaient qu'un hommage à Tesla. Selon tous les documents, la tour était censée accroître les capacités du même rayon de stimulation de l'ionosphère que celui développé par le HAARP, sauf que l'amélioration de la puissance fournie boosterait les capacités de recherche du dispositif tout en affinant la précision des résultats. Au fond, c'était une version XXL du HAARP, conçue dans les mêmes buts de recherche que son modeste cousin.

Enfin, maintenant que je le vois de mes propres yeux…

Painter sentit son estomac se tordre de plus belle. Focalisé sur Safia, il n'avait pas accordé au projet toute l'attention qu'il méritait, négligeant les incohérences passées en matière de spécifications et de protocoles.

À moins que je n'aie été ensorcelé par les mêmes conspirationnistes qui voyaient déjà dans le mystérieux réseau d'antennes du HAARP une claire intention de nuire.

Le pilote reprit à la radio :

— Bouclez votre ceinture, s'il vous plaît. Nous amorçons notre descente.

Painter se renfonça dans son siège avec une certitude.

Il est trop tard pour faire machine arrière.

* * *

22 h 22

Au moment de quitter l'avion, Kat eut beau serrer les bras contre sa poitrine, le froid vif lui donna l'impression de plonger nue dans un lac de montagne. En provenance de l'océan Arctique tout proche, un vent pugnace au goût de sel et de glace transperça l'encolure de sa parka.

En lutte contre les rafales, elle se ratatina, frissonnante. Une main plaquée à la base de sa capuche, elle tira, de l'autre, son bagage cabine. La température restait étonnamment basse pour un début du mois de juin – quelques degrés au-dessus de zéro – et on pouvait parier qu'avec la tempête imminente, les records seraient vite battus.

Kat contempla, par-delà une banquise disloquée, les nuages noirs qui s'amoncelaient à l'horizon. Le soleil, timide, restait à la marge de la dépression, comme s'il cherchait à fuir le danger. Peine perdue ! À une latitude aussi polaire, il ne se coucherait pas complètement avant la première semaine de septembre.

À gauche, une forme blanche traversa le tarmac en trombe et disparut derrière un accotement de neige grisâtre. C'était un lièvre arctique, preuve que, malgré l'allure désolée du site, la vie trouvait toujours un moyen, à la fois sur terre et en mer. On était au royaume des ours polaires, des phoques, des narvals et des bélugas. Des troupeaux de caribous sillonnaient encore les environs, de même que des bœufs musqués à l'épaisse toison laineuse. D'ailleurs, l'ancien nom inuit d'Ellesmere était *Umingmak Nuna*, ou « Pays du bœuf musqué ».

Derrière la piste d'atterrissage, des touffes d'herbe bleue dépassaient de la neige, tandis que de larges bandes de limon et de terre étaient semées de pavots arctiques jaunes et de mouron blanc.

Kat trouva du réconfort dans ces pionniers de l'extrême, capables de résister aux pires conditions climatiques.

Son regard se posa ensuite sur l'ensemble de bâtiments qui, peints en orange, se détachaient au mieux sur la neige. Painter s'y dirigea sans prêter attention aux alentours ou presque.

Tandis que le Gulfstream, en manœuvre derrière eux, s'apprêtait à redécoller pour Thulé, Kat chercha le lièvre disparu.

Espérons que nous serons aussi experts que lui en techniques de survie.

Les membres d'un comité d'accueil les attendaient à l'entrée de la station Aurora, tous agglutinés dans le courant d'air chaud et humide qui s'échappait des portes béantes. Painter avança vers eux d'un pas décidé, comme s'il voulait fuir le froid glacial, les intempéries, mais, Kat le savait, il était surtout motivé par le sort de Safia al-Maaz.

La base était en train de se barricader en prévision de la tempête. Deux autoneiges descendaient lentement la rampe d'un garage souterrain. Quant aux quelques Cessna stationnés près du tarmac, ils étaient protégés par des bâches goudronnées et des chaînes d'arrimage. Les hangars n'avaient sans doute pas la place d'accueillir les appareils les plus modestes. En revanche, Kat y aperçut un splendide avion d'affaires Learjet. Au moment où les portes d'un autre entrepôt se refermaient lourdement, elle discerna aussi la queue d'un énorme Boeing en version cargo.

Cet endroit a presque tout d'un aéroport classique.

Compte tenu de l'extrême isolement de la station, il n'y avait peut-être pas de quoi s'étonner.

Les Américains furent invités à rejoindre l'atmosphère réconfortante du hall. Bien qu'elle n'ait passé que quelques minutes dehors, Kat soupira d'aise en sentant une douce chaleur l'envelopper.

Dès que les portes eurent coulissé de manière hermétique derrière eux, le responsable du site s'avança, souriant. Il s'agissait de Simon Hartnell en personne. À la grande surprise de Kat, le P.-D.G. de Clyffe Energy – en jean, gros col roulé en laine et bottines de sécurité élimées – assumait lui-même la vile tâche d'accueillir les visiteurs.

— Bienvenue au bout du monde, déclara-t-il avant de tendre le bras vers le nord. D'accord, peut-être pas *tout au bout*, mais je suis sûr qu'on l'aperçoit d'ici.

Elle sourit, même si elle le soupçonna de leur servir une blague éculée, qui relevait d'un cérémonial bien rodé censé mettre le nouvel arrivant à l'aise. À son tour, elle joua son rôle.

— Merci. Avec la tempête qui menace, nous n'étions pas certains d'arriver.

— Nous vous sommes reconnaissants de nous recevoir aussi vite, ajouta Painter, plus réservé.

— Oh ! Les inspections font partie intégrante de la vie de n'importe quelle entreprise, l'excusa Hartnell. Et le DARPA est toujours le bienvenu. Sans vos recherches au sein du HAARP, la station Aurora n'existerait pas. (Son sourire s'élargit.) De plus, vous m'offrez l'occasion de me pavaner un peu. Nous sommes tous très fiers de notre travail ici et de ses retombées prometteuses.

— Dans la lutte contre le changement climatique ? s'enquit discrètement Kat.

— Exact. À l'heure où je vous parle, nous avons lancé trente-quatre projets différents, mais l'objectif n° 1 d'Aurora est d'étudier, de surveiller et de tester différents modèles théoriques susceptibles d'enrayer le réchauffement mondial.

— Noble cause, apprécia Painter.

Le P.-D.G. haussa les épaules.

— Et, je l'espère, rentable. En dépit de ma grande fortune, j'ai toujours un conseil d'administration à rassurer.

Il pivota sur ses talons et les incita à le suivre.

— Nous en discuterons mieux demain matin. Même si le soleil brille encore, il se fait tard. Je vais vous montrer vos appartements.

Un couloir bleu pastel menait à un ascenseur.

— Les quartiers d'habitation se situent au dernier sous-sol, expliqua-t-il en pénétrant dans la cabine. C'est l'endroit le mieux isolé naturellement et le plus facile à garder au chaud.

Il appuya sur le bouton B4.

Kat avait étudié le plan du site. Les bâtiments supérieurs étaient posés sur quatre niveaux souterrains, qui abritaient des laboratoires, des bureaux, des salles de travail, des aires de stockage et même un vaste espace de détente avec court de tennis, piscine et cinéma.

Une ville à part entière.

Retrouver Safia dans un tel labyrinthe ne serait pas une mince affaire.

Kat avait aussi remarqué les petites caméras du hall, preuve que l'ensemble du complexe devait être sous surveillance vidéo. Elle se rappela le visage dépigmenté du responsable de la sécurité : Anthony Vasiliev, *alias* Anton Mikhailov.

Si Hartnell avait embauché Anton et sa sœur – deux anciens membres de la Guilde –, combien d'autres avaient été recrutés pour défendre la station ?

Elle sentit presque des yeux bleu glacier l'observer.

À coup sûr, Hartnell avait mené une enquête approfondie sur ses deux visiteurs et sur leur couverture. Il le confirma dès que les portes de l'ascenseur se rouvrirent.

— Painter Crowe. J'ai entendu parler de vous.

— Ah ? souffla l'intéressé, à peine étonné.

Vu le planning serré, Kat n'avait pas pris la peine de leur créer de fausses identités. Painter et elle travaillaient au service du DARPA depuis longtemps, ce qui était vrai et corroborait donc leur histoire. Même les plus fins limiers n'auraient pu établir, dans une quelconque archive, leur rôle au sein de Sigma ni, d'ailleurs, l'existence même de la Sigma Force. Quant aux agents de sécurité de Hartnell, ils n'avaient aussi eu que quelques heures pour préparer l'inspection-surprise. La vérification des antécédents n'avait donc pu être que très sommaire.

— Oui, reprit Hartnell. À mon avis, vous êtes le Painter Crowe qui a fait breveter un circuit micro-relais à température contrôlée.

— Exact, répondit l'Américain, intrigué.

Hartnell sourit.

— Plus de soixante-dix mille de vos circuits sont installés ici. Un bijou de micromécanique ! La façon dont vous avez traité la dissipation de chaleur… Du pur génie ! Un de ces jours, je serai peut-être obligé de vous voler au DARPA.

Eh bien, bonne chance, pensa Kat.

L'homme les conduisit dans une vaste salle commune qui, à ce moment-là de la soirée, était quasi déserte. Quelques curieux levèrent le nez de leur assiette. Un nuage de vapeur chargé d'effluves d'ail émanait de la cuisine attenante.

— Si vous avez faim, il y a ici de quoi manger vingt-quatre heures sur vingt-quatre. Malheureusement, vu l'heure tardive, nous ne pourrons vous offrir qu'un menu restreint. En revanche, nous servons le meilleur café du monde.

Kat acquiesça, tentée par la seconde proposition.

Hartnell les entraîna ensuite vers un couloir à gauche.

— Par avance, je vous présente mes excuses. Je crains que nos installations ne soient assez spartiates. En compensation, je vous ai obtenu des chambres côte à côte.

— Aucun problème. Nous serons repartis avant même que vous ne vous en rendiez compte.

Espérons qu'il dise vrai.

Hartnell leur fournit des cartes magnétiques.

— L'ensemble de la station est géré par un système électronique. Normalement, ces badges sont même connectés à votre emploi du temps, de manière à régler le thermostat de votre chambre en conséquence. Ils gardent trace de tout.

Kat se sentit quelque peu déstabilisée et elle se demanda si ce n'était pas le but inavoué de leur hôte.

— Comme je vous le disais, nous ferons mieux connaissance demain et nous veillerons à ce qu'avec nos efforts ici, le DARPA en ait pour son argent.

— Merci, répondit-elle en étouffant un bâillement sincère.

— Je vous laisse vous installer.

Et, après les avoir salués d'un coup de menton, il s'éloigna.

Le temps de présenter son badge devant la serrure, Painter lorgna la caméra fixée au plafond du couloir.

— Nous devrions piquer un somme.

— Bonne idée, répondit Kat, complice.

Ils rejoignirent leurs chambres respectives. Au moment de franchir le seuil, Kat prit conscience que sa définition du terme « spartiate » différait radicalement de celle de leur hôte. On se serait cru au Four Seasons ! Il y avait du parquet, sans doute un système de chauffage au sol et, sur le lit *king size*, du linge en soie damassée. Un mur était muni de rideaux, tout juste entrouverts pour laisser apparaître un écran plasma qui diffusait une scène de plage ensoleillée, caressée par les vagues, comme si la pièce donnait sur la mer des Caraïbes. Une musique douce emplissait l'atmosphère. Dans la salle de bains en marbre, la jeune femme aperçut aussi une baignoire balnéo et une douche hammam.

Elle secoua la tête, persuadée que Hartnell avait voulu leur faire la surprise.

Nous aussi, nous aurons nos propres surprises.

Elle se dirigea vers le lit et y posa sa valise, où un compartiment secret abritait un Sig Sauer. Pour l'instant, elle se retint d'ouvrir quoi que ce soit et inspecta le reste de la pièce.

Soudain, on frappa à la porte qui communiquait avec la chambre de Painter. Elle ouvrit à l'aide de son badge et son patron entra sans bruit, pendant qu'elle restait debout, les bras croisés. Il arpenta la chambre d'un bout à l'autre, salle de bains comprise, muni d'un appareil étrange qu'il approchait régulièrement des murs ou des conduits d'aération.

Enfin satisfait, il annonça :

— J'ai l'impression que les deux chambres sont *clean*. On devrait pouvoir parler sans risque.

— Et maintenant ? demanda-t-elle, prête à sortir son arme et à la réassembler.

— On retrouve Safia.

Le regard du chef Crowe luisait d'inquiétude. Or, pour leur sécurité commune, elle avait besoin qu'il ait les idées claires et qu'il reste concentré sur la mission.

— Rassurez-vous, elle est vivante. Ils ne l'auraient pas emmenée si loin pour la tuer. Elle leur est utile à quelque chose.

— Mais à quoi ? rétorqua Painter.

— Bonne question. Si nous parvenons à le découvrir, nous aurons de meilleures chances de la localiser. Par où commencer ?

Un peu rasséréné, il se remobilisa et indiqua le couloir.

— Commençons par quelques tasses du meilleur café du monde… et allons faire connaissance avec nos voisins.

* * *

23 h 26

Cela n'a pas de sens.

Installée dans la bibliothèque de la station, Safia frotta ses yeux fatigués. Rory et elle avaient passé la majeure partie de la journée à recopier les hiéroglyphes tatoués sur le corps de la princesse égyptienne. En raison de son âge avancé et de sa peau parcheminée par le rituel d'embaumement, la tâche s'était révélée laborieuse. Et ce n'était pas leur combinaison de biosécurité qui leur avait facilité la vie.

Certains fragments avaient été simples à déchiffrer, comme s'ils dataient de quelques années et non de plusieurs millénaires. D'autres avaient nécessité l'utilisation de lampes à rayons ultraviolets ou infrarouges. Et puis il y avait eu le défi de l'anatomie, comme lorsqu'il fallait accéder aux glyphes situés entre les cuisses desséchées ou les lire sur de minuscules orteils.

Au bout de neuf heures, ils avaient peu à peu abouti à une reproduction complète, qu'ils avaient numérisée afin d'aider à la manipulation et d'améliorer la lisibilité des tatouages abîmés. Safia avait affiché sur son ordinateur un segment du résultat final. Truffé de blancs, on l'aurait cru mangé aux mites.

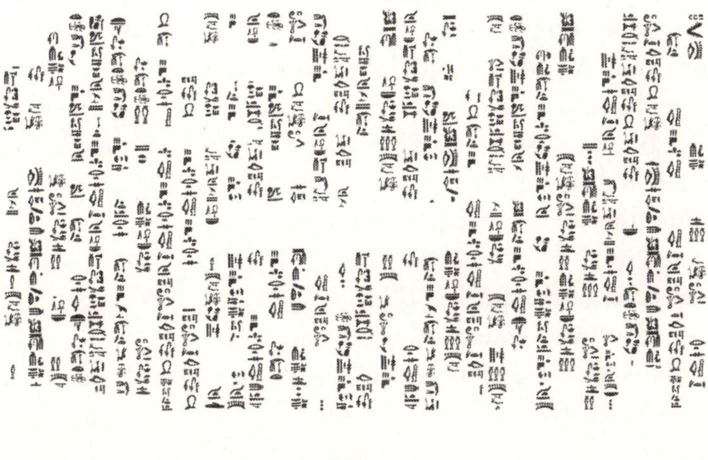

Malgré le soin extrême de leur travail, certains tatouages étaient franchement irrécupérables. En ultime recours, les experts avaient installé un scanner topographique en 3D autour du corps assis sur son trône. Depuis, les quatre lasers de l'appareil identifiaient les moindres coins et recoins, au point de pénétrer les couches de l'épiderme. Le logiciel d'imagerie était même capable d'étirer la peau dans l'espoir d'en révéler davantage.

Revers de la médaille : le processus, très lent, s'étalait sur plusieurs heures.

En attendant, les deux Britanniques s'étaient rendus à la bibliothèque, où ils tentaient de traduire les rares sections récupérées intactes sur la momie. Jusqu'à présent, hélas, leurs progrès n'étaient guère brillants.

— Tout n'est qu'un vaste charabia, souffla Safia.

Face à elle, Rory s'échinait sur la même énigme.

— Mais non ! Pourquoi cette femme se serait-elle donné autant de mal pour tatouer l'ensemble de son corps si cela n'était qu'un tissu d'inepties ?

— Il pourrait s'agir de simples ornements. J'ai entendu dire que des gens se faisaient tatouer des idéogrammes chinois sans se rendre compte que c'étaient des âneries.

— Je n'y crois pas une seconde.

— Moi non plus, soupira-t-elle. Notre princesse cherchait sans doute à protéger quelque chose d'important.

Mais quoi ?

— Si nous reprenions du bon pied demain matin ? suggéra Rory. Il est tard et nous sommes fatigués. Après une bonne nuit de sommeil, nous essaierons de combler d'autres trous.

Sa collègue acquiesça d'un air frustré.

— J'ai l'impression de lire un livre où il manque un mot sur deux et où, sur ceux qui restent, la moitié des lettres ont été effacées.

— Comme les fesses carbonisées sont irrécupérables, nous avons aussi perdu la partie postérieure de l'ouvrage.

— Exact.

Rory ne put réprimer un bâillement.

Elle sourit.

— Nous nous réattellerons à la tâche quand nous arriverons à garder les yeux ouverts.

— Peut-être pas celui-là, répondit-il, le doigt pointé sur son coquard, souvenir douloureux du coût de l'échec.

Assis près de la porte, son agresseur, Anton, ne les quittait presque jamais du regard.

— Nous y arriverons, promit-elle à Rory.

Ils commencèrent à fermer boutique et prirent chacun leur ordinateur. Sa machine avait beau être ultraverrouillée, Safia pourrait quand même contacter Rory par mail ou par vidéo au cas où l'un d'eux aurait une idée de génie durant la nuit.

— Une dernière question, reprit-elle. Une bande rectangulaire de peau manque à l'appel. Selon toi, ton père l'aurait prélevée pour la faire analyser ?

— Et tenter d'établir la nature précise de la momification. Il la trouvait bizarre.

— À quel titre ?

— Il croyait que le rituel observé par la princesse avant d'être enterrée vivante était unique en son genre. Cependant, il ne m'a jamais donné de détails. Nous n'avions droit qu'à une heure de conversation chaque semaine. (Il se retourna vers Anton.) Enfin, si nous faisions tous les deux ce qu'on nous demandait.

Safia imagina la partie absente de hiéroglyphes sur leur reconstruction modélisée.

— A-t-il recopié ce qui aurait pu être écrit sur le fragment découpé ?

— Aucune idée, mais, si c'est le cas, ses notes ont dû être détruites avec le reste.

— Qu'est-ce qu'Harold essayait de cacher ? marmonna-t-elle dans sa barbe.

Rory l'entendit.

— Apparemment, quelque chose qui valait de se sacrifier.

Safia tressaillit et lui effleura le bras.

— Pardon.

Il fixa ses pieds, le ton empli d'amertume.

— Et il m'a laissé recoller les morceaux.

Le jeune homme avança d'un pas décidé vers la sortie. Elle s'empressa de le rattraper en cherchant des mots de réconfort. Elle avait du mal à imaginer l'ampleur de son désarroi. Non seulement il devait surmonter le chagrin d'avoir perdu son père, mais il en voulait aussi à Harold de l'avoir abandonné. Le vieux professeur avait choisi de risquer sa vie et laissé son fils entre les griffes de leurs ravisseurs. À présent, Rory était forcé de suivre ses traces.

Safia s'interrogea sur l'ultime décision d'Harold.

Avait-il agi par égoïsme ou par désespoir ?

Au moment où elle rejoignait Rory, on frappa à la porte de la bibliothèque. Anton leur fit signe de reculer, puis il alla ouvrir en faisant écran de son corps pour boucher la vue. Au terme d'un échange bref, on lui remit un dossier.

Le Russe referma la porte et le leur tendit.

— Les résultats d'analyse.

Un temps déconcertée, Safia prit le document. Il s'agissait d'une étude ADN de leur sujet – la première d'une longue série de tests, depuis les échantillons de tissu jusqu'à la datation au carbone 14. L'archéologue n'aurait pas cru obtenir des résultats si rapides, pourtant elle aurait dû s'en douter, eu égard à l'identité de l'homme qui finançait l'opération.

Elle s'écarta de la porte et, sans attendre rien de sensationnel, elle entraîna Rory sur ses talons. Elle avait demandé une analyse génétique de l'ADN autosomique et mitochondrial de la momie dans l'espoir de retracer l'ascendance de la princesse. Avec un peu de chance, ils récolteraient des indices sur *la région précise* de l'Égypte antique où elle avait pu vivre.

Le dossier comprenait plus de trente pages de résultats détaillés, y compris des graphiques et des schémas. En couverture figurait néanmoins un résumé, dont elle lut la dernière phrase à haute voix :

— « Le sujet possède plusieurs allèles et marqueurs probants, mais l'élément le plus significatif est la présence de l'haplogroupe K1a1b1a, suggérant l'existence d'un ancêtre du Levant, alors qu'en même temps, on note l'absence de sous-clade I2, caractéristique d'une origine égyptienne. »

— L'archéogénétique n'a jamais été ma tasse de thé, marmonna Rory. Qu'est-ce que cela veut dire ?

Safia se remémora le corps ravagé de la femme sur le trône.

— Cela signifie qu'elle n'est *pas* égyptienne.

— Quoi ?

Elle relit intérieurement le passage clé de la phrase : « suggérant l'existence d'un ancêtre du Levant ».

— Je crois... Je crois qu'elle est juive.

* * *

23 h 55

Simon émergea nu du bassin d'eau glacée. Tremblant, il attrapa une serviette sur le radiateur et se sécha vigoureusement.

C'était son rituel avant d'aller se coucher. Remplie d'une eau maintenue à 13° C, sa petite piscine personnelle ne mesurait qu'un mètre de large, mais trois mètres cinquante de profondeur. Chaque soir, il sautait dedans et descendait attraper un anneau en inox vissé au fond. Il s'y cramponnait jusqu'à ce que ses poumons n'aient plus d'oxygène, puis remontait vite à la surface.

Déjà il sentit l'effet délassant de son plongeon vivifiant, un des multiples bénéfices du cérémonial. L'exercice était aussi censé améliorer la circulation lymphatique, renforcer le système immunitaire et faire fondre la graisse brune afin de favoriser la perte de poids. En tout cas, l'impact cardiovasculaire était net, tant le cœur de Simon tambourinait dans sa poitrine.

Il frissonna encore une fois, puis enfila un gros peignoir.

Il avait l'impression de dormir beaucoup mieux depuis qu'il s'infligeait sa séance de cryothérapie. Cela l'aidait à remettre son corps en phase dans un pays où la nuit ou le jour duraient des mois entiers.

L'esprit plus clair, il chassait aussi les contrariétés de la journée.

Comme la visite-surprise de deux inspecteurs du DARPA.

Pourquoi maintenant ?

Un essai expérimental crucial était programmé dans moins de quarante-huit heures. Les conditions étaient idéales. Non seulement la tempête qui s'annonçait était chaude et humide – phénomène rare dans une région aussi aride –, mais elle coïncidait avec un orage géomagnétique créé par une puissante éruption solaire deux jours plus tôt. Tout était en place, et Simon détestait l'idée de devoir reporter son test.

Le cerveau en ébullition, il se dirigea pieds nus vers sa bibliothèque. Son immense suite s'étendait sur tout un cinquième sous-sol privé, où seule une poignée d'employés avait accès. En franchissant le seuil de la bibliothèque, il apprécia la chaleur douce qui émanait du plancher raboté à la main. La pièce était un mélange d'ancien et de moderne. Trois murs étaient tapissés d'étagères en acajou, qui accueillaient des ouvrages parfois séculaires ainsi que de nombreux trésors et curiosités présentés en vitrine.

Un mur entier était consacré à Nikola Tesla. Un véritable musée ! Même l'écran plasma qui s'alluma à l'arrivée de Simon afficha un panorama de Manhattan tel qu'on le voyait depuis l'ancienne suite de l'inventeur à l'hôtel New Yorker, chambre 3327, dont la porte restait ornée d'une plaque commémorative.

C'est là-bas qu'il s'est éteint et que la passion de ma vie, elle, a commencé.

Simon contempla son plus beau trophée : un gros livre noir qui trônait sous un globe, doucement éclairé par le dessus.

Le lendemain du décès de Tesla en 1943, son neveu Sava Kosanović s'était précipité à l'hôtel, mais la dépouille de son oncle avait déjà été enlevée et sa chambre mise à sac. Des tonnes de documents techniques avaient disparu, notamment un carnet de plusieurs centaines de pages sur lequel Tesla lui avait demandé de veiller après sa mort. Le FBI avait mené l'enquête et confisqué le reste des dossiers, aussitôt déclarés de sécurité nationale par le gouvernement.

Rien d'étonnant.

Simon jeta un œil à un article du *New York Times* encadré au mur et daté du 11 juillet 1934. En titre : TESLA, SOIXANTE-DIX-HUIT ANS, DÉVOILE UN NOUVEAU RAYON DE LA MORT. L'article parlait d'un canon à particules capable d'abattre dix mille avions à des centaines de kilomètres de distance. Persuadé que son invention n'était pas une arme de guerre, mais plutôt un vecteur de paix internationale, l'homme estimait que, si tous les pays possédaient un tel rayon, les conflits cesseraient aussitôt. Il voulait aussi s'en servir pour transporter le courant sans fil, voire pour chauffer les couches supérieures de l'atmosphère, créant ainsi une aurore boréale artificielle qui éclairerait le ciel nocturne d'un bout à l'autre de la planète.

Le milliardaire sourit.

Tesla était un visionnaire, en avance sur son temps.

Sauf que, là, l'heure avait enfin sonné.

Simon admira le carnet noir, dont chaque page était soigneusement remplie en serbe, langue maternelle de son mentor. Il l'avait découvert en cofinançant la rénovation et l'extension du musée Tesla à Belgrade. En 1952, le gouvernement avait rétrocédé les dossiers de l'inventeur à son neveu, qui les avait confiés aux bons soins de l'établissement. Néanmoins, même Sava était au courant qu'une bonne partie des dossiers avaient été conservés par les États-Unis et, en particulier, par la NDRC[1], Commission nationale de recherche pour la défense, dirigée à l'époque par John G. Trump, oncle d'un certain magnat new-yorkais de l'immobilier.

Au bout du compte, les faits avaient donné raison au neveu.

Simon avait dépensé des millions de dollars pour retrouver les documents manquants, puis, un jour, il avait appris qu'à sa mort en 1985, John Trump avait légué une quantité astronomique d'archives scientifiques au M.I.T., son *alma mater*. Aussitôt, il y avait envoyé un expert, chargé de passer au crible la montagne de dossiers en quête de la moindre information sur Tesla.

La démarche de Simon n'avait rien d'un coup de poker. Plus tard, John Trump avait fondé la *High Voltage Engineering Corporation*[2], qui produisait les générateurs de Van de Graaf, très inspirés de la bobine Tesla. Selon l'Académie nationale d'ingénierie des États-Unis, Trump était un « pionnier dans les applications scientifiques, techniques et médicales des appareils à haute tension ».

Un éloge qui s'appliquait aussi très bien à Tesla.

1. En anglais : *National Defense Research Committee.*
2. Littéralement : Société de production de haute tension.

Méfiant, en particulier depuis que John Trump avait supervisé la fermeture de la NDRC, Simon avait demandé à l'enquêteur de fureter partout. Ce dernier avait alors exhumé un simple carnet griffonné en serbe.

Simon contempla l'ouvrage derrière la vitrine.

L'ultime journal de bord de Tesla.

Sans surprise, la NDRC n'y avait pas prêté grand intérêt. Il ne s'agissait *pas* d'un traité sur la fabrication d'une arme à faisceau de particules (du moins, pas complètement), mais plutôt d'un récit farfelu de faits qui remontaient à 1895. Plus tard, lors d'un entretien, Tesla évoquerait les secrets de son fameux carnet, déclarant qu'il avait découvert la nature véritable de l'électricité « grâce à une source nouvelle et insoupçonnée ».

Ce qui, en effet, était le cas.

Si Trump et la NDRC n'y avaient vu qu'une œuvre de pure fiction, Simon, en revanche, l'avait prise pour argent comptant. Désireux de vérifier les allégations du livre, il avait versé des millions de dollars à des associations caritatives en Afrique, notamment pour des projets immobiliers le long du Nil qui, à leur tour, impliquaient le financement de fouilles archéologiques. Dans la mesure où les universités avaient un mal fou à mener leurs travaux à bien, surtout les coûteuses expéditions de terrain, il n'avait pas été compliqué de soutenir leurs efforts afin qu'elles servent ses propres ambitions.

Et puis, voilà deux ans, après une décennie de recherches guidées par de maigres indices, Simon avait trouvé ce que Tesla avait juré de ne jamais révéler.

Un vrai miracle, qui n'allait pas sans de gros risques.

La pandémie actuelle en était la preuve.

La mine sombre, Simon comprit pourquoi Tesla et ses deux comparses avaient conclu un pacte de silence. Ce qu'ils avaient mis au jour dépassait de loin leurs capacités de maîtrise. La menace d'échec était trop importante.

Ils avaient donc préféré l'enfouir en plein désert, jusqu'à ce que le monde soit prêt.

Simon serra le poing de détermination.

J'accomplirai ce que Tesla n'a pas pu faire.

Dans l'intérêt des peuples de la planète.

Peu importait le prix.

Un carillon résonna derrière lui. L'homme se tourna vers le seul mur sans étagères. Une série d'écrans de contrôle y étaient ses yeux numériques au sein de la station. Il s'approcha et accepta l'appel vidéo. Chaque jour à minuit, c'était le même rituel.

Le visage d'Anton apparut au centre, prêt à lui livrer son tout dernier rapport de la journée.

— Avez-vous mis vos protégés au lit ? demanda Simon.

— Le Dr al-Maaz est enfermée à double tour dans sa chambre. Elle a réalisé des progrès notables aujourd'hui, notamment avec une découverte qui, je pense, avait même échappé au professeur McCabe.

— À quel propos ?

— Le sujet du laboratoire… la femme momifiée… Elle n'est pas égyptienne, mais plutôt d'origine juive.

— Juive ?

— On ignore encore ce que cela signifie. Les travaux reprendront demain.

Simon s'assit, le temps d'analyser la portée de la nouvelle. Après avoir récupéré le carnet de Tesla et les plans qu'il contenait sur le microbe électrique, il avait cherché à domestiquer le virulent organisme par des moyens à la fois scientifiques et historiques.

Dans ses écrits, Tesla avait évoqué un embryon de solution, mais la réponse semblait l'effrayer au point qu'il avait renoncé à donner davantage de détails.

C'était *la* pièce du puzzle qui empêchait le milliardaire de parachever son œuvre. Tout avait beau couler de source en théorie, la moindre défaillance risquait de provoquer une catastrophe écologique, en comparaison de laquelle la terrible marée noire de l'*Exxon Valdez* ne serait qu'une simple tasse de lait renversée.

En même temps, le monde se heurtait à une menace encore plus redoutable.

À Ellesmere, le réchauffement climatique modifiait déjà la composition chimique des étangs et des zones humides, entraînant la disparition de certaines espèces et d'habitats. Or, ce n'était que le sommet émergé du proverbial iceberg en train de fondre. Selon les chercheurs, si on ne faisait rien pour enrayer le mouvement, la biosphère planétaire pourrait avoir disparu avant la fin du siècle.

À moins qu'un réel visionnaire n'entre en scène.

Simon réfléchit aux défis qui l'attendaient. Le test censé débuter d'ici à quarante-huit heures n'était qu'une première phase, un essai local qui permettrait d'apporter la preuve concrète du concept. Question : allait-il oser se lancer, surtout qu'à présent, la station était placée sous surveillance ?

— Et nos invités ? enchaîna-t-il. Nos amis du DARPA ?

— Aux dernières nouvelles, ils papotaient à la cafétéria.

— Vous avez bien vérifié leurs antécédents ?

Anton hocha la tête.

— Ils travaillent pour le DARPA depuis près de dix ans.

Parfait.

Simon n'avait pas besoin de soucis supplémentaires.

— Demain, nous leur organiserons la visite guidée officielle, puis nous les renverrons chez eux au plus vite.

Un détail chez eux continuait néanmoins de le chiffonner, une sensation inexplicable. Et l'homme se fiait à son intuition. Comme Tesla l'avait dit un jour, « l'instinct est quelque chose qui transcende la connaissance ».

— Gardons-les à l'œil, Anton.

— Bien sûr.

— À part cela, des nouvelles du Soudan ? Comment votre sœur gère-t-elle l'autre problème ?

— L'affaire suit son cours. Elle ne devrait pas tarder à être réglée.

— Excellent.

Après s'être entretenu de quelques autres points mineurs, Simon raccrocha.

Il resta assis un moment, puis alluma un écran branché sur une autre caméra de surveillance de la station. Une grotte apparut. Éclairée par de puissantes lampes halogènes, elle faisait partie de l'ancienne mine Fitzgerald où, jadis, on exploitait le nickel et le plomb. Inondée un demi-siècle auparavant, la caverne restait gelée en permanence, étant donné la profondeur à laquelle elle se situait. Le milliardaire se rappela la première fois qu'il l'avait vue, au moment de la construction d'Aurora. Les eaux y avaient été d'un bleu limpide, presque en souvenir du ciel.

Au bout du compte, le vieux puits de recherche avait servi de parfait réservoir de stockage.

Simon observa le lac. La longue passerelle métallique qui la traversait se reflétait à la surface. En revanche, les eaux n'étaient plus d'un azur cristallin, mais d'un rouge sombre, comme si on y avait déversé du sang.

Avec un frisson d'appréhension, il se remémora une autre citation de Tesla et se demanda si le Serbe avait anticipé ce qui menaçait d'arriver quand le secret de son journal serait dévoilé.

Vous risquez d'assister à des atrocités qui, de la main de l'homme, dépasseront l'entendement.

Une fois n'est pas coutume, Simon pria pour que son inspirateur se trompe.

TROISIÈME PARTIE

LE DIEU RÊVEUR

Σ

CHAPITRE 15

3 juin, 6 h 18
Désert du Soudan

Le soleil levant lui assena un coup de massue.

Ébloui au volant, Gray pesta à voix basse face à l'astre roi qui jaillissait au-dessus des dunes rocheuses. Le ciel avait beau s'être éclairci depuis une heure, l'Américain n'était pas préparé à une arrivée aussi flamboyante du jour.

Pendant qu'il conduisait, les autres dormaient ou somnolaient. Sur la banquette arrière, Jane s'était blottie près de Derek qui, la tête renversée, avait la bouche grande ouverte. Le menton posé sur la poitrine, Kowalski ronflait si fort qu'il faisait quasi jeu égal avec le vrombissement rauque du moteur. Quant à Seichan, elle était assise à l'avant, la tête appuyée contre la vitre.

Le seul membre encore éveillé du groupe fonçait à vive allure devant ce gros balourd d'Unimog. Au guidon d'une antique Suzuki Tracker, le jeune Ahmad allait et venait avec dextérité, le gros pneu de sa roue arrière se jouant des pièges du terrain. L'adolescent était allé chercher sa fidèle moto des sables juste avant leur départ de Rufa'a. Kowalski avait aidé à la hisser sur le plateau arrière du camion, où Anjing, le chien, dormait désormais au milieu des bagages.

Trois heures plus tôt, Ahmad les avait conduits là où la famille de son cousin avait retrouvé le professeur McCabe en plein désert. Hélas, l'examen du site ne leur avait pas fourni l'ombre d'un indice. Ce qui n'avait pas été piétiné par les équipes d'investigation locales avait été balayé par les vents puissants et les tempêtes de sable. Les dunes, en mouvement permanent, avaient aussi effacé les empreintes de l'explorateur jusque-là.

Ils s'étaient donc remis en route en direction de la croix marquée sur le plan de Derek. Ahmad avait déchargé sa moto et pris la tête des opérations, à l'affût d'une trace résiduelle du professeur McCabe. Loin devant, il balayait le terrain en larges arcs de cercle et avait choisi de piloter sans phare, persuadé d'avoir une meilleure visibilité à la lumière de la lune et des étoiles.

Derrière, Gray faisait la même chose, sauf qu'à mille lieues de posséder le regard perçant d'un nomade du désert, il préférait laisser ses phares tracer un chemin éclatant devant lui. Depuis une heure, ils s'étaient engagés dans une zone très vallonnée, aux collines érodées par le vent et le soleil.

Seichan remua à côté de lui. Elle étira son bras, se cambra et protégea ses yeux contre la lumière étincelante de l'aube.

— Quelle heure est-il ?

— L'heure de trouver un abri. D'ici peu, il régnera ici une chaleur infernale.

— Nous sommes encore loin des coordonnées de Derek ?

Gray consulta la carte GPS sur son téléphone satellite.

— Encore trente bons kilomètres de route cahoteuse.

À voir les versants déchiquetés devant eux, traversés par des canyons asséchés appelés « *wadis* » et des crêtes sculptées au gré du vent, on comprenait le choix judicieux de leur véhicule. L'Unimog avait peut-être une vitesse de pointe d'à peine cent kilomètres à l'heure, mais il compensait son manque de nervosité par une adhérence à toute épreuve. Avant de se lancer à l'assaut des sommets, ils pouvaient toutefois se dégourdir un peu les jambes et se remplir l'estomac.

Ahmad devait avoir eu la même idée. Loin devant, il exécuta un demi-tour, qui souleva une gerbe de sable, puis il pointa le doigt vers une petite falaise, au pied de laquelle ils profiteraient d'une douce oasis ombragée.

Gray roula lentement jusqu'à lui, pendant que les autres se réveillaient de plus ou moins bonne humeur.

— Nous allons faire une courte pause, annonça-t-il. Et laisser les moteurs refroidir avant le rallye final.

Kowalski poussa un long soupir.

— Bien. Parce qu'il faut aussi que j'aille pisser un coup. J'ai bu *vachement* trop d'eau.

Ahmad mit pied à terre et les attendit. Il sautillait sur place et agitait le bras, impatient de les retrouver.

Comment ce gosse fait-il pour avoir autant d'énergie ?

Gray gara l'Unimog à l'ombre. Un aboiement joyeux résonna à l'arrière et Anjing courut rejoindre son jeune maître. Pendant que les deux amis entamaient une longue danse de retrouvailles, tout le monde descendit de voiture.

— Venez voir, vite ! s'écria l'adolescent.

Gray entraîna ses camarades vers lui, tandis que Kowalski partait soulager sa vessie.

— Regardez ! Des empreintes de pas.

— Aucun doute, confirma l'Américain. Ce sont bien des traces de bottes. Et le sable a été creusé, comme si quelqu'un s'était aménagé un lit plus frais pour la nuit.

— Ou le jour, rectifia Jane. Papa connaissait le désert. Il n'aurait voyagé qu'à la nuit tombée.

— Harold était un dur à cuire, renchérit Derek.

— Sauf qu'il nageait en plein délire, rappela Seichan. Dieu seul sait qui a pu camper ici.

— *C'était* mon père. J'en suis certaine.

L'archéologue tomba à quatre pattes et, du plat de la main, elle caressa la zone ombragée en formant une longue spirale.

Derek lui effleura l'épaule.

— C'était peut-être lui, Jane, ou peut-être pas.

Elle se dégagea aussitôt.

— S'il s'agissait bien de mon père, il a pu laisser…

Du bout des doigts, elle exhuma quelque chose. Surprise, elle ôta vite sa main. En fait, elle avait touché le fond d'un récipient en verre, scellé par un bouchon de caoutchouc.

Gray s'agenouilla près d'elle.

— Laissez-moi faire.

Il extirpa l'objet du sable : c'était une éprouvette, dans laquelle on avait roulé quelque chose.

Jane se rassit sur ses talons, les yeux ronds.

— Mon père a dû vouloir la cacher à ses ravisseurs et il l'a enfouie ici au cas où il se ferait de nouveau capturer.

— De quoi s'agit-il ? intervint Seichan.

Conscient que le professeur souffrait d'une pathologie grave, Gray hésita à l'ouvrir. En même temps, les cousins d'Ahmad n'étaient pas tombés malades et le Britannique n'avait pas dissimulé l'éprouvette là-bas par hasard, espérant sans doute qu'elle serait retrouvée par les bonnes personnes.

Alors, soit.

Il dévissa le bouchon et fit tomber, au creux de sa paume, une bribe minuscule de parchemin. Les autres s'approchèrent au moment où il la déroulait. Vu l'âge vénérable du document, il prit d'infinies précautions.

Une fois le fragment déplié, il découvrit une ligne de hiéroglyphes tracés sur toute la longueur.

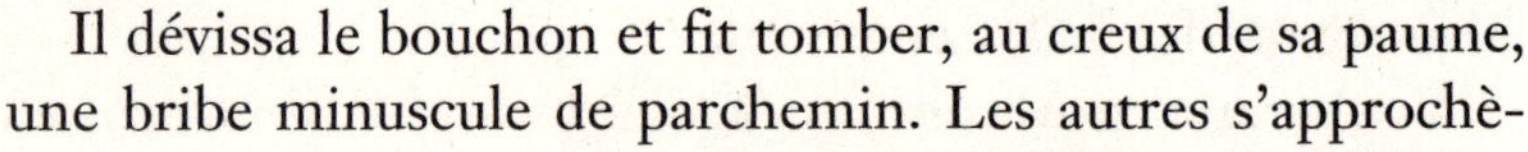

Jane se précipita avec avidité, la main tendue.

— Je veux jeter un œil.

Derek lorgna par-dessus son épaule.

— Observez bien le style des glyphes. Par exemple, la caille et le roseau. Le texte doit dater du Nouvel Empire.

— Vers la XVIIe ou la XVIIIe dynastie, approuva son amie.

— Qu'est-ce que ça raconte ? demanda Gray.

Jane resta pensive.

— La grammaire et la syntaxe sont étranges. Le texte parle de mener un bateau à l'embouchure d'un fleuve. Puis d'autre chose au sujet d'ossements d'éléphant.

Derek paraissait tout aussi perplexe.

— Pourquoi votre père se serait-il donné tant de peine pour cacher un vieux bout de parchemin ? s'étonna Gray.

— Déjà, il ne s'agit pas de « parchemin », corrigea Jane en frottant le matériau entre ses doigts. C'est du cuir, voire de la peau humaine tatouée.

— Et remarquez à quel point les bordures sont franches, ajouta Derek. Comme si le lambeau avait été découpé au scalpel.

— À en juger par son degré de desséchement, je dirais qu'il provient d'une momie.

— Mais pourquoi ? insista à nouveau le commandant.

Jane retourna la relique, puis elle se raidit et la lui tendit.

— Peut-être à cause de ceci.

Une suite à peine lisible de nombres et de lettres avait été griffonnée à la hâte au bas du fragment.

15°42'09.1"N 33°14'35.4"E

— Des coordonnées GPS, comprit Gray.

Sous le regard captivé de l'assemblée, il sortit son téléphone et entra les nombres à mesure que Jane les lisait à voix haute. Quelques instants plus tard, un point rouge lumineux apparut sur la carte.

— Qu'indique-t-il ? se renseigna Seichan.

— Un endroit situé à peine à trois kilomètres de notre destination initiale, répondit Gray. Tout près de la croix inscrite sur la carte de Derek.

Jane se remit aussitôt debout.

— Il faut aller là-bas !

La mine approbatrice, Gray roula le précieux document, qu'il rangea au fond de l'éprouvette, puis il indiqua le camion.

— Tout le monde en voiture !

Kowalski revint vers eux d'un pas pressé, apparemment préoccupé par ce qui se passait derrière lui et dans le ciel. Dans la précipitation, il avait oublié de remonter sa braguette.

— Un problème ? s'inquiéta Gray.

— Je crois que nous sommes suivis. Pendant que je pissais, j'ai vu un truc voler presque à l'horizon. Il a disparu sous les rayons aveuglants du soleil.

— C'était peut-être un oiseau, avança Derek. Les faucons, les milans et les vautours s'enfoncent loin dans le désert pour chasser, surtout au petit matin.

Gray adressa un regard appuyé au colosse.

— À votre avis ?

— Possible. Je ne sais pas. Enfin, avant d'apercevoir ce machin, je me sentais déjà observé.

Jane pivota vers Gray.

— Que nous conseillez-vous ?

L'agent Sigma pesa le pour et le contre. Kowalski n'était pas un génie, mais il possédait un instinct remarquable, surtout en matière de survie. En même temps, ils ne pouvaient pas repartir fissa vers le Nil sous prétexte qu'un vautour affamé les aurait effarouchés. Les enjeux étaient trop importants.

— Nous allons continuer, décida-t-il, mais nous surveillerons bien ce qui se passe derrière nous.

— Et dans le ciel, ajouta Kowalski en fermant enfin son pantalon. N'oubliez pas le ciel.

Seichan échangea un regard inquiet avec Gray. À Rufa'a, elle avait soutenu catégoriquement que la personne surprise à rôder autour de leur camion n'était pas un banal voleur. Ils pourraient en avoir ici la confirmation. Auquel cas, une conclusion s'imposait.

Nous fonçons droit dans un traquenard.

* * *

19 h 02

Valya vitupéra au moment où le drone atterrit sur le sable, près du campement. L'ASP[1] épuisé – un Raven RQ-11B – possédait une envergure d'un mètre vingt et pesait moins de deux kilos et demi. C'était un des deux engins volants dont ils s'étaient servis pour la surveillance aérienne. Chacun d'eux n'ayant qu'une autonomie de quatre-vingt-dix minutes, elle les utilisait en alternance, afin d'avoir toujours leurs cibles à l'œil, et elle changeait les batteries à tour de rôle.

Arrivée à Rufa'a en pleine nuit, elle avait suivi la lente progression de l'ennemi grâce à une petite station terrestre dissimulée sous une tente beige à motif camouflage. L'équipe avait élu domicile sur les collines qui dominaient la plaine jusqu'au Nil. Valya avait supposé, à raison, que leurs adversaires se rendraient d'abord à l'endroit où des indigènes avaient recueilli le professeur McCabe.

Consciente qu'il existait néanmoins une petite marge d'erreur, elle avait espéré poser un mouchard sur leur camion. Le genre d'appareil qui lui serait encore plus utile à présent ! De jour, ils n'osaient plus envoyer de drones. Déjà, le dernier

1. Aéronef Sans Pilote.

Raven était resté bien trop longtemps en vol. Pendant une fraction de seconde, ses caméras optiques avaient repéré le grand type en train de loucher vers l'ASP.

L'engin volant n'avait peut-être pas été identifié, mais Valya regrettait de ne pas l'avoir rappelé plus tôt. Elle avait décidé de courir le risque, dans l'espoir de distinguer ce qui avait ému le groupe quelques minutes auparavant. Très brièvement, elle les avait vus massés autour d'un objet qu'ils semblaient étudier avec soin. Hélas, le surplomb de la falaise l'avait beaucoup gênée.

Qu'ont-ils trouvé ?

Elle se posait surtout des questions sur l'itinéraire nocturne de l'Unimog. Le camion – précédé par une petite moto des sables – avait roulé droit vers eux, comme s'ils savaient où ils allaient. Elle avait imaginé qu'ils se seraient fixé une zone de recherche plus vaste, à multiplier les allers et retours dans l'espoir de localiser la piste du professeur.

Au lieu de quoi, leur trajet était des plus troublants.

Impossible qu'ils soient au courant de ce qu'il y a ici.

— Ils redémarrent, annonça une voix à son oreille.

C'était un éclaireur, chargé de surveiller le camion au moment où il quitterait son abri au pied de la falaise.

Un nuage de poussière s'éleva à trois kilomètres à l'ouest, le long de leur trajectoire. Valya avait envoyé six autres mercenaires sillonner les canyons et les collines. Sans compter le chef du bataillon.

— Vos instructions ? demanda Kruger, raide comme un piquet, à côté d'elle.

Willem Kruger – comme le reste de son équipe triée sur le volet – avait fait partie d'un commando de reconnaissance au sein des Forces spéciales sud-africaines. Ses hommes et lui avaient été évincés à grand bruit de leur brigade, accusés d'avoir offert un soutien armé à des bandits qui pratiquaient la traite d'êtres humains sur le continent. Elle ignorait si l'histoire était vraie. Elle ne connaissait que leur réputation d'hommes brutaux, efficaces et implacables.

Les paupières plissées, Kruger suivit la progression du nuage de sable.

— On leur tombe dessus maintenant ?

Le temps d'y réfléchir, Valya contempla l'emblème fixé au treillis beige de son interlocuteur : un poignard noir posé sur une couronne de lauriers verts. C'était son ancien insigne des Forces spéciales, sauf qu'à elle, la lame sombre évoqua un autre couteau : l'*athamé* de sa grand-mère.

Elle se rappela sa promesse de la veille, serment gravé dans une chair glacée. D'un air distrait, elle caressa la poignée noire de la dague, dont l'étui était dissimulé à l'intérieur de sa manche.

L'essentiel était d'appréhender Jane McCabe. Les autres n'avaient aucune importance.

— Non, pas encore.

Kruger parut intrigué.

— Je sais où ils vont, expliqua-t-elle, soudain convaincue de sa décision. C'est une voie sans issue.

Et encore plus s'ils découvrent ce qui y est caché.

* * *

8 h 08

Jane agrippa sa poignée de portière au moment où le camion roula sur un caillou qui le fit pencher dangereusement. Depuis plus d'une heure, ils avançaient au ralenti sur un terrain très accidenté.

— Je crois que je pourrais marcher plus vite, ironisa Derek, cramponné à la banquette, tandis que l'Unimog se rétablissait lourdement sur ses suspensions.

Assise entre eux, Seichan se pencha vers l'avant pour parler à Gray. Kowalski avait pris le volant.

— C'est encore loin ?

Sacrée bonne question !

— Tu vois la crevasse là-bas, entre les deux collines ? répondit le commandant. Les coordonnées GPS notées par McCabe indiquent un point situé de l'autre côté.

Toujours en tête du cortège, la moto d'Ahmad disparut à l'ombre des falaises. Anjing s'élança derrière. Leur allure était si lente qu'il n'avait aucun mal à tenir le rythme, s'éloignant même parfois pour renifler une odeur intéressante ou se soulager.

Le camion roulait doucement derrière l'adolescent et son chien, mais il dut encore ralentir à mesure que le terrain devenait de plus en plus hostile. Le temps qu'ils atteignent la crevasse, un escargot aurait pu les dépasser.

Cela ne dérangeait pas Jane, car, au moment où l'Unimog s'immisça péniblement au sein de l'étroite fissure, elle s'imagina aussitôt coincée entre les parois rocheuses. Sans hayon arrière ni toit ouvrant, ils seraient pris au piège, à la merci du soleil qui monterait à son zénith et les ferait rôtir à l'intérieur.

Un gros raclement de métal sur la pierre la mit aux abois. Elle était persuadée que sa crainte allait devenir réalité.

Même Gray sembla inquiet.

— Kowalski…

— On passe large ! insista le conducteur.

— Alors, pourquoi enlever la moitié de la peinture de mon côté ?

— Bah ! C'est quoi, quelques cicatrices de bagarre ?

Après encore cinq minutes de stress, les murs s'écartèrent enfin et l'Unimog put accélérer.

— Je vous l'avais dit, marmonna le colosse.

La brèche déboucha sur une étendue de sable, à peu près grande comme un terrain de football et cernée de falaises. Une bourrasque s'engouffra dans la vallée et souleva des panaches de poussière. Sur les côtés, de petites dunes faisaient penser aux vagues d'un lac balayé par le vent.

Ahmad avait garé sa moto à l'ombre qui, à cette heure-là de la journée, couvrait la moitié du sol. Un genou à terre, il laissait Anjing laper un peu d'eau dans sa gamelle.

— Je vous ai conduits à bon port, annonça Kowalski en s'arrêtant aussi à l'abri du soleil. Maintenant, on fait quoi ?

— L'endroit est vide, constata Seichan, perplexe.

Jane éprouva le besoin de défendre son père, d'être sa voix.

— Non, il y a forcément quelque chose.

— Elle a raison, renchérit Derek. Harold n'aurait pas pris tous les risques pour dissimuler des coordonnées sans importance.

— Allons jeter un œil, décida Gray. Je propose de constituer deux équipes et de fouiller les falaises.

— Pourquoi ne pas nous contenter de voir ce qui excite tant le gosse ? suggéra Kowalski.

Ahmad agita la main, puis désigna son chien. Anjing avait fini de boire et s'était précipité vers une paroi, sans doute attiré par une odeur quelconque. Le quadrupède creusait énergiquement entre les rochers amoncelés au pied de la falaise, si bien que le sable giclait haut entre ses pattes arrière.

La curiosité piquée au vif, ils descendirent de voiture. Même à l'ombre, la température avait grimpé en flèche et ils se hâtèrent de rejoindre leur guide.

— Anjing a trouvé ! Venez voir.

Aussitôt, Jane aperçut ce qui avait mis Ahmad en émoi. Une porte métallique ! Afin de la cacher au mieux au commun des mortels, sa surface avait été passée à l'acide pour se confondre avec le grès gris-rouge des collines.

Derek, lui, s'était baissé pour caresser un petit caillou.

— Il ne s'agit pas de rochers, mais de vieilles briques. On sent encore les coups de burin sous les doigts.

Jane se détourna un instant de la porte.

— À l'origine, elles doivent avoir servi à sceller l'endroit.

Elle imagina son père arrivant là-bas deux ans auparavant et découvrant ce qu'il y avait derrière, sauf qu'elle ne reconnaissait pas sa méticulosité habituelle. Quelqu'un avait tout piétiné, soit par ignorance, soit parce qu'il se fichait de préserver l'histoire à l'œuvre là-bas, même si ce n'était qu'un vieux tas de briques.

Toujours focalisé sur le bas de la porte, Anjing s'acharnait à déblayer le sable charrié par le vent. À l'évidence, il avait reniflé une piste. Jane se remémora la maladie dont son père avait été porteur.

— Ahmad, tu devrais peut-être rappeler Anjing, le temps que nous sachions à quoi nous avons affaire. (À Gray :) Allons chercher les pelles, les casques et les masques de protection.

Conscient du danger auquel il allait s'exposer, le groupe avait emporté des masques à air spéciaux, semblables à ceux des pompiers. Sauf que ceux-là étaient munis d'un filtre assez fin pour être antibactérien.

Ou, en l'occurrence, antiarchéen.

Après avoir creusé encore quelques minutes pour dégager la porte, tous enfilèrent leur casque, leur masque, puis vérifièrent l'hermétisme de leurs équipements respectifs. Seule Seichan resta en retrait. Son masque à peine tenu par les élastiques, elle scrutait le ciel et, plus particulièrement, la crête des falaises.

Par précaution, elle avait décidé de surveiller leurs arrières avec Ahmad et son chien.

Jane avait presque oublié la menace d'éventuels poursuivants. Sur la route, ils n'avaient plus rien observé de bizarre dans le ciel et, même là, le désert semblait tranquille. On n'entendait que le chuchotis du sable et le sifflement obsédant du vent entre les rochers.

Bien sûr, il y avait aussi son cœur qui battait à tout rompre.

Les palpitations de Jane n'étaient toutefois pas dues à la peur – du moins, pas complètement –, mais plutôt à l'excitation de la découverte. Elle était sur le point de savoir ce qui était arrivé à son père. Il y avait longtemps qu'elle ne s'était pas sentie aussi proche de lui. Elle imagina son exaltation d'explorateur lorsqu'il avait foulé le même seuil. Son cœur à lui aussi avait dû tambouriner dans sa poitrine.

Leur moment de communion fut néanmoins gâché par une profonde mélancolie. Jane éprouvait plus que jamais la douleur intime de sa perte. Sans qu'elle s'y attende, elle eut les larmes aux yeux. Elle se souvint alors des paroles de Derek quelques heures plus tôt, comme quoi le chagrin vous cueillait toujours au dépourvu.

À cause du masque de protection, elle ne pouvait même pas essuyer ses larmes. Elle s'écarta donc du groupe, le temps de reprendre ses esprits. Ce fut un grincement métallique qui l'incita à refaire volte-face.

Gray et Kowalski étaient en train d'ouvrir la porte.

À peine avaient-ils reculé que Jane alluma la lampe de son casque et éclaira un tunnel obscur.

— Prête ? demanda Gray.

— Plus que prête. Cela fait deux longues années que j'attends ce moment.

* * *

8 h 40

Alors que Gray marchait en tête, Derek suivit Jane, le rayon de sa lampe frontale braqué sur les jambes de la jeune femme. Le plafond était si bas qu'ils devaient courber la nuque. Derrière lui, Kowalski, presque plié en deux, avançait à la manière d'un gorille.

Après une descente en pente douce, la galerie s'enfonça encore davantage dans les entrailles des collines.

Du bout de ses doigts gantés, Jane effleura la paroi.

— On sent la main de l'homme, souffla-t-elle d'une voix étouffée par son masque. Quelqu'un a creusé une galerie dans le grès. Je me demande où elle va. Il pourrait même s'agir d'une nouvelle Derinkuyu.

Derek se rappela avoir lu un article sur la découverte de Derinkuyu, ville souterraine d'Anatolie, en Turquie. Vieille de cinq mille ans, la métropole récemment mise au jour comprenait six kilomètres de tunnels, de grottes, de trappes d'évacuation et d'habitations, le tout sur de multiples niveaux. C'était encore la preuve que, malgré leurs outils rudimentaires, les peuples de l'Antiquité étaient capables de créer des merveilles d'ingénierie. Les pyramides de Gizeh n'étaient que la partie émergée de ce qui dormait réellement là-bas sous terre, en attente de revoir le jour.

Il braqua sa lampe devant lui.

Mais qu'est-ce qu'on a creusé ici ? Et pourquoi ?

— Ça débouche là-bas, annonça Gray.

Quelques mètres plus loin, le couloir menait à une caverne en coupole, sculptée à même la pierre.

Au moment d'entrer, Jane dut enjamber un rebord rocheux. Elle se redressa et, haletante, elle tourna sur elle-même en éclairant la salle à trois cent soixante degrés.

Très vite, Derek la rejoignit et partagea sa stupeur.

— Seigneur...

— C'est incroyable, murmura-t-elle.

Derek contempla ses pieds. Le muret était, en réalité, une lèvre joliment arrondie, qui abritait une rangée de dents en pierre, une gencive inférieure plantée d'incisives et de molaires sculptées dans le sol sablonneux. Certaines étaient fêlées ou cassées. Les dégâts semblaient récents, ce qui le mit aussitôt en rage contre le saccage effroyable d'un tel trésor archéologique.

À son tour, il éclaira la pièce et, surtout, ses caractéristiques architecturales. Une lèvre doublée d'une rangée de dents similaire pendait au-dessus de leurs têtes. Le plafond ressemblait clairement à une voûte palatine et, sous ses pieds, le sol suivait les courbes délicates d'une langue sculptée.

Kowalski étira son dos et grimaça.

— Espérons qu'on ne va pas se faire bouffer et recracher illico.

À pas comptés, Jane explora les lieux de fond en comble.

— Les détails sont d'une précision anatomique inouïe ! s'extasia-t-elle, sa lampe pointée vers une excroissance rocheuse. Ici, ce devait être la luette. Et, là-bas, les protubérances de chaque côté représentent sûrement les amygdales.

— On dirait que la gauche a subi une amygdalectomie, lâcha Kowalski, conscient que les dégâts y étaient plus importants.

Derek éclaira le fond de la salle, d'où partaient deux tunnels. Il devina vite à quoi ils correspondaient.

— L'œsophage et la trachée, chuchota-t-il.

En effet, la surface du premier paraissait lisse et musclée, tandis que l'autre était striée, tels les anneaux cartilagineux des voies respiratoires humaines. On discernait même la forme vague d'un larynx, par-delà le clapet triangulaire d'une épiglotte au sol.

— C'est quoi ce bazar ? grommela Kowalski.

À l'écart, Gray avait braqué sa lampe sur une arche du plafond, là où la voûte palatine devenait le voile du palais.

— Il y a des écritures ici. Des hiéroglyphes.

Derek le rejoignit. Sidéré par l'incroyable œuvre d'art, il n'avait pas remarqué que l'arcade rocheuse était ornée de trois rangées de glyphes.

L'archéologue traduisit :

— « Celui qui vient à qui l'appelle... »

— Je suppose qu'on parle de nous, déduisit Kowalski, mais *qui* nous appelle ? Et on est dans la bouche de qui, d'abord ?

— La réponse figure aux deux lignes suivantes, répondit Jane, l'index pointé vers les hiéroglyphes. Voici le nom d'un dieu égyptien sous deux graphies différentes.

— Quel dieu ? s'enquit Gray.

— Une figure tardive du panthéon. Le dénommé Toutou, initialement protecteur des tombeaux.

— Génial, maugréa Kowalski.

— Plus tard, il est devenu le gardien du sommeil, protecteur des rêves.

— Et aussi le maître des démons, ajouta Derek.

Le colosse remit soigneusement son masque en place.

— De mieux en mieux !

— Si nous avons bien trouvé le foyer de l'agent pathogène, conclut Jane, la maladie en question pourrait être le *démon* sur lequel veille cette représentation sculptée de Toutou.

Face aux deux tunnels suivants, Derek imagina un corps entier étendu sous les collines, une divinité souterraine assoupie depuis des millénaires et qui, tout ce temps-là, rêvait en protégeant une dangereuse entité.

L'explication de Jane ne le satisfaisait néanmoins pas pleinement. Il sentait qu'il y avait autre chose, d'autant plus qu'un élément de la scénographie était *erroné*.

Il décida d'intervenir :

— Regarde le dernier glyphe, Jane. Celui du personnage assis. D'habitude, le nom de Toutou se termine par l'image d'un homme ou d'un lion.

— Car on le décrit toujours comme une bête à tête d'homme et à corps de lion.

— Exact. Or, à la fin de la deuxième rangée, on distingue une *femme*, et non un homme.

Jane s'approcha.

— Tu as raison.

— De quoi parlez-vous ? intervint Gray.

Derek, qui, en plus, voulait prendre des photos, sortit son iPad. Il afficha un catalogue de hiéroglyphes et montra au commandant les symboles correspondant à chaque sexe.

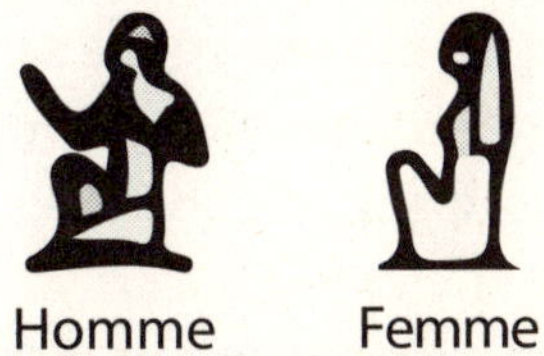

— Regardez la manière dont l'homme est assis en tailleur, le bras levé, alors que la femme est sagement agenouillée. (Il pointa le dernier glyphe.) Aucun doute ici, il s'agit d'une femme.

Gray fronça les sourcils derrière son masque.

— En quoi est-ce si important ?

— Aucune idée, reconnut le Britannique, dépité.

— Attends ! haleta Jane. Tu te souviens du croquis dans le journal de mon père ? Le vase à huile égyptien ?

— L'*aryballe*. Celui à deux têtes, confirma Derek avant de comprendre à son tour. Mon Dieu, tu es un génie !

— Vous nous expliquez ? trépigna Gray.

Ravi d'avoir pris le temps de numériser le vieux carnet de bord d'Harold, Derek fit apparaître l'image du récipient.

— Voici le talisman offert à Livingstone pour avoir sauvé un enfant de la tribu.

— Il s'agit aussi d'un vase censé contenir l'eau du Nil, à l'époque où le fleuve est devenu rouge sang. Après que cette relique a été ouverte au British Museum, la cochonnerie enfermée à l'intérieur a tué plus de vingt personnes.

Gray hocha la tête :

— Toutefois, pour une raison mystérieuse, l'épidémie ne s'est pas répandue à l'ensemble de l'Angleterre.

— Et s'il s'était passé la même chose du temps de Moïse ? réfléchit Jane. Les Anciens ont peut-être trouvé un remède et, d'une façon ou d'une autre, mes homologues du XIXe siècle ont réussi à le dupliquer. La réponse se trouve peut-être ici.

— Qu'est-ce qui vous le fait dire ? s'étonna Gray.

Derek répondit :

— Regardez les deux têtes représentées sur le vase. D'un côté, un lion ; de l'autre, une femme. (Il indiqua les deux dernières lignes de hiéroglyphes.) Observez maintenant les différentes orthographes du nom « Toutou ». L'une se termine par un lion, l'autre par une *femme* agenouillée.

— Comme sur le récipient, souligna Jane. Il ne peut pas s'agir d'une coïncidence. L'*aryballe* vient forcément d'ici, preuve supplémentaire que, là-dessous, on doit trouver l'origine de l'agent pathogène… et peut-être aussi son antidote.

Sous son masque de protection, Gray était en pleine réflexion. Soudain, ses yeux s'écarquillèrent.

— Je me demande…, chuchota-t-il pour lui-même.

— Quoi donc ? demanda Derek.

Le commandant Pierce secoua la tête et orienta sa lampe vers les deux nouvelles galeries.

— Nous devrions continuer.

— De quel côté ? hésita Jane. Œsophage ou trachée ?

Elle se pencha à l'intérieur du larynx, histoire d'opérer le choix le plus judicieux, puis elle tendit le cou et regarda en l'air.

— Jane ?

— Il y a une ouverture.

Au moment où elle se redressait, sa tête disparut dans le plafond. À petits pas, elle tourna complètement sur elle-même.

— Waouh ! Venez voir.

Elle s'écarta afin de laisser la place aux autres.

À son tour, Derek inséra la tête dans une cavité du plafond. L'accès était scellé par une bâche en plastique transparent scotchée tout autour, mais le faisceau des lampes passait à travers le voile de protection.

— C'est une cavité crânienne, annonça Jane.

— Elle a raison.

Les parois sculptées imitaient les circonvolutions du cerveau. Le long du plafond voûté, on apercevait même la division en deux hémisphères.

Gray baissa sa lampe.

— Regardez à droite et à gauche.

Il éclaira des rangées d'alcôves creusées à même la roche. Les niches abritaient des modèles de poterie égyptienne. Gros comme des pamplemousses, certains avaient été réduits en miettes depuis des siècles. D'autres alvéoles étaient vides. En revanche, les récipients qui restaient avaient la forme et la taille familières de jarres cachetées au double profil de lion et de femme.

— On dirait l'*aryballe* de Livingstone, indiqua Jane. Voilà sûrement l'endroit d'où ce vase provient. Peut-être a-t-il été dérobé ici il y a longtemps.

— Pas étonnant que quelqu'un ait scellé le site, réfléchit Gray devant les monts de débris de poterie.

Pour certaines, la destruction semblait récente.

Y avait-il eu un accident ?

Jane s'adressa à Derek :

— Les Anciens devaient savoir que l'agent pathogène contenu dans les jarres attaquait le cerveau. Sinon, pourquoi les entreposer toutes ici ?

— Tu as sans doute raison.

Jane rebroussa chemin.

— Et, s'ils étaient au courant de cela, ils en savaient peut-être davantage.

Derek la suivit.

— Comme l'existence d'un remède, par exemple.

Elle acquiesça et se planta devant les deux galeries qui s'enfonçaient sous terre.

— Tout ce qu'ils pouvaient cacher d'autre doit se trouver là-dessous, mais je repose la question : quel chemin emprunter ? Œsophage ou trachée ?

Derek éclaira l'amygdale gauche en piteux état.

— On dirait qu'il y a eu plus de passage du côté des voies respiratoires. (Il montra les traces de piétinement, plus nombreuses au niveau de la trachée que de l'œsophage.) Moi, je propose de ne pas écouter Robert Frost et de choisir la route la *plus* fréquentée.

— D'accord, approuva Gray.

Seul Kowalski parut rechigner.

— Ben, voyons ! Allons nous jeter dans le ventre d'un dieu amateur de démons ! Je ne vois pas comment les choses pourraient être pires.

CHAPITRE 16

3 juin, 2 h 41
Île d'Ellesmere, Canada

— Prête ? demanda Painter.

Kat repoussa sa chaise en espérant que le plan de son patron fonctionne.

— Oui. Il est temps de lancer les hostilités.

Arrivés à la station Aurora, Painter et elle avaient décidé de tâter le terrain en prenant un café dans la salle à manger commune. Déjà, c'était une nécessité, car, malgré la courte sieste qu'elle s'était accordée dans l'avion, elle avait son horloge interne bien déréglée. La caféine lui avait permis de rester concentrée.

Kat aurait aimé avoir davantage de temps de préparation, mais le front de la tempête devait frapper Ellesmere dans l'heure, ce qui réduisait considérablement le créneau d'intervention. S'ils voulaient tenter une opération de sauvetage à temps pour être évacués par les forces aériennes de Thulé, ils devaient agir avant le début des intempéries.

En d'autres termes, maintenant ou jamais.

L'œil rivé à sa cible, elle guetta le bon moment.

Après le café, Painter et elle avaient rejoint l'espace détente de la station, où ils s'étaient installés près des tables de billard. À droite, une porte menait à un petit cinéma plongé dans l'obscurité. De l'autre côté, il y avait une salle de gymnastique et, au fond, derrière la baie vitrée, on distinguait l'eau bleutée d'une piscine. En vingt minutes, un seul nageur y avait enchaîné les longueurs, donnant à Kat l'impression d'être comme un tigre en cage.

Rodée aux missions de renseignement, la jeune femme était assez fine psychologue pour repérer les signes de stress chez les quelques employés qui déambulaient de si bon matin. Les causes étaient faciles à identifier. Là-bas, les gens étaient isolés, coupés de leur famille et de leurs amis. Ajoutez à cela des mois entiers de nuit permanente ou de jour sans fin, qui mettraient à rude épreuve le rythme circadien naturel de n'importe qui… quand bien même on lui fournirait le meilleur café du monde. Enfin, la station devait fonctionner vingt-quatre heures sur vingt-quatre, ce qui n'offrait guère de répit au quotidien.

Kat secoua tristement la tête.

Toutes les fausses fenêtres à écran plasma qui diffusaient des images de plages ensoleillées, tous les murs peints de joyeuses couleurs pastel ne réussiraient jamais à tromper la nature humaine.

Bien sûr, les premières victimes du système travaillaient de nuit. Sans doute les personnes assignées à de tels postes étaient-elles celles qui ne s'entendaient pas avec leurs collègues, les plus asociales.

Et nos meilleures cibles.

Son choix s'était fixé sur une brute à la carrure de déménageur qui, à en juger par ses ongles noirs, devait s'occuper de mécanique. Il disputait une partie de billard avec plusieurs collègues en salopette verte, qui avaient envie de relâcher la pression après le service. Au bord de la table, la rangée de canettes de bière Foster's ne cessait de s'allonger. Sa cible lui jeta plus d'un regard en gloussant tout bas à l'oreille de ses camarades.

Peu de femmes devaient travailler à Aurora.

Kat attendit qu'il décide d'aller aux toilettes, car le trajet l'obligerait à passer devant leur table. Au moment où il approchait, elle se leva, annonça à Painter qu'elle voulait se rafraîchir et s'arrangea pour heurter le grand gaillard de plein fouet. L'air confus, elle fit exprès de rester aux prises avec lui. Soudain, elle recula d'un bond, mi-effrayée, mi-choquée.

Elle l'insulta, croisa le bras sur sa poitrine et se tourna vers le chef Crowe, déjà prêt à intervenir.

— Il… il m'a attrapé les seins.

Tandis que l'homme levait les mains sans comprendre, Painter mugit :

— Non, mais vous vous croyez où ?

L'accusé tenta de nier les faits qu'on lui reprochait, mais, troublé et sous l'emprise de l'alcool, il eut du mal à trouver ses mots. Painter le poussa – sans ménagement – contre la table voisine, ce qui sembla beaucoup amuser son groupe de collègues.

Comme prévu, vexé de voir son honneur mis en cause et incapable d'avoir les idées claires, l'intéressé riposta. Le directeur de Sigma esquiva l'attaque et une bagarre éclata. Les chaises volèrent, les coups de poing se mirent à pleuvoir et, bientôt, les deux hommes roulèrent par terre. Les camarades du puissant mécanicien restèrent en retrait, persuadés que l'inconnu maigrelet ne ferait pas le poids contre leur ami.

Kat s'en inquiéta aussi.

Putain, mais où sont passés… ?

Soudain, les portes derrière elle s'ouvrirent en grand. Trois types en uniforme noir et casquette assortie surgirent. À leur tête : la véritable cible, l'araignée qu'ils avaient espéré attirer hors de sa toile. Anton Mikhailov s'élança, cramoisi, ce qui faisait ressortir encore davantage le tatouage sur sa peau pâle. Apparemment, il ne voyait aucune raison de le dissimuler au sein de la station.

— Arrêtez tout de suite ! tonna-t-il avec un accent russe.

Painter et Kat s'attendaient à ce que Simon Hartnell ait chargé son responsable de la sécurité d'avoir les enquêteurs du DARPA à l'œil, notamment dès qu'ils quittaient leurs appartements. Il avait suffi d'un petit stratagème pour l'inciter à les rejoindre.

Ses deux sbires foncèrent au centre de l'arène et tentèrent de séparer les bagarreurs.

Painter en profita pour montrer que, jusque-là, il avait bridé ses talents de pugiliste. À deux reprises, il frappa son adversaire au visage, d'abord par un moulinet, puis par un uppercut au menton. La tête du géant se renversa en arrière avec un craquement, et il s'avachit au sol, inconscient.

Painter se redressa en secouant son poing ensanglanté.

Kat réprima un sourire.

Je n'aurais jamais dû douter de vous.

— C'est quoi ce cirque ? gronda Anton.

Painter pivota vers lui, le regard étincelant.

— Non, mais quel genre d'endroit dirigez-vous ? Ce type a agressé ma collègue. (D'un geste, il désigna les employés autour du billard.) Et ces abrutis n'ont rien fait pour l'en empêcher.

L'insulte suffit à déclencher une vague de protestations courroucées.

Les yeux rivés à eux, Kat se réfugia auprès d'Anton.

— Vous… vous pouvez me reconduire à ma chambre, s'il vous plaît ?

— Bien sûr. (À ses hommes :) Sortez-le d'ici. On s'en occupera plus tard.

— Merci, murmura Kat qui, tout en feignant un vif soulagement, frissonna un peu par souci de crédibilité.

Anton les escorta hors de la salle, puis traversa le réfectoire et rejoignit le couloir qui menait à leurs chambres respectives.

— Je vous présente mes excuses pour ce qui s'est passé, déclara-t-il, le pas raide. Soyez assurés qu'il y aura des sanctions.

Arrivé à destination, il utilisa son propre badge pour ouvrir la porte de Kat. Manifestement, il possédait un passe.

Parfait.

La jeune femme se plaça de manière à boucher la vue de la caméra de surveillance. Si jamais quelqu'un se trouvait toujours au poste de contrôle, elle ne voulait courir aucun risque.

Dès que le battant pivota sur ses gonds, le patron de Sigma poussa Anton à l'intérieur de la chambre et entra. Kat les suivit, avant de refermer.

Au moment où le Russe se retournait, Painter lui fourra son Sig Sauer P229 sous le nez.

— Bonjour, Anton Mikhailov.

L'homme se hérissa, surpris à la fois d'être mis en joue et de se faire appeler par son véritable nom. Très vite, il se ressaisit.

— Que voulez-vous ? vociféra-t-il.

Painter arma le chien.

— Vous allez nous conduire à Safia al-Maaz.

* * *

3 h 04

— Qu'en penses-tu ? demanda Safia.

Le visage de Rory, penché sur sa webcam, emplit l'écran de son ordinateur.

— Vous êtes peut-être sur une piste.

Elle acquiesça d'un signe de tête.

— Pardon de t'avoir réveillé, mais, après avoir appris que la momie était sans doute juive, je n'ai pas pu fermer l'œil. Je n'arrêtais pas de me retourner dans mon lit. Soudain, je me suis dit que nous ne regardions pas les choses comme il fallait.

Elle afficha la modélisation des hiéroglyphes tatoués.

— À cause d'un texte lacunaire, le déchiffrage des écritures sur son corps était une gageure. Certaines sections intactes auraient pourtant dû être compréhensibles, mais nous partions du principe que la princesse était égyptienne.

Rory se redressa sur son siège.

— Or, nous savons maintenant que ce n'est pas le cas.

Dans l'espoir que le jeune homme lui serve de caisse de résonance, elle montra ce sur quoi elle avait travaillé toute la nuit.

— Les Égyptiens avaient une approche *double* de l'écriture hiéroglyphique. Certaines images étaient purement représentatives, comme le symbole d'un chat pour signifier « chat », mais, parfois, les scribes préféraient la phonétique. On disait donc aussi « miw ».

— Par analogie avec le miaulement de l'animal.

— Exact, approuva-t-elle en souriant. Trois symboles servaient alors à orthographier le mot. Comme ceci.

Elle afficha les deux exemples.

— À supposer que cette femme était juive et qu'elle parlait une forme primitive d'hébreu, il faut reconsidérer notre façon de lire ses hiéroglyphes. Au lieu d'écrire phonétiquement des mots égyptiens, elle utilisait peut-être le seul alphabet qu'elle maîtrisait pour retranscrire sa langue *natale*.

— L'hébreu primitif, conclut Rory, pensif. Alors, pourquoi ne s'est-elle pas recouverte de caractères hébreux ?

Le langage écrit remonte à huit mille ans. Or, les tests au carbone 14 indiquent que la momie date d'environ 1300 avant J.-C.

— Et si elle avait grandi en Égypte, où on lui aurait enseigné les hiéroglyphes ? Peut-être était-ce le seul langage écrit qu'elle connaissait ? Tout cela m'a amenée à réfléchir.

— À quel sujet ?

— Et si elle descendait du peuple qui a fui les plaies d'Égypte du temps de Moïse ? Si elle faisait partie d'une tribu juive égarée qui se serait sauvée vers le sud, et non vers l'est avec les autres ? Voilà qui expliquerait pourquoi son groupe avait appris les hiéroglyphes, mais qu'il parlait l'hébreu primitif.

Rory s'approcha, de plus en plus excité.

— Si ces gens-là savaient écrire, phénomène rare à l'époque, il s'agirait donc de scribes.

— D'une secte chargée de tenir les archives, confirma-t-elle. Peut-être ont-ils cherché à pérenniser le souvenir du drame.

— Ainsi que le moyen de l'enrayer, murmura Rory. Nous devons être tout proches de la réponse.

Safia savait que sa mission première était de remonter le fil de l'histoire vers un remède à la maladie mystérieuse qu'Harold avait fait sortir du désert. D'autres chercheurs de la station suivaient, eux, la piste scientifique. En revanche, elle ignorait toujours ce que Simon Hartnell souhaitait *faire* de l'antidote. Le jour de leur rencontre, il avait affirmé que les efforts de la jeune femme pourraient sauver le monde.

Alors, pourquoi autant de secrets et d'effusions de sang ?

Rory la ramena à la réalité.

— Comment être sûrs que nous prenons la bonne voie ?

À l'appui de sa théorie, Safia afficha la suite de ses recherches.

S B H

— Ces trois glyphes sont tatoués sur son front, à peu près à la naissance supposée des cheveux. Preuve de leur importance, ils figurent dans un cartouche. En égyptien, ces trois lettres (S, B et H) ne veulent rien dire, mais s'il s'agissait d'une retranscription phonétique de son nom ? (Elle lut à haute voix.) *Sah-bah*.

— En quoi est-ce lourd de sens ?

— *Saba* est un prénom hébreu dérivé de Séba, voire de Bethsabée.

— Comme dans la Bible.

Safia acquiesça en silence. Elle-même entretenait des liens personnels avec cet héritage-là, mais c'était une longue histoire d'un autre temps. Elle enchaîna :

— La signification traditionnelle de ce prénom est « fille du serment », donc quelqu'un à qui on peut confier un secret.

— Et c'était le cas, confirma Rory en se fendant soudain d'un large bâillement. Enfin, nous pourrions peut-être continuer nos investigations demain matin.

Elle sourit.

— Tu as raison. Pars te recoucher. De mon côté, je vais essayer de faire pareil.

Ils se souhaitèrent bonne nuit et, à contrecœur, Safia referma son ordinateur. Elle n'était pas sûre de réussir à dormir, mais elle devait au moins se laisser une chance. Elle s'étira et se dirigea vers son lit. Tout à coup, elle se figea en entendant grincer le verrou de sa chambre.

Elle se retourna et recula d'un pas, prête au pire.

La porte s'ouvrit et Anton entra, presque violacé de rage.

Affolée, elle sentit son pouls s'emballer.

Qu'ai-je fait de mal ?

Soudain, le Russe fut poussé par-derrière. Deux silhouettes le suivirent à l'intérieur de la cellule. L'une était une inconnue, l'autre lui donna envie de sangloter de soulagement.

— Painter…

* * *

3 h 23

Painter laissa Anton sous la surveillance de Kat et enlaça Safia, qui tremblait de tous ses membres.

— Ça va ?

— Mieux maintenant, marmonna-t-elle.

— Alors, on met les voiles ?

— Excellente idée.

Il relâcha son étreinte et l'entraîna vers la porte.

— Attends !

Elle récupéra son ordinateur posé sur un bureau.

— Et Rory ?

Le canon de son Sig Sauer toujours pointé sur le cou d'Anton, Kat adressa un regard appuyé à la Britannique.

— Rory McCabe ? Il est ici ?

— Oui, prisonnier comme moi. C'est une longue histoire.

Painter se rembrunit. Pas étonnant qu'Anton ait accepté sans rechigner de les emmener là-bas, même sous la menace d'une arme. *Le salaud avait gardé un atout dans sa manche.*

— Savez-vous où il est retenu ? demanda Kat.

— Je… je l'ignore. On me conduit toujours à ma chambre en premier.

Le chef Crowe pivota vers Anton.

— Nous allons faire une dernière étape avant de partir.

Le responsable de la sécurité leva le nez vers une caméra fixée au plafond et sourit froidement.

— Non.

D'emblée, Painter comprit. Depuis le début, leur adversaire jouait la montre. Ils l'avaient fait avancer, un revolver enfoncé dans le bas du dos, en évitant les caméras au maximum.

Mais maintenant ?

Anton leva le menton, prêt à encaisser les pires sévices. En réalité, le patron de Sigma nourrissait d'autres intentions.

Quand on a une main pourrie, le mieux, c'est de bluffer.

— Vous aimez beaucoup votre sœur ? Et nous savons qu'elle ne s'appelle pas *Velma*.

Anton plissa les paupières. L'Américain lui avait déjà prouvé qu'il connaissait sa réelle identité, donc il était facile de le convaincre qu'il disposait des mêmes renseignements sur sa sœur.

Painter insista :

— Vous avez un lien particulier, tous les deux. Du moins, le même goût pour les tatouages. (Il effleura sa propre joue.) Vous les avez fait faire avant ou après votre recrutement par la Guilde ?

Anton se raidit, déstabilisé par une connaissance aussi intime de leur passé.

Maintenant, le coup de grâce.

— Nous avons placé votre sœur en garde à vue, mentit Painter. Interpol l'a appréhendée il y a une heure. Voilà pourquoi nous venions de passer à l'action. Si vous voulez la retrouver vivante, conduisez-nous à Rory, puis escortez-nous à la sortie la plus proche.

De gros nuages noirs avaient englouti le soleil à mesure que le front des intempéries approchait. Une fois dehors, Painter prendrait son téléphone satellite pour appeler les renforts qui l'attendaient à Thulé. En cas de souci, le plan B était de s'emparer d'un véhicule, de rejoindre les montagnes gelées voisines et d'y attendre les secours en utilisant la tempête comme couverture.

Tout dépendait néanmoins de l'amour qu'Anton portait à sa sœur.

L'homme fusilla Painter du regard, puis lâcha un soupir contrarié.

— Il n'est pas loin.

Kat le titilla du bout de son arme.

— Alors, montrez-nous.

Painter rouvrit la porte, vérifia que la voie était libre et, son pistolet collé à la cuisse, il sortit en même temps que Safia.

— Reste à mes côtés.

Kat le suivit avec Anton. Elle le retenait par la ceinture, le Sig Sauer coincé au creux de ses reins. Ils empruntèrent deux couloirs et tournèrent à l'angle. Vraiment, ce n'était pas loin.

Anton désigna la porte d'un hochement de tête.

— Là-dedans.

Grâce au passe qu'il lui avait dérobé, Painter déverrouilla la serrure. Il poussa ensuite le verrou et ouvrit le battant.

La pièce était plongée dans le noir. Une silhouette sursauta sur un lit accolé au mur.

— Qui… que se passe-t-il ?

— Rory, c'est moi.

— Safia ?

Elle lui fournit quelques explications succinctes, pendant que, hagard, il tâchait de comprendre ce qui lui arrivait.

— Viens, le pressa-t-elle. Il faut se dépêcher.

Déjà debout, Rory enfilait tant bien que mal une combinaison de travail par-dessus son caleçon.

— Mais Safia…

— Quoi ?

— La momie. C'est notre seul espoir de trouver un remède. Si le fléau que vous avez décrit se propage en Égypte et sur notre sol national…

Safia se tourna vers son ami Crowe.

— Comment la situation a-t-elle évolué ?

— Pas terrible, répondit Kat.

— Et cela risque fort d'empirer, renchérit Painter en se souvenant que, selon le Dr Kano, les tares génétiques secondaires pouvaient s'étaler sur plusieurs générations.

Safia brandit son ordinateur portable.

— J'ai les éléments que nous avons déjà recueillis.

Rory semblait effrayé, partagé entre l'envie de déguerpir et la curiosité de savoir ce qu'ils avaient pu laisser derrière eux.

— N'oubliez pas que les résultats sont incomplets.

— Il a raison, Painter. S'ils détruisent la momie, l'espoir de trouver un antidote risque d'être ruiné à jamais.

Le patron de Sigma ne saisit pas complètement de quoi elle parlait, mais il se fia à son regard convaincu.

— Impossible de nous balader avec un corps momifié !

— Il est aussi contaminé que la dépouille de McCabe, bredouilla Safia, déconfite. Ils l'ont enfermé à double tour dans un laboratoire de biosécurité.

— Alors, laissons-le ici, décida Kat. Nous le récupérerons à l'arrivée des forces du colonel Wycroft.

Rory chaussa ses bottes.

— J'ai lu le protocole, objecta-t-il. Au moindre indice pointant une faille de sécurité, le laboratoire sera réduit en cendres.

Painter ne doutait pas qu'un tel système de sécurité intégrée ait été mis en place. L'ennemi avait agi de même au Royaume-Uni, faisant exploser une bombe incendiaire dans l'unité de recherche où le professeur défunt avait été transféré. Preuve supplémentaire, Anton toisa Rory d'un air méprisant, furieux qu'il ait révélé un détail aussi essentiel.

— Nous n'aurons droit qu'à une tentative, rappela Safia.

Rory se redressa et émit une suggestion :

— Le scanner en 3D.

— Mon Dieu, c'est vrai ! Nous avons laissé la momie à l'intérieur d'un scanner topographique, qui devait établir une carte intradermique précise de son corps tout entier. (Elle consulta sa montre.) Le processus devrait être terminé.

— Si nous pouvons emporter les résultats…, souffla Rory.

Safia tressaillit.

— Cela implique de rebrousser chemin vers le laboratoire.

Kat sollicita l'avis de Painter :

— Encore un autre arrêt ?

— Il faudra agir vite.

Elle se planta devant Safia.

— C'est loin d'ici ?

— Pas trop, mais trois étages plus bas.

Donc retour au cœur de la station.

Kat échangea un regard inquiet avec son patron.

— Il vaut peut-être mieux ne pas y aller en délégation.

Elle doutait qu'Anton accepte encore longtemps de coopérer.

— J'emmène Rory, déclara Painter. Vous, restez à l'abri.

— Deux femmes représenteraient moins une menace, protesta son adjointe. Surtout si l'une d'elles porte un uniforme d'agent de sécurité et qu'elle escorte une prisonnière.

Le chef Crowe aurait bien protesté, mais Kat avait raison… et elle n'était pas disposée à se laisser fléchir.

— Je peux y arriver, promit Safia.

La question réglée, Painter pointa son arme sur Anton.

— Déshabillez-vous.

Quelques minutes plus tard, Kat avait revêtu une combinaison noire. Elle rassembla ses cheveux sous la casquette réglementaire et s'adressa à Safia :

— Prête ?

Les prunelles étincelantes d'effroi, l'archéologue acquiesça en silence.

Kat l'accompagna jusqu'à la porte. Après avoir vérifié qu'il n'y avait personne, elle la poussa dehors, puis lorgna une dernière fois derrière elle.

— Je veillerai à ce qu'il ne lui arrive rien.

La mine approbatrice, Painter ravala sa salive.

Tandis que Kat refermait derrière elle, il continua de tenir Anton en joue. En caleçon, pieds nus, l'homme avait vite l'air moins dangereux, mais Painter refusait de baisser la garde. Il l'obligea à rester collé au mur, les mains en l'air. Stoïque, le Russe ne lui accorda aucune attention, préférant se concentrer sur Rory qui, anxieux, faisait les cent pas devant la porte.

Finalement, son regard revint se poser sur lui.

— Vous ne sortirez jamais d'ici, grogna-t-il avec un fort accent mêlé de dégoût. Vos deux bonnes femmes vont souffrir...

— Nous verrons...

Painter sentit le danger une fraction de seconde trop tard. Un mouvement d'ombres, un raclement métallique. Il fit volte-face et vit Rory brandir une lampe de bureau. Le pied, lourd, le frappa en plein sur la tempe. Un éclair de douleur lui envahit le crâne. Il mit un genou à terre.

Anton bondit, lui attrapa le bras et l'obligea à lâcher son pistolet.

Toujours sonné, Painter s'écroula sur le flanc.

L'arme qu'il venait de confisquer pointée vers son nouveau prisonnier, Anton effleura le bras de Rory, presque tendrement.

— Bien joué, mon *tigryenok*.

Anton lui tendit le pistolet, puis, d'un geste sûr, il palpa le corps de Painter et lui ravit son téléphone satellite. Après avoir vérifié que l'agent du DARPA ne possédait ni arme ni moyen de communication supplémentaire, il regagna la sortie.

— Vous n'avez aucune idée des enjeux, tenta d'expliquer Rory, l'air contrit, pendant qu'Anton l'entraînait dans le couloir.

Au moment où ils fermèrent la porte à clé derrière eux, Painter comprit une chose.

Depuis le début, Anton avait eu plus d'un atout dans sa manche.

Un gémissement aux lèvres, il se rappela les derniers mots de Kat et espéra qu'elle disait vrai.

Je veillerai à ce qu'il ne lui arrive rien.

* * *

3 h 40

Depuis l'antichambre sécurisée, Kat regarda Safia franchir le seuil du laboratoire. Vêtue d'une combinaison intégrale reliée à un tuyau d'oxygène, elle semblait s'enfoncer dans les profondeurs d'une mer toxique.

Les deux femmes n'avaient pas traîné. Par chance, à cette heure peu fréquentée de la nuit, elles n'avaient croisé personne et le passe d'Anton leur avait permis d'accéder sans problème au laboratoire désert. Le fait que les choses se déroulent si bien angoissait néanmoins Kat, même dans son sas fermé à clé.

Dépêchez-vous, Safia.

Malgré l'urgence de la situation, qui mettait ses nerfs à rude épreuve, elle savait que Safia devait se plier à un lourd protocole de sécurité. L'archéologue s'approcha d'un poste informatique relié à quatre caméras laser qui ressemblaient à des fusils de chasse, toutes braquées vers une silhouette ratatinée, assise, tête baissée, sur un trône noir.

En chemin, Safia avait expliqué que le corps avait été exhumé lors de fouilles au Soudan, là où le professeur McCabe avait disparu. Leur adversaire l'avait chargée de percer son secret. Selon lui, cette femme-là de l'Antiquité était susceptible de livrer des indices sur la pandémie qui menaçait le monde. Safia était aussi persuadée que Simon Hartnell voulait obtenir ces renseignements pour une tout autre raison, mais laquelle ?

La Britannique pianota sur le clavier, et un tiroir sortit sur le côté. Elle ôta le CD-Rom argenté qui contenait les données du scanner et le glissa dans un étui en plastique. Elle avait averti Kat que la pochette devrait aussi être trempée dans un bain désinfectant avant de quitter le laboratoire. Elle tâcha donc de la fermer hermétiquement, mais ses gros gants la gênaient beaucoup.

Allez !

Un coup frappé à la porte fit sursauter Kat. Une voix familière, haletante et effrayée, l'apostropha depuis le couloir.

— Hé-ho ! Hé-ho !

— Rory ?

— Dieu merci ! Grouillez-vous !

Il paraissait hors d'haleine, comme s'il avait couru non-stop depuis sa cellule.

— Anton a agressé votre ami ! Je les ai laissés se battre. Il faut partir tout de suite !

— Safia est en plein travail. Entrez.

Grâce au badge d'Anton, elle déverrouilla l'accès et tira sur le battant. Rory, qui s'appuyait dessus, fut pris au dépourvu et trébucha à l'intérieur. Kat l'empoigna par le col de sa combinaison et le poussa derrière elle. Après quoi, elle s'accroupit sur le seuil, pistolet au poing. Comme elle le redoutait, elle aperçut une ombre au bout du couloir et tira à l'aveuglette.

Un halètement de douleur résonna, suivi d'un tir de riposte.

Les balles fusèrent au-dessus de sa tête. Elle entendit un bris de verre derrière elle, et Rory hurla. Kat resta en position, mais plongea au sol, refusant de quitter son précieux abri de fortune. L'assaillant, à découvert, fut contraint de battre en retraite. Il continua ses tirs de protection jusqu'à ce qu'il tourne à l'angle du couloir et disparaisse de son champ de vision. Elle remarqua néanmoins l'épaisse traînée de sang derrière lui.

Satisfaite, elle roula à l'intérieur du sas. Au moment où la jeune femme claquait la porte, une sirène d'alarme retentit d'un bout à l'autre de la station.

Kat orienta le canon fumant de son arme vers Rory. Lorsqu'il avait débarqué quelques secondes plus tôt, elle s'était doutée qu'il y avait un problème, surtout quand, exalté, il avait affirmé qu'Anton avait pris le dessus sur Painter. C'était très improbable, donc elle avait agi en conséquence. Si elle s'était trompée, elle se serait ensuite excusée de lui avoir réservé un accueil aussi musclé.

Là, aucune excuse ne fut nécessaire.

Elle fixa Rory. Ses actes sonnaient *trop* justes pour avoir été accomplis sous la contrainte. Depuis le début, il leur jouait la comédie, notamment en abusant de la compassion de Safia. D'ailleurs, quelques instants plus tôt, il avait essayé, par la ruse, de leur faire quitter cette salle ultrasensible avant qu'elle ne les barricade elle-même à l'intérieur.

Loin d'être déstabilisé par l'arme pointée sur lui, il fixait le laboratoire de biosécurité, l'air horrifié. Alors, seulement, Kat remarqua les deux impacts de balle à travers la vitre.

Rory recula d'un pas.

— Oh, non…

Craignant le pire, elle scruta la pièce voisine. Safia était toujours debout, mais une balle perdue avait déchiqueté la capuche de sa combinaison et manqué sa tête de quelques centimètres. On ne pouvait pas en dire autant de la momie : son crâne décharné avait explosé, touché par le même tir ou par un autre. Quand Safia se tourna vers eux, sa visière endommagée était maculée de sang.

L'index pointé devant lui, Rory cria :

— Safia ! Allez vite sous la douche chimique !

Surprise par la profonde inquiétude du traître, Kat insista :

— Obéissez ! Vite !

Les cris sortirent l'archéologue de son état de choc et l'incitèrent à réagir.

Rory se tourna vers Kat et lui indiqua, au-dessus de la vitre trouée, un compte à rebours lancé à deux minutes.

— Maintenant que le laboratoire n'est plus étanche, le système automatique de sécurité intégrée s'est déclenché. Il nous reste deux minutes pour fiche le camp. Ensuite, tout sera réduit en cendres.

Une grille métallique s'abaissait déjà devant la fenêtre.

— Existe-t-il un moyen de stopper le processus ?

— Possible, mais j'ignore comment.

Au sein du laboratoire, Safia avait filé sous la douche. Du plat de la main, elle activa le bouton de rinçage d'urgence. Une mousse désinfectante arrosa son vêtement de protection et la pochette plastique qu'elle tenait de l'autre main. Une fois débarrassée de toute la saleté, la jeune femme regagna le vestiaire et, affolée, elle ôta sa surcombinaison.

Derrière elle, la porte du laboratoire se retrouva scellée par un volet métallique.

Les prunelles de Safia étaient écarquillées d'effroi, mais la contamination était, pour l'heure, le cadet de ses soucis.

Rory eut un mouvement de recul au moment où, d'un coup d'épaule, Safia poussa la dernière porte pour les rejoindre.

— Vous ne deviez pas être blessée, bredouilla-t-il, penaud. Il avait promis.

Le regard de la Britannique oscilla entre Rory et l'arme brandie par Kat.

— Que se passe-t-il ?

— On dégage d'ici, répondit l'agent Sigma, qui tenait toujours Rory en respect. Et vous venez avec nous.

En vérifiant le couloir, Kat se demanda si Anton était resté tapi dehors ou s'il était parti se soigner à l'infirmerie. En tout cas, il était couru d'avance que des renforts allaient débarquer. Son unique espoir était de profiter du chaos en priant le ciel pour que les hommes d'Anton ne soient pas de service la nuit, ce qui lui offrirait une minute supplémentaire d'avance.

Prudente, elle empoigna Rory par le col et le planta entre l'angle du corridor et elle.

Le jeune homme aperçut la traînée de sang au sol.

— Anton...

Kat fit signe à Safia de se poster derrière elle, puis, utilisant Rory comme bouclier humain, elle sortit. Le plan de la station en mémoire, elle savait qu'il y avait un garage souterrain deux étages au-dessus de leurs têtes.

Arrivée à mi-chemin du couloir, elle entendit un grondement étouffé derrière le mur, imagina le laboratoire ravagé par les flammes et détala de plus belle.

Il est temps de partir.

Elle rejoignit l'ascenseur au pas de course, appuya sur le bouton d'appel et s'engouffra avec les deux civils dans la cabine. Une ascension rapide, et les portes se rouvrirent sur un vaste hangar. Elle se précipita sur une rangée d'autoneiges. Avec leur habitacle cubique posé sur des chenilles, on aurait dit des tanks miniatures.

Elle en choisit une et ordonna à Rory :

— Montez à l'arrière.

Sous la menace du Sig Sauer, il s'exécuta.

Kat tendit ensuite son arme à Safia.

— Grimpez à l'avant et surveillez-le. Si jamais il ne fait ne serait-ce que respirer de façon bizarre, abattez-le.

Malgré sa stupeur, l'archéologue acquiesça en silence.

Kat s'élança de l'autre côté et trouva les clés sur le contact. Rien d'étonnant. Qui serait assez stupide pour voler un véhicule dans un endroit pareil ?

Moi.

Elle s'installa au volant, mit le moteur en marche et l'engin tressauta. Les chenilles roulèrent sur le sol en béton. Elle bifurqua vers une rampe qui menait à une porte de garage fermée. Un piquet muni d'un clavier trônait au pied de la passerelle. Une fois là-bas, elle espéra que le badge d'Anton fonctionnait toujours et l'agita devant le lecteur.

En entendant grincer le mécanisme, elle poussa un soupir de soulagement, mais ils n'étaient pas encore tirés d'affaire.

La porte à peine ouverte, de puissantes rafales de vent envahirent le garage. Un hurlement permanent transperça la cabine hermétique de l'autoneige. La tempête avait fini par engloutir l'île. Des nuages noirs s'amoncelaient dans le ciel, si bas qu'elle aurait juré les sentir effleurer le toit du véhicule au moment où elle sortit affronter les intempéries.

Elle mit le cap au nord-est, vers les sommets enneigés du parc national Quttinirpaaq. Même pas cent mètres plus tard, la station isolée disparut derrière elle, dans les ténèbres.

Kat continua de fixer le rétroviseur central, à l'affût des ennemis qui, à coup sûr, allaient se lancer à leurs trousses, mais, pour l'heure, une plus grande crainte la hantait.

Qu'allait-il arriver à Painter ?

CHAPITRE 17

3 juin, 9 h 18
Désert du Soudan

Seigneur...

Médusé, Gray pénétra dans le thorax en pierre de la divinité endormie. Les autres lui emboîtèrent le pas en braquant, sur les parois, le faisceau lumineux de leur casque. Des halètements de surprise jaillirent derrière lui, mais il ne pouvait pas détacher son regard de ce qu'il avait en face.

La salle aurait facilement accueilli un petit stade de base-ball. Sculptées le long des murs, d'immenses côtes recourbées rejoignaient une série de vertèbres thoraciques au plafond. L'épine dorsale courait d'un bout à l'autre de la grotte et disparaissait dans le mur du fond, taillé en forme de diaphragme humain.

— Les détails sont époustouflants, murmura Jane. Regardez un peu les stries entre les côtes.

— Muscles intercostaux, indiqua Gray, comme s'il donnait une leçon d'anatomie.

Derek pointa sa lampe vers une cloison qui, à niveau d'épaule, séparait la caverne en deux.

— Voilà qui doit représenter le médiastin, déduisit-il avant d'éclairer, un peu plus haut, une petite boule au sommet d'une section. Ils ont même ajouté le thymus.

Aucun de ces détails anatomiques ne constituait pourtant l'attraction principale.

À mesure qu'ils avançaient, les explorateurs furent tous attirés vers l'objet le plus singulier du site. Au centre, un énorme cœur rocheux semblait pendre au plafond par un enchevêtrement de vaisseaux sanguins musculaires, dont une énorme crosse aortique. Chacune des quatre cavités, ciselées avec soin, était enveloppée d'un réseau d'artères carotides.

Même si la sculpture paraissait en apesanteur, le bas du cœur était, en fait, posé à terre, sur le sternum.

— Une porte mène au ventricule gauche, constata Jane.

Gray aperçut de vieilles briques entassées dans un coin. Elles avaient dû servir autrefois à sceller la fameuse entrée, mais qu'est-ce qui pouvait bien se cacher à l'intérieur ?

Derek dirigea sa lampe sur le petit accès.

— C'est vide.

Le commandant Pierce fut déçu, mais pas surpris. Malgré les splendeurs dont ils étaient témoins, il était clair que le site avait été mis à sac. À en juger par l'état des débris, le pillage était récent. Le sol était jonché de tables et de chaises. Il y avait aussi des lits, alignés le long du mur de côtes.

Quelqu'un avait élu domicile là-bas… et, sans doute, un long moment.

Dans les yeux de Jane, l'émerveillement fut peu à peu remplacé par un air hagard.

— C'est ici que mon père devait être détenu, lâcha-t-elle en tournant lentement sur elle-même, comme si elle le cherchait. Mais pourquoi ?

Gray examina ce qui restait et tenta de combler les blancs. De grandes lampes à colonne se dressaient çà et là. Ailleurs, c'étaient des guirlandes d'ampoules électriques qui couraient le long du mur. Il suivit les câbles jusqu'à l'ancien emplacement d'une série de générateurs. Sur une table : les vestiges fracassés d'un ordinateur de bureau. Il se demanda distraitement si le disque dur était récupérable, mais comment imaginer que leurs prédécesseurs aient commis une telle négligence ?

Plusieurs bibliothèques avaient été vidées, la dernière même renversée. Il imagina de fantomatiques chercheurs aller et venir en essayant d'élucider les mystères de la grotte.

Après quoi, ils avaient fait le ménage de fond en comble et ils étaient tous partis.

Kowalski s'accroupit près d'une paroi.

— Hé ! Venez jeter un œil.

Tout le monde s'approcha.

Le colosse inséra le faisceau de sa lampe dans un trou situé à la base de deux côtes. Gray avait remarqué des ouvertures semblables de part et d'autre de la salle. Une fois encore, de petites briques en pierre taillée étaient éparpillées sur le seuil.

Son collègue éclaira une niche située au-dessus de l'orifice. À l'intérieur : un éléphant miniature en bois, avec la trompe repliée et deux éclats jaunes en guise de défenses. Le résultat était superbe, car l'artiste avait laissé un peu d'écorce pour figurer la peau rêche du pachyderme.

— Qu'est-ce que c'est ? demanda Gray.

— Je dirais un pot, répondit Jane. La ligne du couvercle se distingue sur le dos de l'animal.

— On peut le prendre ? lança Kowalski avec envie.

Gray connaissait sa fascination pour les éléphants.

La jeune femme tendit la main, mais Derek la retint.

— Ce n'est peut-être pas sans risque.

Elle le gronda du regard.

— Mon père l'aurait sûrement examiné. Si l'objet avait été dangereux, je pense qu'il aurait été mis sous plastique, comme le crâne tout à l'heure. (D'un geste ample, elle désigna les autres niches au-dessus des trous.) Et ce n'est pas le seul.

— Il pourrait être contaminé, insista son ami.

Dépitée, elle se redressa et suivit sa mise en garde.

Kowalski était frustré, lui aussi.

— Et ce trou juste en dessous ? reprit Gray.

Derek s'accroupit et l'éclaira.

— À mon avis, il s'agit d'une vieille sépulture.

L'Américain regarda à l'intérieur. La cavité, étroite et profonde, aurait très bien pu abriter une dépouille mortelle. Sauf que ses parois étaient noircies et couvertes de cendre. Il aperçut également des fragments d'os brûlés.

La profanation paraissait récente.

Un bidon rouge d'essence, juste à côté, confirma sa thèse.

Derek balaya les autres tombes du regard et aboutit à la même conclusion.

— Ils ont incinéré tous les corps. Tout détruit.

Pas tout.

Gray se souvint du morceau de peau tatouée, bien à l'abri dans son éprouvette. Le professeur l'avait-il découpé sur une des momies inhumées afin de le sauvegarder ?

— Pourquoi avoir brûlé tous les cadavres ? s'interrogea Derek. Par peur de la contagion ? À moins que les pillards n'aient juste voulu effacer leurs traces ?

Le regard de Jane se posa au centre de la grotte.

— Il y a aussi des bouts de charbon au pied du cœur, mais ils semblent provenir d'un feu beaucoup plus ancien.

Curieux, Gray rebroussa chemin.

Ce cœur doit être important.

Il se faufila par la petite entrée et s'accroupit à l'intérieur. Les parois internes de l'organe étaient intactes, ornées de papillons gravés. Un vrai travail d'orfèvre, presque féminin.

Un détail étrange retint son attention.

— Jane, que pensez-vous de ceci ?

Elle se fraya un chemin à ses côtés, suivie de Derek. Par mégarde, elle marcha sur un tesson. Elle tressaillit, le ramassa délicatement et éclaira sa surface poussiéreuse bleutée.

— Du lapis-lazuli, indiqua Derek.

— Peut-être un morceau de bol. Le lapis-lazuli était une pierre vénérée par les Égyptiens pour ses vertus magiques.

Son attention fut de nouveau happée par les murs décorés.

— C'est splendide… Moi, j'ai toujours adoré les papillons. Selon les Égyptiens, leur image était symbole de transformation, de la chenille jusqu'au papillon.

Au regard des indices qui leur restaient, Gray réfléchit à la vocation de l'endroit.

Magie et transformation.

Il se sentit tout proche d'une découverte essentielle, mais, comme ce n'était peut-être pas à lui d'élucider le mystère, il braqua sa lampe vers l'ultime bizarrerie de l'endroit. La raison pour laquelle il avait appelé Jane.

L'archéologue suivit la direction indiquée. Soudain, elle recula d'un pas, le souffle coupé.

Un papillon était entouré, avec son prénom à l'intérieur.

— C'est forcément mon père, balbutia-t-elle à voix basse.

Du bout des doigts, elle voulut caresser la marque, se reconnecter à son passé, puis elle hésita.

— Pourquoi aurait-il fait une chose pareille ?

— Selon les nomades qui l'ont retrouvé, Harold répétait ton nom en boucle, suggéra Derek. Peut-être espérait-il que tu tomberais dessus.

La jeune femme observa son ami, puis Gray.

— Je ne comprends pas.

— Votre père pensait peut-être que vous sauriez résoudre l'énigme, suggéra Pierce. Du moins, avec un peu de temps.

Il se demanda si c'était aussi le motif qui avait poussé leurs ennemis à traquer Jane et à essayer de l'enlever. Si McCabe avait laissé un tel indice, ils pouvaient s'être dit qu'elle était au courant de quelque chose, qu'elle connaissait une piste susceptible de démêler toute l'histoire.

Au lieu de quoi, elle n'en paraissait que plus effrayée et plus troublée.

— Continuons de chercher, décida Gray. Il y a peut-être d'autres indices.

Tout le monde ressortit. Le commandant n'était néanmoins pas dupe : le moindre élément clé aurait été caché là, dans le cœur – à proprement parler – de la divinité en pierre.

Il était aussi très conscient du temps écoulé, telle une chape de plomb qui lui écrasait peu à peu les épaules.

Nous sommes déjà restés trop longtemps ici.

* * *

9 h 38

Le seul avertissement fut un infime éboulis de galets.

Les cailloux dégringolèrent doucement de la falaise à gauche. Seichan n'y prêta pas attention et, au guidon de la Suzuki, elle continua sa route au sein de la crevasse. Elle rebroussait chemin vers l'accès aux grottes, bien caché sous les collines. Trois quarts d'heure plus tôt, elle avait emprunté la moto d'Ahmad et entamé un quadrillage en règle du secteur, multipliant les allers et retours le long du canyon qui menait à la vallée.

L'adolescent, resté avec son chien dans le camion, devait klaxonner au moindre signe suspect. Elle lui avait aussi laissé une radio et des instructions supplémentaires.

Incapable d'affirmer avec certitude que leur groupe avait été suivi, Seichan avait juste pris le pari que c'était vrai et s'était transformée en proie visible, histoire d'attirer à elle d'éventuels ennemis. L'idée était de montrer qu'il n'y avait plus qu'un gamin à bord de l'Unimog. Elle voulait qu'ils baissent la garde, le temps qu'ils évaluent la situation et qu'ils comprennent que les autres s'étaient enfoncés sous terre.

En particulier, Jane McCabe.

La Britannique restait sans doute leur cible principale et ils perdraient de précieuses minutes à échafauder une stratégie.

Pendant ce temps-là, Seichan se familiarisait avec la moto : en testant la puissance de traction du pneu pelle arrière, elle se rendit compte que l'engin était parfait sur le sable, moins sur les cailloux. Son seul compromis face aux chutes de pierres : rouler à flanc de falaise, ce qui compliquait les tirs au-dessus de la tête.

Elle ne laissa transparaître aucune autre réaction. Même son pouls resta stable. Au contraire, elle était soulagée, avec ces cailloux, d'avoir une preuve tangible de l'existence des fantômes qui hantaient les collines. Consciente qu'ils étaient vraiment là, elle savoura l'adrénaline qui coulait dans ses veines.

Sa vision s'affina.

Elle n'avait aucun mal à deviner le plan de l'adversaire. Vu la situation, le seul bon coup à jouer était d'attendre que les cibles se montrent et de leur tendre une embuscade au grand jour, surtout s'ils voulaient capturer Jane McCabe vivante.

Hors de question !

Le visage enveloppé d'un foulard, Seichan chuchota pour rallumer la radio dissimulée devant sa bouche.

— Tiens-toi prêt, Ahmad.

De retour vers la vallée, elle conserva la même allure.

Soudain, on entendit le camion démarrer. Son écho résonna contre les parois de la cuvette. Un peu plus tôt, elle avait demandé à Ahmad s'il savait conduire. Il avait ricané, comme si la question était une insulte à sa virilité. Elle l'avait néanmoins obligé à le prouver en effectuant deux fois le tour du bassin.

À présent, l'ennemi allait croire que, pour chasser l'ennui, le garçon s'apprêtait à faire une nouvelle virée en camion.

Mais pas cette fois. Cette fois, c'était du sérieux.

Lorsqu'elle arriva dans la vallée, il roulait déjà vers elle au ralenti. Elle leva la main, comme pour le saluer, puis abaissa brusquement le bras.

En réponse, il fit vrombir le moteur et fonça sur elle.

Elle se coucha sur la selle et accéléra au point de faire hurler la moto. Le pneu arrière pivota sur lui-même dans une gerbe de sable, puis les pelles se mirent en action et elle bondit en avant, directement vers le pare-chocs du camion.

Derrière le pare-brise, Ahmad semblait apeuré, mais il ne ralentit pas. À la dernière seconde, elle le laissa remporter le jeu de la poule mouillée et vira de bord. L'imposante carcasse de l'Unimog la frôla et continua sa route vers l'étroite brèche. Il fallait que le garçon et le camion quittent le site, à la fois pour mettre Ahmad à l'abri et pour protéger leur unique véhicule.

Enfin seule, elle inclina la moto au maximum et s'appuya de tout son poids sur l'un des repose-pieds. Au moment où le deux-roues tournoyait sur lui-même, elle sortit son pistolet d'un holster fixé à sa cuisse et, estimant que celui qui s'était trahi avait dû la prendre en chasse, elle visa la paroi que les cailloux avaient dévalée.

Le remue-ménage qui s'empara du fond de la vallée poussa l'homme à se montrer, ne fût-ce que son ombre.

Elle tira à tout-va dans la direction indiquée. Loin d'espérer atteindre sa cible, elle souhaitait juste laisser à Ahmad le temps de se réfugier au pied des falaises. Pari réussi ! Le camion fut englouti par les ténèbres. Elle compta sur le fait que l'ennemi ne quitterait pas la vallée pour se lancer aux trousses du jeune guide – du moins, pas immédiatement. D'abord, il voudrait mettre la main sur sa cible n° 1.

Enfin, espérons-le.

Soucieuse de retenir leur attention, Seichan s'élança dans l'obscurité, le long de la vallée. Elle tira à l'aveuglette vers le même endroit de la falaise. Finalement, le sable crépita autour d'elle, au rythme de lointaines détonations de fusil.

Parfait.

Elle slalomait habilement au milieu des ombres, les gaz à fond, et sautait d'un repose-pieds à l'autre pour obliger son deux-roues à changer subitement de direction. Dès qu'elle eut une idée précise de l'endroit où le sniper était embusqué, elle riposta. Tandis qu'elle poursuivait ses acrobaties pendant une minute encore, elle sentit son cœur battre au rythme du moteur. Un sourire se dessina sous son foulard, dont les extrémités claquaient au vent.

Une fois satisfaite d'avoir offert à Ahmad le temps nécessaire pour quitter la faille et rejoindre la plaine, elle exécuta un demi-tour complet et fila en direction des grottes.

À l'approche de la falaise, elle ne ralentit pas. Elle alluma son phare, se plaqua sur le guidon et roula droit vers l'entrée.

Il est temps de poursuivre l'affrontement sous terre.

* * *

9 h 53

Jane rejoignit les autres devant la seule ouverture de la cage thoracique qui donnait accès au reste des entrailles. Elle se retourna un instant vers le cœur, désormais plongé dans le noir, et repensa au message de son père. Incapable d'en saisir la signification, elle se concentra sur la suite de l'expédition.

Une arcade traversait le diaphragme en pierre de soixante centimètres d'épaisseur. L'ensemble de leurs lampes dévoila des masses de grès suspendues au fond. Des mains et des outils tout droit venus de l'Antiquité en avaient poli la surface jusqu'à lui donner un éclat luisant.

— Il doit s'agir des lobes du foie, indiqua Derek qui, en frottant sous ses côtes, sembla y chercher la même configuration.

Une obscurité plus compacte les appela à s'enfoncer dans ce qui devait être la cavité abdominale.

Jane se sentit mal à la perspective de s'y aventurer – pas par dégoût anatomique de ce qui pouvait l'attendre, mais par crainte d'avoir peut-être abandonné son père. Il lui avait transmis un message, sans doute au prix de sa vie.

Et je n'ai aucune idée de ce que cela signifie.

Conscient de son désarroi, Derek resta à ses côtés.

— Il serait temps de nous accorder une pause et de…

Soudain, Gray fit volte-face.

— Chut !

Alors, Jane l'entendit aussi. Le gémissement d'un moteur. De plus en plus fort. Tout le monde se retourna. Une lueur émana du gosier du géant, puis, d'un coup, son éclat s'intensifia quand quelque chose jaillit de la trachée pour pénétrer dans le thorax. Les pneus dérapèrent, ce qui ralentit sa trajectoire.

C'était la moto d'Ahmad.

Le pilote se redressa sur son siège.

— Seichan ! appela Gray.

La jeune femme, qui avait repéré le groupe auréolé de lumière, remit les gaz. Le vrombissement résonna contre les murs. Elle fonça, s'arrêta pile devant l'équipe, mais resta assise.

Elle ne portait pas de casque. En revanche, elle avait mis son masque de protection. Le temps d'examiner la pièce, elle lança à ses camarades :

— Nous avons de la visite.

— Où est Ahmad ? demanda le commandant Pierce.

Seichan détacha un paquet fixé à l'arrière du deux-roues.

— Pour l'instant, il est sain et sauf. Je l'ai envoyé au loin avec le camion. (Elle lança le colis à Gray, qui l'attrapa au vol.) Je vous apporte du matériel. Munitions supplémentaires, grenades assourdissantes, bombes fumigènes. Le Piezer de Kowalski est aussi là-dedans. Ils ne vont pas tarder à descendre pour tenter de nous obliger à sortir.

Son regard s'attarda sur Jane.

L'ennemi est venu me chercher.

L'archéologue se rappela le message de son père.

Derek, qui avait compris la même chose, lui prit la main.

— Qu'est-ce qu'on fait ?

— Pourrait-il y avoir une autre sortie ? lança Gray.

— Bah ! Je ne... Sans doute, j'imagine.

— Il a raison, confirma Jane. Les peuples antiques équipaient souvent leurs structures sacrées d'issues de secours.

Le jeune homme observa la cage thoracique, puis l'arche diaphragmatique qui menait à l'abdomen.

— Nous sommes entrés par la bouche, donc, si les architectes se sont conformés au modèle anatomique...

— On n'est pas dans la merde, gémit Kowalski.

Gray lui tapota l'épaule.

— Espérons-le. C'est peut-être notre seule planche de salut.

Il les entraîna vers l'arche, où Seichan les suivit au guidon de sa moto.

Lorsqu'ils passèrent sous les lobes du foie, Derek éclaira une boule en pierre fixée un peu plus haut.

— La vésicule biliaire, murmura-t-il avec, malgré le danger, une once d'émerveillement dans la voix.

Jane, qui continuait de lui tenir la main, apprécia de se cramponner à quelque chose de solide. Ensemble, ils s'enfoncèrent dans la cavité péritonéale de l'abdomen. Les lampes frontales et le phare de la moto illuminaient les splendeurs du site.

Ils contournèrent le renflement d'un estomac énorme, posé sur une rate, et s'aperçurent que la majeure partie de la grotte n'était qu'une seule masse rocheuse sculptée en multiples plis et replis enchevêtrés, censés représenter les intestins de la divinité. Une fois encore, la finesse du détail était incroyable, depuis l'omentum, qui enveloppait les viscères, jusqu'au tracé des vaisseaux sanguins qui recouvraient toutes les surfaces.

Plus haut, une rangée de vertèbres longeait le plafond en arc de cercle et disparaissait dans les tréfonds de l'abdomen. De chaque côté, les murs avaient été sculptés en forme de reins géants, qui semblaient tenir en équilibre précaire, prêts à tomber.

— Par ici ! annonça Seichan.

Elle roula jusqu'à l'estomac et dirigea son phare vers une fine ouverture latérale.

Une porte…

Gray passa la tête à l'intérieur.

— Je vois l'endroit où arrive l'œsophage. (Il remua les épaules.) Et il y a un autre passage qui part de là.

Derek contempla la grotte dans toute sa largeur.

— Il doit mener au reste du tractus gastro-intestinal et, avec un peu de chance, déboucher sur une sortie. Ce ne sera pas la manière la plus digne de filer, mais nous n'avons guère le choix.

Tandis que Gray se redressait, Seichan l'entraîna à l'écart.

— J'ai confié une radio et un GPS à Ahmad. Je lui ai dit qu'il devait se mettre à l'abri et que je lui communiquerais notre position dès que nous aurions retrouvé l'air libre. (Elle lança un coup d'œil vers Jane.) Enfin, nous savons *qui* est la véritable cible de l'ennemi. La même qu'à Ashwell.

Gray comprit le sous-entendu.

— Il faut donc que tu exfiltres Jane. Pour vous permettre de bien filer, nous allons faire diversion. Avec un peu de chance, le temps que les adversaires se rendent compte de votre absence…

— Nous aurons rejoint l'Unimog, direction Khartoum. Dès qu'ils s'en apercevront, ils se lanceront à nos trousses, ce qui vous laissera le loisir de sortir à votre tour.

— Et tout le monde devrait être gagnant, conclut-il d'un air sévère, peu convaincu de leurs chances de réussite.

Jane eut l'impression désagréable d'être traitée comme un objet, de ne pas avoir voix au chapitre. Derek, qui avait entendu la conversation entre les deux agents, n'eut pas la même perception :

— Ils ont raison. Harold t'a laissé un message. Tu es trop importante pour qu'on te fasse courir le moindre risque.

Dans son regard, sa profonde inquiétude n'avait rien à voir avec l'idée de sauver le monde.

— Mais j'ignore ce que papa…

Il lui pressa la main.

— Tu vas trouver.

Elle contempla la porte qui menait à l'estomac.

— Et si on se trompait ? S'il n'y avait pas d'issue par là ?

À son tour, Kowalski apporta sa pierre à l'édifice.

— Je suis certain qu'on peut sortir.

— Comment pouvez-vous en être aussi sûr ?

— Je l'ai lu dans un livre.

Même Gray fut intrigué par sa réponse.

— Lequel ?

Kowalski poussa un soupir exaspéré.

— *On fait tous caca*. Le principe s'applique forcément aussi à ce géant.

Le commandant gémit.

Jane, elle, sourit et sentit ses épaules se décrisper un peu.

— Ce qu'il dit est logique, renchérit Derek.

Seichan se contenta de secouer la tête et poussa sa moto à l'intérieur de l'estomac. Si jamais elles atteignaient le désert, elles auraient besoin de la vitesse du deux-roues.

Résignée, Jane s'apprêta à la suivre. Derek la retint.

— Sois prudente.

Il la prit dans ses bras. Un instant, il parut vouloir l'embrasser, mais, à cause des masques, c'était impossible.

Elle l'enlaça donc longuement à son tour.

— Je te revois très bientôt.

— Tu as intérêt.

Jane rejoignit Seichan. La galerie qui conduisait au labyrinthe intestinal se trouvait à mi-hauteur de la paroi incurvée de l'estomac. Du regard, la jeune femme balaya le reste de la chambre gastrique. La surface était tapissée d'espèces d'ulcères ratatinés. Soudain, elle prit conscience que c'étaient des *visages* aux yeux enfoncés et sans expression.

Écœurée, elle sentit une crainte superstitieuse lui donner la chair de poule.

Jane sursauta lorsque Seichan mit le contact et qu'elle fit ronfler le moteur de manière assourdissante.

L'agent Sigma tapota la place derrière elle.

— Montez.

— Qu'est-ce que vous… ?

— Venez.

Malgré ses réticences, Jane leva une jambe et se laissa tomber sur la selle rembourrée.

— Accrochez-vous !

À peine sa passagère l'avait-elle attrapée par la taille que Seichan démarra en trombe. La moto tournoya sur elle-même, histoire de prendre de la vitesse, puis elle fila vers la paroi inclinée et s'engouffra par l'orifice.

Plafond bas oblige, Jane baissa la tête.

En face, le phare éclaira les terribles montagnes russes qui serpentaient devant elles.

— C'est parti ! lança Seichan, amusée.

Jane se cramponna de plus belle.

Oh, putain…

* * *

10 h 08

Valya assista à la scène depuis le sommet des falaises écrasées de soleil.

Son poste d'observation surplombait le bassin ombragé de la vallée. Elle attendit que le dernier homme de Kruger ait rejoint les mystérieuses grottes souterraines. Elle aurait pu les suivre, mais elle se méfiait de la femme chargée de protéger leur cible.

Seichan.

Quelques minutes plus tôt, Valya l'avait regardée enchaîner les allers et retours le long de la crevasse. De là-haut, elle avait cherché une signification aux traces que la moto laissait dans le sable. À coup sûr, son adversaire ne se contentait pas de surveiller l'extrémité sud de la fissure pour les empêcher de faire barrage.

Seichan avait dû soupçonner leur présence. Du moins, elle avait agi comme tel. Elle savait que l'équipe de Valya attendrait que les explorateurs émergent du trou pour les cueillir à la sortie.

Alors, tu préfères nous forcer la main, nous imposer tes propres règles du jeu.

Valya avait beau avoir accepté le principe en envoyant Kruger et ses acolytes sous terre, elle n'était pas assez idiote pour laisser le désert sans surveillance. Elle refusait que la traîtresse la force à desserrer le cordon de sécurité établi autour des collines.

Elle partit ramasser le second des deux drones ASP, censés l'aider dans sa tâche. Elle actionna les hélices du Raven, le brandit en l'air, puis, de retour sur la falaise, elle le lança dans le ciel. Il dégringola pendant un quart de seconde, puis ses ailes de plus d'un mètre captèrent un courant thermique ascendant venu de la vallée. Il reprit alors de l'altitude et se mit à tourner en rond.

L'engin volant, qui serait les yeux de Valya, allait épier de là-haut les collines escarpées.

Les images étaient déjà diffusées sur l'écran divisé en deux d'une console portative.

D'un côté, un camion traversait lentement le désert.

Le premier Raven surveillait l'Unimog en fuite, au cas où le véhicule aurait fait demi-tour. Un instant, la Russe avait songé à lancer un éclaireur sur sa piste, mais elle préférait ne pas affaiblir les forces parties sous terre.

L'objectif n° 1 restait Jane McCabe.

D'autant que le drone chargé de surveiller le camion était équipé d'un brouilleur d'ondes qui empêcherait toute transmission radio et isolerait le conducteur. Il faudrait plusieurs heures avant que ce dernier puisse contacter les secours.

Elle s'accroupit et, sur la pointe des pieds, elle oscilla au bord de la falaise.

Si les hommes de Kruger échouaient dans leur mission et qu'ils laissaient les autres refaire surface…

Elle prit son fusil d'assaut.

Je vous attends.

CHAPITRE 18

3 juin, 4 h 09
Île d'Ellesmere, Canada

— J'espère que vous êtes à l'aise, lança Simon Hartnell.

Painter contempla ses poignets menottés. Ses chevilles aussi étaient attachées à une chaise métallique. À l'évidence, ses hôtes ne voulaient prendre aucun risque avec lui. Il avait été conduit sous la menace d'une arme jusqu'à une petite bibliothèque située dans les quartiers privés du milliardaire. Après l'avoir soigneusement attaché, les gardes avaient pris congé. Durant tout ce temps-là, Anton avait brillé par son absence, mais qu'est-ce que cela voulait dire ?

— Où est Kathryn Bryant ?

— Bonne question. Aux dernières nouvelles, son autoneige disparaissait au cœur de la tempête.

Le chef Crowe éprouva une sombre satisfaction.

Elle s'en est donc tirée.

— Elle a provoqué une somme considérable de dégâts, ajouta Hartnell. Plus qu'elle n'en a véritablement conscience.

Ça, c'est bien Kat.

— Enfin, nous nous occuperons bientôt d'elle.

Le P.-D.G. contourna son bureau et s'y accouda, tel un enseignant prêt à réprimander un élève.

— Je pense que nous sommes partis sur de mauvaises bases, vous et moi. Vous êtes un homme de science, donc j'aurais dû être plus franc.

Painter le laissa parler, tandis qu'il observait les lieux. Si les multiples écrans d'une station informatique occupaient un mur entier, le reste de la pièce était tapissé de lambris et d'étagères en acajou, où trônaient des rangées de livres poussiéreux et de petites vitrines rétroéclairées. Le regard du directeur s'attarda un peu trop sur deux splendides maquettes de frégates du XIXe siècle.

Hartnell remarqua son intérêt.

— Les HMS *Terror* et *Erebus*. D'anciens navires de guerre reconvertis en vaisseaux d'exploration.

Painter connaissait leur nom et le sort tragique qu'ils avaient connu.

— Si mes souvenirs sont bons, ils ont disparu en Arctique alors qu'ils cherchaient le passage du Nord-Ouest.

— Exact. En 1896, ils ont été piégés par la glace au large de l'île du Roi-Guillaume, non loin d'ici. L'histoire des équipages est un mélange de disette, de folie et de mort. Tous les marins ont péri, y compris un de mes lointains ancêtres, John Hartnell, qui n'embarqua à bord que pour échouer dans une modeste tombe, sur l'île Beechey voisine. (Il secoua tristement la tête.) J'ai moi-même visité le cimetière il y a peu afin de rendre hommage à ce jeune homme bourré d'ambition et de détermination.

— Certains hommes semblent parfois aller trop loin.

Hartnell ne releva pas la discrète insinuation.

— Dans le cas de John, son destin funeste ne serait pas lié à son *ambition*, mais plutôt à l'ingestion de conserves de viande avariée. Des analyses pratiquées sur les restes momifiés et gelés de mon aïeul ont révélé que les boîtes mal scellées avaient causé un empoisonnement au plomb, ce qui avait sans doute fait perdre la tête à ses camarades comme à lui-même. (Il hocha le menton vers les maquettes.) Vous avez néanmoins raison de dire qu'il s'agit d'un récit édifiant, mais pas au sens où vous le pensez.

— Alors, dans quel sens ?

— Saviez-vous qu'en raison de la fonte massive des glaces en Arctique, des bateaux de croisière, remplis de passagers sirotant des cocktails et dégustant les mets les plus raffinés, empruntent maintenant le passage du Nord-Ouest, sur les traces exactes du *Terror* et de l'*Erebus* ? (Il se rembrunit.) Ces touristes viennent voir la cime du monde alors qu'en réalité, ils assistent à sa lente agonie.

— La faute au changement climatique ?

Painter avait adopté un ton clairement dubitatif dans l'espoir de se payer la tête de son adversaire et de le pousser à être plus bavard qu'il ne l'aurait voulu. Il savait à quel point le patron de Clyffe Energy était obsédé par le sujet.

— Vous ne vous trouvez pas un peu excessif ? Voire alarmiste ?

Hartnell se leva.

— Tout le monde devrait être *alarmé*. La planète se réchauffe à un rythme sans précédent. La NASA a analysé des carottes de glace et elle estime que, depuis un millier d'années, les choses empirent comme jamais. Mois après mois, les températures moyennes s'affolent. Le Koweït a ainsi battu un record de chaleur mondial avec près de 54 °C. Bientôt, l'atmosphère torride rendra certains endroits inhabitables. Nous sommes déjà témoins de phénomènes météorologiques qui *dépassent* l'idée de tempête du siècle – des catastrophes d'une intensité inédite depuis plusieurs siècles.

— Bah ! La météo est imprévisible.

Hartnell semblait au bord de l'apoplexie.

— Si on ne parlait que d'un seul événement, peut-être ! Hélas, rien que l'an dernier, les États-Unis ont essuyé *huit* épisodes de pluies torrentielles comme on n'en avait pas vu depuis cinq cents ans. Huit ! (Il assena un coup de poing sur son bureau.) Et ne me parlez pas de cycle naturel ! La NOAA s'est penchée sur la dernière fois où la Terre s'était réchauffée, après la dernière période glaciaire. L'augmentation de température enregistrée au cours de notre siècle est *dix* fois plus rapide, *vingt* fois plus que le taux historique moyen. Alors, non, nous n'avons pas affaire à un *cycle*... mais bien à un *processus d'extinction massive*.

— Comment imaginez-vous donc inverser la tendance ? ironisa Painter. D'après ce que j'ai lu, nous avons déjà dépassé le point de bascule.

Le milliardaire se redressa.

— Exact. Seul un visionnaire, prêt à courir les plus gros risques, saura empêcher l'inévitable. Le degré d'engagement devra être de l'ordre du projet Manhattan[1]. Quelque chose que les gouvernements internationaux ne sont plus en mesure d'orchestrer. La solution viendra, par conséquent, du secteur privé.

— En d'autres termes, *vous*, déduisit Painter. Alors, que faites-vous au juste au sein de la station Aurora ?

Poussé à bout, Hartnell annonça :

— Je vais enrayer le réchauffement climatique et offrir au monde une source d'énergie révolutionnaire.

— Comment ?

Il se tourna vers une vitrine qui abritait un carnet relié de cuir noir.

— Grâce à un ami.

* * *

1. Nom de code du projet de recherche qui a produit la première bombe atomique durant la Seconde Guerre mondiale.

4 h 17

Simon Hartnell tâcha de réprimer le tremblement de rage qui agitait sa main au moment d'insérer la clé dans la serrure de la vitrine. Peu à peu, son geste devint plus sûr et il put ouvrir la porte. Avec maintes précautions, il sortit l'ouvrage exposé, puis se tourna vers l'homme ligoté sur sa chaise.

Même s'il soupçonnait Painter Crowe de l'avoir provoqué à dessein, cela n'avait guère d'importance.

— Voici le journal personnel de Nikola Tesla, que le gouvernement américain avait fait confisquer après son décès. Néanmoins, vos compatriotes n'ont su ni apprécier ni comprendre ce qui était écrit à l'intérieur.

— Et vous, oui ?

Plus calme à présent qu'il tenait le précieux trophée entre ses mains, Simon refusa de se laisser piquer au vif.

— Il m'a fallu plus de trente ans. Et, encore, je ne sais pas tout. Ce type pouvait être sacrément énigmatique quand il voulait. (Il se rassit.) Hélas, il tenait davantage du génie visionnaire que de l'inventeur ancré dans la réalité pratique. Voilà pourquoi tout le monde connaît Thomas Edison et moins Nikola Tesla. Edison était un homme de son temps. Tesla, lui, était en avance sur le sien.

— Laissez-moi deviner. Son heure est enfin arrivée.

Simon posa sur son prisonnier un regard acéré : il était beaucoup plus malin qu'il ne l'avait cru au premier abord, surtout pour un employé du gouvernement.

— En effet. J'ai l'intention de montrer quel génie il était véritablement.

Painter contempla quelque chose au loin.

— Votre réseau d'antennes… C'est plus qu'une version améliorée du HAARP.

— Oui. Il incarne la concrétisation du rêve de Tesla : un monde sans guerres, alimenté par une énergie inépuisable et bon marché, au service d'une planète prospère qui respire la santé.

— Et vous pouvez fournir tout cela ?

— Le moment venu. Nous préparons un test localisé – une preuve de concept, si vous préférez – qui devrait avoir lieu après-demain.

— Quel concept ?

— Que savez-vous du projet Wardenclyffe de Tesla ?

— Seulement qu'il s'agit d'une tentative avortée pour créer un réseau de générateurs électriques sans fil. Sa tour devait être la première au monde.

— Wardenclyffe allait être *sa* preuve de concept, censée montrer à l'opinion publique que c'était possible. Il a commencé à bâtir la tour en 1901, mais son architecture et sa mécanique reposaient sur des théories élaborées plusieurs dizaines d'années auparavant. En termes simples, il savait que, pour transférer de l'énergie sans fil, il avait besoin d'un conducteur capable d'emporter cette énergie d'un bout à l'autre du globe. Il a donc travaillé sur deux solutions potentielles : la terre et l'atmosphère. Selon lui, on pouvait puiser l'énergie dans les entrailles de la planète afin de stimuler sa fréquence de résonance naturelle, ce qui amplifierait cette énergie à l'échelle internationale. Par ailleurs, le même résultat pouvait aussi être obtenu en projetant l'énergie vers une couche de l'atmosphère caractérisée par sa conductibilité électrique.

— L'ionosphère.

Simon confirma d'un signe de tête.

— À l'époque, on ne faisait que spéculer sur l'existence d'une telle couche. La preuve n'en a été apportée qu'en 1925.

— De nouveau, Tesla était en avance sur son époque.

— Hélas, oui. Voilà pourquoi il s'est tourné vers le seul conducteur auquel il avait accès : la Terre. Il a conçu, pour Wardenclyffe, des fondations de quatre-vingt-dix mètres de profondeur, de sorte que sa tour puisse mieux *agripper la terre*, comme il disait.

— Sauf qu'il a échoué.

— Uniquement parce qu'il ne disposait pas de la technologie pour explorer une théorie plus prometteuse : l'ionosphère terrestre. Plus tard, quand l'existence de cette couche a été démontrée, il a continué ses travaux et, en 1931, il a annoncé être en passe de découvrir une source d'énergie issue – je cite l'article – d'une « entité nouvelle et inattendue ». En revanche, il n'a jamais révélé au journaliste de quelle entité il s'agissait.

Painter avait dû remarquer son excitation grandissante.

— Vous, vous savez ce que c'était.

Simon posa la main à plat sur le carnet de Tesla.

— Tout est là.

L'Américain se dressa de toute sa stature.

— Vous faites allusion au fameux microbe électrique.

Simon ne put cacher sa stupeur.

— Correct ! À Londres, Tesla a mené des expériences sur un organisme très dangereux.

— Était-ce en 1895, au British Museum, quand un groupe de chercheurs a ouvert une relique ayant appartenu à David Livingstone ?

Simon se renversa en arrière sur son siège, les yeux ronds.

Combien de choses cet énergumène savait-il déjà ?

— Qu'y a-t-il d'autre dans votre bouquin ? reprit Painter.

— Tesla a extrapolé un concept, fondé sur ce qu'il avait appris des propriétés de l'organisme et des découvertes liées à l'ionosphère, pour créer une version rudimentaire de ce que nous avons construit ici. Une fois encore, la technologie et les sources d'énergie nécessaires à la réalisation du projet n'étaient pas disponibles à son époque.

— Vous avez donc poursuivi ses travaux et bâti Aurora.

— Ma tour de Wardenclyffe à moi. Une station de tests locale pour une vision mondiale à grande échelle.

— Quelle vision ?

— Comme je vous le disais tout à l'heure, la même que Tesla. Un monde en paix, une énergie bon marché, inépuisable et une planète en meilleure santé. (Simon défia son interlocuteur du regard.) N'est-ce pas un but qui en vaut la peine ?

— Absolument. Et je suis plus que ravi de le reconnaître. En revanche, je me pose davantage de questions sur la *manière* dont vous comptez atteindre un objectif aussi noble.

— Vous faites allusion au recrutement du Dr al-Maaz.

— Je parlerais plutôt d'enlèvement et de meurtre.

En silence, Simon lui concéda ce point.

Painter agita ses menottes.

— Et puis, il y a ceci.

— Rien que de fâcheux incidents de parcours. Jamais délibérés. En fait, la plupart des victimes sont directement imputables au professeur McCabe. S'il n'avait pas été aussi imprudent, de nombreuses vies auraient été épargnées.

— C'est facile d'accuser un mort.

— Mais pas moins vrai.

Le téléphone sonna sur le bureau. Simon vérifia l'identité du correspondant.

Ah…

Il rappela les gardes dans le couloir.

— J'ai quelques affaires à régler, monsieur Crowe. Nous reprendrons notre conversation plus tard.

— Attendez ! protesta Painter. Dites-moi comment vous envisagez de mettre la vision de Tesla en pratique.

Simon sourit et brandit le livre.

— Il vaut mieux que vous l'appreniez du génie en personne. Enfin, peut-être pas dans son serbe natal. Je vais vous faire livrer une traduction dans votre chambre. Lisez-la, et nous en reparlerons. Vous aurez alors peut-être compris tous les enjeux.

Les surveillants remmenèrent le prisonnier qui, en sortant, fit légèrement cliqueter ses chaînes. Une fois seul, Simon s'empara du combiné et prit l'appel.

— Alors, Anton, vous êtes tout raccommodé ?

— Oui, chef. Je vais de ce pas rejoindre les équipes de recherche.

— Parfait. Retrouvez-les. Les données dérobées au laboratoire doivent être mises en lieu sûr.

À présent la momie avait été incinérée, la carte topographique de ses tatouages était la meilleure piste pour tenter d'apprivoiser le microbe mortel. Selon la conversation par webcam qu'ils avaient eue la veille, Rory et le Dr al-Maaz semblaient tout près d'aboutir à une découverte majeure.

Anton grommela au bout du fil :

— S'ils ont fait du mal à Rory…

— Je suis sûr qu'il va bien.

En deux ans, les deux hommes étaient devenus très liés, ce que Simon autorisait, voire encourageait, même si, pour Anton, *l'amour* était une notion étrange et biaisée. Sa relation avec sa sœur, Valya, était malsaine, codépendante et les liait aussi fort que leur tatouage commun. Elle n'avait rien de sexuel, Dieu merci, mais elle leur portait préjudice à tous les deux. La nouvelle liaison du Russe avec Rory rendait aussi service à Simon, car elle affaiblissait le lien fraternel, ce qui faisait de Valya un agent solo plus utile… et vraiment sans pitié.

Rien ne valait une femme bafouée, même par son frère.

Or, voilà qu'à présent, les sentiments du mercenaire envers le jeune archéologue semblaient faire obstacle.

— Trouvez-moi ce CD-Rom, Anton. Peu importe le prix. Pigé ?

Il y eut un long silence, puis une réponse ferme, empreinte d'une détermination farouche :

— À vos ordres, chef.

* * *

4 h 32

— Allô, allô…

Kat savait que les efforts de Safia étaient vains. Assise côté passager, l'archéologue tentait de joindre la base aérienne de Thulé, tandis qu'au volant, l'Américaine, très concentrée, luttait à la fois contre les embûches du terrain et contre la tempête. La cabine de l'autoneige était secouée par des vents glaciaux qui semblaient hurler leur frustration de ne pas les atteindre. Quant aux flancs du véhicule, ils étaient bombardés de grêlons secs.

À l'heure qu'il était, elles devaient être entrées au parc national Quttinirpaaq, même si, sans GPS, on ne pouvait en avoir la certitude.

Safia baissa le téléphone satellite et tendit le cou vers les montagnes qui défilaient à sa fenêtre.

— Peut-être qu'en prenant de l'altitude…

— Ça ne servirait à rien, objecta Kat, les paupières plissées.

Dans la nuit et le blizzard, ses phares n'avaient qu'une portée de quelques mètres. L'autoneige longeait une rivière gelée où la glace, fondue ou brisée par endroits, laissait entrevoir les eaux bleutées qui coulaient dessous à vive allure. La vallée était encadrée de sombres sommets déchiquetés, qui apparaissaient et disparaissaient au gré des orages.

— Le mauvais temps nous laissera peut-être un répit.

— Le problème n'est pas le *mauvais temps*, répondit Kat, le regard rivé aux nuages menaçants. Nous sommes coupés du monde par une tempête d'un autre genre. Un orage géomagnétique déclenché par une récente éruption solaire. Tant qu'il ne se sera pas calmé, nous n'aurons aucune liaison satellite.

— Elle a raison, confirma Rory derrière elles. Il est prévu qu'il dure un jour ou deux.

Kat lorgna dans le rétroviseur central. Elle s'était arrêtée, le temps de lier les mains du Britannique dans son dos avec de la corde trouvée à l'arrière du véhicule. Elle l'avait aussi attaché par la taille aux boucles de sécurité du siège. Il n'irait nulle part.

Il surprit son regard et baissa le menton.

Elle se rappela son inquiétude envers Safia, sa réaction sincèrement contrite et emplie de remords, mais elle n'avait pas oublié non plus le ton angoissé de sa voix quand il avait vu la traînée de sang laissée par Anton. Elle soupçonnait les deux hommes d'avoir développé une relation plus intime.

Au siège de Sigma, elle avait étudié le dossier d'Anton Mikhailov, alors âgé de seize ans. Son casier judiciaire faisait état d'une condamnation pour « menus larcins » et « attentats aux mœurs ».

Or, à l'époque en Russie, l'homosexualité était encore considérée comme un crime.

Kat se souvint aussi du rapport d'enquête sur la disparition du professeur McCabe. Il était mentionné que le père et le fils entretenaient des rapports conflictuels et qu'ils se tenaient souvent tête. Même Jane l'avait reconnu, considérant que son frère avait du mal à accepter la figure ultra dominante d'Harold.

Kat ne doutait pas qu'il y ait une part de vrai.

Toutefois, ce n'était peut-être pas l'unique raison.

McCabe avait-il été au courant pour son fils sans jamais l'accepter ? Ou Rory avait-il gardé le secret de son orientation sexuelle, au risque de créer un fossé de non-dits avec son père ?

Il allait devoir s'expliquer, mais, là, ce n'était pas le…

— Kat !

Safia lui agrippa le bras et attira son attention droit devant eux. Les phares éclairaient une imposante silhouette sombre et hirsute qui, au bord de la rivière, se désaltérait entre les plaques de glace brisées.

Un bœuf musqué.

La conductrice donna un grand coup de volant pour éviter la collision, mais la seule solution était de traverser la rivière gelée. Les chenilles crissèrent sur la banquise. Chaque craquement suspect la faisait tressaillir, mais ils parvinrent à rejoindre la berge opposée et à regagner la terre ferme.

— Désolée, s'excusa Kat en s'épongeant le front.

À l'évidence, le terrain comme la tempête n'aimaient pas qu'on les oublie.

— Vous avez besoin de sommeil, murmura Safia.

Et comment !

— Dès que nous serons arrivés à Alert.

C'était leur plan. À l'autre bout du parc national Quttinirpaaq se trouvait l'avant-poste canadien d'Alert, où l'armée avait établi une garnison et une station météorologique. Manque de chance, Quttinirpaaq était le deuxième plus vaste parc du pays, ce qui obligeait à parcourir près de deux cent cinquante kilomètres de contrées sauvages avant de trouver refuge quelque part.

Le trajet durerait de longues heures, voire une bonne partie de la journée.

À supposer que l'ennemi ne nous ait pas rattrapés avant.

Kat se renseigna auprès de Rory :

— De quel genre de véhicules terrestres disposiez-vous à la station ?

— Autoneiges, motoneiges… Enfin, elles servaient surtout à se détendre. Aurora est un site scientifique, pas une base militaire.

La jeune femme acquiesça, consciente que c'était probablement la seule raison pour laquelle ils avaient réussi à s'enfuir. Les infrastructures étaient si isolées que l'hostilité de la région était sans doute considérée comme un rempart suffisant contre la plupart des menaces.

— Des gars allaient parfois chasser en Cessna, continua Rory, la mine renfrognée. Il y a plus sportif, mais, au moins, ils se défoulaient.

Kat observa le ciel. L'unique intérêt de la tempête, c'était qu'elle clouait au sol les avions de brousse.

Enfin, quand bien même il y aurait eu des chasseurs, ce n'était pas son pire sujet d'inquiétude.

Safia gardait le téléphone contre son cœur. Kat lui avait demandé d'essayer de contacter la base aérienne de Thulé. Certes, les chances étaient infimes qu'une accalmie géomagnétique lui permette de joindre le colonel Wycroft, mais la mission était surtout censée lui changer les idées.

Tandis qu'elle regardait par la fenêtre, l'archéologue se frotta la joue. Consciente de l'angoisse que trahissait son geste machinal, Kat se remémora l'accroc dans la combinaison de biosécurité, la giclée de matière potentiellement infectée. Safia était vite allée se décontaminer, mais n'était-ce pas déjà trop tard ?

Il valait mieux ne pas lui rapporter ce que le Dr Kano avait dit de la progression de la maladie – comme quoi il fallait à peine deux heures pour que les particules infectieuses, une fois inhalées, atteignent le cerveau.

Notre opération de sauvetage n'aurait-elle fait que signer l'arrêt de mort de cette pauvre femme ?

De son côté, le radiateur de l'autoneige semblait victime d'une crise d'asthme. Il cliquetait fort et soufflait de l'air chaud dans l'habitacle hermétique, leur rappelant à grand bruit que Safia n'était peut-être pas la seule en danger.

Soudain, le moteur toussa violemment. Kat se cogna au volant. Par bonheur, la mécanique se calma aussitôt et reprit son doux ronflement. Malgré le soulagement, il y avait de quoi s'inquiéter. Les autoneiges d'Aurora n'accomplissaient sans doute que de menues tâches à proximité de la station et il y avait fort à craindre qu'elles ne soient pas assez bien entretenues pour endurer une course de fond entre les mâchoires puissantes d'une tempête.

Comme si tout le monde à bord s'en était rendu compte, le trajet continua en silence pendant de longs kilomètres, jusqu'à ce qu'un nouveau bruit s'immisce dans leurs angoisses.

On aurait dit une avalanche, une cascade tonitruante, qui rugissait de plus en plus fort.

Tout à coup, des formes sombres jaillirent des ténèbres derrière eux et filèrent de chaque côté avant de converger à nouveau dans le faisceau des phares. Leur passage assourdissant était accompagné de braillements lugubres et affolés.

C'était un troupeau de caribous, des centaines de têtes qui cernaient leur véhicule, telle une rivière autour d'un rocher. Puis, aussi vite qu'ils avaient surgi, ils disparurent.

— À votre avis, qu'est-ce qui les a effrayés ? lâcha Safia.

Kat, qui avait une idée de la réponse, chercha des lumières derrière eux. Le pied sur l'accélérateur, elle écouta la mise en garde du troupeau fantôme et se lança sur ses talons.

Quelqu'un nous a retrouvés.

* * *

4 h 38

Painter arpenta la pièce en frictionnant ses poignets endoloris. Les gardes l'avaient détaché, puis, après une fouille à nu, ils lui avaient balancé un simple uniforme gris. Ils n'avaient même pas fourni de chaussures.

Enfin, c'était le cadet de ses soucis.

Lui se rongeait les sangs pour Kat et Safia.

Ses geôliers l'avaient enfermé dans l'ancienne chambre de Safia. L'atmosphère y était imprégnée du parfum de son amie – de délicats effluves de jasmin qui, d'emblée, l'avaient renvoyé à leur passé commun, fait de déserts de sable et d'oasis verdoyantes. Ils lui rappelèrent aussi amèrement les dangers qui les guettaient.

Kat et Safia avaient beau s'être enfuies avec Rory, il ignorait combien de temps elles échapperaient encore à leurs poursuivants. Malgré l'attitude cordiale de Simon Hartnell, Painter savait qu'il ne reculerait devant rien pour les récupérer.

Un raclement attira son attention.

Quoi encore ?

Une grille coulissa au bas de la porte. On y jeta quelque chose, qui glissa jusqu'à ses pieds. À peine s'était-il penché pour l'examiner que la trappe se referma d'un coup sec.

Il ramassa une grosse liasse de documents perforés et reliés par des attaches parisiennes. En les feuilletant, il constata que de longs passages avaient été censurés par d'épaisses bandes noires, notamment là où devaient figurer des schémas et des graphiques.

Intrigué, Painter s'assit au bureau.

Il se doutait de quoi il s'agissait.

Une traduction du carnet noir de Tesla.

Au moins, sur ce point-là, le milliardaire avait tenu parole. Cependant, au vu des parties expurgées, il refusait d'être trop loquace sur ce qui se passait réellement à Ellesmere.

Eh bien, je m'en contenterai.

De par son geste, Painter conclut que Hartnell souhaitait être compris, voire respecté pour son intelligence supérieure et son esprit d'initiative. À moins, peut-être, qu'il n'ait juste besoin d'un témoin appréciant la suite des événements et qu'il ne soit disposé à le former en conséquence.

Le chef Crowe était ravi de coopérer.

J'applaudirai d'ailleurs des deux mains si cela me permet d'obtenir ce que je veux.

En même temps, il avait bien conscience que son adversaire n'était pas stupide. Il suffisait de regarder par la fenêtre pour voir ce qu'il avait bâti au nez et à la barbe du DARPA, en obtenant, de surcroît, que l'agence finance ses travaux. Mieux valait donc ne pas le sous-estimer.

Painter contempla l'ouvrage relié.

S'il me l'a remis, c'est qu'il attend quelque chose de ma part.

Alors, soit.

Il l'ouvrit à la première page et commença à lire.

À mesure que l'histoire se déroulait, une certitude glacée l'envahit.

Cela ne va pas bien se finir… pour aucun d'entre nous.

CHAPITRE 19

3 juin, 10 h 22
Désert du Soudan

Dans le ventre de la divinité, Gray écouta le vrombissement sourd de la moto de Seichan s'estomper derrière lui. Il espéra qu'il y avait une sortie par là. Sinon, il savait que sa bien-aimée se terrerait quelque part avec Jane McCabe, convaincue que ses collègues de Sigma les aideraient à rester saines et sauves.

Kowalski resurgit au niveau de l'estomac en levant le pouce d'un air satisfait. Il avait préparé une petite surprise, au cas où un des ennemis emprunterait l'œsophage pour rejoindre l'abdomen. Le seul autre moyen d'accéder à la moitié inférieure du dieu assoupi, c'était par l'ouverture du diaphragme.

Les autres y montaient la garde et, comme l'orifice étroit ne laissait passer qu'une personne à la fois, c'était la meilleure position de défense possible. Tapi derrière un méandre rocheux du duodénum, Gray braqua son Sig Sauer au niveau de l'arche en regrettant sa maigre puissance de feu.

À droite, Derek était accroupi derrière un monceau de débris, là où un pan de l'anatomie du dieu s'était détaché du plafond et fracassé à terre. D'ailleurs, il ne cessait de regarder en l'air, comme s'il craignait de recevoir une autre pluie de cailloux. Armé d'un Beretta 96A1 de réserve, il avait juré savoir s'en servir. Selon lui, les archéologues se devaient d'être habiles au tir, car ils intervenaient souvent dans des pays déchirés par la guerre ou sur des sites contrôlés par des militants rebelles.

Aussitôt, Kowalski avait renchéri : « Achetez-vous peut-être aussi un fouet. »

Pour l'heure, Gray aurait apprécié n'importe quelle arme supplémentaire.

Kowalski prit position derrière le renflement de l'estomac, tout près de l'ouverture, et il épaula son Piezer bourré de cristaux piézo-électriques, prêt à réserver un accueil détonant au moindre intrus. Il avait aussi un pistolet Desert Eagle de calibre .50 coincé à la ceinture.

Tout le monde aux aguets, on aurait entendu une mouche voler.

Par souci de discrétion, Gray avait demandé à ses camarades d'éteindre leur lampe. La seule source d'éclairage venait donc du casque de Seichan, réquisitionné avant son départ et posé au sol, le faisceau lumineux orienté vers l'ouverture.

Par-delà l'éclat vif du casque, on ne discernait aucun mouvement, pourtant le commandant était persuadé d'entendre des bruits discrets : crissement de cailloux, froissement d'étoffe ou encore grincement de bottes en cuir. Si ses oreilles ne lui jouaient pas des tours, quelqu'un avait investi la salle voisine et se déplaçait dans le noir, sans doute équipé de lunettes infrarouges.

Soudain, ce fut le chaos.

Un coup de fusil retentit, la lampe du casque explosa et le site fut plongé dans les ténèbres.

Au même moment, un éclair associé à une puissante déflagration jaillit de l'arche. Quelqu'un avait trébuché sur le fil piège que Kowalski avait posé en travers de l'œsophage et relié à deux grenades assourdissantes.

Le regard baissé, le colosse pointa son Piezer vers la lumière aveuglante et pressa la détente. À l'intérieur de l'estomac éclata alors un panache scintillant de cristaux piézoélectriques bleus, qui ricochèrent un peu partout et prirent l'éblouissant relais des grenades.

Gray en profita pour lancer, à travers le diaphragme, une bombe fumigène qui explosa à l'entrée du tunnel, créant un épais brouillard. Derek tira dedans afin de décourager toute intrusion.

À présent que la vue à l'intérieur de l'abdomen était provisoirement obstruée, Gray ôta son casque, dont il alluma la lampe frontale, et il le posa à terre.

— Repli en position n° 2 !

Derek le suivit. En revanche, Kowalski s'élança la tête la première dans l'estomac, son Desert Eagle au poing. Il tira un seul coup de feu, sans doute pour effaroucher un adversaire encore groggy, puis il ressortit d'un bond en traînant quelque chose.

— Je me suis dit qu'on pourrait en avoir besoin.

Son trophée ? Le long tube noir d'un lance-roquettes russe RPG-7 et deux grenades.

Gray pivota vers la paroi diaphragmatique avec une profonde appréhension.

S'ils avaient déjà un lance-roquettes, nos adversaires ont sans doute…

Un fracas retentissant ébranla le monde autour d'eux. La petite ouverture au sein du diaphragme fut soufflée, la hernie doubla de volume et d'immenses fissures remontèrent le long du mur de grès qui séparait les deux cavités. Des blocs de pierre se détachèrent, obligeant le groupe à battre en retraite. L'estomac se retrouva même écrasé sous une grosse dalle.

À travers le nuage épais de fumée et de poussière de roche, des ombres couraient çà et là, tête baissée.

Des coups de feu crépitèrent.

Un tir atteignit le casque abandonné de Gray et détruisit sa lampe.

Aussitôt, un voile de ténèbres s'abattit sur la grotte.

— On fait quoi maintenant ? gémit Derek.

* * *

10 h 29

Au son des explosions, Seichan se coucha sur le guidon et continua de rouler comme elle pouvait, alors que tout tremblait autour d'elle. La respiration coupée par les bras de Jane qui lui écrasaient la poitrine, elle tâcha de rester d'aplomb sur sa selle. Enfin, elle freina et lorgna derrière elle.

Gray…

Jane aussi regarda d'où elles étaient venues.

— Que se passe-t-il ?

— Une indigestion, pesta Seichan avant de refaire volte-face vers l'avant. La guerre est déclarée à l'intérieur. En d'autres termes, il est temps pour nous de fiche le camp.

Elle reprit la route. Après les innombrables méandres de la descente tortueuse qui les avait menées jusque-là, le trajet n'était plus, *a priori*, qu'une longue ligne droite.

— Ce ne doit plus être loin, estima Jane. À mon avis, nous sommes dans le colon gauche, qui fait partie du gros intestin.

Un peu plus tôt, la jeune archéologue avait décrit la traversée de l'intestin grêle comme purement *figurative*. Les galeries onduleuses y avaient été à peine plus étroites que celle où leur moto circulait à présent. D'ailleurs, loin d'égaler les sculptures raffinées du tractus gastro-intestinal, le passage était un simple tunnel sinueux, percé dans un bloc de grès grand comme un terrain de football et gravé sur l'extérieur de manière à *paraître* plus alambiqué qu'il ne l'était en réalité.

Tout en suivant le rayon de son phare, Seichan resta à l'affût de tout ce qui se passait dehors. Les explosions avaient cédé leur place à quelques bruits sourds par-ci par-là. En revanche, de sèches rafales de tirs témoignaient d'une fusillade en cours.

Jane tendit le bras par-dessus l'épaule de son pilote.

— Regardez comme la galerie se rétrécit devant nous. Je pense qu'il s'agit du sphincter. Nous devons approcher du fond.

En l'occurrence, au sens propre du terme.

Seichan accéléra.

Plus vite elles sortiraient, plus vite elles pourraient attirer l'ennemi dans leurs filets, loin de Gray et des autres, qui avaient risqué leur vie pour les protéger.

Ce n'est que justice de leur rendre la pareille.

Au niveau du goulet d'étranglement, le couloir plongea de nouveau à pic. Le phare de la moto éclaira alors un éboulis de rochers et de sable qui bouchait le passage.

— Merde, lâcha Jane à mi-voix.

Seichan pila.

— C'est le cas de le dire. Au moins, on n'a pas l'odeur.

* * *

10 h 32

Derek rampa, des bourdonnements plein le crâne. Gray et Kowalski le suivaient en tirant à l'aveuglette. Une seule source de lumière subsistait.

Le casque abandonné de l'archéologue.

Le commandant Pierce l'avait posé à quelques mètres, derrière un rocher, hors de la ligne de mire. Même si la lampe ne permettait guère d'apprécier la progression ennemie à travers les décombres, sa lumière douce les aida au moins à rejoindre les profondeurs obscures de l'abdomen.

— On commence à manquer de cachettes.

Kowalski avait raison.

D'un côté se dressait la masse entortillée des intestins sculptés. De l'autre, la paroi abdominale s'élevait en doux arrondi vers la colonne vertébrale représentée au plafond. Peu à peu, ils étaient ramenés au milieu du ventre, là où ils s'étaient retrouvés coincés.

Derek tressaillit en entendant Kowalski presser la détente.

Deux ombres se séparèrent et disparurent de chaque côté.

— Cela devrait être assez loin, annonça Gray.

Assez loin pour quoi ?

— Tout le monde derrière moi, ordonna-t-il avant de hisser le lance-roquettes sur son épaule.

— Soyez précis, prévint Kowalski. Après, il ne nous restera plus qu'un seul tir.

La détonation fit sursauter Derek. Une gerbe de flammes jaillit du tube, tandis qu'une fine spirale de fumée propulsait la grenade à travers la grotte. Au lieu de cibler directement l'adversaire, l'agent Sigma avait préféré viser le plafond.

Non, pas le plafond.

Gray les repoussa tous en arrière.

— Vite, vite…

L'explosion éclaira son véritable objectif : un rein, gros comme un autobus, qui se détacha en emportant une partie de la voûte. Dans sa chute, il effectua une légère rotation, puis s'écrasa au sol, pile entre leur équipe et l'adversaire. Une pluie de gravats s'abattit autour de l'organe sectionné.

Quelque chose heurta le casque abandonné de Derek et l'éteignit comme si on avait soufflé une bougie.

Gray alluma une lampe-torche de sa poche et braqua son faisceau sur les dégâts.

Kowalski lui assena une grande tape dans le dos.

— Personne ne pourra passer !

Et nous non plus, pensa Derek. *Du moins, pas avant que la situation soit stabilisée.*

Ce qui, hélas, devint vite improbable.

Au lieu de ralentir, le processus d'effondrement empira. Un énorme pan du plafond en grès se fissura en faisant tout trembler autour de lui et, telle la main de Dieu, il écrasa la moitié de la masse intestinale. Les trois hommes furent enveloppés par un épais nuage de sable et de poussière qui, s'ils n'avaient pas eu de masque à air, aurait risqué de les étouffer.

Aussitôt, Gray les incita à déguerpir.

— Tout s'écroule !

* * *

10 h 35

Jane se remit debout.

Alors qu'elle était en train d'examiner les débris qui leur entravaient la sortie, elle s'était soudain retrouvée plaquée au sol. Même Seichan avait été projetée contre une paroi incurvée de la galerie, coincée par la moto sur laquelle elle avait été assise. La jeune femme se redressa et se remit en selle.

Derrière elles, le colon gauche disparaissait peu à peu sous un immense linceul grisâtre.

— Il faut filer d'ici ! lança Seichan. Et vite !

Une nouvelle salve de vibrations et de fracas sinistres lui donna raison.

Jane toussa à cause de la poussière. Alors, seulement, elle se rendit compte que, dans sa chute brutale, son masque avait été endommagé.

Exaspérée, elle l'arracha d'un coup sec.

Seichan voulut lui donner le sien.

— Non, gardez-le. Il n'y a aucune raison pour que nous nous mettions toutes les deux en danger.

Il y avait peu de risques de se faire contaminer aussi loin dans les entrailles de la divinité, mais pourquoi tenter le diable ?

Jane préféra affronter un péril beaucoup plus immédiat.

— C'est aussi factice que le reste, conclut-elle en tapotant le monceau de cailloux qui bouchait la sortie. Tout est fait pour que cela *ressemble* à un éboulement naturel, mais regardez. (Elle frappa sur les rochers et racla le sable.) Il s'agit d'une sculpture, comme depuis le début.

— Artificiel ou non, c'est quand même un cul-de-sac.

— Détrompez-vous. Derek avait raison tout à l'heure. Les peuples de l'Antiquité se créaient toujours des sorties de secours, souvent dissimulées sous des trompe-l'œil.

Elle passa la main sur le mur voisin.

Tandis que Seichan était allée vérifier la paroi opposée, Jane sentit, du bout des doigts, une espèce de couture.

— Par ici ! s'écria-t-elle en découvrant peu à peu le contour d'une porte carrée. Aidez-moi.

Ensemble, elles donnèrent un coup d'épaule. La roche grinça et coulissa de quelques millimètres. Encouragées, elles redoublèrent leurs efforts. Le battant pivota alors autour d'un axe central, plus facilement que Jane ne l'aurait cru.

Elle s'essuya les mains sur son pantalon.

— Je suis sûre que mon père avait découvert le passage. Il n'aurait jamais raté un truc pareil.

D'un coup, elle fut tétanisée de chagrin.

Seichan, elle, alla chercher la moto.

— Il faut y aller.

La mine approbatrice, Jane l'aida à hisser son deux-roues par la porte, puis à le faire rouler le long d'un petit tunnel. Droit devant, la lumière étincelante du soleil les incita à presser le pas. La sortie était masquée par un gros rocher, qui permettait de la cacher à mi-hauteur de la falaise. Un chemin escarpé descendait ensuite entre deux collines rebondies, qui ne devaient leurs courbes avantageuses qu'à l'action du vent. Elles formaient pourtant une partie de l'anatomie humaine reconnaissable entre mille, surtout quand on savait d'où Seichan et elle venaient de réchapper.

Elles prirent la route.

L'agent Sigma marchait à côté de sa moto, mais son regard restait rivé derrière elles.

Jane comprit son inquiétude.

Les autres étaient toujours coincés sous terre.

* * *

10 h 40

En fuyant la vague de destruction, Gray, Kowalski et Derek furent entraînés dans le tréfonds du dieu agonisant. Rongé par la culpabilité, le commandant Pierce était conscient des dégâts provoqués par son tir hasardeux.

La partie centrale de la grotte n'était plus qu'un monceau de gravats. Et tout continuait de s'effondrer. L'atmosphère était saturée de poussière de roche, ce qui gênait beaucoup la visibilité.

— Il existe forcément une autre sortie, grogna Kowalski en cherchant du regard le soutien de ses compagnons d'infortune.

Gray indiqua les ruines du tractus gastro-intestinal en priant le ciel pour que Seichan et Jane ne soient pas restées prisonnières.

— Par là, c'est bloqué, annonça-t-il avant de tendre le bras derrière eux. Et il est aussi impossible de repartir par où nous sommes entrés.

— Alors, cette autre sortie, docteur Rankin ? insista Kowalski. Vous ne disiez pas que ces vieilles tribus aimaient bâtir des tas de tunnels secrets et compagnie ?

Abasourdi, presque sous le choc, Derek haussa les épaules.

— Ici, ce n'est qu'une question d'anatomie. Nous sommes arrivés par la bouche. La seule sortie logique est par l'autre bout.

Le poing serré, Kowalski se creusa les méninges.

— Nous possédons d'autres orifices, lâcha-t-il en agitant la main sous sa taille. Que pensez-vous de… vous savez…

Gray sentit que son collègue avait peut-être visé juste.

— C'est possible, Derek ? Peut-être par la vessie ?

— Et, ensuite, l'urètre ? Non.

L'archéologue se retourna et l'observa d'un air déterminé.

— En revanche, je crois savoir comment sortir d'ici.

* * *

10 h 44

Enfin…

Valya sourit en voyant la fine traînée poussiéreuse qui frémissait à quatre cents mètres de là.

Malgré vingt minutes de secousses, d'explosions étouffées et le panache de fumée qui s'était échappé du complexe souterrain, elle avait continué de monter le guet à flanc de falaise. Sans nouvelles de Kruger comme de son équipe, elle ne pouvait qu'imaginer la bataille rangée qui devait faire rage sous terre.

Ses hommes avaient toutefois réussi à chasser le lièvre hors de son trou.

Afin de confirmer ses soupçons, Valya demanda à son ASP Raven de survoler la trace de poussière.

Elle voulait surveiller sa cible.

Accroupie devant son écran, elle découvrit une vertigineuse vue à vol d'oiseau des collines dentelées, à mesure que son drone plongeait en piqué vers une moto qui fendait le désert à vive allure. L'engin s'éloignait des collines en ligne droite pour rejoindre le Nil, au loin. Deux personnes étaient penchées sur la selle. Le pilote avait, dans le cou, un foulard qui claquait au vent et lui dissimulait à moitié le visage.

À la vue d'un étendard aussi particulier, Valya sentit sa mâchoire se crisper.

Seichan.

Méfiante, elle ne bougea pourtant pas. Il pouvait s'agir d'un nouveau coup fourré. La traîtresse voulait peut-être l'inciter, par la ruse, à quitter son poste de surveillance pour traquer un leurre. Elle ordonna donc au drone de décrire des cercles plus rapprochés et zooma grâce au stabilisateur gyroscopique.

Elle avait besoin de confirmer l'identité du passager à l'arrière.

La tâche était d'autant plus ardue que ce dernier portait un casque de spéléologie et qu'il se cramponnait à Seichan, la nuque baissée à cause des rafales de sable et du soleil de plomb.

Valya fit descendre le Raven afin d'identifier sa proie sous le meilleur angle. Soudain, peut-être alertée par l'ombre de l'engin volant, la silhouette casquée se redressa.

Un juron aux lèvres, Valya redressa sa manette. Trop tard !

C'était *bien* un coup fourré.

Le motard assis à l'arrière la fixa du regard.

Seichan.

L'adversaire braqua son pistolet à deux mains sur le drone. À l'écran, ses prunelles sombres se rivèrent à Valya, comme si elle savait qui l'espionnait.

Une détonation, et l'image disparut.

Valya repoussa le moniteur et se leva. Elle fit trois pas en direction de la falaise et contempla le trait de poussière qui continuait de flotter au-dessus du désert. Bien qu'elle n'en ait pas eu la confirmation, elle fit confiance à son instinct.

C'était, en réalité, Jane McCabe qui pilotait le deux-roues, le visage camouflé par le foulard de Seichan.

Valya bondit sur sa moto – une Ducati 1080 S – dotée d'équipements spéciaux et, notamment, de pneus sable. C'était une vraie panthère, comparée au modeste lapin qu'était sa cible. Et, en plein désert, il n'y aurait aucune cachette possible.

Après avoir récupéré sa console ASP portative, elle rappela l'autre Raven, parti surveiller le camion adverse, et l'envoya sur les coordonnées GPS du deux-roues. Cette fois-là, elle le maintint à une altitude raisonnable, car elle voulait qu'il soit ses yeux, le temps qu'elle ait rattrapé sa proie.

Même si je ne suis pas obligée d'approcher autant.

Elle mit son fusil d'assaut en bandoulière : un AK74M russe muni d'un lance-grenades GP-25 sous le canon.

Elle tourna la clé de contact et entama sa traque.

* * *

10 h 51

Perplexe, Gray suivit Derek au cœur de l'abdomen.

— Où allons-nous ?

— Ce ne devrait plus être loin. Si j'ai raison.

Sur leurs talons, Kowalski lorgnait souvent par-dessus son épaule en tressaillant au moindre fracas. La grotte derrière eux rapetissait à mesure que le site implosait et ils étaient poursuivis par un lent déluge de pierres et de sable.

Peu à peu, les murs et le plafond se rapprochèrent, tandis que le sol s'élevait sous leurs pieds. Ils étaient au fond du ventre.

Derek pointa l'index devant lui.

— Là-bas, je pense que c'est la vessie.

On aurait dit un ballon de baudruche raplapla, à moitié écrasé sous une dernière portion du tractus gastro-intestinal.

— Je croyais que nous ne pouvions pas passer par les voies urinaires.

Derek s'approcha de la vessie.

— Souvenez-vous, à l'entrée, je vous ai dit qu'un truc clochait avec la façon dont le nom Toutou était écrit.

Gray se remémora les deux séries de hiéroglyphes. La seconde se terminait par une silhouette agenouillée.

— On parlait d'une femme et non d'un homme.

— Nous avons tout faux depuis le début, expliqua l'expert. Nous ne traversons pas le corps d'un dieu nommé Toutou… mais celui d'une *déesse*.

Une masse arrondie écrasait l'autre moitié de la vessie.

— Et voici son utérus.

Gray repensa au vol de papillons, délicatement gravé à l'intérieur du cœur en pierre. Déjà, là, il avait vu une part étonnante de féminité.

— Comment avez-vous deviné ?

— Facile. Vous vous rappelez le tas de gravats derrière lequel j'étais caché tout à l'heure ?

Gray acquiesça en silence. Quelque chose s'était détaché du plafond et brisé au sol. Derek n'avait alors eu de cesse d'en chercher l'origine. À ce moment-là, l'agent Sigma avait supposé qu'il s'inquiétait de voir encore le ciel lui tomber sur la tête.

En réalité, il étudiait l'anatomie de la divinité.

— C'était un ovaire, précisa Derek. J'ai repéré l'endroit d'où il s'est cassé et où il a roulé à mes pieds. Les trompes de Fallope y étaient sculptées à même la paroi et j'ai remonté la piste.

Jusqu'ici.

— S'il existe une autre sortie, je suis certain que c'est là. Par un acte symbolique de mise au monde.

Gray ajusta sa lampe de manière à éclairer, par-dessus la vessie, le fond du vaste utérus. Une ombre se dessina à la surface.

— Une porte !

Soudain, un grondement terrible les fit sursauter et un énorme morceau du plafond se détacha à droite, emportant une grande partie de la colonne vertébrale. Le tout se fracassa au fond de la grotte et déclencha une nouvelle avalanche tonitruante de rochers.

— On y va ! ordonna Gray.

Pris dans une tourmente de sable et de cailloux, les trois hommes escaladèrent la vessie. La lampe-torche du commandant éclaira le chemin jusqu'à la porte, derrière laquelle se trouvait, en effet, une vaste cavité. Ils s'y faufilèrent pour échapper au carnage.

Dès qu'ils eurent quitté la tempête, le monde devint plus calme, l'atmosphère plus respirable. C'était peut-être le fruit de son imagination, mais Gray se sentit submergé par un profond respect, comme s'il pénétrait au sein d'une cathédrale.

Il brandit sa lampe. De même que pour le cœur et l'estomac, les murs étaient décorés. Des chérubins dansaient autour d'eux et semblaient presque voler.

Derek, lui, découvrit une image beaucoup moins gaie.

— Regardez par terre.

Là aussi, il y avait des enfants, mais, à en croire leurs corps tordus, difformes, ils avaient tous l'air morts ou torturés.

Le Britannique, atterré, voulut se couvrir la bouche. Son masque à air l'en empêcha.

— C'est une illustration du dixième fléau. En bas, il n'y a que des garçons. En haut, que des filles.

Gray se rendit compte qu'il avait raison.

Tout ici n'est que leçon.

Kowalski, qui en avait une autre à donner, les poussa à avancer, obsédé par le sable qui envahissait peu à peu le seuil.

— Continuez de marcher, sinon on rejoindra bientôt ces pauvres gars.

Ils baissèrent la tête, à mesure que le passage se resserrait de plus en plus jusqu'au col de l'utérus, qu'ils durent franchir à quatre pattes. Après quoi, ils purent se remettre debout. Gray orienta sa torche vers le dernier muscle du tunnel, qui représentait la filière pelvigénitale. Le faisceau lumineux fut arrêté par un gros tas de cailloux.

— Génial, maugréa Kowalski. Elle devait être vierge.

— Éteignez votre lampe, demanda Derek.

Gray obéit. Un voile de ténèbres s'abattit sur eux, mais, à mesure que ses prunelles s'habituaient à l'obscurité, il remarqua d'infimes trouées de lumière à travers les rochers.

— L'éboulement semble récent, annonça l'archéologue. En prenant nos précautions, nous devrions pouvoir creuser jusqu'à...

Le sol vibra sous l'effet d'une explosion retentissante. Une rafale de sable et de poussière surgit par-derrière. Gray entendit des cailloux dégringoler au niveau de l'ouverture déjà condamnée et les isoler encore davantage.

— Pas le temps !

Il obligea ses camarades à retraverser le col en vitesse. De retour dans l'utérus, il hissa le lance-roquettes sur son épaule et inséra la dernière grenade.

— Collez les mains sur vos oreilles et ouvrez la bouche.

Il se mit à plat ventre, braqua son arme de guerre à travers le col et tira.

La déflagration fut à la fois aveuglante et assourdissante. Une pluie de cailloux crépita sur sa tête et ses épaules. Soudain, quelque chose lui attrapa la jambe.

Des mots étouffés lui parvinrent.

— Courez, putain !

Au moment où il recouvrait la vue, il leva la tête et fut de nouveau douloureusement ébloui par un éclat très vif.

La lumière du soleil...

Puis des ombres commencèrent à entraver la clarté.

— Dehors ! mugit Kowalski en le poussant par-derrière. Avant que le passage ne se referme !

Gray comprit et s'élança d'un bond. Une fois sur le seuil, il plongea la tête la première sous un déluge de pierres et de sable. Il atterrit sur l'épaule et roula au bas d'une longue pente aride.

Les deux autres l'imitèrent.

Et, tandis qu'ils dévalaient la colline, le désert engloutit le trou derrière eux.

Gray se redressa, chancelant.

Kowalski préféra s'asseoir et contempla les ruines.

— Alors, heureuse, chérie ? (Il se mit debout et s'épongea le front.) Parce que, moi, je suis vidé.

Derek s'écarta de quelques pas, les yeux rivés au sol.

— Il y a des traces de pneus par ici.

Pierce le rejoignit et, profondément soulagé, il contempla la piste qui s'enfonçait au cœur du désert.

Seichan a réussi à s'en tirer.

* * *

11 h 02

On ne va pas s'en tirer.

Penchée sur sa moto, Seichan avait repris le guidon après avoir abattu le drone un quart d'heure plus tôt. Les deux femmes traversaient désormais le désert en trombe, espérant creuser l'écart au maximum avant de se faire repérer.

Raté.

Sans une avance suffisante, elles n'arriveraient jamais saines et sauves à Rufa'a. Jane avait tenté de contacter Ahmad par radio, en vain, alors, malgré un terrain perfide, Seichan avait mis les gaz à fond.

L'archéologue lui tapota le flanc. Le bras enroulé autour de sa coéquipière, elle indiqua un chemin poussiéreux sur la droite. Une tache noire, à l'origine du signal de fumée, filait sur le sable.

Seichan voulut croire à un mirage.

Rien ne pouvait aller aussi vite.

L'engin devait dépasser allégrement les cent soixante kilomètres à l'heure.

Hélas, elle n'était pas dupe – et elle savait qui roulait ainsi vers elles à un train d'enfer.

Les mâchoires serrées, elle tenta d'accélérer encore.

On n'y arrivera jamais.

La tache à droite s'approcha. C'était une moto noir et argenté, dont le pilote était presque couché sur la selle.

Seichan scruta les alentours, consciente qu'elle ne pourrait jamais distancer le cavalier solitaire lancé à leurs trousses. Une dune s'élevait au loin, telle une ligne franche en travers du chemin. Leur unique espoir était de se réfugier sur les hauteurs.

Objectif en tête, Seichan s'allongea de plus belle.

Allez…

Peu à peu, la dune grandit et tutoya le ciel, telle une vague gelée. Elle était plus abrupte que prévu. Hélas, on ne pouvait plus faire machine arrière.

Arrivée au pied de la montagne, Seichan recula les fesses au maximum et poussa Jane en même temps. Il fallait mettre un maximum de poids sur la roue arrière, de manière à accroître la puissance de traction des pelles en caoutchouc. La moto s'engagea sur la pente en projetant une gerbe de sable. Pas question de ralentir ! Elles ne pouvaient pas courir le risque de s'enliser.

Le terrain meuble continua néanmoins de lui donner du fil à retordre. Alors qu'elle était en pleine ascension, le versant entier se désagrégea soudain et se transforma en rivière. Elle lutta contre le courant et secoua plusieurs fois l'arrière de sa moto pour continuer d'avancer. Elle quitta même les repose-pieds afin que la roue arrière ne s'enfonce pas trop.

À droite, leur adversaire n'était plus qu'à cinquante mètres.

Seichan scruta la montée devant elle, persuadée d'arriver à temps au sommet.

Puis la dune explosa juste au-dessus, projetant un mur de sable vers elle. Impossible d'y échapper ! Le raz de marée renversa la moto et éjecta les deux fuyardes.

Seichan retomba sur le sable, se redressa et, en freinant avec les talons, elle s'immobilisa à mi-hauteur de la dune. Moins chanceuse, Jane continua de dégringoler vers la plaine aride.

L'ennemi, qui lui fondait dessus, pilotait d'une seule main. De l'autre, elle tenait un fusil d'assaut muni d'un lance-grenades encore fumant.

Seichan voulut attraper son Sig Sauer, mais l'étui sanglé à sa cuisse était vide.

Il n'y avait plus rien à faire.

L'adversaire ne portait pas de casque, juste un foulard sur le bas du visage, mais Seichan devina qu'à l'approche de la mise à mort, elle devait afficher un sourire carnassier. Ce sentiment-là, elle le connaissait, car elle s'était souvent retrouvée de l'autre côté de la barrière.

La moto ralentit au moment où Jane s'arrêta enfin, hébétée.

Soudain, alors que le vacarme du moteur s'atténuait, la jeune femme entendit aboyer derrière elle.

Elle se retourna à temps pour voir une ombre poilue bondir par-dessus la dune et approcher au galop.

Anjing.

Le long de la crête, des formes sombres apparurent, drapées de longues tuniques du désert. Elles se laissèrent tomber à plat ventre sur le sable, un long fusil à l'épaule. Des tirs nourris d'artillerie poussèrent Seichan à se plaquer contre sa selle, mais ils étaient tous dirigés vers la femme à moto.

Les balles crépitèrent dans le sable, ricochèrent sur les rochers et certaines cliquetèrent contre le flanc du deux-roues adverse. La pilote s'en écarta en mitraillant à tout-va derrière elle, moins pour l'emporter que pour s'enfuir. Privée de son trophée, elle se mit à zigzaguer comme une folle, histoire de compliquer la tâche de ses poursuivants.

Anjing surgit au pas de course. Il commença à danser autour de Seichan et lui lécha le visage.

Elle tint l'animal à distance, le temps de voir Ahmad dévaler la pente derrière elle.

— Comment… ? balbutia-t-elle face à la rangée d'hommes alignés au sommet de la dune. Qui… ?

— De Rufa'a, répondit Ahmad, radieux. Ils sont venus vous tuer. (Devant son air choqué, il lui tapota le bras.) Ils pensent que vous avez tué deux anciens du village. On a trouvé les corps ce matin. Ils ont suivi la piste jusqu'ici.

Afin d'assouvir leur vengeance.

Seichan se souvint de la silhouette qu'elle avait vue rôder autour de l'Unimog. Elle savait à présent qu'il devait s'agir de la femme blafarde et déguisée. Cette nuit-là, apparemment, son subterfuge incluait aussi le meurtre.

— Ils m'ont trouvé dans le camion, continua Ahmad. J'ai dit que vous, vous n'aviez pas tué. Et puis, on vous a vue. (Il imita sa trace poussiéreuse.) On est venus à votre rencontre.

Pour nous sauver.

En contrebas, Jane, qui s'était relevée, entreprit de les rejoindre, puis ils marchèrent ensemble jusqu'en haut de la dune. Un peloton de motos des sables était dissimulé sur le versant opposé, ainsi que quelques chameaux, sans doute propriété des nomades réunis au fil du trajet par leurs poursuivants.

Il manquait encore une chose.

— Où est l'Unimog ?

— Pas loin. Mais trop de bruit, beaucoup trop… (Il agita les mains en l'air.) … pour se faufiler ici.

Seichan regarda au loin, de l'autre côté.

À l'horizon, elle aperçut les deux collines qui servaient de fesses au géant. Un nouveau nuage de poussière y flottait.

Gray…

Jane remarqua son intérêt.

— Ils sont peut-être sortis.

Seichan empoigna Ahmad par l'épaule.

— Il n'y a qu'une façon de le découvrir.

CHAPITRE 20

3 juin, 6 h 08
Île d'Ellesmere, Canada

Assis au bureau de sa chambre, Painter relisait la traduction du livre qu'on lui avait fait porter. L'histoire, totalement sidérante, se divisait en deux parties : l'une relatait les aventures de Nikola Tesla à Londres ; l'autre – située dans les déserts de Nubie – mettait en scène sir Henry Morton Stanley et, surprise ! Samuel Clemens.

Mark Twain...

Le patron de Sigma secoua la tête.

Pas étonnant qu'au décès de Tesla, le mystérieux voleur du carnet n'ait accordé aucun crédit à ce qui figurait à l'intérieur. Sans la confirmation des événements récents, Painter n'y aurait pas cru lui-même.

Selon les dires de l'inventeur, Twain et lui avaient été appelés par sir Henry Stanley pour enrayer une terrible épidémie à Londres, la même qui affectait actuellement la planète. Painter connaissait assez bien l'histoire de la relique de David Livingstone et de la maladie qu'elle véhiculait pour corroborer les faits.

Après avoir traversé l'Atlantique en paquebot, le groupe s'était séparé. Tesla s'était rendu au British Museum, qui avait été fermé et placé en quarantaine. Il y avait analysé un curieux échantillon de sang trouvé à l'intérieur de l'objet égyptien et avait établi que le microbe rougeâtre décelé au microscope était bien l'agent pathogène.

Le germe avait été baptisé *Pestis fulmen*, « fléau de l'éclair » en latin.

Avant même l'arrivée de Tesla, les Britanniques avaient remarqué les étranges propriétés électriques de l'eau sanglante qui, lors d'un orage, s'était mise à luire, comme si elle réagissait à une atmosphère chargée d'électrons. À la recherche d'un expert en électricité, ils avaient envoyé Stanley aux États-Unis. Edison était leur premier choix, mais, apparemment, ils avaient dû se rabattre sur Tesla, ce qui, à en croire les allusions tacites du Serbe, lui était resté en travers de la gorge.

Il avait néanmoins tâché de déterminer si l'électricité pouvait soigner la maladie. Certes, en quantité suffisante, elle avait permis de griller le microbe, mais la personne infectée avait subi le même sort. À propos de son échec et de l'issue tragique de l'expérience, Tesla citait Francis Bacon : « J'ai guéri la maladie, mais tué le patient. »

Abattu mais déterminé, l'inventeur avait alors entrepris d'étudier l'organisme afin de mieux le comprendre, multipliant les tests sur la manière d'exploiter son potentiel. La suite du texte avait été en majeure partie censurée, preuve qu'il contenait des éléments que Simon Hartnell n'avait aucune envie de partager.

Par la fenêtre, Painter jeta un œil au réseau d'antennes.

De toute évidence, les travaux précoces du Serbe avaient été très utiles au P.-D.G. de Clyffe Energy.

Il se concentra de nouveau sur le livre.

Tesla avait fini par suspendre ses recherches, qu'il estimait trop dangereuses, surtout en raison de la nature du microbe.

Sa décision était d'ailleurs confortée par la seconde moitié de l'histoire.

Après avoir déposé Tesla à Londres, Twain et Stanley avaient pris incognito le même bateau à vapeur pour Le Caire et ils avaient suivi les indices laissés par David Livingstone en espérant découvrir l'origine de la maladie – et son antidote potentiel.

Twain s'en ouvrait à Tesla dans une lettre :

La façon dont notre pauvre ami défunt a dissimulé ses indications était maligne, sacrément maligne, et d'autant plus pour un Britannique un peu guindé. Nous devons néanmoins une fière chandelle à cet explorateur, qui nous a menés droit aux déserts de Nubie. Hélas, nous sommes aussi contraints de nous en remettre à la mémoire de sir Henry Stanley, car certains détails ne lui ont été délivrés que par des lettres de Livingstone, aujourd'hui disparues. Me voici quand même de retour sur ces terres desséchées de soleil, ballotté à dos d'âne ou de dromadaire. Demain, nous partons avec une cargaison de bagages ainsi qu'une horde d'Arabes musclés et d'Éthiopiens à la peau noire. J'espère que nous avons payé assez de bakchich pour qu'ils ne nous abandonnent pas, nous autres pâles Occidentaux, en plein désert.

Painter continua de lire la description que Twain faisait de leur expédition. Resté assez vague, le romancier semblait avoir choisi d'omettre un maximum de détails, mais, à force de suivre les indications *sacrément malignes* de Livingstone, le groupe avait découvert un complexe souterrain, creusé à même les collines désertiques. À partir de là, l'histoire perdait toute vraisemblance et tournait au conte mêlant des momies, des malédictions et une grande déesse en pierre ensevelie.

Le spectacle avait impressionné Twain au point qu'il exprimait une révérence toute poétique.

J'imagine son visage pressé contre le sable, écrasé par le fardeau qu'elle doit supporter, elle qui est déchirée par la tristesse, éternellement patiente, à attendre la rédemption. Quoique je pense que *c'est à <u>notre</u> salut, à <u>notre</u> affranchissement qu'elle rêve, et non au sien. Son corps n'est plus qu'une balise, un phare éclairant les ténèbres du passé pour apporter de l'espoir à l'avenir.*

Au sein du tombeau sculpté, Stanley et Twain avaient dû dénicher ou récupérer quelque chose d'essentiel. Un mois plus tard, ils étaient de retour en Angleterre, où ils avaient réussi à soigner les malades et à enrayer l'épidémie.

Twain restait toutefois très flou sur la nature exacte du remède. On avait l'impression qu'ils avaient découvert le *mode* de guérison dans la sépulture, mais *pas la teinture médicinale en tant que telle*, comme disait l'écrivain. Le plus frustrant, c'était son ton évasif, même s'il justifiait sa décision par les dangers à la fois inhérents au tombeau et au-dehors.

Je ne laisserai pas les masses et les marteaux des chasseurs de reliques perturber son sommeil. Laissez-la dormir, laissez-la rêver en paix, sachant qu'elle nous a tous sauvés.

L'histoire s'achevait sur le retour de Tesla et de Twain aux États-Unis, où ils avaient repris le cours de leur existence, tout en gardant farouchement leur secret. Tesla terminait en louant le mérite du seul homme dont le dévouement aux populations et aux terres d'Afrique leur avait montré la voie de la guérison.

Nous devons remercier David Livingstone, qui a tout risqué, y compris son âme éternelle, pour nous sauver de la damnation. Puissions-nous nous montrer à la hauteur de son sacrifice… et que Dieu nous pardonne si nous n'y parvenons pas.

Painter referma l'ouvrage et posa sa paume sur la reliure.

Un ronronnement discret se fit entendre près de la porte. Le chef Crowe leva les yeux au moment où la caméra fixée au plafond pivotait vers lui. Il savait qui devait l'observer en guettant le moment où il aurait fini.

Il repoussa le livre.

Eh bien, allons-y.

* * *

6 h 32

Simon contempla son prisonnier, de nouveau ligoté et menotté à une chaise de sa bibliothèque. Il était déterminé à lui faire comprendre la situation, à gagner sa confiance, ne fût-ce que pour l'aider à convaincre ses camarades de revenir au chaud.

J'ai besoin des données qu'elles m'ont dérobées.

— Maintenant, vous connaissez donc l'histoire.

Painter haussa les épaules, ce qui fit cliqueter ses entraves.

— J'ai plutôt l'impression d'en savoir encore moins sur ce qui se passe ici.

— Comme moi à l'époque. Quand j'ai récupéré le carnet en 1985, je n'avais pas les ressources financières d'aujourd'hui, donc je ne pouvais pas faire grand-chose d'autre que de passer les expériences de Tesla en revue. Je croyais qu'il théorisait une situation hypothétique, qu'il partait du principe qu'un tel organisme existait et qu'il extrapolait sur la manière d'exploiter ses propriétés en vue d'améliorer le sort de l'humanité.

— Sauf qu'il n'y avait rien d'hypothétique là-dedans.

— Peut-être. Enfin, personne ne le savait jusqu'à ce que des biologistes californiens découvrent, il y a quelques années, le premier exemple de bactérie qui, mangeant et excrétant des électrons, se nourrissait directement d'électricité. (Il sourit.) Vous imaginez mon intérêt.

Painter arqua le sourcil d'un air entendu.

— Ma meilleure situation pécuniaire m'a alors permis de mener des explorations plus poussées.

— Jusqu'à dépenser la coquette somme de deux milliards de dollars.

— *Un seul*, rectifia-t-il en balayant d'un geste sa fausse modestie. Quoi qu'il en soit, j'ai subventionné des chercheurs qui étudiaient ce genre de microbes, à la fois aux

États-Unis et à l'étranger. Nous nous sommes penchés sur des applications pratiques, comme la conception de *biocâbles* – des nanofils bactériens vivants conducteurs d'électricité – ou la création de nanomoteurs alimentés par ces microbes et capables de réduire la pollution. Le potentiel est ahurissant.

— Et plutôt rentable, j'imagine. Enfin, ce n'était pas votre objectif suprême. Vous, vous espériez trouver un organisme susceptible d'alimenter les inventions de Tesla. Celles que vous avez découvertes dans son vieux carnet.

Simon acquiesça, se rappelant aussitôt à quel point son interlocuteur était un modèle d'intelligence et d'intuitivité.

Reste prudent.

— En l'absence de résultats probants, j'ai lu et relu ses notes. J'étais alors de plus en plus convaincu que cette histoire n'était pas le brouillon d'un nouveau roman de Mark Twain, d'un conte fantastique qui mettrait en scène ses propres amis en lieu et place de Tom Sawyer et Huckleberry Finn.

— Vous avez donc suivi les miettes de pain disséminées au fil des pages.

— Pas en personne. Comme avec les biologistes, j'ai parrainé des *archéologues* qui s'intéressaient à la région.

— Par exemple, le professeur McCabe.

— Non, son fils. Il rêvait de le couvrir de honte, d'échapper à son ombre gigantesque. Je l'ai incité à explorer la relation entre Stanley et Livingstone, persuadé que quelqu'un réussirait à assembler les vieilles pièces du puzzle. Quand Rory a échoué, la frustration l'a poussé à solliciter l'aide de son père… tout en lui cachant l'identité de celui qui tirait les ficelles.

— Et Harold McCabe, lui, a réussi.

— À peu près. En toute honnêteté, il ne doit son succès qu'à un travail acharné sur le terrain. Grâce à ses recherches antérieures dans la région et aux nouveaux éléments tirés des archives de Livingstone, il est juste allé jeter un œil en emmenant son fils. (Simon leva les mains.) Vous voyez, l'entreprise n'avait rien de particulièrement malveillant. Il s'agissait d'une simple curiosité scientifique financée par des fonds privés.

— Certes, mais que s'est-il passé ensuite ?

L'homme d'affaires soupira.

— Comme je vous l'ai dit, sans le professeur McCabe, nous ne serions pas dans un tel pétrin. Depuis ses premiers pas à *l'intérieur* du tombeau jusqu'à ses derniers pour en *sortir*, il nous a coûté des vies. Je tente juste de limiter les dégâts.

Vu sa tête, Painter ne mordrait pas à l'hameçon. Il se cala néanmoins au fond de sa chaise et souffla :

— Pour l'instant, on va dire que je vous crois, alors continuez. J'imagine que vous avez trouvé le fameux microbe *Pestis fulmen* de Tesla. Qu'allez-vous en faire ?

Simon récompensa sa bonne volonté :

— Ce microbe était l'élément qui manquait à Tesla pour réaliser son rêve de fabriquer de l'énergie. Comme j'y faisais allusion tout à l'heure, il avait déjà formulé des théories sur l'utilisation de l'ionosphère comme conducteur, mais, pour que son idée fonctionne, il lui fallait une *batterie*, quelque chose qui pourrait retenir, distribuer et convoyer l'énergie.

Painter comprit, les yeux écarquillés.

— Tesla envisageait d'utiliser le microbe comme batterie… une batterie *vivante*.

— Cette vision est étayée par ses expériences menées au musée. Il a estimé – et je l'ai prouvé ici – que ce simple microbe pouvait survivre des siècles, voire des millénaires, tant qu'on lui apportait de quoi se nourrir.

— En d'autres termes, de l'électricité.

— Exact. Non seulement ce microbe est une batterie *vivante*, mais il est quasi *immortel*.

* * *

6 h 40

Assis sur sa chaise, incrédule, Painter suivit le raisonnement jusqu'à son terme.

Ce type est dingue… c'est un génie, mais il est dingue.

Il se concentra de nouveau sur Hartnell.

— Vous avez décidé d'implanter le fameux microbe dans l'ionosphère.

Récemment, il avait entendu dire que l'armée de l'air testait la faisabilité d'un projet analogue, en l'occurrence le lancement de bombes à plasma dans l'ionosphère afin d'améliorer la propagation des signaux radio. Il avait aussi lu un article, selon lequel on avait découvert que des bactéries vivaient dans la haute troposphère et qu'elles s'y nourrissaient d'acide oxalique.

L'idée était donc possible.

Mais ce plan-là…

— Je possède un avion-cargo conçu pour envoyer des ballons-sondes météorologiques à une altitude élevée. Chacun d'eux peut transporter deux cent cinquante kilos de ce microbe jusqu'aux couches inférieures de l'ionosphère, où une faible charge explosive dispersera la cargaison.

Painter retint son souffle, horrifié. Hartnell avait dû prélever des échantillons dans le tombeau du désert et cultiver à grande échelle le microbe vecteur de l'épidémie. Désormais informé de ses intentions, le patron de Sigma comprit à quoi servaient les infrastructures de la station.

— Le réseau Aurora… Vous voulez l'utiliser pour alimenter cette charge en électricité après l'avoir propulsée là-haut.

— Si mes calculs ainsi que les premiers prototypes sont bons, les microbes devraient réussir à stocker l'énergie. J'imagine déjà l'ionosphère fourmillant des *Pestis fulmen* de Tesla, une véritable batterie vivante, alimentée par des électrons, capable non seulement d'emmagasiner l'énergie qu'on lui apporte, mais aussi d'exploiter les courants électriques naturels qui, sous l'action des vents solaires, traversent l'ionosphère.

— Il s'agirait là d'une source de puissance infinie.

— À l'instar de Nikola, je vois des centrales électriques implantées aux quatre coins de la planète, voire des habitations, avec des tours semblables à celle dehors, capables de puiser dans la batterie. Comme si un million de bobines Tesla étaient reliées au ciel.

Le projet était d'une ambition démesurée.

— Vous vous rendez compte ? On n'aurait plus à brûler de combustibles fossiles. On ne massacrerait plus la Terre en quête de ressources. On ne rejetterait plus de dioxyde de carbone dans l'atmosphère. Sans compter un avantage supplémentaire.

— Lequel ?

— La couleur rouge vif du microbe servirait d'écran solaire naturel. Une protection très légère, mais suffisante pour nous éviter de transformer la planète en tas de cendres carbonisées.

S'il apprécia l'idée, Painter eut aussi en tête un bon millier de paramètres susceptibles de faire tourner le projet au drame absolu, surtout à cause d'un problème évident.

— Mais cet organisme est *mortel*... mortel au point de déclencher une extinction massive.

Simon soupira.

— Voilà pourquoi nous avons besoin de l'antidote. Je suis prêt à effectuer un test localisé d'ici deux à trois jours. Grâce à l'orage géomagnétique, qui charge l'ionosphère en énergie et en fait un superbe terreau où planter mes graines, les conditions sont idéales.

— Sauf que vous n'avez pas l'antidote.

— Je pourrais l'avoir si vous convainquez votre collègue de coopérer. De me restituer ce qu'elles ont dérobé. Je crois que le Dr al-Maaz et Rory sont à deux doigts de faire une découverte capitale, quelque chose qui nous aidera à domestiquer le monstre.

Painter comprenait maintenant *pourquoi* Hartnell s'était montré aussi bavard.

— Et si je refuse de collaborer ?

— Bah ! Je lancerai quand même le test.

Le chef Crowe se raidit et sentit les menottes s'enfoncer dans ses poignets.

— Quoi ? Vous êtes cinglé !

— Pas du tout. Je parie que l'opération sera inoffensive. Tesla nous a déjà fourni un dispositif à sécurité intégrée. Je peux me contenter de surcharger l'ionosphère grâce à mon réseau d'antennes, de stériliser ce qu'il y a là-haut, et j'aboutirai au même résultat.

Painter se rappela la citation de Francis Bacon.

Guérir la maladie, tuer le patient.

S'il ne prenait pas toutes les précautions nécessaires, ce fou furieux allait commettre la même erreur… mais à l'échelle mondiale.

— Bien sûr, je préférerais ne *pas* en arriver là, conclut Hartnell. Surtout si vous m'aidez à retrouver vos amies.

* * *

6 h 50

Exténuée, les mains à peine sur le volant, Kat laissa l'autoneige s'engager seule sur la crête. Un vent puissant les poussait par-derrière, comme pour les inciter à trouver vite refuge dans la vallée voisine. De tous côtés, une couche épaisse de nuages noirs rasait les cimes des montagnes.

Malgré l'état de crépuscule permanent créé par la tempête, le panorama restait époustouflant.

L'immense vallée, qui s'étalait de part et d'autre, disparaissait sous la brume. En bas, la cuvette accueillait un grand lac allongé. Il était encore gelé, mais, par endroits, des taches bleu vif marquaient le début de la fonte estivale des neiges. Au milieu, de vastes îles sombres saillaient de la glace immaculée.

— Le lac Hazen, marmonna Kat.

Safia leva la tête de la vitre.

L'Américaine espéra avoir bien mémorisé le plan de l'île.

— Si je ne me trompe pas sur ce point, nous devrions être à mi-chemin d'Alert.

— Vous, vous n'avez même pas l'air d'être un quart *alerte*, ironisa Safia. Si nous faisions une pause ? Voilà deux heures que nous n'avons vu aucun signe d'un quelconque ennemi.

Par souci de discrétion après le passage irréel du troupeau de caribous, Kat avait troqué la neige et la glace contre l'aridité d'un terrain plus caillouteux. Elle ignorait si elle avait semé ses poursuivants ou s'ils rôdaient toujours quelque part.

— Vous avez peut-être raison. De toute façon, j'ai besoin de me dégourdir les jambes.

— Moi aussi, annonça Rory à l'arrière.

Tu rêves, mon gars.

Kat se dirigea vers la tache bleue la plus proche, où une fine rivière se déversait dans le lac. Il leur fallait de l'eau. Safia avait terminé la dernière bouteille du paquetage de secours qu'ils avaient trouvé dans le coffre.

— Regardez toutes ces fleurs, souffla l'archéologue sur un ton rêveur.

De chaque côté, les versants étaient tapissés de saxifrages à feuilles opposées et de pavots arctiques. Même sur les rochers, on apercevait de la mousse et du lichen jaune.

À la vue de ces signes de vie, Kat reprit courage. Elle roula jusqu'en bas et se gara sur la berge incrustée d'argile schisteuse.

— Je vais remplir nos bouteilles d'eau.

— Et Rory ? demanda Safia.

— Il ne bouge pas d'ici.

Déçu, le jeune homme s'avachit sur son siège.

Dès que Kat entrouvrit sa portière, la tempête faillit lui faire lâcher prise. Le froid vif la réveilla sans ménagement, mais elle n'en avait cure. L'atmosphère piquante sentait bon la glace. Kat s'empressa de rejoindre le lac et ôta les bouchons des bouteilles. En quelques secondes à peine, l'eau glacée lui engourdit les doigts.

Une fois ravitaillée, la jeune femme repartit à l'assaut du vent. Leur évasion précipitée ne lui avait pas laissé le temps d'emporter de parka.

Bon, j'ai eu mon compte d'air frais.

Elle remonta dans la cabine chauffée de l'autoneige et claqua la portière.

Safia, tournée sur son siège, s'adressait à Rory :

— Que s'est-il passé quand ton père et toi vous êtes arrivés devant ce tombeau en plein désert ?

— Papa a voulu entrer le premier. Vous savez comment il peut être. Il m'a laissé dehors avec deux membres de l'équipe de fouilles. Les autres l'ont accompagné.

Il détourna la tête, comme si le souvenir était douloureux.

— Un type du groupe a déclenché un piège ou fait une mauvaise manipulation. Je n'ai jamais su exactement. Tout ce que j'ai entendu, c'est un concert de hurlements. J'ai essayé d'entrer, mais mon père m'a sommé de rester à l'écart. Les gens à l'intérieur de cet espace confiné ont tous été contaminés. Grâce aux archives du drame arrivé au British Museum, mon père connaissait le danger. Il savait que la meilleure parade était que l'ensemble des victimes reste au fond.

— Ta réaction ?

Rory laissa échapper un ricanement moqueur.

— Je me suis affolé. J'ai appelé Simon Hartnell.

Kat avait déjà entendu cette partie-là de l'histoire : en catimini, le milliardaire avait financé et guidé les recherches de Rory qui, de son côté, manipulait son père.

— Il m'a envoyé une équipe de médecins. Après avoir bouclé le périmètre, ils ont envisagé de transférer les malades à l'hôpital, mais, comme on ignorait le degré de contagion, il a été choisi de s'occuper d'eux sur place.

— C'était la décision de Hartnell ? se renseigna Kat, convaincue que l'homme était prêt à tout pour garder son secret.

— Non, celle de mon père. (Rory secoua la tête d'un air las.) Enfin, je pense qu'il voulait surtout rester sur le site, être le premier à tout explorer. Il se moquait d'une possible propagation de l'infection. Il n'y a qu'à voir comment il a fini.

— Votre père a donc survécu à son exposition initiale.

— Plus par pur entêtement qu'autre chose. Deux collègues en ont aussi réchappé, mais cinq malheureux sont morts.

— Et ensuite ? reprit Safia.

— Tout a été verrouillé. On m'a envoyé ici pour travailler sur le projet.

D'un coup de menton, Kat indiqua son doigt amputé.

— Et assurer la coopération d'Harold.

Rory contempla sa main d'un air désabusé.

— Je me suis gravement blessé juste après mon arrivée. De toute façon, il fallait le couper.

Kat ne pouvait qu'imaginer la mine horrifiée du professeur McCabe quand on lui avait fait livrer le doigt sectionné de son fils.

— Pendant vingt mois, mon père s'est acharné à chercher un remède. Il a découvert non seulement la momie tatouée, mais une tripotée d'autres. Il a analysé leurs tissus, tout ce qu'il y avait dans ce fichu endroit, afin d'obtenir une réponse.

— Mais rien n'a fonctionné ? conclut Safia.

— Sur la fin, il devait avoir un peu perdu la boule. Il s'est même infligé un long rituel d'automomification, histoire de marcher sur les traces des anciens. (Rory grogna.) Et puis, un jour, il s'est enfui. Il a attendu une rotation d'équipe, à un moment où seuls deux scientifiques et deux gardes étaient présents sur le site. Il a fracturé un casier d'armurerie et volé un fusil.

— Il les a tous tués ?

— Juste les surveillants. Il a ligoté les chercheurs, puis s'est évadé. (Il contempla le lac gelé.) Je ne comprends pas… Tant de gens sont morts à cause de lui.

Kat n'éprouvait aucun besoin de consoler le jeune archéologue, pourtant elle le fit.

— Sans doute n'était-ce pas délibéré. Grâce au processus d'embaumement, il ne devait plus être contagieux. En revanche, il ne s'agissait pas d'un remède. Il a quand même succombé à l'action de l'agent pathogène, toutefois je crois qu'il essayait de rallier le monde civilisé, de l'avertir de ce qui se passait.

Rory pivota sur lui-même, les yeux humides.

— Il n'était pas obligé. Je ne voulais pas qu'il meure, moi.

Safia posa la main sur son genou.

Kat ne partageait pas sa compassion.

Comme on fait son lit, on se couche.

— Et maintenant ? Pourquoi Hartnell voudrait-il détruire entièrement le travail du professeur McCabe et se lancer aux trousses de votre sœur ?

— Avec le regain d'intérêt engendré par la réapparition de mon père, Simon craignait qu'on ne découvre les indices figurant dans ses premiers articles et qu'on ne remonte leur piste jusqu'ici.

— Donc il a commencé à faire le ménage.

— À la fois à Londres et au niveau du tombeau. Il a récupéré tout ce qu'il y avait d'important dans le désert, y compris la momie sur son trône. Mon père était convaincu qu'elle était essentielle à la découverte de l'antidote.

Maintenant qu'elle a disparu, il n'en reste qu'une vague archive numérique.

Kat lorgna vers la poche de Safia.

— Et Jane ? s'enquit la Britannique.

— Avant de s'évader, mon père a laissé un drôle de signe, adressé à ma sœur. Simon s'est dit qu'elle en comprendrait sans doute la signification. Il espérait en tirer un nouvel indice au sujet de l'antidote, quelque chose que mon père aurait discerné vers la fin, mais dont il n'aurait parlé à personne. (Rory baissa les yeux.) Personnellement, je pense qu'il disait juste au revoir.

Et il détourna la tête, histoire de clore la discussion.

Le Dr al-Maaz échangea un regard inquiet avec Kat, puis voulut attraper une bouteille d'eau. Son bras tremblait.

— Safia… ?

Elle avait le visage luisant. Kat posa la main sur sa joue et sentit une chaleur ardente.

— Vous êtes brûlante.

* * *

6 h 58

Une fois Painter Crowe escorté hors de la bibliothèque, Simon resta assis en silence. Il avait donné une heure de réflexion à l'Américain pour qu'il décide ou non de coopérer. Après quoi, des mesures plus sévères seraient prises.

Ce qui pourrait bien ne pas être nécessaire.

Vingt minutes plus tôt, il avait eu des nouvelles d'Anton. En raison de l'orage géomagnétique, la liaison avec l'équipe de recherche était capricieuse. La seule radio qui fonctionnait était en visibilité directe. Anton ne pouvait donc contacter

Aurora que depuis le sommet d'une montagne, où il envoyait un signal hyperfréquence droit vers la station.

Aux dernières informations, ses hommes avaient retrouvé la trace de l'autoneige.

Après avoir réfléchi à différents scénarios, Simon finit par se décider et contacta son chef de projet – le Dr Sunil Kapoor – qui décrocha aussitôt. Le physicien procédait sans doute aux derniers réglages avant l'activation du réseau d'antennes prévue deux jours plus tard.

— Oui, patron ?

— Changement de plan.

— Je vous écoute.

Simon avait évalué les risques liés aux deux disparues et estimé qu'ils étaient trop élevés pour laisser faire le hasard – ou encore les talents d'Anton. Si elles trouvaient de l'aide, tout s'arrêterait peut-être avant même d'avoir commencé.

Je ne peux pas me le permettre… pas si près du but.

Le test crucial qu'ils avaient programmé était censé apporter une preuve de concept. Même si les fugitives réussissaient leur coup, le visionnaire voulait avoir la confirmation que son système fonctionnait avant de devoir en affronter les conséquences.

Le projet à l'œuvre était beaucoup trop important, infiniment plus vaste qu'un seul homme.

Même moi.

— Nous avançons l'opération, annonça-t-il à Kapoor.

— À quand, chef ?

— À aujourd'hui.

CHAPITRE 21

3 juin, 14 h 02
Khartoum, Soudan

Gray était nu sous le jet d'eau froide.

Le sable tourbillonnait autour de ses orteils. Tous ses muscles étaient endoloris. Il s'était déjà frictionné à l'eau chaude et au savon, mais des grains continuaient de s'échapper des moindres replis de sa peau et de ses cheveux. Comme il était le dernier à profiter de la douche, il prenait son temps, histoire de se ressaisir, de rassembler ses pensées. Le bruit blanc de l'eau et le froid l'aidaient à se concentrer.

Trois heures auparavant, Derek, Kowalski et lui suivaient, en plein désert, la piste laissée par les roues de Seichan quand, au loin, un mur de poussière s'était élevé dans le ciel torride. Une horde de véhicules leur avait foncé dessus, l'Unimog au centre, flanqué de nombreuses motos. Derrière eux avait surgi un troupeau de chameaux, menés à la baguette par leurs guides.

Réaction de Kowalski :

— C'est la cavalerie la plus minable que j'ai jamais vue.

Une fois tout le monde réuni, ils avaient décidé de rejoindre Khartoum en empruntant des chemins connus des nomades. Gray s'était mis au volant du camion, à la grande déception d'Ahmad qui, lui, devait retrouver sa famille à Rufa'a. L'adolescent s'était quelque peu rasséréné quand Seichan lui avait racheté sa moto – durement éprouvée sur les derniers kilomètres – à un tarif exorbitant. Il avait alors retrouvé le sourire et, accompagné de son chien, il était reparti au village dans le side-car de son cousin.

Restée au guidon de la moto, Seichan avait fait de grands détours à l'affût du moindre drone ou d'un quelconque signe de poursuivant à la ronde.

Ils étaient arrivés sans encombre à Khartoum, où ils étaient descendus dans un hôtel bon marché à la périphérie de la ville.

Après ses multiples déboires, l'équipe semblait revenue à la case départ, à mille lieues de découvrir comment enrayer l'épidémie. D'ailleurs, Gray avait laissé Derek et Jane en train de comparer leurs notes… et leur visage ne respirait pas l'optimisme.

La porte de la salle de bains s'ouvrit. Derrière le rideau translucide, il vit une silhouette entrer et ôter un vêtement à chaque pas. Lorsque Seichan pénétra sous la douche, sa seule réaction au ruissellement glacé fut de se blottir contre son amoureux. Il l'attira vers lui et la protégea de toute sa stature.

Il tendit la main pour augmenter la température de l'eau.

— Non, chuchota-t-elle contre son torse.

Il baissa le bras et l'étreignit. Rarement elle se montrait aussi tendre, aussi vulnérable, et il ne pouvait pas dire que la situation le dérangeait. Il garda le silence, conscient que c'était également ce qu'elle voulait. L'heure n'était pas aux longues conversations ou aux discussions sincères sur leur avenir. Il fallait juste profiter du moment présent.

Pas de problème.

À mesure qu'il la serrait contre lui, leur peau se réchauffa au niveau des zones de contact. Ailleurs, elle restait froide.

Il sentit monter l'excitation. Quelques instants plus tard, ils s'embrassaient. Ils en étaient arrivés là quand on frappa à la porte. Ils s'écartèrent. Un jet d'eau froide tomba entre eux et ruina définitivement la magie de l'instant.

— Gray !

C'était Kowalski.

Le commandant Pierce ferma les yeux.

— Je vais le tuer.

— Faites la queue, grogna Seichan.

— Monk au téléphone ! Grouillez-vous là-dedans.

Gray sortit de la douche, puis se retourna vers sa bien-aimée. Il se rappela sa récente proposition de prendre la fuite et de tout abandonner derrière eux.

— Dis-moi que tu as repéré un autre escalier de secours ici.

— Un escalier de secours ? (Elle attrapa le haut du rideau, dévoilant ainsi tout son corps de liane.) Tu as eu ta chance. Aujourd'hui, nous sommes trop au cœur de la mêlée, mais repose-moi la question plus tard. Qui sait ?

Elle tira le rideau et laissa l'hypothèse en suspens.

Tandis que Gray se séchait, un nuage de vapeur embua le rideau, mais jamais au point d'effacer l'appétissante silhouette qui se prélassait sous l'eau brûlante.

Il enfila ses vêtements poussiéreux.

C'est sûr que je vais le buter, ce mec.

De retour dans la chambre, il s'aperçut que Kowalski avait laissé le téléphone satellite sur la table de chevet. Il s'en empara.

— Monk ?

— Alors, c'est comment le désert ?

Il contempla la porte fermée de la salle de bains.

— Chaud. Et toi, Le Caire ?

— Est-ce que ceci répond à ta question ? (L'écho d'une fusillade s'amplifia au bout du fil.) Le NAMRU est assiégé.

Un maboul a décidé que l'épidémie n'était qu'un vaste complot américain et qu'il fallait s'en prendre à notre base.

— La routine, quoi !

— À peu près. Alors, si vous avez fait le moindre progrès au sujet de l'antidote, je suis preneur.

— Hélas, non. C'est toujours la prise de tête.

Une grosse détonation retentit du côté de l'agent Kokkalis.

— Alors, allez-y un peu plus fort.

— Nous ferons de notre mieux. (Gray baissa d'un ton.) Dis, Monk, ça va là-bas ?

— Pour l'instant. Les militaires américains et égyptiens tiennent ensemble la forteresse. Enfin, nous ne serions pas contre une bonne nouvelle.

— Pigé. Sois prudent.

— Toi aussi, mon vieux.

Ils raccrochèrent.

Alors qu'il s'apprêtait à rejoindre les autres, plus déterminé que jamais, Gray s'aperçut qu'il avait reçu un SMS. À la vue du numéro, il soupira et afficha le message :

L'état de papa s'est détérioré. De nouveau stable.
Téléphone quand tu pourras.
Rien d'urgent, mais, bon, tu sais.

Dépité, il appela son frère sur son portable.

Il est où, cet escalier de secours, quand on en a besoin ?

Après plusieurs sonneries, la boîte vocale se déclencha. Il attendit le bip et dit :

— Kenny, j'ai eu ton message. Rappelle-moi ou envoie un SMS. Explique-moi ce qui se passe et si je peux faire un truc de mon côté.

Il raccrocha, frustré de ne pas avoir pu le joindre… mais aussi soulagé. Cela lui permettait de repousser encore un peu l'inévitable. Les paupières closes, il s'en voulut d'éprouver un tel sentiment, puis secoua la tête.

Un problème à la fois.

C'était en train de devenir sa devise.

À son retour, Derek et Jane levèrent la tête.

— Du nouveau ? demanda-t-il.

La jeune femme tressaillit, hésitante.

— Peut-être… mais cela n'a pas de sens.

* * *

14 h 24

Et cela n'en avait pas…

Jane se mordit la lèvre, les yeux rivés à ses documents ainsi qu'à Derek penché sur son iPad. Son père lui avait laissé un message sibyllin, pour lequel il avait donné sa vie, manifestement persuadé qu'elle n'aurait aucun mal à le comprendre. La nécessité même de devoir batailler contre l'énigme lui donnait l'impression d'être incompétente, voire indigne de son amour.

— Montrez-moi, déclara Gray. Je veux tout savoir.

Elle acquiesça en silence.

Qui dit que je dois résoudre seule le mystère ?

Son père lui avait enseigné que les véritables découvertes étaient le fruit d'un travail d'équipe. Encore qu'il ne suivait pas obligatoirement le précepte à la lettre, surtout au moment de s'attribuer le mérite d'une trouvaille. D'une façon ou d'une autre, son nom figurait toujours *en premier* sur les articles publiés.

Jane soupira.

— Lorsqu'il a entouré ce papillon sur un mur du cœur en pierre et qu'il y a ajouté mon nom, c'était peut-être juste qu'il reconnaissait mon amour des lépidoptères et qu'il tentait de partager un dernier lien avec moi.

— Sauf que vous n'y croyez pas.

— Mon père était souvent gentil, parfois généreux, mais il n'a jamais été sentimental.

— Ça, non ! confirma Derek.

— Il faut donc chercher une signification plus profonde, conclut Gray.

— Je me suis creusé les méninges pour comprendre sa motivation, reprit-elle. Dans l'art égyptien antique, le papillon est un symbole classique de transformation. L'espèce typiquement représentée – par exemple, au sein du cœur – est le petit monarque, *Danaus chrysippus*, indigène du bassin du Nil.

— Nous en parlions tout à l'heure, ajouta Derek. Dès qu'elle en a donné l'appellation scientifique, je me suis rappelé avoir vu ce spécimen dans les vieilles lettres de Livingstone et je l'ai montré à Jane.

Il afficha la page sur sa tablette.

— Le croquis d'une chenille et d'un papillon, commenta Gray en plissant les paupières pour lire le nom à l'écran. *Danaus chrysippus*, comme vous le disiez.

Jane tapota sur l'image.

— Sauf qu'il ne s'agit *pas* du petit monarque ordinaire. Les taches sur les ailes sont toutes fausses. Mon père savait forcément que je ne confondrais jamais cette bestiole-là avec le véritable *Danaus chrysippus*.

— Nous sommes sans doute devant une nouvelle carte de Livingstone, déduisit l'Américain. Sur le modèle du scarabée égyptien qui nous a conduits à la déesse ensevelie.

La jeune femme approuva d'un coup de menton.

— Encore un plan camouflé dans une image égyptienne.

— Mais où est la carte ? Je ne la vois pas.

— Regardez, souffla Derek.

L'archéologue reprit sa tablette afin de manipuler le dessin et fit pivoter le papillon sur la pointe d'une aile.

Après quoi, il se mit au travail.

— En effaçant tout sauf les taches de l'aile inférieure, on découvre un motif qui ressemble fort à un réseau de lacs et de cours d'eau. Remarquez d'ailleurs la croix que Livingstone a tracée près d'une rivière.

— Laissez-moi deviner, annonça Gray. Vous avez identifié un site correspondant à cette disposition précise d'affluents et de lacs.

— Juste au bas de la route où nous sommes en ce moment. Ou, plus exactement, au bas de la *rivière*.

Il afficha une carte minuscule, qu'il plaça en contrepoint du dessin caché dans le papillon de Livingstone.

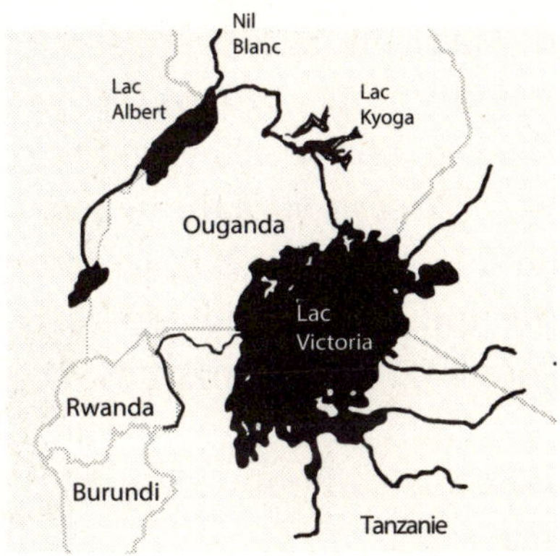

— Regardez la façon dont le lac Victoria se superposerait à merveille. Les plus petits lacs aussi.

Gray s'empara de la tablette pour regarder de plus près.

— La croix de Livingstone, elle, se situe le long d'un cours d'eau qui part du Rwanda et se jette dans le lac Victoria.

Sous l'effet de l'excitation, la voix de Jane monta d'une octave :

— Je crois que nous sommes peut-être en face de la source du Nil.

— Du moins, *une* de ses sources, rectifia Derek. D'autres rivières rejoignent le lac Victoria, ce qui justifie pourquoi la véritable origine du Nil continue de faire débat.

Soudain, Gray parut préoccupé.

— Un problème ? frémit Jane.

L'agent Sigma sortit l'éprouvette que McCabe avait enfouie dans le sable. Il ôta le bouchon en caoutchouc et déroula le fragment de cuir gravé de hiéroglyphes.

— Si mes souvenirs sont bons, cela se traduit à peu près par « prenant un bateau jusqu'à l'embouchure du fleuve ». Et quelque chose à propos d'*éléphants* ou d'*ossements d'éléphants*.

Jane tendit la main vers la relique, puis se ravisa.

— L'*embouchure* du fleuve. Peut-être s'agit-il d'une allusion à la *source* du Nil, comme nous en parlions à l'instant. (Elle indiqua le plan de Derek.) Et si on nous incitait à rejoindre l'endroit marqué d'une croix ?

— Comment en être sûrs ? tempéra Derek. Comment savoir que ce bout de texte a même une quelconque importance ?

Gray indiqua les dessins situés aux deux extrémités de la ligne de hiéroglyphes.

— Le segment est encadré par un lion et par une femme agenouillée. Ce sont les symboles de Toutou, non ?

— Ils figurent aussi sur l'*aryballe* de Livingstone, renchérit Jane. Les pictogrammes regardent d'ailleurs dans la même direction que les profils du vase.

— Votre père a peut-être eu un raisonnement identique. Il a alors prélevé un fragment d'une momie trouvée là-bas et tenté de le cacher. Plus tard, il l'a enterré en lieu sûr, tout en vous laissant un indice à suivre.

— Et n'oubliez pas les éléphants, intervint Kowalski, les prunelles brillantes d'exaltation. Rappelez-vous cet *adorable*… enfin, je veux dire, ce *petit* pot en forme d'éléphant dans sa niche.

Jane sentit les pièces du puzzle s'emboîter doucement.

— Il a raison.

D'un seul coup, Derek blêmit.

— Et si le mystérieux contenu de ces pots *était* le remède ?

Kowalski se renfrogna.

— Je vous avais dit d'en prendre un.

— Non, objecta Jane. Mon père a certainement testé la moindre substance enfermée là-dedans. Impossible.

— De plus, ajouta Gray, ceux qui ont fait le ménage les auraient emportés s'ils leur avaient attribué la moindre importance.

Jane indiqua le plan de Derek.

— La réponse doit figurer là-dessus. Papa le savait, mais il ne pouvait pas s'y rendre par lui-même et il ne voulait pas que ses ravisseurs l'apprennent.

— Il s'est donc évadé pour aller chercher de l'aide, déduisit Derek. Et, conscient du risque d'échec, il a laissé quelques éléments clés à sa fille pour qu'elle les suive.

Jane savait qu'il avait raison. Les larmes aux yeux, elle détourna la tête.

Seichan arriva en s'essorant les cheveux dans une serviette. Elle avait dû sentir la tension et la ferveur grandissantes.

— Que se passe-t-il ?

Gray sourit.

— Il est temps de boucler nos valises.

Kowalski se frotta les mains.

— On va se trouver des éléphants.

* * *

15 h 03

Valya refusait de courir encore le moindre risque.

Elle patientait sur un petit aérodrome de la banlieue de Khartoum. Les rayons ardents du soleil avaient rendu le sable et la terre durs comme du béton. Le site, utilisé par des trafiquants de drogue et des rebelles soudanais, ne figurait sur aucune carte. La police et l'armée étaient grassement payées pour regarder ailleurs.

À tous égards, l'endroit n'existait pas.

Elle y puisa du réconfort. Il était *là*, son véritable chez-elle, au creux des fissures du monde. Après avoir enfoncé la dague de sa grand-mère dans le cou de l'assassin de leur mère, elle avait pris son frère sous le bras et l'avait emmené jusqu'à ces brèches-là où, par répugnance ou par crainte, nul ne regardait vraiment. À l'époque, Anton et elle pouvaient compter l'un sur l'autre.

Ce n'était plus le cas.

Anton s'était trouvé un nouveau foyer, un nouveau cœur.

Soit.

Avec ou sans lui, elle retournerait là où était sa place.

Le vrombissement d'un moteur attira son attention vers un gros camion militaire bâché, qui franchissait un portail en grillage rouillé. Armé d'un fusil d'assaut, un ancien soldat soudanais à la peau brune leur fit signe de passer. Valya contourna le Cessna à l'arrêt pour aller à leur rencontre.

Kruger sauta à terre, suivi de quatre de ses hommes. Ils étaient les seuls rescapés du carnage qui avait eu lieu sous les collines du désert. Quatre autres avaient péri. Le Sud-Africain, qui avait donc perdu la moitié de ses camarades, portait leur deuil sur son visage. Sans difficulté, il avait adhéré au changement de plan.

— Alors ? demanda-t-elle.

Il hocha la tête et frictionna ses phalanges ensanglantées.

— J'ai mis du temps à me faire entendre, mais vous aviez bien entendu : d'après le manifeste de vol, ils partent au Rwanda.

Après l'embuscade tendue par les nomades, Valya était restée à l'écart de l'ennemi. Au moment où Seichan et Jane McCabe s'étaient retrouvées sur les dunes, elle s'était servie du regard acéré de son ASP Raven pour localiser, du ciel, l'endroit où le garçon avait abandonné l'Unimog. Elle s'y était rendue le plus discrètement possible, pendant que les autres avaient le dos tourné. Elle avait alors achevé sa mission de la veille en insérant un émetteur GPS à l'intérieur du passage de roue, puis elle avait vite rejoint Kruger.

Elle prit une profonde inspiration et étira sa nuque. Il y avait de nombreuses années qu'elle ne s'était pas sentie aussi libre et détendue. Son erreur avait été de se focaliser sur l'exécution de la tâche qu'on lui avait assignée. Obsédée par la capture de Jane McCabe, elle en était venue à négliger la fuite du camion et avait même rappelé le drone chargé de le surveiller, ce qui avait permis au jeune guide de rejoindre incognito les gens de sa tribu.

Cela ne se reproduirait plus.

Après avoir retrouvé Kruger, elle n'avait eu aucun mal à suivre le retour de l'Unimog à Khartoum et à découvrir l'endroit où le groupe s'était réfugié. Elle avait néanmoins retenu la leçon et continuait de garder ses distances. À quatre cents bons mètres, elle avait espionné leur conversation à l'aide d'un microphone laser, dont le rayon infrarouge recueillait les infimes vibrations du carreau de la fenêtre pour ensuite lui chuchoter les paroles de ses adversaires à l'oreille. Seulement, la technologie, aussi pointue fût-elle, n'était pas parfaite. Il manquait certains mots, ce qui émaillait la discussion de blancs agaçants. Valya avait compris dans les grandes lignes où ils prévoyaient de se rendre, mais, par précaution, elle avait envoyé Kruger confirmer l'information.

Apparemment, ses cibles avaient loué un avion de brousse – un Cessna 208 Caravan – pour rejoindre le Rwanda, au sud. Elle allait les suivre à bord d'un appareil comparable, sauf que le sien était une variante militaire améliorée par les amis de son bras droit. Il s'agissait d'un Combat Caravan, utilisé par les rebelles dans toute la région et jusqu'en Irak.

Elle jeta un œil à la charge utile fixée sous les ailes.

Deux missiles AGM-114 Hellfire.

Les commissures de ses lèvres se retroussèrent de satisfaction.

Le temps était terminé de faire des courbettes aux chefs, d'avancer sous le joug de leurs contraintes et d'être poussée à la faute afin de combler leurs attentes. Elle avait la ferme intention d'être libre à nouveau, libre de retourner vers les fissures du monde. En conséquence de quoi, elle ne voyait pas l'intérêt d'adhérer aux restrictions qu'on lui avait précédemment imposées.

— On s'en tient donc au nouveau plan ? demanda Kruger au moment de monter dans l'avion.

Elle le suivit à l'intérieur.

— Oui, on les tue tous.

QUATRIÈME PARTIE

LA JUNGLE PEINTE

CHAPITRE 22

3 juin, 10 h 08
Île d'Ellesmere, Canada

Le temps que les gardes viennent le chercher, Painter avait compris qu'il y avait un problème.

Hartnell lui avait accordé précisément soixante minutes – jusqu'à huit heures du matin – pour décider si, oui ou non, il les aiderait à capturer Kat et Safia. Le délai avait expiré, et il était resté à faire les cent pas dans sa cellule. Finalement, deux heures plus tard, les surveillants avaient surgi, arme au poing. Ils lui avaient fait enfiler une parka, des bottes fourrées, puis ils l'avaient menotté et escorté dehors sans ménagement.

Ce retard était inquiétant. Était-il arrivé quelque chose à Kat et Safia ? Sa collaboration n'était-elle plus à l'ordre du jour ? Auquel cas, où l'emmenait-on ?

Son anorak ainsi que l'absence d'entrave aux chevilles laissaient penser qu'il allait devoir marcher, sans doute dans le froid. Même ses cerbères portaient un gros manteau. Il tenta de les interroger, mais, chaque fois, il se faisait rabrouer.

Au lieu de sortir, ils descendirent trois étages.

Cela n'avait pas de sens.

Où allons-nous ?

Enfin, ils arrivèrent devant une grande porte en acier. Un garde la déverrouilla à l'aide d'un badge électronique et entra le premier. Du bout de son fusil d'assaut, son collègue incita Painter à avancer.

Aussitôt, la nécessité d'être chaudement vêtu sauta aux yeux. Le couloir avait été taillé à même la roche et, malgré une bonne isolation vis-à-vis des éléments, il y régnait un froid polaire. Chaque respiration créait un nuage de vapeur blanc. Le tunnel, rudimentaire, courait sur plusieurs centaines de mètres, sans porte ni pièce adjacente. Une simple guirlande d'ampoules en cage métallique éclairait le chemin.

Painter leva ses bras menottés et caressa la paroi.

Sans doute une ancienne galerie de mine.

Soudain, il crut savoir où on l'emmenait. Au fond du corridor, une seconde porte leur barrait le passage. Son groupe accomplit la même chorégraphie pour quitter le tunnel et rejoindre l'époque moderne. Un mélange d'acier, de verre et de béton se dressa alors autour de lui, dévoilant une autre partie de la station.

L'extension, incurvée de chaque côté, était bardée de fenêtres anti-explosion qui donnaient sur le cratère à étages aperçu depuis l'avion avec Kat. Même si cette section-là d'Aurora n'encerclait pas totalement le trou de quatre cents mètres de diamètre, elle en embrassait néanmoins la moitié et se subdivisait en plusieurs postes de travail. Qu'ils soient en blouse de laboratoire ou en uniforme de couleurs variées, les employés couraient partout ou restaient assis devant leur écran. On parlait tout bas, comme au sein d'une cathédrale.

Et c'était peut-être le cas, sauf que l'édifice avait pour vocation de vénérer la science.

En s'approchant de l'épaisse fenêtre, Painter vit le ciel encombré de nuages noirs. Il estima que leur perchoir en U devait se situer à mi-chemin de la paroi verticale. En contrebas, éclairé par d'énormes projecteurs, le sol du vieux puits de mine soutenait la grosse base carrée de l'interprétation de la tour de Wardenclyffe selon Hartnell. Des poutres métalliques formaient le squelette d'un gratte-ciel pyramidal, surmonté d'un gigantesque bol d'anneaux concentriques en cuivre et d'électroaimants puissants, le tout protégeant une sphère conductrice.

Non, pas une sphère.

Vu du ciel, le haut de la tour avait eu l'air d'un globe parfait, mais, à présent qu'il était plus bas, Painter se rendit compte qu'il n'avait aperçu que le *sommet* arrondi d'un œuf monstrueux.

Il se rappela le logo de Clyffe Energy : l'Œuf de Colomb.

La forme était-elle intentionnelle ou n'était-ce qu'un simple effet de vanité ?

— Ah, vous voilà ! lança Simon Hartnell.

Vêtu d'une parka gris argenté à la fermeture Éclair encore baissée, il approcha d'un pas décidé.

— Désolé de vous avoir fait attendre.

— Moi, je suis à l'heure, répondit Painter en regardant les gens s'affairer autour de lui. Que se passe-t-il ? L'activité m'a l'air beaucoup plus intense qu'en temps ordinaire.

— En effet.

L'homme d'affaires se remit en route. À l'évidence, il s'attendait à être suivi par Painter, qui s'exécuta. De toute façon, avec deux gardes derrière lui, ce dernier n'avait guère le choix. Hartnell récupéra au passage un petit Indien à la mine inquiète et se chargea des présentations.

— Voici le Dr Sunil Kapoor.

Le chef Crowe reconnut le nom du physicien. On lui avait décerné le prix Nobel pour ses travaux sur le plasma et, notamment, sa manière originale de le fabriquer en utilisant du métal vaporisé. Manifestement, Hartnell ne s'appuyait pas que sur Nikola Tesla pour faire aboutir son projet visionnaire.

— Nous allons sortir et effectuer une dernière vérification des stations de surveillance les plus reculées. Quelle excitation !

Loin de paraître aussi enthousiaste, Kapoor ne cessait de lorgner dehors, vers la pyramide d'acier. Hélas, on ne refusait rien à Hartnell.

Tandis qu'ils longeaient le mur concave du poste de commande, une nouvelle fenêtre apparut en face. Painter ralentit et, au travers, il discerna une grotte, presque aussi profonde que le cratère, mais pas à ciel ouvert. Un lac sombre tapissait le fond, sauf que les éclairages fixés au niveau d'une passerelle révélèrent que l'eau était, en réalité, d'un beau rouge vif.

Conscient de ce qu'il avait sous les yeux, Painter se figea d'effroi. C'était le carburant nécessaire au projet fou de Hartnell. Le salaud avait élevé un océan entier de *Pestis fulmen* ! Des hommes en combinaison Hazmat[1] œuvraient sur la passerelle : munis d'un bloc-notes, ils braquaient leur lampe torche le long des tubes d'acier qui couraient du lac jusqu'au plafond.

Oh, putain…

— Tout le monde en voiture ! lança Hartnell au moment de les accueillir dans un funiculaire, dont les rails épousaient la pente du puits.

Painter grimpa avec les autres. Une vitre lui permit d'observer la tour au moment où le wagon entama son ascension.

— Vu le remue-ménage, je suppose que vous avez décidé d'avancer l'opération.

— En effet. Après mûre réflexion, j'ai estimé que c'était plus prudent.

Painter comprit la logique. L'homme refusait qu'on gêne le bon déroulement du test, surtout si Kat et Safia réussissaient à ramener de l'aide de l'extérieur.

1. Combinaison protégeant des matières dangereuses. Hazmat est l'abréviation de *Hazardous Materials*, ou « produits dangereux » en anglais.

— Vous prévoyez donc toujours d'inoculer ce dangereux microbe à l'ensemble de l'ionosphère.

— À quoi bon faire les choses à moitié ?

L'Américain fixa le Dr Kapoor.

— Et, vous, vous n'éprouvez aucune appréhension ?

Le physicien jeta un regard à Hartnell, puis il revint vers Painter et secoua légèrement la tête.

On est loin d'une approbation retentissante.

— Nous avons envisagé un nombre incalculable de scénarios, assura Hartnell. Étudié chaque variable.

Painter observa le ciel.

— Dès qu'il s'agit d'abîmer la planète, il est impossible de connaître tous les paramètres. Vous risquez bien de mettre le feu à l'atmosphère.

Hartnell laissa échapper un rire moqueur.

— Les tests au sujet de la première bombe atomique avaient soulevé la même inquiétude, sans que cela mette un coup d'arrêt au projet Manhattan. (Il fixa le chef Crowe d'un air triste.) Des accusations similaires ont aussi été portées contre le HAARP.

Certes.

— Si nous stoppions tout chaque fois que Chicken Little affirme que le ciel va nous tomber sur la tête, nous ne ferions jamais rien. (Soupir bruyant.) Nous serions encore blottis au fond de cavernes glaciales, à craindre le feu.

Quand le funiculaire eut atteint le rebord du cratère, tout le monde descendit au milieu des rafales de vent et de neige. Les fermetures Éclair vite remontées, ils pénétrèrent dans la forêt métallique d'antennes. Des câbles épais comme la cuisse couraient le long de la roche ou traversaient des plaques de neige tenaces.

Hartnell les entraîna sur un chemin de gravier qui menait hors de la forêt.

Personne ne parlait, pelotonné dans son anorak, les joues plaquées contre les bords de la capuche.

Au loin, un avion-cargo Boeing émergeait d'un hangar. Il avait l'air assez costaud pour affronter la tempête, surtout que, depuis une heure, on constatait une légère accalmie.

Au souvenir du lac sombre, Painter comprit quelle charge utile l'appareil devait transporter.

Le groupe arriva à l'orée du réseau, où deux véhicules les attendaient. L'un d'eux ressemblait à une voiturette de golf équipée d'une cabine hermétique et de gros pneus à crampons. Painter supposa qu'il permettrait à Hartnell et Kapoor d'effectuer leur patrouille.

Il en eut la confirmation quand l'homme d'affaires indiqua l'autre engin : une autoneige.

— Voici votre carrosse. (Il désigna une grande colline.) Nous avons établi un poste de communications au sommet. Il offre le meilleur point culminant pour les liaisons en visibilité directe lors des tempêtes solaires. Ce sera votre base opérationnelle où, en compagnie d'Anton, vous devrez convaincre votre collègue et le Dr al-Maaz de nous rendre leur butin. Pour notre bien à tous et pour le leur. Le secteur peut être très dangereux.

— Et si je refuse toujours ?

Hartnell parut déçu.

— Vous pouvez faire partie soit de la solution, soit du problème.

Painter se dit que, là-bas, les *problèmes* étaient vite réglés. Il observa les gardes armés.

— Je tenterai le maximum. C'est tout ce que je peux vous promettre.

— Et c'est ce que je vous demande, répondit Hartnell, l'œil rivé à l'orage. C'est ce que nous devrions faire dès que nous sommes confrontés à un défi : *essayer* au moins d'agir, de rendre le monde meilleur.

Painter approuva en silence.

J'en ai bien l'intention.

* * *

10 h 55

Kat frissonna au moment de verser les dernières gouttes de gazole dans le réservoir assoiffé. Sur un terrain aussi hostile, il devait leur rester de quoi rouler cent trente kilomètres, voire un peu plus si elle ménageait le moteur. Ils n'arriveraient donc sans doute pas à rejoindre l'avant-poste canadien d'Alert.

Et pas question de se coltiner la route à pied.

Sans parkas, ils gèleraient sur place.

D'autant que la santé de Safia se détériorait vite. La jeune femme avait été exposée au terrible microbe six heures plus tôt et, de plus en plus fiévreuse, elle développait probablement les premiers symptômes de la maladie.

Pour l'instant, Kat et Rory étaient en forme, mais, coincés dans l'espace confiné de l'habitacle en compagnie de la malheureuse, combien de temps tiendraient-ils le coup ?

De toute façon, on n'a pas le choix.

Kat remonta dans la cabine et redémarra. Ils longeaient la rive nord du lac Hazen. Avec ses soixante-cinq kilomètres de long sur à peine douze de large, le plan d'eau pointait directement sur Alert. Hélas, juste après, il y aurait encore cent soixante kilomètres périlleux de montagnes et de glaciers à parcourir.

Le vent et la neige s'étaient un peu calmés, mais ce n'était qu'un court répit avant que la tempête ne redouble. Les nuages en provenance de l'ouest étaient en effet beaucoup plus sombres.

Alors qu'elle regardait par là, Kat aperçut des éclats de lumière le long des montagnes. Elle pria le ciel pour qu'il s'agisse d'éclairs. Ce n'était pas totalement improbable, mais elle mit les gaz, renonçant à toute tentative de ménager sa consommation de carburant.

Elle continua de scruter l'ouest, sans que les lumières reparaissent jamais.

Safia remua sur le siège passager, les lèvres craquelées, les yeux voilés par la fièvre et la fatigue.

— Il fait chaud…

— Vous êtes brûlante. Essayez juste de vous reposer.

L'agent Sigma échangea un regard avec Rory dans le rétroviseur central.

— Elle a besoin de soins médicaux, murmura-t-il. Peut-être qu'en rebroussant chemin…

Kat savait que Safia signerait alors son arrêt de mort. Le personnel de la station ne se hasarderait pas à exposer quiconque à la maladie. De plus, elle refusait de restituer des données aussi durement gagnées. Safia avait risqué sa vie (et, à présent, elle en payait peut-être le prix) pour que les informations ne tombent pas entre les mains de Hartnell.

— Non. Nous ne ferons pas demi-tour.

Le regard du jeune homme se dirigea vers le pare-brise.

— Là-bas, Kat ! Sur le lac !

À droite trônaient trois tentes de camouflage, dont le flanc exposé au vent avait été blanchi par la neige. Devant chacune d'elles, un trou circulaire créait un faible halo bleuté. Un long fil pendait des cannes plantées à côté. Le vrombissement du moteur incita les pêcheurs à quitter la chaleur de leur abri.

De loin, avec leur manteau de fourrure et leur pantalon épais, ils ressemblaient à des petits ours.

— Je crois que ce sont des Inuits, indiqua Rory, penché au maximum que ses entraves le lui permettaient.

Indifférente, Safia se protégea même les yeux.

— C'est éblouissant, marmonna-t-elle.

L'inquiétude de Kat monta en flèche. Un des symptômes de l'encéphalite était la photophobie, ou crainte de la lumière.

La tête de Safia se renversa en arrière, les yeux retournés dans leurs orbites.

— Si éblouissant…

* * *

11 h 04

Safia tâche de détourner la tête du soleil. Accroché dans un ciel douloureusement bleu, il lui pique les yeux. La chaleur lui coupe le souffle, chaque respiration lui embrase les poumons. Ses pieds nus s'enfoncent dans le sable brûlant, tandis qu'elle se dirige à grand-peine vers la promesse rafraîchissante de la rivière.

— *Safia, Safia… il faut boire…*

Elle cherche d'où vient la voix.

Le monde scintille devant elle, agite les palmiers. Entre les ondulations du mirage, elle distingue un drôle de pays blanc, obscur et gelé. Au loin, ses oreilles perçoivent le tonnerre.

— *Allez, juste quelques gorgées…*

Et puis plus rien. Que du sable, et la mort encore. Des bêtes couvertes de mouches gisent, boursouflées, à la ronde. Les charognards les déchiquettent en hurlant sur son passage. Elle continue d'avancer, le pas chancelant, et franchit la crête d'une dune afin de contempler le cours d'eau.

À mesure que la soif lui étreint la gorge, elle comprend que son salut est un mensonge.

Le fleuve, rouge sang, vide les terres de toute forme de vie.

Elle fouille les cieux du regard, implorante.

— *Buvez, Safia…*

Par-delà la berge, le ciel est noir, zébré d'éclairs, furieux et intraitable. Il s'abat vers elle, vers le monde, prêt à tout écraser sous son poids.

Elle recule d'un pas, puis d'un autre.

— Ça arrive…

Soudain, une cascade glacée lui coule au fond de la gorge, ruisselle le long de son cou.

Elle est en train de se noyer en plein soleil.

— *Cessez de résister, Safia, je vous en prie…*

À nouveau, l'univers scintille comme un voile. Le soleil cède sa place aux ténèbres, le sable se change en neige et une ombre devient un visage.

Un visage qu'elle connaît.

— Kat ?

— Je vous tiens, ma belle. Je vous tiens. Vous avez eu une petite attaque.

Elle ne peut pas s'empêcher de fondre en larmes.

— Qu'est-ce qui ne va pas ?

— Quelque chose de mauvais… quelque chose d'horrible arrive.

* * *

11 h 32

Au moins, ils restent cohérents.

Painter attendit que le premier garde ouvre le poste de communications avec son badge. Bâti au sommet d'une colline, le petit bunker en béton avait son toit bordé d'antennes.

D'un côté s'étendait la toundra arctique ; de l'autre, la vaste station Aurora et, du haut de la butte, la spirale constituée par le réseau d'antennes apparaissait nettement, de même que la tour dépassant du vieux puits de mine.

L'avion-cargo que Painter avait repéré un peu plus tôt patientait à proximité de la piste, sa rampe de chargement arrière baissée. Un bataillon de chariots élévateurs pleins à craquer se dirigeait vers lui.

Hormis ce petit pôle d'activité, le calme plat régnait, comme si tout le monde retenait son souffle dans l'attente de ce qui allait se produire.

— Ne restez pas planté là, maugréa le garde derrière lui.

Manifestement désireux d'échapper au froid glacial, il l'obligea à entrer sous la menace d'un fusil.

Difficile de le lui reprocher.

Soupir aux lèvres, Painter se laissa entraîner dans l'unique pièce du bunker. Il s'arrêta un instant à l'entrée et nota, sur le côté, la présence d'un lit aux draps froissés. Le fond de la salle était tapissé de matériel de communication, dont plusieurs radios et même un émetteur d'ondes myriamétriques, qui servait à contacter les sous-marins.

Au centre du dispositif, un jeune gaillard était muni d'un casque à écouteurs. Le dos tourné, il se contenta de lever le bras en guise de salut.

— Tout va bien, Ray ? demanda le premier garde.

L'autre homme titilla encore Painter.

Maintenant ou jamais.

L'Américain pivota de biais et recula d'un pas. Le canon du fusil désormais en travers du ventre, il lança les bras en l'air, enfila la chaîne de ses menottes autour du cou du surveillant médusé, puis il lui assena un coup à la taille et le projeta par-dessus son épaule.

Le premier garde fit volte-face et tira dans sa direction.

Painter s'était déjà accroupi, protégé par son prisonnier en train de s'étrangler. Quand les premières salves affolées blessèrent ce dernier, il passa ses poignets entravés devant lui, comme s'il l'enserrait par-derrière. Dès que ses mains trouvèrent l'arme du blessé, il mitrailla à tout-va.

Par chance, plusieurs balles touchèrent l'autre surveillant : au genou, à la poitrine. L'homme trébucha sur le flanc. Painter affina alors son angle de visée et put se contenter d'un seul tir. Le garde s'effondra. Toujours plaqué à son otage, qui haletait et suffoquait entre ses bras, Painter braqua le fusil vers l'opérateur radio, qui resta ahuri, tel un cerf pris dans les phares.

— Dis, Ray, si tu allais fouiller ton copain pour trouver la clé des menottes et me libérer ?

L'intéressé jeta un coup d'œil hésitant à son matériel, puis revint vers Painter.

— Bon, Ray, soit je t'abats et je récupère la clé moi-même, soit tu m'aides, c'est toi qui finis avec les bracelets et tu verras encore le soleil se lever, ce qui, ici, peut durer un bout de temps.

En fin de compte, l'opérateur radio se montra raisonnable.

Après l'avoir menotté et lui avoir attaché les chevilles avec ses propres écouteurs, Painter se frictionna les poignets. Pour faire bonne mesure, il lui avait aussi enfoncé une chaussette dans la bouche et l'avait bâillonné au ruban adhésif.

— Sauf objection de ta part, Ray, je vais prendre l'autoneige et rejoindre mes amies. Toi, pas un mot, compris ?

L'homme approuva d'un vigoureux signe de tête.

Vraiment très raisonnable.

Painter ramassa un fusil et fourra dans sa poche les deux chargeurs supplémentaires qu'il avait trouvés sur les cadavres des gardes. Une fois armé, il ressortit dans le froid, monta à bord de l'autoneige et tourna le dos à la station Aurora. L'immense toundra s'étalait devant lui.

Passons maintenant aux choses sérieuses.

* * *

12 h 45

Simon tenait la barre au poste de commande du réseau Aurora. Le cœur battant, il admira, par la fenêtre, l'imposante tour qui rendait hommage au génie de Tesla.

Et au mien.

Les équipes continuaient de préparer le lancement du test, vérifiant chaque système à trois ou quatre reprises. Tous les voyants de son tableau de bord étaient au vert.

Sur un écran à gauche, il regarda l'avion-cargo accélérer sur la piste chauffée. Les volets se rabattirent et l'appareil décolla, emportant son chargement en direction des cieux.

Radieux, Simon suivit sa trajectoire vers les nuages.

Soudain, il entendit des pas derrière lui. Un homme d'Anton en uniforme noir se précipitait vers lui.

— Patron ?

Simon espéra qu'il s'agissait d'une bonne nouvelle au sujet de la traque des fugitives. Vu sa mine blême, ce n'était pas le cas.

— Que se passe-t-il ?

— Le prisonnier censé rejoindre le poste de communications sur la colline a tué ses gardes et s'est échappé. Selon l'opérateur radio, il est parti chercher ses amies au volant d'une autoneige. Il était bien armé.

Les joues en feu, prêt à exploser, Simon serra le poing de frustration. Manifestement, Painter Crowe était plus qu'un simple enquêteur du DARPA. Simon s'obligea néanmoins à décrisper les doigts et prit une profonde inspiration.

Observons le tableau dans son ensemble.

Rien n'avait fondamentalement changé. À cause des deux femmes en cavale, la situation était déjà compromise… mais réparable. La nouvelle donne n'aggravait pas les choses de manière significative.

Du moins, pas pour moi.

— Allez en informer Anton, déclara-t-il, une fois calmé. Dites-lui bien de surveiller ses arrières.

— Oui, patron.

Et l'agent de sécurité prit congé.

Simon considéra la réaction futile de Painter Crowe d'un air désabusé.

Où croit-il pouvoir aller ?

* * *

13 h 04

Painter était accroupi dans la soute gigantesque de l'avion-cargo.

Sous ses semelles, il sentait vibrer les quatre moteurs en lutte contre les vents violents. Ballotté dans tous les sens, l'appareil ne cessait de tressauter. Quant à sa cargaison, elle grinçait et glissait dangereusement autour de l'Américain, menaçant à tout instant de l'aplatir comme une crêpe.

D'ordinaire, le Boeing C-17 Globemaster servait à l'armée pour le transport long-courrier des troupes, du matériel et même des chars de combat. Sa conception unique lui permettait de larguer ses charges en plein vol par la trappe arrière. Malgré l'arrêt récent de la chaîne de production, Hartnell avait dû acheter un de ces mastodontes et le faire adapter à ses propres besoins.

Aussitôt évadé du poste de communications, Painter avait affronté la tempête au volant de son autoneige. Il s'était enfoncé dans le blizzard jusqu'à atteindre une zone relativement vaste de toundra, puis il avait coincé un pied-de-biche, trouvé au fond d'une boîte à outils, contre la pédale d'accélérateur et il avait envoyé le véhicule continuer seul sa route, histoire d'entraîner l'ennemi sur une fausse piste.

Il se doutait que le subterfuge aurait une durée de vie limitée. Il lui fallait juste assez de temps pour rebrousser chemin et rejoindre le Globemaster, qui patientait sur le tarmac de la station.

Couvert par les intempéries, Painter avait couru derrière des congères et zigzagué entre des piles de caisses maintenues par des filets jusqu'à arriver sous l'avion. Il avait déjà emprunté ce genre de gros oiseau-là, du temps où il faisait partie des troupes d'assaut SEAL[1] de la Navy, ce qui lui semblait remonter à une éternité.

Enfin, certaines choses ne changeaient jamais.

1. *Sea, Air, And Land.* Principale force spéciale de la marine de guerre des États-Unis.

Quand on remplissait un gros bus pareil, il y avait toujours une foule de cachettes potentielles.

Il s'était donc empressé de rejoindre la queue du Boeing, où la rampe de chargement arrière était encore en contact avec la piste. Il s'était faufilé dessous en attendant qu'un chariot élévateur reparte, puis, après avoir jeté quelques coups d'œil à la ronde, il avait gravi le plan incliné et foncé à l'intérieur de la soute.

Comme prévu, elle était pleine à craquer. Deux rangées de neuf palettes accueillaient des caisses en aluminium aussi grandes que Painter. Toutes coiffées d'un sac en forme de parachute, elles trônaient sur un système hydraulique de livraison par air censé les pousser dehors en plein vol.

Sans perdre une seconde, le chef Crowe s'immisça entre deux palettes et s'accroupit, prêt à changer illico de cachette à la moindre alerte. Enfin, il doutait fort que quelqu'un s'embête à mener une fouille approfondie de l'appareil. Des étiquettes rouges signalant un danger infectieux étaient placardées de chaque côté des caisses métalliques.

Il savait ce qu'il y avait à l'intérieur.

Des cuves entières de *Pestis fulmen*.

Le parachute posé dessus devait être le système de ballon-sonde météorologique évoqué par Hartnell. Painter supposa qu'ils se gonfleraient tous automatiquement au largage des caisses et emporteraient leur cargaison mortelle. Ensuite, une fois en altitude, les conteneurs exploseraient comme autant de gousses toxiques.

Painter contempla l'étiquette près de sa joue.

Finalement, son idée n'était peut-être pas si brillante.

CHAPITRE 23

3 juin, 17 h 08, heure d'Afrique centrale
Parc national de l'Akagera, Rwanda

Il faut continuer d'avancer…

Le soleil déclinant à l'horizon, Gray voulait profiter du peu de clarté qui leur restait. Il se souvint des explosions et des tirs qu'il avait entendus lors de sa conversation téléphonique avec Monk. Au Caire, la situation empirait d'heure en heure et la région, déjà instable, risquait fort de s'embraser totalement.

S'il y avait quelque chose à trouver au Rwanda, il ne fallait pas traîner.

Gray avait donc réuni son équipe sur un pont à ciel ouvert qui surplombait le lac Ihéma, deuxième plus grand lac du pays. Ils avaient pris un avion de brousse à Khartoum et atterri au plus près de la croix indiquée sur la carte de Livingstone, sur une piste en terre du parc national de l'Akagera. Ils attendaient l'arrivée d'un guide local qui travaillait là-bas depuis vingt-cinq ans.

Au vu du plan étalé sur la table, ils auraient bien besoin de quelqu'un qui possédait une connaissance solide des lieux. Le parc national de l'Akagera s'étendait sur mille trois cents kilomètres carrés de savanes vallonnées, de marais hérissés de papyrus et de jungles montagneuses. On y trouvait aussi un labyrinthe de lacs et de cours d'eau entrelacés, qui partaient tous de la Kagera, frontière naturelle de la réserve à l'est.

Du bout du doigt, Jane suivit le tracé de la rivière.

— Il doit s'agir du bon affluent, non ?

À Khartoum, le groupe avait répertorié les nombreuses rivières qui se jetaient dans le lac Victoria – à la source du Nil Blanc – en tâchant de déterminer laquelle correspondait le mieux à celle dessinée sur la carte secrète de Livingstone. La Kagera coïncidait à merveille, car elle partait à l'ouest du lac Victoria, puis serpentait entre l'Ouganda et la Tanzanie avant de bifurquer au sud, le long de la frontière rwandaise.

Impossible, néanmoins, d'en être sûr à cent pour cent.

— Regardez un peu, annonça Derek.

Le temps que le guide arrive, il cherchait à corroborer leur hypothèse en étudiant d'autres cartes, à la fois récentes et anciennes. Sur sa tablette, il leur montra un plan de la région où il avait surligné la Kagera et inscrit quelques mesures.

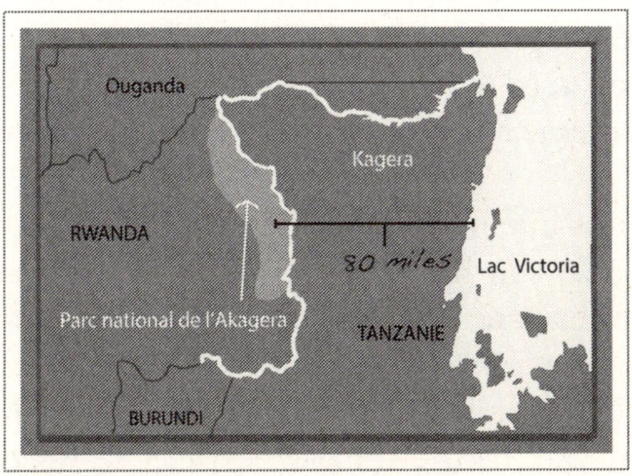

— Comme vous pouvez le constater, le parc se situe à environ quatre-vingts miles au sud du lac Victoria.

— Et le détail a son importance. Pourquoi ? demanda Gray.

Derek afficha le croquis de Livingstone consacré au papillon et à la chenille. Il zooma sur cette dernière.

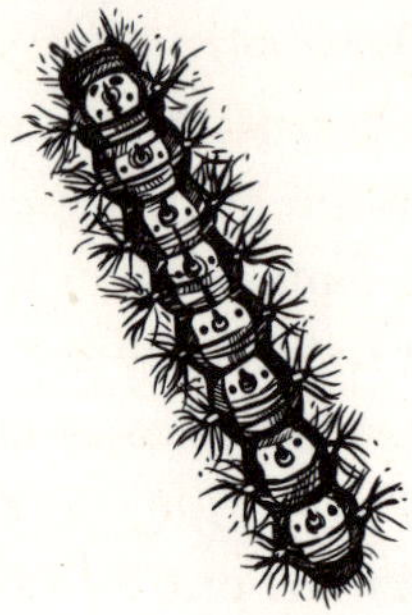

— Vous avez vu ? La chenille possède *huit* segments. À mon avis, Livingstone a fait de cette larve la légende de sa carte secrète. Une espèce de règle graduée, si vous préférez.

Gray approuva d'un signe de tête.

— Huit segments, quatre-vingts miles.

Même si ce n'était pas la preuve absolue qu'ils étaient sur la bonne piste, elle venait encore étayer leur théorie. Même Jane sourit et tapota la main de Derek d'un air reconnaissant. Visiblement, tout le monde avait besoin d'être rassuré.

Seichan s'écarta de la rambarde, d'où elle observait le lac et le ciel.

— Je crois que notre homme approche.

Un grondement de moteur s'amplifia et les attira à ses côtés. Une curieuse embarcation se dirigeait vers le quai en contrebas. Avec sa coque métallique verte tout éraflée et cabossée, elle n'avait vraiment pas été épargnée au fil des ans. Quant à la fissure du pare-brise, elle ressemblait de manière inquiétante à un impact de balle.

— Le niveau du lac est très bas, commenta Seichan. Pas sûr qu'il ait assez de tirant d'eau pour s'amarrer ici.

Un détail qui ne semblait pas préoccuper le pilote.

— Il ne ralentit même pas, frémit Derek.

Le bateau atteignit le quai... et passa son chemin. La proue se leva au moment où il heurta la berge. Apparurent alors deux trains de chenilles, comme sous un char d'assaut. Le véhicule amphibie émergea de l'eau, gravit le pont et finit par s'immobiliser, son plat-bord parallèle à la rambarde.

Le pilote sourit, ravi d'avoir fait sensation.

— *Muraho !* salua-t-il dans son kinyarwanda natal.

Il portait une saharienne kaki et un pantalon assorti. Bien que sexagénaire, il affichait un physique d'athlète, sa tignasse brune à peine zébrée de quelques fils d'argent.

— Bienvenue dans l'Akagera. Je m'appelle Noé Mutabazi et, même si je ne vous apporte pas d'arche (il tapota le flanc de son bateau), je vous promets que ce vaisseau ne vous décevra pas.

Autre surprise, il n'était pas venu seul.

Kowalski fit deux pas en arrière.

— D'accord. C'est quoi, ce lion ?

Derrière le siège, une créature s'étira en s'arc-boutant à la manière typique d'un félin. Un bâillement laissa entrevoir de longs crocs et une langue rose.

— Ah ! Je vous présente mon copilote. Il s'appelle Roho, ce qui, en swahili, signifie « fantôme ».

Avec son pelage blanc cassé et ses prunelles d'ambre, le nom lui allait à la perfection. En fait, la mutation à l'origine des lions blancs n'était pas l'albinisme, mais un caractère génétique plus rare, le leucisme, qui ne s'exprimait que par une dépigmentation partielle.

Noé gratta l'encolure de son partenaire, qui se mit alors à ronronner comme un gros chat.

— Ce n'est qu'un bébé.

— *Ça*, un bébé ? s'exclama Kowalski.

Gray comprit sa stupeur. La bête devait déjà peser près de cinquante kilos.

— Absolument, confirma Noé avec une pointe d'accent britannique. Il aura un an le mois prochain. Avec un peu de chance, il deviendra vite un bel adulte.

Le guide ébouriffa une crête iroquoise de fourrure blanche plus pâle qui courait du haut du crâne du lionceau jusqu'au bas de sa nuque.

— Comme vous le voyez, sa crinière n'est pas développée. D'ailleurs, il ne sait même pas rugir. Il lui faudra encore patienter quelques mois.

Roho grogna et feignit de lui mordre la main, comme s'il se sentait insulté.

Jane eut l'air de vouloir le caresser.

— Comment l'avez-vous recueilli ?

Noé reprit son sérieux et contempla la berge opposée.

— Il y a deux ans, sept lions du Transvaal ont été réintroduits dans le parc dans l'espoir de ramener une population disparue depuis des décennies. Grâce aux lions, et peut-être un jour aux rhinocéros noirs, l'Akagera retrouvera bientôt toute sa splendeur.

Il se tourna vers eux, le visage empreint d'un mélange d'optimisme et de nostalgie.

— Et Roho ? insista Jane.

— Ah, oui. Une de nos nouvelles lionnes était pleine à son arrivée. Elle a donné naissance à trois petits, dont Roho. Puisque le taux de mortalité est assez élevé pour les lionceaux en milieu naturel, nous l'avons prélevé afin de donner aux deux autres de meilleures chances de survie, mais aussi parce que nous craignions que la couleur de son pelage n'en fasse la proie des braconniers. Vu que ces types-là ne font jamais dans le détail, la présence de Roho menaçait l'ensemble de la nouvelle troupe.

— Alors, vous l'avez gardé.

— Pour l'entraîner. Notre ambition reste de le relâcher, quand il sera plus mûr et mieux à même de se défendre seul.

Il a atteint l'âge où, normalement, sa mère lui apprend à chasser, donc je l'emmène dès que je peux.

Gray jeta un coup d'œil au soleil qui descendait sur le lac.

— Nous devrions y aller. Je veux arriver avant la nuit sur le site que nous avons repéré.

Noé grimpa sur le pont.

— Montrez-moi. On m'a dit en gros où vous souhaitiez vous rendre, mais je pourrais vous guider de manière plus précise.

D'un bond, Roho le rejoignit, prêt à apporter aussi son aide.

— Il est gentil, les rassura Noé.

Il s'approcha des plans étalés sur la table. Gray le rejoignit, pendant que les autres faisaient connaissance avec le fauve.

— Voici où nous pensions aller, annonça-t-il, le doigt pointé sur une zone au nord qui s'approchait au maximum de la croix dessinée par Livingstone.

Noé inspira profondément.

— Je peux vous demander pourquoi là-bas ?

— Cela pose un souci ?

— En comparaison d'autres sites africains, l'Akagera voit passer peu de visiteurs. En safari, je suis souvent le seul dehors. Et nous allons toujours à l'extrémité *sud* du parc. Personne ne se hasarde jamais là-haut, dans le Nord.

— Pourquoi ?

— Un terrain hostile. Des jungles denses et montagneuses. En Afrique, il n'y a pas plus vierge. Beaucoup de gens sont persuadés que ces forêts luxuriantes sont hantées. Même les rebelles et les braconniers n'y mettent pas les pieds.

— Et votre bateau amphibie peut nous emmener ?

— Jusqu'au bord, sans problème. Après… (Il haussa les épaules.) Je me répète, mais pourquoi *là-bas* ? Que cherchez-vous ?

— Des éléphants.

Noé écarquilla les yeux, visiblement soulagé.

— Oh, alors c'est facile ! Inutile de s'infliger autant de route. Je peux vous montrer un tas d'éléphants. Beaucoup plus près. Ici, dans le Sud.

— Et au Nord ? Il y en a ?

Noé réfléchit.

— Pas encore. Le parc a réussi à reconstituer un troupeau de pachydermes – nous avons maintenant plus de quatre-vingt-dix individus –, mais ils se concentrent au Sud. Même eux n'aiment pas s'aventurer dans les jungles septentrionales. Ils préfèrent la savane et les marais.

Gray rebondit sur ce que le guide venait de dire :

— Qu'entendez-vous par « reconstituer » le troupeau ?

— Comme avec les lions, des éléphants ont été réintroduits dans le parc en 1975.

— Qu'est-il arrivé aux populations d'origine ?

— Bah ! Les braconniers, les chasseurs de gros gibier… Tout ce que je sais, c'est que les éléphants indigènes ont disparu il y a soixante ans.

Disparu ?

Gray frémit de désarroi. S'il y avait un remède à trouver là-bas, existait-il encore ?

N'arrivons-nous pas plusieurs décennies trop tard ?

Noé secoua la tête.

— La première fois que je suis venu ici, tout jeune, un guide expérimenté m'a parlé de la gloire passée de l'Akagera. À l'époque, de nombreux troupeaux peuplaient la zone, même de timides éléphants de forêt qui parcouraient les jungles du Nord. Cela n'existe plus, mais, avec un peu de chance, nous en serons bientôt les nouveaux témoins.

— Comment pouvez-vous en être certain ?

— Que nous en serons de nouveau les témoins ?

— Non, que les éléphants de forêt ne sont plus là. Vous expliquiez que ces montagnes étaient très peu fréquentées, voire évitées. Si ces pachydermes sont réellement aussi timorés, certains d'entre eux vivent peut-être encore là-bas.

Noé parut sceptique.

Gray se redressa et contempla le soleil.

— Quel mal y a-t-il à aller jeter un œil ?

* * *

17 h 31

Jane était assise avec Derek au milieu de l'arche amphibie.

Devant eux, Gray chuchotait avec Noé, son capitaine, pendant que Seichan était accroupie à la proue, à l'affût de la moindre menace. Kowalski faisait pareil à l'arrière, allongé sur la poupe, son fusil sur les genoux.

Jane s'efforça de ne pas penser au danger, préférant admirer la beauté des paysages et savourer le climat tropical après la chaleur torride du Soudan.

Le ciel bleu se reflétait dans les eaux calmes du lac Ihéma, à peine troublées par le sillage du bateau, qui faisait trembler les derniers rayons du soleil à la surface. On aurait dit qu'ils avaient l'immense lac pour eux seuls.

Or, c'était faux, bien sûr. Ils avaient beau être les uniques voyageurs, le site grouillait de vie. En voyant l'embarcation voguer sur leurs aires de repos, des hippopotames, qui barbotaient le long de la rive, ouvraient grand la gueule afin de défendre leur territoire. Plus loin, cachés au cœur des papyrus, les longs rondins noirs qui étaient, en réalité, des crocodiles rappelaient que la baignade était réservée aux plus intrépides. Quelques bêtes courageuses couraient le risque, mais, bon, les imposants buffles du Cap n'avaient pas grand-chose à craindre.

La jeune femme observa les vols de grues couronnées et de cigognes à bec ouvert. Ce n'étaient pas les seuls prédateurs du lac. Un aigle pêcheur fonça en piqué, attrapa une proie argentée qui frétillait et remonta aussi vite vers le ciel. Des milliers d'autres oiseaux voletaient de-ci de-là, trop rapides pour être identifiés, trop nombreux pour qu'elle tente même sa chance.

Dans les marais et les herbes alentour, la vie s'étendait à perte de vue. Des troupeaux de petites antilopes saute-roche broutaient près des impalas et des zèbres. Au loin, les girafes traversaient la savane en dodelinant majestueusement du cou, tels les mâts d'immenses navires.

Le crépuscule tombé, les ombres s'étalaient partout, badigeonnant les prairies et les collines de sombres coups de pinceau.

Jane soupira, consciente qu'elle pourrait aisément se laisser endormir par le rythme indolent des lieux, mais il leur restait beaucoup à faire.

Une claque sèche le lui rappela.

Derek se frotta le bras, laissant une traînée rougeâtre là où il s'était fait piquer. Dans la région, c'étaient les mêmes suceurs de sang qui semaient la maladie et la mort : virus du Nil occidental, dengue et fièvre jaune, voire virus Zika, apporté par un singe ougandais. Elle avait aussi appris qu'il s'agissait *chaque fois* d'un flavivirus. Le même que celui contenu dans le microbe qu'ils traquaient, un cheval de Troie génétique capable de tuer les descendants mâles.

Il n'y aurait donc pas de quoi s'étonner d'avoir atterri ici.

Il suffit que Jane s'en fasse la réflexion pour que la magie du parc s'estompe.

Elle se renfonça dans son siège. Derek l'imita. Elle lui prit le bras et, en quête de réconfort, elle le posa sur ses épaules, puis se blottit contre lui.

Sensible à sa détresse, le jeune homme tenta de la rassurer.

— Je ne cesse d'imaginer des types comme David Livingstone et ses confrères explorateurs en train de patauger dans ces marécages et d'affronter les éléments, les animaux sauvages… sans parler (il montra sa morsure au bras) du plus minuscule des prédateurs.

Il tendit le cou à la ronde.

— Livingstone a sans doute fouillé la région. On connaît l'histoire célèbre selon laquelle Stanley a retrouvé le bon docteur se morfondant dans un village côtier du lac Tanganyika, à cent cinquante kilomètres à peine d'ici. Alors que Stanley est rentré chez lui, Livingstone a continué de chercher la source du Nil. Ses pérégrinations ont très bien pu le conduire ici.

— Si mes souvenirs sont exacts, c'est sur ces mêmes berges qu'un indigène lui a offert son talisman.

Derek hocha la tête.

— Plus tard, des membres de la même tribu l'ont honoré en enterrant son cœur sous une variété locale de prunier.

— Puis ils l'ont embaumé, ajouta-t-elle, amère, en se rappelant le sort de son père.

— Par respect. Ils ont enrobé sa dépouille de sel et l'ont fait rapatrier dans un cercueil d'écorce. Il repose aujourd'hui à l'abbaye de Westminster.

— Cela en valait-il la peine ? Livingstone a donné sa vie pour ajouter quelques lignes à une carte.

— Peut-être, mais il a aussi aidé un grand nombre d'autochtones en luttant contre la traite négrière, en devenant leur professeur. De toute manière, même s'il n'avait rien fait de cela, la quête de connaissance n'est jamais vaine. Chaque ligne tracée sur une carte nous permet de mieux comprendre le monde et d'y trouver notre place.

Jane le remercia d'un faible sourire.

— Docteur Rankin, vous êtes une bien meilleure personne que moi.

Il l'attira vers lui.

— Ça, je ne le contesterai pas.

Arrivés au bout du lac, ils s'engagèrent dans le dédale de plans d'eau, de collines et de marécages qui les séparait des montagnes trapues à l'horizon. Là-bas, le terrain justifiait l'utilité de leur moyen de transport hors du commun. Qu'importait le défi (eaux profondes, boue glissante, sables mouvants ou herbes hautes), l'arche amphibie de Noé continuait d'avancer.

Pourtant, il y avait encore des grincheux.

— Pourquoi n'arrête-t-il pas de me lécher ?

Jane se retourna : plus fouineur que jamais, Roho passait sa longue langue humide sur la joue de Kowalski, qui le repoussa.

À l'avant, Seichan expliqua :

— Il vous goûte, mon vieux. Il vérifie si cela vaut le coup de vous manger.

Noé lui jeta un regard réprobateur.

— Il est juste attiré par le sel de votre sueur.

Une information qui fut loin d'apaiser l'Américain.

— Il veut donc bien savoir quel goût j'ai !

Jane se nicha de plus belle contre Derek.

— C'est bien toi qui disais que la connaissance était toujours une bonne chose ?

* * *

17 h 55

Valya voulait recueillir un maximum d'informations avant d'agir.

Assise à la place du copilote, elle ordonna que le Cessna effectue un nouveau grand virage incliné sur l'aile, de sorte qu'il ne se reflète pas sur le grand lac. À l'arrière, Kruger avait ouvert la porte de chargement latérale. D'une main, il s'agrippait à la carlingue pour résister à la force du vent ; de l'autre, il tenait ses jumelles et regardait les cibles traverser un paysage de lacs, de marais et de prairies, se souvenant certainement de ses camarades tués par la bande d'en bas.

Elle aurait bien demandé que le Cessna plonge en piqué et tire un ou deux missiles Hellfire sur le véhicule amphibie. Cependant, si l'assaut avait toutes les chances d'anéantir l'ennemi, elle n'en éprouverait pas une entière satisfaction. D'un air distrait, elle caressa l'*athamé* de sa grand-mère.

Non, ce serait loin d'être satisfaisant.

D'autant qu'il y avait aussi une raison pratique. Kruger et elle avaient décidé de voir où le groupe les conduirait. Et, à l'occasion, ils pourraient s'emparer du mystérieux trophée potentiellement caché là-dessous.

Afin de le vendre au plus offrant.

Cerise sur le gâteau, Valya connaissait quelqu'un qui avait un intérêt personnel dans l'histoire et, surtout, les poches bien remplies. Il était temps que la roue tourne à son propre avantage.

Simon Hartnell peut aller se faire foutre. Et mon frangin avec !

Une fois sa décision prise, elle était décidée à réussir, ce qui revenait à appliquer les consignes de ses anciens supérieurs de la Guilde : être patient et guetter le bon moment. Jusqu'à présent, elle ne devait ses échecs qu'à des réactions précipitées, liées à une vile soif de vengeance. Il fallait plutôt qu'elle se montre plus froide et calculatrice.

Comme sa proie.

Elle se représenta le visage de Seichan.

— Le soleil va se coucher ! lança Kruger.

Elle pivota dans son siège et contempla l'ASP Raven qui partageait la cabine avec le Sud-Africain et ses trois hommes.

— Attendez qu'il fasse bien noir avant de tirer.

L'idée était de rester à distance jusqu'à la nuit tombée, puis d'envoyer le drone, qui poursuivrait la traque aérienne grâce à ses caméras thermiques basse luminosité. Elle ne pouvait pas courir le risque que l'appareil soit repéré en plein jour. Une fois qu'il aurait décollé, ils referaient le plein et continueraient de surveiller la situation à très haute altitude. Le moment opportun, ils redescendraient pour que Kruger et ses acolytes puissent sauter en base-jump et sécuriser la zone. Elle les suivrait équipée d'un parachute traditionnel. Le pilote volerait alors en rond et attendrait l'ordre de larguer les missiles qui, guidés par un système radar autonome, feraient le ménage derrière eux.

Autre scénario : au cas où les cibles n'auraient *a priori* rien trouvé, l'équipe de Valya commencerait par envoyer les charges explosives. L'idée n'était ni gratifiante ni rentable, mais, au moins, le travail serait accompli.

Le premier plan était quand même préférable.

Elle regarda donc en bas et souhaita bonne chance aux autres.

* * *

18 h 35

Maintenant, je comprends ce que Noé voulait dire.

Devant eux, la forêt obscure semblait impénétrable. Leur véhicule avait quitté les marais et la savane quarante minutes plus tôt, juste avant le crépuscule. Les montagnes du Nord se dressaient comme des crocs acérés, prêts à déchiqueter le monde. Leurs cimes étaient en granit, mais le reste n'était qu'une jungle compacte, inhospitalière et sans l'ombre d'une route.

Jane et Derek s'étaient appuyés sur des cartes hydrologiques et topographiques du parc pour établir le meilleur itinéraire possible. Ils avaient ainsi repéré une rivière qui, partant de la montagne et serpentant ensuite dans la plaine, était peut-être le modeste affluent de la Kagera qui figurait sur le croquis de Livingstone et se terminait par une croix.

Du moins, c'était ce qu'ils espéraient.

En l'absence d'autre solution valable, ils s'étaient enfoncés au cœur des montagnes, le long du cours d'eau en question. Plus d'une fois, Noé, lui, se contentait de remonter à contre-courant, parfois sur l'eau, parfois en escaladant les rochers.

Tout le monde était trempé par les gerbes d'eau qui passaient par-dessus les plats-bords. Difficile de dire lequel de Kowalski ou de Roho ronchonnait le plus. Les deux malheureux se plaignaient autant l'un que l'autre. Pour ne rien arranger, au coucher du soleil, la température avait brusquement chuté.

Deux faisceaux lumineux éclairaient le chemin. Au bout d'un moment, hélas, l'arche de Noé fut bloquée par une cascade à pic, qui dévalait une série de petites falaises.

Gray se leva et observa le haut de la chute d'eau. La forêt y apparaissait plus dense que jamais.

Noé le rejoignit.

— Fin de la route. Il va falloir continuer à pied.

D'un bref coup d'œil, l'Américain évalua la vaillance de ses camarades.

Jane, qui devait s'en être rendu compte, le rassura :

— Nous sommes arrivés jusqu'ici. C'est quoi, une petite randonnée à travers les bois ?

Derek avait l'air moins convaincu, mais il approuva d'un signe de tête et se redressa péniblement.

Noé accepta leur décision. Son fusil en bandoulière, il siffla. Aussitôt, Roho bondit de l'endroit où il se prélassait avec Kowalski et secoua son pelage mouillé. Son maître lui fixa un collier rouge muni d'un gros poids noir à l'avant.

Le félin, pas forcément ravi, fouetta l'air avec sa queue.

— Collier électrique, expliqua le guide.

— N'est-ce pas trop cruel ? frémit Jane.

— Impossible de s'en passer. Malgré les apparences, Roho est encore un bébé. Il peut donc facilement se laisser distraire et tout aussi facilement se blesser. Je dois être en mesure de capter son attention. Ne vous inquiétez pas. (Il sortit un boîtier de sa poche.) L'intensité de la décharge est réglable de un à dix. Je suis rarement obligé d'aller jusqu'à trois et, en vérité, les niveaux un et deux équivalent à une tape sur l'épaule, du genre : *Écoute-moi*, *mon pote*.

Une fois équipé, Roho frotta sa tête contre la cuisse de Noé.

— Oui, tu es un bon garçon.

Avant de descendre du bateau, Seichan souffla à Gray :

— On peut s'en procurer un pour Kowalski ?

— J'ai entendu, grogna le colosse derrière elle.

— C'était le but.

Elle sauta par-dessus le plat-bord, atterrit sur la berge et se dirigea vers l'entrelacs de falaises.

Tout le monde lui emboîta le pas.

Gray avait racheté des casques de spéléologie, qu'il leur distribua. Il ignorait sur quoi ils pouvaient tomber, mais, puisque que la canopée allait les plonger dans les ténèbres, c'était comme s'ils partaient sous terre.

Des lampes s'allumèrent, et le groupe se lança à l'assaut des parois escarpées.

L'ascension ne se révéla pas aussi ardue que prévu, surtout qu'ils pouvaient travailler en équipe. Grâce aux lianes, racines et autres fissures, ils gravirent pas à pas les falaises en s'aidant mutuellement si nécessaire. Seul Roho réussit à grimper seul.

Arrivé aux trois quarts du chemin après un passage assez périlleux, Gray se hissa sur un rebord rocheux. Jane haletait bruyamment et Derek était écarlate. Conscient de la situation, l'agent Sigma décida une courte pause. Leur perchoir se situait à cinq ou six étages au-dessus du bateau abandonné.

— Beau travail, Jane !

La jeune femme acquiesça, trop essoufflée pour parler.

Noé, lui, semblait frais comme un gardon.

— Apparemment, nous sommes l'attraction de la soirée.

Gray se retourna et aperçut une bande de singes accroupis sur des cailloux. Certains portaient un bébé minuscule sur le dos.

— *Papio anubis*, annonça leur guide. Le babouin olive.

— Il y a de quoi se faire du souci ?

— Non. Si vous les laissez tranquilles, ils vous ficheront la paix. C'est de la simple curiosité. En revanche, méfiez-vous des vervets. (Il leva les yeux vers les branches au-dessus d'eux.) Ces petits singes peuvent vous bombarder de noix… voire pire.

Jane retrouva enfin sa langue :

— Notre présence n'a pas l'air de déranger les babouins.

— En effet, et ce sera souvent le cas ici. Le parc accueillant peu de visiteurs, beaucoup d'animaux n'ont pas développé de crainte naturelle envers les humains. Le mois dernier, une femme s'est réveillée sous la tente avec un singe bleu blotti contre elle, ce qui est plutôt incroyable, vu que l'espèce avait autrefois disparu du site. Enfin, il suffit de donner une chance à la nature, et elle vous fera toujours des surprises.

Kowalski observa la bande de primates d'un air mauvais.

— Si l'un d'eux se réveille à côté de moi, je ne parlerai pas de « surprise ». Plutôt d'un putain de…

Gray lui coupa la parole, l'index levé vers le ciel.

— On continue.

Ils escaladèrent le dernier quart de la falaise sans encombre. Au sommet, la rivière sinueuse s'enfonçait dans les ténèbres d'une forêt encore plus impénétrable. Des cris d'oiseaux et des hurlements résonnaient de ses entrailles.

— Cette jungle a l'air primitive, commenta Derek. Comme si nous avions pris une machine à remonter le temps.

— À certains égards, vous avez raison.

Noé sortit une machette, au cas où il faudrait se tailler un chemin, puis il s'engagea le long de la berge.

À ses côtés, Roho remuait nerveusement la queue.

— Cette région du Rwanda fait partie de la vallée du Grand Rift est-africain, immense cassure à l'ouest du lac Victoria qui, tel un croissant de lune, part du lac Tanganyika au sud pour remonter en arc de cercle jusqu'au bassin du Nil.

Derek murmura à Jane :

— Si jamais il a emprunté cet itinéraire, Livingstone doit avoir débarqué directement ici.

Noé enchaîna, son coupe-coupe pointé devant lui :

— Voici quelques-unes des plus vieilles montagnes d'Afrique, avec leur socle rocheux précambrien. (Il se retourna un instant.) En fait, on est sur la croûte même du continent. Et ces forêts sont là depuis presque aussi longtemps.

Gray apprécia d'être entouré d'une histoire aussi vivante.

Dans un silence presque religieux, le groupe parcourut les deux kilomètres suivants en file indienne. Avec chacun leur lampe frontale, on aurait dit une chenille lumineuse qui se frayait lentement un chemin au cœur des mystères de la région.

Roho prit un peu d'assurance. Il commença à s'éloigner de Noé, reniflant par ici, s'accroupissant par là, mais toujours il revenait chercher une tape rassurante ou un mot gentil auprès de son maître.

Ce dernier sourit, tel un papa empli de fierté, peut-être un peu triste aussi à l'idée de devoir un jour lui dire au revoir. Au passage d'un col, il se baissa pour cajoler son ami.

— *Ndagukunda*, *Roho. Ndagukunda*, chuchota-t-il à l'oreille du lion, ce qui lui valut un grognement satisfait.

Gray ne connaissait pas un mot de kinyarwanda, mais il avait dans l'idée que « *Ndagukunda* » voulait dire « Je t'aime ».

Et, à l'évidence, les sentiments étaient réciproques.

Au bout d'un moment, le chemin s'élargit assez pour que les deux hommes puissent marcher côte à côte.

— Comment vous êtes-vous retrouvé à travailler au parc ?

Gray pensait sa question anodine, mais, vu l'air peiné de Noé, le sujet était délicat. Le guide accepta toutefois de répondre :

— Quand j'étais jeune, je vivais à Kigali.

— Votre capitale.

— Oui. J'ai rejoint l'armée nationale à seize ans. J'étais très fier et, en 1994, on m'a même élevé au rang de caporal.

Gray commença à comprendre la douleur qui étreignait la gorge de son interlocuteur. En juillet de la même année, le déclenchement d'une guerre tribale avait causé un des pires génocides de l'histoire. Le gouvernement dirigé par les Hutus avait décidé d'éliminer les Tutsis. Selon les estimations, un million de personnes avaient ainsi été massacrées en l'espace de cent jours.

Noé soupira, le regard perdu sur la jungle.

— Moi, j'étais hutu.

Il n'ajouta rien d'autre.

Comme s'il avait senti son désarroi, Roho revint lui tourner autour en se frottant contre lui. Noé n'y prêta aucune attention, l'esprit noyé dans des souvenirs qu'il devait chercher à tout prix à laisser enfouis.

Après quelques minutes de silence, il reprit :

— C'est mieux ici. Les animaux vous enseignent beaucoup de choses. Ils vous apprennent à vivre…

Sa voix se brisa, mais Gray devina la fin de la phrase.

… même quand on ne le mérite pas.

Il se fit de nouveau distancer et laissa le guide continuer devant. À coup sûr, Noé avait tenté de se reconnecter à lui-même en s'occupant d'animaux sans défense, histoire de racheter ses défaillances passées.

Sans un mot, ils poursuivirent leur route les uns derrière les autres. À pas comptés, ils traversèrent un pan de forêt où la rivière en crue avait tout inondé. L'image rappela à Gray des régions d'Amazonie qui se retrouvaient régulièrement sous les eaux, transformant les forêts en vastes marécages. Ce secteur-là paraissait plus stable, telle une jungle à jamais noyée au cœur des montagnes.

Armé de sa machette, Noé coupa des branches pour leur fabriquer des bâtons de marche.

— Attention aux serpents.

Démonstration faite en donnant de petits coups devant lui.

— Et aux sables mouvants.

— Vous avez le don de nous emmener toujours aux meilleurs endroits, Gray, bougonna Kowalski.

Les aventuriers reprirent leur expédition d'un pas plus prudent. À cause du reflet des lampes sur l'eau noire, ils avaient du mal à distinguer ce qui rôdait dessous. Néanmoins, on ne s'y enfonçait généralement qu'à hauteur de cheville, avec plus ou moins de dénivelé en fonction du terrain. Autour d'eux, le marécage était semé d'îles où, parfois, de gros yeux ronds les observaient du haut des arbres.

— Ce sont des galagos, indiqua Noé. De petits primates nocturnes.

Après encore vingt minutes de marche, Jane s'avança à hauteur de Gray et lui effleura l'épaule.

— Regardez à droite. Ce sont des lumières ? Ou mes yeux me jouent-ils des tours ?

Au fond de la forêt inondée, on distinguait de faibles lueurs qui, çà et là, frémissaient, tel un kaléidoscope multicolore.

Intrigué, le commandant Pierce fit signe aux autres.

— Éteignez vos lampes.

À mesure que ses camarades s'exécutaient, l'effet devint de plus en plus spectaculaire, autant par son intensité que par l'ampleur du phénomène. Certaines taches étaient irisées, d'autres rayonnaient doucement. C'était phosphorescent et incandescent, rempli de zébrures, de volutes et de grandes éclaboussures, comme si Jackson Pollock s'était amusé là-bas avec un pinceau et une palette de peinture luminescente.

— D'où cela vient-il ? murmura Derek.

Jane fronça les sourcils.

— Peut-être d'une mousse ou d'un champignon.

Mais avec autant de couleurs ?

Cela n'avait pas de sens.

— Noé, vous avez déjà vu un truc pareil ? demanda Gray.

— Non, jamais.

Apparemment, un autre membre du groupe n'y avait jamais assisté non plus. Toujours curieux, le lionceau bondit vers l'étrange vision. Ses pattes s'écrasèrent à grand bruit dans l'eau.

— Roho, non !

Noé s'élança derrière lui en cherchant la télécommande du collier électrique au fond de sa poche.

Gray ralluma sa lampe et le suivit, entraînant les autres dans son sillage. Certaines légendes parlaient d'ardents feux follets qui attiraient les imprudents au cœur des marécages. Il pria le ciel pour qu'ils ne tombent pas dans le même piège.

Devant, Noé tâchait de se faire obéir en pressant le bouton du boîtier, mais Roho continuait de gambader gaiement.

À l'approche d'un morceau de forêt peint, son maître dut augmenter le niveau de décharge électrique. Roho glapit et bondit en l'air avant de s'arrêter enfin.

Noé s'empressa d'aller rassurer le lionceau, qui dessinait des huit autour de ses jambes.

— *Babarira*, Roho, s'excusa-t-il. *Babarira*.

Gray et ses camarades les rejoignirent. De plus près, l'effet était stupéfiant. On avait l'impression que la canopée avait pris dans ses filets un sublime ciel étoilé, dont le reflet scintillait sur l'eau.

— C'est magnifique, susurra Jane.

Et la forêt répondit à son admiration.

Du plus profond d'elle-même s'éleva un doux murmure, un brouhaha de voix lointaines et de mots incompréhensibles.

Cette petite musique sinistre donna la chair de poule à Gray. Il se rappela que Noé avait parlé de forêts hantées.

Seichan lui attrapa le bras.

— Il faut se barrer d'ici.

Il recula d'un pas, mais la forêt peinte avait déjà commencé à s'agiter.

CHAPITRE 24

3 juin, 14 h 38
Île d'Ellesmere, Canada

Si je n'avais pas aussi peur, j'aurais mal au cœur.

Toujours tapi en soute, Painter sentit le Boeing C-17 Globemaster virer encore lentement de bord au-dessus de la zone dépressionnaire.

Après avoir essuyé de violentes turbulences pendant sa traversée des nuages, l'avion avait atteint une altitude de croisière plus reposante et, depuis plus d'une heure, il enchaînait les tours. L'équipage préparait sans doute le largage des dix-huit cuves de *Pestis fulmen* mais, à cause de la tempête *en bas* et de l'orage géomagnétique *en haut*, la communication entre la station Aurora et le Globemaster devait être plus qu'aléatoire.

À moins que tout le monde ne veuille prendre d'extrêmes précautions.

La joue à quelques centimètres de l'étiquette de danger infectieux collée à une caisse, Painter apprécia leur prudence.

Il avait profité du vol pour calculer combien d'autres personnes se trouvaient à bord.

Discrétion oblige, il avait dû se faufiler entre les conteneurs, mais il avait repéré deux hommes en noir – l'équipe d'Anton –, armés du même fusil d'assaut qu'il portait, lui, en bandoulière. De son côté, il avait d'ailleurs vérifié que les chargeurs dérobés aux gardes étaient bien remplis de cartouches. Il avait aussi chronométré les allées et venues des agents de sécurité. Manque de chance, ils effectuaient des rotations régulières et ne se réunissaient jamais tous au même endroit.

Dommage.

Un peu plus tôt, Painter avait failli se faire surprendre par un membre d'équipage. L'homme avait eu une envie pressante, mais, les seules toilettes de l'appareil étant occupées, il était allé en soute pour utiliser un urinoir portable, c'est-à-dire un entonnoir muni d'une poche. Il s'était alors installé si près de Painter que ce dernier aurait pu lui taper sur l'épaule. La fausse alerte avait toutefois permis à l'Américain de voir qu'il était armé. Selon ses calculs, il devait y avoir au moins deux autres collègues, ainsi qu'un arrimeur, en charge de la cargaison.

Les derniers passagers étaient six scientifiques, hommes et femmes confondus. À leurs bavardages débridés, on comprenait qu'il s'agissait de civils. Problème : ils pouvaient très bien n'être que des chercheurs enthousiastes, sans aucune intention malveillante.

S'il surgissait en mitraillant à la cantonade, Painter n'aurait sans doute aucun mal à neutraliser les deux gardes armés, mais il courait aussi le risque qu'un scientifique soit pris entre deux feux. D'autant que son offensive le mènerait à quoi ? Au moindre souci, l'équipage s'enfermerait à l'intérieur du cockpit et le laisserait tambouriner de frustration à la porte. Par ailleurs, l'arrimeur pouvait très bien activer le système automatique de livraison par air depuis le poste de pilotage.

Le plan du chef Crowe était beaucoup plus simple.

À l'avant des séries de palettes se trouvaient deux boutons rouges d'arrêt d'urgence, un de chaque côté de la soute. Ils couperaient l'alimentation des pelles hydrauliques censées pousser les caisses sur des rails à galets et les larguer par la trappe arrière. Il n'y avait que deux hic. D'une part, les interrupteurs ne fonctionnaient qu'une fois le système activé, obligeant Painter à attendre la dernière seconde pour agir. D'autre part, l'arrimeur pouvait toujours intervenir et faire repartir les machines.

L'Américain avait donc besoin de l'intervalle entre le premier hic et le second pour convaincre tout le monde de stopper ses activités.

Et, par conséquent, il lui fallait encore une chose.

Des otages.

Un brouhaha agita les experts autour d'un poste de travail improvisé. À l'écran : une carte des scintillations ionosphériques de la tempête. Le groupe multipliait les commentaires approbateurs dans un mystérieux charabia scientifique.

— Regardez le pic de plasma. Sûr que c'est un HSS[1].

— Pourquoi pas une région d'interaction en corotation ?

— Une CIR[2] ? Non, l'indice G crève le plafond.

Privé de fenêtres en soute, Painter ne pouvait qu'imaginer le spectacle de l'aurore boréale à une telle altitude. Au-dessus des nuages, le soleil de midi brillait toujours, mais, étant donné sa trajectoire basse à cette époque-là de l'année, une aurore d'une magnitude aussi importante était sans doute encore visible. Il regretta de ne pas y assister.

Malheureusement, un génie l'entendit.

Un grincement hydraulique résonna autour de lui. Il lorgna par-dessus son épaule et vit l'arrière de l'avion s'ouvrir. Aussitôt, une lumière éblouissante s'engouffra dans la soute.

Des cris d'euphorie jaillirent de l'avant, en même temps que quelques applaudissements.

1. *High Speed Stream*, ou courant de grande vitesse.
2. En anglais, *Co-rotating Interaction Region*.

Painter se terra de plus belle entre deux palettes. Dehors, les vents mugissaient, mais, vu la puissance du gigantesque vaisseau, ils ne pouvaient pas envahir la soute. L'appareil tangua un peu à l'ouverture des portes, néanmoins le pilote, aguerri, réussit à maintenir les ailes d'aplomb et à stabiliser sa trajectoire.

L'avion, qui volait vers le soleil bas, offrit à Painter une vue imprenable sur le ciel bleu marine derrière eux. Des vagues scintillantes de vert et de rouge s'entrecroisaient au gré d'un ballet féerique. Un temps hypnotisé, le chef Crowe ne repéra pas tout de suite le changement de timbre du système hydraulique. Un grincement de moteur le ramena vite à la réalité.

Une pelle s'était mise en branle.

Painter avait supposé qu'ils éjecteraient une rangée à la fois afin d'éviter que les ballons-sondes s'emmêlent au moment du gonflage.

Hélas, la série de neuf caisses au milieu desquelles il se cachait serait la première à passer par-dessus bord.

À présent que le processus avait démarré, Painter mémorisa une dernière fois la position de tout le monde en soute, puis il émergea de sa cachette et courut, tête baissée, dans l'espace situé entre les grands conteneurs et la carlingue arrondie de l'avion.

D'un coup sec, il enfonça le bouton d'arrêt d'urgence.

La pelle hydraulique, qui s'était approchée de sa rangée à bâbord, s'immobilisa avec un soupir de déception.

C'était le moment de menacer les otages.

Il bondit se réfugier derrière la première caisse de la série. À l'abri des regards, il braqua son fusil d'assaut vers les conteneurs à tribord et visa une étiquette de danger infectieux.

D'une voix tonitruante, il cria aux gens réunis à l'avant :

— Que personne ne bouge, sinon je commence à flinguer mes otages !

Voyons à combien ils estiment leur vie… et celle de tous leurs futurs enfants de sexe masculin.

Apparemment, sa menace n'atteignit pas l'arrimeur au poste de pilotage. La seconde pelle métallique gémit et s'avança vers la rangée d'en face, prête à larguer les otages de l'Américain. L'homme avait dû remarquer la diode rouge sur son panneau de commande et décidé de changer de programme en éjectant l'autre rangée de palettes, ce qui lui laisserait le temps de se renseigner sur les causes de la panne.

La tuile pour Painter !

Comme il n'avait aucun moyen d'actionner l'autre bouton d'arrêt d'urgence, la pelle continua son bonhomme de chemin. L'engin atteignit la première palette, qu'il poussa contre la suivante, et l'ensemble du funeste cortège se mit à rouler vers les portes arrière béantes de l'avion.

Painter attendit que la pelle le dépasse. Il pointa le canon de son fusil vers les rails hydrauliques dans l'espoir d'en sectionner un ou deux et d'obliger ainsi la machine à s'arrêter. Il pressa prudemment la détente, de peur de déclencher des ricochets à travers l'espace confiné.

Deux balles tranchèrent un rail. Sans grand effet.

Du moins, en ce qui concernait la pelle.

Persuadé qu'ils étaient attaqués, un garde affolé ouvrit le feu. Encore bien à l'abri, Painter ne fut pas touché, mais cela aurait peut-être été préférable.

Tirés à bout portant, les projectiles transpercèrent la cuve en aluminium de *Pestis fulmen* et lui giclèrent par-dessus la tête. Freinés dans leur élan, ils se contentèrent ensuite de rebondir sur le conteneur suivant.

Trop tard. Les dégâts étaient faits.

Des gerbes de liquide rouge vif arrosèrent l'Américain. À en juger par les cris d'affolement et de terreur, il imagina qu'il se passait la même chose à l'avant du récipient. Pourtant, le désastre n'était pas terminé.

Painter entendit siffler au-dessus de lui.

Oh, non…

Au moment où le chef Crowe levait la tête, le ballon-sonde explosa hors de sa housse, tel un airbag lors d'un accident de voiture. Un plomb avait dû perforer le générateur de gaz. Le ballon jaillit au plafond et s'y trémoussa dans tous les sens, comme pour tenter de s'échapper. Il fit ensuite ce pour quoi il avait été fabriqué et vola vers la trappe béante. Le conteneur abîmé, qui continuait de se vider, fut entraîné derrière lui.

Painter s'écarta d'un bond et, la tête la première, il heurta la carlingue.

La caisse d'un quart de tonne faillit lui ouvrir le crâne.

D'autres conteneurs alignés se renversèrent et, par leur résistance combinée, ils enrayèrent la course folle de leur camarade rebelle. Le ballon, déchiré, se dégonfla et retomba en vrac sur le reste de la rangée.

À tribord, la pelle hydraulique continuait d'avancer, totalement imperturbable.

Sous les yeux de Painter, les caisses passèrent l'une après l'autre par-dessus bord. Elles tombaient comme des masses, puis, quelques secondes plus tard, des champignons blancs finissaient par éclore dans le ciel azur, éclairés à contre-jour par les miroitements de l'aurore boréale.

Neuf ballons s'élevèrent en faisant osciller, sous eux, leur cargaison mortelle.

Impuissant, Painter resta avachi contre la paroi de l'avion.

Une voix tonna à l'avant :

— Putain ! Qu'est-ce qui s'est passé ?

Le chef Crowe se retourna, supposant que l'homme stupéfait devait être l'arrimeur, venu vérifier son travail. Des fusils accusateurs se braquèrent sur Painter.

Trempé jusqu'aux os comme Carrie le soir de son bal de promotion, il haussa les épaules.

— Tu parles d'une mauvaise journée.

* * *

15 h 39

Accrochez-vous…

Accroupie au-dessus de Safia, Kat lui maintenait une compresse froide sur le front. Après sa première attaque, elle avait sorti la jeune femme à demi consciente de l'autoneige pour l'emmener sous la tente d'un Inuit. Malgré son apparence spartiate, l'habitation nomade installée sur le lac Hazen disposait d'un lit de camp, de gros plaids en fourrure et elle était chauffée par un réchaud muni d'une aération extérieure.

Les trois pêcheurs inuits – Tagak, Joseph et Natan – avaient proposé leur aide, mais, par crainte de les exposer au microbe, Kat préférait les tenir à l'écart. Elle avait néanmoins accepté d'utiliser leur tente et un nécessaire de premiers secours qui, par bonheur pour Safia et pour elle, contenait un flacon d'aspirine.

Elle en avait elle-même avalé trois cachets en espérant ne pas tomber malade.

Rory, qui avait reçu le même traitement préventif, faisait les cent pas derrière elle. Elle s'était rendu compte qu'il était contre-productif de le garder attaché, surtout quand il avait fallu transporter Safia au milieu du lac.

Où aurait-il pu aller, d'ailleurs ? Elle avait gardé les clés de l'autoneige. Quant aux Inuits, ils ne se déplaçaient qu'en raquettes ou en traîneau à chiens… et, une heure auparavant, Natan avait pris sa meute pour demander du secours à Alert.

Le lac Hazen possédait une modeste piste d'atterrissage de fortune. C'était un des trois endroits du parc où on pouvait poser un avion. Aussi tôt dans la saison, le terrain, enneigé, n'avait pas encore servi, mais, avec un peu de chance, le camp militaire canadien aurait les moyens de leur envoyer de l'aide.

Du moins, c'était l'objectif.

L'agent Sigma avait aussi demandé à Tagak et Joseph de monter la garde, au cas où un des poursuivants reparaîtrait au sommet d'une montagne. Comme tout bon voyageur en Arctique, ils ne se déplaçaient jamais sans leur fusil.

Safia se débattit sous les couvertures en gémissant. Kat, qui avait trouvé un thermomètre électronique dans la trousse de soins, vérifia sa température : 39,6 °C. La fièvre était élevée, mais pas mortelle. Afin de protéger son cerveau, il valait quand même mieux appliquer des compresses d'eau glacée, que Rory devait renouveler régulièrement. Safia en avait une sous le cou et une autre sur le front.

Le froid semblait la calmer et, depuis la première attaque, elle n'avait pas eu d'autre crise. Oscillant entre conscience et inconscience, elle les reconnaissait parfois, et parfois non.

Perdue dans ses rêves enfiévrés, elle se mit à marmonner.

Rory s'approcha, intrigué.

— Je crois qu'elle parle le copte d'Égypte antique.

— Vous êtes sûr ?

— Pas à cent pour cent. Et cela n'a peut-être pas d'importance. Spécialiste d'histoire égyptienne, le Dr al-Maaz connaît bien le copte. Il se peut que des mots aient jailli de sa conscience affaiblie par la fièvre.

Kat le dévisagea.

— Sauf que, vous, vous y voyez une autre explication.

— Quand le microbe a infecté mon père – et les autres, ils ont été pris d'hallucinations saisissantes.

— Comme souvent en cas de fièvre élevée et d'encéphalite.

— Certes, mais ils ont tous eu le *même genre* de délires. À propos de l'Égypte, de sables brûlants, de maladies.

— Le professeur McCabe et ses camarades réagissaient sans doute à la chaleur et à leur crainte de cette pathologie.

Les similitudes ne seraient alors qu'un effet du pouvoir de suggestion, ayant entraîné une illusion collective.

— Vous avez peut-être raison. En fin de compte, certaines visions ne s'inscrivaient même pas dans ce modèle.

— Donc, voilà.

Rory soupira.

— Mon père s'est immiscé à l'intérieur de ma tête.

— Comment cela ?

— Nous avions de longues discussions sur Internet. Il avait développé sa propre théorie. Selon lui, ce mystérieux organisme pouvait enregistrer le schéma mémoriel de sa victime, le transmettre à la suivante, puis rejouer sa partition en stimulant le deuxième cerveau de la même manière.

— Pourquoi ferait-il un truc pareil ? Quel intérêt en termes d'évolution ?

— Papa croyait que seuls les souvenirs *forts* étaient capturés et stockés, surtout les plus effrayants, de manière à exciter le cerveau et, donc, nourrir au mieux le microbe. Après quoi, en le transférant au prochain malade et en répétant le schéma…

— … le phénomène aurait vite alimenté le nouveau terreau. Fascinant, mais où cela nous mène-t-il ?

— D'après mon père, aux fléaux bibliques.

— Pardon ?

— Il était convaincu que la souche de microbe qui l'avait infecté, celle qui a contaminé Safia, la même qu'il avait propagée au Caire et ailleurs, tout cela venait de l'époque où l'organisme avait vu le jour dans le Nil et qu'il l'avait fait virer au rouge. Il pensait que la bestiole avait mémorisé cette période d'affolement et d'horreur et qu'elle la reproduisait désormais en boucle, tel un écho à notre passé lointain.

— Après si longtemps ?

— À l'échelle de cet organisme, ce n'est peut-être pas *si* long. Simon Hartnell a analysé le microbe et découvert que ce dernier était quasi immortel, capable de rester latent jusqu'à ce qu'il trouve sa dose d'électricité. (Rory parut désabusé.) Enfin, comme je vous le disais, ce n'était qu'une marotte du grand professeur McCabe. En entendant Safia parler l'égyptien ancien, je me suis juste rappelé notre conversation.

Kat réfléchit. Si les souvenirs humains étaient organisés dans la région de l'hippocampe, des travaux récents laissaient entendre que les informations n'y étaient stockées qu'à *court terme*. Ensuite, l'hippocampe recryptait les souvenirs en schémas électriques *via* des milliards de synapses, puis il les répartissait sur l'ensemble du cortex cérébral pour qu'ils y soient archivés à *long terme*.

Le Dr Kano avait aussi évoqué l'extraordinaire malléabilité biologique des archées, qui savaient s'associer pour former des fils ou des câbles. Un réseau de microbes interconnectés était-il capable de capturer un modèle de cerveau – surtout quand il était façonné par un souvenir puissant – et de le reproduire plus tard ?

Safia s'agita. Ses lèvres remuèrent, comme si elle rêvait.

Kat frissonna à l'idée de ce qui se passait peut-être sous son crâne.

Rory s'approcha et chuchota à l'oreille de sa consœur :

— *Khére, nim pe pu-ran ?*

Kat resta perplexe.

— Qu'avez-vous dit ?

— Je lui ai demandé, en copte ancien, quel était son nom.

— Mais pourquoi… ?

Safia répondit d'une voix faible, comme si elle parlait du fin fond d'un puits :

— *Saba pe pa-ran… Saba.*

Le jeune homme sursauta d'effroi.

— Quoi ?

Il jeta un œil à l'ordinateur posé sur un plaid, puis son regard revint vers Safia.

— Elle m'a dit s'appeler Saba.

— En quoi est-ce important ?

— Juste avant que tout ne parte en vrille, Safia a appris le nom de la princesse embaumée sur son trône, celle qui l'a contaminée. Elle s'appelait Saba.

Une fois encore, Kat eut envie d'incriminer le pouvoir de suggestion. Si la Britannique s'acharnait alors à élucider l'énigme de la momie, son esprit enfiévré s'y était peut-être raccroché.

N'empêche…

— Comment avez-vous su son nom, Rory ?

— Grâce aux tatouages qui recouvraient son corps.

Elle réfléchit quelques secondes, puis sortit le CD-Rom qu'elle avait pris dans la poche de Safia. Elle le tendit au jeune archéologue et indiqua l'ordinateur.

— Regardez ce que vous pouvez trouver d'autre.

Il ne fallait laisser aucune piste de côté.

Rory s'empara du disque avec avidité et s'assit en tailleur devant l'écran.

De son côté, Kat se focalisa de nouveau sur Safia en espérant qu'elle se batte. Elle revérifia sa température, rafraîchit les compresses et réussit à lui faire avaler un autre cachet d'aspirine avec quelques gorgées d'eau.

Derrière elle, Rory pianotait sur son clavier en marmonnant sur un ton parfois frustré, parfois ébahi. Elle le laissa se concentrer sur son travail.

Une voix émana de l'extérieur de la tente.

— Bonjour.

C'était Joseph, l'aîné des trois Inuits.

— Quelqu'un arrive. Beaucoup de lumières qui descendent de la montagne.

Kat se leva et attrapa son fusil.

Apparemment, il est temps que, moi aussi, je me mette au boulot.

* * *

15 h 58

Saba pe pa-ran…

Pour la millième fois, elle foule les sables brûlants, longe les carcasses de buffles, se fraye un chemin entre les cadavres écrasés d'oiseaux de toutes sortes, croisant même des vautours tombés à l'endroit où ils se nourrissaient.

Du village à gauche jaillissent des cris emplis de pleurs et de deuil, mais elle continue sa route vers la rivière rouge sang.

Des crocodiles flottent lourdement, le ventre exposé au soleil. Les roseaux ploient sous les peaux de grenouille desséchées. Partout, des nuées de mouches s'élèvent et redescendent, telles les vagues de la mer qui s'étend par-delà le delta.

D'autres images arrivent et se superposent à la première.

… une femme tient un tout petit garçon mourant contre elle.

C'est mon enfant.

… une jeune fille halète, pendant que son corps brûle.

Je suis cette fille-là.

… une sorcière bossue est lapidée pour avoir blasphémé les dieux.

Je sens les pierres me fracasser le crâne.

Encore et encore.

Elle est cent femmes à la fois, remontant jusqu'à ces temps de souffrance. Elle est Saba et toutes les autres qui portent en elles le même souvenir. Voilà ce à quoi elles sont formées, à être la *hemet netjer*… la servante de Dieu. Elles ont appris à boire l'eau et à la laisser couler en elles, à réprimer leurs propres tourments, de sorte qu'ils n'entachent pas le souvenir de cette époque maudite, à le préserver pour la prochaine héritière, à ne jamais oublier.

Porter ce souvenir est une malédiction.

Savoir ce que nous savons, une bénédiction.

Et, maintenant, je suis une autre.

Elle rejoint la rive boueuse et contemple de nouveau l'endroit où, par-delà la rivière, le monde sombre dans les ténèbres. La tempête dévore le soleil et n'est pas satisfaite. Les éclairs crépitent. La grêle martèle le sable, tels les sabots d'un millier d'étalons en colère. Elle sait qu'il s'agit en même temps du passé et d'une menace imminente.

Elle parle à la nouvelle femme.

Tu dois les mettre en garde.

* * *

16 h 05

— Les conditions restent conformes pour un lancement optimal du test, annonça le Dr Kapoor.

Simon se trouvait avec lui au poste de commande qui, derrière la fenêtre en rotonde, lui offrait une vue panoramique sur sa tour. Depuis une demi-heure, les émotions du milliardaire avaient oscillé entre fureur et exultation.

Il ne comprenait pas par quel miracle Painter Crowe avait pu surgir à bord de l'avion-cargo. Comme si, tel un oiseau, le salopard avait déployé ses grandes ailes pour le rejoindre. À présent, l'appareil contaminé devait être mis sous scellés. La moitié des cuves de *Pestis fulmen* était coincée à bord, mais, malgré le sabotage, *neuf* avaient été correctement larguées.

Il contempla la carte de l'ionosphère. Des bips lumineux indiquaient là où les ballons avaient lâché leur marchandise, sur le bord inférieur de cette couche atmosphérique chargée en électrons. Les estimations numériques des courants d'énergie produits par l'orage géomagnétique tourbillonnaient en vagues sur son écran.

— Même sans la charge additionnelle, les projections restent bonnes, expliqua Kapoor. Donnons toutefois à nos petites graines le temps de s'implanter dans leur bassin.

Sur une zone de l'écran, le noyau d'énergie semblait particulièrement actif.

— J'ai déjà calibré le faisceau à envoyer là-bas. Il ne faut pas trop tarder, sinon les courants ionosphériques éparpilleront trop les semences.

— Dans combien de temps, la mise à feu ?

— Dix minutes.

— Impeccable.

Simon trépignait d'excitation.

Encore dix minutes, et le rêve de Tesla se réalisera enfin… en même temps que le mien.

Une sonnerie de téléphone retentit. Il décrocha. Au début, il n'entendit que des parasites, mais il savait qui cherchait à le contacter sur sa ligne personnelle.

— Anton ?

— Nous les avons retrouvées, chef.

— Et les données ?

— Elles seront à l'abri d'ici une dizaine de minutes.

L'heureuse synchronisation des événements le fit sourire.

Parfait.

— Vous connaissez les consignes.

— Et les bonnes femmes ?

Simon observa l'avion qui, sur un autre écran, continuait de tourner en rond. Painter Crowe n'était plus un problème, juste un point de détail. Il n'était donc plus nécessaire de conserver une monnaie d'échange.

— Faites le ménage.

— Compris.

Les mains plaquées dans le dos, Simon tenta de refréner son enthousiasme. Tout en arpentant la petite pièce de long en large, il fixa le tableau de commande.

Tous les voyants sont au vert.

Après ce qui lui parut une éternité, Kapoor revint.

— Alors ? lança Simon, prêt à balayer toute hésitation.

Le physicien sourit et montra la clé insérée dans sa console.

— C'est parti pour la mise à feu.

Le P.-D.G. de Clyffe Energy eut le sentiment qu'à cet instant précis, il aurait fallu prononcer un grand discours sur la révolution que le monde s'apprêtait à vivre. Il préféra laisser ses actes parler à sa place, s'approcha de la console et tourna la clé.

Ses doigts vibrèrent au moment où le système s'activa, à moins que ce ne soit sous l'effet de sa propre euphorie.

Enfin…

Les visages se tournèrent vers l'extérieur.

— Regardez le sommet de la tour, indiqua Kapoor.

Il leva les yeux. Les anneaux de cuivre commencèrent à tourner en entraînant les énormes électro-aimants. Au cœur de ce nid métallique, un œuf en titane rempli de supraconducteurs pivota doucement sur lui-même, la pointe vers le bas.

— Stupéfiant, murmura Kapoor.

En une minute, les anneaux prirent de la vitesse et les aimants devinrent flous. L'œuf, qui tournoyait dans un équilibre parfait, s'éleva en apesanteur à l'intérieur de son cocon d'énergie, puis, lentement, sa pointe s'orienta vers le ciel sombre.

Haletant, Simon avança d'un pas, Kapoor sur ses talons.

Une fois l'axe de l'œuf dirigé vers le ciel, il souffla enfin.

Dans un fracas tonitruant de fin du monde, un rayon de plasma pur jaillit de la tour. Un concert d'applaudissements et de sifflements admiratifs s'éleva de la station de contrôle, où tout le monde avait conscience qu'un premier pas avait été franchi pour sauver la planète. Des crépitements d'énergie bleutés s'échappèrent de la flèche et, dansant sur les branches de la forêt métallique, ils coururent jusqu'au réseau en spirale. Le spectacle rappela à Simon les feux Saint-Elme, phénomène lumineux naturel qui, autrefois, se produisait le long des mâts des navires qui sillonnaient les mers encore non cartographiées.

Là, on explorait un océan infiniment plus mystérieux.

La colonne de plasma frappa les nuages au point de les écarter. Des éclairs fusèrent sous leur ventre pour tenter d'évacuer l'énergie. Le rayon continua sa route vers le ciel, où il atteignit enfin sa cible.

Il entra de plein fouet dans l'ionosphère et percuta le bouclier que Simon avait jeté par-dessus sa tête, un rempart constitué d'infimes fragments de vie. Une énergie prodigieuse fut ainsi libérée, d'un éclat tel qu'il fallut se protéger les yeux.

Kapoor tendit des lunettes teintées à son patron.

Trop excité pour fixer la bandoulière, le milliardaire se contenta de les poser devant son nez. Une quantité croissante d'énergie jaillissait de la tour, chargeant d'autant plus l'aurore en électricité. Des flots d'énergie se déversaient de toutes parts.

— Vous avez réussi, conclut Kapoor. Le système est stable.

Simon sourit.

Enfin…

* * *

16 h 21

Il se passait quelque chose de terrible.

Painter se tenait près de la trappe béante du Globemaster, le poing enveloppé dans un lambeau de ballon-sonde. À l'extérieur, une colonne de feu traversa la tempête et se fracassa contre le toit du monde. Alimentée par une telle puissance, l'aurore s'étala de toutes parts, éclipsant même le soleil arctique.

Il sentit la charge électrique sur sa peau au moment où les microbes qui imbibaient ses vêtements réagirent à l'énergie dont l'atmosphère était gorgée. D'ailleurs, les flaques rouge vif au pied du conteneur criblé de balles luisaient aussi d'un éclat étrange.

Soudain, l'une d'elles se transforma en rivière et commença à couler vers lui, vers la trappe béante. Il interpella alors les personnes massées derrière une bâche translucide tendue à la hâte entre la cargaison et l'avant de l'appareil :

— Maintenez le nez de l'avion vers le bas !

Painter ne voulait pas que la mixture toxique s'échappe dans la nature. Il se doutait qu'une certaine quantité avait déjà dû dégouliner par l'arrière, avant que l'ordre ne soit rétabli. Il imagina le Globemaster en train de dessiner un cercle rouge sur les nuages, ensemençant la tempête en contrebas aussi sûrement qu'il avait déjà contaminé le ciel là-haut.

Après la catastrophe à bord, le patron de Sigma avait été placé en quarantaine. Il était le seul à avoir été aspergé par le contenu de la cuve percée qui, couchée sur le flanc, continuait de fuir au moindre soubresaut de l'avion. Painter savait que ses adversaires n'auraient pas hésité à l'abattre sur-le-champ. Seulement, il leur fallait un agent d'entretien et personne n'avait souhaité s'aventurer dans le bourbier empoisonné.

À lui donc de s'occuper de la trappe arrière, restée bloquée en position ouverte, ses rouages enrayés par les morceaux de ballon-sonde qu'elle tentait de mâcher. La station Aurora refusait de les laisser se poser tant que le problème ne serait pas réglé. Elle ne voulait pas qu'un atterrissage brutal projette le reste de la cargaison dans la toundra ou au-dessus de la base.

L'équipage avait, par conséquent, besoin de lui.

Même si, au fond d'eux, les autres devaient savoir qu'ils respiraient un air saturé d'agents pathogènes, il préférait les laisser se raccrocher à de faux espoirs.

Moi, cela me garde en vie.

Soudain, l'appareil fut secoué par un *boum !* terrible, accompagné d'une lumière aveuglante. Painter avait suffisamment pris l'avion pour identifier le phénomène.

Un éclair.

Il se retourna. Comme il le redoutait, la situation extérieure commençait à évoluer. L'aurore boréale avait empli la voûte céleste. Quant aux vagues chatoyantes qui clapotaient sur l'arche du monde, elles avaient laissé place à une tempête d'une violence inouïe.

Des crépitements stridents fusaient vers le sol.

Painter connaissait la réaction à laquelle il assistait. On parlait d'éclairs de haute atmosphère ; en réalité, il s'agissait de rayons de plasma lumineux projetés vers l'ionosphère. Ils se présentaient sous différentes formes, chacune dotée d'un nom très mignon – *farfadets*, *jets bleus* ou encore *elfes* –, mais c'étaient surtout des décharges d'électricité à grande échelle.

Néanmoins, aucun phénomène d'une telle *envergure* n'avait jamais été enregistré.

Une dizaine de halos lumineux de farfadets se formèrent, puis éclatèrent en boules de feu rouge vif, qui projetèrent des vrilles d'énergie vers les nuages. En même temps, des cônes de gaz bleutés fendaient le ciel.

Sur l'île, l'orage n'apprécia guère le phénomène et il cracha des éclairs qui, à leur tour, déchiquetèrent tout sur leur passage, ce qui amplifia encore le spectacle des flammes qui dansaient entre le ciel et les nuages.

Painter savait que même une tempête d'intensité moyenne contenait l'énergie potentielle de cent bombes lancées sur

Hiroshima, et que, d'autre part, le monstre arctique qui s'étalait en bas était sans doute dix fois plus puissant.

Soudain, il prit conscience qu'il était témoin d'une boucle de rétroaction entre l'ionosphère et la tempête, chacune s'excitant l'une l'autre pour gagner en vitesse et en puissance.

Au sol, la station aussi avait dû s'en apercevoir. Tout à coup, la colonne de plasma qui jaillissait de la tour s'arrêta.

Trop tard, hélas.

Simon Hartnell avait réussi l'impossible.

Il a mis le feu au ciel.

CHAPITRE 25

3 juin, 20 h 05
Parc national de l'Akagera, Rwanda

— Que personne ne bouge ! ordonna Gray.

La lampe de son casque était la seule encore allumée. Son faisceau survola l'endroit où, après lui avoir envoyé une décharge électrique qui l'avait stoppé net, Noé s'était accroupi près de son cher lionceau. Les autres s'étaient répartis derrière lui.

Le remue-ménage de leur arrivée avait projeté des ondes à travers la forêt inondée, ce qui faisait miroiter le reflet du paysage étoilé devant eux et en amplifiait l'effet prismatique. Cette myriade de lueurs quasi microscopiques peinait à éclairer les ténèbres sous l'épaisse canopée. C'était même plutôt l'inverse, au sens que les traits phosphorescents et les volutes lumineuses rendaient les zones d'ombre encore plus noires. Et plus l'œil s'attardait, plus les points éclatants brûlaient la rétine, créant des persistances qui doublaient ou triplaient le risque de se faire berner dès lors qu'on tentait de sonder l'obscurité.

Gray était pourtant convaincu que la forêt était barbouillée de coups de peinture, comme si des fragments minuscules d'une toile plus vaste prenaient subitement vie. Les murmures qu'il avait entendus à leur arrivée s'étaient tus. Dorénavant, il régnait un silence de mort au sein de la jungle inondée.

— C'est quoi là-bas ? chuchota Noé.

Roho grogna et s'écarta de son maître. Le lionceau avançait avec précaution, ses pattes troublant à peine l'eau. Il s'aplatit au point que sa queue battait juste au-dessus de la surface.

— *Roho, oya*, gronda Noé en lui faisant signe de revenir.

— Laissez-le y aller, intervint Gray.

À l'extrémité du rayon de sa lampe, un morceau de forêt peinte se détacha et s'approcha.

Jane haleta.

Se déplaçant avec la même prudence que Roho, une forme minuscule apparut, aussi curieuse que le lionceau et peut-être pas beaucoup plus âgée. Une toute petite trompe, éclaboussée de taches rouge vif, se dressa pour flairer le nouveau venu.

Un plus grand morceau du tableau suivit, en entraînant d'autres dans son sillage.

Quelques barrissements de mise en garde émanèrent de l'obscurité.

— Des éléphants, bredouilla Noé, médusé.

Le jeune curieux, qui arrivait à peine à la taille du commandant Pierce, se demandait manifestement s'il devait obéir ou non. Il agita ses grandes oreilles.

Tandis que l'éléphanteau hésitait près du halo de sa lampe, Gray comprit ce qui avait pu l'attirer. Sa peau – badigeonnée de couleurs phosphorescentes en accord avec la forêt – était, au naturel, d'un blanc rosé, signe d'albinisme. Attiré sans doute hors de sa cachette par la vision inédite du fauve blanc, le pachyderme reconnaissait peut-être aussi qu'ils partageaient la même anomalie génétique.

De ses yeux noirs, il fixa Roho, qui continua d'avancer à pas de loup, dans une posture de soumission.

À titre d'encouragement, l'animal leva sa trompe et émit un sifflement strident.

Il n'en fallut pas davantage.

Roho sauta dans l'eau, tout excité, en éclaboussant à la ronde. Enhardi par ses gambades, le timide éléphanteau se mit à barrir et se dressa sur ses pattes arrière, faussement agressif, avant de retomber au sol. Il avança d'un pas bondissant, son petit corps à moitié retourné, puis il pivota de l'autre côté.

Les barrissements d'alerte s'intensifièrent, repris par d'autres individus tapis dans la forêt.

L'éléphanteau continua de faire la sourde oreille et les deux jeunes, ravis de leur rencontre, commencèrent à danser dans l'eau. Ils tournaient en rond, se bousculaient et s'arrosaient gaiement.

— Qu'est-ce qu'on fait ? murmura Noé.

— Pour l'instant, laissons Roho être notre ambassadeur, répondit Gray.

Le jeu prit de l'ampleur et ils se mirent à courir en rond entre les arbres. Chacun son tour, ils s'amusaient à se pourchasser l'un l'autre. À mesure que ses prunelles s'habituaient à l'obscurité, Gray discerna, sous la canopée, des ombres plus foncées, dont les flancs étaient décorés comme ceux de l'éléphanteau.

— Qui les a peints ? souffla Jane à voix basse.

Bonne question.

Gray se rappela les murmures étouffés dans la pénombre. *Qui d'autre était là ?*

Sur un ton mêlé d'admiration et de respect, Noé répondit :

— Je crois qu'ils l'ont fait eux-mêmes.

— Comment ont-ils pu…

Le commandant fut interrompu par un fracas d'eau et un barrissement de détresse. Tout le monde pivota vers l'endroit où les deux nouveaux amis avaient contourné une petite île.

Roho resurgit en sautillant, sa queue fouettant l'air en signe de désarroi, puis il fonça de nouveau derrière l'îlet.

Les explorateurs s'avancèrent, aiguillonnés par un cri épouvanté du jeune fauve.

En face, une ombre menaçante aux flancs peints traversait lourdement l'eau.

En revanche, aucune trace de l'éléphanteau.

Soudain, Noah pointa le doigt.

— Là-bas !

Quelques centimètres de trompe blanchâtre s'agitaient frénétiquement au-dessus du marais.

— Restez en arrière, conseilla Gray.

Il fit deux pas et plongea. La lampe étanche de son casque projetait son faible éclat dans la vase. Tout à coup, le fond se déroba, formant une espèce de cuvette, et les mains de Gray entrèrent en contact avec une boue particulièrement visqueuse.

Devant lui, une silhouette émergea des ténèbres.

Il donna des coups de pied pour rejoindre le naïf pachyderme embourbé jusqu'aux chevilles. L'animal, affolé, avait beau se débattre, il ne réussissait qu'à s'enfoncer davantage. D'une paume posée sur son flanc, l'Américain tenta de le rassurer.

Après quoi, il se redressa, histoire de conserver sa liberté de mouvement.

— Une couverture et une corde ! Cet arbre nous servira de levier.

— Message reçu ! approuva Kowalski, déjà en route.

Noé prit un rouleau de corde d'escalade dans son sac, tandis que Jane et Derek sortaient une couverture de camping.

Le tout fut lancé au commandant Pierce.

D'un signe de tête, Seichan indiqua l'autre berge de l'île.

— Dépêche-toi, Gray.

Une forme massive se tenait près du faisceau lumineux. C'était une éléphante, sans doute la mère du petit. Pour le moment, elle restait en retrait, consciente peut-être qu'ils essayaient de le secourir, mais son hésitation ne durerait pas éternellement.

De son côté, l'éléphanteau gonflait les narines et renâclait à la surface de l'eau.

Gray replongea. Il attrapa l'animal enlisé, puis il fourra la couverture détrempée derrière sa patte avant et sous son poitrail puissant. Il enroula la corde autour et la saisit par l'autre extrémité, quitte à devoir s'y prendre à deux fois.

De retour à l'air libre, il fit rapidement un double nœud en demi-clé et jeta l'autre bout à Kowalski. Le colosse le récupéra et, les talons enfoncés dans le sol, il le fixa au tronc d'arbre.

Gray resta près de l'éléphanteau. Il replia sa trompe et tâcha de lui maintenir les narines hors de l'eau. Il voulait aussi montrer au jeune terrorisé qu'on ne l'avait pas abandonné.

Sur l'île, Kowalski jurait comme un charretier contre la boue qui tentait d'aspirer l'animal et, apparemment, il était loin d'avoir partie gagnée. Derek et Noé le rejoignirent afin d'unir leurs forces et de faire pencher la balance de leur côté.

Centimètre après centimètre, la trompe de l'éléphanteau ressortit de l'eau.

— Continuez ! les pressa Gray.

Après un ultime grognement d'effort de la part de Kowalski, la boue lâcha enfin prise. À mesure qu'ils hissaient le rescapé hors de l'eau, Gray frictionnait son flanc rose. Une fois sur l'île, il ôta ensuite la corde et la couverture.

L'éléphanteau frissonna, choqué.

Sa mère poussa un barrissement inquiet.

Échaudé par sa mésaventure, le petit se tourna vers elle, mais il semblait avoir peur de l'eau sombre.

Noé lui caressa un point sensible derrière l'oreille.

— *Wakize, umsore*, le rassura-t-il.

Il le guida vers l'autre rive de l'île, où l'eau était moins profonde et le sol plus stable.

— Allez, mon grand. Tu ne crains rien.

Gray resta quelques mètres en arrière, de sorte que le groupe n'oppresse pas la mère, anxieuse du retour de son petit.

Roho, qui trottinait auprès de son nouvel ami, lui donnait des coups de museau, la mine penaude.

Une fois à proximité de sa mère, l'éléphanteau partit la rejoindre. Elle baissa la tête, enroula sa trompe autour de lui et le renifla avec soulagement.

Après quoi, ils tournèrent les talons et s'enfoncèrent de nouveau dans la forêt.

— Est-ce que nous devrions les suivre ? demanda Jane.

— Oui. C'est pour cela que nous sommes venus, confirma Gray.

Les explorateurs se remirent en marche, sauf que leur décision ne fit pas l'unanimité.

Un énorme mâle leur barra le chemin. Ses décorations luminescentes ressemblaient à des peintures de guerre. Il dressa sa trompe d'un air menaçant, ses défenses d'ivoire jaunies pointées vers le ciel. D'autres ombres imposantes remuèrent derrière lui.

D'un geste, Noé fit signe à ses camarades de s'arrêter.

— Il vaudrait mieux qu'il ne charge pas.

— Sans blague, marmonna Kowalski. Quelle gratitude ! La corde m'a laissé des brûlures qui vont durer des semaines.

Comme si elle avait entendu, la mère émit un puissant barrissement.

Le mâle tourna la tête vers elle, puis il baissa ses défenses et pivota lourdement sur lui-même.

— Il s'est fait rappeler à l'ordre, non ? commenta Seichan.

— Les éléphants vivent en société matriarcale, expliqua Noé. Ce sont les femelles qui dirigent.

— Ah ! Cela me va très bien.

Pendant que l'équipe pataugeait derrière les pachydermes, ces derniers se rapprochèrent d'eux, tout en restant à l'abri des ombres peintes. Les femelles étaient peut-être au pouvoir, mais, au sein du troupeau, la vigilance était de mise. Gray ignorait combien de temps leur présence serait tolérée. Il espérait juste que la bienveillance durerait le temps qu'ils découvrent les mystères de la forêt.

Il observa le dais de végétation en cherchant un motif récurrent dans le paysage éblouissant qu'ils traversaient. Il se sentait à la fois impressionné et étrangement serein, comme s'il remontait la nef d'une cathédrale éclairée par des centaines de cierges. Leur progression se déroulait dans un silence à peine troublé par le doux frottement des chairs, le halètement des éléphants et le gargouillis paisible de l'eau.

Au bout d'un moment, ils ressortirent de la jungle peinte. Gray put alors estimer le nombre d'éléphants, qui portaient sur eux des bribes de ces ornements luminescents. On aurait dit d'immenses toiles colorées qui, d'un pas lourd, rejoignaient les ténèbres de la forêt inondée.

Gray en dénombra au moins trente, peut-être davantage. Des adultes en majorité, mais il y avait aussi une poignée de petits.

Toutefois, même l'apparition du troupeau s'estompa à mesure que la peinture sur leur corps s'affadissait. Il arrivait la même chose à la forêt : la magie était en train de disparaître, ce qui, phénomène étrange, la rendait d'autant plus charmante.

Noé avait tenté de capturer le prodige en ramassant des échantillons luminescents d'écorce et de branches basses. Il les avait reniflés, frottés et même goûtés du bout de la langue.

— Mmm…, marmonna-t-il, tandis que la magie continuait de lui filer entre les doigts. Indéniablement, nous avons affaire à des champignons bioluminescents. J'ai identifié du mycélium et des sporophores, écrasés et macérés en vue de fabriquer cette peinture. (Il scruta la jungle, de plus en plus obscure.) Ils ont dû réunir des spécimens issus des quatre coins de cette forêt primitive.

— Qui ça ?

— Je vous l'ai dit tout à l'heure, répondit leur guide d'un air réprobateur. Les éléphants.

* * *

20 h 25

Derek s'avança, aussi incrédule que Gray. Jane suivit, mais elle paraissait plus ébahie que sceptique.

— Comment est-ce possible ? s'étonna-t-il. Nous avons entendu des voix. Une tribu se cache sans doute aussi par ici.

— Non, insista Noé. C'étaient encore les éléphants.

Kowalski poussa un soupir d'exaspération.

— Je connais l'intelligence de ces animaux, mais de là à savoir parler ?

— Pas parler… *imiter*. On a ainsi montré à certains de leurs congénères comment reproduire des sons, depuis les cris d'autres habitants de la forêt jusqu'au vrombissement d'un camion. Et, oui, même des voix humaines ! Leur trompe leur sert de sifflet ultrasophistiqué. Ici au parc, un éléphant mâle imite, par exemple, à la perfection le grognement d'accouplement du buffle. (Il sourit.) À la saison du rut, son talent a engendré quelques confusions.

Jane fixa une des ombres massives qui traversaient la forêt.

— Pourquoi agir de la sorte à ce moment précis ?

— Difficile à dire. Selon moi, ils tentaient peut-être de nous effrayer. Je suis certain qu'ils ont deviné notre présence dès que nous avons mis un pied dans ces montagnes.

Derek dut admettre que l'effet était troublant.

— Et la forêt peinte ? reprit Gray.

— Nous avons eu de la chance. À mon avis, nous sommes arrivés au milieu d'un rituel particulier, rarement observé en raison de sa nature complexe et de la longue préparation qu'il nécessite. Les éléphants ont la réputation d'organiser, au sein du troupeau, des cérémonies sociales très élaborées. Ce sont les seuls mammifères, en dehors de nous, à enterrer leurs défunts en ajoutant des marques touchantes de deuil.

Derek lorgna par-dessus son épaule.

— Que signifie donc une forêt aussi décorée ?

— Aucune idée. Vous n'aurez qu'à leur poser la question. (Il sourit.) Un nombre incalculable d'exemples montre que ces mastodontes sont des peintres-nés, dotés d'un goût prononcé pour la couleur et les motifs.

Jane acquiesça.

— Au zoo de Londres, les boutiques de souvenirs vendent même des tableaux réalisés par les éléphants.

— En effet, confirma Noé. Dans un autre zoo, une toile créée par une Picasso à trompe appelée Ruby a atteint des dizaines de milliers de dollars.

— Mais le feraient-ils à l'état sauvage ? demanda Derek.

— Il y a eu des témoignages, selon lesquels ils broieraient des pigments naturels et se peindraient mutuellement. Comme je vous le disais, je crois que nous sommes tombés en plein cérémonial. L'atmosphère était presque religieuse.

Derek avait eu à près la même impression.

Le guide continua :

— Nous voyant débarquer au moment fatidique, ils ont cherché à nous faire peur. En même temps, c'est peut-être aussi une des raisons pour lesquelles ils nous autorisent maintenant à les suivre. Au-delà du sauvetage du petit, il se pourrait que le troupeau ait accordé une importance symbolique à notre arrivée. (Il tapota son ami à quatre pattes.) Bien sûr, Roho nous a également aidés.

L'archéologue se rappela les deux jeunes animaux en train de jouer, d'établir un contact, mais ce n'était pas ce dont Noé parlait, du moins pas entièrement.

— Avez-vous regardé le mâle et la femelle ? Comme l'éléphanteau, ils sont albinos.

— Pourtant, ils n'étaient pas blancs, objecta Jane. Plutôt d'un brun rougeâtre.

— C'est caractéristique de l'espèce. Les éléphants albinos naissent roses et foncent au fil des ans. Il est rarissime de croiser un vrai spécimen blanc. (Il frictionna le pelage de Roho.) Le fait d'amener quelqu'un qui partage leur héritage génétique nous a peut-être donné un coup de pouce.

— Quoi qu'il en soit se réjouit Gray, ils nous permettent au moins de les suivre.

Au fil du trajet, les arbres prirent de la hauteur. Quant à l'eau, elle ne formait plus que de simples flaques et des mares peu profondes. Lentement, les bruits habituels de la jungle se refirent entendre, entre hurlements de singes et cris plus stridents des oiseaux en train de nicher.

Noé balaya les environs d'un air approbateur.

— Si l'ensemble du troupeau est concerné par cette excentricité génétique, cela expliquerait pourquoi ils ont élu domicile au fin fond de la forêt. Sous l'intraitable soleil africain, les éléphants albinos perdent souvent la vue ou développent des maladies de peau. Ici, à l'ombre, ils peuvent s'épanouir.

— Et se cacher, ajouta Gray.

Aussitôt, Noé revint sur terre.

— Exact. Ils étaient sans doute traqués par des braconniers. Voilà peut-être pourquoi ils se sont retirés aussi loin et qu'ils sont devenus si farouches. Je parie qu'ils ont pu aller jusqu'à adopter un rythme de vie nocturne pour les mêmes raisons : éviter le soleil et garder le secret de leur existence.

Derek promena son regard à la ronde en se demandant quels autres *secrets* le troupeau cultivait là-bas.

Ils continuèrent en silence pendant près de deux kilomètres.

A priori remis de ses émotions, l'éléphanteau curieux finit par rallier leur groupe. Il entraîna dans son sillage sa mère, qui se tenait un peu plus loin, mais gardait l'œil sur lui.

Le jeune pachyderme les renifla, grogna et leur donna de petits coups. Il semblait particulièrement sous le charme du commandant Pierce, qu'il enlaça avec sa trompe minuscule, comme s'il lui tenait la main.

— Je crois qu'il vous remercie, traduisit Noé.

— Et il se fiche du type qui s'est tapé tout le boulot pour le sortir de l'eau ? maugréa Kowalski. Gray a juste fait un nœud.

Au bout d'un moment, la forêt déboucha sur une immense falaise verdoyante, dont la crête noire culminait loin au-dessus de leurs têtes. Derek se rappela les explications géologiques du guide, à savoir que la région était la plus ancienne d'Afrique, là où la croûte terrestre s'était fissurée avant d'être projetée vers le ciel.

Face à l'ensemble gigantesque qui leur barrait la route, l'archéologue n'en douta pas une seconde. On aurait dit qu'un morceau de croûte terrestre s'était abattu là-bas et, au vu de son visage de pierre entaillé de lézardes et d'étroites crevasses, il s'y était fracassé toute la face avant.

Le troupeau s'approcha des explorateurs et, en file indienne, ils les encadrèrent de part et d'autre. Le cortège se dirigea ensuite vers une brèche en apparence quelconque.

— Regardez derrière nous, chuchota Noé. Au bout.

Tout le monde se retourna.

En queue de procession, trois mâles marchaient à reculons et balayaient le chemin à l'aide de fougères géantes.

— Ils effacent leurs traces, comprit Gray.

— J'ai déjà vu nos éléphants du parc utiliser le même genre de fronde pour chasser les mouches. Un jour, alors que la saison était exceptionnellement sèche, l'un d'eux s'est même creusé un puits, qu'il a recouvert d'écorce mâchée et de sable pour empêcher l'eau de s'évaporer. Il l'a protégé ainsi tout l'été. (Noé parut ému aux larmes.) Ces grands animaux sont d'une intelligence remarquable et ils utilisent leur cerveau énorme pour survivre, résoudre des problèmes, travailler de concert, manier des outils, mais voyez aussi à quel point ce sont des bêtes splendides ! Qui oserait les tuer pour le plaisir ou pour récupérer leur ivoire ?

Jane lui effleura le bras d'un air compatissant.

De son côté, Kowalski avait l'air soucieux, mais pour une raison très différente.

— En couvrant leurs traces, ces mastodontes couvrent aussi les nôtres. Et si c'était fait exprès ?

Il semblait leur prêter d'éventuelles mauvaises intentions.

Gray pointa l'index devant lui.

— Il n'existe qu'un moyen de le savoir.

* * *

21 h 02

Presque haletante d'impatience, Jane resta auprès de Derek. Elle était à la fois attirée par les mystères devant elle et inquiète de ce qu'ils pourraient découvrir. Une plus grande crainte lui nouait néanmoins la gorge.

Et s'il n'y avait rien ?

Malgré les prodiges accomplis, on n'avait affaire qu'à de simples éléphants. Qu'y avait-il à apprendre d'eux ? Comment faire le lien avec les sables brûlants d'Égypte et une énigme millénaire, qui datait du temps de Moïse et des grands fléaux ?

En tête du cortège, les premiers éléphants disparurent à l'intérieur d'une fissure encaissée. Un par un, les autres suivirent, puis arriva le tour des humains. Au moment de pénétrer dans l'étroit canyon, Jane leva la tête, médusée, vers le sommet des falaises. Tout là-haut, un plafond épais de jungle couvrait leur passage.

Coincée entre les deux parois rocheuses, l'odeur musquée des pachydermes, mélange d'excréments et de peau tannée, s'amplifia. La jeune femme ravala son angoisse et emboîta le pas à ses camarades. Le chemin se rétrécit encore, jusqu'à ce qu'elle ait la certitude que les plus gros mâles ne passaient pas, et pourtant ils y parvinrent. Elle les imagina vidant leurs énormes poumons avant de se faufiler à l'intérieur du boyau.

Ils marchèrent pendant ce qui lui parut des kilomètres, même si, en réalité, il devait à peine y avoir quelques centaines de mètres. Enfin, les murs s'écartèrent de nouveau, signe prometteur qu'ils touchaient au but… sauf qu'il subsistait un ultime obstacle.

La colonne d'éléphants bifurqua à gauche et dut gravir une pente escarpée, pour laquelle les petits accrochèrent leur trompe à la queue de leur mère. Le cortège semblait quelque peu hors du temps, comme s'il empruntait le même chemin depuis des milliers d'années. Impression confirmée avec la rampe en pierre, usée en son centre par le piétinement d'une foule innombrable de pachydermes.

La nécessité de passer par là sautait aux yeux, car il s'agissait d'enjamber un mur haut qui s'étendait sur toute la largeur de la fissure.

L'étrange structure éveilla la curiosité de Jane : elle n'avait pas l'air naturelle.

Derek aboutit à la même conclusion. Il caressa la surface rugueuse du pont.

— Du calcaire blanc. Le matériau ne vient pas de ces montagnes en granit. Il a forcément été extrait ailleurs.

Jane s'approcha du bord de la rampe et examina le mur, constitué de briques énormes qui mesuraient, chacune, la taille d'une petite voiture. Elle avait déjà vu des blocs du même genre, taillés eux aussi dans du calcaire.

À la grande pyramide de Gizeh.

— Ce ne sont pas les éléphants qui ont bâti un truc pareil, déclara Derek. Peu importe leur habileté à manipuler des outils.

Les animaux derrière eux ne les laissèrent pas s'attarder et, par des grognements, ils leur signifièrent qu'ils n'appréciaient pas d'être ainsi empêchés de rejoindre leurs terres.

À contrecœur, Jane se laissa entraîner au bout de la rampe.

Par-delà le mur, les falaises encerclaient une petite vallée. La crevasse se prolongeait encore après, mais ce fut le spectacle tout proche qui retint l'attention de la Britannique.

La vallée abritait un pan de forêt et une vaste prairie verdoyante, le tout parfaitement entretenu, comme si ses habitants s'en occupaient avec soin. D'autres éléphants accueillirent le retour des leurs en barrissant doucement, en entrelaçant leurs trompes et en se frottant les flancs. Avec leur peau pendante et leur poitrail décharné, ils semblaient beaucoup plus âgés – sans doute des anciens trop affaiblis pour participer à l'expédition.

Les nouveaux arrivants se dispersèrent vers plusieurs abris érigés, le plus souvent, à proximité des falaises, où la canopée de la jungle offrait la meilleure ombre. D'ordinaire, les éléphants étaient des animaux nomades, sans réel foyer établi, mais ce groupe-là, exceptionnel en raison de son isolement, avait été poussé par ses caractéristiques biologiques et génétiques à éviter le soleil et, donc, à développer un mode de vie inédit.

Jane, elle, était surtout captivée par un petit lac de montagne qui, sur la droite, était moitié à ciel ouvert, moitié niché au creux de la falaise. Le plan d'eau devait être alimenté par une vieille source issue du système hydrologique unique des montagnes du Grand Rift. La voûte en granit feuilleté qui soutenait la grotte était tapissée de points incandescents, qui chatoyaient et clignotaient. Soudain, des plaques entières de lumière se détachèrent, volèrent au ras de l'eau, puis tourbillonnèrent dans la vallée, telle une rafale de braises ardentes.

— Des lucioles, souffla Noé.

Leur puissance lumineuse suffit à éclairer le lac grenat.

Ils savaient tous ce que cela présageait.

— Putain…, murmura Derek.

Sous leur regard ébahi, un jeune mâle trottina pourtant jusqu'à la berge et se désaltéra goulûment de cette eau toxique. Jane frémit d'effroi, mais l'éléphant agita les oreilles pour chasser quelques lucioles énervantes, puis il s'éloigna.

Gray et ses camarades préférèrent effectuer un large détour et s'arrêtèrent à l'orée d'un taillis de feuillus. La plupart des bêtes partirent vaquer à leurs occupations habituelles, mais quelques gros mâles continuèrent de monter la garde à proximité en fouettant l'air avec leur queue.

— Que pensez-vous de cet endroit ? demanda Gray.

Jane détacha son regard du lac et fixa le rempart calcaire.

— Je sais exactement où nous sommes : à *l'embouchure* du fleuve, comme écrit sur le fragment de tatouage laissé par mon père. Tout est limpide, maintenant.

— Pour vous, peut-être, bougonna Kowalski.

Derek, lui, comprit :

— Il y a des milliers d'années, la région a certainement vécu un grave bouleversement climatique, une saison des pluies exceptionnelle qui, inondant tout sur son passage, a mis en crue la Kagera et l'ensemble de ses affluents.

Jane imagina une onde de tempête envahir les montagnes.

— La forêt inondée que nous avons traversée a dû en avoir jusqu'au cou, voire davantage. L'eau qui a submergé les hauts plateaux a empli les fissures de la falaise et débarqué ici.

— Où elle s'est jetée dans la mare toxique, conclut Derek. Permettant au microbe de s'échapper de la vallée, de dévaler les montagnes et de contaminer la Kagera, puis le lac Victoria.

Gray regarda vers le nord.

— Où il a fini par coloniser le reste de la vallée du Nil.

Jane approuva :

— Il a alors semé la mort sur son passage et déclenché la cascade de calamités dont nous avons déjà parlé. D'ailleurs, l'éruption de Théra – qui a projeté une colonne noire de cendre sur la région – est peut-être l'événement climatique à l'origine de l'inondation.

Face à l'imposant mur, Gray assembla les pièces du puzzle.

— Durant cette période ou peu de temps après, quelqu'un venu d'Égypte est parti en quête de la source en remontant la piste sanglante.

— Jusqu'ici, compléta Jane. Pour éviter que la catastrophe se reproduise, ses hommes et lui ont érigé un rempart immense, une digue de pierre censée empêcher toute nouvelle crue d'atteindre la vallée intérieure.

— Ce n'est pas la seule chose qu'ils ont trouvée, ajouta Gray. Comme nous, ils ont dû se demander par quel miracle ces éléphants survivaient. Nous savons qu'à l'époque, les animaux vivaient déjà sur le site, car le lambeau de tatouage parle d'eux.

— *Comment* font-ils donc pour s'en sortir ? réfléchit Jane. Possèdent-ils une immunité naturelle ? Un caractère génétique unique en son genre ?

— Je ne pense pas, répondit Gray. Le mystérieux explorateur égyptien qui a trouvé cet endroit a aussi découvert leur secret. Or, je doute fort qu'il disposait du matériel nécessaire pour mener des tests immunologiques ou génétiques. Non, il se passe autre chose ici. (Il contempla le lac.) Déjà, qu'est-ce qui pousse les éléphants à oser boire cette eau ?

Noé avança une hypothèse plausible :

— Elle leur apporte peut-être un avantage sélectif.

L'agent Sigma pivota vers lui. Sur le bateau, Jane l'avait entendu expliquer en substance au guide l'objet de leur recherche.

— Quel genre d'avantage ?

— La vie de la région est axée autour de l'eau. Chaque animal développe des stratégies personnelles pour survivre aux saisons arides qui, souvent par le passé, se sont transformées en plusieurs décennies de sécheresse. Je vous ai parlé de l'éléphant qui avait bouché son puits pour le protéger. (D'un geste ample, il balaya la vallée.) En voici la version biologique. Si vous êtes les seuls à pouvoir avaler une certaine eau sans tomber malades, personne ne viendra vous la voler.

— D'accord, concéda Derek, mais comment ont-ils appris à la boire ?

Noé sourit.

— Les éléphants sont des animaux malins et patients. Ils adorent résoudre des énigmes. L'élaboration d'une telle stratégie d'adaptation a peut-être nécessité des dizaines d'années de tâtonnements. Alors, pourquoi réinventer la roue ? Pourquoi ne pas, nous, essayer d'apprendre ce qu'ils savent déjà ?

Jane se demanda si l'explorateur qui était venu là plusieurs millénaires avant eux avait eu la même démarche.

Afin d'étayer sa position, Noé prit un exemple concret.

— Au Kenya, les éléphantes mâchonnent les feuilles d'un arbre précis pour déclencher le travail de mise bas. Des indigènes les ont imitées... avec la même réussite. Vous voyez, on *peut* apprendre beaucoup de nos grands camarades.

— Alors, par où commencer ? demanda Jane.

Gray s'écarta du taillis. Tandis qu'il scrutait la pénombre de la vallée, il s'attarda sur la tache lumineuse formée par la grotte.

— Le lambeau de peau tatouée que votre père avait caché ne parlait pas que d'« éléphants ». Il faisait aussi allusion à des « ossements d'éléphants ».

Jane se redressa.

— Exact.

— Noé, vous dites que les éléphants sont les seuls animaux à ritualiser la mort. Que font-ils au juste ?

— Il s'agit de respecter les défunts. Le cérémonial inclut une période de recueillement, puis des funérailles au cours desquelles ils jettent de la terre et des brindilles sur le corps, le recouvrant même parfois de branches. Ensuite, les ossements sont vénérés, même s'ils ne viennent pas d'un membre de la famille. Parfois, les troupeaux les emportent aussi dans leurs déplacements.

— Où se trouvent donc les *ossements* de cette tribu ? se demanda Gray. Cachottière comme elle est, je parie qu'elle ne voudrait pas laisser ses morts à découvert, dans la vallée.

— Et qu'elle préfère les avoir près d'elle, renchérit Derek en hochant la tête vers la brèche du fond. Si nous allions jeter un œil par là ?

— Bonne idée, approuva Gray.

Avant qu'ils ne se mettent en route, Seichan montra le mur.

— Autant qu'on sache, c'est le seul moyen d'entrer ou de sortir d'ici, donc, pendant que vous chercherez les ossements, je monterai la garde près des remparts.

Gray acquiesça.

— Laisse ta radio allumée. Et, en cas de problème, hurle.

Elle tapota le gros pistolet sur sa hanche.

— Oh, tu m'entendras !

Une brève accolade, puis elle s'éloigna en trottinant.

Le commandant, lui, entraîna son groupe de l'autre côté.

Noé ne lâcha pas Roho d'une semelle, surtout lorsqu'ils longèrent la grotte empoisonnée. Ils passèrent à bonne distance des berges et traversèrent une prairie où l'herbe leur chatouilla les genoux. Les éléphants renâclaient légèrement à leur approche. Un jeune mâle décida même de charger, les yeux écarquillés. Tout le monde se figea, mais, arrivé à une dizaine de mètres, l'animal s'arrêta, secoua ses grandes oreilles et repartit d'un pas nonchalant, la queue en l'air.

— Comportement juvénile, expliqua le guide.

— Typique d'un ado, marmonna Kowalski.

Le reste du trajet se déroula sans encombre.

Tandis qu'ils approchaient de la fissure, Noé les mit en garde contre une éventuelle déception :

— L'idée de cimetière d'éléphants n'est qu'une légende. Les vieux pachydermes ne partent pas mourir à un endroit précis. Il y a fort à parier que ce troupeau ne soit pas différent des autres et que les ossements reposent juste à l'endroit où les défunts sont tombés.

Jane n'en était pas si sûre, tant cette tribu-là n'avait, à ses yeux, rien d'ordinaire. Soudain, un mâle – le plus gros qu'ils avaient vu jusqu'à présent – leur barra la route, les oreilles déployées, la trompe dressée.

— Mon petit doigt me dit qu'il ne s'agit pas d'un comportement *juvénile*, maugréa Kowalski.

— Et maintenant ? demanda Derek.

La réponse vint de derrière l'éléphant : un barrissement strident, presque exaspéré. L'animal les fusilla encore quelques instants du regard, puis il s'écarta à regret de la fissure.

— J'ai l'impression que quelqu'un veut nous voir.

La voie libre, le groupe pénétra à l'intérieur de la brèche. De toute sa stature, l'énorme mâle reboucha l'accès derrière eux et les suivit de loin, presque sans bruit, comme s'il vénérait le sol sur lequel il marchait.

À moins que ce ne soit surtout *l'identité* de celui qui les attendait.

Sous l'épaisse canopée, le ravin était très sombre, mais la lampe de Gray suffit à éclairer le chemin tortueux. Au bout d'un moment, ils arrivèrent dans une cuvette sans issue apparente.

Fin du voyage.

Et, selon Jane, à tous les sens du terme.

Le sol du canyon suivant était jonché de tas de branches et de brindilles, certains intacts, d'autres éparpillés. Parfois, on voyait dépasser la courbe d'une défense jaunie ou quelques ossements blanchâtres. Au fond de la cuvette se dressait, unique signe de vie ou presque, un bosquet de grands arbres. Le terrain stérile était couvert de sable immaculé et de galets arrondis mélangés à des espèces de brisures de coquillages rejetées par une mer disparue depuis longtemps.

Jane s'écarta un peu et comprit qu'elle se trompait.

Sous ses pieds, point de sable ni de coquillages… mais des os en miettes.

Horrifiée, elle se demanda quelle était l'épaisseur de ce lit funeste. Elle imagina les milliers de mastodontes venus mourir là, puis écrasés par d'autres, réduits en poussière par le temps et les éléments.

Kowalski n'était guère plus enthousiaste :

— Un mythe, le cimetière des éléphants ? Tu parles !

Sur place, ils n'étaient pas seuls.

Quelques pachydermes marchaient lentement, montaient la garde devant un tas de brindilles ou, du bout de leur trompe, ils effleuraient un os qui dépassait. On n'entendait pas un bruit, à part le pas rocailleux des individus venus rendre visite aux ancêtres.

Jane se rasséréna un peu en découvrant leur respect profond, leur chagrin sincère. Un jeune mâle, la tête penchée au-dessus d'un monticule, écrasait même une larme.

Pas étonnant qu'on ait essayé de leur barrer le chemin.

Notre place n'est pas ici.

Toutefois, comme disait Derek, ils avaient été convoqués.

Une éléphante d'âge vénérable s'approcha, le pas flageolant. Avec sa peau gris-blanc, elle était quasiment de la même couleur que les os écrasés autour d'elle. Elle agita sa trompe, comme pour les inviter à avancer.

Conscients qu'elle méritait le respect, les aventuriers allèrent saluer la matriarche.

— Je crois qu'elle est presque aveugle, chuchota Noé.

Sans doute, car, au moment où le faisceau de la lampe de Gray balaya sa figure, elle n'eut pas l'air éblouie et ne cligna même pas des paupières.

Elle s'arrêta devant le groupe, la trompe en l'air. Se fiant à des sens plus aiguisés que sa vue, elle se dirigea d'abord vers Jane. Ses narines la flairèrent, puis sa trompe trouva le poignet de la jeune femme et s'enroula délicatement autour. Jane fut alors entraînée à l'écart de ses compagnons de route.

Elle se retourna, mais Noé la rassura d'un signe de tête. Elle se laissa donc guider, confortée par les nombreuses années d'expérience du Rwandais avec ces grosses bêtes-là.

Au bout de quelques pas, son poignet fut libéré.

L'imposante dame rebroussa alors chemin vers le groupe, agita sa trompe et choisit un autre membre.

Noé encouragea aussi l'élu, quelque peu réfractaire.

— *Komeza*, *Roho*, murmura-t-il. Vas-y.

Le lionceau suivit l'extrémité de la trompe, qui ébouriffa sa fine crinière et lui frotta l'encolure. Il fut ensuite traîné doucement jusqu'à la jeune Britannique.

Alors qu'ils se tenaient tous les deux devant la bête majestueuse, Jane remarqua ses cils blancs recourbés au moment où elle voulut lui toucher la poitrine. En même temps, l'aïeule caressa le flanc de Roho avec sa trompe, ce qui lui valut un grognement de satisfaction.

Quand la reine leva de nouveau la tête, des larmes perlaient de ses yeux fatigués.

* * *

21 h 32

Gray regarda la vieille matriarche entrer en communion avec ses deux camarades. La pointe rose de sa trompe blanche les sondait avec une tendresse mâtinée de tristesse.

— Que fait-elle ? murmura Derek.

— Elle est en deuil, répondit Noé, mais j'ignore pourquoi.

Gray, lui, le savait.

— Elle se souvient.

Il était visiblement surpris que le jeune archéologue n'ait pas compris ce qui se passait.

— Une femme et un lion.

Derek ouvrit des yeux ronds d'effarement.

— Vous ne pensez quand même pas que…

— Elle a choisi ces deux-là. Il ne peut pas s'agir d'une coïncidence. (Gray se remémora les symboles gravés sur le tombeau ou encore sculptés sur le vase à huile de Livingstone.) La mystérieuse personne venue chercher ici la source du Nil était peut-être une femme, quelqu'un qui aurait été accompagné, pour un si long voyage, d'un compagnon hors norme. Les Égyptiens ne vénéraient-ils pas les félins, allant jusqu'à élever parfois les lions comme des animaux domestiques ou des chasseurs ?

— Selon les archives, certains pharaons et d'autres l'ont fait, confirma Derek. Néanmoins, on a beau dire qu'un éléphant n'oublie jamais, je doute que leur mémoire remonte à plusieurs milliers d'années.

— D'ordinaire, non, mais *cette* vieille éléphante a, semble-t-il, un excellent souvenir de l'ancien duo. Je ne m'explique pas encore par quel miracle. Cependant, le fameux avantage auquel nous faisions allusion pourrait ne pas être à sens unique. (Il se tourna vers Noé.) Vous évoquiez tout à l'heure leur cerveau énorme.

— Plus gros que chez n'importe quel autre animal terrestre, en effet. Près de cinq kilos. Et son cortex renferme autant de neurones que notre cerveau humain.

— Pour un microbe adepte des systèmes nerveux chargés en électricité, un tel hôte est une aubaine, un véritable festin. Au fil du temps, ces deux-là se sont peut-être associés afin d'en dégager chacun d'autres profits. Le microbe stimulerait électriquement le cerveau de l'éléphant, dopant ainsi sa mémoire déjà phénoménale… et, de génération en génération, il ferait office de vecteur de transmission de la connaissance.

Kowalski interrompit sa réflexion :

— Regardez ! Elle bouge. Elle les emmène quelque part.

La vieille éléphante rebroussait lentement chemin au sein du canyon et, par de discrets halètements, elle exhortait Jane et Roho à la suivre.

— On y va, décida Gray.

De crainte d'effaroucher l'animal, il garda quand même ses distances.

La matriarche emmena ses protégés à l'orée du seul bouquet d'arbres alentour, là où une mère et son petit fouillaient le sol près d'un tas de branches sèches. Elle incita Jane et Roho à s'arrêter et, de sa trompe, elle les empêcha d'intervenir.

Gray aussi resta en retrait.

Derek contempla l'imposante tonnelle d'arbres et montra du doigt leurs branches chargées de fruits.

— Des prunes. C'est un prunier Mobola.

L'intérêt du détail échappa à Gray.

L'archéologue dut s'en apercevoir et expliqua :

— À la mort de Livingstone, son cœur a été enterré sous un prunier Mobola. Quand sa dépouille a été rapatriée en Angleterre, c'était à l'abri d'un cercueil fabriqué aussi avec son écorce.

— Pourquoi ?

— Cette écorce est riche en résines utilisées en tannerie. Les indigènes s'en sont servis pour embaumer le corps de Livingstone lors du long trajet qui devait le ramener chez lui.

Perplexe, Gray contempla le tas de branchages qui recouvrait les tumulus. Il paria qu'ils venaient tous de la même essence d'arbre. Les éléphants en faisaient-ils un usage comparable ? Il y avait une piste à creuser. Hélas, l'élément clé continuait de lui échapper.

— Qu'est-ce qu'ils fabriquent ? grogna Kowalski.

Son ton dégoûté ramena l'attention de Gray vers la mère et son petit. L'éléphante mâchonnait un os extrait du tumulus. À sa forme concave, on aurait dit un morceau de crâne. Elle le reposa doucement, puis, avec les gros coussinets de sa patte et ses ongles solides, elle le brisa en morceaux. Elle mit ensuite un fragment dans sa gueule et le mastiqua. Son petit fut incité à l'imiter.

Pendant trente bonnes secondes, la mère remua les mâchoires afin d'écraser consciencieusement la relique entre ses molaires. Soudain, un galet arrondi s'échappa de ses babines. C'était un morceau poli de l'os qu'elle avait rongé.

Gray baissa les yeux vers le tapis d'os broyés. Autour de lui, le sol était jonché de ces étranges cailloux.

C'est quoi ce délire ?

À nouveau, il sentit l'arrière de son cerveau le démanger, preuve qu'il s'agissait d'un élément fondamental, Or, il n'arrivait toujours pas à résoudre le mystère.

J'ai les pièces, mais je ne vois pas le puzzle.

Alors que Gray observait le canyon, le blanc éclatant du cimetière avait commencé à se parer de chatoyantes ondes colorées. L'agent Sigma mit un moment à comprendre qu'en fait, l'épais matelas cristallin reflétait ce qui se passait dans le ciel.

Des vagues d'énergie fusaient entre les étoiles.

Cela n'avait pas de sens.

On aurait dit une aurore boréale.

En réponse à l'étrange signal, les éléphants barrirent d'un bout à l'autre du canyon. Même la vieille matriarche leva sa trompe et émit une note triste, emplie de mélancolie et de chagrin.

Gray regarda les autres.

Que se passe-t-il ?

* * *

21 h 55

Depuis la portière latérale ouverte du Cessna, Valya assista au ballet d'énergies qui animaient le ciel de larges ondulations bleues et vert émeraude. Elle savait ce qu'elle avait sous les yeux, vu le nombre incalculable de fois où une aurore boréale avait envahi la nuit arctique.

Elle en éprouva une vague gêne superstitieuse, comme si Anton lui envoyait un message personnel d'avertissement.

D'un coup de tête, elle chassa ses pensées négatives.

À côté d'elle, Kruger et ses hommes patientaient, casqués, leur matériel de base-jump fixé sur le dos, et, s'ils avaient, eux aussi, les yeux tournés vers le ciel, elle préférait qu'ils se concentrent plutôt sur le sol.

— Prêts ? cria-t-elle au Sud-Africain.

Il leva le pouce en signe d'approbation.

Toute la nuit, ils avaient suivi leurs cibles à la trace grâce aux caméras infrarouges du Raven. Parti en montagne, l'ennemi s'était faufilé dans un dédale de canyons encaissés où, apparemment, un troupeau d'éléphants avait élu domicile. Le caractère saugrenu de la situation et le fait que leurs adversaires s'attardaient là-bas justifiaient de s'y parachuter afin de découvrir, avant de les liquider, ce qu'ils avaient peut-être appris ou recueilli.

Le pilote descendrait en piqué de manière à larguer Kruger et ses trois camarades au nord des canyons. Chacun d'eux avait, sanglé en travers du ventre, un fusil d'assaut AK74M muni d'un lance-grenades sous le canon. Ils sauteraient dans le noir, équipés de lunettes spécialement adaptées, et atterriraient au milieu du canyon principal. Valya les suivrait de près et couvrirait l'accès par la falaise, histoire d'éviter toute tentative de fuite dans les bois. Sur elle : un pistolet-mitrailleur MP7A1 Heckler & Koch avec silencieux et viseur de nuit. Elle avait aussi emporté quatre rallonges de chargeur de quarante cartouches chacune.

Sa meilleure arme restait néanmoins fixée à son poignet. La lame risquait de voir du sang cette nuit-là. Valya allait graver sa marque au plus profond de la chair, jusqu'à l'os, en espérant que, pendant l'acte, sa victime serait encore vivante.

L'avion plongea, prêt à lâcher ses passagers. Sous les ailes, les deux missiles Hellfire attendaient d'être appelés et de tout brûler après le passage de Valya et de son équipe.

Là-haut dans le ciel, l'aurore équatoriale flamboya de plus belle, à mesure que les énergies fouettaient l'atmosphère. La jeune Russe n'y vit plus une mise en garde, mais un ardent étendard.

Le Cessna descendit encore. Kruger se retourna vers elle.

Elle acquiesça en silence.

Que la fête commence !

Un à un, les cinq parachutistes dégringolèrent du ciel enflammé.

CHAPITRE 26

3 juin, 17 h 01
Île d'Ellesmere, Canada

L'atmosphère saturée d'électricité statique chatouillait la peau de Painter. Au moment où il empoignait une traverse pour se pencher un peu plus à l'extérieur du Globemaster, une décharge envahit sa main, contracta les fibres des muscles et obligea ses doigts à se crisper. Dur au mal, il tint bon.

Par-delà la trappe béante, le ciel était en feu.

L'air piquant sentait l'ozone, comme si on avait mélangé du chlore avec l'odeur d'un circuit d'autos tamponneuses. Le patron de Sigma en avait littéralement la chair de poule.

Au-dessus de sa tête se déchaînait une aurore boréale. Balayés par des vents tempétueux, les vagues coiffées de moutons électriques et les brisants enflammés projetaient des farfadets et des jets bleus de plasma. Le tonnerre tirait en permanence de puissants coups de canon. Quant aux éclairs, tout fourchus, ils jaillissaient des nuages sombres en contrebas.

L'avion tressaillait à chaque assaut. Ses ailes s'agitaient comme pour se débarrasser de la décharge électrique et un de ses moteurs Pratt & Whitney laissait désormais échapper une traînée de fumée noire.

— Qu'est-ce qu'on peut faire ? mugit l'arrimeur, cramponné de l'autre côté.

Painter jeta un coup d'œil à la soute. Derrière l'éboulis des caisses métalliques, le rideau de protection provisoire avait été arraché. À leur poste de travail, les chercheurs, arc-boutés du mieux qu'ils pouvaient, tentaient de répondre à la question de l'arrimeur. Les deux hommes d'Anton tâchaient d'enfermer les conteneurs sous un filet de cargaison orange en fixant ses bords à des amarres réparties le long de la carlingue. Oublieux du risque de contamination, ils pataugeaient allégrement dans les mares rouge vif qui luisaient au sol.

Quelle importance à présent ?

À mesure que le feu d'artifice s'amplifiait dehors, les gens à bord avaient pris conscience d'une chose.

Nous sommes tous dans la même galère.

À l'autre extrémité de la trappe, Painter brailla :

— Attention, ça va se corser !

L'arrimeur – un certain Willet, jeune, au visage rubicond – le fixa d'un air épouvanté. *Comment la situation pouvait-elle être encore plus catastrophique ?*

L'agent Sigma pointa l'index à tribord. Un pan entier de la tempête était animé de turbulences inquiétantes, tel un monstrueux tourbillon d'énergie et de flammes. Des éclairs dansaient en travers de sa mâchoire et, pire que tout, la flamboyante aurore boréale semblait aspirée vers elle.

Depuis une bonne minute, Painter avait assisté à sa montée en puissance. Il imagina l'ionosphère se creuser, tout près d'être déchiquetée par l'incroyable raz de marée. Il en devina même la raison : le cœur du chaudron bouillant brillait d'un beau rouge vif.

Painter reconnut la lueur si particulière.

Elle imbibait ses vêtements, couvait sur sa peau et formait des flaques chatoyantes d'un bout à l'autre de l'aire de chargement. Depuis le début, il se doutait qu'une certaine quantité de toxines s'était déversée à l'arrière de l'appareil et qu'elle avait ensemencé la couche nuageuse.

Là, il en avait la preuve.

Chaque particule devait agir comme un supraconducteur miniature, qui libérait l'énergie potentielle contenue dans les nuages orageux et déclenchait une réaction en chaîne, dont l'effet se répercutait dehors en cascade. Bientôt, toute la puissance dégagée équivaudrait à un millier de bombes atomiques.

Painter se tourna vers l'arrimeur.

— Dites au pilote de nous tenir éloignés de ce machin !

Ils devaient échapper au tourbillon de feu.

Sans délai.

Docile, Willet s'élança vers le cockpit.

Painter retint son souffle, puis, lentement, l'avion tint compte de sa mise en garde et vira de bord.

Le patron de Sigma laissa échapper un soupir.

On va...

Soudain, à bâbord, une nouvelle colonne de feu surgit des nuages, déchira l'atmosphère et monta en spirale vers le ciel.

C'était la direction qu'ils avaient prise. Afin d'éviter la collision, le pilote inclina son appareil jusqu'à ce qu'il vole sur la pointe d'une aile. Le filet de chargement fut arraché de la carlingue. Les caisses s'écroulèrent à travers la soute, écrasant un garde au passage.

Tandis que le Globemaster tentait de contourner le brasier, Painter resta sidéré par la nouvelle menace, dont il soupçonnait la probable origine.

La station Aurora.

Ses yeux s'arrondirent d'incrédulité.

À quoi cet enfoiré pensait-il ?

* * *

17 h 12

— C'est notre seul espoir, murmura Simon Hartnell.

Le capitaine refusait d'abandonner son navire, alors que la sirène d'évacuation résonnait aux quatre coins de la station. Sur un écran de contrôle, il vit démarrer un cortège d'autoneiges et de motoneiges. D'autres silhouettes s'enfuyaient à pied, affolées, les pans de leur parka claquant au vent.

Sur place, il ne restait plus qu'une équipe restreinte, qui essayait avec lui de stopper sa machine infernale.

Le Dr Kapoor accourut, hors d'haleine, le visage luisant de sueur.

— C'est trop. On doit tout arrêter. Ça ne résistera pas.

— Il le faut pourtant.

Simon sentit le sol trembler sous ses bottes. Ses lunettes teintées vissées sur le nez, il contempla l'immense tour en espérant qu'elle tiendrait le coup. Des coruscations de feu bleutées partaient du supraconducteur en rotation, puis s'abattaient au fond de l'ancien puits de mine. Le sol n'était plus qu'un océan de plasma brûlant, qui déferlait sur l'édifice gigantesque et lui léchait les pieds. Malgré l'épaisseur de la vitre, le milliardaire sentit la chaleur de l'effroyable brasier.

Hélas, l'énergie violente qui tourbillonnait en bas n'était que l'écume de la force incommensurable qu'il tentait de canaliser dans les entrailles de la Terre. Dès que son test de mise en service avait viré au drame, Simon avait cherché à renverser le processus, à éteindre le feu qu'il avait allumé en plein ciel. L'équipe de Kapoor et lui avaient échafaudé des scénarios affolés et mené des calculs hâtifs pour n'aboutir qu'à une solution possible.

Inspiré par Tesla, Simon avait fait bâtir sa Wardenclyffe non seulement pour qu'elle *transmette* de l'énergie, mais aussi pour qu'elle en *reçoive*. Le rêve de son mentor avait été de créer un réseau de plusieurs centaines de tours, où chacune aurait exporté son énergie sans fil jusqu'à un immense bassin qui aurait fait le tour du globe – soit par voie aérienne soit par voie souterraine. En parallèle, il était prévu qu'elles puissent *puiser* auprès de la fameuse source et fournir ainsi de l'énergie à tous.

En bon visionnaire, Simon avait eu la même ambition.

Et c'était ce qu'il tâchait de faire à présent.

Kapoor et lui avaient inversé la polarité de la tour. Certes, le procédé n'avait encore jamais été testé, mais ils n'avaient pas d'autre choix que de tenter le coup. Le rayon de plasma était toujours aussi ardent, sauf qu'au lieu de *projeter* l'énergie, il *l'aspirait* depuis l'ionosphère.

La tour s'était transformée en paratonnerre, qui essayait d'attirer le feu hors du ciel.

Il leur fallait un endroit où *envoyer* toute l'énergie et, une fois encore, la solution était venue de Tesla. Simon avait fait creuser des fondations solides dans le soubassement rocheux afin qu'elles soutiennent l'imposante structure métallique. Il s'agissait d'une simple nécessité architecturale, mais il s'était amusé de leur similitude avec les pilots de cent mètres que Tesla avait conçus pour sa tour, de solides tiges d'acier censées « agripper la terre ».

Le brillant inventeur pensait utiliser la capacité de préhension des pieux pour envoyer l'énergie dans les tréfonds du sous-sol et atteindre la fréquence de résonance de la planète, potentiel puits sans fond susceptible d'être rempli et partagé avec l'ensemble du monde.

Tesla avait échoué, mais son raisonnement était pertinent.

Simon cherchait donc à remplir le même puits avec le feu du ciel. Son espoir était d'équilibrer les deux visions de son inspirateur, deux sources possibles d'énergie mondiale sans fil : l'ionosphère, qui enveloppait la planète, et l'obscur gouffre en son cœur.

Il voulait que sa tour fonctionne comme une bobine Tesla géante reliant le ciel à la terre, une espèce de gaine qui permettrait aux feux célestes d'être stockés sous terre. Avec un peu de chance, ils atteindraient un point de balance et restaureraient ainsi l'ordre naturel des choses.

Malheureusement, la chance n'était pas de leur côté.

Le sol vibra sous ses pieds et le projeta contre la console. Lorsqu'il entendit un fracas de verre brisé, il craignit que la coupole vitrée qui surplombait la tour n'ait explosé. Au lieu de quoi, d'immenses panneaux fissurés s'écrasèrent à sa droite, vers le fond de la station. Conscient de ce que la fenêtre en question scellait hermétiquement jusque-là, il se représenta le lac sombre.

Kapoor le ramena à une menace plus immédiate.

— Patron ! Il faut tout arrêter. Nous enregistrons de grosses pointes de tension. Les courants plasmatiques fusent frénétiquement dans les deux sens.

Pendant que le sol continuait de tressauter, Simon se figura des vagues en train d'aller et venir entre la terre et le ciel.

— N'est-ce pas ce que nous voulions ? N'avions-nous pas anticipé qu'à l'approche de l'équilibre, il y aurait un mouvement de va-et-vient, le temps que les forces se stabilisent ?

— Vous ne comprenez pas.

— Alors, expliquez-moi.

— Les deux vagues déferlantes…, bredouilla Kapoor qui, par souci de clarté, commençait à s'exprimer avec les mains. Une qui monte, l'autre qui descend. Elles ont la même amplitude, la même longueur d'onde et, quand elles se croisent, elles commencent à se superposer.

Haletant, Simon saisit enfin le danger.

— Elles pourraient générer une onde stationnaire.

Autrement dit, un faisceau tendu d'énergie qui, stable et permanent, relierait le ciel à la terre.

Kapoor observa la tour d'un air terrifié.

— Et former ainsi un vaste circuit électrique.

Son patron se rua vers le poste de commande, conscient qu'une telle configuration ne résisterait pas longtemps au vu des forces herculéennes en jeu. C'était le court-circuit assuré, avec le risque de déchirer le ciel et de faire exploser le globe.

Il tourna la clé pour couper le courant et tout arrêter.

Rien ne se passa.

Il essaya plusieurs fois.

— Le circuit est déjà fermé et autonome, frémit Kapoor.

Simon redressa.

C'est trop tard.

* * *

17 h 18

— Accrochez-vous !

Lancée à tombeau ouvert, Kat emmenait l'autoneige de l'autre côté de l'île Johns. Sur la banquise qui recouvrait le lac Hazen, la longue bande de roche noire faisait penser à un sous-marin qui aurait surgi des profondeurs arctiques – sauf que l'engin aurait mesuré six kilomètres de long sur huit cents mètres de large. Quelques autres îlots, agglutinés à proximité, offraient leur lot de cachettes.

Tagak se cramponna au siège passager, tandis que son père, Joseph, était couché à l'arrière. Les deux hommes avaient leur fusil à la main.

Depuis trois quarts d'heure, l'Américaine jouait au chat et à la souris entre les îles du lac Hazen, pourchassée par les hommes d'Anton. Quand Joseph avait donné l'alerte, elle avait décidé de partir seule au volant de l'autoneige afin d'éloigner l'ennemi de Safia et des autres. Au lieu de quoi, les deux Inuits avaient tenu à l'accompagner. Elle avait brandi la menace du risque de contagion, mais Joseph, qui avait recensé le nombre de motos adverses, était monté d'office à bord avec son fils.

Kat ne pouvait que les en remercier.

Alors que la détérioration des conditions climatiques les mettait à couvert, c'était leur connaissance locale du lac et de ses îles qui lui avait permis de rester en vie. Se servant de ses phares comme d'une balise en pleine tempête, elle avait attiré l'ennemi au sud. Les trois tentes enneigées n'avaient même pas été repérées.

Arrivée à proximité des îles, elle avait éteint ses phares et était devenue à la fois le chasseur et le gibier. La guérilla qui avait suivi était, pour l'instant, dans l'impasse. Leur pare-brise avait reçu deux nouveaux impacts de balle. De son côté, Kat savait qu'elle avait neutralisé trois scooters adverses.

Puis tout avait changé.

— Allez, allez, allez ! mugit Tagak au moment où les chenilles de l'autoneige retrouvèrent le lac gelé.

De part et d'autre, de minuscules points lumineux fonçaient à travers le blizzard, signe que l'ennemi pilotait des engins plus rapides. Toutefois, ce n'était plus eux le danger.

Des éclairs fendaient le ciel bas. Les multiples impacts de foudre qui s'abattaient à la ronde percutaient la glace avec une force telle qu'ils causaient d'immenses fissures. Quant au banc de nuages qui surplombait le lac, il s'était mis à tourbillonner, formant un maelström d'une ampleur colossale.

Pire encore, il luisait d'un éclat rouge foncé, comme si un feu couvait à l'intérieur.

Ce qui, d'après les soupçons de Kat, était sûrement le cas.

Pendant qu'elle tentait de distancer la tempête, les sbires d'Anton aussi s'étaient éparpillés de tous côtés. Sans plus guère prêter attention à leurs cibles, ils cherchaient juste à fuir l'enfer au-dessus d'eux.

Kat devait récupérer Safia et Rory, puis quitter la vallée au plus vite.

Tout à coup, la lunette arrière implosa. Joseph haleta et posa la main sur son oreille ensanglantée.

— Couchez-vous ! hurla la jeune femme.

D'une roulade habile, Tagak rejoignit son père. Il braqua le canon de son fusil par l'orifice gros comme le poing de la vitre et tira à l'aveuglette.

Kat accéléra encore, malgré les coups de tonnerre fracassants et les éclairs qui lui brûlaient la rétine. Soudain, son autoneige vacilla : elle s'était engagée sur un morceau de banquise flottant, qui frémissait sous le poids du véhicule. Au lieu de ralentir, elle se servit de son élan pour fuir le danger et rejoindre un terrain plus solide.

Tagak continuait de mitrailler au jugé à travers la tempête, mais Anton roulait certainement tous feux éteints. Kat savait que c'était le Russe. Qui d'autre se serait ainsi acharné à continuer la traque ?

À droite, quelque chose fendit les bourrasques de neige et heurta la glace. La déflagration fut si forte qu'elle ébranla l'autoneige. Aussitôt, l'Américaine pensa à une attaque au mortier. Puis le ciel se déchaîna, déversant sa colère monstre.

Les énormes morceaux de glace qui s'écrasaient sur le lac se fracassaient en mille morceaux et rebondissaient au sol. Des grêlons gros comme des citrouilles ravageaient tout sur leur passage. Leurs impacts résonnaient sur le toit du véhicule, désormais bien cabossé. Sous les flashes aveuglants de la foudre, le bombardement, de plus en plus violent, n'épargnait rien du paysage.

Kat n'osa pas ralentir.

Enfin, elle réussit à échapper aux salves de grêle les plus mortelles, mais la canonnade de glace et les éclairs continuèrent de les poursuivre. But de l'Américaine ? Garder à tout prix sa maigre avance sur les terribles intempéries.

Dans le rétroviseur central, elle remarqua que la tempête avait changé d'aspect. Comme s'ils avaient été en partie atteints par les rafales de tirs, les nuages s'étaient déchirés, laissant apparaître des lambeaux de ciel. Le plasma en feu embrasait sauvagement la voûte bleutée, déjà zébrée d'éclairs en série. Kat eut l'impression que les frontières entre les mondes avaient disparu et qu'elle avait une vue plongeante sur le cœur brûlant de l'enfer.

Ce qui est peut-être le cas.

Elle observa les éclairs fourchus, le déluge explosif de grêle, le ciel envahi de flammes. Partout, de redoutables coups de tonnerre ébranlaient la glace et faisaient trembler les vitres.

Est-ce bien le spectacle auquel j'assiste ?

Peu à peu, le maelström se referma, engloutissant ce qu'il avait un instant dévoilé, et, alors même qu'il retenait cette clarté effroyable, il parut encore plus puissant et plus sombre.

— Attention ! mugit Tagak à l'arrière.

Kat lâcha le rétroviseur du regard pour revenir vers le lac.

Sur la glace galopait une vision familière, plus éthérée que jamais. Au cœur du blizzard compact, de petites silhouettes fuyaient devant eux, le vacarme affolé de leurs sabots étouffé par la tempête. C'était le troupeau fantomatique de caribous.

Sauf qu'ils étaient bien réels.

Un gros mâle surgit devant le pare-chocs. Kat donna un coup de volant pour l'éviter et dérapa sur la glace. D'un bond, l'animal passa son chemin pendant qu'ils effectuaient un tour complet sur eux-mêmes.

Elle réussit à reprendre le contrôle, le cœur battant.

Puis, au loin, elle aperçut des bosses sur la glace.

Les tentes de camouflage.

Dieu merci…

Son objectif en vue, elle repartit à l'attaque, mais, les yeux rivés au loin, elle ne se rendit pas compte des fissures sur la route. La plaque de glace sur laquelle elle roulait bascula de travers. Comme son élan avait été freiné par la quasi-collision avec le caribou, elle n'eut pas la vitesse nécessaire pour se dégager. À mesure que son centre de gravité dérivait inexorablement, le morceau de banquise pencha de plus en plus vite.

Kat indiqua les portières supérieures.

— Tout le monde dehors !

Tant bien que mal, ils rejoignirent la cabine de guingois. Les portières furent ouvertes en grand. Les corps jetés par-dessus bord. Le temps que Kat sorte, l'autoneige s'était presque renversée sur le flanc. L'imposante carcasse glissa le long de la plaque gelée, précipitant sa mort certaine. Les pieds posés sur le seuil de la portière, l'Américaine sauta le plus loin possible et abandonna le navire. Au moment où elle survolait les eaux bleutées, le véhicule, lui, sombra lentement au fond du lac. Elle heurta la glace la tête la première et partit en roulé-boulé. D'un bref coup d'œil, elle constata que Tagak avait eu la même réaction, tout en faisant écran de son corps pour protéger son père blessé.

Elle se releva à temps pour voir le bloc de banquise se remettre d'aplomb et, malgré de larges lézardes, continuer de danser sur l'eau. L'autoneige avait disparu, engloutie par la trappe gelée, comme si elle n'avait jamais existé.

Joseph et Tagak rejoignirent Kat.

Joseph soupira :

— Rien ne vaut un traîneau à chiens.

Elle ne le contredit pas.

Ils se dirigèrent vers les tentes. À peine avaient-ils parcouru cinquante mètres qu'un grondement émana de la tempête à gauche. Une ombre traversa le blizzard, tel un requin au milieu des eaux noires.

C'était une motoneige, qui roulait tous feux éteints.

— Courez ! ordonna Kat.

L'index pointé devant elle, elle fit signe à ses camarades de courber le dos en espérant que le trio n'avait pas été repéré. Dans leur fuite précipitée, ils avaient perdu leurs armes. Leur unique chance était d'atteindre les tentes cachées sous la neige et de prier le ciel pour que l'ennemi passe sans les voir.

Ils avancèrent serrés les uns contre les autres.

Le campement devint plus distinct.

Kat resta à l'affût du moindre bruit de moteur, mais, bientôt, la tempête les rattrapa dans un concert de roulements de tonnerre et de craquements de glace. Le groupe arriva néanmoins sain et sauf à destination.

Kat s'élança vers la tente où elle avait laissé Rory et Safia.

Avant qu'elle n'ait pu soulever le rabat, un coup de feu retentit. La glace explosa à ses pieds.

Elle s'arrêta et fit volte-face.

Anton apparut derrière la tente voisine, accompagné d'une autre silhouette emmitouflée dans sa parka. Armé chacun d'un fusil d'assaut, ils avaient dû se garer à l'abri des regards et leur tendre l'embuscade.

Anton s'adressa aux deux Inuits :

— À genoux. Les mains sur la tête.

Ils hésitèrent, mais Kat les incita à s'exécuter.

Tout en les maintenant en joue, l'acolyte d'Anton passa derrière eux.

— Sors de là, Rory ! tonna le Russe.

Le volet de la tente se souleva et le jeune homme émergea, penaud. Il portait un nouvel anorak.

— Désolé, bredouilla-t-il, tête basse. Ils nous ont eus par surprise. Je ne voulais pas que tout cela arrive.

Moi non plus…

Sauf qu'à en juger par son gros manteau, il allait s'en sortir.

— Comment va Safia ? demanda-t-elle.

— Mal. Son état semble empirer avec la tempête.

Au moins, ils n'avaient pas tué…

La tente s'ouvrit de nouveau et Safia apparut d'un pas vacillant, entre Rory et Anton. Son regard était braqué sur le maelström qui avait envahi le monde au sud. Pendant une fraction de seconde, Kat aurait juré que ses prunelles luisaient de l'intérieur, mais ce n'était que le reflet de la foudre.

Elle leva le bras.

Puis tout se déroula au ralenti.

Le garde derrière Kat crut sans doute que l'archéologue brandissait une arme. Il pressa la détente. Rory, qui regardait par là, comprit le danger et se jeta devant la malheureuse.

— Non !

À son tour, Anton eut une réaction digne de son entraînement de combat au sein de la Guilde : dos au tireur, il roula devant Rory. La balle l'atteignit à la colonne vertébrale et il s'écroula dans les bras de son jeune amant.

Les deux hommes à terre, Kat fonça récupérer l'arme d'Anton et, en pivotant sur les fesses, elle tira une salve de trois coups.

Touché par une balle qui lui emporta presque toute la gorge, le garde s'écrasa lourdement à la renverse.

En cet instant fébrile, il n'en restait plus qu'une debout.

Safia continua de fixer le ciel et marmonna, comme si elle parlait à la tempête :

— Il ne faut pas que cela arrive…

* * *

17 h 32

Tandis que les flammes lui embrasent le crâne, elle regarde par deux paires d'yeux différentes.

L'une très ancienne, l'autre récente.

Elle voit une tempête glacée ravager un désert brûlant en direction d'un fleuve rouge sang. Elle voit un lac gelé défier la tempête flamboyante qui passe au-dessus de lui. Les deux images tremblotent l'une sur l'autre, comme si elles tentaient de s'éteindre mutuellement.

C'est une guerre entre le feu et la glace, un combat aussi vieux que le monde.

Elle n'en tient pas compte, consciente qu'il s'agit d'une simple diversion.

Son regard se porte plus loin, vers une balise éclatante.

Il ne faut pas que cela arrive.

* * *

17 h 33

— Vous voulez qu'on fasse quoi ? demanda Painter.

Il était assis dans le cockpit avec le pilote et l'arrimeur qui, apparemment, jouait aussi le rôle de copilote. Derrière lui, les autres passagers s'étaient massés dans l'escalier, tout ouïe à l'égard de ce que leur ancien patron allait annoncer par radio.

— Vous devez vous écraser sur le réseau Aurora, souffla Hartnell, haletant de peur. Droit sur la tour.

Painter contempla, par-delà le nez de l'avion, l'éblouissante colonne de plasma. Hartnell leur avait déjà expliqué dans les grandes lignes qu'en tentant de réparer ses bêtises, il avait encore aggravé la situation. Certes, l'image du circuit utilisée par le milliardaire n'était qu'une analogie grossière au vu des énergies phénoménales en jeu, mais l'essentiel était dit.

Il fallait que quelqu'un brise la boucle infernale avant qu'elle n'implose elle-même.

Au sol, Hartnell et Kapoor tâchaient d'assurer sa stabilité, mais cela ne pouvait pas durer. Il suffisait de regarder au hublot pour prendre conscience de la vérité. Le tourbillon flamboyant, en expansion permanente, était devenu un ouragan déchaîné d'énergie en puissance.

L'équivalent kilotonnes de mille bombes nucléaires.

Dès qu'il aurait atteint le circuit fragile qui embrasait le ciel, la partie serait terminée.

Painter estima qu'il leur restait, au mieux, une vingtaine de minutes.

Ce n'était pas le moment de tergiverser.

— D'accord, on le fait.

Le pilote le fixa d'un air terrorisé. Il avait bien compris que quelqu'un devait faire atterrir manuellement l'appareil : en raison des nombreuses interférences radio et des conditions climatiques épouvantables, il était, en effet, impossible de se fier aux instruments.

De plus, ils n'auraient droit qu'à un seul essai.

Painter avait remarqué la photo à côté de son siège : une femme souriante et deux jeunes enfants. Il lui pressa l'épaule.

— Je m'en occupe.

— Vous avez déjà piloté un C-17 Globemaster ?

— Rien d'aussi gros. Je connais plutôt les jets privés. (Il lui tapota le bras.) Enfin, on ne parle pas d'atterrir. Juste de s'écraser.

Dubitatif, l'homme hésita clairement entre ferrailler avec Painter et le laisser assumer la mission kamikaze. Son visage se durcit.

— Je vais vous enseigner les bases. Si vous ne vous sentez pas à l'aise – ou si je m'aperçois que vous confondez le manche à balai et votre manche à vous –, alors c'est moi qui gérerai le crash.

— Marché conclu, approuva Painter en montrant la manette de gaz. Il est là, le manche à balai, hein ?

Son interlocuteur parut atterré.

— Je plaisante. C'est la manette de gaz, je sais bien. Et, là, le manche à balai. Il y a aussi la VTH, la Vi et, bien sûr, le PFD. (Il termina en désignant son entrejambe.) Et, ça, c'est mon manche à moi, du moins la dernière fois que j'ai regardé. On est bons ?

Le pilote se renfonça dans son siège en grommelant.

— Allons-y.

Tout le monde s'empressa d'établir des plans d'évacuation, tandis que l'avion virait de bord pour se rapprocher au mieux du réseau d'antennes. L'idée était de traverser la tempête en piqué, tâche que Painter était ravi de laisser à un professionnel. Une fois suffisamment bas, l'appareil se mettrait en palier, le temps que l'ensemble des passagers saute en parachute, puis Painter se retrouverait seul à assurer la fin du voyage.

Un jeu d'enfant, quand on n'était pas celui sur la sellette.

— Cramponnez-vous ! mugit le pilote par radio. J'amorce la descente !

Assis sur un strapontin derrière Willet, Painter put apprécier une vue panoramique quand le nez de l'appareil pencha vers le banc de nuages. Le pilote s'était arrangé pour effectuer une longue descente en ligne droite.

À mesure qu'ils plongeaient à pic, l'Américain observa la colonne de feu à droite et le sombre bassin bouillonnant à gauche. La distance entre les deux s'était considérablement réduite, plus vite encore qu'il ne l'avait calculé à l'origine. Pourquoi ? Parce que au sein de l'ionosphère, l'orage de plasma s'était renforcé. L'aurore boréale, à son paroxysme, projetait d'immenses volutes embrasées vers la terre tout en crachant un déluge de farfadets et de jets bleus.

Un tel spectacle ne pouvait signifier qu'une chose.

Hartnell était en train de perdre le contrôle, si bien que la situation se déstabilisait déjà.

Le pilote, qui avait dû s'en rendre compte, accentua encore l'angle de descente.

— Accrochez-vous !

Le Globemaster se précipita vers les nuages noirs. Les mâchoires serrées, Painter agrippa les bretelles de son harnais et se cala au fond du siège. Dès qu'il pénétra au cœur de la tempête, l'appareil fut méchamment ballotté dans tous les sens. Plus concentré que jamais, le pilote avait une main sur le manche à balai, l'autre sur la manette de gaz. Derrière le pare-brise, le monde n'était plus que ténèbres. Même les lignes vertes de la visualisation tête haute étaient brouillées par les parasites. La traversée parut durer une éternité, puis, d'un seul coup, ils resurgirent des nuages et découvrirent un paysage en niveaux de gris constitué de rafales de neige, de pitons noirs et de glaciers immaculés.

Le pilote redressa le nez de l'avion de manière à calmer la descente. Une fois de retour à l'équilibre, il appuya sur quelques boutons, se gratta le menton et lança à Painter :

— À vous de jouer.

Le patron de Sigma détacha son harnais.

La sellette m'attend.

Il changea de place avec le pilote qui, en mère poule, prit quelques instants pour s'assurer que son remplaçant était prêt.

Painter finit par le congédier gentiment.

— Allez-y. Faites sauter tout le monde.

L'homme tourna les talons, puis fit volte-face.

— Merci.

— Ne me remerciez pas encore.

Une dernière tape sur l'épaule, et le pilote quitta le cockpit.

Willet s'attarda un peu.

— Vous n'aurez qu'une poignée de secondes.

— Je sais.

L'arrimeur soupira, le regard rivé dehors. Droit devant, l'orage brillait d'un puissant feu bleuté. Le monstre l'attendait.

— Je peux rester, proposa Willet.

Trois petits mots qui, à en juger par la tension dans sa voix, lui avaient demandé un effort colossal.

Painter pointa le pouce derrière lui.

— Monsieur Willet, sortez de mon avion. C'est un ordre.

L'intéressé sourit et lui adressa un salut militaire.

— À vos ordres, chef.

Il détacha son harnais, se leva et lui tapa sur l'épaule.

— Vous avez intérêt à casser la baraque.

Painter savait qu'il ne parlait pas que de la destruction du réseau d'antennes.

C'est l'objectif.

Willet parti, il s'équipa d'une oreillette radio et mit encore une minute à se familiariser avec les instruments. Il y avait des centaines de commutateurs, à la fois au-dessus de sa tête et sur le tableau de bord, mais l'outil le plus important, c'était le manche à balai, au niveau de son genou.

Je peux y arriver.

Enfin, la voix de Willet résonna dans son oreillette.

— Les oiseaux ont quitté le nid. Largage terminé. L'avion est à vous.

Alors qu'il ignorait à quel moment précis l'arrimeur avait quitté le navire, Painter sentit qu'il était seul à bord.

Pour se changer les idées, il vérifia son horizon artificiel, lut la vitesse sur l'écran de vol principal et ajusta légèrement son assiette. Au bout de deux minutes, il relâcha la manette de gaz, de sorte que l'avion ralentisse avant la phase ultime d'approche.

C'est parti.

Il alluma la radio.

— Hartnell, vous êtes là ? Décrochez.

Le P.-D.G. répondit sur un ton surpris, presque amusé :

— Painter ? C'est vous qui êtes aux commandes ?

— Quelqu'un doit bien réparer vos conneries. Sachez juste que je suis à cent secondes du crash. Kapoor et vous devriez rejoindre l'abri antiaérien.

— J'y ai déjà envoyé le Dr Kapoor. Moi, je reste aux commandes, ne serait-ce que pour vous offrir une ou deux secondes de plus.

Painter perçut sa fatigue nerveuse et se rappela qu'au rythme où la tempête secouait l'ionosphère, la situation se dégradait de plus en plus.

— Combien de temps me reste-t-il ?

— Vous aurez sans doute besoin de ce maigre bonus.

Painter pesta en silence et remit les gaz afin de regagner la vitesse qu'il venait de perdre.

Il distinguait désormais le réseau d'antennes tentaculaire, dont la spirale, parcourue d'étincelles bleues, ressemblait à une galaxie chatoyante qui aurait envahi la toundra. Au milieu, la colonne de plasma jaillissait du sommet embrasé de la tour. Même de loin, on se rendait compte qu'elle était agitée de vibrations spasmodiques qui mettaient à mal sa stabilité.

L'Américain accéléra encore. Il n'osait plus ralentir comme prévu. Son créneau d'action s'était considérablement rétréci et il n'y avait plus une seule seconde à perdre.

Soudain, Hartnell hurla à son oreille :

— Painter !

Il l'aperçut au même moment. Une grosse boule de plasma, surgie du puits de mine, montait droit vers l'ionosphère. L'énergie ne circulait plus *vers le bas*. La polarité de la tour s'était inversée et on était au bord de la rupture. Alors que la foudre en boule fonçait vers les nuages, Painter comprit ce qui devait se passer.

Le chaudron de feu qui embrasait le ciel était arrivé. Ses bords extérieurs caressaient déjà la colonne de plasma qui s'élevait de la station Aurora.

À court de temps, Painter activa la pleine puissance et se servit du manche à balai pour lancer l'avion en piqué. Entraîné par sa vitesse relative, le Globemaster se transforma en missile.

Le pilote allait passer à l'action quand un vent de travers le percuta sur le flanc. Furieux, il dut retrouver le bon angle d'approche. La manœuvre lui coûta de précieuses secondes, mais il finit par redresser sa trajectoire.

Ses mains planèrent brièvement au-dessus des commandes.

Cela me paraît bien.

Satisfait, il quitta le siège de tous les dangers, prit l'escalier et rejoignit l'aire de chargement. Aussitôt, il se précipita au fond, pendant que l'avion continuait de filer vers son funeste destin.

Ses pas résonnèrent sur le plancher. Impossible d'en réchapper en sortant par la trappe arrière ! Il était trop bas pour utiliser un parachute, trop haut pour sauter sans rien.

Alors, il improvisa.

Près de la porte béante, il attrapa ce qu'il avait préparé, le fixa sur son dos et s'empara du fusil d'assaut à côté.

Il s'élança vers la trappe, au moment précis où le pourtour étincelant de la galaxie spirale apparaissait de part et d'autre. Les ailes de l'appareil accrochèrent la cime des antennes, alors que l'avant heurtait violemment les structures métalliques en face.

Oh, merde…

Le patron de Sigma tendit le bras en arrière et appuya d'un coup sec sur le bouton de gonflage.

Le ballon-sonde jaillit de son sac à dos, entra de plein fouet dans le sillage puissant de l'avion et l'arracha hors de la soute.

Painter s'éloigna et prit de l'altitude, pendant que l'imposant Globemaster plongeait à travers la spirale lumineuse, droit vers le monstre enflammé en son cœur.

* * *

17 h 52

Simon Hartnell tenait la barre.

Il avait entendu l'approche rugissante de l'énorme avion-cargo et, à présent, son crash fracassant sur les antennes. Il leva les yeux vers la tour tout embrasée d'énergie. Il se rappela s'être dit un peu plus tôt à quel point le spectacle lui faisait penser aux feux Saint-Elme, qui dansaient entre les mâts et les gréements des voiliers.

Il imagina que l'édifice devant lui était le mât de son propre HMS *Erebus* ou *Terror*. Il se remémora aussi l'avertissement que Painter lui avait lancé au sujet de son ancêtre, membre d'équipage d'un des vaisseaux de l'époque.

Certains hommes semblent parfois aller trop loin.

Même là, pour lui, l'idée restait inacceptable.

Il admira son chef-d'œuvre, aussi condamné fût-il.

Le pire, c'est de ne jamais essayer.

Le monde explosa devant lui, emportant sa vie et ses rêves.

* * *

17 h 53

Depuis le ciel, Painter regarda le Globemaster boucler son ultime trajet.

L'avion traîna son gros ventre à travers le réseau étincelant d'antennes, puis percuta de front le sommet de la tour. Au moment de basculer dans le vaste puits de mine, il aplatit le beffroi sous son poids, éteignant la flamme de cette bougie incandescente.

Un court instant, Painter vit, marquée au fer rouge sur sa rétine, la colonne de plasma fouetter le ciel, telle la queue d'un chat en colère. Puis, tout disparut.

Quelques secondes plus tard, l'avion explosa, balayant du même coup l'image. Une grosse boule de feu envahit le ciel et se mua vite en colonne de fumée, réplique sombre de la flamboyance qui existait peu de temps auparavant.

À l'abri du danger, mais loin d'être sorti d'affaire, Painter brandit son fusil d'assaut et visa le ballon au-dessus de sa tête. Il prit toutes les précautions, ne tirant qu'une balle à la fois pour que l'air s'échappe lentement. Au bout d'un moment, son ascension s'arrêta et il commença à redescendre. Il s'était préparé à un atterrissage brutal, mais, en fait, il se posa plutôt en douceur.

Le ballon-sonde se ratatina derrière lui, tel un linceul recouvrant la neige et les cailloux. Painter ôta le sac à dos, mais conserva son arme. Il devait se trouver à deux ou trois kilomètres d'Aurora et il n'était pas question qu'un ours polaire lui gâche son retour à pied.

Il resta néanmoins un instant à contempler le ciel. À présent que le réseau d'antennes était hors service (il ne projetait plus de feu et avait, en même temps, aspiré une bonne quantité d'énergie vers la terre), le puissant vortex qui s'était emparé des nuages semblait se calmer. Son éclat rougeâtre avait presque disparu, car, à mesure que l'ionosphère se dégageait, son feu intérieur n'était plus alimenté par l'orage de plasma.

Les conditions météorologiques avaient beau devenir clémentes, Painter savait qu'il restait beaucoup de ménage à faire. Impossible d'évaluer le *degré* exact de contamination de l'île. Il n'était, en effet, pas certain que la débauche d'électricité ait éradiqué tous les microbes envoyés dans l'atmosphère.

Soupir aux lèvres, il se concentra de nouveau vers la terre et prit le chemin de la station Aurora.

Il avait cru que, même avec sa parka, il ferait plus froid en Arctique.

Il se tâta le front.

Je suis brûlant.

* * *

18 h 25

— Comment vous sentez-vous ? demanda Kat.

Assise sur le lit de camp de la tente, Safia se réchauffait les mains sur un bol de soupe de poisson brûlante, généreusement offert par Joseph et Tagak.

— Mieux.

Pour l'instant, elles étaient seules. Rory s'était retiré sous une autre tente, où Joseph avait tâché d'installer Anton le plus confortablement possible. Hélas, la balle que ce dernier avait prise à la place du jeune archéologue – et, donc, de Safia – lui avait sectionné la moelle épinière, le paralysant à partir de la taille. Le coup de feu lui avait aussi causé beaucoup de dégâts dans la poitrine et le pauvre Russe ne cessait de cracher du sang.

Il n'en réchapperait pas.

Rory, qui semblait l'avoir compris, restait à son chevet.

— Pouvez-vous me dire ce qui s'est passé ? reprit Kat. Vous aviez de sacrées hallucinations, non ?

— C'est très flou. Je n'ai que des bribes de souvenirs. Le sable qui me brûle les pieds… La puanteur des cadavres d'animaux… (Elle secoua la tête.) Vers la fin, juste avant de m'effondrer, les images sont plus marquantes. J'ai l'impression de voir à travers deux paires d'yeux. Je perçois la tempête en Arctique, mais aussi une autre, qui menace un Nil rouge sang. Tout a l'air si réel… aussi réel que la neige et la glace ici.

Dehors, le mauvais temps s'était soudain calmé. Les éclairs et l'orage de grêle qui étaient sur le point de balayer le campement avaient disparu. Le revirement de situation avait coïncidé avec le moment où Safia s'était écroulée sur la neige, telle une marionnette dont on aurait tranché les ficelles.

— Selon Rory – et, d'ailleurs, son père aussi –, l'étrange microbe responsable de votre infection serait peut-être à l'origine de ces rêves : il aurait reproduit des scènes imprimées en son sein, véhiculant alors des réminiscences, des pensées, voire des personnalités qui pourraient remonter à l'Égypte ancienne.

Puisque Safia se rappelait ses dernières hallucinations de façon beaucoup plus nette, Kat se demanda si l'énergie de la tempête n'avait pas décuplé l'action de l'agent pathogène.

— Bah ! Je n'en sais rien, répondit la miraculée. Comme je vous le disais, je ne me souviens pas de grand-chose.

— Alors que vous étiez en plein délire, Rory vous a demandé votre nom en copte ancien. Dans la même langue, vous avez indiqué vous appeler Saba.

— Comme la momie sur le trône ! s'étonna l'archéologue.

Elle s'effleura le visage, signe qu'elle n'avait pas oublié comment elle avait été contaminée.

— Et vous vous sentez mieux maintenant ?

— Oui.

Après son malaise, Safia avait été emmenée à l'intérieur. Elle s'était réveillée peu après, manifestement en bien meilleure forme. Elle n'avait même plus de fièvre ! Kat ignorait si la jeune femme était juste guérie ou si son rétablissement inopiné était lié à l'atmosphère saturée en électricité statique. Elle voulait donc la soumettre au plus vite à une batterie d'analyses médicales.

Ce qui soulevait une autre question.

Vu le laps de temps écoulé, comment se fait-il que Rory et moi soyons toujours en bonne santé ?

Un élément majeur leur échappait.

Le rabat de la tente se souleva et Rory entra, les yeux rougis.

— Anton ? demanda Kat.

Il secoua la tête et se laissa tomber par terre, en tailleur. Abasourdi, hébété, il n'avait pas envie de rester seul. La nouvelle du deuil n'avait sans doute pas encore fait totalement son chemin.

— Je suis désolée, dit Safia.

Kat peinait à éprouver la moindre compassion, mais Rory avait tenté de sauver sa compatriote en s'interposant entre le tireur et elle. De ce fait, elle tolérait sa présence.

Il prit une profonde inspiration.

— Il faut que vous sachiez… Je n'ai jamais eu l'occasion de vous en parler.

— Quoi ? lâcha Kat.

— Vous m'aviez demandé d'étudier la carte topographique des tatouages de la momie. (Coup d'œil à Safia.) Le résultat du scanner était impressionnant et j'ai appliqué votre méthode pour convertir les hiéroglyphes égyptiens en hébreu primitif. J'ai bien avancé avant que…

D'un geste, il désigna la tente où Anton était mort.

— Continuez, insista Kat. Qu'avez-vous appris ?

— La momie était le remède. Du moins, son corps le renfermait, ainsi qu'une grande quantité du microbe pathogène à l'intérieur de son crâne. Et là, je ne comprends toujours pas. Mon père a fait analyser ses tissus dans tous les sens. Il n'a trouvé que ce qui rendait *malade*, jamais ce qui *guérissait*. (Rory se rembrunit.) Il a raté un truc.

Il désigna Safia.

— En tout cas, c'est pour cette raison qu'elle va mieux. La mystérieuse chose à laquelle elle a été exposée a agi comme un vaccin à virus vivants. Elle lui a donné un peu de fièvre, mais, en fin de compte, rien de très méchant.

— Tout cela, vous l'avez découvert grâce aux tatouages de la momie ?

— Il a fallu que j'enchaîne les déductions. Et il me reste beaucoup à traduire. Néanmoins, c'est aussi certainement ce qui explique pourquoi nous, nous ne sommes pas tombés malades. Le remède a rendu Safia inoffensive, affaiblissant la charge virale à laquelle elle avait été exposée au laboratoire.

— On pourrait se servir de son sang ou de son liquide céphalorachidien pour élaborer un médicament… ?

Rory soupira d'un air désabusé.

— Bizarrement, les choses ne fonctionnent pas ainsi. Ça, au moins, c'était clair. Il n'existe qu'*un seul* remède et *une seule* manière de l'obtenir. Directement à la source. (Il fixa l'agent Sigma.) Or, nous l'avons réduite en cendres.

Kat se rappela le déclenchement du système de sécurité intégrée, le rugissement des flammes.

L'antidote a disparu.

CHAPITRE 27

3 juin, 22 h 56
Parc national de l'Akagera, Rwanda

Le barrissement des éléphants envahissait les canyons et résonnait contre les parois en triplant, voire en quadruplant de volume.

Préoccupé par le comportement étrange du troupeau et inquiet à l'idée de l'affoler davantage, Gray demanda à ses camarades de rester tranquilles et groupés au milieu du cimetière. Il n'avait eu aucun mal à deviner l'origine du malaise. Au fond du ravin, la vieille matriarche albinos avait levé ses yeux aveugles, comme si elle sentait grésiller l'aurore équatoriale qui dansait dans la nuit.

Au bout d'un moment, l'agitation se calma enfin. Alors que des rubans d'énergie chatoyante continuaient de balayer le firmament étoilé, eux aussi semblaient perdre en intensité.

Noé laissa échapper un soupir. Comme si, depuis le début, il était resté en apnée.

— Je n'ai jamais vu une chose pareille.

Le guide parlait du ciel, mais il observait aussi l'immense dame avec laquelle ils partageaient le canyon.

— Et je doute que ce groupe ait déjà donné autant de la voix. Surtout pour un troupeau aussi timide et cachottier.

Leur chorale a dû s'entendre à cent cinquante kilomètres à la ronde.

Roho, qui ne l'avait pas quitté d'une semelle, n'avait manifestement pas apprécié leur démonstration musicale.

C'était aussi le cas d'un autre. Kowalski se frotta les oreilles et ouvrit grand la mâchoire.

— J'ai l'impression d'être devenu à moitié sourd.

Non loin de là, Derek tenait la main de Jane.

— Vous avez remarqué leur chant ? Il n'y avait ni colère, ni désarroi…

— C'était presque mélancolique, murmura la jeune femme. On avait l'impression que les bêtes se remémoraient soudain quelque chose qui leur déchirait le cœur.

— Elle a raison, confirma Noé. Cela m'a rappelé quand des éléphants pleurent la mort d'un membre du groupe.

— De quoi pouvaient-ils bien se souvenir ? réfléchit Derek, le regard rivé au ciel. Je doute que l'un d'eux ait déjà assisté à une aurore équatoriale. Pas de son vivant.

— Ce n'était peut-être pas de leur vivant, intervint Gray.

Il repensa à la vieille éléphante qui avait choisi expressément Jane et Roho, comme si elle les avait reconnus, voire confondus avec d'autres d'un âge immémorial.

— Il pourrait s'agir d'un souvenir beaucoup plus ancien, en rapport avec une tragédie effroyable qui résonne en eux depuis des milliers d'années.

Encore sceptique, Derek comprit qu'il faisait allusion à leur conversation précédente.

— Vous parlez de l'époque où une autre femme et un autre lion se sont présentés sur le pas de leur porte.

— Après qu'une grave crue a propulsé le microbe hors de la vallée et contaminé le Nil, approuva Gray, le nez en l'air. Si elle a bien été déclenchée par des bouleversements atmosphériques liés à l'éruption de Théra, cette inondation millénaire a pu s'accompagner d'une aurore boréale localisée.

Jane suivit son regard vers la nuit scintillante.

— Certes, le volcan Théra s'est réveillé avec une force inouïe, mais comment aurait-il été capable de modifier le ciel ?

— Les panaches de cendre sont bourrés d'énergie et d'éclairs grésillants. Si une telle puissance cataclysmique a été projetée au ciel par Théra, il est très plausible qu'une aurore se soit créée dans l'ionosphère au-dessus de la région. (Le dernier barrissement de tristesse se tut.) Et ces mastodontes s'en sont souvenus… ainsi que de l'immense carnage qui a suivi.

Noé contempla le canyon.

— Auquel cas, cela explique peut-être aussi pourquoi ils ont peint la forêt. Le large éventail de couleurs luisantes, le reflet chatoyant dans l'eau et même le mouvement quand leurs corps décorés avancent entre les arbres… Auraient-ils tenté d'évoquer le souvenir d'une aurore ? Serait-ce à l'origine de leur rituel ?

Gray se rappela à quel point l'atmosphère sous la canopée chamarrée lui avait paru sacrée, empli d'un profond respect religieux.

— Et voilà que nous débarquons à leur cérémonie accompagnés d'une femme et d'un lion. C'est peut-être la raison pour laquelle ils nous ont acceptés si volontiers.

Noé hocha la tête.

— Notre arrivée s'est confondue avec un souvenir ancestral, synonyme de chagrin et de deuil.

Jane observa la vénérable reine.

— Je me demande s'ils ne savaient pas, déjà à l'époque, ce qui s'était échappé de la vallée. Ils ont peut-être laissé les Égyptiens ériger ce mur, qu'ils n'auraient eu eux-mêmes aucun mal à détruire s'ils l'avaient voulu, puis, soucieux de se racheter, ils ont enseigné le remède aux nouveaux venus.

Gray se rappela le moment où la doyenne avait pris Jane par la main et peut-être tenté de faire pareil, en écho d'un autre temps.

— Qu'en avons-nous retiré ? continua la Britannique. Là, quelque chose m'échappe.

Gray commençait à avoir sa petite idée, mais il allait devoir être patient. Comme s'il avait répondu à un signal invisible de la reine matriarche ou qu'il était juste perturbé par les nouvelles conditions météorologiques, le grand mâle fit son retour. Face aux explorateurs, il grogna, renversa la tête en arrière et retroussa ses babines sur ses défenses, prêt à en découdre.

— Notre temps de séjour ici est écoulé, traduisit Kowalski. On nous indique la sortie.

Par respect pour ses hôtes, Gray incita ses camarades à s'exécuter. Tandis qu'ils rebroussaient chemin à l'intérieur du ravin, personne ne pipa mot, chacun perdu dans les mystères et les émerveillements des dernières heures. Au moment de rejoindre le grand canyon, Gray contempla la vallée encaissée, éclairée par l'aurore équatoriale pâlissante, et il tenta d'imaginer la réaction des Égyptiens quand ils avaient découvert le site.

— Regardez ! lança Derek, l'index pointé vers la grotte et l'étang qu'elle abritait.

L'eau brillait d'un beau rouge vif, mais rien à voir avec la colonie de lucioles qui avait élu domicile le long du surplomb rocheux. La couleur semblait plutôt venir des profondeurs.

— Il doit réagir à l'énergie contenue dans l'atmosphère, estima Gray.

Derek pivota vers lui, les yeux ronds.

— Vous aviez peut-être raison tout à l'heure. (Il scruta les éléphants.) Ce serait la même énergie qui leur aurait inspiré leur chœur mélancolique, remuant d'antiques souvenirs alimentés par le feu de ce qu'ils ont dans le crâne.

Et, maintenant, tout se dissipait peu à peu.

Gray regarda l'eau perdre sa lueur intrinsèque en même temps que l'aurore équatoriale, elle aussi, s'atténuait. Il éprouva un profond sentiment de paix… ce qui était une erreur.

Un coup de feu les incita tous à se retourner.

La voix de Seichan crachota dans son oreillette radio :

— Là-haut ! On nous attaque !

Gray scruta le ciel, d'abord en vain. Soudain, des ombres dégringolèrent devant les étoiles. Lorsqu'elles arrivèrent à hauteur des falaises, les parachutes se déployèrent.

Des détonations retentirent.

Les balles déchiquetèrent les arbres et bombardèrent le sol à leurs pieds.

Gray se rendit compte que sa lampe frontale servait de balise aux tireurs. Il l'éteignit, puis fit signe aux autres de se réfugier sous les falaises.

— Tous à couvert ! Planquez-vous ! (À Kowalski :) Veillez à ce qu'il ne leur arrive rien !

— Comment… ?

— Débrouillez-vous !

Le commandant prit ce qu'il lui fallait et s'éloigna. Il jeta un œil vers l'entrée du canyon, vers le rempart érigé par les Égyptiens de l'Antiquité. Il eut envie de contacter Seichan par radio, mais leurs adversaires risquaient d'espionner la conversation.

Alors, il l'exhorta en silence.

Surveille tes arrières.

* * *

23 h 09

Du haut du mur, Seichan vit la lampe de Gray s'éteindre.

Elle espéra qu'il allait bien, tout en se maudissant de ne pas avoir repéré le danger plus tôt. Depuis deux heures, elle montait la garde en haut du rempart, où elle jouissait d'une vue stratégique imprenable sur la vallée, d'un côté, et la route d'accès, de l'autre. Elle s'était concentrée en particulier sur la fissure sombre qui, entre les falaises, était l'unique porte de sortie de son équipe.

Elle n'avait donc remarqué que trop tard les silhouettes qui tombaient du ciel. En fait, elle n'avait été alertée que par le ronflement discret d'un moteur d'avion, quand le concert assourdissant de barrissements s'était enfin tu. Au comble de la paranoïa, elle avait fouillé le ciel et vu de petites taches foncer vers le ravin.

Elle avait tiré un coup de feu d'avertissement en direction de Gray, tout en le prévenant par radio.

C'était tout ce qu'elle pouvait faire pour les aider.

À présent qu'elle avait donné l'alarme, elle se rua vers la rampe d'accès. Elle fut tentée de prendre le chemin de droite, histoire d'ajouter sa puissance de feu au combat qui s'annonçait dans la vallée, puis elle revit mentalement un visage blafard souillé d'un soleil noir.

C'est ce que tu veux que je fasse, hein ?

Le but de l'assaut aérien était sans doute de focaliser l'attention générale sur le canyon. Elle avait compté cinq parachutes, mais elle savait qu'une autre menace rôdait quelque part. Au Soudan, la pâle meurtrière avait envoyé ses hommes sous terre, tout en dressant dehors une embuscade, qui avait bloqué toutes les sorties.

Et son plan avait presque fonctionné.

Seichan se rappela l'ardent soleil du désert quand, piégée sur un versant de dune, elle avait regardé l'adversaire braquer son fusil et qu'elle avait imaginé le sourire carnassier dissimulé sous le foulard.

Une fois sur la rampe, elle tourna donc à gauche et s'engouffra à l'intérieur de la brèche.

Pas cette fois, salope.

* * *

23 h 11

Valya choisit un endroit tapi au fond des bois, tout près de la forêt inondée.

Cela fera l'affaire.

Dix minutes plus tôt, elle avait atterri devant les falaises, au moment où un coup de feu éclatait au loin, dans les canyons. Elle ne se précipita pas pour autant et replia tranquillement son parachute.

Lors de sa descente, elle avait été accompagnée par l'ASP Raven, qui avait tourné à bonne distance autour d'elle. Grâce à ses optiques infrarouges, elle avait alors sondé la crevasse et la forêt alentour, à l'affût du moindre danger.

Elle ne voulait plus de mauvaises surprises.

Une fois posée sans encombre au sol, elle rejoignit son poste d'observation, qui lui offrait une vue dégagée sur l'entrée du ravin. Un amas de rochers y constituait la cachette idéale du sniper. Après avoir étalé une couverture gris foncé juste derrière, elle s'allongea à plat ventre et posa son pistolet-mitrailleur MP7A1 Heckler & Koch sur son trépied. Équipé d'un viseur de nuit et d'un silencieux, il serait quasi impossible à repérer.

Elle aligna trois rallonges de chargeur près d'elle, mais conserva la dernière coincée à la ceinture, au cas où elle serait obligée de se sauver en vitesse.

Enfin, elle posa le récepteur portable près de son bras, dissimulé derrière un gros caillou. Du coin de l'œil, elle pouvait ainsi continuer d'espionner le site depuis le ciel.

Satisfaite, elle se mit en position de tir et attendit. L'écho de coups de feu résonna jusqu'à elle. Elle ignorait ce qui se passait, car elle avait exigé de l'équipe de Kruger un parfait silence radio jusqu'à ce que le canyon soit sécurisé.

En revanche, il y avait une chose dont elle était certaine.

Elle va venir me chercher.

* * *

23 h 13

Alors que les balles ricochaient autour de lui, Gray plongea à l'intérieur de la goulotte qui menait au cimetière. À la première aspérité, il prit un virage serré et, une fois hors de vue, il éteignit le casque qu'il portait au creux de son coude. Il fit pareil avec celui qu'il avait sur la tête, puis avec le dernier, pendu à son autre bras.

Il avait emprunté les deux casques supplémentaires à Jane et à Derek.

Mon astuce semble avoir fonctionné… mais à quel point ?

Après que Kowalski avait emmené les autres loin du rempart, le rusé commandant s'était élancé à l'opposé, dans l'espoir de pousser l'ennemi à le suivre – du moins, assez longtemps pour que ses camarades se mettent à couvert. En guise d'appât, il avait allumé les lampes des casques. Convaincu que les cinq membres du groupe d'assaut portaient des lunettes infrarouges, il savait que les trois ampoules ressembleraient à des torches enflammées dans l'obscurité du canyon. Avec un peu de chance, leur éclat éblouissant masquerait le fait que l'Américain était seul. Les adversaires devaient continuer de croire qu'il avait son équipe à ses côtés et, par conséquent, lancer la majorité des effectifs à ses trousses.

Il galopa jusqu'au cimetière en bondissant presque d'une paroi à l'autre afin de conserver son avance sur l'inconnu qui lui tirait dessus au jugé. Enfin, il resurgit dans le petit canyon, où ses bottes crissèrent sur le tapis d'ossements broyés.

Il ralluma les trois casques et les jeta à la ronde, le temps de traverser les lieux. Seule la reine était encore là, visiblement troublée par les rafales de tirs, mais pas affolée au point de poser son vieux regard intrigué sur l'étrange chorégraphie de Gray.

Soucieux qu'il ne lui arrive rien – *ceci n'est pas votre combat* –, il agita les bras afin de la repousser au fond du canyon.

— Allez ! Par là ! Vite !

La matriarche le prit comme un affront et leva sa trompe, écœurée par tant d'impolitesse. En même temps, elle fit lentement demi-tour et se retira d'un pas lourd.

Bien.

Gray lorgna les trois lampes éparpillées, censées brouiller les pistes et obliger l'adversaire à disperser son attention. Satisfait, il courut vers un tas de branchages qui recouvrait des os en décomposition et se réfugia dessous, face à l'entrée de la caverne, son Sig Sauer au poing.

Il ne fallut pas longtemps.

Une ombre s'approcha d'un pas prudent, balaya vite le site du regard et disparut. L'intrus ne s'était exposé qu'une petite seconde. De nouveau à l'abri, il élaborait sans doute une stratégie en fonction des informations qu'il venait de glaner.

Ce mec est doué.

Gray tendit l'oreille et prit conscience d'un détail au sujet de son ennemi.

L'homme était venu seul.

Le fait qu'il se soit bien gardé d'emmener du monde laissait entendre qu'il devait être le chef de bande, probablement celui qui les avait pourchassés dans le tombeau au Soudan. Auquel cas, le salopard voudrait se venger.

Les mâchoires crispées, Gray s'inquiéta pour ses amis.

* * *

23 h 18

Derek était accroupi au fond de la grotte.

Après avoir quitté Gray, le groupe avait détalé vers le mur de protection. La meilleure cachette était aussi la plus dangereuse. L'étang toxique était redevenu noir. En revanche, l'antre qui en accueillait la moitié restait éclairé par la colonie de lucioles installée dans la végétation du plafond. Derek avait espéré que leur bioluminescence tremblotante neutraliserait l'avantage de vision nocturne de l'ennemi. En effet, avec du matériel aussi sensible, une dose même limitée de lumière devenait aveuglante.

Les aventuriers avaient longé prudemment les berges de l'étang pour rejoindre le fond de la caverne. Là, ils avaient trouvé une cavité trapue qui permettait de cacher l'ensemble du groupe, sauf ce colosse de Kowalski. Aucun problème pour l'Américain, qui leur avait dit de rester à l'abri, pendant qu'il s'occupait des assaillants. Il les avait donc laissés là, avec un sourire déconcertant et une dernière phrase.

J'ai un plan.

Derrière Derek, Jane et Noé protégeaient, eux, Roho.

Tout le monde retint son souffle quand une silhouette passa à l'autre bout de l'étang, le dos voûté, arme au poing. Derek se plaqua contre le fond de la grotte en priant le ciel pour que le chasseur continue son chemin. Hélas, l'homme s'arrêta et parut les fixer, les yeux globuleux à cause de ses lunettes infrarouges.

Derek tressaillit, soudain inquiet de son choix de cachette.

Continuez…

Il regarda par-derrière dans l'espoir que Kowalski vole déjà à leur secours. Au lieu de quoi, un coup de feu tonitruant retentit, suivi d'un hurlement étranglé. Le bruit venait du milieu du ravin, où l'agent Sigma devait avoir abattu un adversaire. Hélas, cela signifiait aussi qu'il était trop loin pour leur venir en aide.

L'attaque sembla néanmoins aboutir au même résultat.

Leur ennemi avait plongé au sol, son arme braquée vers l'origine du tapage. Il s'accroupit et partit dans la même direction.

Ouf...

Malheureusement, un autre réagit à la déflagration.

Roho laissa échapper un gémissement nerveux.

Noé le réprimanda à voix basse, tenta de l'apaiser par des caresses, mais le mal était fait.

Le chasseur pivota sur ses talons, la tête penchée, toujours hésitant. La jungle qui s'étendait au-dessus du ravin l'appelait, que ce soit par les hurlements des singes ou, de temps à autre, par le cri d'un prédateur nocturne, le tout dans un brouhaha dû à l'acoustique des parois à pic.

Manque de chance, il bifurqua sur le côté et, déterminé à mener l'enquête, il se dirigea vers le tablier rocheux qui servait de berge à l'étang.

Derek lorgna par-dessus son épaule. La seule arme dont ils disposaient était la machette de Noé. Parti au front, Kowalski avait eu besoin de son fusil. Quant à leur guide, il avait oublié le sien sur l'île où ils avaient sauvé l'éléphanteau. Pris dans l'excitation et l'émerveillement que la forêt peinte lui avait inspirés, il l'avait laissé adossé à un arbre.

Derek contempla Roho, mais son maître leur avait déjà expliqué que le lionceau était trop jeune, trop inexpérimenté et qu'il découvrait à peine les rudiments de la chasse. Le guide refusait aussi probablement que son ami devienne un tueur d'hommes. D'ailleurs, à voir le fauve trembler comme une feuille, il avait raison de penser que Roho était un sentimental plus qu'un combattant.

Résigné, Derek avança d'un pas.

À moi de jouer.

Noé brandissait toujours sa machette, mais uniquement en renfort, comme une seconde ligne de défense autour de Jane.

Le tireur avait rejoint l'étang et entrepris d'en faire le tour. D'un brusque revers de la main, il chassa quelques lucioles dérangées par son arrivée. Vu sa réaction excessive, la bioluminescence des insectes avait dû être particulièrement éblouissante. Il garda néanmoins ses lunettes de vision nocturne, preuve de son respect envers le matériel technologique militaire.

En chemin, il scrutait à la fois le ravin et l'intérieur de la caverne.

Alors qu'il n'était plus qu'à quelques pas, il tourna la tête vers le canyon. Derek en profita pour jaillir, mais le raclement d'un talon de botte ramena aussitôt l'attention de l'autre vers lui.

Tant pis, il était lancé.

Les mains tendues vers la gorge de son adversaire, il le heurta de côté. Une bonne empoignade, et les deux hommes basculèrent dans l'étang. Même si cela ne faisait pas partie du plan de Derek, il avait su que le risque était là.

Et, pour Jane, il était prêt à le prendre.

Il remonta à la surface en crachotant, se hissa sur la berge et hurla :

— Maintenant !

Jane brandit la télécommande au moment où le chasseur levait son fusil. Elle le prit de vitesse et pressa le bouton. Réglé sur la puissance maximale, le collier électrique que Derek avait fixé au cou de leur adversaire produisit des gerbes d'étincelles. Toutefois, l'effet fut encore plus spectaculaire que prévu. Au lieu de juste paralyser leur cible, la décharge enflamma son corps dégoulinant – et aussi l'étang – comme si, d'un seul coup, les microbes avaient déchargé l'énergie qu'ils retenaient jusque-là prisonnière.

L'homme hurla et se tordit de douleur, le dos cambré.

Quand il finit par s'effondrer, l'électricité continua de danser à la surface de l'eau. Derek recula avec prudence.

— Hum ! Jane, je crois que tu peux arrêter d'appuyer.

— Ah, oui.

Elle laissa retomber sa main et s'avança vers lui.

Il s'écarta, conscient de ce qui imbibait ses vêtements.

— Non...

Sourde au danger, elle l'enlaça tendrement.

— Trop tard. Nous sommes dans la même galère.

Apeuré, il resta les bras écartés, puis il comprit qu'elle avait raison et il la serra à son tour, persuadé que cela valait la peine d'en mourir.

Même si ce n'est pas ce que je veux. Surtout maintenant.

* * *

23 h 24

Tandis que Jane étreignait Derek, l'écho d'une fusillade émana du canyon et les ramena à la réalité. Ils se dévisagèrent en silence. Soudain, les éléphants émirent une plainte belliqueuse.

Que se passe-t-il ?

Derek décida qu'ils devaient quitter la grotte.

— Nous ne pouvons pas rester ici.

Jane acquiesça. En raison du spectacle pyrotechnique et des hurlements, leur cachette était compromise.

À la sortie de l'étang, Derek les guida le long du rempart et tâcha de rester le plus à l'ombre possible de la canopée. Le canyon était plongé dans l'obscurité, toutefois l'éclat de la lune et des étoiles leur révéla un drôle de tableau.

Un grand nombre d'éléphants – peut-être une vingtaine – étaient massés là et ils se dirigeaient vers l'ouverture du ravin condamnée par un mur.

Jane plissa les paupières.

— Qu'est-ce qu'ils… ?

Soudain, une salve de coups de feu retentit. Les puissants scintillements bleutés des cristaux piézo-électriques éclataient comme des feux d'artifice à chaque déflagration. Kowalski tirait, mais pas sur l'ennemi. Il se tenait derrière les animaux, à leur mitrailler le postérieur pour les obliger à avancer. En même temps, il déversait des chapelets de jurons qui, d'ordinaire, auraient fait rougir Jane, mais qui, là, l'impressionnèrent par leur incroyable variété et leur créativité.

Elle se rappela sa dernière phrase.

J'ai un plan.

Finalement, il se réalisa. Pressés de fuir leur tortionnaire, déroutés par les lumières aveuglantes et par les coups de fouet cuisants qu'ils recevaient sur l'arrière-train, les pachydermes s'engouffrèrent dans le canyon. Leurs corps qui s'entrechoquaient ajoutèrent à la confusion… jusqu'à ce que le point de bascule soit atteint. Le piétinement s'accéléra, les barrissements s'intensifièrent et, bientôt, ce fut la ruée.

La cible était claire.

Des tirs éclatèrent à la fois au sommet et au pied de la rampe, révélant la présence de deux assaillants. L'explosion d'une grenade créa un geyser de terre. Par chance, les adversaires avaient mal visé, affolés par le mur de défenses, de pieds impatients et de trompes bruyantes qui leur fonçait dessus.

L'homme en bas fit volte-face et s'élança à l'assaut de la rampe, mais, trahi par le sable glissant, il redégringola et disparut sous la masse du troupeau. Quelques instants plus tard, un cri étouffé émana de l'autre côté – l'écho d'un hurlement qui dévalait le canyon au moment où le second tireur fut piétiné dans l'étroit précipice.

Les derniers éléphants affolés gravirent la rampe et s'enfuirent par la brèche, sans doute impatients de trouver refuge au cœur de la forêt inondée.

De nouveaux coups de feu attirèrent l'attention du groupe vers l'autre extrémité du canyon.

À l'évidence, la bataille n'était pas terminée.

* * *

23 h 32

Je ne vais pas me laisser avoir.

Gray était toujours embusqué dans son terrier de branches et d'os. Son assaillant refit un tour et tira à l'aveuglette à l'intérieur du cimetière. Ses balles crépitèrent en direction d'un casque luisant et s'enfoncèrent dans le mont de carcasses brisées. Il voulait inciter l'agent Sigma à réagir, à lui révéler où il se cachait.

Sa stratégie était sans doute née des échos d'affrontement qui résonnaient jusqu'à eux : hurlements, coups de feu, déflagrations de fusil de chasse, le tout au milieu des cris tonitruants des éléphants du canyon.

Gray sentit la présence lourde de la vieille matriarche qui, au fond de son ravin, hantait le taillis de grands pruniers. Il culpabilisa à l'idée du carnage que son arrivée avait provoqué auprès des créatures timides et paisibles qui leur avaient ouvert les portes de leur intimité.

Regardez un peu comment nous les remercions de leur générosité.

Comme s'il avait deviné l'objet de son inquiétude, l'assaillant baissa le canon de son arme et tira en direction des arbres. Un bêlement strident de douleur résonna de là-bas.

Salaud…

Gray sc redressa un peu pour vérifier si elle allait bien.

Il n'en fallut pas davantage pour qu'une branche glisse de la pile et cliquette jusqu'au sol.

Aussitôt, il jaillit hors du trou, convaincu que son adversaire, finaud, réagirait au quart de tour. Il se plaqua sur le côté et s'écarta d'une roulade. Une grenade atterrit au milieu du cimetière et explosa dans une gerbe d'os cassés et de brindilles en feu. La puissance du choc projeta le commandant plus loin et l'arrosa de débris pointus qui lui piquèrent la peau.

Les bras tendus devant lui, il se cramponna des deux mains à son Sig Sauer. Ses tirs de riposte lui valurent un juron cinglant de l'autre au moment où il se remettait à l'abri.

L'agresseur finit par mitrailler vers lui au hasard, espérant probablement avoir la chance de viser dans le mille.

Il faillit réussir, quand une balle rasa l'oreille de Gray.

À son tour, l'Américain se défendit contre l'arme alors exposée au grand jour, mais il n'eut pas davantage de succès.

Je ne tiendrai plus très longtemps.

Derrière lui, il entendit un mélange de soupirs, de mouvements lourds et de pas sur les cailloux. Des branches craquèrent. Il se risqua à jeter un œil et vit la matriarche émerger du taillis. La peau blanche de son poitrail était tachée d'un long filet de sang. Ses yeux presque aveugles posèrent sur Gray un regard à la fois triste et déterminé. Elle se planta devant lui et se laissa tomber à genoux, puis sur le ventre.

De sa trompe, elle lui souffla sur la pommette, puis elle posa sa propre joue à terre et l'observa avec attention. Ses douces narines l'effleurèrent.

Même à l'agonie, elle tente de me protéger.

Dès qu'il discerna un bruit discret de bottes, il se releva et accepta le cadeau du mastodonte. Il visa par-dessus son dos large au moment où le tireur se montrait, manifestement exaspéré par l'intrusion. Gray fut le premier à presser la détente, obligeant l'autre à reculer d'un pas, mais aucune goutte de sang ne gicla.

Ce n'était pas l'objectif du commandant.

Concentre-toi juste sur moi.

Vœu exaucé par l'assaillant, qui ajusta son lance-roquettes.

Derrière ses épaules, une ombre gigantesque sortit de la brèche. Toujours aussi silencieux, l'éléphant mâle avait continué de monter la garde. Avec une lenteur presque irréelle, il enfonça une de ses défenses dans le dos du chasseur et le souleva de terre.

Du sang coula, et le fusil tomba au sol.

Finalement, l'animal rejeta la tête en arrière et renvoya le corps désarticulé au fond du ravin, de sorte que son cadavre ne souille pas leur territoire sacré.

Gray s'agenouilla et posa la paume de sa main sur la joue sèche de la matriarche.

— Je suis si désolé.

Elle leva sa trompe et lui frotta l'avant-bras, comme pour convenir de sa peine, puis elle lui attrapa le poignet et l'incita gentiment à partir. Sa défense couverte de sang, le mâle vint le remplacer en le toisant d'un regard beaucoup moins indulgent.

Gray accepta son jugement et s'éloigna.

Au moment de quitter le cimetière, il se retourna une dernière fois. Tête baissée, le pachyderme avait enroulé sa trompe autour de celle de la matriarche mourante. Gray reprit sa route, conscient qu'il ne méritait pas d'assister à une telle scène.

Il galopa le long de la fissure, à la fois soulagé et honteux. À présent, c'étaient les autres qui avaient besoin de lui.

* * *

23 h 39

Seichan était accroupie à quarante mètres du bout de la crevasse, qui courait sur près de deux kilomètres entre les falaises. Tout au long de son trajet mené à pas comptés, elle avait entendu l'écho d'une fusillade derrière elle, au niveau du canyon. Elle chassa néanmoins ses craintes, consciente qu'elles la desservaient plus qu'autre chose. Il valait mieux qu'elle fasse confiance à Gray – et même à Kowalski – pour survivre et assurer la protection des civils.

Cette nuit-là, elle avait sa propre mission à accomplir.

À présent qu'elle avait la sortie en ligne de mire, elle ne bougea plus. Ses oreilles étaient à l'affût de tous les bruits qui ne seraient pas caractéristiques de la forêt, ses prunelles en quête de la moindre ombre suspecte.

L'endroit avait beau paraître sûr et tranquille, elle n'était pas dupe.

Tu es là quelque part.

Voilà ce que lui hurlait son système nerveux.

Dorénavant, Seichan avait le choix entre deux stratégies très différentes, définies par deux mots que ses instructeurs de la Guilde lui avaient martelés durant sa formation de meurtrière.

L'ombre ou *le feu*.

Elle pouvait agir à la dérobée, en restant dans *l'ombre*, escalader les falaises et se laisser retomber en douce à l'extérieur. Ou elle pouvait choisir *le feu* de l'action, opter pour une bonne dose d'adrénaline et jaillir à découvert sous un déluge de tirs.

Au lieu de quoi, elle décida d'attendre, car il existait une troisième voie, que l'organisation rigide de la Guilde ne lui avait pas enseignée. Un mode opératoire qu'elle avait appris de Gray, mélange d'improvisation et d'intuition – même si, cette nuit-là, c'était peut-être Kowalski son véritable mentor.

Elle les entendit bien avant qu'ils n'arrivent, tel un discret roulement de tonnerre, et refusa de bouger immédiatement, de peur que le rôdeur des bois ne devine ses intentions. Dès qu'elle sentit le sol vibrer sous ses pieds, elle escalada quelques mètres de roche.

Bientôt, les premiers éléphants affolés se ruèrent dans la crevasse, si proches qu'elle pouvait leur effleurer le dos du bout des doigts. Son choix se porta sur une grande femelle. Au moment où l'animal passait sous elle, elle bondit, lui saisit la queue des deux mains et enroula ses bottes à l'arrière des énormes cuisses.

Prise de court par l'arrivée impromptue d'une passagère clandestine, la femelle redoubla d'efforts pour échapper à ce qui s'était accroché à elle. De son côté, Seichan tint bon pendant les quelques secondes que devait durer son drôle de trajet. Un autre éléphant n'hésita pas à frapper l'intruse et faillit la déloger de son perchoir. Elle se plaqua alors de toutes ses forces sur sa monture, ses bottes claquant contre l'arrière-train de la bête. Autour d'elle, le monde se brouilla.

D'un coup, la falaise disparut.

Seichan attendit que le troupeau se soit engouffré dans la forêt, puis elle sauta à terre et roula sur le tapis de feuilles. Aussitôt debout, elle courut, les épaules voûtées, se cacher derrière le tronc d'un arbre gigantesque.

Un genou à terre, elle scruta le passage retentissant du troupeau afin de voir s'il allait forcer quelque chose ou quelqu'un à se dévoiler au grand jour.

Loin à droite, un gros mâle donna un coup de hanche dans un amas de rochers. Au moment où la pile s'écroula, une ombre s'échappa de son abri.

Te voilà.

Un sombre éclat métallique luisit sur la silhouette en fuite.

Elle était armée.

Je n'en attendais pas moins.

Seichan se lança aux trousses de sa proie.

Non sans avoir enfin pris une option stratégique.

Le feu.

* * *

23 h 43

Valya emprunta un discret chemin escarpé à travers la forêt.

Les éléphants en débâcle l'avaient entraînée à l'écart des falaises. Bientôt, de l'eau clapota sous ses bottes, d'abord en petites flaques, puis sous la forme d'un vaste lac qui s'étalait à perte de vue. Finalement, les formes sombres des bêtes déchaînées s'éparpillèrent et leur affolement sembla se dissiper.

La Russe, elle, ne ralentit pas, car elle avait besoin de temps pour reprendre ses esprits.

Elle vérifia son arme. À part un viseur de nuit cassé, son pistolet était en état de marche. En revanche, elle avait dû abandonner la télécommande de son ASP Raven.

Avant le chaos, une fois son guet-apens tendu, elle avait remarqué du mouvement au fond de la crevasse, une tache de chaleur corporelle repérée par les capteurs du drone.

Il y avait bien quelqu'un.

Il était impossible de l'identifier, mais, compte tenu de ses manœuvres furtives à l'écran, Valya avait su de qui il s'agissait.

Elle avait attendu que Seichan prenne sa décision.

L'ombre ou le feu.

Soudain, grâce aux optiques infrarouges de son Raven, elle avait vu un déluge de chaleur corporelle se précipiter à l'intérieur de la brèche étroite et balayer l'infime lueur. Interloquée, elle avait réagi trop tard. Les éléphants en furie avaient débarqué droit sur elle, lui laissant à peine le temps de s'enfuir.

Qu'était-il donc advenu de Seichan ?

S'était-elle fait piétiner ?

Valya connaissait la réponse.

Non.

La balle à fragmentation qui s'enfonça dans la trompe près de sa tête le confirma.

La Russe se baissa. D'une roulade, elle plaça la trompe entre son ennemie et elle, puis elle riposta selon l'angle d'attaque, tout en supposant que l'autre s'était déjà remise en route.

C'était le moment de faire pareil.

Au pas de course, la nuque courbée, elle se fraya un chemin dans la masse compacte de la forêt. À en juger par l'unique détonation, Seichan était armée d'un pistolet. Valya épaula sa mitraillette et sentit le chargeur supplémentaire de quarante cartouches toujours coincé sous sa ceinture.

Au jeu du *feu*, elle avait la ferme intention de gagner.

Il lui fallait juste un abri.

Qu'elle trouva.

Elle plongea sous un fourré, où les gros troncs d'arbres lui permirent d'avancer d'un point à l'autre sans se faire repérer. Totalement hors de vue, elle s'accroupit.

Une déflagration retentit et Valya sentit, dans l'omoplate, comme un coup de poing qui la fit tournoyer sur elle-même.

Elle ferma son esprit à la douleur et se faufila jusqu'à un autre antre, un peu plus loin entre les arbres.

Nouvelle détonation.

Là, elle eut l'oreille en feu.

Affolée, elle fit volte-face.

Comment ?

En entendant bourdonner un drone, elle se rendit compte qu'elle avait choisi la mauvaise stratégie. Ce n'était pas *le feu*. C'était *l'ombre* – tout en ruse et en discrétion. Seichan avait dû fouiller le premier endroit où son adversaire avait trouvé refuge, ramasser la télécommande de l'ASP et prendre les commandes.

Une voix lança :

— À mon tour de m'amuser avec les gadgets, non ?

Valya poussa un juron.

Donc *l'ombre*… et aussi *le feu*.

Elle contacta le pilote par radio :

— Larguez les missiles Hellfire. Cible : les deux canyons. Maintenant.

* * *

23 h 48

Hellfire…

Seichan savait que l'albinos avait fait exprès de parler tout haut, mais fallait-il la croire au sujet des missiles ?

Au Soudan, alors qu'elle ignorait s'ils étaient suivis, la meilleure tactique avait été d'imaginer qu'ils l'étaient.

Les choses n'avaient pas changé.

« Continue de me pourchasser ou va aider tes amis », ironisait en substance son adversaire.

Seichan n'en tint pas compte, car elle avait déjà pris sa décision. Elle revint au galop vers les falaises, consciente de devoir faire son maximum pour prêter main-forte aux autres.

Elle adressa néanmoins une promesse silencieuse à la grande pâlichonne.

Nous nous reverrons.

* * *

23 h 50

— Allez, allez, allez ! mugit Gray, qui s'efforçait d'évacuer le canyon en faisant enjamber le mur à ses camarades afin qu'ils trouvent refuge dans l'obscurité de la fissure.

Affolée, hors d'haleine, Seichan l'avait prévenu par radio deux minutes plus tôt.

— Sortez vite de là !

La consigne avait été donnée au moment où il reprenait ses esprits avec les autres, au fond du canyon principal. Lampe allumée sur le front, tout le monde s'employait désormais à inciter le reste du troupeau à prendre la même voie. Seichan tentait de les aider grâce à un drone qu'elle pilotait au-dessus de la vallée, à la fois pour confirmer la menace et pour asticoter le gros oiseau avec le sien, plus petit.

Toujours par radio, elle lui annonça à l'oreille :

— Le Cessna approche de votre position. Les Hellfire sont chauds bouillants.

— Il faut que tu nous fasses gagner du temps.

— J'y travaille.

Kowalski tira un coup de fusil en l'air afin d'aiguillonner les derniers retardataires du bon côté.

— Remuez-moi vos culs tout fripés !

Plus adepte de la méthode douce, Noé caressait et encourageait deux vieux éléphants à les suivre, tout en laissant Roho leur faire sa meilleure imitation du chien de berger.

Devant, Derek et Jane agitaient des frondes de fougère pour obliger les pachydermes à emprunter la rampe.

Par chance, la première ruée avait mis en fuite une bonne partie du troupeau. Il ne restait qu'un petit noyau d'irréductibles.

Gray scruta le canyon. Depuis dix minutes, le grand mâle avait resurgi du ravin et il montait la garde au fond, signe que la matriarche avait succombé à ses blessures. Une poignée d'adultes encore présents dans le canyon avaient partagé leur chagrin en entremêlant leurs trompes.

À présent, le mâle ne voulait plus bouger.

Soudain, du haut du rempart, Jane lança :

— Un éléphanteau ! Là, sur l'herbe !

Tout le monde se retourna, mais, d'en bas, on ne voyait rien.

Kowalski se précipita.

— Où ça ?

L'archéologue lui hurla ses directives.

Puis Seichan revint à l'oreille de Gray, la gorge nouée de panique :

— Le drone est abîmé ! Le Cessna est presque sur vous !

Le commandant leva les yeux au ciel et perçut un faible vrombissement de moteur.

Mauvais signe.

Les mains en porte-voix, il s'époumona :

— Kowalski, revenez ! (Puis il héla les autres.) Tout le monde par-dessus le mur ! Courez le plus loin possible !

— J'aperçois le môme ! cria le colosse.

Lancé au triple galop, il plongea dans l'herbe, disparut un instant, puis refit surface, l'éléphanteau entre les bras. La pauvre bête, qui poussait des gémissements plaintifs, devait avoisiner les cent kilos. Pourtant, il le portait en courant.

Il n'y arrivera jamais.

La confirmation balaya le ciel étoilé. Un petit avion vira sur l'aile, prêt à larguer ses bombes au-dessus des canyons.

Soudain, on entendit un grondement de tonnerre.

Du fond du canyon, le mâle arrivait en chargeant. Qu'il ait été alarmé par les barrissements apeurés de l'éléphanteau ou qu'il ait eu une prise de conscience altruiste des difficultés rencontrées par Kowalski, il lui prit le bébé des bras et continua sa course en direction du mur.

Délesté de son fardeau, l'Américain baissa la tête et cavala de plus belle.

Derrière lui, le Cessna plongea sur le petit canyon. Une gerbe de feu jaillit de sous son aile. Le missile hurla, puis le sol fut ébranlé par une déflagration assourdissante. Un panache de flammes et de fumée s'éleva quelques secondes en spirale, avant de retomber sous la forme d'un linceul sombre.

Le mâle franchit enfin la vieille digue.

Kowalski lui emboîta le pas, accompagné de Gray. Les deux hommes s'écartèrent du mur au moment où le monde explosait de nouveau derrière eux. L'onde de choc envahit le précipice et les projeta à terre, où ils faillirent se faire piétiner par l'énorme pachyderme.

Kowalski resta allongé un instant sur le dos.

— Rappelez-moi de vous écouter la prochaine fois.

Gray se releva en gémissant. Les autres les rejoignirent et, ensemble, ils boitillèrent vers le rempart, qu'ils gravirent jusqu'au sommet.

À gauche, un énorme fracas émana de la jungle. Juste après, un nuage de fumée noire et visqueuse monta vers les étoiles.

— Gray ? chuchota Seichan à son oreille.

— Je vais bien.

— Parfait. Je voulais juste te dire que j'ai réparé le drone.

Il contempla la colonne de fumée, conscient que sa compagne venait d'abattre le Cessna.

— Mieux vaut tard que jamais, j'imagine.

Jane et Derek arrivèrent, affligés par le spectacle de désolation. La moitié de la vallée n'était plus qu'un amas de gravats et de fumée. Sous leurs yeux, un nouveau pan du mur de droite s'écroula, ensevelissant encore davantage l'ancienne grotte.

— Tout a disparu, se lamenta Jane. Nous ne trouverons jamais le remède.

— On s'en fiche, marmonna Gray.

Derek le fusilla du regard.

— Non, on ne s'en fiche pas ! Moi, j'ai piqué une tête dans cet étang !

— Je voulais juste dire que l'antidote n'avait jamais été là. Du moins, pour nous.

Ni l'un ni l'autre ne semblèrent se réjouir de la nouvelle.

Gray tâcha de les rassurer.

— Je sais où trouver le remède.

— Quoi ? haleta Jane. Où ?

Il pivota sur ses talons et se remit en route.

— Pile à l'endroit où nous avons commencé.

CHAPITRE 28

18 juin, 10 h 23
Mill Hill, Royaume-Uni

Quinze jours plus tard, Gray regardait par la fenêtre qui surplombait un petit bloc opératoire du Francis Crick Institute, dans la banlieue de Londres. Il contemplait la silhouette drapée sur la table de la pièce sécurisée et hermétique.

Nous vous devons tous une fière chandelle.

Libéré par les autorités médicales après une longue série d'analyses, Gray avait prévu de rentrer aux États-Unis le lendemain. Seichan et Kowalski, eux aussi blanchis par les tests, prendraient le même vol, mais ni l'un ni l'autre n'avaient eu envie de le rejoindre au laboratoire. Comme Kowalski l'avait dit : « Moi, j'en ai soupé des momies. »

Gray esquissa un sourire. Sans doute le colosse ne s'était-il pas rendu compte à quel point il avait utilisé les mots justes. Il se remémora les visages de défunts gravés dans l'estomac en pierre de la déesse ensevelie.

Leur macabre découverte avait été un des indices les plus évidents. Il se rappelait même s'être dit : *Tout ici est une leçon.*

Et cela n'avait pas été la seule du voyage.

Il revit la vieille matriarche prendre Jane par la main et partager son savoir, telle une institutrice avec un enfant.

En vérité, il n'y avait eu aucun remède à trouver au cœur des canyons.

Seulement une autre leçon à tirer.

Ce qu'on avait montré à Jane – ce qu'on leur avait enseigné à tous – était la *recette* de l'antidote, pas le médicament lui-même.

La porte s'ouvrit derrière lui et le visage familier de deux combattants de l'épidémie apparut, histoire de rendre à l'homme devant eux un dernier hommage.

Radieux, Monk le serra fort dans ses bras, tandis que le Dr Ileara se contentait d'une chaleureuse poignée de main.

Les traits tirés, Monk jeta un œil dans la salle d'à côté.

— J'ai l'impression que nous avons bouclé la boucle, toi et moi. D'une momie à l'autre.

Absolument.

Dans une aile voisine du même complexe médical, le corps embaumé du professeur McCabe avait été détruit par un incendie criminel. Gray se souvint de ce jour-là où, sur le trottoir, on lui avait parlé pour la première fois de l'étrange maladie microbienne.

Boucler la boucle, en effet.

Sauf que, là, sur la table, il ne s'agissait pas du professeur McCabe.

Ileara observa d'un air triste la silhouette sous son drap.

— Son travail est terminé, annonça-t-elle. Il est prévu qu'il soit réinhumé à l'abbaye de Westminster demain matin.

Monk tenta – vainement – de prendre l'accent britannique :

— Docteur Livingstone, je présume.

Gray haussa les sourcils.

— *J'exhume*, tu veux dire.

— Pas mal ! Je m'en resservirai à la prochaine réunion.

— Je t'en prie.

Peu de temps après leur retour du Rwanda, la dépouille de David Livingstone avait été sortie de sa sépulture de Westminster, où elle avait reposé en paix pendant plus d'un siècle. On lui avait prélevé tant d'échantillons de tissu que Gray s'étonnait qu'il y ait encore quelque chose sous le drap.

L'essentiel était toutefois dissimulé dans son crâne.

Le remède.

Monk resta perplexe face au mystère devant lui.

— J'ai entendu des bribes par-ci par-là, mais jamais l'histoire en entier.

— Par où veux-tu que je commence ? demanda son ami.

— Pourquoi pas par Moïse ?

Gray sourit et soupira.

— Si tu as vraiment envie de comprendre, il faudrait remonter encore plus loin. À l'époque où une troupe assoiffée d'éléphants a découvert une étrange source d'eau, toxique pour la majorité des êtres vivants.

Il se rappela l'admiration de Noé pour les majestueux pachydermes.

— Grands découvreurs d'énigmes dans l'âme, ils ont élaboré une méthode pour la boire sans crainte. *Comment* ils s'y sont adaptés, nous ne le découvrirons peut-être jamais, mais, selon moi, le respect qu'ils témoignaient aux ossements de leurs ancêtres n'y est pas étranger.

Ileara hocha la tête.

— La nature fourmille d'exemples de ces drôles de relations biologiques. Parfois, on ignore comment elles se sont véritablement établies et on range l'explication dans la catégorie : *La vie trouve toujours un moyen.*

Gray se frotta le menton.

— En tout cas, les éléphants ont fini par *trouver* une technique. Ils ont appris à stocker les dépouilles de leurs congénères sous des branches de prunier Mobola, afin que les tanins de l'écorce déclenchent une réaction chimique sur le cadavre et transforment l'élément toxique en antidote.

— Nous l'avons confirmé en laboratoire, renchérit Ileara. Après le décès, le microbe passe à l'état latent, car il n'est plus alimenté en électricité par un cerveau vivant. Ce n'est *qu'à ce moment-là* qu'il devient sensible aux tanins de l'écorce. Pour faire simple, une molécule chimique désactive une poignée de gènes, rendant le microbe inoffensif. Mieux encore, si ce dernier croise son cousin toxique dans un tissu vivant, il le neutralise aussi.

— Le remède, conclut Gray.

Monk se gratta la tête et enchaîna :

— La solution est donc de laisser un corps infecté se momifier sous l'effet de ces tanins spécifiques, puis d'attendre un an ou deux et de recueillir la bonne version transformée.

Gray revit l'éléphante en train de broyer le crâne imbibé de tanins d'un ancêtre. Elle apprenait ensuite à son petit à le mâchonner afin d'en extraire le principe curatif.

— Attention, la méthode est propre à l'espèce. Voilà pourquoi, en ce qui *nous* concerne, les ossements d'éléphants ne servent à rien. Nous devons préparer l'antidote en nous tournant vers nous-mêmes. Des os d'éléphants pour les éléphants.

Monk grimaça :

— Et des os humains pour les humains.

— Les crânes donnent les meilleurs résultats, ajouta Ileara. Car c'est là qu'on trouve la majeure partie des microbes. De nos jours, avec nos moyens modernes, on peut se contenter de mettre le remède en culture. Autrefois, c'était le seul moyen d'y parvenir.

À Francis Crick, les scientifiques s'étaient ainsi servis d'échantillons du microbe guérisseur prélevés dans le crâne de Livingstone.

— On arrive quand à Moïse ? relança Monk.

Gray vérifia sa montre, ravi de passer à la suite.

— Ah oui, les fléaux. Cette partie de l'histoire débute au moment où une saison des pluies exceptionnelle – certainement liée à des dérèglements climatiques engendrés par une éruption volcanique – a inondé la source des éléphants et répandu l'organisme dans la vallée du Nil, déclenchant la réaction en cascade des dix plaies bibliques. Des explorateurs égyptiens partis en quête de la fameuse source sont ensuite tombés sur le groupe de pachydermes. Effarés de constater que ces bêtes buvaient l'eau sans problème, ils ont étudié leur comportement et appris à fabriquer le remède.

Gray se rappela l'histoire de Noé sur les indigènes kenyans qui s'inspiraient, eux, des éléphants pour déclencher le travail d'accouchement en mâchant certaines feuilles. D'un signe de tête, il salua à la fois l'ingéniosité humaine et la résilience de la nature.

La vie trouve toujours un moyen.

Conscient que le temps pressait, il continua :

— Les aventuriers ont rapporté l'antidote au Nord, où ce savoir a été protégé par une secte qui vénérait une version féminine de Toutou, dieu du sommeil et des rêves.

— Pourquoi féminine ? se renseigna Monk.

— À mon avis, parce que le premier explorateur à avoir découvert le remède aurait été une femme, peut-être une érudite d'origine hébraïque accompagnée d'un lion. Du moins, c'est ce que m'a inspiré la réaction de la matriarche devant Jane et Roho. Il pourrait aussi s'agir d'une déesse, car le microbe en question induit des problèmes génétiques chez les descendants *masculins* des personnes infectées… Quoi qu'il en soit, je suppose qu'ils ont choisi un dieu des *rêves* en raison des hallucinations que l'agent pathogène déclenche dans le cerveau.

Il décida d'éluder sa théorie selon laquelle le microbe serait capable d'archiver les souvenirs les plus forts et de les reproduire. Il préféra poursuivre la piste historique.

— Alors que l'Égypte vivait une période tumultueuse de conflits vers 1300 avant J.-C., soit plus d'un siècle après les fléaux, les membres de la secte ont craint que ce savoir ne soit perdu. Ils ont donc érigé le tombeau de leur déesse afin qu'il remplisse deux objectifs. D'une part, ils ont laissé une trace de la recette en gravant leurs leçons à l'intérieur de la sépulture ; d'autre part, ils ont déposé, à titre d'échantillon, un corps momifié et préservé qui renfermait le remède.

— Où il est resté enfoui pendant des millénaires.

— Rien n'est enseveli pour toujours, Monk, et aucun secret n'est parfaitement gardé. Certains indigènes étaient au courant de l'existence du tombeau – peut-être les descendants des serviteurs nubiens qui avaient aidé la secte. Leur secret se serait transmis de génération en génération, jusqu'à ce qu'un explorateur britannique débarque, en quête de la source du Nil, et que les habitants du coin se mettent à l'adorer comme un dieu.

Gray contempla le corps drapé, conscient de tout le bien que David Livingstone avait accompli durant son séjour en Afrique, à la fois en aidant les ethnies et en combattant le commerce des esclaves aux quatre coins du continent.

— Honneur ultime, ils lui ont révélé leur secret et lui ont même offert des reliques. Dans le but de préserver ce précieux savoir sans pour autant le divulguer, Livingstone aurait alors tout transmis à son ami Stanley sous forme de mystérieux messages codés. À son décès, soit avec son accord, soit parce que cela faisait partie d'un rituel tribal, son corps a été transformé pour devenir le même vaisseau que la femme sur son trône. Il est arrivé à Londres embaumé, allongé dans un cercueil en prunier Mobola.

Ileara secoua tristement la tête.

— Vers la fin du XIXe siècle, quelqu'un a dû *ouvrir* une relique offerte à Livingstone, libérant l'épidémie au sein du British Museum.

Gray consulta de nouveau sa montre.

Je suis en retard.

Il se planta face à Monk.

— Painter et Kat sont plus calés que moi sur ce chapitre-là, qui fait intervenir Tesla, Twain et Stanley. Va interroger directement ton épouse. Ou Painter. J'ai entendu dire qu'il était sorti de quarantaine. Moi, il faut que j'y aille. Ce midi, je déjeune avec une femme qui trépigne dès que j'ai deux minutes de retard. Et je détesterais avoir à lui dire que c'est *ta* faute.

Monk leva les mains.

— Oh, vas-y ! Je ne voudrais pas fâcher Seichan.

Gray prit congé, satisfait d'avoir manifesté sa gratitude au grand explorateur et heureux de le laisser apprécier un repos bien mérité. Il se fraya un chemin à travers l'organisation tentaculaire, en effervescence depuis qu'elle luttait contre l'épidémie, puis il retrouva la lumière éclatante d'une nouvelle matinée ensoleillée.

Il héla un taxi et transmit au chauffeur les instructions de Seichan. Force était d'admettre que le voile d'incertitude qui continuait d'entourer leur déjeuner était, au vu de la personnalité de la jeune femme, un peu inquiétant.

Quand le taxi arriva enfin à destination, une foule compacte faisait la queue dehors. Gray descendit de voiture, la main en pare-soleil. Où était…

Une main lui agrippa fermement le bras.

— Tu es en retard.

— Des fois, Monk est une vraie pipelette.

Les ongles enfoncés dans sa chair, Seichan l'entraîna à travers la cohue, puis tourna à l'angle de la rue. Gray resta bouche bée en découvrant, devant lui, le London Eye, gigantesque grande roue qui surplombait la Tamise et dont chaque cabine était une grosse bulle transparente d'une capacité de vingt-cinq passagers.

Elle l'amena au tout début de la queue.

— Sais-tu combien cela m'a coûté de retenir ce truc ? Pourquoi crois-tu que je t'ai demandé d'*être à l'heure* ?

— Qu'est-ce que nous…

— Chut !

Ils gravirent la passerelle jusqu'à une capsule qui les attendait. À l'intérieur, une table privée avait été dressée avec une belle nappe et de splendides verres en cristal. Sur un chariot de service voisin, des cloches en argent dissimulaient leurs mystères culinaires, tandis qu'une bouteille de champagne patientait au frais dans un seau à glace.

Elle le poussa à entrer et fit signe à l'agent qui attendait.

Les joues en feu, elle se retourna vers Gray.

— Tu es un homme difficile à surprendre.

Il sourit.

— Un trait de caractère qui me permet de rester en vie.

Au moment où la cabine s'ébranlait, Seichan glissa ses bras autour de lui.

— Alors, ce soir, je vais redoubler d'efforts.

— Je suis prêt à relever le défi.

— Tu as intérêt.

Elle l'amena à table, où un banc faisait face à la Tamise. Avant de passer au repas, ils s'y installèrent ensemble. La cabine monta lentement en arc de cercle, leur offrant une vue de plus en plus panoramique sur l'immense ville de Londres.

— Pourquoi t'es-tu donné autant de mal ? J'aurais été ravi d'un simple hamburger et d'une bière. (Il l'attira contre lui.) C'est la personne avec qui on est qui compte.

— Je me suis dit que nous le méritions.

— Où es-tu allée pêcher l'idée de… ? (Il lui adressa un regard appuyé.) Tu t'es inspirée de Derek et Jane, quand ils ont fait leur tour de grande roue à Khartoum.

La jeune femme sourit.

— Tu ne laisses vraiment rien t'échapper, hein ? (Cette fois-ci, ce fut elle qui l'étreignit.) Qui a dit que ces deux-là devaient être les seuls à s'amuser ?

Il soupira, conscient des rares moments de bonheur qu'ils avaient à partager. Sans doute cela faisait-il un peu partie du plan et, si Seichan n'y avait pas pensé intentionnellement, une question tacite semblait flotter entre eux. Osaient-ils reconnaître les forces qui les empêchaient de multiplier les instants romantiques… et auraient-ils le culot de les envoyer promener ?

Tous deux en panne de réponse, ils gardèrent le silence et durent se contenter d'apprécier le moment.

Soudain, Seichan se tourna légèrement vers lui.

— J'ai eu des nouvelles de Kat tout à l'heure. Elle voulait me mettre au courant.

— Au courant de quoi ?

La jeune femme contempla le fleuve.

— Hier, au Canada, quelqu'un a déposé une rose blanche sur la tombe d'Anton Mikhailov.

Il connaissait son inquiétude. Après leurs déboires en Afrique, la meurtrière albinos s'était volatilisée dans la forêt. Une femme dont ils connaissaient désormais l'identité.

Valya Mikhailov.

Gray effleura la main de Seichan.

— On ne peut pas être certain que c'était…

Elle retourna sa paume et lui serra les doigts.

— Sur cette rose blanche, il y avait un pétale noir.

* * *

11 h 38

— Vous avez de la visite, annonça Kat en entrant.

Painter s'assit sur son lit d'hôpital.

Enfin.

Depuis le temps qu'il était confiné au service infectiologie du Francis Crick Institute, où il subissait quantité d'analyses et de traitements à longueur de journée, toute diversion était la bienvenue.

Safia passa la tête à la porte.

— Comment notre patient se porte-t-il ? (Elle s'avança, un bouquet de ballons à la main.) J'ai eu envie d'égayer ta journée.

— Je crois que j'ai eu mon compte de ballons pour un bout de temps, gémit Painter.

— Alors une vieille connaissance, peut-être ?

La porte s'ouvrit davantage et, à son tour, un grand costaud à la tignasse blonde hirsute et au teint basané apparut.

Le patron de Sigma sourit.

— Omaha Dunn…

Radieux, l'homme attira Safia contre lui et entra avec elle.

— Je te confie ma femme et, toi, tu manques de la faire tuer… *encore une fois.*

— Que veux-tu que je te dise ? Il faut bien que quelqu'un mette un peu de piment dans sa vie.

Safia secoua la tête d'un air désabusé, puis elle ajouta ses ballons à l'éventail déjà fourni de cartes et de cadeaux. Les trois amis passèrent les minutes suivantes à se raconter leur vie.

— Il paraît qu'une fille a accepté de t'épouser ? gloussa Omaha. Où est cette poissarde ?

Painter esquissa une grimace.

— Lisa assure la permanence à Washington. Elle n'a pas sauté de joie à l'idée que je rejoigne mes camarades à Francis

Crick, qui, depuis quelque temps, est pratiquement devenu l'antenne de Sigma au Royaume-Uni. Enfin, elle a compris. En ce qui concerne l'agent pathogène, cet institut est à la pointe de la recherche internationale et, vu la situation en Arctique, nous avons besoin de tout le monde sur le pont.

Safia s'assit au bord du lit.

— Quoi de neuf à Ellesmere et à Aurora ?

— C'est toujours le bazar. À l'heure actuelle, l'île compte plus de microbiologistes et d'experts en maladies infectieuses que d'ours polaires. Il faudra être patient avant de connaître l'ensemble des répercussions écologiques que la libération de ce germe a eu dans la nature. Pour l'instant, nous sommes prudemment optimistes. Vu le climat polaire là-bas, ce microbe tropical devrait avoir du mal à se propager sans la présence d'un hôte bien chaud.

— Alors, espérons que l'Arctique *reste* froid.

Painter acquiesça d'un signe de tête. La méthode que Simon Hartnell avait choisie pour sauver la planète était peut-être inappropriée, mais son objectif demeurait très noble.

Omaha donna un petit coup de coude à Kat.

— On lui montre son vrai cadeau maintenant ?

L'intéressé fronça les sourcils.

— Quel cadeau ?

Kat sourit.

— Nous avons attendu que vous soyez sorti de quarantaine, afin que vous puissiez l'avoir vous-même entre les mains.

Elle extirpa de sa mallette une pochette transparente qui contenait une feuille jaunie couverte de mots à l'encre délavée.

— Nous avons trouvé ce document dans la crypte de David Livingstone. Il y avait été déposé par un monsieur *a priori* très doué pour garder les secrets, contrairement à un certain ami à lui.

Painter s'empara de la fragile lettre et la tint avec précaution, surtout quand il aperçut la signature au bas de la page.

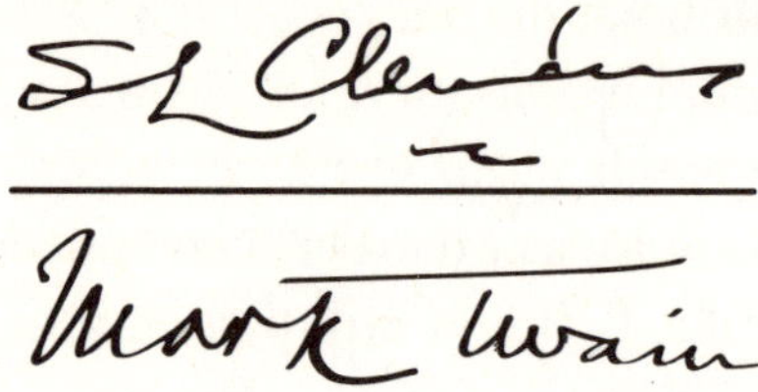

— Mark Twain, murmura-t-il.

Dans le journal qu'il avait lu en cellule, Tesla racontait des événements de 1895, notamment l'expédition de Twain et Stanley au Soudan, sur la piste des indices laissés par Livingstone.

Curieux de découvrir un nouveau rebondissement, il se pencha sur le courrier daté du 20 août 1895.

Aux messieurs et aux dames qui liront ceci,

Tout d'abord, honte à vous d'avoir profané la sépulture de David Livingstone et d'être entrés dans des tombes ensablées où vous n'aviez pas votre place. En même temps, je vous adresse mes chaleureuses félicitations pour votre chance ou votre capacité de jugement (ou les deux !) qui vous ont conduits à troubler le repos de ce pauvre Livingstone. Il est si judicieux que le bon docteur puisse de nouveau soigner les maladies de ceux qui viennent frapper à sa stèle funéraire, ici dans l'abbaye ! Je vous promets que nous avons laissé largement assez de son épouvantable teinture médicinale.

Sachez néanmoins que le traitement s'accompagne d'effets secondaires plutôt instructifs et alarmants. Moi-même, par précaution, j'ai ingéré ledit remède et, durant mon épisode de fièvre récupératrice, j'ai été assailli d'hallucinations visuelles et sonores qui, loin de m'appartenir, étaient les réminiscences d'un autre, plus précisément de l'homme dont les ossements reposent devant vous. J'ai vu des lacs bleus sur lesquels mes propres yeux ne s'étaient jamais posés, des jungles obscures où je n'avais jamais mis les pieds et d'autres images encore, à la fois tendres et horribles, soulignant la cruauté des hommes envers ceux qui ont la peau sombre dans une Afrique encore plus sombre. De même, j'ai ressenti la passion – comme si elle était la mienne propre – du détenteur de ces souvenirs, son dévouement profond à l'égard des plus démunis, sa foi pieuse en un Dieu capable d'aimer tout le monde, sa curiosité insatiable vis-à-vis de ce qui se trouve au-delà du prochain horizon.

Maintenant, je suis davantage un homme de lettres qu'un homme de science et je ne prétends pas en savoir plus que le balayeur du coin sur la manière dont le monde fonctionne. Je souhaite toutefois à l'ensemble de l'humanité de pouvoir se glisser dans la peau d'un autre comme, moi, je l'ai fait, de connaître réellement l'âme de ce quelqu'un, ne serait-ce que par un rêve enfiévré. Comme la vie nous serait alors plus douce !

Avalez une lampée du breuvage devant vous et savourez les jours qui vous attendent, car, tôt ou tard, nous finirons tous ici. Même s'il est impossible d'échapper à la mort, nous aurons peut-être accompli autant dans la vie que notre bon Dr Livingstone.

Le chef Crowe sourit à la lecture de la dernière phrase.

Il a bien raison.

D'après la lettre, Twain et Stanley avaient bien appris que la dépouille momifiée de Livingstone contenait l'antidote. Painter se rappela avoir lu le compte rendu du romancier sur son expédition au Soudan, sur la façon dont Stanley et lui avaient découvert le *mode* de guérison dans la sépulture, mais *pas la teinture médicinale en tant que telle*. Les deux hommes n'avaient sans doute jamais compris ni la pathogénie de la maladie ni son traitement – pas plus que les Égyptiens ou les éléphants à leur époque. En revanche, ils avaient deviné que le processus d'embaumement était le *mode* opératoire et que le corps de Livingstone était la réelle *teinture médicinale*.

Selon Painter, ils avaient aussi été aidés dans leur prise de conscience par des indices supplémentaires ou des renseignements que Livingstone avait lui-même fournis à Stanley – autant d'éléments soit égarés, soit jamais consignés noir sur blanc, ce qui compliquait encore les efforts de leurs successeurs.

Une autre phrase de Twain était troublante.

— Avez-vous remarqué son allusion à ce qu'il appelle ses « rêves enfiévrés », ses hallucinations qui, il en est convaincu, étaient les souvenirs de David Livingstone ? Gray et moi avons envisagé la possibilité que ce microbe puisse réellement enregistrer les détails de l'existence d'une personne et les transmettre. (À Safia :) J'ai l'impression que tu as vécu une expérience similaire. Seule différence : Twain avait ingurgité les microbes de l'explorateur alors que, toi, tu as été exposée à ceux de la momie du désert.

Safia parut mal à l'aise.

— Je m'en souviens à peine aujourd'hui. C'est comme tenter de se rappeler un rêve.

— Chez moi, le traitement n'a rien déclenché de tel.

Kat avança une explication :

— Peut-être parce que vous avez pris un antidote élaboré en laboratoire et non un élixir naturel.

— Élaboré en laboratoire ? s'amusa Omaha. Eh bien, mon vieux, je m'étonne que tu n'aies pas rêvé de fromage et de roue d'exercice dans une cage à rats !

Painter ne releva pas et contempla la lettre dans sa main.

— Quand même, je me demande s'il n'y a pas plus de…

— Plus de quoi ? reprit Kat.

— Certains détails n'ont toujours aucun sens. Par exemple, pourquoi McCabe a-t-il entouré le septième fléau dans son carnet ? (Il regarda par la fenêtre, vers le nord.) Enfin, quoi, regardez ce qui est arrivé en Arctique ! On aurait cru une calamité tout droit sortie de la Bible.

— Je pense que vous avez toujours de la fièvre, patron. Nous savons, de la bouche même de Rory, que son père a entouré la ligne après avoir traduit les hiéroglyphes d'une stèle égyptienne, découverte près du projet de barrage au Soudan, et sur laquelle le septième fléau était décrit. C'était au tout début des recherches, avant que le professeur ne disparaisse dans le désert.

— S'il s'agissait quand même d'une prophétie au sujet de ce que nous avons vécu en Arctique ?

— Moi, j'y vois plutôt le simple récit d'une grosse tempête par un météorologue de l'Égypte antique. Je vais demander à un médecin qu'il revérifie vos constantes.

L'homme lui jeta un regard noir.

— Je me posais juste la question, point.

Omaha se frappa les cuisses et se leva.

— La vie est, en effet, un miracle, mais il faut qu'on y aille.

— Il a raison, confirma Safia avant de serrer son ami dans ses bras. Merci, lui susurra-t-elle au creux de l'oreille.

Aussitôt, Omaha intervint :

— Painter, si vous commencez tous à vous embrasser, j'appelle ta femme.

Safia sourit et prit les joues du directeur de Sigma entre ses paumes, de sorte qu'il lise la sincérité dans son regard.

— Merci.

— De rien, Safia. De rien.

* * *

13 h 07

Tandis que le taxi se faufilait à travers les embouteillages londoniens, Safia regarda dehors. Assis à ses côtés, Omaha lui tenait la main. Elle lui pressa les doigts, tant elle avait besoin de se raccrocher à sa présence physique.

Par la vitre, elle observa l'agitation d'une ville qu'elle adorait – depuis les pubs de quartier, où des clients, hilares, terminaient de déjeuner, jusqu'à l'imposant autobus rouge à impériale, qui ronchonnait parce que la circulation dense perturbait son emploi du temps.

Or, voilà qu'une autre image miroitait en surimpression. *Des sables ondoyants qui brûlent sous le soleil du désert… les cimes dorées des pyramides qui reflètent ses rayons avec éclat… le lent cortège de chameaux qui s'égrène au sommet de la dune et forme une petite ligne sombre sur fond de lumière éblouissante…*

Safia se cramponna à la main d'Omaha. Ses flashes étant de moins en moins fréquents, elle évitait d'en parler. Il y avait aussi une autre raison. Le jour où le ciel s'était embrasé en Arctique, elle n'avait pas confié à Kat le dixième de ce dont elle avait fait l'expérience. Elle avait senti les centaines d'hommes et de femmes qui l'avaient conduite jusque-là, solennelle chaîne de vie qui les reliaient tous les uns aux autres. Elle avait vécu, comme si c'était la sienne, des bribes de leur existence, en particulier les moments les plus difficiles, ceux que les microbes semblaient avoir le mieux capturés.

Autant de souvenirs qui avaient fini par devenir une force, un genre de vent dans le dos qui la poussait *vers l'avant*.

Certes moins claires que ses flash-backs, d'autres images avaient commencé à chatoyer, tels des aperçus sur l'avenir. Elle avait vu l'effroyable tempête s'abattre sur la banquise bien avant qu'elle n'éclate. Elle avait deviné ce qui allait se produire. Et ce n'était pas terminé : de nouveaux dangers se profilaient à l'horizon. Entassés les uns sur les autres, ils restaient vagues : de simples ombres, des nuages noirs au fond du tableau. Si elle en avait su davantage, elle les aurait partagés. Hélas, elle n'avait aucun détail, rien que des craintes.

Consciente de la menace qui les guettait, Safia se réjouit que des gens comme Painter – et tous ceux qu'il dirigeait chez Sigma – soient prêts à affronter la tourmente. C'était ce qu'elle avait essayé de lui faire comprendre à l'hôpital.

Merci.

Omaha, qui avait dû sentir quelque chose, l'attira vers lui.

— Qu'est-ce qui ne va pas, Saf ?

Elle se blottit contre son torse tiède. Peu à peu, l'image frémissante des sables brûlants s'estompa, remplacée par le brouhaha habituel de la ville.

— Rien, murmura-t-elle. Rien qui vaille la peine de t'inquiéter.

* * *

16 h 24

Il n'y a plus rien.

De retour à Ashwell pour la journée, Jane contemplait les ruines du pavillon familial. L'incendie avait tout ravagé, ne laissant que quelques poutres calcinées.

— Tu peux toujours reconstruire, proposa Derek.

Elle envisagea l'idée, mais les souvenirs auraient été trop douloureux. Il était temps de passer à autre chose. Ses doigts entrelacèrent ceux de Derek derrière elle. Après quinze jours de quarantaine à Francis Crick, il était bon de retrouver l'air frais. Sans qu'elle se soit attendue à trouver quoi que ce soit là-bas, elle avait éprouvé le besoin de s'y rendre en pèlerinage, de dire un dernier adieu à son père.

— Il pensait apporter le remède, rappela Derek, comme s'il avait lu dans ses pensées.

— Sauf qu'il nous a transmis l'épidémie.

Durant leurs nombreux jours de confinement, ils avaient eu tout le loisir de reconstituer le puzzle du passé de son père. Ce qui avait été le plus douloureux – et qui l'était encore –, c'était de découvrir le rôle de Rory. Elle ne pouvait toujours pas se résoudre à reprendre contact avec son frère qui, incarcéré au sein d'une prison militaire canadienne, attendait de connaître les chefs d'accusation liés à son implication dans les événements au-dessus du cercle arctique.

Elle avait aussi appris l'existence de Simon Hartnell, la manière dont il avait manipulé son père et l'avait retenu prisonnier, son obsession pour Nikola Tesla et la découverte d'un de ses textes perdus qui avait mis le feu aux poudres. Harold McCabe avait fini par identifier l'organisme décrit par le Serbe et il s'était mis en quête de l'antidote, tâche herculéenne au regard de l'étrange recette.

Elle se remémora les petits pots en forme d'éléphants. On savait à présent qu'ils avaient été sculptés en bois ou en écorce de prunier Mobola, dont les tanins faisaient partie du processus d'embaumement indispensable à la fabrication du remède.

Par quel miracle mon père aurait-il pu être au courant ?

Les tanins n'agissaient que sur les microbes à l'état latent qui avaient colonisé les cadavres. Ils ne possédaient pas de qualités curatives en soi, donc les récipients en écorce avaient été considérés comme de futiles objets de décoration.

Grâce aux interrogatoires de Rory, Jane avait aussi appris que son père avait testé la momie assise sur son trône – le véritable remède. Il n'y avait, hélas, trouvé que des microbes identiques à la variété pathogène, car, pour les différencier les uns des autres, il aurait fallu réaliser des analyses moléculaires.

Au bout de presque deux ans, il avait néanmoins fait sa découverte majeure, quand il s'était aperçu que les tatouages de la momie étaient de l'hébreu primitif écrit avec des glyphes égyptiens. L'histoire relatée sur le corps était assez détaillée pour qu'il établisse un lien entre embaumement et antidote. Refusant qu'Hartnell apprenne la vérité, il avait laissé des indices à Jane et entamé un rituel d'automomification. À cet effet, il avait mangé de l'écorce et suivi les instructions marquées sur la princesse. Après deux ou trois mois d'un régime censé préparer son organisme, il avait ingéré le microbe actif stocké dans le crâne en pierre de la déesse et espéré que les tanins de l'écorce transformeraient l'agent toxique en médicament.

— Tu étais si près du but, chuchota Jane.

— Son échec est aussi *le nôtre*, nuança Derek. Il nous apportait le remède. Il savait que la maladie devait le tuer afin que les microbes passent à l'état latent et deviennent réceptifs aux tanins. Nous, nous avons ouvert sa boîte crânienne trop tôt, avant que la transformation ne soit terminée, libérant ainsi la maladie au lieu de l'antidote. (Il attira son amie vers lui.) En même temps, c'est à *toi* qu'il s'est adressé. Vers la fin, il avait dû comprendre qu'Hartnell avait dévoyé Rory, que ton frère était complice de…

— Rory nous a *trahis*, lâcha-t-elle, amère. Il m'a volé mon père et, tout ce temps-là, il m'a laissée croire qu'ils étaient morts.

— Je sais. (Il l'incita à le regarder.) Mais, Jane, Harold savait que tu serais capable de suivre ses indices. C'était son plan de secours. Et il avait raison. Tu as réussi.

— *Nous* avons réussi.

— Une archéologue prête à partager les honneurs ? ironisa-t-il. Tu es sûre d'être sa fille ?

Elle le frappa à l'épaule et l'entraîna sur le trottoir.

— Allons boire une bière !

Tandis qu'ils se dirigeaient vers le *Bushel and Strike*, il lui prit la main.

— En définitive, ton père a accompli la mission qu'il s'était fixée depuis le début. Il prouve ici que les fléaux bibliques ont réellement existé, que les événements retracés dans l'Exode sont *historiques*, et non du simple ordre du mythe. Sa découverte va révolutionner l'archéologie.

Quelque peu réconfortée, Jane acquiesça. Elle pressa la main de Derek en signe de remerciement, puis ils continuèrent leur chemin en silence.

— Oh ! J'ai eu des nouvelles de Noé, reprit Derek.

— Il a retrouvé les éléphants ?

— Il *dit* que non, mais je n'en mettrais pas ma main au feu. Et c'est sûr qu'il n'en parlera jamais à personne.

— Bien. (Elle se rapprocha de lui.) Ils sont mieux…

Jane fut interrompue par un carillon, qui attira son attention sur la vieille église en pierre, derrière le pub. À sa grande joie, le clocher semblait avoir été réparé. Après toutes les horreurs qui leur étaient tombées dessus, c'était un premier signe de résilience.

Au loin, les voix mêlées d'une chorale résonnaient aussi par la porte ouverte de l'édifice.

Attirée par la musique, un hymne envoûtant empli de peine et de grâce, Jane entraîna Derek de l'autre côté de la rue. Dès qu'ils eurent franchi le seuil, un parfum d'encens la réchauffa. À droite, les chanteurs répétaient au centre de la nef. Elle emmena Derek dans une petite chapelle, face à l'orgue centenaire.

— Qu'est-ce que nous… ?

— Chut.

Elle caressa l'inscription gribouillée sur un pilier. Enfant, elle était venue là avec son père et, au fusain, elle avait décalqué l'antique graffiti sur un morceau de papier. C'était du latin, écrit à l'époque où la peste avait frappé le village, autre souvenir de sa résilience.

Praetereo fini tempori in cello pace.

Elle murmura la traduction à voix basse :

— Je rejoins la mort dans la paix du Ciel…

La paume posée sur la colonne, elle se sentit très proche de son père et comprit que ses souvenirs à Ashwell n'étaient pas tous mauvais. Une larme roula le long de sa joue.

— Jane ?

Derek paraissait inquiet. Elle l'attira vers elle et l'embrassa avec fougue, tandis que les membres de la chorale chantaient, fidèles à ce qu'ils faisaient depuis des lustres.

En apercevant le jeune couple, ils se turent et applaudirent.

À la fois confuse et ravie, Jane s'écarta, puis elle promena son regard sur une église qui se dressait là depuis des siècles, solide et inébranlable face aux tempêtes. Elle finit par revenir vers Derek.

— Je veux reconstruire ma maison.

ÉPILOGUE

Σ

30 juillet, 10 h 13
Takoma Park, Maryland

Promets-moi.

Gray était assis au chevet de son père. Cette phrase-là l'avait hanté pendant des semaines, depuis la première fois qu'il l'avait entendue à la maison de repos. À présent, il comprenait. Il observa le visage du patriarche, remarqua les vaisseaux éclatés sur son nez et se rappela les colères noires dans lesquelles il se mettait parfois, surtout après son amputation de la jambe.

Jackson Pierce était un homme fier, diminué par son handicap et par une pension d'invalidité. La mère de Gray avait dû continuer de travailler, tandis que son époux se morfondait à s'occuper de leurs deux fils rebelles, dont le caractère était loin de s'arranger avec l'âge. *Ah, votre sang de Gallois !* pestait-elle dès qu'il y avait une dispute à la maison.

Elle avait tort sur le côté *gallois*, mais entièrement raison au sujet du *sang*.

Gray avait fini par identifier la source des frictions entre le père et le fils : ils étaient trop semblables, trop du même sang.

Il continua d'étudier le visage ridé, les yeux enfoncés et tenta d'y retrouver la fameuse flamme. Il regrettait que son père ne puisse plus s'emporter… contre lui, contre la maladie qui l'avait dépossédé de son caractère, contre le hasard qui lui avait pris sa jambe.

Promets-moi.

Le vieil homme tripota les coins de sa couverture, comme s'il tentait d'y trouver du sens. Il ne parlait presque plus. Durant son sommeil, il affrontait des démons, frappait dans le vide ou donnait de faibles coups avec sa jambe valide, ce qui lui avait valu une escarre au talon.

La veille, Gray avait discuté avec l'infirmière praticienne. En son absence, son père avait eu une petite attaque et, s'il était stable grâce aux anticoagulants, il risquait fort de ne jamais récupérer ses facultés d'avant. Le pronostic était qu'il pouvait végéter pendant des mois, voire des années.

Assis près du lit, Gray serrait sa main décharnée. Il frotta son pouce sur la peau fine et tâcha de se rappeler la dernière fois qu'il avait tenu la main de son père ou même qu'il l'avait réellement touché. Alors, il profita de l'instant.

Le sexagénaire marmonnait dans son sommeil. Soudain, il eut les yeux grands ouverts, rivés à lui.

— Salut, papa. Je ne voulais pas te réveiller.

Les lèvres remuèrent, gercées, desséchées. Il ravala sa salive, puis essaya de nouveau.

— Gray…

Il y avait dix jours qu'il ne l'avait pas reconnu.

— Gray, ta mère… ta mère arrive.

Son fils lui tapota la main. Il avait renoncé depuis longtemps à chercher du sens à ses brefs accès de lucidité et préférait abonder dans son sens.

— Ah oui ? Elle arrive quand ?

Le front de Jackson se plissa, comme si on lui avait posé une question piège.

— Hein ?

— Quand maman arrive-t-elle ?

— Harriet ?

— Oui.

Son père fouilla la chambre du regard. Il leva même la tête de l'oreiller et fixa une chaise vide dans un coin.

— Qu'est-ce que tu racontes ? Elle est ici.

Gray contempla le siège vide. Après quoi, il revint vers son père : sa tête était retombée sur l'oreiller, mais il continuait de regarder obstinément la chaise et remuait les lèvres, comme s'il parlait au fantôme assis là-bas.

Puis ses paupières se baissèrent, et il était de nouveau parti, ses doigts frémissant sur l'ourlet de la couverture.

Promets-moi…

Gray savait dorénavant ce que son père lui avait demandé et il termina sa phrase, coupée en plein vol par la maladie.

… quand l'heure sera venue…

Tout en continuant de tenir la main de son père, il enfonça le piston de la seringue de morphine plantée dans la perfusion.

L'heure est venue, papa.

Il se pencha et l'embrassa sur le front.

Ses doigts pressèrent un instant les siens.

Il approcha ses lèvres de l'oreille de son père.

— Va voir maman.

Gray agrippa cette main-là une dernière fois, puis il se leva et partit.

Après avoir traversé les couloirs de la maison de repos, il sortit rejoindre la femme qui l'attendait au soleil. Sans même ralentir le pas, il lui prit la main et, ensemble, ils s'éloignèrent.

— Prête à le trouver, cet escalier de secours ?

Elle sourit et lui étreignit les doigts de toutes ses forces.

— Je croyais que tu ne me le demanderais jamais.

ÉTERNEL ET MYSTÉRIEUX

Le puissant mâle emmène les autres le long du canyon. Ses épaules frôlent les lianes et les feuilles de chaque côté. Une belle solennité gronde de son poitrail, tandis qu'il conduit le troupeau.

Derrière lui s'étend leur nouveau foyer, cuvette profonde réchauffée par des évents de vapeur. Les arbres y sont beaucoup plus hauts, la canopée plus protectrice qu'au-dessus de leur ancien territoire. L'eau coule des sommets et forme de nombreux étangs.

C'est un bon endroit.

L'homme qui les a conduits ici marche derrière eux maintenant. Le mâle l'accepte. Il ne voit en lui aucune menace, rien qu'un mélange de bienveillance et de souci à leur égard. Pour l'heure, il fait donc aussi partie du troupeau. Il doit venir.

Le mâle suit la crevasse qui débouche sur une grotte. Le sol jonché de galets plats se situe, pour moitié, à l'ombre d'un affleurement rocheux. Une petite mare miroite à l'écart. La première fois qu'ils ont débarqué ici, le mâle transportait leur eau d'avant dans sa trompe et il l'y a déversée, si bien que le bassin prend déjà une teinte rouge prometteuse.

Ce n'est pourtant pas la raison de leur présence.

Il les entraîne de l'autre côté.

Sur les cailloux lisses gît un corps désarticulé. Il n'est pas complet, mais cela suffira. L'homme a aussi apporté ces éléments, extraits de leur ancien foyer.

Le mâle s'avance le premier. Malgré l'odeur de chair brûlée, il approche sa trompe de la nuque de la défunte. Ses narines caressent la peau blanche.

Il dépose délicatement une branche sur elle et rebrousse chemin. Un par un, branchage après branchage, elle est recouverte. L'homme est le dernier à lui rendre hommage, puis il s'écarte d'un pas et dévoile qu'en réalité, il en reste un.

C'est lui qui les protégera.

Le mâle le sait, car elle le lui a montré avant de mourir.

Le grand félin blanc arrive en faisant crisser les galets sous ses grosses pattes. Il tient entre ses crocs une longue branche, qu'il lâche au-dessus de la pile. Du bout de son museau aplati, il arrange un peu sa place.

Le fauve va retrouver l'homme, qui lui tapote le flanc.

C'est bien. C'est terminé.

On se souviendra d'elle.

Le mâle lève sa trompe au ciel et pousse un barrissement qui mêle à la fois chagrin et espoir, défi au monde et respect. Les autres l'imitent, ajoutant leur puissance de coffre, leurs voix. Leur chant est éternel.

Un autre les rejoint.

Le fauve avance d'un pas, le cou tendu et, pour la toute première fois, il rugit.

MOT DE L'AUTEUR : VÉRITÉ OU FICTION

Je suis un grand collectionneur de miettes de pain, toutes ces bribes de science ou d'histoire que j'écrase et que je malaxe pour élaborer mes intrigues. Maintenant que le pain a cuit au four et qu'il vous a été servi, mon objectif ici est de vous montrer la différence entre ce qui, dans mon roman, s'appuie sur des faits avérés et ce qui relève de la pure invention.

Allons-y.

Personnages historiques

J'ai eu l'idée d'associer ces hommes, car je trouvais fascinant que tant d'immenses figures historiques non seulement se connaissent, mais aussi qu'elles soient impliquées dans leurs existences et leurs ambitions respectives. Je savais qu'un jour, j'aurais envie d'écrire une histoire mettant en lumière une telle rencontre au sommet. À cet égard, bien sûr, il me fallait une aventure d'envergure biblique.

Stanley et Livingstone

Lors de mes recherches, j'ai été frappé de constater à quel point ils étaient différents. En apparence, le battage médiatique qui a eu lieu autour du sauvetage du Dr David Livingstone par Henry Morton Stanley donne de l'aventurier l'image d'un benêt sans cervelle qui a failli se faire tuer. Or, si l'on ose se documenter un peu, on découvre que David Livingstone a été un héros de l'histoire de l'Afrique. Missionnaire et explorateur, il a cherché à améliorer la vie des tribus locales. Même après avoir été secouru *in extremis*, il a souhaité poursuivre là-bas sa lutte contre le commerce des esclaves. À l'inverse, il a fallu faire pression sur « l'héroïque » Stanley, raciste notoire, pour qu'il mette un pied en Afrique. Sur place, il traitait ses porteurs, ou le moindre indigène qu'il croisait, avec brutalité et cruauté. Pire encore, Léopold II de Belgique lui a demandé d'ouvrir une route au Congo, ce qui a impliqué du travail forcé, le massacre de nombreuses ethnies et, à la fin, une grande partie du pays a été déclarée propriété personnelle du roi des Belges.

C'est cette différence de caractère et de destin qui a fait que Livingstone a été inhumé à l'abbaye de Westminster, honneur refusé à Stanley. Mon intrigue met donc l'accent sur la vie et la mort du bon samaritain. Et, oui, il est exact que son corps a été embaumé par les indigènes et renvoyé en Angleterre dans un cylindre d'écorce. Son cœur, en revanche, repose en Afrique, enterré sous un prunier Mobola.

Stanley et Twain

Oui, Henry Morton Stanley et Samuel Clemens (*alias* Mark Twain) étaient amis. Si vous souhaitez vous faire une meilleure idée de leur relation forte et personnelle, je vous conseille de lire l'histoire romancée de cette amitié : *Twain and Stanley Enter Paradise*[1], d'Oscar Hijuelos.

1. Littéralement, *Twain et Stanley entrent au paradis*. À consulter en anglais.

Et, non, je ne crois pas qu'ils aient vécu leurs aventures en Égypte, mais c'est drôle de le penser, n'est-ce pas ?

Twain et Tesla

Cette relation est, à mes yeux, la plus délicieuse. Mark Twain et Nikola Tesla étaient de grands copains. Twain passait même beaucoup de temps au laboratoire de Tesla, à l'aider dans ses expériences, et je suis sûr que c'était une vraie plaie. L'anecdote selon laquelle il a testé la « machine à tremblement de terre » pour soigner sa constipation est véridique. Il a posé les pieds sur la plate-forme de l'oscillateur et, deux minutes plus tard, il filait aux toilettes.

Une fois encore, j'ai dû inventer une histoire où Twain et Tesla s'embarquaient dans une équipée digne de la Sigma Force, mais attardons-nous un peu sur Tesla.

Nikola Tesla était un génie visionnaire, doué d'une grande intelligence pratique et d'un sens des affaires hors norme. Je pourrais écrire des pages entières sur sa vie, son œuvre et son héritage. Par chance, ce n'est pas nécessaire, car de nombreux livres sur le sujet s'adressent déjà aux plus curieux d'entre vous. En voici deux que j'ai trouvés particulièrement éclairants :

Nikola Tesla: Imagination and the Man That Invented the 20th Century[1] par Sean Patrick.

Tesla: Inventor of the Electrical Age[2] par W. Bernard Carlson.

Je préfère me pencher sur les aspects spécifiques de sa vie, de ses inventions, qui jouent, eux, un rôle dans le roman. Tesla croyait réellement à l'énergie sans fil, au point que toutes mes explications sur la tour de Wardenclyffe s'appuient sur

1. Littéralement, *Nikola Tesla : L'imagination et l'homme qui inventa le XXe siècle*. À consulter en anglais.

2. Littéralement, *Tesla : L'inventeur de l'ère électrique*. À consulter en anglais.

des faits avérés. Il en va de même pour la source d'énergie inédite qu'il affirmait avoir découverte. Ses innovations et ses déclarations inquiétaient tant le gouvernement américain qu'à son décès, la suite qu'il occupait à l'hôtel New Yorker a été dévalisée et que la plupart de ses documents personnels ont disparu. Il a fallu que le neveu de Tesla fasse pression pendant des années pour que les autorités les lui restituent… et, encore, pas *tous*. Le seul carnet que Tesla avait enjoint son neveu de mettre à l'abri manque à l'appel. Et, oui, la NDRC, invitée à répertorier toute sa paperasse *post mortem*, était dirigée à l'époque par John G. Trump, oncle d'un certain magnat new-yorkais de l'immobilier (ou du président des États-Unis, vu que j'écris ces lignes avant l'élection de 2016).

Continuons avec la dimension historique, mais, maintenant, nous allons remonter un peu plus loin dans le temps.

Exode et fléaux bibliques

Mon roman offre un autre calendrier historique des événements de l'Exode. Pour une étude plus poussée de cette nouvelle chronologie, je vous recommande les livres suivants, écrits par le même auteur :

Exodus: Myth or History?[1] par David Rohl.

The Lords of Avaris[2] par David Rohl.

De nombreux chercheurs ont tenté d'apporter une explication rationnelle aux dix calamités infligées par Moïse aux Égyptiens… et j'ai eu envie d'ajouter ma voix au groupe. La majeure partie de ce qui est écrit ici est, bien sûr, un mélange de conjectures et de spéculations, mais tout repose sur des faits scientifiques. Ainsi, l'éruption du volcan méditerranéen

1. Littéralement, *Exode : Mythe ou réalité ?* À consulter en anglais.
2. Littéralement, *Les Seigneurs d'Avaris*. À consulter en anglais.

Théra, il y a quelque trois mille cinq cents ans, est considérée comme la plus puissante de l'histoire de l'humanité. Les bouleversements atmosphériques et climatiques qui se sont ensuivis, associés à un gigantesque panache de cendre, ont forcément eu un impact significatif. Au point de déclencher une aurore équatoriale ? En 2006, l'éruption du mont Augustine en Alaska a été étudiée en raison des éclairs spectaculaires qui accompagnaient sa colonne de cendre. Leur puissance était telle qu'ils auraient affecté l'aurore boréale.

Passons maintenant au socle scientifique du roman.

Bactéries électriques et domaine des archées

Mon histoire parle d'un micro-organisme assez méchant et la grande majorité de ce que je vous raconte à son sujet est vrai. Des chercheurs ont découvert une ribambelle de bactéries électrivores en envoyant des décharges dans de la boue et en regardant qui venait se nourrir. À travers le monde, plusieurs laboratoires explorent les applications pratiques de ces étranges nouveaux microbes, depuis la conception de biocâbles vivants, susceptibles de transporter l'électricité, jusqu'à leur utilisation pour alimenter des nanomachines aux multiples utilisations industrielles, comme, par exemple, le nettoyage de l'environnement.

En ce qui concerne mes drôles de microbes archéens, je ne vous ai dit ici que la vérité. Les archées sont bien différentes des bactéries et, en effet, ce sont des métamorphes capables de former de longs filaments (idéaux pour rétablir les connexions électriques d'un cerveau). Cette troisième branche de la vie, qui a évolué en parallèle des virus, a souvent intégré leur matériau génétique. J'ai donc imaginé une maladie, unique en son genre, à partir d'une archée pathogène qui, en plus d'être elle-même mortelle, héberge un virus proche de Zika, responsable d'anomalies congénitales.

Quand j'ai appris que de nombreuses variétés d'archées coloraient l'eau en rouge (depuis un lac d'Iran jusqu'aux lacs salés de l'Utah), je me suis dit que c'était l'organisme parfait pour déclencher un fléau biblique… voire dix.

Autre élément véridique de l'intrigue : les couches externes de l'atmosphère terrestre abritent des colonies de bactéries qui, là-haut, se nourrissent et se multiplient par elles-mêmes.

Changement climatique et situation en Arctique

Comme Twain l'écrit dans le roman, je suis davantage un homme de lettres qu'un homme de science, donc je ne vais pas prendre le micro et débattre des mérites de la climatologie ou du rôle que l'homme peut jouer. Néanmoins, il est difficile de nier que l'Arctique se réchauffe, que les calottes glaciaires rétrécissent et que l'ensemble du Grand Nord est en train de s'ouvrir à l'exploration. Des navires de croisière empruntent, en effet, le passage du Nord-Ouest, itinéraire qu'autrefois on n'osait même pas envisager, car trop périlleux, et qui a entraîné la mort d'un nombre incalculable d'aventuriers, notamment les équipages des HMS *Erebus* et *Terror*.

D'ailleurs, si vous voulez savoir à quoi ressemblait ce voyage funeste, je vous conseille vivement un roman d'un de mes auteurs préférés : *Terreur*[1] par Dan Simmons.

La plupart des climatologues estiment que nous sommes proches, au niveau ou au-delà du point de bascule où on ne pourra plus agir pour sauver notre pauvre planète. Certains experts cherchent une solution en géo-ingénierie. Ce sont des projets pharaoniques, comme de protéger la Terre sous un parasol spatial, d'inonder la Vallée de la Mort ou encore d'envelopper le Groenland d'une épaisse couverture. Le seul

1. Paru aux Éditions Robert Laffont.

problème – au-delà du financement ou de la faisabilité des plans –, c'est le danger des conséquences involontaires, des désastres impossibles à prédire, car, en matière d'ingénierie mondiale, il existe un nombre infini de variables. Bien sûr, j'ai eu envie d'explorer ce qui risquait d'arriver.

Le livre parle aussi des installations du HAARP en Alaska, ainsi que des rumeurs et des théories du complot qui l'entourent. Puisque la station Aurora, à l'œuvre ici, est une version XXL du HAARP, j'ai décidé que tous ces bruits de couloirs étaient vrais et j'ai mis le ciel en feu (ce qui est, effectivement, une des accusations proférées contre le HAARP).

Embaumement et momies tatouées

L'intrigue démarre avec le corps d'une personne qui a subi un rituel d'automomification. Aussi épouvantable et douloureux que cela puisse paraître, le phénomène existe. Au Japon, les *Sokushinbutsu* – ou bouddhas vivants – s'infligent de longs mois de souffrances afin de préserver leurs tissus après la mort. La méthode implique de jeûner, de consommer une variété particulière de thé et d'écorce ou encore d'avaler des pierres, puis de s'emmurer vivant dans un tombeau. On trouve le même genre de pratiques en Chine et en Inde.

Quant aux tatouages, douze momies égyptiennes ont, à ce jour, été exhumées, le corps bardé d'œuvres d'art. Grâce aux logiciels modernes d'imagerie et aux scanners infrarouges capables de traverser les couches de l'épiderme, les archéologues ont pu donner vie à ces tatouages.

Éléphants

Tout ce que les éléphants accomplissent ici peut paraître stupéfiant, mais on en trouve facilement des preuves dans leur comportement au zoo ou à l'état sauvage. Certains savent peindre, reproduire les voix humaines, célébrer des hommages funèbres, faire des imitations, voire se soigner eux-mêmes. L'histoire des Kenyans auxquels ils ont « appris » à déclencher les accouchements en mâchonnant des feuilles est vraie. Depuis la nuit des temps, l'humanité observe la nature et ses méthodes de survie afin de rester elle-même en vie.

Toutes ces réactions des éléphants sont imputables à leur imposant cerveau : près de cinq kilos. Au niveau du cortex, ils possèdent le même nombre de neurones et de synapses que nous autres humains. De plus, ils savent très bien utiliser leur intelligence. Ils se servent d'outils, résolvent des problèmes et font même preuve d'altruisme. Ils ont aussi conscience d'eux-mêmes et maîtrisent la notion d'art.

Alors, arrêtez de leur tirer dessus, s'il vous plaît.

Quelques miettes diverses et variées

J'ai eu l'occasion de visiter L'ÉGLISE SAINT MARY'S d'Ashwell. La grande majorité des détails est exacte, mais mon voyage remonte à une dizaine d'années et, avec le temps, ma mémoire m'a peut-être joué des tours. À l'intérieur, les murs sont effectivement couverts de graffitis médiévaux, certains lourds de sens et d'autres plutôt cocasses. Derrière l'église, il y a aussi une source, au milieu d'un parc, qu'on traverse grâce à de grosses pierres de gué. J'ai légèrement déplacé le cimetière en raison de la scène d'action, mais le reste de mon texte est fidèle à la version originale.

J'ai installé L'ARCHE DE NOÉ sur un véhicule amphibie baptisé *Swamp Spryte*. Il m'a paru si cool ! J'étais obligé de le mettre dans un livre.

Pareil pour le PIEZER de Kowalski. L'idée vient du ministère américain de la Sécurité intérieure, qui a inventé un fusil capable de tirer des gerbes de cristaux piézo-électriques sur une cible à cinquante mètres, le tout sans ces saletés de filins Taser. Bien sûr, la Sigma Force était idéalement placée pour tester une arme pareille sur le terrain.

Enfin, le livre évoque à plusieurs reprises la nature électrique de la MÉMOIRE – depuis le stockage des réflexions à court terme dans l'hippocampe jusqu'au fait que les souvenirs à long terme sont recodés et répartis sur l'ensemble de notre cerveau. Il a aussi été démontré que la stimulation électrique renforçait et dynamisait notre mémoire. Que pourrait-il donc se passer si un de ces microbes accros à l'électricité était pathogène ? En quoi affecterait-il nos souvenirs ? À mon avis, il vaut mieux écrire sur le sujet qu'en faire l'expérience.

Voilà qui couvre à peu près l'essentiel du roman. Il y a, évidemment, mille et une autres miettes de pain qui sont exactes, mais il me faudrait une pince à épiler pour les extraire une à une et un sacré nombre de pages supplémentaires pour en dresser l'inventaire exhaustif. Je vous invite donc à croire tout ce que contient ce livre.

Ayant saupoudré mon texte de quelques citations de Nikola Tesla, j'ai eu envie de terminer par une dernière, preuve de la connectivité qui relie l'ensemble de l'humanité :

Malgré notre liberté de penser et d'agir, nous sommes tous tenus ensemble, telles les étoiles du firmament, grâce à des liens indestructibles.

Sauf que, moi, pour le moment, je dois me séparer de vous… du moins jusqu'à ce que les agents de Sigma s'attirent à nouveau des ennuis, ce qui, naturellement, ne devrait pas tarder.

REMERCIEMENTS

Bon nombre de personnes m'ont permis d'améliorer mon roman – par leur aide, leurs conseils, leurs critiques, leurs encouragements et, surtout, leur amitié durable. Tout d'abord, je remercie ma fidèle bande de lecteurs qui, en plus d'être mes premiers éditeurs, n'hésitent jamais à me mettre la pression pour que je creuse toujours plus et que je donne le maximum de moi-même : Sally Anne Barnes, Chris Crowe, Lee Garrett, Jane O'Riva, Denny Grayson, Leonard Little, Judy Prey, Caroline Williams, Christian Riley, Tod Todd, Chris Smith et Amy Rogers. Une fois encore, je suis particulièrement reconnaissant à Steve Prey de m'avoir fourni des cartes superbes… à David Sylvian de s'être assuré que je faisais de mon mieux à chaque instant… et à Cherei McCarter de m'avoir apporté la foule d'excellents scoops historiques et scientifiques qui jalonnent mon intrigue ! Bien entendu, merci à toute l'équipe de Harper-Collins pour leur soutien indéfectible, notamment à Michael Morrison, Liate Stehlik, Danielle Bartlett, Kaitlin Harri, Josh Marwell, Lynn Grady, Jeanne Reina, Richard Aquan, Tom Egner, Shawn Nicholls et Ana Maria Allessi. Enfin, je ne saurais oublier des gens essentiels à chaque étape de mon travail de création : mon éditrice Lyssa Keusch et sa collègue Priyanka Krishnan, de même que mes agents Russ Galen et Danny Baror (ainsi que sa fille Heather Baror). Comme d'habitude, j'ajoute que les erreurs éventuelles de fait ou de détail (qui, je l'espère, ne seront pas trop nombreuses) m'incombent entièrement.

Composition et mise en pages
Nord Compo à Villeneuve-d'Ascq

Achevé d'imprimer en mai 2020
par Normandie Roto Impression s.a.s.
61250 Lonrai
N° d'impression : 2001561

R14394/01

Imprimé en France